Atlantis

肩をすくめるアトラス

第三部
AはAである

アイン・ランド

目次

第三部　AはAである

第三部　AはAである

第一章　アトランティス

目を覚ますと日光と青葉と男の顔がみえた。これは見たことがある、と彼女はおもった。十六歳のとき思い描いていた世界だ。やっとたどりついた。その世界はあまりに単純で自然に思われ、世界に告げられた祝福の一語のように感じられた。しかるべく。

隣で膝をついている男の顔を彼女は見上げていた。これまで生きてきたなかで、これを見るためならば命も惜しくはなかったであろう、苦しみや恐れや罪のしるしのない顔だ。口の形には自負心ばかりか、自負が強いことへの自負があらわれている。角張った頬から傲慢さと緊張、そして嘲弄が連想される。だが彼の顔にそんなものはない。それらは最終的に穏やかな決意と確信の表情、許しを求めようとも与えようともしない無情で純粋な表情となってあらわれていた。それは隠すものも逃れるものもない顔、見られることも見ることも怖れない顔であり、彼女がまずとらえたのは目の鋭敏さだ。自分の視覚機能が最愛の道具であり、それを使うことが楽しく果てしない冒険であるかのように、目が彼自身と世界に最高の価値を与えるかのようにみえる。見る能力をもっていることによって彼自身に、これほど心躍らせて見る価値のある場所であることによって世界に。彼女はしばらく純粋な意識である存在を前にしている気がしていたが——にもかかわらず男の肉体をこれほど意識したことがなかった。シャツの薄い生地が体格を隠すよりもむしろ強調しているようだ。日焼けした肌。鋳物のように精巧で、硬くすらりとした張りのある肉体。アルミと銅の合金のように少しくすんだ柔らかい光沢のある金属が溶けてできたような。肌の色は髪の栗色となじみ、ほつれた髪には陽光で茶色から金色までの濃淡がついており、くすみと光沢をつけない鋳物の一部として、目が色彩を完成させていた。その目は金属の上で深く濃い緑の明るい輝きを放っている。彼は笑みを浮かべて彼女を見ていたが、それは発見したことではなく、前から考えていたことを思う表情――彼もまた長らく待ちつづけて疑わなかったものを見ているかのような表情だった。

これは私の世界だ、と彼女はおもった。これが人間のあるべき姿、存在との向き合いかたであり、ほかのすべて、これまで醜悪さと闘争に費やした年月すべては誰かの無意味な冗談に過ぎなかったのだ。もはや重要と考えなくてよいすべてを晴れやかに笑い飛ばすように、解放感を味わいつつ、安堵して共犯者然と、彼女は彼に笑いかけた。彼は、彼女が感じ、意味したことを知っているかのような同じ笑みを返した。

「どれも真にうけなくてよかったのね？」彼女は小声で言った。

「ええ、そうです」

そのとき意識が完全に戻り、彼女はこの男がまったく知らない人物であると気づいた。

彼女は男から離れようとしたが、髪の下に感じていた草の上で頭がかすかに動いただけだった。起きあがろうとすると背中に激痛が走り、彼女は再び倒れこんだ。

「ミス・タッガート、動いてはなりません。傷にさわります」

「わたしのことを知っているの？」彼女の声はよそよそしく硬かった。

「何年も前から」

「わたしはあなたのことを知っている？」

「ええ、おそらく」

「お名前は？」

「ジョン・ゴールト」

彼女は身じろぎもせずに、彼を見つめた。

「なぜ脅えているのです？」彼がたずねた。

「信じられるから」

その名前に彼女がこめた意味をすっかり告白されて理解したかのように、彼は微笑んだ。それは挑戦を受ける敵の――そして子どもの思いこみを面白がる大人の微笑だった。

飛行機より大きなものを打ち砕いた衝突のあとに意識をとり戻したかのように彼女は感じていた。バラバラの部品を組み立て直すことができず、彼の名前について知っていたことを思い出すことができず、ただそれがゆっくり埋めていかねばならない暗い真空を意味することだけがわかっていた。だがいまはできなかった。この男は、外の暗闇に散らばっているものの形を見せないスポットライトのように目のくらむ存在だった。

「私が追いかけていたのはあなた？」彼女はたずねた。

「ええ」

彼女はゆっくりとあたりを見回した。数百メートル上の青空までそびえる岩壁の足元の草原に彼女は横たわっている。草原の反対側は、遠い山々の壁までのびる空間を険しい岩と松と白樺の輝く葉っぱが覆っている。彼女の飛行機はバラバラではない――ほんの数メートル先の草むらに胴体着陸していた。視界にはほかの飛行機も建物も、人の住むしるしもない。

「この谷は？」彼女はたずねた。

彼は微笑んだ。「タッガート・ターミナルです」

「どういう意味です？」

「いずれわかりますよ」

かすかな衝動が、後ずさりする敵のように、どれほど自分に力が残っているのか確かめたいと彼女に思わせた。腕も脚も動かない。頭は持ち上げることができる。深呼吸すると刺すような痛みが走る。ストッキングを一筋の血がつたっていた。

「ここから出られるものなのかしら？」彼女はたずねた。

彼の声は真面目に聞こえたが、金属めいた緑色の目の輝きは微笑だった。「本来は——ダメです。一時的には——可能です」

彼女は立ち上がろうとした。彼女を起こそうと彼は屈んだが、彼女は力を振り絞り、さっと身を動かして彼の腕から逃れると、立ち上がろうともがいた。「たぶん自分で——」彼女は言いかけて、地面に足がついた瞬間、足首から激痛が走って立つことができず、相手のなかに倒れこんだ。

腕のなかで彼女を起こして彼は微笑した。「いいえ、無理です、ミス・タッガート」彼はそういうと、野原を横切りはじめた。

腕を彼にまわし、彼の肩に頭をあずけてじっと横たわり、彼女は思った。ほんの少しの間——これが続く間——すっかり身をまかせてもいい——何もかも忘れてただ感じるにまかせよう……いつこれを経験したのかしら？——彼女は思った。この言葉が頭をよぎったときがあったが思い出せなかった。前にもあった。この確かで決定的な疑問の余地のない到達感は。だが守られており、それを受け入れて身をまかせるのが正しいと感じるのははじめてのことだ。正しいのは、この独特の安心感が未来ではなく過去からの保護、戦いの回避ではなく勝利の保護、弱さではなく強さに与えられる保護からきているからだ……体に感じる手の力、髪の金と銅の色、彼女の数センチ先の顔に落ちたまつげの影を異常に強く意識して、彼女はぼんやりと思った。守られている。何から？……敵は彼じゃなかったか？……そうだったのだろうか？……なぜ？……彼女は朦朧としており、いま考えることができなかった。数時間前に自分には目的と意図があったことを思い出すのも一苦労だ。

彼女は懸命にそれを思い出そうとした。

「私が追いかけていたことは知っていたのですか？」彼女はたずねた。

「いいえ」

「あなたの飛行機は？」

「飛行場にあります」

「飛行場はどちら？」

「谷の向こう側です」

「見下ろしたとき、この谷に離着陸場はありませんでした。牧草地も。どうやってここに来たのでしょう？」

彼は空に目をやった。「よく見てください。上のほうに何か見えますか？」

彼女は頭をのけぞらせ、じっと空を見たが、穏やかな朝の青空が見えるだけだ。しばらくして彼女は揺らめく空気のかすかな帯を見とめた。

「熱波」彼女はいった。

「屈折光線です」彼が答えた。「あなたが見た谷底はここから八キロ離れた標高二千五百メートルの山の頂上です」

「山の……何ですって？」

「どんな飛行士もまず着陸しようとはしない山の頂。あなたが見たのはこの谷に投射された山頂の影ですよ」

「どうやって？」

「砂漠の蜃気楼と同じ原理で。熱した空気の層で屈折させた幻影です」

「どんなふうに？」

「あらゆるものに対して計算された光線のスクリーンによって――ただしあなたの持っているような勇気は計算外でしたが」

「どういう意味ですか？」

「地表二百メートルまで下降しようとする飛行機があるとは想定していませんでした。あなたは光線のスクリーンにぶつかったのです。光線のなかには磁気モーターを故障させるものもある。さて、これであなたに負かされるのは二度目だ。私は最後まで尾行されたことがありませんから」

「なぜスクリーンをかけておくのです？」

「ここは私有地であって、この先もそうあるべく意図されているからです」

「どういう場所なのですか？」

「ご案内しましょう。もうこちらにおいでですからね、ミス・タッガート。ご覧になったあとでお答えしましょう」

　彼女は黙りこんだ。そういえばあらゆることをたずねておりながら、彼については何も訊いていなかった。それはあたかも彼が、なにか単純化できない絶対的なもの、それ以上の説明を要さない公理のような一目瞭然の一つのまとまりであるかのようであり、彼女が直接知覚してそのすべてを知り、いま彼女を待ちうけているのは、その知識を認識する過程だけであるかのようだった。

　彼は彼女を抱いて、曲がりくねった狭い小道を谷底へと向かっていた。周辺の坂には高くて黒っぽいモミの木が、最小限の形にまで削ぎ落とされた彫刻のように、力強く単純に微動だにせず真直ぐ立ち並び、それらは日光を浴びて震える白樺の葉っぱの複雑で女性的で念入りすぎるレース細工とは対照的だった。陽光が葉っぱの間から彼の髪とふたりの顔に落ちている。その向こう、小道の曲がり角の先にあるものは見えなかった。

彼女の目は何度も彼の顔に戻った。彼はときおり彼女を見下ろした。はじめ、彼女は捕えられたかのように目を逸らした。やがて、相手から学んでのように、見られるたびに彼の視線を捕えるようになった。自分の感情は相手に知られており、彼もまた自分の視線の意味を隠してはいない。彼の沈黙が彼女の沈黙と同じことを告げていることは確かだった。彼は負傷した女性を運ぶように無関心に自分を抱いてはいない。態度からはわからなかったが、それは抱擁だった。全身が彼女を抱くことを意識しているという確信だけでそのことが感じとれた。

滝の音が聞こえ、やがて岩棚からきらきらこぼれる途切れ途切れのもろい糸がみえた。その音は頭のなかの曖昧な拍子、おぼろげな記憶ほどにも騒がしくないかすかなリズムからきている。だが滝を通り過ぎてもリズムは耳に残った。彼女は水音に耳を澄ましたが、耳のなかにではなく、木の葉の間から別の音が次第に冴え高まってきたような気がした。小道を曲がるといきなり野原が開け、下の岩棚に、開け放った窓ガラスに日光を反射させた小さな家が見えた。その瞬間いま現在に身をまかせたいと自分に思わせた経験が何だったのかを彼女は思い出した。コメットの埃っぽい二等客車で初めてハーレイの協奏曲第五番の主題を聞いた夜だ。いまその主題を聞いていた。誰かの力強い自信に満ちた演奏の明快で鋭いハーモニーのなかで、ピアノの鍵盤からきこえる主題を。

不意をつきたいかのように、彼女はその疑問を彼にぶつけた。「リチャード・ハーレイの協奏曲第五番ね？」

「ええ」

「いつ作曲したのです？」

「直接本人に訊かれてはいかがです？」

「あの人がここに？」

「弾いているのは本人だ。あそこが彼の自宅です」

「まあ！」

「後で会いますよ。あなたと話せて喜ぶでしょう。自分の作品が唯一、あなたが独りの夜に好んでかけるレコードだと知っていますから」

「どうしてそれを？」

「私が教えましたから」

彼女の顔に浮かんだ表情は「なんでまた……？」で始まる問いのようだった——だが相手の目をみて、その視線の意味に音を与えるように彼女は笑った。

何も訊けない、と彼女は思った。いまは疑えない。あの音楽が陽光をいっぱいに浴びた木の葉から誇らしげに流れてくるあいだは。揺れる鉄道客車の回る車輪の音にまぎれながらも、本来の意図どおり演奏されており、耳を澄まして聴こうとした解放の音楽。あの夜、自分の琴線にふれたのは、これ、だったのだ。この谷と朝の太陽とそして——

そのとき彼女は息をのんだ。小道が曲がり、見晴らしのよくなった岩棚の高みから、谷底の町が目に入ったからだ。

それは町というよりは、通り抜けられない急な山壁に囲まれ、谷底から斜面に散らばった家屋の集合にすぎなかった。小さくて新しい家屋は飾りたてられてはおらず、角ばった形をしており、きらめく大きな窓がある。はるか遠方に高めの建物がたち並び、その上空にたなびく煙が工業地域の存在をほのめかしていた。だが目の前に、下の岩棚から目線の高さまでの御影石の細長い円柱の上に、まばゆい光を放ち、ほかをかすませる一メートル長の純金製のドルマークがたっていた。それは町の上空に、紋章として、象徴として、標識塔として掲げられ——太陽光線をとらえては、エネルギーの伝達装置のように、家々の屋根の上空に送り、燦々と満ち溢れさせている。

「あれは？」彼女は息をのんで、そのマークを指した。

「ああ、フランシスコの個人的なジョークです」

「フランシスコ——誰？」答えを知りながらも、彼女は小声で言った。

「フランシスコ・ダンコニア」

「あの人もここに？」

「そろそろ来てもいいころだ」

「ジョークって？」

「ここの所有者へ一周年の記念にあのマークを贈ったのです。そのあと全員で我々の記章として使うことにした。その考えが気に入りましたから」

「あなたがここの所有者じゃないんですか？」

「私？　いや」岩棚のふもとを見下ろして、指をさしながら、彼はつけ足した。「ほら、ここの所有者がいま来ます」

眼下の泥道の途切れるところで車が停まり、二人の男が小道を早足で上がってくる。顔はよくみえなかった。一人はすらりと背が高く、もう一人は中背でがっしりしている。かれらに向かって歩き続け、道を曲がると二人の姿は見えなくなった。

数歩先の岩だらけの曲がり角の後ろから、男たちは突然あらわれた。顔を見て、彼女は激突のような衝撃を受けた。

「いやはや！」彼女をじっと見つめながら、がっしりとした見知らぬ男がいった。

彼女の目はその連れの品のある長身の男に釘づけになっていた。ヒュー・アクストンだ。

慇懃な歓迎の笑みを浮かべて頭を下げ、はじめに口を開いたのはヒュー・アクストンだった。

「ミス・タッガート、自分が間違っていたと実証されたのはこれが初めてです。あなたには彼を探し出せないと言いましたが、次にお目にかかるときに、その人物の腕のなかにいようとは」

「誰の腕のなかですか？」

「おや、モーターの発明者ですよ」

はっと息をのんで、彼女は目を閉じた。これは自分で関連づけられたはずのことだった。目を開けたとき、彼女はゴールトを見ていた。これが彼女にとってどういう意味を持つか知りつくしているかのように、彼は嘲るような微笑を浮かべている。

「首の骨を折っても自業自得だったところだ！」ほとんど愛情に近い心配の怒りをこめて、がっしりした男が無愛想に言った。「まったく馬鹿なまねを――正面玄関から来ていればまちがいなく大歓迎されたっていうのに」

「ミス・タッガート、こちらはマイダス・マリガンです」ゴールトが言った。

「あら」彼女は弱々しく言って、笑った。もはや驚く力がなかった。「私はあの墜落で殺されて――ここはなにか別の現実なのかしら？」

「たしかに別の現実ではあります」ゴールトが言った。「ですが殺されたうんぬんについては、むしろあべこべに思われませんか？」

「そうね」彼女は小声でいった。「そう……」彼女はマリガンに向かって微笑んだ。「正面玄関はどちら？」

「ここだ」自分の額を指さして、彼がいった。

「鍵を失くしてしまったわ」怒るでもなく率直に彼女はいった。「たったいま全部」

「見つかるよ。だがあの飛行機に乗っていったい何をやっていたんだね？」

「追跡です」

「こいつを？」彼はゴールトを指した。

「ええ」

「生きてるなんてついてたな！　怪我はひどいのかい？」

「いいえ、たぶんそれほどでも」

「応急手当の後でいくつか答えてもらうことがある」彼は乱暴に背を向けると、車の方へと先に歩きはじめ、それからゴールトを見た。「さあ、どうする？　これは規定になかったな。最初の非加入者だ」

「最初の……何ですって？」彼女はたずねた。

「いいんだ」と言うと、マリガンはゴールトを見た。「どうする？」

「私が引き受ける」ゴールトが言った。「責任を持つ。あなたにはケンティン・ダニエルズをたのみます」

「ああ、あの子はまったく問題なし。ここに慣れる必要があるだけだ。ほかは何もかも承知らしい」

「ええ。実際自力で最後までたどり着きましたから」当惑して自分を見つめる彼女を見て、ゴールトが言った。「ミス・タッガート、あなたに礼を言わなければ。私の代役にケンティン・ダニエルズを選んでくださったことに。彼にならできたかもしれません」

「あの子はどこに？」彼女はたずねた。「何が起こったんです？」

「いや、マイダスが着陸場まで迎えにきて、私を家に送ってからダニエルズを連れて行ったのです。朝食を一緒にとる予定でしたが、あなたの飛行機がスピンして牧草地に突っ込むのを見た。現場に一番近いのは私でしたから」

「大急ぎでかけつけたんだ」マリガンが言った。「飛行士が誰か知らんが、死んでも自業自得だと思ったな。世界じゅうで例外扱いしていい二人のうちの一人だとは夢にも思わなかったぜ」

「もう一人は誰です？」彼女はたずねた。

「ハンク・リアーデンだ」

彼女はたじろいだ。遠く思いがけないところからまたふいに殴りつけられたようなものだった。なぜゴールトが自分の顔をじっと見つめ、一瞬、表情を変えたようにおもえたのだろう、と彼女はおもった。だが一瞬のことでよくわからなかった。

かれらは車までやってきた。それは屋根を下ろしたハモンドのオープンカーで、数年前の最高級モデルだったが、手入れがいきとどいており、ぴかぴかだった。ゴールトは彼女をそっと後部座席に乗せると、自分の腕をまわして支えた。彼女はときおり刺すような痛みを感じたが、そんなことに注意を払いたくはなかった。マリガンがエンジンをかけて車が走り出し、ドルマークを通り過ぎて金色の光線が目に射しこんで額をなでるあいだ、彼女は遠い町の家々を眺めていた。

「ここの所有者というのは？」彼女がたずねた。

「俺だ」マリガンが言った。

「この人は？」彼女はゴールトを指した。

マリガンがくっくっと笑った。「ここで働いているだけ」

「アクストン博士、あなたは？」彼女はたずねた。

彼はゴールトを一瞥した。「ミス・タッガート、私はこの子の二人の父親のうちの一人です。裏切らなかったほうの」

「あら！」また別のことがぴたりと関連づけられ、彼女はいった。「三人目の生徒ですね？」

「そうです」

「経理助手！」記憶が甦って、彼女は突如としてうめいた。

「何です？」

「スタッドラー博士がこの人をそう呼んだのです。この三人目の生徒の成れの果てはそんなところだろうとスタッドラー博士が言ったのです」

「過大評価だな」ゴールトが言った。「彼の基準と世界の物差しからすると、それよりずっと下だ」

車は谷の上の岩棚に立つ一軒家に向かう小道に逸れて上っていた。前方に、町の方向へ急ぎ足で歩いている男がいる。男はブルーデニムのつなぎを着て弁当箱を下げていた。颯爽とした荒っぽい歩き方にはなんとなく見覚えがある。車が通り過ぎるとき、彼女は男の顔をちらっとみた——そしてぱっと後ろに身を引き、動いた苦痛と見たものの衝撃に悲鳴をあげた。「ちょっと、止めて！止めて！　あの人を行かせないで！」それはエリス・ワイアットだった。

三人の男は笑ったが、マリガンは車を停めた。「あ……」ここにいればワイアットがいなくなることはないと忘れていたことに気づいて、詫びるように弱々しく、彼女はいった。

ワイアットは駆けよってきた。彼も気づいていたのだ。彼が車の端をつかんで歩行のスピードをゆるめると、見おぼえのある意気揚々として若々しい笑みを浮かべた顔が見えた。ワイアット・ジヤンクションのプラットホームで見た顔だ。

「ダグニー！　とうとうきみも？　仲間入りしたのかい？」

「いや」ゴールトが言った。「ミス・タッガートは遭難したんだ」

「何だって？」

「ミス・タッガートの飛行機が墜落した。見なかったか？」

「墜落って――ここに？」

「ああ」

「飛行機の音はきいたが……」当惑した彼の顔は、残念さと驚きと親しみが入り混じった微笑に変わった。「なるほど。やれやれ、ダグニー、とんでもないことをやらかしたもんだ」

過去を未来につなげられず、彼女は呆然と彼を見つめていた。そして呆然と――亡くなった友達に、生きているあいだに言いそびれた言葉を夢のなかで言うように――一年近くも前の応答のない電話の呼び鈴の記憶とともに、また会えたなら伝えたかった言葉を口にした。「あなたを……つかまえようとしたのよ」

彼は優しく微笑んだ。「我々はずっときみをつかまえようとしていたんだよ、ダグニー……また今夜。心配しなくても俺はいなくなったりしないから――きみもいなくなりはしないだろうし」

ほかの男たちに手を振ると、彼は弁当箱を振りながら立ち去った。マリガンが車のエンジンをかけて彼女が目を上げると、ゴールトが自分を見つめている。苦痛を公然と認め、そのことで彼が悦にいるかもしれないこともかまわずに、彼女は表情を硬くした。「結構よ」彼女はいった。「どんなものを見せて驚かせるつもりなのかわかってきたわ」

だが彼の顔には残酷さも憐憫もなく、ただ正義の穏やかさだけがあった。「ミス・タッガート、ここの第一の掟は」彼は答えた。「誰もが常に自分の目で見なければならないということです」

車は一軒家の前に停まった。正面の壁一面ガラス張りの、粗い御影石で造られた家だ。マリガンは「医者を送るよ」と言うと車を走らせて帰っていき、ゴールトは彼女を抱いて小道を上がっていった。

「あなたの家？」彼女はたずねた。

「私の家です」扉を蹴り開けて、彼は答えた。

彼は敷居をまたぎ、磨かれた松の壁に日光が射しこむ明るい居間に彼女を運びこんだ。手作りの家具、裸の垂木の天井、質素な棚のある小さなキッチンのアーチ型の入口、すっきりと片づいた木のテーブル、電気ストーブの上で輝くクロムの光景に彼女ははっとした。そこには必要最小限に削ぎ落とされた開拓小屋の原始的なまでの素朴さがあったが、それは超近代的な技術によって削ぎ落とされていた。

太陽光線をくぐりぬけて、彼は小さな客室に彼女を運びこみ、ベッドの上に横たえた。開いた窓からは長い石の階段と空にそびえる松の木立が見える。木の壁には銘のようにみえる何行かの小さな殴り書きがいくつかある。何人かの人間が書いたことはわかるが、字は読めなかった。もうひとつのドアは半開きで、彼の寝室に続いていた。

「私はここの客？　それとも囚人？」彼女が訊いた。

「あなた次第です、ミス・タッガート」

「知らない人を相手に決められません」

「だが知らないわけじゃない。私にちなんで鉄道の路線を命名しませんでしたか？」

「あら！……ええ……」それはいまやはっきり関連づけられたことへの軽い動揺だった。「ええ、確かに——」髪を陽光に梳かれ、無情で鋭い目に抑えた微笑を浮かべた長身の男の姿を彼女は見ていた。そして路線を敷設する戦いと、開通便が走った夏の日を。あの路線の徽章として人間の姿を形にできるなら、これがその姿だとおもっていた。「ええ……確かに……」そして残りを思い出してつけ足した。「ですが敵にちなんで名づけたのです」

彼は微笑んだ。「ミス・タッガート、それはあなたが遅かれ早かれ解決しなければならなかった矛盾です」

「あなただった……そうでしょう？……私の路線を破壊したのは……」

「いいえ、違います。その矛盾です」

彼女は目を閉じて、やがてたずねた。「あなたについて聞いた話のなかで——どれが本当なの？」

「どれも本当ですよ」

「ああいう話を広めたのはあなた？」

「いいえ。何のために？　噂されたいと思ったことなどありません」

「でも自分が伝説になったことは知っているでしょう？」

「ええ」

「伝説のうち二十世紀モーター社の若い発明家の話だけが事実なのですね？」

「具体的な事実ということなら——そうです」

次の質問を口にするのに、無関心をよそおうことはできなかった。「あのモーター……わたしが見つけたモーター……あれを造ったのはあなただったのですね？」とたずねた彼女の声にはなおも性急さがあり、声は低い囁きになった。

「そうです」

興奮のあまり思わず彼女は頭を浮かせた。「エネルギーの変換の秘密――」と言いかけて、彼女は口をつぐんだ。

「それなら十五分もあれば説明できます」口にされなかった必死の嘆願に答えて彼がいった。「ですがこの世のいかなる力をもってしても私に無理矢理言わせることはできません。このことがわかれば、あなたを戸惑わせているすべてがおわかりになるでしょう」

「あの夜……十二年前……六千人の殺人者の集会からあなたが出て行った春の夜のこと――あの話は実際にあったことなんですね？」

「ええ」

「世界のモーターを止めるとあなたは言った」

「言いましたね」

「何をしたのです？」

「何もしなかったのですよ、ミス・タッガート。それが私の秘密のすべてです」

長いあいだ、彼女は黙って彼を見ていた。その思考を読むことができるかのように、彼はじっと待っていた。「破壊者――」つぶやくように、力なく彼女はいった。

「史上最悪の生きもの」引用口調で彼が言うと、彼女はそれが自分の言葉だと気づいた。「世界の頭脳を枯らす男」

「どれくらい近くからわたしを見張っていたの？」彼女はたずねた。「どれくらいの間？」

ほんの一瞬、彼の目は動かなかったが、彼女を見ることをことさら意識しているかのように視線は強く感じられ、静かに答えた声にはただならぬ激しさがあった。「何年も」

体の力を抜き、あきらめて彼女は目を閉じた。急に無力さに身をまかせる心地よさのほかには何も要らなくなったかのように、不思議と軽い無頓着さを覚えていた。

到着した医者は、温和で生真面目な顔をした、控えめだが確固たる自信に満ちた物腰の白髪の男性だった。

「ミス・タッガート、こちらはヘンドリックス博士です」ゴールトが言った。

「まさかトーマス・ヘンドリックス博士じゃないでしょう?」彼女は息をのんで、思わず子どものようにぶしつけにいった。それは六年前に引退して姿を消した偉大な外科医の名前だった。

「むろんそうです」ゴールトが言った。

それに答えて、ヘンドリックス博士が彼女に微笑んだ。「ミス・タッガートにはショック治療がいるとマイダスが言ってました」彼はいった。「すでに被ったやつじゃなく、これから来るほうの」

「お任せします」ゴールトが言った。「私は朝食の材料を買いに市場にいってきますから」

傷を診察するヘンドリックス博士のてきぱきした作業に彼女は目を奪われた。博士は見たことのない道具を持ちこんでいる。携帯レントゲンだ。二本の肋骨の軟骨組織が傷ついていること、足首を捻挫していること、片膝と片肘の皮膚がむけていること、全身に紫のあざができていることがわかった。ヘンドリックス博士が手際よく包帯を巻きつけてテープできつくとめると、彼女は自分の体が熟練整備士に検査されたエンジンであり、これ以上治療は必要ないかのように感じていた。

「ミス・タッガート、しばらくベッドで安静になさってください」

「まあ、いやです!　注意してゆっくり動けば大丈夫です」

「お休みにならなければ」

「そんなことができると思われます?」

彼は微笑した。「無理でしょうな」

ゴールトが戻るころには彼女は着替えを済ませていた。ヘンドリックス博士は彼女の容態を説明すると、「明日また検査にまいりますよ」と、つけ足した。

「ありがとうございます」ゴールトが言った。「請求書は私宛に送ってください」

「とんでもないわ！」憤然として、彼女がいった。「自分で払います」

二人の男は、見得をきる乞食を見て驚くように顔を見合わせた。

「その件はあとで話しましょう」ゴールトが言った。

ヘンドリックス博士が帰り、彼女は立ち上がろうとしてよろけ、家具をつかまえて体を支えた。ゴールトは腕で彼女を抱き上げ、台所の奥にいくと、二人掛けのテーブルの椅子におろした。ストーブの上で沸いているコーヒーポット、オレンジジュースのグラス二つ、磨かれたテーブルの上の陽光に輝く厚手の白い陶器の皿を見て、彼女は空腹であることに気づいた。

「いつから眠ったり食べたりしていないんです？」彼がたずねた。

「さあ……列車の中で夕食を食べました。あの――」たまらなく苦々しい思いにかられて、彼女は頭を振った。あの浮浪者とだった。つきまといも見つけだされもしない復讐者からどうにか逃れたいと言っていた浮浪者の声を、彼女は思い出した。その復讐者がテーブルの向こうに座り、オレンジジュースを飲んでいる。「さあ……何世紀も前の遠い国でのできごとのよう」

「どうして私を追いかけることに？」

「ちょうどあなたが離陸したところでアフトン空港に着陸したのです。係員がケンティン・ダニエルズはあなたと一緒に行ってしまったと教えてくれました」

「あなたの飛行機が着陸旋回をしていたのは覚えています。だがあれは唯一あなたのことを考えていなかったときだった。列車で来るものだと思っていました」

彼を真直ぐに見て、彼女はたずねた。「いまのはどう理解すればいいのかしら?」

「何を?」

「唯一わたしのことを考えていなかったとき」

彼は彼女の視線をとらえた。そして尊大で強情な口をゆるめて微笑を浮かべたが、その暗示的な動きが癖らしいことに彼女は気づいていた。「お好きなように」彼は答えた。

一瞬やり過ごし、顔を硬くして自分の解釈をはっきりと示してから、冷淡に、敵を追及する調子で彼女はたずねた。

「わたしがケンティン・ダニエルズのところに向かっていると知っていたのね?」

「ええ」

「そして先手を打って、会わせないようにあの子をつかまえたのね?　わたしを負かすために——それがどれほどの打撃になるかを完全に知っていながら?」

「もちろん」

目を逸らして黙りこんだのは彼女だった。彼は立ち上がって朝食の仕度を続けた。彼がストーブの前に立ってパンをトーストし、卵とベーコンを炒める様子を彼女は観察した。彼は無造作に淡々と作業をこなしていたが、それは別の職業に属する技能だった。彼の手つきには制御盤のレバーを引く技師のように迅速な正確さがあった。不意に彼女は、同じく不自然なまでに巧みな技をどこで見たかを思い出した。

「それはアクストン博士から習ったことですか?」ストーブを指さして、彼女はたずねた。

「ほかにもたくさんのことをね」

「あの人は時間を——あなたの時間を!」——憤慨して声が震えるのを彼女は抑えることができな

かった――「こんな仕事に費やすことを教えたの？」

「もっと瑣末な仕事にずっと多くの時間を費やしてきましたよ」

目の前に皿が置かれると、彼女はたずねた。「その食料はどこで手に入れたのです？　ここには食料品店があるの？」

「世界一のやつがね。ローレンス・ハモンドが経営者です」

「何ですって？」

「ローレンス・ハモンド。ハモンド自動車の。ベーコンはドワイト・サンダースの農場から――サンダース航空機の。卵とバターはナラガンセット判事――イリノイ州高裁の」

苦々しい思いで、さわるのも怖れおおいかのように、彼女は自分の皿を見た。「調理人とその他全員の時間の価値を考えれば、こんなに高くつく朝食を食べたことはないわ」

「ええ――ある意味。しかし別の意味では、こんなに安い朝食はない。どれをとっても、何年もあなたに支払わせたあげく結局は飢え死にさせるたかり屋を養うためには使われていませんから」

長い沈黙のあと、彼女は率直に、ほとんど考えこむようにたずねた。「一体みなさんここで何をやっているのです？」

「生活しているのです」

その言葉がこれほど真実味を帯びて聞こえたのは初めてだった。

「あなたのお仕事は？」彼女はたずねた。「あなたはここで働いているってマイダス・マリガンが言ってたわ」

「雑用係といったところでしょうね」

「何の係ですって？」

「なにか設備に不具合が生じるたびに呼び出されます。たとえば電力システムとか」

　彼女は彼を見ると——やにわに身を乗り出し、電気ストーブを凝視したが、痛みに阻まれてふたたび椅子にくずれ落ちた。

　彼はくつくつと笑った。「ええ、そのとおりです。ですが落ち着いてください。さもないとヘンドリックス博士にベッドに戻されますよ」

「電力システム……」息も絶え絶えに、彼女はいった。「ここの電力システムは……あのモーターで運転されているのですね？」

「ええ」

「完成して？　作動して？　機能して？」

「あなたの朝食を料理しましたよ」

「見たいわ！」

「あのストーブを見るのにわざわざ怪我することもないでしょう。ありきたりの単なる電気ストーブです。燃費は百分の一ですみますが。それにお見せできるのはそれだけです、ミス・タッガート」

「この谷を案内してくださる約束だわ」

「ご案内します。ですが発電機はお見せできません」

「食事のあとすぐ、ここを案内してくださる？」

「お望みなら。それとあなたが動ければ」

「動けます」

　彼は立ちあがり、電話まで歩いて番号をダイヤルした。「やあ、マイダス？……ああ……あの子が？　ああ、彼女は大丈夫……今日一日きみの車を貸してもらえないか？　ありがとう。いつもの料金――二十五セントで……こちらにまわしてくれるか？……きみの家には杖みたいなものが無いかな？　彼女に要るだろうから……今夜？　ああ、たぶんね。そうするよ。ありがとう」

彼は受話器を置いた。彼女は呆然と彼を見つめていた。

「聞きちがいじゃなければ、マリガン氏は――たしか二億ドルほどもの資産価値のある人間が――自分の車の使用料に二十五セントを請求するの？」

「ええ」

「まあ！　それくらいただにしたっていいようなものでしょう？」

しばらく表情を観察しながら、あえて驚いてみせるかのように、彼はじっと彼女を見ていた。

「ミス・タッガート」彼はいった。「この谷にはいかなる法律も、規定も、公式な組織もありません。我々は休息が欲しくてここに来るのです。ですが我々全員が守っている慣習がいくつかある。それは我々が解放されたい事柄に関することです。ですから、この谷で禁じられている言葉がひとつあると警告しておきましょう。『ただでやる』という言葉です」

「ごめんなさい」彼女はいった。「おっしゃるとおりだわ」

彼はコーヒーのお代わりを彼女に注ぎ、煙草の箱をさしだした。一本抜き取って、彼女は微笑んだ。煙草にはドルマークが刻まれていたからだ。

「夜になってもあまりお疲れでなければ」彼がいった。「マリガンから夕食に招待されています。おそらく、あなたも会ってみたいと思われる客がほかにも来ますよ」

「喜んで！　そんなに疲れてないわ。もう二度と疲れたりしないと思うわ」

朝食を終えるころ、家の前にマリガンの車が停まるのが見えた。運転手が飛び降り、小道をかけ上がり、立ち止まりもベルを鳴らしも扉を叩きもせずに部屋に駆け込んできた。意気ごみ、息をきらせ、髪を振り乱した青年がケンティン・ダニエルズだとすぐにはわからなかった。

「ミス・タッガート」彼は息をのんだ。「申し訳ありません！」どうしようもない罪悪感でいっぱいの声は興奮して嬉々とした表情とは正反対だった。「これまで約束を破ったことなんかありませんでしたが！　言い訳の余地はありませんし、許していただけなくても当然ですし、信じていただけないこともわかります。ですが、本当に――忘れてしまったのです！」

彼女はゴールトを一瞥した。「信じるわ」

「待つとお約束したことを忘れていたのです。すっかり忘れていました。数分前、マリガンさんからあなたの飛行機がここに墜落したと教えられるまで。そのとき自分のせいだとわかりました。もしもあなたに何かあったら――ああ何てことだ、大丈夫ですか？」

「ええ。ご心配なく。座って」

「どうして約束を忘れたりできるのか。何が起こったのかわからないのです」

「わかるわ」

「ミス・タッガート、僕は例の仮説に何ヶ月も取り組んでいたのですが、やればやるほど絶望的になっていくようでした。それまで二日間、実験室にこもって不可能に見える数式を解こうとしていました。黒板の前で倒れて死ぬんじゃないかと思ったくらいですが、あきらめるつもりはありませんでした。この人が入ってきたときはずいぶんと夜も更けていました。入ってきたことさえ気づかなかったように思います。話がしたいと言われたので、待ってくれと言ってすぐまた作業に戻りました。この人の存在も忘れていたと思います。どれくらい立ったまま見ていたのか知りませんが、覚えているのはいきなり手が伸びてきて、僕の数字を全部黒板から消すと、一つの短い等式を書いたことです。そのときこの人に気づいたのです！　そして大声で叫びました。というのも、その式はモーターへの完全な答えではありませんでしたが、そこへ到達する道、僕が見たことも考えたこともなかった方法でしたが、方向性はわかりましたから！　たしか僕は『どうしてわかったのです？』と叫んだのですが――この人は、あなたのモーターの写真を指さして『そもそもこれを作ったのは私だからね』と答えたのです。ミス・タッガート、僕が覚えているのは――つまり、自分自身の存在を覚えているのはそこまでです。なぜって、そのあと僕たちは静電気とエネルギーの変換とモーターについて話していましたから」

「ここにくる途中ずっと物理学の話をしていたのです」ゴールトが言った。

「あ、ついて来るかと訊かれたときのことは覚えています」ダニエルズが言った。「ついていって、二度と戻らず、すべてをあきらめるかと……すべてですって？　ジャングルの中に戻りつつある崩壊寸前の大学をあきらめ、法による奴隷用務員としての将来をあきらめ、ウェスリー・ムーチと政令第一〇―二八九号と、這いつくばって知性なんかないとぶつぶついう動物以下の生きものをあきらめるですって？……ミス・タッガート」――彼は興奮して笑った――「この人はそんなものをあきらめてこの人についていくかと訊いたのですよ！　この人は二度も訊かなければなりませんでした。最初信じられなかった。そんなことを確認する必要があるとか、選択の余地があると考える人間がいるってことが。行くかどうかですって？　この人についていくためだけなら僕は高層ビルからでも飛び降りたかったくらいです。そして舗道に落ちるまでに彼の数式をききたかった！」

「無理もないわ」彼女はいった。ほとんど嫉妬に似た思いをこめて彼女は彼を見た。「それに、あなたは契約を履行したのです。わたしをモーターの秘密に導いてくれましたから」

「僕はここでも用務員になります」幸福そうににっこりとして、ダニエルズが言った。「マリガンさんが用務員の仕事をくださるそうです――発電所で。技術を身につけたら電気技師に昇格です。

素晴らしい方じゃありませんか？——マイダス・マリガンという人は！　あの人の年になる頃には僕もあんなふうでいたい。金を稼ぎたい。何百万も稼ぎたい。彼と同じくらい稼ぎたい！」

「ダニエルズ！」若い科学者のかつての穏やかな自制心、厳密さ、頑固な論理を思い出しながら、彼女は笑った。「どうしてしまったの？　自分をどこにおいてきてしまったの？　自分の言っていることがわかっているの？」

「ミス・タッガート、僕はここにいます——ここでの可能性は無限です！　僕は世界一腕の立つ世界一金持ちの電気技師になるつもりです！　僕は——」

「君はマリガンの家に戻りなさい」ゴールトが言った。「そして二十四時間眠る——さもないと発電所には近寄らせないぞ」

「はい、わかりました」ダニエルズはおとなしく言った。

家を出ると、山頂からしたたりおちる陽光が、谷をとり囲む花崗岩と雪を輝かせている。彼女は不意にその囲いの向こうには何も存在しないかのような気持ちを覚え、限りあるものの感覚と、おのれが関心をもつ分野が視界の領域内にあると思うことの喜ばしく誇らしい心地よさに驚いた。指先が向かいの山の頂に触れる気がして、眼下の町の屋根の上に手を伸ばしたいと思った。だが腕を上げることはできなかった。一方の手で杖によりかかり、もう一方をゴールトの腕にあずけ、そろそろと意識的に足を動かし、初めて歩行を学ぶ子どものように、彼女は車まで歩いていった。

助手席に彼女を乗せてゴールトが運転する車は、町の端を通って、マイダス・マリガンの家に向かって走っていた。小高い丘の上にあるマリガンの家は、この谷でもっとも大きな唯一の二階建てで、頑丈な御影石の壁とゆったりしたオープンテラスがある要塞とリゾートの風変わりな組み合わせだ。彼は車を停めてダニエルズを降ろし、曲がりくねった道を山の中へゆっくり上っていった。

マリガンの富と高級車を思い、ハンドルにかけたゴールトの手を見て彼女は初めて、ゴールトも裕福なのだろうかと思った。その服を彼女はちらりと見た。灰色のスラックスと白いシャツは丈夫な素材らしい。腰まわりの細いベルトの皮にはひびが入っている。腕時計は精巧だが質素なステンレス製だ。唯一贅沢を思わせるものといえば髪——溶けた金と銅のように風になびく髪の色だけだ。

道を曲がると、ふいに遠方の農家まで続く緑の牧草地が見えた。羊と馬の群れ、不規則に広がる木の納屋の下に豚小屋の四角い柵、さらにその奥に、農場には場違いな金属造りの格納庫があった。

明るい色のカウボーイシャツを着た男が急いでやってきた。ゴールトは車を停めて男に手を振ったが、彼女の問いかける眼差しにも何も言わなかった。そして男が近づくまで待ち、自分で確かめさせた。男はドワイト・サンダースだ。

「こんにちは、ミス・タッガート」微笑みながら、彼はいった。

たくしあげたシャツの袖、厚手のブーツ、家畜の群れを彼女は黙って見た。「するとサンダース航空機に残されているのはこれだけなんですね」彼女はいった。

「おや、違いますよ。あの素晴らしい単葉機、僕の最高のモデルがある。あなたが山麓の丘でぺたんこにしたやつがね」

「あら、ご存じでしたの？　ええ、あれはおたくで製造されたものです。素晴らしい飛行機でした。でもひどく傷めてしまったんじゃないかしら」

「修理が必要ですね」

「底が抜けてしまったと思います。きっと誰にも修理できません」

「僕にはできます」

これは年来彼女が聞いていなかった言葉であり、自信に満ちた響きであり、期待することをあきらめていた態度だった。彼女は微笑しかけたが、それは苦々しい笑いで終わった。「どうやって？」彼女はたずねた。「養豚場で？」

「おや、違いますよ。サンダース航空機で」

「どこのです？」

「どこにあるとお考えでしたか？　破産した僕の後継者からティンキー・ハロウェイの従兄弟が国の融資と免税措置で購入したニュージャージーの建物の中ですか？　離陸したことのない航空機六機と、離陸はしたが四十人の旅客を乗せて墜落した八機を生産したあの建物の中かな？」

「ならどこにあるのです？」

「どこであれ僕のいるところに」

　彼は道の向かい側を指さした。松の木の天辺の向こう、谷底に、コンクリートの四角い離着陸場が見える。

「航空機はここにも数台あって、それを整備するのが僕の仕事だ」彼はいった。「僕は養豚業者でもあり、飛行場の係員でもある。かつて僕にハムやベーコンを売っていた者たちがいなくとも僕はそういうものをかなりうまく作れる。だが、そいつらは僕がいなければ航空機を生産できないし、僕がいなければ、ハムとベーコンすら作れないのです」

「だけどあなたは――あなたも最近は航空機を設計していないわ」

「ええ、そうです。以前あなたにお約束したディーゼルエンジンも作っていませんでしたね。最後にお会いしたときから、僕は新しいトラクターを一台設計し、製造しただけです。まさしく、一台――手作りで――大量生産は必要ありませんでした。だがそのトラクターは一日八時間の就労時間を四時間に削減したのです」――彼の腕が真直ぐ伸び、王の笏《しゃく》のように谷の向こうを指し、彼女が目で追うと、遠い山腹に吊り庭のような段々の牧草地が見えた――「ナラガンセット判事の養鶏場と酪農場で」――彼の腕はゆっくりと動いて、峡谷の麓にある緑がかった黄金色の縦長の土地を、そして鮮やかな緑の帯を指した――「マイダス・マリガンの麦畑と煙草畑で」――彼の腕は輝く木の葉の縞模様のついた岩の斜面に上がった――「リチャード・ハーレイの果樹園で」

彼が腕を下ろしてからもしばらく、彼女の目は、腕が動いた曲線を何度もゆっくりとたどった。だが彼女は「なるほど」といっただけだった。

「これで僕があなたの飛行機を修理できると思えますか？」彼はたずねた。

「ええ。ですがご覧になりましたの？」

「もちろんです。マイダスがすぐに二人の医者に電話しましたから。あなたの医者はヘンドリックス、飛行機の医者は僕だ。修理は可能です。といっても値は張りますよ」

「おいくらですか？」

「二百ドルです」

「二百ドル？」耳を疑って、彼女は繰り返した。安すぎるように思われた。

「金《きん》で、ですよ、ミス・タッガート」

「あら！　では、どこで金を買えばいいのかしら？」

「あなたには買えません」ゴールトが言った。

彼女は振り向いてけんか腰で彼に向かった。「買えない？」

「ええ。あなたがいらしたところからは。そちらの法律が禁じています」

「あなたたちの法律は禁じていないの？」

「ええ」

「では売ってください。交換レートは決めてもらっていいわ。お望みの金額を――わたしのお金の単位で言ってください」

「どのお金ですか？　ミス・タッガート、あなたは無一文ですよ」

「何ですって？」それはタッガートの後継者として、きかされるとは考えもしなかった言葉だった。

「この谷では無一文です。あなたは数百万ドルのタッガート大陸横断鉄道株を保有しておられますが、それではサンダースの養豚場からベーコン一ポンドすら買えないのです」

「なるほど」

　ゴールトは微笑んでサンダースの方を向いた。「かまわない、あの飛行機を修理してください。いずれミス・タッガートが支払うでしょう」

　彼はエンジンをかけて車を走らせたが、彼女は何も訊かず、体を硬くして真直ぐに座っていた。鮮やかなターコイズブルーが前方の断崖を分かち、道が途切れた。一呼吸おいてから、それが湖だと彼女は気づいた。動かない水面が空の青と松の木で覆われた山の緑を濃縮したような冴え冴えと澄んだ色をしているために、空が薄い灰色にかすんでみえる。一筋のわきたつ泡が松の木立の間から岩の斜面をつたってすさまじい勢いで流れ落ち、穏やかな水の中に消えている。流れの傍に御影石の小さな建物があった。

　ゴールトが車を停めると、ちょうど作業服姿のたくましい男が屋根のない玄関の入口に出てきた。かつて彼女の最高の施工業者だったディック・マクナマラだ。

「こんにちは、ミス・タッガート！」彼は嬉しそうに言った。「軽傷でよかった」

　彼女は黙ったまま頭を傾けた。それは過去の喪失感と痛み、わびしい夜とこの男の失踪のニュースを告げるエディー・ウィラーズの絶望的な顔への挨拶のようなものだった。軽傷でよかった？

重傷だったわ、と彼女はおもった。だけど飛行機の墜落のせいじゃなく――あの夜、からっぽのオフィスで……声に出して、彼女はたずねた。「ここで何をしているのです？ よりにもよってあんな最悪の時期にわたしを裏切ったのは、何のためだったの？」

石造の建物と、水道管が藪までつたう岩の急斜面を指さして、彼は微笑んだ。「僕は水道光熱屋です」彼はいった。「水道管、電力線、電話事業を手がけています」

「ひとりで？」

「少し前まで。ですが去年大きくなりすぎて、手伝いを三人雇わなければなりませんでした」

「誰を？ どこから？」

「えっと、一人は、人は生産するより多くを消費してはならないと教えたために外の世界で失業した経済学の教授――一人は、貧民街の住人はこの国を築いた者たちではないと教えたために失業した歴史の教授――もう一人は、人は考えることができると教えたために失業した心理学の教授です」

「そういう人たちがあなたのところで配管工や保線工として働いているの？」

「かれらがどれほど有能かを見れば驚きますよ」

「その人たちはわたしたちの大学を誰にまかせてきたのですか？」

「あちらで求められている人たちに」彼はくつくつと笑った。「ミス・タッガート、僕が裏切ったのはどれくらい前でしたっけ？ まだ三年にもなりませんね？ 敷設を拒んだのはジョン・ゴールト線でした。あの路線はどうなりましたか？ だが僕の路線は、あれ以来、マリガンから引き継いだころの数マイルから、パイプと電線にして何百マイルも伸びたのです。この谷の中だけで」

彼は、彼女の顔に思わず浮かんだ熱のこもった表情を見てとった。有能な人物が査定する表情だ。彼は微笑し、彼女の連れに目をやって穏やかに言った。「あのですね、ミス・タッガート、ジヨン・ゴールト線に関して言えば――忠実だったのは僕で、裏切っているのはあなたなのかもしれませんよ」

彼女はゴールトを見た。彼は彼女の顔を見ていたが、その表情からは何も読みとれなかった。

湖沿いに車を走らせているとき、彼女はたずねた。「あなたはわざとこの道を選んだのでしょう？　会わせているのはみんな」――彼女はなぜか続きを言う気がせずに口ごもり、代わりに言った――「わたしが失った人たちね？」

「私があなたから奪った者たちです」彼はきっぱりと言った。

顔に罪悪感のない原因はこれだ、と彼女は思った。彼のために避けた言葉を察してはっきりと言い、価値観に基づかない親切を拒んだ。さらに自分が正しいという確固たる信念によって、非難のつもりで言ったことを誇った。

前方に湖水に映る木の桟橋が見える。さんさんと太陽が降りそそぐ板の上に、若い女がひとり寝転んで、釣竿に目を凝らしていた。女は車の音を聞いて目を上げると、やや機敏すぎるほど素早く飛び跳ね、道を駆けてきた。女は素足の膝の上までまくりあげたスラックスをはいている。目は大きく、黒い髪は乱れていた。ゴールトが手を振った。

「こんにちは、ジョン！　いつ着いたの？」彼女は大声で言った。

「今朝だ」微笑みながら答えると、彼は運転を続けた。

ダグニーは振り向いてゴールトをじっと目で追う若い女性の眼差しを見た。厳粛に受けとめたあきらめがその目に浮かんだ崇拝の一部だったとはいうものの、これまで覚えたことのない感情を彼女は経験した。それは焼けつくような嫉妬だった。

「あの人は？」彼女はたずねた。

「この谷で最高の漁師ですよ。ハモンドの食料品市場に魚を納めています」

「ほかには？」

「ここでは誰もが『ほかに』何かをしていることに気づきましたね？　作家です。外では出版されない類の。彼女は言葉を扱うとき、人は頭脳を扱うと信じているのです」

車は狭い小道に曲がり、藪と松の原生林の中へ急な勾配を上っていった。木に釘でうち込まれた手作りの標識を見ただけで、彼女は先にあるものがわかった。矢印は「ブエナ・エスペランサ道」を指している。

それは道ではなく、複雑にからまった管とポンプとバルブが蔓のように細い出っ張りをつたう薄い石の壁だった。天辺には巨大な木の看板がある。行く手をふさぐもつれたシダと松の枝に向かってメッセージを発する「ワイアット石油」の文字の堂々とした力強さは、言葉そのものよりも独特で懐かしかった。

パイプの口からきらめく曲線を描いて壁の足下のタンクへ流れこむ石油は、石の内側にかくれたとてつもない労力の唯一のあかしであり、目立たないながらもすべての精密機械の目的だった。だが機械は油井やぐらの設備とは似ても似つかず、目の前にあるのは、いまだ日の目を見ていないブエナ・エスペランサ道の秘密だった。そして、これがまず無理と思われていた方法で頁岩《けつがん》から抽出された石油なのだ。

エリス・ワイアットは石に埋めこんだ測定器のガラスの目盛りをじっと見ながら、盛り上がったところに立っている。車が下に停まるのをみて、彼は叫んだ。「やあ、ダグニー！　すぐそっちにいくよ！」

ほかにも二人の男が作業に従事していた。外壁の半ばあたりでポンプのところにいるのは大柄の筋骨たくましい採掘人、地面のタンクの傍にいるのは若い青年だ。金髪の青年はひときわ精悍な顔立ちをしている。この顔に見覚えがあるのは確かだが、どこで見たのかは思い出せなかった。青年は当惑した視線をとらえてにっこり笑うと、手を貸すかのように、聞こえるか聞こえないかの音で、ハーレイの協奏曲第五番の最初の一節をそっと口笛で吹いた。青年はコメットの若い制動士だった。

彼女は笑った。「あれは本当にリチャード・ハーレイの協奏曲第五番だったのね？」

「もちろんです」彼は答えた。「だけど僕がそんなことを非加入者に教えると思いますか？」

「何ですって？」

「何しに君を雇ったと思っているんだね？」エリス・ワイアットが近づきながら言った。青年はくすくす笑うと、休めていた手でさっとレバーをつかんだ。「だらだら仕事をしても君を首にできなかったのはミス・タッガートだ。俺は違う」

「ミス・タッガート、僕が鉄道をやめた理由のひとつがそれです」青年が言った。

「あの子をいただいたのを知っていたかい？」ワイアットが言った。「きみのところの最高の制動士だったし、いまはうちの最高の整備士だが、俺たちはどっちもあいつをいつまでも引き止めておくことはできないだろう」

「誰にならできるの？」

「リチャード・ハーレイ。音楽だ。あの子はハーレイの一番弟子なんだ」

彼女は微笑んだ。「そうだったわね。ここはくだらない仕事によりにもよって貴族階級の人間だけを雇う場所ですもの」

「みな貴族階級の人間ってのは事実だ」ワイアットが言った。「誰もがくだらない仕事なんてものがないことを知っているからね。それをやりたがらないくだらない人間がいるだけで」

採掘人は興味深げに耳を傾けてかれらを上から観察していた。見上げると、彼はトラックの運転手のように見えたので、彼女はたずねた。「あなたは外の世界で何だったの？　比較言語学の教授ってところかしら？」

「いいえ」彼は答えた。「トラックの運転手でした」彼はつけ足した。「だがずっとそのままでいたかったわけじゃない」

エリス・ワイアットは認められるのが嬉しくてたまらない若者のように誇らしげにあたりを見まわしていた。大広間のフォーマル・レセプションで得意満面の主人、画廊での個展のオープニングに胸をたかぶらせる芸術家さながらに。彼女は微笑すると、機械を指さしてたずねた。「頁岩油《けつがん》？」

「ああ」

「あなたが地上にいたときに開発しようとしていた工程ね？」彼女は知らずとそう言ってから、自分の口をついて出た言葉にはっとした。

彼は笑った。「地獄にいたとき――そうだね。いま俺は地上にいるよ」

「生産高は？」

「一日二百バレルだ」

再び彼女が悲痛な声を出した。「その工程であなたは一日タンク列車五便を満たすはずだった」

「ダグニー」タンクを指して、真顔で彼はいった。「この一ガロンは前いた地獄での列車一便分よりも価値がある。これ全部、一滴一滴が自分のもので、自分以外の何にも費やされることはないんだからね」彼が汚れた手をあげ、いつくしむように油のしみを見せると、指先の黒い滴は陽光で宝玉のようにきらめいた。「自分のもの」彼はいった。「やつらにやられてこの言葉の意味と、それがどんなふうに感じるかを忘れてしまったのかい？　頑張って思い出すようにしないとな」

「あなたは荒野に埋もれている」彼女は悲しげに言った。「そして二百バレルの石油を生産している。世界をそれで溢れさせることもできたというのに」

「何のために？　たかり屋に燃料をやるためにか？」

「いいえ！　あなたにふさわしい財産を築くために」

「だが俺は世間にいたときよりもいまの方が裕福なんだ。財産とは人生を拡大する手段にほかならない。それには二つのやり方がある。より多く生産するかより早く生産するか。俺がやっているのはそちらなんだ。つまり時間を作っているんだ」

「どういう意味？」

「俺は自分に必要なものをすべて生産しながら、手法を改善しつつある。そうして節約する一時間は俺の人生に加えられた一時間だ。あのタンクを満たすのに以前は五時間かかった。いまは三時間ですむ。節約された二時間は俺のもの——俺に与えられた五時間ごとに二時間分ずつ墓を遠ざけるかけがえのない自分の時間だ。それはひとつの仕事から解放されて別の仕事に投資される二時間——さらに仕事をし、成長し、前進するための二時間だ。それが俺のためている貯蓄口座なんだ。外界にはこの口座を守れる金庫室のようなものがあるかな？」

「でも前進する余地はどこにあるの？　あなたの市場はどこにあるの？」

彼はくつくつと笑った。「市場？　俺はいま利益ではなく、効用のために働いている。たかり屋の利益ではなく、自分の効用だ。俺の人生をむさぼり食う者たちではなく、豊かにする者たちだけが俺の市場だ。消費する者ではなく、生産する者だけが誰かの市場になりうる。俺は人食い人種ではなく、命に糧を供する者たちと取引をする。石油の生産に要する労力が少ないほど、必要なものと引き換えに石油を交換する者たちに求めるものは少なくてすむようになる。俺はかれらが一ガロンの石油を燃やすごとに、かれらの寿命をそれだけ余分に延ばしてやることになる。しかも相手は俺のような人間だから、自分が作るものをより早く作る方法を考案し続ける。だからその一人一人が、俺の買うパンや衣服や木材や金属で俺の寿命を一分、一時間、一日とひきのばしてくれるわけだ」――彼はゴールトを一瞥した――「ひと月電力を買うごとに一年を。それが市場であって、俺たちの仕組みはそうなっている。だが外の世界の仕組みはそうじゃなかった。あちらでは俺たちの日々と人生とエネルギーをやつらがどんなドブに流しこんでいたことか！　底も未来もない無償のものの下水道に！　ここでは失敗ではなく業績を、必要性ではなく価値を交換する。互いに自由でありながら、共に成長しているんだ。ダグニー、財産だって？　自分の人生を所有してそれを成長につぎこむことよりも素晴らしい財産があるだろうか？　生きているものはみな成長しなければならない。じっと同じ場所にとどまっていることはできない。成長するか滅びるかなんだ。ほら――」彼は重い石の下から必死に上に伸びようとしている植物――不自然に伸びようとねじ曲がっているふしだらけの長いシダを指した。いまだ形をなしていない葉っぱの残骸は黄ばんで垂れ下がっており、力の尽きかけた緑の若い枝が一本、懸命に、だが不適切に太陽の方向に突き出ている。「あれが地獄でかれらが俺たちに対してやっていることだ。俺がそれに屈するのを想像できるか？」

「いいえ」彼女は小声で言った。

「この男が屈するのを想像できるか？」彼はゴールトを指さした。

「絶対にできない！」

「ならこの谷で何を見ても驚かないことだ」

その先へ車を走らせる間、彼女は黙りこんでいた。ゴールトは何も言わなかった。

遠くの山腹で、森の深緑の中、一本の松の木がいきなり斜めに倒れ、時計の針のように弧を描き、どさりと崩れて視界から消えた。それは人為的な動きに違いなかった。

「このあたりの製材業者は誰？」彼女はたずねた。

「テッド・ニールセン」

あたりの丘陵がなだらかになり、道路のカーブや勾配も緩みはじめた。さび茶色の斜面に異なる緑の二色の区画がみえる。くすんだ濃い緑のジャガイモの苗と、緑がかった淡い銀色のキャベツの畑だ。赤いシャツの男が小さなトラクターにのって雑草を刈っている。

「キャベツ将軍は？」彼女がたずねた。

「ロジャー・マーシュ」

彼女は目を閉じた。山を越えて数百マイル先、閉鎖された工場の階段をはい上がり、ぴかぴかのタイル張りの建物の正面にはびこっていた雑草が思い出された。

道は谷底へと続いていた。真下の住宅街の屋根と、反対側の遠くに輝くドルマークの小さな点が見える。ゴールトは住宅街の上の岩棚で最初にあらわれた建物の前で車を停めた。煙突から赤味を帯びた震える煙を吐き出す煉瓦の建物だ。入口の「ストックトン鋳造所」というごく妥当な看板を見て、彼女は驚きかけた。

杖をついて、陽なたから建物の湿っぽい暗がりへ歩いていった彼女がうけた衝撃には、時代錯誤の感覚と郷愁が入り混じっていた。これは東海岸の工業地帯だ。この二時間というもの、それは何世紀も昔のことに思えていたのに。鋼鉄の垂木に向かって上昇する赤いうねり、見えない源から噴出する輝き、突如として黒い霧をつきぬける炎、白い金属の入った輝く砂型の、昔懐かしい愛すべき光景。霧は建物の壁を隠し、その大きさをぼかしている。しばらくの間、これはコロラドのストックトンの今はなき偉大な鋳造所であり、それはニールセン・モーターであり……リアーデン・スチールだった。

「やあ、ダグニー!」

霧の中から現れて笑顔で近づいてくるのはアンドリュー・ストックトンだ。汚れた手は、その瞬間に彼女に見えたすべてを握っているかのように、堂々たる自信に満ちた仕草で伸ばされた。

彼女はその手を握り締めた。「こんにちは」自分が挨拶しているのは過去なのか未来なのかわからずに、彼女は穏やかに言った。それから頭を振り、つけ足した。「どうしてあなたはここでジャガイモを植えたり靴を作ったりしていないのです? 本来の職業にとどまっているわ」

「ああ、靴ならニューヨーク・シティーのアトウッド電力のカルビン・アトウッドが作っている。それに僕の職業は何よりも古くてどこにいようがたちまち必要になるやつだからね。とはいえ、僕はこれをやるために戦わなければならなかった。まず競合を潰す必要があったからね」

「何ですって?」

彼はにやりとして日当たりの良い部屋のガラスの扉を指した。「あっちにいるのが僕に潰された競合だ」彼はいった。

長いテーブルにかがみこんで、ドリルヘッドの鋳型の複雑なモデルに取り組んでいる若い男がいる。コンサート・ピアニストのようにすらりと長く力強い手をしており、仕事に集中する外科医のような厳しい顔つきだ。

「やつは彫刻家なんだ」ストックトンが言った。「僕がやって来たとき、やつとパートナーは鍛冶屋と修理屋をあわせたような店をもっていた。僕は本格的な鋳造所を開いて、やつらの顧客をことごとく奪ったんだ。やつには僕のような仕事は逆立ちしたってできないだろうし、どのみち一時しのぎの仕事だ——本業は彫刻だからね——だから僕のところへ働きに来た。いまでは自分の鋳造所で得ていたより短時間にもっと多くの金を稼いでいる。あいつのパートナーは化学者だったから農業に参入して、この近辺の作物の収穫を倍にする肥料を生産した――ジャガイモの話はもうした？――ジャガイモは特にね」

「すると誰かに倒産に追いこまれることもありうるのね？」

「もちろんだ。いつでも。それができて、ここに来たらおそらくそうする男がいるよ。だが、いやはや！　そいつのためならスラグ掃きをやってもいいぜ。やつならこの谷を爆発させるだろう。全員の生産を三倍にするはずだ」

「誰のこと？」

「ハンク・リアーデンだ」

「そうね……」彼女は小声で言った。「そう！」

なぜ自分がこれほど即座に確信をもって言えたのか、彼女は不思議に思った。また同時に、ハンク・リアーデンがこの谷にいるはずはないにもかかわらず、ここが彼の居場所、彼にふさわしい場所であり、青年時、仕事を始めた場所であり、また一生探し続けてきた場所、到達しようともがき苦しんだ土地、苦しい戦いの目的地だったと感じていた……炎の色をした蒸気の渦が時間を奇妙な輪に引きずりこみ――その間にも漠とした思いがとりとめのない文章のように頭の中を漂っていた。不変の若さを保つことは、結局、昔夢みた場所にたどり着くこと――食堂の浮浪者の声がきこえた。「ジョン・ゴールトは若さの泉をみつけて、人類に持ち帰りたいと思った。だが二度と戻ってこなかった……持って下りられないものだとわかったからだ」

深い霧の中から火花が噴き上がり――なにかは見えない作業を指揮してさっと腕を振って合図を送る職工長の広い背中がみえた。彼が頭を動かして号令をかけ――横顔がちらりとみえ――彼女ははっと息をのんだ。ストックトンがそれをみてくすりと笑い、霧の中に叫んだ。

「おい、ケン！　来いよ！　きみの古い友人だ！」

近づいてくるケン・ダナガーを彼女は見ていた。必死で職場にひき止めようとした偉大な実業家は、いま薄汚れた作業服を着ている。

「こんにちは、タッガートさん。すぐにまた会うと言いましたね」

同意と挨拶のように彼女はうな垂れたが、立ったまま最後の面会の場に思いをめぐらせるあいだ、しばらく手が杖に重くのしかかっていた。待った時間の苦しみ、そのあとの机での穏やかで遠い顔、そして見知らぬ者の後ろで閉まるガラス板の扉を見たときの思い。

それはほんの一瞬であり、前の二人の男はそれを挨拶として受けとめることができただけだった。だが頭を上げた彼女が見たのはゴールトであり、彼女が感じていたことを見抜いているかのように彼が自分を見ていることに彼女は気づいた。あの日ダナガーのオフィスから出ていったのは彼だったと彼女の顔に書いてあるに違いなかった。彼の顔は何の答えを与えるでもなく、真実が真実であるという事実の前にたつ人間の厳粛な顔があった。

「まさか」ダナガーに向かって、彼女は穏やかに言った。「再会しようとは」

かつてひいきにした将来有望な子どもをいとおしみ眺めるかのように、ダナガーは彼女を見つめていた。「だろうね」彼はいった。「だが、なんだってそんなに驚いているんだい？」

「わたし……あの、だって、不合理だわ！」彼女は作業服を指した。

「何か具合の悪いことでも？」

「そうすると、あなたの行き着いた先がこれ？」

「まさか！　始まりだ」

「何をやりたいの？」

「採掘業だ。だが石炭じゃない。鉄鉱石だよ」

「どこで？」

山の方角を彼は指さした。「ここだ。マイダス・マリガンがまずい投資をしたことがあったかね？　見方さえ知っていれば、あの広大な岩石の中に何を見つけられるかを知ってきみも驚くよ。私がやってきたのはそれ――見ることだ」

「そして鉄鉱石が見つからなければ？」

彼は肩をすくめた。「ほかにもやるべきことはある。俺の人生にいつも足りないのは時間であって、その使い道じゃないからね」

興味をそそられて、彼女はストックトンを一瞥した。「あなたはもっとも危険な競争相手になりうる人物を訓練しているんじゃない？」

「雇いたいのはそういう人間だけだよ。ダグニー、きみはたかり屋の中に長くいすぎたのか？　一人の能力が別の人間への脅威だと考えるようになってしまったのか？」

「あら違うわ！　でもそう考えないのは私だけになったのかと思いはじめていたの」

「最高の能力をもつ人間を見つけて雇うことを恐れる者はみな、畑違いのビジネスに首をつっこんだ詐欺だ。僕にとって、犯罪者よりも見下げ果てたこの世でもっとも卑劣な人間は、優秀すぎるからといって人を拒絶する雇い主だ。僕はいつもそう考えてきた。おい、何を笑っているんだね？」

嬉々として驚いた微笑を浮かべて、彼女は耳を傾けていた。「新鮮だわ」彼女はいった。「だってあまりにも真っ当なんですもの！」

「ほかにどんな考えかたがあるんだね？」

彼女は静かにくすくすと笑った。「あのね、子どものころ、ビジネスマンはみんなそう考えるものだと思っていたの」

「その後は？」

「その後は、そんなことを期待しないようになったわ」

「だが正しいことだろう？」

「正しいことを期待しないようになっていた」

「だが道理にかなっているだろう？」

「道理を求めることをあきらめていたわ」

「それだけは絶対にあきらめてはいけない」ケン・ダナガーが言った。

二人が車に戻り、最後の坂を下りはじめたころ、彼女がゴールトに目をやると、それを予期していたかのように即座に彼が見返した。

「あの日、ダナガーのオフィスにいたのはあなただったのね？」彼女はたずねた。

「ええ」

「あのとき、わたしが外で待っているのを知っていたのですか？」

「ええ」

「あの閉じた扉の前で待つのがどんなことだったかも？」彼の視線の性質を彼女は特定しかねた。自分がその対象とは思えないから憐憫ではない。苦しみを見つめる目つきだが、それは彼女の苦しみを見ているようには思われなかった。

「知っていましたとも」静かに、ほぼ穏やかといっていい口調で彼は答えた。

谷の一本道沿いの最初の店は、唐突にあらわれた野外劇場の外観を呈していた。前の壁のない枠組み、ミュージカルコメディーの明るい色の舞台装置。赤いキューブ、緑の円、金の三角は、それぞれ瓶詰めのトマト、樽入りのレタス、山と積んだオレンジだ。棚積みにされた金属の入れ物は背景幕のように太陽に照らされて輝いている。入口のひさしには「ハモンド食料品市場」とあった。こめかみの生え際に白髪のまじった険しい横顔をしたワイシャツ姿の品のいい男性が、魅力的な若い女性のためにレジでバターを量っている。女性はショーガールのように軽やかに立ち、綿ドレスのスカートがダンスの衣装のように風でわずかにはためいている。その男はローレンス・ハモンドだったが、ダグニーは思わず微笑んでいた。

小さな一階建ての店が立ち並んでおり、そこを通り過ぎつつ、車が動いてめくれる本のページの見出しのような看板に、彼女は見慣れた名前をとらえた。マリガン雑貨店――アトウッド皮革製品――ニールセン木材――そしてマリガン煙草社としるした小さな煉瓦の工場の扉の上のドルマーク。「マイダス・マリガンのほかに誰があの会社を？」彼女がたずねた。「アクストン博士です」彼は答えた。

通行人のなかには、男も、数はやや少ないが女もおり、かれらは特別な用事があるかのように、目的をもって颯爽と歩いていた。かれらは車を見て次々に立ち止まるとゴールトに手を振り、彼女の顔を認めると驚くでもなく興味をもって見た。「わたしはずっとここに来ると思われていたのかしら？」彼女はたずねた。「いまもそうです」彼は答えた。

道端に木の枠で組み立てられたガラス張りの建物が見えたが、一瞬それがそこにいる一人の女性の絵の額縁でしかないように思えた。長身の華奢《きゃしゃ》な淡い金髪の女性で、その顔はあまりの美貌ゆえに、画家が現実に描ききれずにぼかしたかのように、遠くからだとベールに包まれているように見える。女性が振り向いたとたん――ダグニーは建物の中のテーブルには人がおり、それはカフェテリアであり、女性はカウンターの後ろに立っており、彼女が一度見れば忘れられない映画女優のケイ・ラドロウであると気づいた。五年前に引退して姿を消し、見分けのつかない名前の取り換え可能な顔の娘たちにとって代わられたスターだ。だがそれに気づいて衝撃を受けたダグニーは、いま作られている映画をおもった。そして賛美すべきもののない日常を賛美する映画の役に使うよりも、このガラスのカフェテリアで使うほうがケイ・ラドロウの美貌の使いかたとして潔いと感じた。

次に現れたのは粗い御影石の小さなこぢんまりとした建物で、しっかりと丁寧に建てられ、礼服の折目のようにきっちりとした四角い輪郭がある。だが一瞬の幽霊のように、シカゴにたちこめる霧にすっくとそびえる高層ビルが目に浮かんだ。いま地味な松の木の扉の上に金字で書かれている「マリガン銀行」の標識を掲げた高層ビルだ。

銀行を通り過ぎる間、ゴールトは動きを特別な斜体におきかえるかのように車の速度を落とした。それから「マリガン造幣局」の看板を掲げた小さな煉瓦の建物があらわれた。「造幣局?」彼女はたずねた。「マリガンが造幣局で何を?」ゴールトはポケットに手を入れて彼女の手のひらに二枚の小さなコインを落とした。一セント硬貨よりも小さく、ナット・タッガートの時代以来出回ってはいないようなぴかぴかの円い金貨だ。その片面には自由の女神像の頭部、もう片面には「アメリカ合衆国——一ドル」の文字が刻まれていたが、刻印されている日付は二年前のものだった。

「ここの通貨です」彼がいった。「マイダス・マリガンが造幣しているのです」

「でも……誰の権威で?」

「コインに書かれていますよ——両面に」

「小銭には何を使うのですか?」

「それもマリガンが銀で造幣します。この谷ではそれ以外の通貨は受けつけません。客観的な価値しか認めないのです」

彼女はコインを観察していた。「まるで……先祖の代の黎明期からのものみたい」

彼は谷を指さした。「ええ、そうでしょう？」

タッガート大陸横断鉄道組織の全体がこれらにかかっていたのだと思いながら、手のひらの中の薄くて精巧でほとんど重さのない金の粒を彼女はじっと見ていた。これがタッガートの線路とタッガートの橋とタッガート・ビルのすべてのアーチ、すべての桁、すべてのかなめ石を支えるかなめ石だったのだ……彼女は頭を振り、コインを彼の手の中にそっと滑らせた。

「決断を楽にはしてくれないのね」低い声で、彼女はいった。

「なるべく難しくしているのです」

「なぜはっきり言わないの？　知るべきことを全部教えてくれないの？」

彼は腕で町と背後の道路を示す仕草をした。「まさにその最中です」彼はいった。

かれらは無言で車を走らせつづけた。しばらくして、統計調査の淡々とした調子で彼女はたずねた。「マイダス・マリガンはこの谷でどれだけの財産を築いたんです？」

彼は前方を指さした。「自分で判断してください」

曲がりくねった道は谷の住宅地に向かってならしていない土地の中を突き抜けている。家は道沿いに立ち並んではおらず、地面の凹凸に不規則な間隔を置いて散在していた。建物は小さくて質素で、ほとんどが御影石や松といった土地の素材でできており、思考の贅を尽くし、物理的労力は厳しくきりつめて建造されていた。一軒一軒があたかも一人の人間の労働によって建てられたかのようであり、類似した家は二つとなく、唯一共通の性質といえば課題を理解して解決する知性のしるしだけだ。ゴールトがときおり、彼女が知っている人物の家を選んで指さした。それは世界一裕福な証券取引所の銘柄一覧か、名誉の点呼のようにきこえた。「ケン・ダナガー……テッド・ニールセン……ローレンス・ハモンド……ロジャー・マーシュ……エリス・ワイアット……オーウェン・ケロッグ……アクストン博士」

最後のアクストン博士の家は、山壁を背に起伏の頂に建てられた広いテラスつきの小さなコテージだった。道はそこを通りすぎてらせん状の坂道を昇りはじめた。舗道は、高く真直ぐな古い松の幹がいかめしい柱廊のように両側に迫る細道に変わり、上方で出会う枝は小道を急な静寂と黄昏にのみこんだ。地面の細い帯に轍はなく、使われないまま忘れられているとみえ、数分もすれば、あといくつかの角を曲がれば車は居住地から遠く離れてしまう気がした――押しせまる静寂を破るものは何もなく、ただときおりまれに深い森の木の幹に差す日光のかけらがあるだけだ。

小道の脇に忽然と現れた家は不意にきこえた音のように衝撃的だった。人間の存在とのつながりを断ちきった孤独のなかに建てられた家は、なにか大いなる挑戦、あるいは悲しみの秘密の隠れ家に見える。それは谷でもっとも質素な家、幾多の雨の涙に打たれた暗い跡を残す丸太小屋だった。ただ清らかなまでに静謐で滑らかなガラスの大きな窓だけが嵐に耐えて輝いている。

「誰の家……あ！」――彼女は息をのんで顔をそむけた。扉の上には、太陽光線に打たれ、紋様がかすんで磨り減り、幾世紀もの風に打たれて滑らかになったセバスチアン・ダンコニアの銀の紋章が掲げられていた。

つい逃げ腰になった彼女にあえて答えるように、ゴールトは家の前に車を停めた。二人はしばらくじっと見つめあった。彼女は疑問の、彼は命令の視線を向け、彼女の顔には挑戦的な率直さが、彼の顔には内に秘めた厳しさがあった。彼の意図がわかっても、彼女にはその動機がわからなかった。彼女は従った。杖によりかかり、車から降り、そして家に向かって彼女は真直ぐに立った。

スペインの大理石の宮殿からアンデス山脈の掘っ立て小屋をへてコロラドの丸太小屋に辿りついた銀の紋章――不屈の男の紋章だ。小屋の扉には鍵がかかり、日光は窓ガラスの向こうのどんよりした暗闇までは届かず、松の枝が保護と共感と厳粛な祝福のために腕を広げるように屋根を覆っている。長い間隔を置いて森のどこかで小枝が鳴るか露の落ちるほかには物音はせず、ここにひそみ声を与えられなかった痛みのすべてを静寂が包んでいるようだ。悲哀なく穏やかで素直な尊敬心をもって、彼女はじっと聞いていた。きみと僕とどちらが先祖の名をあげるか。きみはナット・タッガートの、僕はセバスチアン・ダンコニアの……ダグニー！　思いとどまらせてくれ。やめさせてくれ。たとえやつが正しいとしても！……

振り返ってゴールトを見て、彼が相手ならいかなる救いの手も差しのべられなかったはずだ、と彼女は悟った。彼は運転席に座り、まるで彼女に過去を認めてほしいかのように、そして彼女が一人で挨拶するプライバシーを尊重するかのように、後を追うことも動いて手を貸すこともしなかった。戻ると車を離れたときと同じ様に座り、同じ角度でハンドルに腕をおき、彫刻のように同じ位置に指をたらしていた。目は彼女に注がれていたが、顔からうかがえたのはそれだけ、つまり彼が微動だにせず一心に彼女を凝視していたことだけだった。

ふたたび彼女が隣に座ると、彼はいった。「私があなたから奪った最初の男だ」

厳しく、率直で、落ち着きはらった挑戦的な顔をして、彼女はたずねた。「そのことについてはどれくらい知っているの？」

「やつの言葉からは何も。あなたの話をするときの声の響きからすべてを」

彼女は頭を傾けた。彼の声のかすかに強いられた平静さに苦悩の響きがあった。

彼はエンジンをかけ、モーターの爆音が沈黙にこめられた物語を吹き飛ばし、車は走り続けた。

道幅が少し広がり、陽だまりへ向かっていた。野原に抜ける途中、枝の合間にワイヤが光った。岩だらけの地面の傾斜地に、山腹の手前に建つ目立たない小さな建物がある。それは道具小屋程度の大きさの御影石のシンプルな立方形で、窓はなく、わずかな隙間もなく、ただ磨かれた鋼鉄の扉と屋根から突き出た複雑なワイヤのアンテナだけがあった。ゴールトがそれに気を留めることもなく通り過ぎようとしたとき、彼女が突然はっとしてたずねた。「あれは何？」

彼は微笑を浮かべた。「発電所ですよ」

「まあ、停めて、お願い！」

彼は従い、山腹のふもとまで車を後退させた。前進する必要もこの先登る場所もないかのように彼女を立ち止まらせたのは、岩だらけの傾斜のはじめの数歩だった。この谷の大地に目を開いた瞬間、出発地点を目的地に結合させた瞬間のように、彼女は立ちつくした。

意識をある光景、言葉のないある感情に浸らせて、彼女はその建物を見上げていた。だがずっと知っていた。感情は頭脳の加算機による集計結果であり、いま感じていることは、名づける必要のない思考の瞬間の合計であり、長い歩みの最終的な集約なのだ。ある声が、それを感情という手段で彼女に伝えている。モーターを使える見込みがあるという望みもなしに、偉業がこの世からなくなったわけではないと思うためだけにケンティン・ダニエルズを手放さなかったとすれば——よどんだ目、歯切れの悪い声、ねじ曲がった信念、どっちつかずの精神と中途半端な手腕しかもたない者たちの圧力下で、凡庸の大海に沈む重しをつけられたダイバーのように、人間の頭脳の卓越した偉業への思いを生命線と酸素の管として保ちつづけてきたとすれば——モーターの残骸の光景に、腐敗に侵食された肺からの最後の抗議としてスタッドラー博士が突然息を詰まらせ、見下すものではなくあおぎみるものを求めて叫び、これこそがその悲鳴であり、切望であり、彼女の命の燃料であったとすれば——彼女の青春時代、明確で強固で輝かしい能力の光景への渇きによって動かされてきたとすれば——いま目の前に、夏空の下で穏やかに輝くワイヤのなかに形を与えられた比類なき頭脳の力が達成され全うされており、小さな石の小屋の秘密の内部へと大気中の計り知れない力を引きこんでいる。

鋼鉄と燃料と労力が大規模に集結する全国の発電所にとって代わる有蓋貨車の半分の大きさのこの建物のことを、彼女はおもった。この建物から流れ出て電力の生産者や利用者の肩から何オンス、何ポンド、何トンもの労力を軽減し、幾時間、幾日、幾年もの時間を解放してそれをその人びとの人生に追加できる電流のことを。それは作業からふと頭を上げて陽だまりを眺める余分のひとときかもしれない。電気代から節減された金で買ったもう一箱の煙草かもしれない。一日の労働で支払われた切符で、このモーターの力で引っ張られた列車で、全世界を縦横する一ヶ月間の旅行かもしれない。思考の接続にそって工場の就業時間から削減された一時間かもしれない。電力を使うすべての工場の就業時間から削減された一時間かもしれない。電力を使うすべてのってワイヤを接続する方法を見いだした一つの頭脳のエネルギーによっておきかえられ支払われた負担、労力、時間のエネルギーのすべては、そうして別のことに費やされる。だがモーターや工場や列車自体に意味はなく、それらの唯一の意味は人生の楽しみの中にあり、あらゆることがそれに貢献している。そしてある偉業への彼女の礼賛は、その源となった人間と、その力と、この世を快楽の地としてとらえ、幸福を達成することが人生の目的であり、承認であり、意味であると知っていた彼の輝かしいビジョンに捧げられたものだった。

真直ぐで滑らかなステンレス鋼の建物の扉が太陽に照らされ、青みがかった柔らかい光沢を放っている。その上の御影石に、いかめしい角ばった建物のなかで唯一特徴的な碑文が刻まれていた。

己の人生とその愛によって私は誓う
私は決して他人のために生きることはなく
他人に私のために生きることを求めない

彼女はゴールトのほうを振り向いた。ついてきていた彼は隣に立った。この儀礼は自分のものだと知っていたからだ。彼女はモーターの発明家を見ていたが、目にしていたのは、ふだんの職分どおりの労働者然とした男の姿だった。彼の姿勢には普通ではない軽さがあり、薄手のシャツ、明るい色のスラックス、引き締まった腰のベルトという質素な衣服に包まれた長身を巧みに制御し、重さを感じさせないたたずまいだ。乱れた髪はそよ風で金属めいて輝いていた。建物を見たように、彼女は彼を見つめた。

そのとき最初に交わした言葉がいまも二人の間に横たわって、静寂を埋めていること――ああと語られたすべてはあの言葉の響きの中で語られており、彼はそれを意識しつづけて忘れさせなかったのだと彼女は気づいた。がぜん二人きりであることを彼女は意識しはじめた。その意識は事実を強める以上の含意を許さなかったが、特に強められながらも明言されなかったことの完全な意味をとどめていた。かれらは静かな森の古代寺院のような建物の足下で二人きりであり――いかなる儀式がこうした祭壇に捧げる礼拝の適切な形なのかは明らかだった。彼女は急に喉もとが苦しくなり、髪にあたる空気の流れの変化をかすかに感じる程度にだけ頭をのけぞらせたが、それは風に逆らって、彼の脚と口の形だけを意識して彼女が空中にもたれたかのようだった。彼は強すぎる光に対してのようにかすかに目を細めただけで、表情を変えずに彼女をじっと見つめていた。衝撃には三つの瞬間があるようだった。これが最初の瞬間であり――次の瞬間に、彼の努力と苦しみが自分のそれよりも耐えがたいと知る獰猛な勝利感をおぼえ――彼が目をそらし、頭を上げて殿堂の碑文を見た瞬間があった。

しばらくの間、自分の強さに燃料を足そうと苦しむ敵への憐れみのようにそれを彼に見せておき、やがてその碑文を指して傲慢な口調で彼女はたずねた。「あれは何？」

「この谷にいる、あなた以外の全員がたてた誓いです」

その文句を見ながら、彼女はいった。「わたしはいつもこの原則に従って生きてきたわ」

「知っています」

「でもあなたのやりかたがそれを実践する方法だとは思いません」

「それではどちらが間違っているのか、あなたは学習しなければなりません」

急に体の動きのなかでやや強調された自信、彼の苦しみによって彼女が持っている力を意識しているとほのめかす程度の自信を浮かべて、鋼鉄の扉まで彼女は歩いていった。そして許可を得るでもなく、取っ手を回そうとした。だが扉には錠が下ろされ、強固な鋼鉄の板で錠が流しこまれて石に埋められたかのように、力を込めた手の下はびくともしなかった。

「ミス・タッガート、扉をこじ開けようとしても無駄です」

一歩一歩を彼女が意識していると知っているかのように、ややおそすぎる足取りで、彼は近寄ってきた。「どれだけ物理的に圧力をかけても開きはしません」彼はいった。「扉を開けることができるのは、ある思考だけです。世界一強力な爆薬で破壊しようとしても、扉が崩れるよりずっと前に中の機械類は破壊されて瓦礫と化すでしょう。だがそれが要求する思考に到達すれば――モーターの秘密はあなたのものになります。そして」――はじめて彼の声が途切れた――「あなたが知りたがっているほかの秘密も」

完全に理解するのを待つかのように、彼はしばらく彼女と向き合っていた。そしてふと不可解で穏やかな笑みを浮かべると、つけ足した。「開けかたをお見せしましょう」

彼は後ろに下がった。そしてじっと立ったまま、石に刻まれた言葉に向かって、その言葉をゆっくりと、冷静に、改めて誓いをたてるかのように繰り返した。声に感情はなく、意味を熟知して発した言葉の歯切れのよさだけがあった。だが目撃しうるかぎりでもっとも厳粛な瞬間を目撃していることは確かだ。彼女が見ていたのは一人の男の裸の魂と、それがこの言葉を口にするために払った代償だった。聞いていたのは、その男が初めて、その後の年月を完全に理解して誓いを口にした日のこだまだった。暗い春の夜、いかなる人間が六千人に向かって立ち上がったか、なぜ人びとが彼を恐れたか彼女にはわかった。これが以来十二年に世界に起こったすべての起源であり核だった。これは建物にひそむモーターよりもはるかに重大なことなのだ。自戒と再度の献辞として発した男の言葉の響きをきいて、彼女はそのことを知った。

「己の人生と……その愛によって私は誓う……私は決して他人のために生きることはなく……他人に私のために……生きることを……求めない」

最後の音が発せられたと同時にゆっくりと、指一本触れないうちに扉が開き、内側にのびる暗闇へと動いたことに彼女は驚かず、それは驚くべきでも重大でもないように思えた。建物の中に電灯がともった瞬間、彼は取っ手を掴んで扉を閉め、再び鍵のかかる音がした。

「音声錠です」落ち着いた顔で、彼がいった。「あの文句は鍵を開けるのに必要な音の組み合わせです。この秘密をあなたに教えるのは、私が意図したとおりの意味で本心からそう言えるようになるまで、あなたはこの言葉を口にしようとはしないとわかっているからです」

彼女は頭を傾けた。「そうですね」

彼のあとについてゆっくりと車に戻る途中、彼女は急に動けないかと思うほどの疲れを感じた。座席にもたれて目を閉じた彼女の耳にはエンジンの音もほとんど聞こえていなかった。眠らずにいたあいだに蓄積された疲労と衝撃がどっと襲いかかり、なんとかもちこたえていた神経の緊張の壁を突き破ったのだ。考えることも反応することも戦うこともできず、ひとつのことしか感じられずに、彼女はじっと横たわっていた。

彼女は口をきかなかった。そして彼の家の前で車が停まるまで目を開かなかった。

「休んだほうがいい」彼がいった。「今夜のマリガンの夕食会に出席したければ、いますぐ眠ることです」

彼女は素直にうなずいた。そして彼の助けをかわしつつ、家までよろよろと歩いていった。それからようやくのことで「大丈夫です」と言うと、自分の部屋に避難したものの、扉を閉めるのが精一杯だった。

彼女は顔からベッドに倒れこんだ。それは単なる肉体的疲労の事実だけではない。耐えられぬほど完全な突然の熱狂的陶酔だった。体力は尽き、頭は意識の機能を失っていたが、ひとつの感情が気力と理解力と判断力と自制心の残りをかりたて、それに抗したりそれを導いたりするものを一切残さず、願望を持つことさえ許さず、彼女を単なる感覚――出発地点も目的地もない静的な感覚におとしめた。彼の姿――あの建物の入口に立つ彼の姿が何度も脳裏をよぎった。ほかには欲望も希望も感情の見積もりも名前も彼女自身への関係も何もなく――彼女自身という単位はなく、彼女は人間ではなくただの機能、彼を見る機能であり、彼の姿がそれ自体意味と目的であって、それ以上到達すべき結末はない。

顔を枕にうずめ、彼女はおぼろげに、かすかな興奮とともに、カンザスの離着陸場の投光照明に照らされた滑走路から離陸した瞬間を思い出した。エンジンの鼓動、ひとつの目標に向かって一直線に全力で加速する動き――そして車輪が地面を離れた瞬間、彼女は眠っていた。

＊　＊　＊

二人がマリガンの家へ車で向かう頃には、谷底はいまだ空の輝きを映す池のようだったが、光は金色から暗い銅色《あかがねいろ》に変わり、岸も見えなくなり、山頂の青色もかすんでいた。

彼女の態度には疲労の跡はなく、激しい打撃をうけたしるしもない。夕方目覚めて部屋から出ると、ランプの光のなか、何をするでもなく座って待っていたゴールトが目を上げた。彼女は落ち着いた表情で、滑らかな髪をして、くつろいで堂々と戸口に立っていた。杖によりかかって体がわずかに傾いているほかは、タッガート・ビルのオフィスの入口にいたときと同じ姿に見えているはずだ。彼はしばらくじっと彼女をみており、彼女はなぜそれが彼の目に浮かんでいるイメージだと確信できたのだろうと思った。それが長い間想像しながらも長らく禁じられてきた光景であるかのように、彼は彼女のオフィスの入口を見ているのだ。

彼女は車のなかで彼の隣に座り、話をする気がせず、沈黙の意味を二人とも隠せないことを意識していた。遠い家の灯りが谷にぽつぽつとともり、やがて前方の岩棚にマリガンの家の明るい窓が見えた。彼女はたずねた。「誰が来るのです?」

「あなたの最後の仲間で」彼は答えた。「私の最初の仲間でもある人たちです」

マイダス・マリガンは戸口でかれらを迎えた。凄みのある角張った顔は彼女が想像していたほどいかめしく無表情ではない。満ち足りた顔だが、満足感は顔つきを柔らげることはなく、ただ火打石のように顔を照らし出して、目尻をかすかに輝かせるユーモアの火花を放っていた。微笑よりも鋭くて厳しいがあたたかいユーモアの火花だ。

いつもよりほんの少しだけゆっくりと腕を動かし、仕草に微妙な重みをもたせて、彼は扉を開けた。居間に足を踏み入れると、七人の男が立ち上がって彼女の方を向いた。

「諸君、タッガート大陸横断鉄道だ」マイダス・マリガンが言った。

微笑を浮かべて言ったものの、冗談は半分だけだった。その声はナット・タッガートの時代をしのばせるような、格調高い名誉の称号の響きを鉄道の名前に与えていた。

この男たちが自分と同じ価値と名誉の基準を有し、その称号の栄誉を自分が認めているように認めていることを意識しながら、生まれてからどれほどこの承認を切望していたかという思いに胸を突かれ、目の前の男たちへの感謝のしるしとして、彼女はおもむろに頭を下げた。

彼女の目は、会釈代わりに、顔から顔へとゆっくりと動いた。エリス・ワイアット――ケン・ダナガー――ヒュー・アクストン――ヘンドリックス博士――ケンティン・ダニエルズ。マリガンの声がほかに二人の名前を告げた。「リチャード・ハーレイ――ナラガンセット判事」

リチャード・ハーレイは微笑を浮かべ、旧知の間柄といった顔をした。レコードの傍で過ごした孤独な夜にそうだったのと同様に。白髪のナラガンセット判事の厳格な風貌をみて、かつて彼が大理石の像――目隠しされた大理石の像と評されていたことを彼女は思い出した。それは金貨が国の権力から消えたときに国の法廷から消えた姿だった。

「タッガートさん、あんたはずっと前からここの人間だ」マイダス・マリガンが言った。「こんなふうにやってくるとは思いもしなかったが――おかえり」

彼女は「違います！」と答えようとして、いつのまにか「ありがとう」と穏やかに答えていた。

「ダグニー、いつになったら自分らしくふるまってくれるんだね?」無力な彼女の表情と、その顔に浮かんだ微笑と激しい抵抗の間の葛藤を見てにやりとして、彼女の腕をとり、椅子に案内したのはエリス・ワイアットだった。「わからないふりをするなよ。きみにはわかっているんだから」

「ミス・タッガート、我々がたんに主義主張をふりかざすことはありません」ヒュー・アクストンが言った。「それは敵に特有の道徳的犯罪です。我々は語るのではなく示すのです。主張するのではなく証明する。我々は従わせようとはしておらず、あなたの合理的信念をかち得たいと思っています。あなたは我々の秘密の全要素をごらんになりました。いま結論はあなたが導くもの——我々はそれを明らかにする手助けはできても、受け入れさせる力はない。見解と知識と受容はあなた自身のものでなければならないのです」

「わかる気がします」彼女は率直に答えた。「いえ、いつもわかっていたのに探しあてたことがない気がします。いまは怖いんです。結論を聞くことではなく、もうすぐそこに辿りつくってことが怖いだけです」

アクストンが微笑んだ。「ミス・タッガート、これは何に見えますか?」彼は部屋全体を指し示した。

「これ?」大きな窓に溢れる黄金の太陽光線を背にした男たちの顔を見て、彼女はいきなり笑いだした。「これはまるで……そう、ここの誰ともまた会えるとは思っていませんでしたし、もう一度会って、あと一言交わすためなら何も惜しくないと思ったこともありました。それがいま——これは幼いころみた夢のよう。あの頃は、いつか天国で、この世で会えなかった過去の偉人に会う、会いたい偉人を何世紀もさかのぼって選ぶと思っていましたから」

「たしかに、それは我々の秘密の本質への一つの鍵です」アクストンが言った。「天国の夢と素晴らしさを墓の中までお預けにするべきか——あるいはそれがここで、いま、この世で我々のものとなるべきなのか、自分にたずねてごらんなさい」

「もうわかっています」彼女は小声で言った。

「偉人たちに天国で会えたら」ケン・ダナガーがたずねた。「何と言うんだね？」

「ただ……『こんにちは』かな……」

「それだけじゃない」ダナガーが言った。「そいつらの口から聞きたいことがあるはずだ。俺も知らなかった。初めてこの人に会うまで」——彼はゴールトを指さした——「彼に言われて、俺は自分が生涯聞きたくて聞けなかったことが何だったのかわかった。タッガートさん、きみはかれらにきみを見て、『よくやった』と言ってほしいんだ」彼女はうな垂れて無言でうなずき、突然目に溢れた涙を見せまいとうつむいた。「よろしい。では言おう。よくやったぞ、ダグニー！——上出来だ——出来すぎだ——いまは、我々の誰も担ぐ必要のなかった荷を降ろして休むときなんだ」

「だまってな」垂れた彼女の頭を心配そうに見ていたマイダス・マリガンが言った。

だが彼女は頭を上げて、微笑した。そしてダナガーに「ありがとう」と言った。

「休む話なら、本当に休ませてやりな」マリガンが言った。「今日一日いろいろありすぎたんだ」

「いいえ」彼女は微笑んだ。「どうぞおっしゃって——何だってかまわないわ」

「あとだ」マリガンが言った。

夕食はマリガンとアクストンが給仕して、ケンティン・ダニエルズが手伝った。食事は椅子の肘に置けるように小さな銀の盆で供された。窓の外で空の炎が色あせ、電灯の光がワイングラスに反射してきらめくなか、かれらは部屋のあちこちに座った。部屋には贅沢な雰囲気が漂っていたが、それは高度に洗練されたシンプルな贅沢さだった。快適さを追求し厳選された高級家具は、贅沢がいまだ芸術であった時代に購入されたものだ。不要なものは何ひとつないが、極めて高価な、ルネサンスの巨匠の小さな油絵に彼女は目を留めた。美術館のガラスの下にありそうな生地と色彩のペルシャ絨毯がある。これがマリガンの富の概念だ、と彼女はおもった。蓄積ではなく、選択の富だ。

ケンティン・ダニエルズは膝に盆をのせて床に座っていた。彼は心からくつろいでいるようにみえ、先に秘密を発見した生意気な弟のようににやにや笑いながら、ときおり彼女を見上げた。この谷に着いたのは十分ほど早かっただけなのに、彼はここの一員であり、自分はいまだによそ者なのだ、と彼女はおもった。

ゴールトはランプの光の輪から外れ、アクストン博士の椅子の肘に座っていた。彼は一言も発することなく、後ろにさがって彼女をほかの者たちにまかせ、出番が終わった舞台を見るようにじっとその場を眺めていた。だが舞台を選び演出したのは彼であり、彼がずっと以前に始め、彼女を含めて全員がそれを知っているという確信に引きずられて、彼女の目は何度も彼に戻った。

ゴールトの存在を強く意識している人間がもう一人いることに彼女は気づいた。ヒュー・アクストンはときおり、そぞろに、人目を忍ぶように、長い別離の寂しさを打ち明けまいとするかのように彼を見上げている。そこにいて当然のように、アクストンは彼に話しかけなかった。だが一度、ゴールトが前のめりになり髪が顔にかかったとき、アクストンが手を伸ばしてかきあげ、その手が生徒の額にほんの一瞬長く残った。それは彼が自分に許した唯一の感情の発露であり、伝達だった。それは父親の仕草だった。

いつのまにか彼女は、軽やかな気分でくつろいでまわりの男たちと話していた。いや、感じていたのは緊張ではなく、感じるべき緊張を感じていないという漠然とした驚きだった、と彼女はおもった。異常なのは、それがあまりにも普通で単純に思えることだった。

それぞれと話すあいだ、彼女は自分の質問をほとんど意識していなかったが、かれらの答えは、目的に向かって一文一文、彼女の心に刻まれていった。

「協奏曲第五番？」彼女に訊かれて、リチャード・ハーレイは言った。「作曲したのは十年前です。解放の協奏曲と呼んでいます。夜中の口笛の音を少し聞いただけで気づいていただいて嬉しいですよ……ええ、知っています……ええ、私の作品をご存じでしたら、この協奏曲は私がこれまで言いたい、到達したいと苦労してきたすべてを物語っているとおわかりになったでしょう。あの曲はこの人に捧げられているのです」彼はゴールトを指した。「いえいえ、ミス・タッガート、私は音楽をあきらめたわけではありません。どこからそんなことを？　この十年かつてなく多くの曲を書きました。私の家におこしになるときに、どれでも弾いてさしあげましょう……いいえ、ミス・タッガート、外では発表されません。一節として、この山を越えたところで聞かれることはありません」

「いいえ、ミス・タッガート、私は医療をあきらめたわけではありません」彼女の質問に答えて、ヘンドリックス博士がいった。「この六年を研究に費やしていたのです。そして脳卒中として知られている脳血管の致命的な破裂を防ぐ方法を発見しました。それは突発的な麻痺という恐るべき脅威を人からとり去るでしょう……いいえ、その手法が一言として外で聞かれることはないでしょう」

「ミス・タッガート、法律とおっしゃるのかな？」ナラガンセット判事がいった。「どの法律のことでしょう？　私が法を捨てたわけではなく、法が存在しなくなったのです。だが私は自分が選んだ正義という大義に仕える職業に就いていまも働いています……いや、正義が存在しなくなったわけじゃない。そんなことがありうるでしょうか？　人がそれを見失うことはありえますが、そのときは正義が人を破壊する。だが正義が存在しなくなることはない。なぜといえば一方は他方の属性であり、正義は存在を認識する行為だからです……ええ、職業は同じです。いま法哲学について論文を書いているところです。人類のもっとも陰惨な悪、人間が考案したうちもっとも破壊的な恐るべき仕組みは客観的ではない法律だと証明するつもりです……いいえ、ミス・タッガート。私の論文は外では公表されません」

「俺の事業？」マイダス・マリガンが言った。「タッガートさん、俺の事業は輸血――いまもそうだ。仕事は成長力のある工場に命の燃料を補給すること。だがどれだけの血液を注ぎこめば機能することを拒んで、努力せず存在したがる腐った図体を救えるか、ヘンドリックス博士に聞いてみな。俺の銀行の血液は金《きん》だ。金は驚くべき奇跡を起こす燃料だが、モーターのないところでは役に立たない……いや、投げだしたわけじゃない。ただ健康体から血液を吸い取ってそれを根性なしの半死体に注入する畜殺場を経営する仕事に嫌気がさしただけだ」

「あきらめた？」ヒュー・アクストンが言った。「ミス・タッガート、前提を確認なさい。我々の中にあきらめた人間はいません。あきらめたのは世界なのです……哲学者が道端で食堂を経営して何がおかしいでしょうか？　あるいはいまのように煙草工場を運営することが？　すべての仕事は哲学行為です。そして人間が生産的な仕事と、その根源であるものを道徳価値の基準とみなすようになるとき、人は失われた生得権である完全な状態に到達するでしょう……仕事の根源？　頭脳ですよ、ミス・タッガート。道理をたてて考える力です。私はこのテーマについて、自分の生徒から学んだ道徳哲学を定義する本を執筆中です……ええ、その本は世界を救えるでしょう……いいえ、外では出版されません」

「なぜ？」彼女は叫んだ。「なぜです？　みなさん、何をなさっているの？」

「ストライキです」ジョン・ゴールトが言った。

彼の声と言葉を待っていたかのように、全員が一斉に彼を見た。彼女の内側で虚ろな時間の拍子がきこえ、それはランプの光の幅を通り越して彼を見たときに突然部屋を襲った静寂だった。彼はくだけた前かがみの姿勢で椅子の肘に座り、膝の上で腕を交差させ、手をだらりと垂らしている。彼の言葉に撤回できない決定的な響きを与えたのは、その顔に浮かんだ微笑だった。

「そんなに驚くようなことでしょうか？　人間の歴史において唯一ストライキを行ったことのない種類の人たちがいます。そのほかのあらゆる種類や階層の者たちが、辞めたいときにやめ、社会に要求をつきつけ、自分たちがなくてはならぬ存在だと主張してきた──世界を肩に担ぎ、それを生かし、その唯一の代償としての拷問に耐えながらも人類を見捨てなかった人たちを除いて。さて、かれらの番がきた。それが誰であり、かれらが何をしており、かれらが働くことを拒否すれば何がおこるかを世界に思いしらせてやりましょう。ミス・タッガート、これは頭脳労働者たちのストライキです。頭脳のストライキなのです」

片手の指が頬からこめかみに動いただけで、彼女は身じろぎもしなかった。

「いつの時代も」彼はいった。「頭脳は悪とみなされ、活発な意識をもつ目を通して世界を見て理性的に関連づけていくというきわめて重要な行為をおこなう責任を引き受けた者たちに対しては、異端者から唯物主義者から搾取者までのあらゆる侮辱の形──追放から公民権剥奪から財産没収にいたるまであらゆる不当な扱い──冷笑から拷問台から銃殺隊まであらゆる形の拷問が与えられてきました。にもかかわらず鎖をつけて、地下牢で、隠れ家で、哲学者の小部屋で、商人の店で、頭脳を使い続けた者たちがいたがために、その限りにおいてのみ人類は存続していくことができたのです。愚鈍なものの崇拝の数世紀を通じて、人類がいかなる停滞をみずからまねこうと、いかなる残忍行為を行おうと──小麦が成長するためには水が必要であり、曲線型に積み上げた石はアーチを成し、二足す二が四であり、愛が苦しみによって成就することはなく、人生は破壊によって豊かになることはないと認識した人間がいたからこそ——そうした人びとの力によってのみ、ほかの者たちも人間であることの輝きをとらえる瞬間を経験するようになり、そうした瞬間の集積だけがかれらの存続を許したのです。かれらにパンを焼き、傷を癒し、武器を鍛造し、自分が投獄される牢を建設することを教えたのは頭脳労働者です。それは途方もない活力と、向こう見ずな寛容さを持っていた人間——停滞が人間の運命ではなく、無能が生来の性質ではなく、おのれの頭脳の才能がもっとも気高く喜ばしい力であると知っていた人間であり——そうした人間は、自分だけが感じる存在の愛のために仕事を続け、いかなる代償を払おうとも、自分から略奪し、自分を投獄し、拷問する者のために働きつづけ、かれらの命を救うという特権の代金を自分の命で支払った。これが頭脳労働者の罪であり、栄光だった——おのれの栄光の罪を感じよと、知性の罪への罰として生贄としての役割を受け入れよと、獣の祭壇の前で滅びよとかれらに説かせておいたことが。人間の歴史の悲劇的ないたずらは、人間が建立したあらゆる祭壇において、犠牲になったのは常に人間であり、奉られたのは動物であったということです。人類が拝してきたのは人間ではなく動物の属性、すなわち本能と暴力の偶像である神秘家と王たちでした。いいかげんな心象にあこがれ、自分の暗い感情が理性にまさり、盲目的な原因不明の気まぐれからくる知識に、迷わずやみくもに従うべきだと主張して支配した神秘家と——鉤爪《かぎつめ》と筋肉によって、征服を方法として、略奪を目的として、こん棒や銃を唯一の権力の正当な基盤として君臨した王たちです。人間の魂の擁護者は感情に、肉体の擁護者は胃袋に注意を払った——だが両者とも頭脳に対しては結託していたのです。しかしながら誰も、最底辺の人間でさえも、頭脳を完全に放棄することはできません。誰も非合理的なものを信じたことなどない。かれらが信じているのは実は不正です。人が頭脳を糾弾するときは必ず、頭脳の本質が告白を許さない目的があります。いかなる矛盾も破壊を代償としますが、矛盾を説く人は、誰かが無茶な重荷をひきうけ、誰かがおのれの苦労や命を代償にその矛盾を解決してくれることを知っています。不正を可能にしたのはその犠牲者です。獣の支配を機能させたのは理性ある人間たちなのです。理性の強奪がこの世のあらゆる反理性的教義の意図です。能力の略奪が自己犠牲を説くあらゆる教義の目的です。略奪者たちは常にそれを知っていました。我々は知らなかった。いま我々がそれを認識すべきときなのです。いま我々が崇拝することを求められているもの、かつて神や王として飾りたてられていたものは、愚鈍でむきだしの歪められた『無能な』人間の姿なのです。これが新しい理想、めざすべき目標、生きる目的であり、すべての人びとはいかにそこに近づくかによって報いられることになっている。いまは庶民の時代だといわれています。庶民とは目立つ業績をあげなかった程度に応じて誰もが主張しうる称号だ。庶民は、しそこなった努力によって位が上がり、示していない美徳のために尊重され、生産しなかった商品のために報いられる。だが我々——能力の罪を贖わなければならない我々は——一庶民が命じるままに、庶民の快楽を唯一の報酬として、庶民を支えるために働くことになる。最大の貢献をするゆえに、我々は最小限の発言権しか与えられないでしょう。よりすぐれた思考能力をもつゆえに、みずから考えることを許されないでしょう。行動にあたって的確な判断をくだすゆえに、選択するという行為を許されはしないのです。そして仕事のできない者たちによって発布された政令と規制の下で仕事をすることになる。かれらは自分には力がないからと、我々のエネルギーを消耗するでしょう。自分には生産できないからと、我々の製品を消費するでしょう。そんなことは不可能であり、機能するはずがないとおっしゃいますか？　向こうはそれを知っているが、それを知らないのはあなたであり——かれらはあなたがそれを知らないという事実に依存している。かれらはあなたが働きつづけ、超人的な限界まで働き、あなたがもちこたえる間かれらを養うことをあてにしているのです。あなたが力尽きたときには、生きるか死ぬかの戦いのなかで、仕事を始めかれらを養うまた別の犠牲者がおり——やがて後を継ぐ犠牲者の寿命は次第に短くなり、あなたが命がけで鉄道を残したところで、あなたの精神の末裔が命がけで残すのは一斤のパンだけになるでしょう。これは現代のたかり屋が心配していることではありません。かれらの計画というのは——過去のたかり屋の王侯すべての計画と同じく——自分が生きているあいだ略奪を続けることだけです。以前は常にそれが続いてきた。というのも一世代で犠牲者が尽きることは無かったからです。だが今度ばかりは続かない。犠牲者はストライキ中です。我々は殉教に対して——殉教を要求する道徳律に対してストライキを行っています。我々は一人の人間が他人のために生きなければならないと信じる者たちに対してストライキを行っています。人食いの道徳に対して、その実践が肉体的なものであれ精神的なものであれ、ストライキを行っているのです。そして我々の条件によってでなければ人と取引することはなく——その条件とは、人間はそれ自身が目的であって、他人のいかなる目的の手段でもないという道徳律です。我々は我々の規範をかれらに強制するつもりはありません。かれらは信じたいことを信じればいい。だが今度こそ、かれらはそれを信じてかつ生きていかなければならない——我々の援助なしに。そしてこれきり、かれらはみずからの信条の意味を思い知ることでしょう。その信条は幾世紀にもわたって、犠牲者の承認によって——実践不可能な規範を破ることに対する罰を犠牲者が受け入れることによってのみ存続してきた。だがその規範は破られるべく意図されている。その規範はそれを遵守する者ではなく、守らない者によってながらえる規範、聖人の美徳ではなく罪人の栄光によって存続する道徳なのです。我々はもう罪人でいる事をやめることにした。その道徳律を破ることをやめたのです。我々はその道徳律が耐えることのできない唯一の方法によってそれを永久に葬り去るつもりです。すなわち遵守することによって。我々はかれらの道徳律を遵守しています。それに従っています。我が同胞との取引において、我々はかれらの価値規範を文字通り遵守し、かれらが糾弾する諸悪をひきおこすまいとしているのです。頭脳が悪だというのですか？　我々は社会において頭脳による労働をしないことにしましたから、我々のアイデアが人に知られることも使われることも一切ないはずです。能力は能力の劣る者にチャンスを残さない利己的な悪だというのですか？　我々は競争から引きさがり、無能な人間にすべてのチャンスを残しました。富の追求は強欲であり、諸悪の根源だというのですか？　我々はもはや財産を築こうとはしていない。ぎりぎりの生計をたてる以上に稼ぐのは罪悪だというのですか？　我々は最底辺の仕事だけをひきうけ、筋肉の力で、たちまち必要な消費財を生産する以上のことはしていない——世界に害を与える一セントも、一つの独創的な考えも残らないように。成功は弱者を犠牲にして強者がとげるものだから罪悪だというのですか？　我々は、我々の野心で弱者に負担をかけるのをやめ、かれらが我々なしで繁栄するのにまかせました。雇用主であるのは罪悪だというのですか？　我々には提供する職はない。財産を所有するのは罪悪だというのですか？　我々は何も所有していない。この世での存在を楽しむのは罪悪だというのですか？　我々がかれらの世界に求める楽しみの形はない。そして、これはかれらが理想として説く感情、すなわち無関心——空白——零——死のしるしであり……数世紀来かれ我々にとって何よりもなしがたかったことですが、かれらの世界にいま我々が抱いているのはかれらが探し求めるふりをしてきたすべてを我々は与えています。では、それがかれらの求めていたものかどうか、確かめさせるとしましょう」

「このストライキを始めたのはあなただったのですね？」彼女はたずねた。

「そうです」

彼は立ちあがり、ポケットに手をつっこみ、光に顔をさらしたまま立っており——気楽で自然な容赦のない確信の楽しみにみちた微笑を見せていた。

「我々は散々ストライキのことを聞かされてきた」彼はいった。「そして庶民でない者たちの庶民への依存について。産業資本家は寄生虫であり、彼を支え、その富を創造し、贅沢を可能にするのは彼の従業員であり――従業員がいなくなれば彼はどうなるのか、と叫ばれるのを聞かされてきた。よろしい。誰が誰に依存し、誰が誰を支え、誰が富の源泉であり、誰が誰の生活を可能にし、誰がいなくなれば誰に何が起こるのかを世界に見せてやりましょう」

いまでは窓一面に暗闇が広がり、ところどころに煙草の火を映している。彼が隣のテーブルから煙草をとりあげ、ぱっとついたマッチの炎のなか、指の間で金色にきらめくドルマークが見えた。

「私が引退して彼のストライキに参加したのは、知識人の資格を得るには知の存在を否定すべきだと主張する者たちと職業を共にすることができなかったからです」ヒュー・アクストンが言った。「配管工事などというものはないと断定することで自分の専門家としての優秀さを証明しようとする配管工を人は雇おうとはしない――だが、どうやら、同様の分別の基準が哲学者に関しては必要とはみなされていないらしい。しかし私は自分の生徒から、それを可能たらしめたのは自分だと学んだのです。思想家が思考の存在を否定する者を学派が違うだけの同じ思想家として受け入れるとき――知性を破壊するのは思想家自身なのです。敵の基本的前提を容認し、それによってれっきとした痴呆に理性の承認を与えることによって。基本的前提はアンチテーゼとの協同を許さず、寛容さを認めない絶対的なものだ。銀行家が偽札を受けつけたり流通させたりして自分の銀行の承認や名誉や威信を貸与することもなく、単なる意見の相違だからと偽札業者が寛容さを求めても応じないのと同様――私は哲学者の称号をサイモン・プリチェット博士に与えはしないし、人間の知性をめぐって彼と競いはしない。プリチェット博士が哲学の口座に振りこめるのは、それを破壊するという宣言された意図どおりのことだけです。彼は人間の理性の力に乗じて――理性を破壊することで――金を手にしようとする。たかり屋の主人のもくろみに理性の造幣局印を押そうとする。そして思考を買収し隷属させるために哲学の威信を利用しようとする。だがその威信は私がその場にいて小切手に署名してはじめて存在しうる口座です。私なしでやらせてみましょう。彼と――自分の子どもたちの知性を彼に託す者たちに――求めた通りのものを持たせてやりましょう。知性のない知識人と考えることができないと主張する思想家の世界を。私は譲歩しています。従っているのです。そしてかれらの言う非絶対的な世界の絶対的な現実をかれらが目の当たりにするとき、私はそこにいませんし、かれらの矛盾の代償を払うのは私ではないでしょう」

「アクストン博士は健全な銀行業の原則に基づいて辞職した」マイダス・マリガンが言った。「俺は愛の原則に基づいて辞めたんだ。愛は人が最高の価値に与える認知の究極の形だ。俺を引退させたのはハンサッカーの訴訟だ――あのとき法廷は、預金者の資金を要求する権利がないことしか証明できない連中の要求を、最優先の請求権を持つものとして尊重しろと命じた。人が稼いだ金を、自分は金を稼ぐ能力がないという主張しかできない役立たずのろくでなしにくれてやるように命令したんだ。俺は農場で生まれた。金の意味は知っている。これまで大勢の人間を相手にしてきた。そしてかれらの成長をじっくり見てきた。特定の種類の人間を見つけだす能力で財をなした。信仰も希望も慈善も求めず、事実と証拠と利益を提供するやつらだ。ハンク・リアーデンが出てきたばかりのときに、やつの事業に俺が投資したのは知ってたかね？　ちょうどミネソタからはいあがってきて、ペンシルベニアの製鋼所を買ったころだ。さて、机の上にあの判決文を見たとき、俺はある光景を見た。ある絵が見えて、それが実に明快で、見方をがらりと変えたんだ。俺が見たのは、初めて出会ったときのままの、若いリアーデンの怜悧な顔と目。その彼が祭壇の足もとに横たわって地面に血を流していて——祭壇に立っていたのは、とろんとした目で自分には一度もチャンスがなかったとぶつぶつ言うリー・ハンサッカーだった……不思議なことにいったんはっきり見えるとものごとはおそろしく単純になる。銀行を閉めて姿を消すのは難しくはなかった。俺は生まれて初めて、自分が何のために生き、何を愛してきたかを見ていたんだ」

彼女はナラガンセット判事を見た。「あなたも同じ訴訟をめぐって引退なさったのでしたね？」

「ええ」ナラガンセット判事はいった。「辞めたのは高裁が私の判決を覆したときでした。正義の保護者たらんと決意して、職業を選択した。だが施行を求められた法律は、私を想像を絶する邪悪な不正の執行者にした。権利の保護を求めて私の前にやってきた無防備な人びとの権利を侵害するために権力を行使することを要求されたのです。訴訟当事者は、双方が認める客観的な行動基準があるという前提に基づいてのみ、法廷の判決に従います。さて私は、ある人間はその基準に束縛されるが別の人間はされず、ある者はルールに従うものとされるが別の者は任意の願望——彼の必要——を主張してよいものとされ、法律はそうした願望の側に立つことになっていることを理解しました。正義は正当化しえないものを支持することとされました。私が辞めたのは——正直な人間から『判事《ユア・オナー》』の敬称で呼ばれるのを聞くに耐えなかったからです」

彼女の目はゆっくりと、話をせがみつつ聞くことを怖れるかのように、リチャード・ハーレイへと動いた。彼は微笑んだ。

「自分が苦しんだことは許せたでしょう」リチャード・ハーレイは言った。「許せなかったのは私の成功についての人の見方です。拒絶された幾年もの間、憎しみなど感じませんでした。新しい作品に慣れるには時間がかかりますし、新境地を切り拓くことを誇るなら、人がなかなかついてこなくても不平を言う権利はありません。ずっとそう自分に言いきかせていました——これ以上待てない、もう信じられないと思い、『なぜ？』と叫んで答えが見つからなかった夜はありましたが。やがて、人が歓声をおくることにした夜、舞台に立ち、これが待ち望んだ瞬間だ、じっくり味わおうと思いましたが、何も感じなかった。目に見えたのはこれまでのすべての夜、耳に響いたのはいまだ答えのない『なぜ？』だった――すると歓声が冷遇と同じように虚しく思えたのです。もし『遅くなってごめん。待ってくれてありがとう』と言われていたら――ほかには何もいらず与えられるすべてを差し出していたでしょう。だが人びとの顔に、寄ってたかって私を称える話しかたに私がみたのは、芸術家に教えられていると聞いてはいたものの、真に受ける人間がいるとは思いもよらなかったことでした。どうやら、聴衆が私をありがたがる必要はなく、かれらの聴覚障害が私に道義目的を与えるのであり、かれらのために戦い、苦しみ、かれらが私に加えることにしたいかなる冷笑や軽蔑や不正や苦悩にも耐えること、私の作品を鑑賞することをかれらが学ぶために耐えることとは私の義務であり、それはかれらの当然の権利であり、私の本来の目的である、ということらしかった。そのとき私は精神のたかり屋の本質と、それまで思いも及ばなかったあることを理解したのです。私は見たのです。かれらがマリガンのポケットに手を伸ばしたように、私の魂に手を伸ばしているのを。彼の富を着服しようとしたように、私という人間の価値を奪い取ろうと手を伸ばしているのを。凡庸なるずうずうしい悪意が優れた人間の体で埋める奈落としておのれの空虚さを自慢げにさしだしているのを。マリガンの金を餌にしようとしたように、私が音楽を書いて費やした時間と私にそれを書かせたものに喰らいつこうとしているのを。かれらこそが私の音楽の目的であり、私の功績によってかれらが私の価値を認めるのではなく、私がかれらの価値に敬意を払うべきだという承認を私に強いることで、かれらが自尊心への道をつけようとするのを……今後自分の音を一符たりともきかせまいと誓ったのはその夜でした。会場を後にしたとき、通りはからっぽで、出たのは私が最後だった——そのとき見たことのない男が街灯の光の中で私を待っていました。彼は多くを語る必要はなかった。それでも私が彼に捧げた曲は解放の協奏曲と呼ばれているのです」

彼女はほかの者たちを見た。「どうかみなさんの理由を教えてください」敗北を受けとめつつも戦いぬこうとするかのように、さらに明瞭な声で、彼女はいった。

「私が辞めたのは数年前に医療が州の統制下におかれたときです」ヘンドリックス博士がいった。「脳の手術を行うには何が必要かご存じかな？　そのために必要な技能と、その技能を身につけるために幾年のあいだ情熱をもって過酷な献身を続けねばならないかを？　私にはそれを、支配する唯一の資格が武力を背景に願望を押しつける特権を手に入れるためにまやかしの一般論をならべて選挙に勝つ能力だけである者たちの道具にすることがどうしてもできなかった。研究に費した歳月の目的や、仕事の条件や、患者の選択や、報酬の額についてかれらの指図をうけようとは思わない。医療の隷属化に先立つ議論のなかで、すべてが議論されていた——医者の願望を除いて。人は患者の『福祉』だけを考慮し、それを提供する者のことはまったく考えていなかった。そのことについて医者が権利や願望や選択肢をもつべきであるということは的外れの利己主義とみなされ、医者に選択肢はなく、ただ『奉仕せよ』とだけ言われていたのです。強制されて働くことをいとわない人間は家畜小屋を託すのも危険な畜生だという考えは——健康な者の人生を耐えがたくすることで病気の人間を助けるようとする者たちには起こらなかった。人が私を奴隷にし、私の仕事を統制し、私の意志を押しつけ、良心を侵し、精神を窒息させる権利を主張する僭越さにはあきれたものだ。にもかかわらず私の手の下で手術台に横たわっているときに、かれらがあてにしていたものは何でしょうか？　かれらの道徳律は、かれらの犠牲者の美徳に依存することは安全だと信じるように教えていました。さて、私がひっこめたのはその美徳です。かれらの制度がいまどんな医者を生みだすか知らしめてやりましょう。手術室や病棟で、自分が苦しめた人間の手に命をあずけることは安全ではないと知らせてやりましょう。それに憤る男であれば安全ではない――憤らない男はそれ以上に危険なのです」

「自分が辞めたのは」エリス・ワイアットが言った。「人食いの肉として供されたうえ料理までしたくなかったからだ」

「俺が思い知ったのは」ケン・ダナガーが言った。「戦っている相手の無能さだ。怠惰で無目的で無責任で非合理的な者たち――かれらを俺が必要としていたわけじゃないし、俺に条件をつきつけるべきやつらでもない。要求にしたがう必要はなかった。それを思い知らせるために辞めたんだ」

「僕が辞めたのは」ケンティン・ダニエルズが言った。「極悪に等級があるとすれば、頭脳を暴力に捧げる科学者ほどあくどい人殺しはこの世にいないからです」

かれらは黙りこんだ。彼女はゴールトの方を向いた。「あなたは？」彼女はたずねた。「あなたが最初でした。何があなたをそうさせたんです？」

彼はくつくつと笑った。「原罪をもって生まれることの拒否です」

「どういう意味ですか？」

「私は能力が罪だと感じたことがありません。頭脳に罪悪感を覚えたことがない。人間であることに罪悪感を覚えないのです。私は身に覚えのない罪を受け入れなかったし、自由に自分の価値を高め、知ることができた。物心ついてからずっと、自分が他人の必要のために存在すると主張する者がいれば殺してもいいと感じていた――そしてこれがもっとも尊い道徳感情だと確信していた。あの夜、二十世紀社の集会で、道義を語る口調でおぞましい邪悪が語られるのをきいたとき、世界の悲劇の根源、そこへの鍵、そして解決策が見えました。何がなされなければならないかがわかったのです。私は出ていってそれを始めたのです」

「あのモーターは？」彼女はたずねた。「なぜあれを捨てたのですか？　なぜスターンズの後継たちに残していったのです？」

「あれはかれらの父親の財産でした。給与ももらっていましたし。彼のいたころ作られたものです。だが跡継ぎにとっては何の役にもたたないし、その話を聞くことは二度とないとわかっていました。あれは私の最初の試作機でした。私か私と同等の能力のある者しかそれを完成させることも、それが何かを理解することもできなかったでしょう。それにあのあと、私と同等の能力のものがあの工場に近づくはずがないことは確かでしたから」

「あのモーターを作ったってことがどんなすごいことか知っていたのですね？」

「ええ」

「置きざりにすれば消えてなくなることも？」

「ええ」彼は窓の向こうの暗闇に目を逸らして穏やかに笑ったが、それは楽しげな笑いではなかった。「出て行く前、最後に一度、自分のモーターを見ました。そして天然資源さえあれば富が手に入る——工場を接収すれば富が得られる——機械が頭脳を条件づけると主張する者のことを考えました。さて、そこにこそかれらの頭脳を条件づけるモーターがあり、人間の頭脳のないままの状態で残っている——さびかけた金属の屑とワイヤの山として。モーターが生産されていれば人類に提供できたはずの素晴らしい役務のことを考えていましたね。工場の屑山にあるモーターの運命の意味を人が理解する日——モーターはそれ以上の役割を果たしたことになると思います」

「それを置いていったとき、そんな日がくると考えていましたか？」

「いいえ」

「ほかでまたそれを作る機会があると？」

「いいえ」

「なのに屑山に置いていくことも辞さなかったのね？」

「あのモーターが私に意味したことのために」彼はゆっくりと言った。「それが壊れて永遠に消滅するにまかせる覚悟がなければならなかったのです」――彼は彼女を直視し、はっきりと、躊躇せず、屈託のない冷徹な声で言った――「あなたにタッガート大陸横断鉄道のレールが壊れて消滅するにまかせる覚悟がなければならないのと同じように」

彼女は頭をもたげて彼の視線をとらえ、おおっぴらな嘆願の口調で臆せず穏やかに言った。「いま答えろと言わないでください」

「言いませんよ。知りたいことは何でも教えましょう。決断を迫るつもりはありません」意外なほど急に優しい声で、彼はつけ足した。「我々のものであるべきだった世界に対する無関心を育むことが何より難しかったと言いましたね。わかっています。みなが通り過ぎてきたことですから」

静かで絶対安全な部屋と光――これまで出席したなかでもっとも静粛で自信にみちた集まりである男たちの顔を照らすモーターからくる光を見た。

「二十世紀社を出て行って何をしたのですか？」彼女はたずねた。

「炎を探しまわったのです。深まる野蛮な夜の中で明るく輝く炎、つまり能力や頭脳にすぐれた人間を見つめ――かれらの進路と闘争と苦悩を観察し――もうたくさんだと思うときを見計らって連れ出したのです」

「すべてを捨てさせるために何と言ったのですか？」

「かれらが正しいと」

彼女の視線の無言の問いに答えて、彼はつけ足した。「かれらが持っていると知らずにいた誇りを与えたのです。それを確認する言葉を。それまで欠落しており、切望していたのに必要と知らずにいたかけがえのない財産、すなわち道徳的承認を。私を破壊者、人間を狩る男と呼びましたね？私はこのストライキの生きた代表者、犠牲者の反逆の指導者、抑圧され、廃嫡《はいちゃく》され、搾取された者たちの擁護者だった――そして私がこうした言葉を使うとき、それらは、このときばかりは、文字通りの意味を持つのです」

「最初についてきた人たちは誰ですか？」

あえて強調するように間をおいてから、彼は答えた。「二人の親友です。あなたはそのうちの一人をご存じだ。そしておそらく誰よりも、彼がそのために払った代償をわかっているでしょう。我々の教師であるアクストン博士が次でした。博士はある晩の会話の途中から参加しました。ウィリアム・ヘイスティングスは、二十世紀モーター社の研究所での上司でしたが、一人で悩みぬいていました。一年かかりましたが彼も参加した。それからリチャード・ハーレイ。そのあとマイダス・マリガン」

「――俺は十五分で決めたぜ」マリガンが言った。

彼女は彼の方を向いた。「この谷の創始者はあなたでしたね？」

「ああ」マリガンが言った。「ここは最初、俺個人の隠れ所だった。何年も前に買ったものだが、所有物の値打ちを知らない牧場主や酪農業者から少しずつ買った山だ。この谷はどの地図にも載っていない。引退すると決めたとき、俺はこの家を建てた。そして考えうる限りの進入路を、一本の道――その道も誰にも見つからないようにカモフラージュしてあるんだが――を除いてみな塞いだ。それからここを自足可能な場所にしていったんだ。残りの人生をここで過ごして、一人のたかり屋の顔も見なくてすむように。ジョンがナラガンセット判事を口説いたと聞いたときに、俺は判事をここに招待した。それからリチャード・ハーレイに参加を求めた。ほかの者たちは、最初は外にいたんだ」

「我々が守っている規則は一つだけです」ゴールトが言った。「ここで誓いをたてた者は、ある約束をしたことになる。それは自分本来の職業に従事して頭脳の恩恵を世界にもたらさないことです。みなそれぞれのやりかたでそれを実行しました。金があったものは退職して貯蓄で暮らした。働かなければならなかった者は、見つかるなかで最底の仕事に就いた。なかには著名人もいたが、ハーレイが目をつけたあなたの若い制動士のように──苦しみ始めるまえにとめられた者もいました。だが自分の頭脳や愛する仕事を捨てたわけじゃない。それぞれの本業を、好きなように、各自がやりくりした余暇に続けました。だが秘密裏に、自分の利益のためだけに、人には何も与えず、何も分かつことなく。我々は、既存社会のルールに縛られずに生きる者たちがいつもそうであったように国じゅうに散らばっていましたが、いまや明確な意図をもって自分の役割を受け入れていました。唯一の息抜きはまれに仲間に出会うときでした。仲間に会うのはいいものだった──人間がいまも存在すると思い出せるからです。それで一年のうち一ヶ月をこの谷で過ごすためにとっておくようになった。休息し、合理的な世界に住み、本業を隠さず、業績を交換し──ここでは業績をあげることが没収ではなく報酬を意味した。それぞれがここに自分の金で家を建てました。十二ヶ月のうちひと月をここで暮らすために。おかげで残りの十一ヶ月に耐えるのが楽になったのです」

「いいですか、ミス・タッガート」ヒュー・アクストンが言った。「人間は確かに社会的な生きものだが、たかり屋が教えるありかたにおいてじゃない」

「この谷の成長が始まったのはコロラドが崩壊してからだ」マイダス・マリガンが言った。「エリス・ワイアットやほかの者たちは身を隠す必要があってここに永住しにきた。かれらは回収できた財産をみな俺がしたように金《きん》か機械に交換してここに持ちこんだ。この土地を開発して、それまで外で生計を立てねばならなかった者に仕事を創出するには十分な人数がいた。いまやほとんどがここにずっといられる段階に達している。この谷はほぼ自活可能だし、まだ生産できない商品に関しては、俺が独自のパイプを通じて購入している。たかり屋に金がいかないようにしてくれる特別な代理人だ。これは国家じゃないし、どんな社会でもない――たんにそれぞれの私利だけで結びついている人間の自発的な連合だ。俺がこの谷を所有していて、求める人間がいれば土地を売ることもある。意見の相違があれば、ナラガンセット判事が調停する。いまのところ、判事が呼ばれたことはないがね。人が同意するのは難しいと言われている。だが双方が、どちらも他方のために存在するのではなく、理性が取引の唯一の手段であることを道徳律としていれば、それはじつに容易なことだ。我々全員がここに住むべく招集されなければならない時期が近づいている――世界は恐るべき速さで崩壊していてまもなく飢饉にみまわれるだろうから。だが我々はこの谷で自活していけるはずだ」

「世界は予想以上の速さで崩壊しつつある」ヒュー・アクストンが言った。「人が働くのをやめ、あきらめ始めているのです。凍結列車の人間、奇襲強盗、職場放棄者などは我々のことを聞いたこともなければ、ストライキに参加しているわけでもなく、自分の意志で行動しています。それはかれらのなかにいまも残っている合理性の自然な反応ですし、我々と同じ類の抗議行動なのです」

「我々は時間を制限せずに始めました」ゴールトが言った。「生きて世界の解放を見ることがあるのか、それとも戦いとその秘密を次世代に託して死なねばならないのかはわかりませんでした。ただこういう生きかたしかしたくないことだけは確かだった。だがここへ来て我々は、まもなく、勝利と復活の日を見ることになると考えています」

「いつですか？」彼女はささやくように言った。

「略奪者の規範が崩壊したときです」

疑問と希望の入り乱れた彼女の視線が自分に向けられているのを見て、彼はつけ足した。「自己犠牲の信条が初めて紛うことなき進路を進み——正義の進路をさえぎり因果応報の災いを回避してくれる犠牲者が見つからなくなり——自己犠牲の伝道師がそれを喜んで実践しようとする人間は捧げるものを持たず、持てるものはもはやそれを捧げようとはしないと思い知り——心も筋肉も自分を救済してくれないが、助けを求めて叫んでも自分が呪った頭脳はもはや応えてはくれないと悟り——思考しない人間の必然として破滅し——権威の虚構も法律の残骸も道徳の跡も希望も食料もそれを手に入れる方法もなくなり——かれらが破滅して道に障害がなくなったとき——そのとき我々は復帰して世界を再建するのです」

タッガート・ターミナルか、と彼女はおもった。熟考する時間のなかった課題に対する答えの要約として、その言葉がぼうっとした頭の中で鳴りひびくのが聞こえた。これこそタッガート・ターミナルだ、と彼女はおもった。ニューヨークの巨大なコンコースではなく、この部屋——これが自分の目標であり、線路の終点であり、ナタニエル・タッガートを引っ張ったように自分を引っ張ってきた、二本の真直ぐなレールが出会って消えた地平線の向こうの点——これがナタニエル・タッガートが彼方にみた目標であり、御影石のコンコースにいる人のうねりの上でもたげた彼の頭の真直ぐな視線をいまもとらえている点なのだ。いまだ探し出せていない魂の肉体へのように、タッガート大陸横断鉄道のレールに自分を捧げたのはこのためだったのだ。それを見つけたのであり、これまで求めていたすべてを見つけたのであり、それはこの部屋のなかにあり、手の届くところにあり、そして彼女のものなのだ――だがその代償は背後のレールの網、消滅するであろうレール、崩壊するであろう橋、消えるであろう信号……それでもやはり……これまで求めていたすべてなのだ――太陽色の髪と冷徹な目をした男の姿から目を逸らしながら、彼女はおもった。

「いま答える必要はありません」

彼女は頭を上げた。その思考の段階を辿っていたかのように、彼は彼女を見ていた。

「同意を求めてはいませんし」彼がいった。「聞く覚悟ができていないことを言いはしない。しかるべき時がくる前に秘密を知ったのはあなたが初めてだ。だがここにいるからには理解しなければならなかった。いまやあなたは迫られている選択の性質を正確に知っています。選択が難しく思えるなら、まだどちらかである必要はないと考えているからです。だがどちらかでなければならないといずれわかるでしょう」

「時間をもらえますか？」

「あなたの時間は我々が与えるものじゃない。じっくり考えてください。あなたがいつ何をするかを決められるのはあなただけです。我々はその決定の代償を知っている。自分たちも払ってきましたからね。ここに来たことで、あなたの決断は容易になったかもしれない――難しくなったかもしれませんが」

「難しくなったわ」彼女はささやくように言った。

「知っています」

彼女と同じように息をつめた低い声で彼がそう言うと、彼女は一瞬、強い打撃のあとの静寂のような時間の空白を感じた。なぜなら彼女には、これが――山腹を彼の腕に抱かれて運ばれたときではなく、二人の声のこの出会いが――彼とのより親密な肉体的接触であったように感じたからだ。

車で彼の家に戻るとき、谷の上空に満月が浮かんでいた。光線を放たず、地面まで届かない光の靄を空中にかける月は平らな円いランプのようであり、明かりは土の異常な白い輝きから来ているように思えた。色彩のない光景の不自然な静寂の中で、大地は距離のベールに覆われ、景色を形づくることなく、雲に焼きつけた写真のようにゆっくりと流れ去っていった。彼女は不意に自分が微笑んでいることに気づいた。彼女は谷の家々を見下ろしていた。明かりのついた窓は青味がかってほの暗く、壁の輪郭はぼんやりとしており、そのあいだを長い霧の帯がゆったりとうねるように渦巻いている。それは水中に沈む街にみえた。

「ここを何と呼んでいるのですか？」彼女はたずねた。

「私はマリガンの谷、ほかの者たちはゴールト峡谷と呼んでいます」

「わたしなら――」彼女は最後まで言わなかった。

彼は彼女をちらりと見た。彼女は自分の表情のなかに相手が何を見たのかを悟った。彼は顔をそむけた。

無理やり息をつくように、彼の唇がかすかに動いた。彼女は目を落とし、急に手が重くなり、肘では支えきれないかのように、腕を車の壁に落とした。

上昇するに連れて道は暗くなり、松の枝が頭上で交差している。迫る石の斜面の上に、彼の家の窓を照らす月光が見えた。彼女は座席に頭をもたせ、車にいることを忘れてじっと横たわり、ただ前に運ばれていく動きだけを感じて、松の枝の間に光る水滴のような星を眺めていた。

車が停まって、なぜ下りるときに彼を見なかったのかを彼女は考えまいとした。自分が暗い窓を見上げてしばし立ち尽くしていたことにも気づかなかった。彼が近づく音も聞こえなかったが、彼の手が触れたのを衝撃的なほど強烈に、まるでそれがいま経験することのできる唯一の意識であるかのように感じた。彼は腕に彼女を抱きあげ、家までの小道をゆっくりと歩き始めた。

彼女を見ずにきつく抱き、時間の進行を止めようとするかのように、胸に彼女を抱き上げた瞬間から腕が動かなくなったかのように、彼は歩いていた。歩みが目標への連続した一つの動きであるかのように、一歩一歩が先を考えることのできない別々の瞬間であるかのように彼女は感じていた。互いの頭は近く、彼の髪が彼女の頬をなで、どちらも一呼吸分ほども彼の顔を近づけようとはしなかった。それは唐突で衝撃的でそれ自体完成した静かな陶酔状態であり、空中で出会いに至った二つの体の光線のように髪が絡み、まるで視界さえもいまとなっては邪魔であるかのように彼が目を閉じて歩いていることに彼女は気づいた。

家に入り居間を横切るとき、二人とも目を向けはしなかったが、どちらも寝室へ続く左手の扉を意識していることを彼女は知っていた。彼は暗闇を通って月光のかけらが落ちる客室のベッドまで歩き、その上に彼女を降ろし、彼女は自分の肩と腰で彼の手が一瞬止まったのを感じ、やがて彼の手が体を離れたとき、その瞬間が終わったことを知った。

彼は後ろに下がり、スイッチを押して部屋を容赦なくあからさまなぎらぎらとした照明に晒した。そして自分を見ろと命令するかのように、厳しい顔でじっと立っていた。

「私を見たらその場で殺したいと思っていたことを忘れたのですか？」彼はたずねた。

言葉が真実味を帯びていたのは、彼の姿があまりに無防備に静止していたことだった。即座に身を起こした彼女の身震いは恐怖と否定の悲鳴に似ていた。だが彼女は彼の視線をとらえて冷静に答えた。「たしかにそう。思っていたわ」

「なら実行なさい」

彼女の声は低く、その激しさは降服でも侮蔑的な非難でもあった。「わかっているでしょう？」

彼は頭を振った。「いや。それがあなたの願いだったと覚えていてほしい。あなたは以前は正しかった。あなたが外の世界の一部である限り、私を破壊しようとしなければならなかった。いまあなたに開かれた二つの進路のうち、一つはそうせざるを得ない日へとあなたを導くことになるはずです」彼女は答えずにじっと下を向いたまま、必死に抗議して首を振ったので髪がばさばさと揺れた。「あなたは私の唯一の脅威です。私を敵に引き渡すことができる唯一の人物ですからね。向こうにとどまればそうすることになる。そうしたいなら、その道を選ぶことです。ただし完全な知識をもって。いま答えなくていい。だがその答えを見つけるまで」──厳しい口調には自分自身をいましめる響きがあった──「私がどちらの答えの意味も知っていると覚えていてください」

「わたしと同じくらい完全に？」彼女は囁いた。

「同じく完全に」

彼が背を向けようとしたとき、彼女の目が不意に、気づいていたが忘れていた部屋の壁に刻んだ銘でとまった。

それはてかてかした木の表面に刻まれ、いまもそれを書いた手で加えられた筆圧の強さを示していた。どれもくせのある荒々しい文字だ。「乗り越えられる──エリス・ワイアット……朝までには立ち直る──ケン・ダナガー……その価値はある──ロジャー・マーシュ」

ほかにもあった。

「それは何？」彼女はたずねた。

彼は微笑んだ。「ここはかれらがこの谷で最初の一夜を過ごした部屋です。最初の夜が一番つらい。記憶への未練にひきずられる最後の、そして最悪の夜ですからね。私に会いたくなれば呼べるようにかれらをここに泊まらせるのです。眠れなければ話しかける。たいていは眠れない。だが朝までにはその苦しみから解放されています……かれらはみなこの部屋を通っていったのです。いまでは拷問部屋とか待合室とか呼ばれている――誰もが私の家を通って谷に入らなければなりませんから」

彼は背を向けて行こうとしたが、戸口で立ち止まってつけ足した。

「あなたをこの部屋に泊めることがあろうとは。おやすみなさい、ミス・タッガート」

第二章　強欲のユートピア

「おはよう」

彼女は客室の戸口から居間の向こうにいる彼を見た。背後の窓のなかで山は来るべき光を約束して昼光より明るくみえる銀桃色を帯びている。どこかで太陽はもう昇っているがまだ山壁の天辺までは届いておらず、代わりに空が輝いてその動きを告げている。日の出を喜ぶ挨拶が聞こえた。鳥のさえずりではなく、ついさっきの電話のベルだ。外の枝で光る緑ではなく、ストーブのクロムのきらめき、テーブルのガラスの灰皿の輝き、糊のきいた彼のシャツの袖の白さのなかに、彼女は一日の始まりを見た。いやおうなく、彼と同じ微笑まじりの声で、彼女は答えた。

「おはよう」

彼は机から鉛筆で書いた計算式のメモを集めてポケットに突っこんだ。「発電所に行かなければ」彼はいった。「いま光線スクリーンに問題があると電話がありました。あなたの飛行機のせいで不具合がおきたようです。三十分もすれば戻ってきますから、それから朝食を作りますよ」

彼の声のくだけた素っ気なさと、彼女の存在とふたりの家庭的日課を、それが何の重要性もないかのように当然視するやりかたに、彼女はむしろ強められた重要性を感じ、相手もそれを意識しているとおもった。

彼女は同じように何気なく答えた。「車においてきた杖を持ってきていただければ、あなたが戻るまでに朝食の仕度をしておきますけれど」

彼は少し驚いて彼女を一瞥した。そして包帯を巻いた足首から、肘に包帯を巻きつけた腕を見せるブラウスの短い袖へと目を動かした。だが透けるブラウス、オープンカラー、薄い生地の下で無邪気に露わな肩に落ちる髪が、彼女を病人というより女学生にみせ、姿勢のせいで包帯も不似合いにみえた。

彼女にではなく、不意に甦った自分の記憶に驚くかのように、彼は微笑んだ。「そうしたいなら」彼はいった。

彼の家に一人残されるのは不思議な気がした。そのある部分はこれまで経験したことのない感情、すなわち、周りの何に触れるのも親密すぎる行為であるかのように、彼女の手を躊躇させる畏敬の念だった。別の部分は無謀な安心感、彼女がここの所有者を所有しているかのような心地よさだ。

朝食の仕度という単純作業にこれほどまでの純粋な喜びを感じるのは妙な気分だった。作業そのものが目的であるように思われ、コーヒーポットを満たし、オレンジを絞り、パンをスライスする動作がそれ自体のため、人がダンスの動きに求めてもめったに見つからない快楽のために行われるかのようだ。ロックデイル駅の交換手の机での日々以来、自分の仕事でこうした快楽をおぼえていないことに彼女は気づいた。

テーブルを整えていると、家までの小道を急いで上がってくる男の姿、丸石を軽々と跳びこえるすばしっこい人影がみえた。男は扉をバタンと開け、「やあ、ジョン!」と叫び――彼女を見てつと立ち止まった。男は紺のセーターとスラックスを着ており、金髪で、どきりとするほど完璧な美しい顔をしていたために、彼女は、はじめ賞賛するというよりもただ自分の目を疑い、呆然と男を見つめて立ちつくしていた。

男はこの家で女性に出会うとは思いもしなかったかのように彼女を見た。やがて顔で誰かわかると、愉快さと勝利の喜びの入り混じった別の驚きがあらわれ、それがくすくす笑いに変わった。

「ああ、あなたも仲間に?」男はたずねた。

「いいえ」彼女は素っ気なく答えた。「違います。非加入者です」

理解を超えた専門用語を使う子どもを見る大人のように、男は笑った。「その意味がおわかりなら、不可能だとご存じのはずです」男はいった。「ここでは」

「入口の門を破ってきたんです。文字通り」

男は好奇心むきだしのほとんど不躾な視線を向けて考えをめぐらせながら、彼女の包帯を見た。

「いつです?」

「昨日」

「どうやって?」

「飛行機で」

「こんな場所で飛行機にのって何をやっていたのです?」

男の態度は貴族か井戸掘りのように無礼で横柄だ。雰囲気は前者に、服装は後者に近い。彼女はわざと彼を待たせながら、この男は何者だろうと考えた。「旧式の蜃気楼に着陸しようとして」彼女は答えた。「着陸したのです」

「たしかに非加入者だ」彼は言うと、問題が暗示するすべてを理解したかのようにくつくつと笑った。「ジョンは?」

「ゴールトさんは発電所です。そろそろ帰ってくるころですが」

男は、許可も求めずに、我がもの顔でアームチェアに座った。彼女は黙って仕事に戻った。男はあからさまににやにやしながら、まるで彼女が調理台に包丁を広げる光景が何か特別なパラドックスを呈しているかのように、彼女の動作を見つめていた。

「あなたがここにいるのを見てフランシスコは何と言ったのです？」彼はたずねた。

彼女はやや動揺して振り向いたが、冷静に答えた。「まだ来ていません」

「まだ来ていない？」男は驚いたようだった。「確かですか？」

「そう言われました」

男は煙草に火をつけた。男を見つめながら、この人はどんな職業を選び、愛し、この谷に来るためにそれを捨てたのだろうと彼女はおもった。想像もつかなかった。似合いそうな職業がなかった。いつのまにか彼女は、この人には職業などなければいいのにというばかげた感情を抱いていた。どんな仕事もこの現実離れした美貌には危険すぎると思えたからだ。それは個人的な感情ではなく、彼女は男性としてでなく生きた芸術作品として男を見ており――これほどまでに完璧な存在が、仕事を愛する人間につきものの衝撃や苦労や傷を負わされることは、外の世界のひどすぎる侮辱行為であるように思えた。だが男の顔の輪郭にはこの世のいかなる危険もものともしない強さがあったために、その感情はなおさらばかげていた。

「いいえ、ミス・タッガート」彼女の視線をとらえて、不意に男がいった。「お会いしたことはありません」

自分があからさまに男を観察していたと気づいて、彼女ははっとした。「どうして名前をご存じなのです？」彼女はたずねた。

「第一に、僕は新聞であなたの写真を何度も見ています。第二に、あなたは我々の知る限り、外の世界に残っているうちで、ゴールト峡谷に入ることを許されるであろう唯一の女性です。第三に、あなたはいまだに非加入者でいつづける勇気と――浪費癖のある唯一の女性です」

「わたしが非加入者だとどうして確信できるのです?」

「そうでなければ、旧式の蜃気楼はこの谷ではなく、外界の人びとがもっている人生観だとご存じのはずですからね」

エンジンの音が聞こえ、家の前で車が停まるのがみえた。車の中のゴールトを見て立ちあがった男の素早さに彼女は気づいた。はやる心からとあきらかでなければ、反射的な軍隊式の敬礼のジェスチャーにみえただろう。

入ってきて客を見たゴールトの立ち止まり方が彼女の目をひいた。ゴールトは微笑したが、「やあ」とひどく静かに言った声が、秘めた安堵感で重くなったかのように、厳粛なほど妙に低かったことに彼女は気づいた。

「やあ、ジョン」客は陽気にいった。

二人の握手が微妙に遅れ、やや長すぎたことにも彼女は気づいた。その前の出会いが最後ではないと確信できなかった男たちの握手のように。

ゴールトが彼女の方を向いた。「紹介は?」彼はふたりにたずねた。

「正式にはまだ」客がいった。

「ミス・タッガート、こちらはラグネル・ダナショールド」

はるか遠くからのように、「ミス・タッガート、怯えなくても大丈夫ですよ。僕はゴールト峡谷では誰も襲ったりしませんから」というダナショールドの声が聞こえたとき、彼女には自分がどんな顔をしているか想像がついた。

彼女は頭を振るのが精一杯だったが、ようやく声を取り戻して、「あなたが人にしていることではなく……人があなたにしていることが信じられない……」といった。

彼女の一瞬の自失状態を彼は笑い飛ばした。「ご注意あれ、ミス・タッガート。そんな風に感じ始めているなら、そう長く非加入者ではいられませんね」彼はつけ足した。「ですがゴールト峡谷の連中の過ちではなく、正しいことから学習されなくては。みな僕の身を心配して十二年も過ごしてきた——不必要に」彼はゴールトをちらっと見た。

「いつここに着いたんだ？」ゴールトがたずねた。

「昨日の深夜」

「座れよ。一緒に朝食をとろう」

「だがフランシスコは？　なぜまだ来ていない？」

「さあ」わずかに顔をしかめて、ゴールトが言った。「たったいま空港できいてきたところだ。誰にも連絡がない」

彼女が台所に行こうとすると、ゴールトが後に続こうとした。「いいえ」彼女はいった。「今日はわたしの仕事です」

「手伝いますよ」

「ここは人に助けを求めない場所でしょう？」

彼は微笑んだ。「その通りです」

二人の男の前でテーブルに食事をおきながら、動作の快感——脚にかかる負担などないかのように、手の杖の支えが優雅さを添える見せかけにすぎないかのように歩く快感、自分のきびきびとした真直ぐな歩きかた、非の打ち所ない自然で正確な仕草を意識する快感を、彼女は初めて経験していた。それは明らかに二人の視線を意識した物腰だった。舞台女優のように、舞踏会の貴婦人のように、サイレントコンテストの勝者のように、彼女は首筋をすっと伸ばしていた。

「フランシスコは今日あなたがやつの代役と知って喜ぶだろうな」彼女がテーブルに加わると、ダナショールドが言った。

「あの人の何ですって？」

「だって今日は六月一日で、われわれ三人――ジョンとフランシスコと僕は十二年間、毎年六月一日に朝食を一緒にとってきましたからね」

「ここで？」

「最初は違います。だが八年前にこの家が建ってからずっと」微笑みながら、彼は肩をすくめた。

「僕より何世紀も長い伝統を過去に背負っているフランシスコが真っ先に僕らの伝統を破るなんて変だな」

「ゴールトさんは？」彼女はたずねた。「この人は過去何世紀を背負っているのかしら？」

「ジョン？　全然。過去はまったく――だが未来のすべてを」

「何世紀でもいい」ゴールトが言った。「きみの一年はどうだったのか教えろ。失った者は？」

「いや」

「失った時間は？」

「つまり、怪我をしたかって？　いや。まだ素人だった十年前、そろそろ時効にすべきあのときからはかすり傷ひとつうけてないぜ。今年はまったく何の危険もなかった――実際、政令第一〇―二八九号の下で小さな雑貨屋を経営するよりよほど安全だった」

「負け戦は？」

「ない。今年、負けたのはみな向こうだ。たかり屋はほとんどの輸送船を僕に奪われた――そしてほとんどの人材をきみに。きみにもいい一年だっただろう？　記録をみればわかる。最後の朝食のあと、コロラド州で目をつけていた全員をおとしている。それ以外にも数人、ケン・ダナガーみたいな素晴らしい褒美もね。だがね、もっとすごい人物があと一息でおちそうだ。じきにきみのもとにくる。いまにも壊れそうだしそろそろ限界だろう。僕の命の恩人――だから彼もずいぶんと変わったものだ」

ゴールトは後ろにもたれ、目を細めた。「で、まったく何の危険もなかったって？」

ダナショールドは笑った。「ま、少しくらいの危険はおかしたぜ。それだけの価値はあった。あれはこれまでで最高に愉快な出会いだった。直接それを君に言いたくてね。君も聞きたいはずだ。誰だかわかるか？　ハンク・リアーデン――」

「やめろ！」

それはゴールトの声だった。命令だった。鋭い声にはふたりとも彼から聞いたことのない激しい響きがあった。

「何だって？」ダナショールドがあっけに取られて、そっとききかえした。

「いまはいい」

「だが誰よりもここに連れて来たい男はハンク・リアーデンだ、といつも言っていたじゃないか」

「いまもそうだ。だが後にしてくれ」

彼女はゴールトの顔をじっと観察したが手がかりは見つからず、ただ締まった頬骨と口もとに、決意でも自制心でもないものに閉ざされた事務的な表情を見ただけだった。彼が彼女について何を知っていようが、これを説明しうる唯一の情報は入手できなかったはずだ、と彼女は思った。

「ハンク・リアーデンと出会ったのですね？」ダナショールドの方を向いて、彼女はたずねた。

「あの人があなたの命を救ったの？」

「ええ」

「ききたいわ」

「ききたくない」ゴールトが言った。

「なぜ？」

「ミス・タッガート、あなたは仲間ではありません」

「なるほど」彼女はやや挑戦的な微笑を浮かべた。「ハンク・リアーデンを口説くのをわたしが邪魔するとでも？」

「いや、そのことではありません」

ダナショールドもわけがわからずにゴールトの顔を観察していると彼女は気づいた。ゴールトはわけを探れと挑発しながら、わかるものかと高をくくるかのように、あえてしっかり相手の視線をとらえている。ゴールトの瞼がかすかに笑うように膨らみ、ダナショールドが降参したとわかった。

「ほかに今年やったことは？」ゴールトがたずねた。

「重力の法則にたてついた」

「いつものことじゃないか。今回は何をやらかした？」

「搭載容量の安全制限以上の金《きん》を飛行機に積んで大西洋の真ん中からコロラドまで飛んできた。マイダスに預ける分量を見たら驚くぜ。僕の顧客は今年かなり潤うが――なあ、ミス・タッガートに彼女も僕の顧客だと教えてあげたかい？」

「いや、まだだ。言いたければ君が言えばいい」

「わたしが――何ですって？」彼女がたずねた。

「ミス・タッガート、驚かないでください」ダナショールドが言った。「そして反対しないことです。反対には慣れています。どうせここじゃ変人扱いされていますから。誰も僕独自の戦いかたを認めていない。ジョンしかり、アクストン博士しかり。僕の命がもったいないと考えているのです。しかしですね、僕の父は司教でしたが——父の教えのなかで僕が納得した文句はひとつだけ、すなわち『剣をとるものは剣によって滅びる』」

「どういう意味ですか?」

「暴力は実用的でないという意味です。もし同胞たちが、筋肉を結集した力が僕を支配する実用的な手段だと信じているなら——暴力しかない武力と、頭脳が制御する武力が競争すればどうなるか知らしめてやりましょう。ジョンでさえ、いまの時代には自分で選択した道を選ぶ道徳的権利があると認めています。僕は彼とまったく同じことをしている——やりかたがちがうだけで。彼はたかり屋から人間の精神を、僕は人間の精神の産物を撤収《てっしゅう》している。彼は理性を、僕は富を奪っている。彼は世界の魂を、僕はその肉体を枯らしている。彼の教えはかれらが学ばなければならないものですが、ただ僕はせっかちなのでかれらの学習の速度を速めているんです。だがジョンと同じく、僕は単にかれらの道徳律に従い、僕の代償でかれらに二重の基準を認めることを拒否しているのです。あるいはリアーデンの、あるいはあなたの代償で」

「何の話です?」

「所得税の徴税人に税を課す方法のことです。すべて税制は複雑ですが、これは実に単純です。あらゆる税の本質の部分だけですから。ご説明しましょう」

彼女は耳を傾けた。そして朗々と響く声が、几帳面な経理マンの淡々とした口調で、資金移動や銀行口座や確定申告のレポートを元帳の埃っぽい頁を読んでいるかのように暗誦するのを聞いた。それは、どんなに些細な項目にも自分の血を抵当に差し出して記帳している元帳だった。彼女は話を聞きながら、彼の完璧に整った顔を見ていた。そして、これが死の淵に追いやるため世界が何百万の値をつけた頭だと思わずにはいられなかった……生産的な職業の傷を負うには美しすぎる顔——話を半分に聞きながら、彼女はぼんやり考えつづけていた——危険に晒すには美しすぎる顔……そのとき彼の完璧な肉体はひとつの実例にすぎず、外界の本質と人間以下の時代の人間の価値の行く末について生々しく明らかなかたちで与えられた幼稚な教訓にすぎないと気づいた。彼の進路が正義であれ悪であれ、なぜかれらは……そうじゃない！　彼女はおもった。彼の進路こそ事実、正義なのであり、恐ろしいのは、ほかに正義が選びうる道はなく、彼女は彼をののしることができず、認めることも非難の文句を口にすることもできないという、そのことなのだ。

「……そして顧客の名前はですね、ミス・タッガート、徐々に一人ずつ選ばれていったのです。僕にはそれぞれの人格と職業の性質について確信する必要がありました。還付名簿のなかで、あなたは最初に名前があがったほうです」

彼女は顔をこわばらせて無表情をよそおい、「なるほど」とだけ答えた。

「あなたの口座は未払いのうちの最後の一つです。それはここ、マリガン銀行にあって、あなたは僕たちの仲間になる日に請求すればよいのです」

「なるほど」

「しかし過去十二年に莫大な金額が武力によってゆすりとられているとはいえ、あなたの口座はほかの何人かほど大きくはありません。いずれおわかりになることですが——マリガンがお渡しする確定申告の写しに記載されているように——僕はあなたが業務副社長として稼いだ給料について払った税金だけを還付しており、タッガート大陸横断鉄道株からの収入について払った分についてはは何もしていません。あなたはあの株全額分に値することをしていますし、お父上の時代であれば利益の最後の一セントまでお返ししたでしょう。だがあなたの兄上の経営下で、タッガート大陸横断鉄道は相当なたかりを行い、武力によって、政府のはからいや補助金やモラトリアムや政令によって利益を得てきました。あなたはそれに対して責任はありませんし、実際、その政策の最大の犠牲者だった。だが武力による不正利得は一切勘定に入れず、ただ純粋な生産的能力によって稼がれたお金についてだけ還付してあります」

「なるほど」

朝食が終わった。ダナショールドは煙草の火をつけ、最初に吐き出した煙を通して一瞬、彼女の心の葛藤の激しさを知っているかのように彼女を観察し――そしてゴールトににやりと笑いかけて立ち上がった。

「僕は失礼します」彼はいった。「妻が待っていますから」

「何ですって?」彼女は息をのんだ。

「妻ですよ」彼女がショックを受けた理由がわからなかったかのように、彼は陽気に繰り返した。

「どなたのこと?」

「ケイ・ラドロウです」

衝撃的な言葉の意味は、考えるにしのびなかった。「いつ……いつ結婚したのですか?」

「四年前です」

「どこであれ結婚式を挙げるあいだ、どうして姿を見せていられたのです?」

「僕たちはここで、ナラガンセット判事の立会いで挙式したのです」

「どうすれば」――彼女は黙ろうとしたが、意に反して、彼に対してか、運命に対してか、あるいは外の世界に対してかはわからないが、どうしようもなく憤る抗議の気持ちから、自然と言葉があふれ出てきた――「どうすれば十一ヶ月間も、いつ何時……」彼女は最後まで言わなかった。

彼は微笑していたが、彼女が見たのは、こんなふうに微笑する権利を得るのに夫婦が必要としたとてつもなく真剣なおもいだった。「ミス・タッガート、妻は大丈夫です。地上が苦難の世界で人間は滅びる運命にあるという信条を僕らは持っていませんから。悲劇が宿命だとは思いませんし、いつも大災難を恐れて生きてはいない。災難を予期する具体的な理由があるまで、それを予期することはありませんし――災難に遭遇すれば自由に戦える。僕らが不自然と考えるのは幸福ではなく苦しみです。僕らが人生において異常な例外とみなすのは、成功ではなく惨禍なのです」

ゴールトは戸口まで彼を見送り、戻ってきてテーブルに座ると、ゆったりとした仕草でコーヒーのおかわりに手を伸ばした。

安全弁を破る蒸気の圧力に突き飛ばされたかのように、彼女は立ち上がった。「わたしがあの人のお金を受けとったりするとでも思う?」

彼はコーヒーをカップになみなみ注いでから、彼女を見上げて答えた。「ええ、思いますよ」

「まあ、受けとるものですか！　そのためにあの人の命を危険に晒したりはしないわ！」

「それについてあなたに選択肢はありません」

「私にはそのお金を一切請求しない選択肢があるわ！」

「ええ、ありますね」

「ではお金は永久にあの銀行に残ります！」

「いいえ、残りません。あなたが請求しなければ、その一部は――ごくわずかな額ですが――あなたの名前で私に渡ります」

「わたしの名前で？　なぜです？」

「あなたの部屋代と食費の支払いに」

怒りの表情がとまどいに変わり、彼女は彼をじっと見つめ、ゆっくりと椅子に落ちた。

彼は微笑んだ。「ミス・タッガート、あなたはどれくらいここに滞在なさるおつもりでしたか？」彼女は虚を衝かれて途方にくれた顔をしていた。「考えていなかったのですか？　私は考えていました。あなたは一ヶ月間ここに滞在するのです。ほかの者たちと同じように、一ヶ月の休暇のあいだ。同意を求めているわけじゃない——ここに来たときあなたは同意を求めなかった。我々の規則を破ったのですから、その結果を受けとめなければなりません。このひと月の間、誰もこの谷を出て行きはしない。むろん、あなたを行かせることはできますが、そうはしないつもりです。あなたを引き止めることを要求する規則はありませんが、ここに無理矢理押しかけることで、あなたは私にあらゆる選択権を譲渡した——私はただここにいてほしいから引き止める。もし、一ヵ月後、戻りたいと思うなら、それはあなたの自由です。それまではいけません」

彼女は真っすぐに座り、口もとをゆるめて意味ありげな微笑を浮かべた。それは危険な敵の微笑だったが、真剣に戦うつもりだが負けたがっている敵のように、目には冴えた輝きと同時に曖昧さがあった。

「いいわ」彼女はいった。

「では部屋代と食費をいただきましょう。稼いでもいない必需品を他人に提供するのは確かに規則に反することですから。我々のなかには妻子のある者もいますが、そこにも相互の取引と支払いがある」——彼は彼女を一瞥した——「私が回収する資格のない種類の支払いですが。従って私は一日五十セントを請求し、あなたはマリガン銀行のあなた名義の口座を受け入れるとき私に支払う。あなたがその口座を受け取らなければ、マリガンがあなたの負債をそれにつけて、私が請求すればそのお金を支払うことになります」

「あなたの条件に従いましょう」彼女は答えた。その声には商人の、抜け目なく、自信に満ちた、故意の緩慢さがあった。「でも私の借りのためにそのお金を使うことは許しません」

「ほかにどうやって従うというのですか？」

「部屋代と食費は私が稼ぎましょう」

「どんな手段で？」

「働いて」

「どんな仕事をして？」

「あなたの料理人兼女中として」

このときはじめて、彼女が予想もしなかった態度と激しさで、彼は不意を突かれて驚いた様子を見せた。彼はいきなり笑いだしただけだったが、自己防衛を通りこし、言葉の意味以上のものに打たれたかのように笑っていた。彼女は自分が相手の過去を刺激し、彼女には知りえない彼自身の記憶と意図を解き放った気がした。何か遠いイメージを見ているかのように、その前で笑っているかのように、これが彼の勝利であり――そして彼女の勝利でもあるかのように、彼は笑っていた。

「雇っていただけるなら」ひどく礼儀正しい顔で、きっぱりと事務的な厳しい口調で彼女はいった。「あなたの食事を作り、家を掃除し、洗濯をし、召使のやるべきほかの雑務もいたしましょう。部屋代と食費と必要なだけのいくらかの被服費に代えて。怪我のせいで何日間かは多少仕事がやりにくいかもしれませんが、そのうち治りますから、完全に仕事ができるようになります」

「そうしたいのですか？」彼がたずねた。

「そうしたいわ――」彼女は答え、そして心の中の答えの続きをつぶやく前に口をつぐんだ。この世の何よりも。

彼はまだ微笑んでおり、それは楽しげな笑みだったが、その楽しさは輝かしい栄光に変わりうるかのようだった。「結構です、ミス・タッガート」彼はいった。「雇いましょう」

彼女は型どおりの正式な礼として頭を傾けた。「ありがとうございます」

「部屋代と食費に加えて、月に十ドル支払いましょう」

「結構です」

「この谷で召使を雇うのは私が最初だ」彼は立ちあがり、ポケットに手を伸ばしてテーブルの上に五ドルの金片を投げ落とした。「前払賃金です」彼はいった。

金片に手を伸ばしながら、初めて仕事に就いた少女の、ひたむきで、切実で、震えんばかりの希望、それにふさわしくありたいという希望をおぼえていることに気づいて、彼女は驚いた。

「はい」彼女は伏し目がちに答えた。

＊＊＊

オーウェン・ケロッグは彼女がこの谷に来てから三日目の午後に到着した。

彼が何にもっとも衝撃を受けたのか、彼女にはわからなかった。飛行機から降りたったときに着陸場の端に立っていた彼女の姿か――ニューヨークの最高級店で仕立てた透きとおった柔らかいブラウスと、この谷で六十セントで買った幅広の綿プリントのスカートといういでたちか――杖と包帯か、あるいは腕にかかえた食料品のかごか。

彼は何人かの男たちに混じって降りてきて、彼女を見つけると立ち止まり、そしてどういう性質であれ、恐怖のように見える何か強い感情によって前方につき飛ばされたかのように、彼女の方に走ってきた。

「ミス・タッガート……」彼は小声で言った。そして、どんなふうに彼の目的地に先に着いたかを説明しようとして彼女が笑うあいだ、ほかには何も言わなかった。

彼はそれがどうでもいいことであるかのように耳を傾けていたが、やがて衝撃から立ち直るべく、驚いたわけをつぶやいた。「僕たちはあなたが死んだとばかり思っていましたが」

「誰が？」

「我々みな……つまり、外の世界の者全員です」

彼が我にかえり、初めて嬉しそうな声をだすと同時に、彼女の笑みがふっと消えた。

「ミス・タッガート、覚えていらっしゃらないのですか？　あなたは僕に、コロラド州のウィンストンに電話して、あなたが翌日の正午までにはそこに行くと伝えるようにおっしゃいました。それが一昨日、五月三十一日のはずだった。だがあなたはウィンストンには着かなかった――そして夕方には、ロッキー山脈のどこかで飛行機が墜落してあなたが行方不明になったというニュースがラジオというラジオで流されたのです」

考えもしなかった状況を理解して、彼女はゆっくりとうなずいた。

「ニューメキシコの真ん中の小さな駅にいたとき、コメットの中で聞きました」彼はいった。「車掌が話の内容を電話で確認する間、そこで一時間足止めをくらっていたのです。車掌はニュースを聞いて僕と同じようにショックを受けていました。誰もかれも――列車の乗務員も駅長も転轍手も。みんな僕がデンバーとニューヨークの新聞の編集部に電話をかける間、周りをうろうろしていました。たいしたことはわからなかった。ただあなたが五月三十一日の明けがたにアフトン空港を出発して、誰かの飛行機を追いかけていたらしく、南東に向かったのを係員が目撃して——そのあと誰もあなたを見ておらず……そして捜索隊がロッキー山脈じゅうあなたの飛行機事故の現場を探しまわっているというだけで」

彼女は無意識にたずねていた。「コメットはサンフランシスコに到着したの？」

「知りません。僕があきらめたときは、アリゾナの北を徐行していました。遅れが相次いで、うまくいかないことばかりで、まったく秩序がなくなっていたのです。僕は降りて、夜通しコロラドまでヒッチハイクして、トラックや荷車や馬車のやっかいになって、時間通りにそこに——つまり、僕らを拾ってここに連れてきてくれるマイダスの連絡飛行機の待ち合わせ場所に着いたのです」

ハモンドの食料品市場の前に停めておいた車までの道を彼女はゆっくりと歩き始めた。ケロッグが後に続き、ふたたび彼が口を開いたとき、その声はやや低くなっており、ふたりとも遅らせたいことがあるかのように、足音とともに話し方もゆっくりになった。

「ジェフ・アレンに仕事を見つけてやりました」遺言を実行しました、というのにふさわしい重苦しい口調で、彼はいった。「ローレルに着くとすぐ、駅長があの男をつかまえて仕事に就けたのです。駅長には有能な体——いや、有能な頭脳の持ち主が見つかるだけ必要でした」

二人は車に着いたが、彼女は中に入らなかった。

「ミス・タッガート、お怪我はひどくありませんね？　墜落しても大事にはいたらなかったとおっしゃいましたか？」

「ええ、本当にたいしたことはないわ。明日までにはマリガンさんの車がなくても何とかやっていけるようになるでしょう——そして一日か二日で、これもいらなくなるわ」彼女は杖を振り、ばかにしたように車にそれを投げ入れた。二人は無言のままだった。彼女は待ちつづけた。

「最後にニューメキシコの駅からペンシルベニアに電話をかけました」彼はゆっくりと言った。

「ハンク・リアーデンと話しました。知っていることをすべて伝えました。あの人がそれを聞いてから、しばらく間があって、それから『電話をくれてありがとう』と言われました」ケロッグは目を伏せて、「ああいう沈黙はもう二度と経験したくありません」と、つけ足した。

　彼は目を上げて彼女の目を見た。その視線に非難の色はなく、ただ彼女の頼みをきいたときには疑いもしなかったが、あとから推察し得た知識だけがあった。

「ありがとう」と言うと、彼女は車の扉をさっと開けた。「乗っていく？　戻って雇い主が帰宅する前に夕食の仕度をしなきゃならないの」

　彼女が感じたものの完全な意味に向き合ったのは、ゴールトの家に戻り、陽光のあふれる静かな部屋に一人きりで立った瞬間だった。彼女は窓と、東の空を覆う山々を眺めた。そして二千マイル離れた場所で、これまであらゆる打撃を受けてきたときにしていたように、苦悩に対する擁壁のように顔を硬くして、いま机に座っているハンク・リアーデンのことを考え——彼の戦いを、彼のため、彼の過去のために、彼の顔の緊張とそこに注がれた勇気のために戦いたいという、いてもたってもいられない気持ちをおぼえた。崩れかけた線路の上で最後の力を振り絞って砂漠をのろのろ進むコメットのために戦いたかったように。彼女は目を閉じ、まるで自分が二重の裏切りを犯したかのように、この谷と外の世界との間でいずれへの権利もなく宙吊りになったかのように感じて身ぶるいした。

　夕食のテーブル越しにゴールトに向かって座ると、その感覚は消えた。彼は困惑した様子もなく、彼女がいて普通であるかのように、そして意識におきたいのが彼女の姿だけであるかのように、あからさまに彼女を見つめていた。

彼の視線の意味に応えるように、彼女はややのけぞり、淡々と端的に、わざとその意図を否定するように言った。「あなたのシャツを調べましたが、ボタンが二つ無くなっているのが一枚と左の肘が擦り切れているのが一枚ありました。直しておきましょうか？」

「ああ、そうだね。そんなことができれば」

「できます」

それで彼の視線の性質が変わったようには思えなかった。これが彼女に言ってほしかったことだったかのごとく、満足の度合いが強まっただけのようだった。ただし満足という言葉が彼の目に浮かんでいるものの適切な表現なのかわからず、確かなのは何か言ってほしいと思っていたわけではないことだけだった。

テーブル脇の窓の向こうで、嵐雲が東の空の最後の残光をかき消した。なぜ急に外を見る気がしなくなり、なぜ木のテーブルや、バターつきのロールパンや、銅製のコーヒーポットや、ゴールトの髪に射した金色の光の部分にしがみついていたいと感じたのだろう、と彼女は思った。虚空の縁にある小さな島にしがみつくように。

そのとき自分の声が心ならずも唐突に、「外の世界と連絡をとってもかまいませんか？」とたずねるのが聞こえ、これが回避したかった裏切りだったと気づいた。

「いけません」

「どんなものでも？　差出人住所のないメモでも？」

「ええ」

「あなたの秘密が一切漏れない伝言でも？」

「ここからはいけません。このひと月のあいだは。いかなるときも部外者に対しては」

彼女は自分が相手の目を避けていることに気づくと、ぐっと頭を上げて彼に顔を向けた。彼の目つきは変わっていた。それは注意深く、少しも動かず、無情なまでに鋭い視線だった。まるで彼女がそう訊いた理由を見抜いているかのように彼女を見ながら、「特例を求めたいのですか？」と、彼はたずねた。

「いいえ」彼の視線をとらえて、彼女は答えた。

翌日の朝食のあと、彼女がなれない仕事にぎこちない手つきで取り組んでいるところをゴールトに見せまいと部屋の扉を閉めて四苦八苦しながらシャツの袖に継ぎをあてていたとき、家の前で車が停まる音が聞こえた。

ゴールトが急いで居間を横切る足音がし、入口の扉をバタンと開け、「遅いぞ！」と、安堵まじりの嬉しそうな怒声を発するのが聞こえた。

彼女は立ち上がったが、足を止めた。目の前の光景に衝撃を受けたかのように、彼の声が急に重苦しい調子に変わったのが聞こえたからだ。「どうした？」

「やあ、ジョン」と言った静かな冴えた声は、しっかりとしてはいたが、疲労をにじませていた。どっと力が抜けたように感じ、彼女はベッドに腰を落とした。フランシスコの声だった。

深刻な口調で、ゴールトが心配そうにたずねるのが聞こえた。「どうした？」

「あとで言うよ」

「なぜそんなに遅れたんだ？」

「あと一時間でまた出発しなければならない」

「出発？」

「ジョン、僕は、今年はここにいられないと言いにきただけなんだ」

しばらくの間があり、やがて重々しく低い声でゴールトがたずねた。「何だか知らないが、それほど大変なことなのか？」

「ああ。僕は……この月が終わる前に戻ってくるかもしれない。わからない」懸命に、ようやくのことで彼はつけ足した。「はやく片づけたいと思うべきなのか……そうじゃないのかも」

「フランシスコ、たったいまショックに耐えられるか？」

「僕が？　いまは何を見てもショックを受けはしないよ」

「ここに、うちの客室に、君が会うべき人物がいる。君にはショックだろうから、その人はまだ非加入だと警告しておくよ」

「何だって？　非加入者？　きみの家に？」

「言っておくが――」

「そりゃこの目で見てみたいものだ！」

フランシスコの嘲笑と駆け足の音が聞こえたかとおもうと、彼女の部屋の扉がバタンと開き、彼女はぼんやりと、ゴールトが扉を閉めて自分たちを二人きりにしたことに気づいた。

どれくらい長くフランシスコが立ったまま自分を見ていたのか、彼女にはわからなかった。彼がひざまずき、自分にすがりつき、顔を自分の脚に押しつけるのを見た瞬間、彼の体を走り抜け凍りつかせた震撼が自分になだれこみ体を動かしたかに感じた瞬間に初めて、完全に意識を取り戻したからだ。

自分の手が彼の髪を優しくなでているのを見て、彼女は驚いていた。自分にはそんな権利はないと思いながら、その手から静謐さが流れだして二人を包みこみ、過去をなだめていくかのように感じていることに。彼は身じろぎもせず、音もたてなかった。彼女を抱擁する行為が語るべきすべてを語るかのように。

頭を上げた彼を見て、彼女はこの谷で目を開いたときに感じたことを思い出した。彼はこの世に痛みなど存在しえないかのような表情をしていた。彼は笑っていた。

「ダグニー、ダグニー、ダグニー」——彼の声は、何年も抑えてきた告白が飛び出すようにではなく、ずっとわかっていたことを繰り返し、それを口にしなかった偽りを笑うかのように響いた——「もちろん愛している。あの人が僕にそう言わせたとき、きみは怯えていたのか？　聞きたいだけ何度でも言うよ——愛している、ねえ、きみを愛しているし、これからもずっと——心配しないで。きみが二度と僕のものにならなくてもかまわない。それが何だってんだ？——きみは生きていて、ここにいて、いまは何もかも知っている。それに単純なことだろう？　それが何だったのか、なぜ僕がきみを捨てなければならなかったかわかるかい？」彼の腕がさっと動いて谷を指し示した。「ここにある——きみの大地、きみの王国、きみの望んだ世界——ダグニー、僕はいつもきみを愛していたし、きみを捨てたこと、それが僕の愛だったんだ」

彼は彼女の手をとり、口づけではなく休息の長いひとときとして唇にあてると、しばらく動かなかった。話そうとすれば彼女が存在するという事実から注意がそれてしまうかのように、幾年もの沈黙のうちにつもった言葉のすべてに圧迫され、言うべきことが多すぎて心をかき乱されているかのように。

「僕が追いかけた女性たちのこと——きみは信じなかったろう？　僕は誰にも手をだしてはいない——だがきみはずっと知っていたはずだ。プレイボーイの僕——あれは全世界の目の前で、僕がダンコニア銅金属を破壊する間に、たかり屋に疑われないようにするために演じなければならない役割だったんだ。プレイボーイはやつらの制度のなかではとるにたらない存在だ。やつらは信義と野心のある人間はみな見つけだして戦おうとするが、役立たずのろくでなしを見せておけば、やつらはそいつは仲間で、安全だと思う——安全とね！——それがやつらの人生観だが、やつらもわかりはじめている！——はたして悪が安全なのか、無能が実用的なのかどうかを！……ダグニー、初めてきみを愛していると知った夜だったんだ——行かなければならないと思い知ったのは。あの夜、きみがホテルの部屋に入ってきて、きみの姿、きみという人間、きみが僕に意味するもの——そしてきみの未来に待ちうけているものを見たときだ。あれほど大切な存在でなければ、しばらくきみは僕をひきとめていたかもしれない。だがきみをおいていった最終的な論拠はきみだった。あの夜、僕はきみに助けを求めた——ジョン・ゴールトに対して。だがきみもやつも知る由もなかったが、きみは僕に対するやつの最高の武器だった。きみはあいつが追求していたすべて、そのために生き、必要とあれば死ぬのだとやつに教えられたすべてだった……あの春、あいつに突然ニューヨークに呼び出されたとき、僕には一緒にやっていく覚悟ができていた。それまでしばらくやつからは連絡がなかった。やつは僕と同じ問題と戦っていた。そしてそれを解決した……覚えている？連絡が三年間途絶えたときだ。ダグニー、僕が父の事業を継いだとき、世界じゅうの産業機構を相手にしはじめたとき、これまでも疑ってはいたが醜悪すぎて信じられなかった悪の本質を理解し始めたのはそのときだった。何世紀ものあいだ白カビのようにダンコニア銅金属に増殖して、誰にも明言できない権利によって我々を枯らしていく徴税のヤクザがいた。成功しているからと僕にハンディを負わせ、失敗してばかりだからと競合を救済する政府の規制が通過した。労働組合は生計を可能にする僕の能力を理由として、僕に要求した権利をことごとく獲得した。稼ぐことのできない金への欲望は正当な願望とみなされるが、それを稼げば強欲と非難された。もう少し働くだけでみなを出し抜けるから心配しないようにと言いながら僕に目配せする政治家がいた。当時の利益を振り返って、真面目に働けば働くほど、自分の首のまわりの縄をきつく絞めることになると僕は気づいた。自分の活力が下水溝に垂れ流されており、僕を餌にする寄生虫がほかの人間の餌になり、やつらが自分の首をしめていた。そしてそれに理由はなく、知られている回答もなく、人がただ肩をすくめて地上の人生は悪にほかならないと言うかたわらで、世界じゅうの下水管が、その生産的な血を枯らしながら、誰も通り抜ける勇気のない湿っぽい霧の中へ続いているのが見えた。世界の産業機構全体が素晴らしい機械や何千トン級の高炉や大陸横断ケーブル、大理石のオフィスや証券取引所や輝くネオンサイン、その強大な力と富を誇りながら――すべてが銀行家や取締役会によってではなく、そのへんの地下の居酒屋の髭面の人道家に牛耳られていた。美徳は美徳であることで罰されなければならず、能力の目的は無能に仕えることであり、人間は他人のためでなくては存在する権利はないと説く悪意で膨れた顔をした者によって……僕はそれを知っていた。だがそれと戦う方法が見つからなかった。ジョンはその方法を見つけたんだ。あいつに呼ばれてニューヨークにやって来た夜、いたのはラグネルと僕の二人だけだった。ジョンは僕たちが何をやらねばならないか、どんな人間を動かさねばならないかを語った。あいつは既に二十世紀社を辞めていた。スラム街の屋根裏に住んでいた。あいつは窓まで歩いていって街の摩天楼を指さした。そして世界じゅうの光を消さなければならない、ニューヨークの光が消えるとき、仕事が終わったとわかるだろう、と言ったんだ。すぐに参加してほしいと頼んだわけではなかった。よく考えて、それが僕たちの生活に及ぼす影響をすべて考慮するように言った。僕が二日目の朝に回答し、ラグネルは同じ日の午後、数時間あとだった……ダグニー、あれが一緒に過ごした最後の夜の翌朝だったんだ。僕は考えずにいられないある光景によって、何のために戦わなければならなかったかを見たんだ。それはあの夜のきみの姿、鉄道について語るきみの話しかた——ハドソン川の崖の天辺からニューヨークのスカイラインを見ようとしたときのきみの姿のために、僕はきみを救い、きみのために道をあけ、きみの街を見つけさせてあげなければならなかった。きみがつまずいて何年もの人生を無駄にし、有毒な霧の中でもがきながら、それでも真直ぐに前を向いて、なおも陽光のなかにいるような顔をして、あげくの果てに、街の塔ではなくて、きみの人生が支払いに費やされたジンを飲むことで人生の楽しみを演じる無気力で愚鈍な太った能無しを見ないように。きみが——そいつが喜びを知るために喜びを知らなくなる？　きみが——他人の快楽のまぐさとして供される？　きみを——人間以下のものの目的の手段にする？　ダグニー、僕はそれを見て、きみがそんな仕打ちをされるのを許しておけなかった！　きみに、未来を前にきみのような顔をしたどんな子どもにも、きみのような精神を持って誇り高く、罪悪感なく、自信をもって、嬉々として生きる瞬間を経験することができるどんな人間にも。それこそが、その人間の精神のありさまが僕の愛であり、そのために戦おうと、僕はきみをおいていった。そしてきみを失うことになっても、戦いの一年ごとに勝ちえていくのはやはりきみだとわかっていた。だがいまならわかるだろう？　きみはこの谷を見たんだ。ここは僕らが子どものころ目指していた場所だ。僕らはたどり着いた。これ以上何を求めることがある？　ここできみに会うこと——きみが非加入のままってジョンは言ったのかな？——いいんだ、それは時間の問題にすぎないし、いずれ仲間になる。これまでもそうだったし、まだ完全に理解できないなら僕たちは待つし、それでもかまわない——生きてさえいれば、きみの飛行機の跡を探してロッキー山脈を飛び続けなくてもよければ！」

彼が谷に来るのが遅れたわけに気づいて、彼女は小さく喘いだ。

彼は笑った。「そんな顔をしないで。触るのもこわい傷みたいに見ないで」

「フランシスコ、わたしは何度もいろんなかたちであなたを傷つけたわ――」

「違う！　きみは――あの人も――僕を傷つけちゃいない。そのことは言わなくていい。傷ついているのはあの人だが、僕らはあの人を助けて、彼もここに、彼にふさわしい場所に来る。そうすればわかってもらえる。そして彼もそのことを笑えるようになるはずだ。ダグニー、僕はきみが待っていてくれるとは思っていなかった。望んでいなかった。自分が冒した危険を知っていたし、他の誰かが選ばれるなら、それがあの人でよかったと思う」

うめかないように唇をかたく結んで、彼女は目を閉じた。

「ねえ、いいんだ！　僕が受け入れたってことがわからないのかい？」

だけどそうじゃない――彼女はおもった――あの人じゃないのに、本当のことが言えない。なぜといえば、相手はわたしからの告白を聞くことがなく、わたしのものにならないかもしれない人なのだから。

「フランシスコ、あなたを愛してたわ――」と言ってから、彼女は息をのみ、自分がそう言うつもりはなかったこと、また、過去形を使うつもりはなかったことに気づいた。

「だがいまもそうだ」微笑みながら、彼はおだやかに言った。「きみはいまも僕を愛している――きみがいつも感じて、欲して、それでももう与えてくれない愛の表現がひとつあるとしても。僕はいまも昔のままだし、きみにはいつもそれがわかる。そしてきみはこれからも同じ応えかたをしてくれるだろう。たとえそれ以上の応えかたをする男性がほかにいるとしても。その男性にどんな気持ちを抱いているとしても、それできみの僕への気持ちが変わるわけではないし、それはどちらを裏切ることにもならない。その根源は同じであり、それは同じ価値に答える同じ支払いなのだから。この先何が起ころうとも、きみはずっと僕を愛しつづけるだろうし、互いにとっての重みが変わることはない」

「フランシスコ」彼女はささやいた。「それがわかっているの?」

「もちろん。いまならわかるだろう? ダグニー、あらゆるかたちの幸福はみなひとつのものであって、あらゆる願望は同じモーターに動かされている。唯一価値のあるものへの、すなわち僕たちという存在の最高の可能性への愛によって。あらゆる偉業はその表現なんだ。まわりを見渡してごらん。どれだけのものがここで、遮るもののない大地で僕たちに開放されているかわかる? どれくらい自由に僕が行動し、経験し、達成できるかわかる? そのすべてが僕にとってきみが意味するものの一部だと――きみにとって僕がその一部であるのと同じように。そして僕が建てた新しい銅の製錬所を称賛するきみの笑顔を見れば、それはベッドできみの隣にいたときに感じたことの別の形なんだ。これからもきみと寝たいと思うかって? たまらなく。そうする男を羨むかって? もちろんだ。だがそれがどうしたっていうんだ? ただきみがここにいて、きみを愛していて、生きているってこと――それはこんなにも素晴らしいことなんだ」

目を伏せ、険しい顔で、敬礼のように頭を下げたまま、厳粛な約束を果たすかのように、彼女はゆっくりと言った。「わたしを許してくれる?」

彼は驚いた顔をしたが、やがて思い出して、陽気に笑うと、「まだだな。許すことなんかないが、きみが僕たちの仲間になるときに許すことにしよう」と答えた。

彼は立ちあがり、彼女を引っ張り起こし――腕が彼女を包んだとき、二人の口づけは過去の要約であり、結末であり、承認の封印だった。

二人が出て来たとき、ゴールトは居間の向こうからかれらを見た。彼はそれまで窓際に立って谷を見ていた。ずっとそこに立っていたに違いない、と彼女はおもった。彼の視線がゆっくりと一方から他方へと動き、目は二人の表情を観察していた。

彼の表情はフランシスコの顔の変化を見て少しばかり緩んだ。フランシスコはにやりとして、「僕の顔に何かついているかい?」と、たずねた。

「入ってきたとき自分がどんな顔をしていたかわかっているのか?」

「ああ、そんなにひどい顔だった? 三日三晩眠っていなかったからな。ジョン、僕を夕食に呼んでくれるか? この非加入者がどうやってここに来たのか知りたいな。といっても話の途中で寝てしまうかもしれないから、いったん家に帰って夜まで休んだほうがいいだろう。たったいまはもう二度と眠らなくていい気がしてはいるが」

ゴールトは微笑を浮かべて彼を見つめていた。「だがあと一時間でこの谷を出発するんじゃなかったのか?」

「何だって? いや……」彼はちょっと驚いて、おだやかにいった。「いや!」彼は嬉しそうに笑った。「その必要はないんだ! そう、何が起こったのか言ってなかったね? 僕はダグニーを探していたんだ。彼女の飛行機の……事故現場を。ロッキー山中の墜落事故で行方不明になったと報じられていたからね」

「なるほど」ゴールトが静かに言った。

「あらゆる場合を想定したが、よりにもよってゴールト峡谷に墜落していようとは」フランシスコは幸福そうに言った。それは現在によって過去の恐怖を哂い、それをおかしがるような嬉々とした安堵の口調だった。「ユタのアフトンとコロラドのウィンストンとの間のすべての頂とくぼみの上を飛んで、谷に車の残骸が見えるたびに僕は——」彼は言葉を切った。身震いをしたように見えた。「そして夜になると、僕たち——ウィンストンからの鉄道捜索隊は徒歩で出かけた。やみくもに、手がかりも計画もなく、また明るくなるまでひたすら登りつづけて――」彼はその話を片づけて微笑しようとして、肩をすくめた。「どれほど憎い敵がいたとしてもあんな思いは――」

彼はふいに口をつぐんだ。微笑が消え、忘れていたイメージが急によみがえったかのように、過去三日間の表情が戻り、彼の顔にかすかな影を落とした。

長い間をおいてから、彼はゴールトのほうを向いた。「ジョン」彼の声は妙に重々しく響いた。「外にいる人間にダグニーの安否を知らせることはできるか？……誰か……僕と同じ思いをしている人間がいる場合に」

ゴールトは彼を真直ぐに見ていた。「誰であれ部外者に対し、外に残る苦しみを少しでも軽減してやる気か？」

フランシスコは目を落としたが、「いや」と、きっぱりと答えた。

「フランシスコ、憐れみか？」

「ああ。忘れてくれ。きみは正しい」

ゴールトは背を向けた。それは奇妙に彼らしくなく、不自然に唐突な無意識の動作だった。

彼は振り返らなかった。フランシスコは少し驚いて彼を見つめていたが、やがて穏やかに「どうした？」と、たずねた。

ゴールトは振りかえり、しばらく答えずに彼を見ていた。ゴールトの顔つきをやわらげた感情が何なのか彼女にはわからなかった。そこには微笑と優しさと痛みと、こうした概念までも不必要にするようなもっと大きな何かがあった。

「この戦いのためにどんな代償を払った者がいたとしても」ゴールトは言った。「誰よりも大きな痛手をこうむった人間は君だろう？」

「誰が？　僕？」フランシスコは目をまるくして、にこりとした。「違うぜ！　そっちもどうかしてるんじゃないのか？」そしてくつくつ笑って「ジョン、憐れみか？」と、つけ足した。

「いや」ゴールトははっきりと言った。

フランシスコが戸惑い気味に顔をしかめて彼を見返したことに彼女は気づいた——というのも、ゴールトがフランシスコではなく、彼女を見ながらそう言ったからだ。

＊　＊　＊

フランシスコの家に初めて足を踏み入れたとき、たちまちの印象として彼女を襲った感情は、閉ざされた静かな外観にさそわれた感情の要約ではなかった。彼女が感じたのは悲壮な孤独ではなく、爽やかな明るさだ。部屋は飾り気がなく、粗っぽいまでに簡素であり、家はフランシスコらしい巧みさと決断の早さと気短さによって建てられているように思えた。それは行く手に素晴らしい活動の場が広がっており、出発時の快適さを整えるために時間を浪費できない未来へ向かう長い飛行の踏み台にすぎない開拓者の掘っ立て小屋に見えた。そこには家ではなく、摩天楼の誕生を守るために建てられた真新しい木の足場の明るさがあった。

フランシスコはシャツ姿で、四メートル四方の居間の中央に、大邸宅の主人然として立っていた。彼女が彼を見たどの場所にもまして、これは彼にふさわしい背景であるように映った。物腰にくわえて装いの質素さが彼にやんごとない貴族の雰囲気を与えているのと同じく、部屋の素朴さがきわめて高貴な隠れ家のたたずまいを見せていた。素朴さに唯一王室気分を添えるものがある。むきだしの丸太の壁を切りとった小さなニッチに置かれた古めかしい一対の銀のゴブレットだ。それは職人の長く高価な労働、この小屋を建てるのに費やされたよりも多くの労働の贅沢を要した凝った意匠、丸太の壁の松を育てるよりも長い何世紀という時間に磨かれてかすんだ意匠だった。部屋の真ん中にいるフランシスコの何気なく自然な態度には、あたかもこれが自分であり、これまでずっとそうだったのだ、と無言のうちに微笑で彼女に語りかけるかのような、静かな誇りがうかがわれた。

　彼女は銀のゴブレットを見上げた。

「ああ」彼女が口にしなかった推測に答えて、彼はいった。「それはセバスチアン・ダンコニアと夫人のもの。ブエノスアイレスの邸からここに持ってきたのはそれだけだ。それと、扉の紋章と。とっておきたかったのはそれだけなんだ。ほかはあと数ヶ月しないうちにすっかり消えてなくなる」彼はくつくつ笑った。「やつらはダンコニア銅金属の残りかすを全部押収するはずだが、さぞかし驚くだろうな。手のかかるものは何ひとつ見つからないだろうから。それにあの邸といえば、やつらには暖房費も払えないにちがいない」

「それから？」彼女はたずねた。「あなたはどうするの？」

「僕？　僕はダンコニア銅金属で働く」

「どういう意味？」

「『王は死んだ、王万歳』という古いスローガンを覚えているか？　僕の先祖の財産の死骸がとり除かれてはじめて、僕の鉱山がダンコニア銅金属の若くて新しい体、先祖が求めて目指し、値したが持っていなかった財産になる」

「あなたの鉱山？　どの鉱山のこと？　どこにあるの？」

「ここだ」山頂を指さして、彼はいった。「知らなかったのか？」

「ええ」

「僕はたかり屋の手の届かないところに銅山を持っている。この山のなかに。僕が採鉱し、発見し、最初に掘削した。八年以上も前のことだ。この谷でマイダスが最初に土地を売った相手は僕だったんだ。僕はあの鉱山を買った。そしてセバスチアン・ダンコニアと同じように、自分の手で働き始めた。いまはチリで僕の最高の冶金家だった監督が責任者だ。鉱山では我々に必要な銅を全部産出している。利益はマリガン銀行に預けられる。それが、いまから数ヶ月、僕の持てるすべてだ。必要なのはそれだけだ」

――世界を征服するために、というのが最後の文句の響きだった――その響きと、現代人が「必要」という言葉に与えた不平のような脅しのような、乞食と暴漢の口調が混じった感傷的で卑屈な語調との違いを考えて彼女は愕然とした。

「ダグニー」窓際に立ち、山の頂ではなく時間の頂を見るかのように、彼はいった。「ダンコニア銅金属と――世界の復興は、ここアメリカ合衆国で始まらなければならない。この国は、偶然やいきあたりばったりの部族の戦闘ではなく、合理的な人間の頭脳の産物として生まれた史上唯一の国だ。この国は理性の優越性にもとづいて築かれ、偉大なるこの一世紀に世界を救出した。再びそうしなければならないことになる。ダンコニア銅金属の第一歩は、ほかの人間らしい価値と同様、ここから始まらなければならない。ほかの国々は長年抱いてきた信念の極致に達してしまったからね。つまり、神秘信仰と非合理性の支配の末路には二つの遺物しか残らない。精神病院と墓だ……セバスチアン・ダンコニアはひとつの過ちを犯した。すなわちあの人は、権利として稼いだ財産が、権利としてではなく、認可によって自分のものになると宣する制度を受け入れたんだ。子孫がその過ちのつけを払うことになった。僕が最後の支払いを済ませた……ダンコニア銅金属の鉱山や製錬所や鉱石ドックがこの土地の根から育ってふたたび世界と僕の祖国に広がる日が訪れると僕は思っているし、そのときは真っ先に祖国の再建を始めるつもりだ。僕はその日まで生きるかもしれないが、確信はもてない。誰にもほかの人間が理性を回復する時期を予期することはできない。もしかすると生涯かけて、僕はこの鉱山――アメリカ合衆国コロラド州ゴールト峡谷ダンコニア銅金属第一号ひとつしか築いていないかもしれない。だがね、ダグニー、僕の野心が父の銅の生産を倍増することだったことを覚えている? ダグニー、たとえば僕の人生が終わりに近づいていて、年に一ポンドの銅しか生産できないとしても、僕は父よりも、何千トンを生産した先祖の誰よりも豊かだといえる――なぜといえば、その一ポンドは権利として僕のものであり、そのことを知っている世界を維持するために使われるのだから！」

物腰において、態度において、曇りのない目の輝きにおいて、これは幼少時代のフランシスコであり、いつのまにか彼女は遮るもののない未来の感覚をとりもどし、ハドソン川の岸を散歩しながら彼の事業計画をたずねたときのように、彼の銅山についてたずねていた。

「きみの足首が完治したらすぐに鉱山を見に連れて行ってあげよう」彼はいった。「そこまで行くには険しい道を登らなければならないんだ。ただのラバの道で、トラックの道もまだないからね。僕が設計している新しい製錬所を見せてあげるよ。ここしばらく取り組んでいるやつだ。産出高にしては複雑すぎるが、それが割に合うまで鉱山の生産高が伸びれば、どれだけ時間と労力と金が節約できることか！」

二人は一緒に床の上に座り、彼女の前に彼が広げた紙の上にかがんで、製錬所の複雑な部分を研究していた。廃品置場でがらくたの研究にはげんだときのように嬉々として熱心に。

彼が別の紙に手を伸ばそうとして動くのと同時に彼女が身を乗り出し、彼女は気がつけば彼の肩にもたれていた。彼を見上げようとして、心ならずも一連の動作が短く途切れたほんの一瞬のあいだ、彼女は体を硬くした。彼は感じたことを隠そうとはせず、かといってそれ以上なにかを求める素振りもみせずに彼女を見下ろしていた。自分が相手と同じ欲望を感じていることを意識して、彼女は身を引いた。

そのとき、以前抱いていた感情のよみがえった興奮をとどめたまま、常にその一部であり、いま突如初めて明らかになったある本質を彼女は理解した。あの欲望が人生の祝福だったならば、彼女がフランシスコに抱いた感情は、将来の約束を確認するために、未知の合計の一部として素晴らしいひとときを得る未来の祝福だったのだ。それを理解した瞬間、未来ではなく完全で最終的な現在のしるしとしてはじめておぼえた唯一の欲望に彼女は気づいた。あるひとつのイメージ——小さな御影石の建物の入口に立つ男の姿のイメージによって。彼女を動かしつづけてきた約束の最終的な形は、おそらく、到達することのない約束として残る男の姿だったのだ、と彼女はおもった。

だがこれは——仰天して彼女はおもった——何よりも激しく忌み嫌ってきた人間の宿命観、すなわち人間は常に到達不能な輝かしい展望に引きずられ、常に志を抱くものの達成することはないという見方だ。自分の人生と自分の価値がわたしをそんなふうにしてしまうはずがない、と彼女はおもった。不可能なものへの憧れを美しいと思ったことも、可能なものに手が届かないと思ったこともない。だが彼女はそうなっているのであり、答えを見つけられないでいた。

この人をあきらめることも世界をあきらめることもできない——その夜ゴールトを見ながら、彼女はおもった。本人がいる場所で解答を見つけることはよけいに難しくおもえた。何の問題も存在せず、彼を見ているという事実と比べられるものなどなく、自分を出ていかせる力のあるものなどなく——それと同時に、鉄道を捨てるなら彼を見る権利はない、と彼女は感じていた。彼を所有しており、初対面のときから二人の間には暗黙の了解があり——それと同時に、彼は自分の人生から姿を消し、将来外の世界の路上で自分を素通りすることもできるのだ、と彼女は感じていた。

彼がフランシスコのことをたずねないことに彼女は気づいた。彼女の訪問のことを話したとき、彼の顔には何の反応も承認も憤慨も見られなかった。真面目に耳を傾けていた彼の表情に、感情的に反応しないと決めた問題だと語るかのような、ほんのわずかな変化をとらえた気もした。

そのかすかな危惧が疑問符になり、やがて疑問符はドリルに変わり、それから夜な夜なゴールトが家を出て一人とり残されるたびに、彼女の頭を深くうがっていった。彼は一日おきに、夕食後、行く先を告げずに外出し、真夜中を過ぎてから帰宅した。彼女は自分がどれほど張りつめてそわそわとしながら彼の帰宅を待っているかを認識するまいと努めた。夜はどこで過ごしているのかをたずねなかった。知りたくてたまらないからこそ聞くことがためらわれた。彼に対する反抗と自分自身についての不安が入り混じったやや意図的な挑戦の形で、彼女は沈黙を守っていた。

自分の恐れていることを認めたり、それに言葉という具体的な形を与えたりはしなかった。ただ認めていない感情のたちの悪い執拗な不安によってそれを認識していただけだ。その一部はこれまで抱いたことのない荒々しい憤り、すなわち彼の人生に女性がいるかもしれないという恐怖への反応だった。にもかかわらずその憤りは彼女が恐れていること自体がもつ健全さによって和らげられていた。その脅威が戦いうるものであり、必要とあれば、受け入れることとさえできるかのような。だがそのほかにも、もっと始末におえない恐怖があった。それは彼女の進路から彼自らが退き、その空虚さのために最愛の親友である男のもとへ彼女が戻るようにしむけようとしているのではないかという疑いであり、彼について口にしてはならない自己犠牲の醜いかたちだ。

それを口に出さないまま幾日もが過ぎた。ある夜、彼の外出前の夕食のとき、自分が用意した食事を彼が食べるのを見ながら独特の快感を覚えていることに彼女は不意に気づいた。そして突然、知らずと、認識さえも恐れた権利をその快感から得たかのように、苦痛ではなく快楽が抵抗を萎えさせたかのように、気がつけば彼女はたずねていた。「一晩おきに何をやっているのですか？」

知っているはずだと思っていたかのように、彼はただ「講義です」とだけ答えた。

「何ですって？」

「毎年恒例ですが、物理学の講義をやっているのです。それは私の……何を笑っているのです？」答えほっとした表情と、彼の言葉に向けたものとは思えない音のない笑いを見て、彼はたずね――答えをきく前に察したかのようにふっと笑みを浮かべた。その笑みにはひどくうちとけた馴れ馴れしいほどの親密さがあった――無頓着で落ち着いた他人行儀な態度とは裏腹に。「この一ヶ月間に本業の業績を交換することはご存じでしょう。リチャード・ハーレイはコンサートを開き、ケイ・ラドロウは外では執筆しない作家が書いた二本の戯曲に出演し――私はその年の研究成果を報告する講義をするのです」

「無料の講義ですか？」

「むろん有料です。一科目につき一人十ドルです」

「わたしも講義を聴きたいわ」

彼は首を横に振った。「いいえ。あなた自身の楽しみのためならコンサートでも芝居でもほかの発表形式のものでも出席するのはかまいませんが、この谷から持ち出すかもしれない私の講義やほかの知的な商品はいけません。それに顧客や生徒は、実用目的があって私の科目をとっている者だけだ。ドワイト・サンダース、ローレンス・ハモンド、ディック・マクナマラ、オーウェン・ケロッグとあと何人か。今年になって一人、ケンティン・ダニエルズを入門させましたが」

「本当に？」嫉妬まじりの声で、彼女はいった。「どうやってあの子がそんな高額のお金を都合できるのですか？」

「ローンです。分割払いを認めてやりました。彼にはそれだけの価値がありますから」

「どこで講義するのです？」

「ドワイト・サンダース農場の格納庫です」

「普段はどこで研究を？」

「自分の研究室です」

彼女は用心しながらたずねた。「あなたの研究室はどこにあるのです？　この谷ですか？」

彼はしばらく彼女の目を捕らえたまま、驚いた目をしてみせ、自分が彼女の意図を知っていると示してから、「いいえ」と答えた。

「あなたはこの十二年間ずっと外の世界に暮らしてきたのですか？」

「ええ」

「あなたは」――その考えは耐えがたく思えた――「あなたもほかの人たちのような仕事を持っているのですか？」

「もちろんです」なにか特別なわけがあるように、彼は愉快そうな目をした。

「経理助手なんてはずはないでしょう！」

「ええ、違います」

「では何をやっているのです？」

「社会が私に望んでいる類の仕事です」

「どこで？」

彼は首を横に振った。「いけません、ミス・タッガート。あなたがこの谷を出ることにすれば、これは知ってはならないことのひとつです」

彼はふたたび馴れ馴れしく親密な笑みを浮かべたが、それはいまその答えがはらむ危険と彼女に意味することを知っていると語るようであり、まもなく彼はテーブルを立った。

彼がいなくなると、静まりかえった家のなかで、時間の進行は何分または何時間が過ぎたのかを知るすべもないテンポでじわじわと延びていく動かない半固体の塊のように重苦しく感じられた。怠惰ではなく、それ以下の行為では満足させられぬひそかな暴力を志向する欲求不満のどんよりとした無気力な倦怠感に打ちのめされて、彼女は居間のアームチェアにぐったりと体をあずけていた。

自分が用意した料理を食べるあの人を見ながらおぼえたあの独特の快感——じっと横たわり、目を閉じて、不明瞭で緩慢な領域のなかを、過ぎゆく時間のように思考を漂わせながら、彼女はおもった——それは自分が感覚的な歓びを彼に与え、彼の体を満足させるものを彼女が作りあげたと知る快感だった……女が男のために料理したいと思うには理由がある……ああ、義務としてではなく、惰性の仕事としてではなく、ただ稀有で特別なある象徴的儀式として……それなのに女性の義務の説教者たちときたら、それを何にすり替えてしまったのだろう?……うんざりする単調な仕事を尼僧のごとく行なうことが女性の立派な美徳とされ——かたやそれに意味と拘束力を与える行為が恥ずべき罪とみなされている……むっとする台所で油と湯気ともろい皮を扱う仕事が精神的なこと、女性の道徳義務にそう行為とみなされ——かたや寝室での二つの体の出会いは肉体的な耽溺、それに熱中する動物には精神的な誉れも意味も誇りも主張できない動物本能への降服行為とみなされる。

彼女は不意に立ち上がった。外の世界やその道徳律のことを考えたくはなかった。だがそれは思考の中心をしめている問題ではない。そして彼女の意志に反して、それ自身のなんらかの意志によって、心が追及をやめない問題のことを考えたくはなかった……。

彼女は部屋を歩きまわった。見苦しく、気まぐれで、抑制のない自分の動作のゆるみをいとわしくおもいながら——自分の動きに静寂をうち破らせる必要と、これが自分の求めている突破の形ではないという知識の間で思い悩みながら。目的のある行動というひとときの幻想のために、彼女は煙草に火をつけた——そして代用目的の退屈な味気なさを感じてたちまちそれを捨てた。なにか掃除するなり、直すなり、磨くなりするものが見つかればいいのにと思いながら、自分に動機を与えてくれる物を請う落ち着きのない乞食のように、彼女は部屋を見まわした——どんな作業に手をつけても無駄だと知りながら。何をやっても無駄だと思えるとき——彼女の頭のなかで、ある厳しい声が言った——その下にはとてつもなく大きな願望が隠れているの。あなたは何が欲しいの?……彼女は威勢よくマッチを擦り、いつのまにかくわえていた煙草の先に乱暴に火をもっていった……あなたは何が欲しいの?——判事のごとく厳格な声が繰りかえした。あの人に戻ってきて欲しい!——まるで獲物に骨を投げて、ほかのものに食らいつくことから獣の意識を逸らそうとするかのように、その言葉を音のない悲鳴として内なる告発者に投げつけながら、彼女は答えた。

戻ってきて欲しい——そこまで苛立たなくてもという非難に答えて、彼女は穏やかに言った……戻ってきて欲しい——そんな答えでは判事のはかりにかけられないという冷ややかな指摘に答えて、彼女は嘆願するように言った……あの人に戻ってきて欲しい!——その文句の中の弁護がましく余分な一語を落とさないように、彼女は反抗的に叫んだ。

長い折檻の後のように、疲労で頭が垂れてきていると彼女は感じた。指の間の煙草は二センチと燃えていない。彼女は火を消して、再びアームチェアに倒れこんだ。

避けているわけじゃない——彼女はおもった——避けているわけじゃなくて、ただどんな答えにたどりつく方法もみえないだけ……あなたが欲しいもの——深まる霧のなかでよろめく彼女にその声が告げた――それはあなたが手に入れるものだけれど、完全な受容、あなたの完全な確信でないものはすべて、彼という人間すべてへの裏切りになる……ならばあの人にわたしをののしらせればいい――まるでその声がいま霧にかき消され、彼女の声を聞くことはないかのように、彼女は心のなかでつぶやいた――明日、あの人にわたしをののしらせればいい……あの人に戻ってきて欲しい……あの人が……欲しい……答えはなかった。頭がゆっくり椅子の背に落ちこみ、彼女は眠りこんでいた。

目を開いたとき、数歩先に彼が立ち、自分を見下ろしているのが目に入った。しばらくそうして見ていたかのように。

彼の顔を見ると、断片的ではない明瞭な知覚によって、彼の表情の意味を悟った。その意味は彼女が何時間も戦っていたものと同じだった。それを見ても驚かなかった。驚くべき理由を意識する力をまだ回復していなかったからだ。

「オフィスで眠ってしまったときの顔だ」彼は穏やかに言った。彼女は、相手もまた聞かれていることを完全には意識していないと気づいた。その言い方はどれほど頻繁に、いかなる理由でそのことを考えていたかを物語っていた。「隠すことも恐れることもない世界に目覚めると信じているようだ」彼女は思わず微笑んでしまったと気づくと同時に、眠ってはいないことを自覚し、途端に真顔になった。彼は完全に意識的に、静かに、「だがここでは、それは事実だ」とつけ足した。

現実の領域でまず彼女の心を動かしたのは力の感覚だった。全身の筋肉から筋肉へ流れる動きを感じながら、自信に満ちてゆったりと彼女は居ずまいを正した。そして、「どうしてわたしが……オフィスでどんな顔をしているかを知っているの？」ときいたが、その声が侮蔑まじりに聞こえたのは、その緩慢さ、なにげない好奇心の響き、言外の意味を当然視する口調のためだった。

「長年あなたをみてきたと言いましたね」

「どうやってそこまで細かく見張ることができたのです？　どこから？」

「いまは答えないでおきましょう」単純に、挑戦するでもなく彼はいった。

彼女の肩がわずかにそり返り、間があり、やがて低くかすれた声で、「わたしを初めて見たのはいつ？」と、彼女がいうと、晴れ晴れとした勝利の余韻が残った。

「十年前です」彼女を直視し、質問に含意された部分に完全に応えていると彼女に示して、彼は答えた。

「どこで？」その言葉はほとんど命令といってよかった。

彼は躊躇し、それから目ではなく、唇だけに微笑を浮かべた。それは並ならぬ代価を払って購入した持ち物を、切望と苦々しさと誇りをもって見つめる微笑だった。彼の目は彼女にではなく、当時の娘に向けられているようだった。「タッガート・ターミナルの地下で」彼は答えた。

彼女はにわかに自分の姿勢が気になりだした。彼女は片方の脚を前に伸ばし、無造作に椅子にもたれかかっている。きっちり仕立てた極薄のブラウス、手染めの色鮮やかな幅広のカントリー風スカート、薄手のストッキングとハイヒールのパンプスを身につけている彼女は、鉄道の重役には見えないだろう。その自意識が、手の届かないものを見ているような彼の目に応え、彼女に衝撃を与えた。彼女はまさしく彼女がそうあったもの、すなわち召使の娘の姿をしていた。深緑の目の中の輝きがかすかにまして距離のベールがとり除かれ、かつての光景がすぐ前の彼女という人物を見る行為におきかわった瞬間がわかった。彼女の目は彼の驕慢な視線とぶつかったが、それは顔つきを変えない微笑だった。

彼は背を向けたが、部屋を横切る足音は声の響きと同じように雄弁だった。いつも通りに部屋を出たいと彼が思っていることは確かであり、帰宅して短い就寝の挨拶をするよりも長くいたことはなかった。彼の戦いの道筋を彼女は観察していた。それをある方向に進んでは向きを変える歩き方によって見ていたのか、動作と動機を映しだす画面のように自分の体が彼の直接的な知覚のための道具になったという確信によってか——彼女にはわからなかった。わかったのは、自分自身に戦いを挑んだこともそれに負けたこともない彼が、いま部屋をでていく何の力もないことだけだった。

彼の素振りに緊張感はなかった。彼は上着を脱ぎ、それを脇に放りなげ、シャツ姿のまま、部屋の向こうの窓際に彼女に向かって腰をおろした。だが立ち去りもとどまりもしないかのように、椅子の肘に座っていた。

彼を物理的にとらえているのと同じくしっかりとつかまえているという知識のなかで、軽やかな、くつろいだ、ふわふわした勝利の興奮を彼女はおぼえていた。耐えがたいほどに危険な短いひとときの間、それは物理的な接触よりも心地いい接触のかたちだった。

そのとき彼女は突如として、殴打のような悲鳴のような盲目的な衝撃を内側におぼえ、呆然として、その理由を考えた——だが彼は上体を横に傾けただけで、それは肩から腰のくびれから尻から脚まですっと長く伸びた体が何気なくとった姿勢にすぎなかった。彼女は震えを見せまいと目を逸らし——勝利について、またどちらに力があるかについての考えをすべて改めた。

「あれ以来、何度もあなたを見ている」静かに、淡々と、だがいつもよりややゆっくりと、あたかも話す欲求以外のものは何もかも抑制できるかのように、彼はいった。

「どこで私を見たのですか？」

「いろいろな場所で」

「でも絶対に姿を見せないようにしたのね？」彼の顔を見て、彼女が目を留めないはずはなかった。

「ええ」

「なぜ？　怖かったのですか？」

「ええ」

彼は何でもないことのように言っただけだったので、自分という人間の姿が彼女に何を意味するかを見越していたことを認めていると彼女が気づくまで、しばらく間があった。「初めて見たとき、わたしのことを知っていたのですか？」

「もちろんです。一人をのぞけば最悪の敵でしたから」

何ですって？」それは意表を突く答えであり、ことさら静かに、「最悪の敵は？」と、彼女はつけ足した。

「ロバート・スタッドラー博士です」

「わたしをあの人と同類にしたのですか？」

「いいえ。博士は確信犯です。魂を売り渡した。彼を改心させようとは思っていない。あなたは──仲間だ。あなたを見るずっと前から知っていました。仲間に加わるのは最後であり、もっとも手ごわい敵になるであろうことも」

「誰がそんなことを？」

「フランシスコです」

しばらくしてから、彼女はたずねた。「あの人は何と言ったのです？」

「名簿にのっているうち、もっとも説得が難しいのはあなただろう、と。名前を耳にしたのはそのときが初めてでした。名簿に名前をのせたのはフランシスコだった。あなたはタッガート大陸横断鉄道の唯一の希望と未来であり、忍耐と勇気と仕事への思い入れがありすぎて、長いあいだ我々に対抗して鉄道のために必死で戦い続けるはずだ、と言って」彼は彼女を一瞥した。「言ったのはそれだけです。将来のスト参加者の一人について話しているだけのようにあなたのことを話していました。私は、あなたと彼が幼馴染と知っていた、というだけです」

「いつ私をみたのですか？」

「それから二年後に」

「どうやって？」

「偶然です。夜遅く……タッガート・ターミナルの旅客ホームで」これが降服のかたちであり、彼は意に反して話さずにはいられないのだと彼女は知っていた。声からは抑制した激しさと抵抗の両方がききとれた。彼自身と彼女にこうして接触のかたちを与えるために、話さずにはいられないのだ。「あなたはイヴニングドレスを着ていた。体からはケープが落ちかけていた——はじめ、露わな肩と背中と横顔だけが見えた——一瞬、ケープが滑り落ちて裸で立つかにみえた。そのときギリシャ女神のチュニックのような氷色のロングドレスを着ているあなたが、短い髪とアメリカ女性の傲慢な横顔をしていると気づいた。鉄道のプラットホームにはおそろしく場違いで——私が見ていたのは鉄道のホームではなく、これまで頭に浮かんだことのなかった情景だった——だがそのとき突然、あなたがレールと煤と行桁の世界に確かに属していること、それが流れるドレスと露わな肩とあなたのように生き生きとした顔にふさわしい情景だと気づいた——カーテンをおろしたマンションではなく鉄道のホームが——あなたは贅沢の象徴であるように、その根源である場所に似つかわしいように見えた——あなたは富と優雅さと豪奢さと人生の楽しみをその正当な持ち主、すなわち鉄道と工場を創造した男たちに返すように見えた——あなたの容姿には活力とその報酬の両方、つまり有能さと贅沢さがあらわれていた——そして私はこの二つがいかなるかたちで不可分なのかを最初に明言した人間だった――我々の時代がそれにふさわしい神に形を与え、アメリカの鉄道の意味するものの像を建てるなら、あなたの姿がその像だと思った……そのときあなたのやっていることが見えた――それであなたが誰なのかわかったのです。あなたはターミナルの係員三人に指示をだしていた。言葉は聞こえなかったが、声は明瞭で自信に溢れていました。あなたがダグニー・タッガートだとわかった。近づくと、やりとりが聞こえました。『誰の命令かね？』と係員の一人が言った。『私です』とあなたは答えた。きいたのはそれだけです。それで十分でした」

「それから？」

ゆっくりと目を上げて、彼は部屋越しに彼女の視線をとらえた。そして低くかすんだ穏やかな声で、「そのとき、モーターを破棄することがこのストライキに払わねばならないもっとも高い代償ではなかったとわかったのです」と言ったが、抑えた激しさのある声は、思いつめてほとんど優しくさえもある自嘲の響きをおびていた。

名もない影のうち――機関車の蒸気のようにつかみどころがなく、また気に留まることもなく急ぎ足で通り過ぎた乗客のうち――どの姿と顔がこの人のものだったのだろう、と彼女はおもった。知らずにいたその瞬間、どれくらい近くにいたのだろう、と彼女はおもった。「なぜその時か、その後で声をかけてくださらなかったの？」

「あの夜、ターミナルで何をやっていたか覚えていますか？」

「出席していた何かのパーティーから呼び出された夜があったのをなんとなく覚えています。父が出張中で、新しいターミナル長の何かの過失でトンネル内の交通がみな止まってしまったのです。古いターミナル長が前の週に急に辞めていたので」

「辞めさせたのは私だったのです」

「なるほど……」

まるで音を絶やすかのように彼女の声が小さくなると、彼女のまぶたが落ちて視界を断った。そのとき彼が抵抗し通していなければ――彼女はおもった――その時かその後、彼が彼女を求めにきていたならば、どんなに悲劇的な結末にたどりついたことだろう？……破壊者を見つけたらその場で殺すと叫んだときに感じていたことを彼女は思い出した……わたしはそうしていただろう――その考えは言葉にはなっておらず、腹の底を揺さぶる圧力としてのみ知っていた――彼の役割に気づいていたなら、後で撃ち殺していただろう……そして気づいたはずだ……にもかかわらず――それでも彼が自分のところに来ていればよかったのにと願う自分に彼女はぞっとした。頭では認められないが、暗い温もりとして肉体を流れていたある考えがあったからだ。自分は彼を撃ち殺しただろう、だがその前に――

彼女はまぶたを上げた――目に浮かんでいるその考えは、いま彼の目の中に自分が見ているものと同じように、彼にあからさまに見えているはずだ。彼のかすんだ視線とひき締まった口が見えた。彼は苦悩にまみれていた。この男を苦しめ、それを見て、じっと眺め、自分にも彼にも耐えがたいほど眺めつづけて、どうしようもない快楽の極みにひきずり落としたいという昂ぶった欲望におぼれているのを彼女は感じた。

彼は立ちあがって目を逸らした。その表情が、感情が取り除かれて顔立ちの純粋さがあらわになったかのように妙におだやかで明朗に見えたのは、やや高くもち上げた頭の格好のためなのか、それとも張りつめた顔つきのためなのかはわからなかった。

「この十年にあなたの鉄道が必要としていて失った人間は全員、私が辞めさせたのです」彼はいった。その声は、浪費家の社員に使った経費のつけは必ず払わされることになると思い出させる経理マンのように、一本調子で明瞭だった。「私はタッガート大陸横断鉄道の下から行桁という行桁を引きずりだしました。あなたが戻ることにすれば、私はあの鉄道があなたの頭上で確実に崩壊するようにします」

彼は部屋を出ようと背を向けた。彼女は彼をひきとめた。彼を立ち止まらせたのは彼女の言葉ではなく声だった。その声は低く、感情はこもっておらず、ただ沈んでいく重みがあり、唯一の声色といえば、こもったこだまのような、脅しめいた、どんよりと低い音調だけだった。それはいまも名誉の概念をとどめてはいるものの、とうにそれを気にしなくなった人間の嘆願だった。

「わたしをここにひきとめておきたいのでしょう？」

「この世のほかの何よりも」

「ひきとめておけるわ」

「知っています」

そう言った声には彼女の声と同じ響きがあった。彼は間をおいて呼吸を整えた。彼が口を開いたとき、声は低く明瞭であり、なにか強い思いがこめられているようだったが、それは理解の微笑とでもいったようなものだった。

「この地をあなたに受け入れてほしい。意味なく物理的にいてもらっていいことがありますか？そうした偽の現実によって、たいていの人間は自分を欺いたまま人生を無駄にしてしまう。私にはできない」彼は背を向けた。「あなたにもできないはずだ。おやすみなさい、ミス・タッガート」

彼は部屋を出て自分の寝室に入り、扉を閉めた。

彼女は思考の領域を通り過ぎ――考えることも眠ることもできずに部屋の暗がりでベッドに横たわっており――頭をふさぐ荒々しいうめきは肉体のたかぶりに過ぎないようにも思われたが、その抑揚とねじれた調子は言葉ではなく苦痛として彼女が知っていた嘆願の悲鳴に似ていた。あの人をここに来させて、乱れさせて――鉄道もストライキもわたしたちの信条のすべても、何もかもどうなったっていい！――これまでと現在のすべてもどうなってもいい！――わたしが明日死ぬなら、あの人はそうするだろう――ならば死なせて、だけど明日――あの人がどんな代償を払うことになると言おうが、わたしには出し惜しみするものは何も残っていないから、あの人をここに来させて――これが動物でいるって意味なの？――そう、わたしは動物……彼女は仰向けに横たわり、自分は起き上がって彼の部屋に歩いていきかねないと思いながら、それを阻止するために手のひらを両脇のシーツに押しつけていた……わたしじゃなく、わたしが耐えることも抑えることもできないのは肉体……だが内側のどこかに、言葉ではなく、静寂の燦然たる一点として、もはや厳しい非難をするのではなく、承認して楽しげに彼女を観察しているらしき判事の存在があり、語りかけてくるかのようだった。体？――もしも彼があなたの知る彼という人間でなければ、体はそこまでたかぶるものかしら？――なぜあなたが欲しいのは彼の体であって、ほかの体ではないの？――自分の信条を裏切っている？――まさにこの瞬間、あなたの願望そのもので敬意を表していることを？……その言葉を聞く必要はなかった。彼女はそれを知っており、いつも知っていた……しばらくして、その知識の輝きは失われ、あとには苦痛とシーツに押しつけた手のひら――そして彼もまた同じ苦しみと戦って眠れずにいるのではないかという無関心に近い思いだけが残った。

家の中は物音もせず、外の木の幹に彼の部屋の窓からの光は見えない。ずいぶん長い時間がたち、彼の部屋の暗闇から二つの音がきこえて彼女に完全な答えを与えた。彼は眠っておらず、やって来ることもないだろう。それは足音と、ライターが鳴る音だった。

＊＊＊

リチャード・ハーレイは演奏をやめて、ピアノに背を向けるとダグニーに目をやった。そして烈しすぎる感情を隠そうとして、彼女が思わず顔をふせるのを見た。彼は立ちあがって微笑すると、おだやかに、「ありがとう」と言った。

「まあ、そんな……」感謝すべきは彼女であり、それは言葉にしようがなく、彼女はささやくように言った。この谷の岩棚の小さなコテージで自分のために演奏されたばかりの曲が書かれた歳月を彼女はおもった。この途方もなく壮麗な音のすべてが、この作曲家によって生の感覚と美の感覚を同一化する概念のための流れる著作として形づくられたときのことを。そのころ彼女は、存在への悪意に満ちた憎しみに感染したスピーカーからつばを吐きかけられるかのように、現代の交響曲の耳障りな高い音に追われながら、何らかの楽しみのかたちを必死で求めてニューヨークの通りを歩いていた。

「ですが心からの気持ちです」リチャード・ハーレイがにこりとして言った。「私はビジネスマンですし、支払いなしには何もやりません。あなたは支払いをされています。なぜ今夜あなたのために演奏したかったかわかりますか？」

彼女は頭を上げた。彼はリビングの真ん中に立ち、ほかに人はおらず、窓は夏の夜と、この谷の遠い光の輝きへと下っていく長いひとつづきの岩棚にある暗い林に開放されていた。

「ミス・タッガート、あなたほど私の作品を大切に思っている人間が何人いるでしょう？」

自慢するでもへつらうでもなく、ただ関連のある厳密な価値への非個人的な献辞として、彼女は「多くはいません」とだけ答えた。

「それが私の求める支払いなのです。払える人間は多くはいません。つまりあなたの楽しみじゃない、感情でもない――感情なんか押しつけられてたまるもんですか！――つまりあなたの理解と、あなたの楽しみがわたしの楽しみと性質を一にしており、それが同じ根源、すなわち、あなたの知性と、曲を書いたのと同じ価値基準によってそれを判断することのできる頭脳の意識的な判断からきているという事実――つまり、あなたが感じたということではなく、私が感じてほしかったことを感じたという事実、あなたが私の作品を賞賛するということではなく、私が賞賛されたかったことのために賞賛するという事実なのです」彼はくすくすと笑った。「ほとんどの芸術家には、賞賛されたいという願望よりも強い感情が一つだけある。うける賞賛の本質をはっきりと知る恐怖です。だがそれは私には縁のない恐怖だ。私は自分の作品や自分が求める反応について自分を欺きはしない――どちらも大切すぎますから。理由もなく、感情的に、直感的に、本能的に――あるいは盲目的に賞賛されたいとは思いません。いかなるかたちであれ、見せるべきが多すぎる私は盲目をこのみません。耳についても同様です。伝えたいことが多すぎますから。人の心ではなく――頭によってのみ称賛されたいのです。ですからその貴重な能力のある客を見つけたとき、私の演奏は互いに利益をもたらす交換になる。ミス・タッガート、芸術家は商人なのです。あらゆる商人のうちでもっとも冷徹な。私の言うことがおわかりかな？」

「ええ、わかります」呆然として、彼女はいった。呆然としたのは、自分自身の道徳的誇りの象徴を、それを選ぶとは思いもしなかった人間が求めているのを聞いたからだ。

「ならば、なぜさっきあんなに悲痛な顔をなさったのです？　何を悲しんでいらっしゃるのです？」

「あなたの作品が聴かれないまま過ぎた年月のことです」

「だがそれはちがう。毎年二、三回はコンサートをやっていますよ。ここ、ゴールト峡谷で。来週もやる予定です。是非いらしてください。入場料は二十五セントです」

彼女は笑わずにはいられなかった。彼は微笑みを浮かべ、やがてなにか語られていない思考の潮が満ちるように、顔が少しずつ熱を帯びていった。彼は窓の向こうの暗闇と、枝がとぎれた空で月光が色彩を枯らして金属的な光沢だけを残した地点に、空に彫りこんだ輝く鋼鉄のように曲線を描いて浮かぶドルマークを見た。

「ミス・タッガート、あなたには、なぜ私が本物のビジネスマン一人のためなら現代のアーティスト三十人を引き換えにしてもいいと思うかおわかりになりますか？　なぜ私には、モート・リディーやバルフ・ユーバンクのような者たちよりも、エリス・ワイアットやケン・ダナガー――じつはあの人は音痴なのですが――と共通点が多いかを？　交響曲にせよ炭坑にせよ、すべて仕事は創造する行為であり、同じ根源から来ています。つまり自分自身の目でみるという神聖な能力――すなわち、合理的認識をおこなう能力――すなわち、かつて見えておらず、関連づけられておらず、創られていなかったものを見て、関連づけて、創る能力です。交響曲や小説の作者に特有と言われているその輝かしい先見の明――石油を利用し、鉱山を経営し、電動機を造る方法を発見した男たちを動かした能力を、人は何だと考えているのでしょう？　音楽家や詩人の内側で燃えるといわれている神聖な炎――自分が開発した新しい金属のために、これまで飛行機の発明家や鉄道の建設家や新しい細菌や新大陸の発見者がそうしてきたように、全世界を敵にまわす実業家を動かすものは何だと人は考えているのでしょう？……真理の探求のための妥協なき献身ですか？　ミス・タッガート、現代の道徳主義者や芸術の愛好家が芸術家の真理の探究のための妥協なき献身について語るのをお聞きになったことがありますか？　そのうちで地球がまわると言った男の行為よりも、あるいはある鋼鉄と銅の合金には一定のことをなすことを可能にする特性があり、それが在りかつ為すと言った男の行為よりも偉大な献身の例があれば教えてほしいものです。そして社会にその人物を拷問にかけさせるか、破滅させるかしてごらんなさい。彼が自分の思考の証について嘘の証言をすることはない！　ミス・タッガート、この精神と勇気と真実への愛の子なんです――自分はおのれの芸術作品が何であり、いかなる意味をもつかについてはこれっぽっちも考えのない芸術家であり、『本質』や『意義』などといった粗野な概念には抑圧されておらず、より高き神秘の媒介者であり、作品をなぜどうやって作ったのかも知らず、それは酔いどれのへどのように自然に出てきただけで、考えず、あえて考えるほど堕落することもなく、ただそう感じるのであり、しなければならないのは感じることだけだから、精神異常者の極地に限りなく近づいたと誇らしげにふれまわるぐうたらではなく！　意志薄弱な、口をぽかんとあけて、胡散臭い目をして、よだれを垂らして、ぶるぶる震えて、ふやけたままのろくでなしは感じるのです！　ひとつの芸術作品を生み出すためにいかなる規律と、いかなる努力と、いかなる頭脳の緊張が必要であり、明晰な人間の知力にどれほどたゆまぬ労苦が強いられなければならないかを知っている私――それが鎖につながれた囚人の屋外労働を休息に見せるほどの労働と、いかなる軍隊訓練のサディストも課せないような過酷さを必要とすることを知っている私は――どんな高尚な神秘の生きた媒体者よりも炭鉱の技師をとります。技師は地下で石炭貨車を動かしつづけるのが感情ではないことを――そして何が貨車を動かしつづけるのかを知っています。感情ですって？　ええ、我々だって感じますとも。技師もあなたも私も――実際、感じることができるのは我々のような人間だけであり――しかも我々は感情がどこからきているのか知っています。だが知らないまま、あまりにも長く知ることを遅らせてしまったのは、自分の感情を説明できないと主張する者たちの本質でした。我々はかれらが感じているものが何なのかを知らなかった。いまそれを知りつつあるのです。高くついた過ちでした。そしてもっとも罪深い者が、人一倍過酷な代償を払うことになる――しかるべくして。誰よりも罪深いのは、いまや真っ先に抹殺されるのは自分であり、唯一の援護者の破壊に加担することで自分を抹殺する者の勝利を手伝っていたと知ることになる真の芸術家たちです。自分が人間のもっとも高邁な創造的精神の代表者であるという自覚のないビジネスマンよりも痛ましい愚者がいるとすれば、それはビジネスマンが敵だと考える芸術家なのですから」

たしかにその通りだ――谷の通りを歩き、子どものようにわくわくしながら陽光に輝くショーウインドーを見て、彼女はおもった――ここではビジネスにおいても芸術のように意図的な選別がなされている。そして芸術は――羽目板のコンサートホールの暗闇に座り、激しさを抑えた数学的に精緻なハーレイの音楽を聴きながら、彼女はおもった――ビジネス同様の厳格な規律を有している。どちらにも工学の輝かしさがある――野外のベンチ席に座り、舞台のケイ・ラドロウを見ながら、彼女はおもった。それは幼いころから久しくなかった体験――はじめてきく台詞によって、数世紀来のお下がりではない主題が口にされ、見たことのない筋書きが語られる芝居に三時間くぎづけになる体験だった。それは独創的なもの、意表をつくもの、理にかなうもの、強い意志の通ったもの、斬新なものに圧倒されてうっとりと心を奪われ――それが肉体の完璧さにつりあう精神美をもつ役柄を演じる女性によって最高の芸術性をともなう演技に具現化されるのを見るという、忘れていた喜びだった。

「ミス・タッガート、だから私はここにいるのです」上演後、彼女の感想に答えて微笑みながら、ケイ・ラドロウが言った。「私に演じる才能のある素晴らしい人間の性質はどれも――外の世界が堕落させようとしていた性質でした。かれらが私に演じさせたのは堕落の象徴だけ、最後にはきまって凡庸の美徳を代表する隣の小娘にうち負かされる売春婦や放蕩女、家庭を破壊する悪女だけでした。かれらは私の才能を、それ自体を貶めるために使ったのです。それが私の辞めた理由です」

芝居の演技を見てあれほど昂ぶった感覚をおぼえたことは子どもの頃以来なかった、とダグニーはおもった。見る理由などなかった下水道のある側面をじっくり見てしまった感覚ではなく、人生には到達に値するものがあるという感覚を。明かりのついたベンチ席から暗闇へと列をなして会場を後にする観客のなかに、エリス・ワイアット、ナラガンセット判事、ケン・ダナガーといったあらゆる芸術の形式を見下していると言われてきた男たちの姿を彼女はみとめた。

その夜彼女がとらえた最後の影は、岩間の小道を一緒に歩いてゆく、すらりとした長身の二人の姿だった。スポットライトの光線が一度だけ、二人の金髪をぱっと照らした。それはケイ・ラドロウとラグネル・ダナショールドであり――この二人が破滅を運命づけられている世界に戻ることに自分は耐えられるだろうか、と彼女はおもった。

彼女自身の子どもの頃の感覚は、パン屋の若い女主人の二人の息子たちに出会うたびに戻ってきた。七歳と四歳の恐いもの知らずのふたりが谷の小道を歩きまわっている姿を彼女はしばしば見かけた。二人はかつての彼女のように人生に立ち向かっているようにみえた。外の世界の子どもたちによく見た表情――秘密めいた皮肉混じりの怯えた表情や、大人に反抗する子どもの防御的な表情や、嘘を聞かされていると知って憎しみをおぼえつつある表情はない。この二人の少年には、傷つけられると思いもしない子猫のような開けっぴろげで楽しげな人なつっこい信頼、自分の価値についての無邪気で自然な驕慢さのない感覚と、他人がその価値を認識する能力への同じく無邪気な信頼があった。かれらには、人生には価値のないものも、発見の道が閉ざされているものもないという確信をもってどこへでも踏みこんでいく旺盛な好奇心があった。そして、たとえ悪意のあるものに出くわしたとしても、それを危険ではなく愚かなものと見下して拒み、それが存在の法則だと傷つきあきらめて受け入れることなどないかに思えた。

「ミス・タッガート、子どもたちは私のこの職業を表しているのです」焼きたてのパンを包み、カウンター越しに微笑みながら、彼女のコメントに答えて若い母親がいった。「あらゆる情報が氾濫しているのに外の世界ではうまくおこなえない母親業を私は実践することにしたのです。たしか夫とは会われたことがありましたね。ディック・マクナマラの保線工をやっている経済学の教師です。むろん、この谷には集団契約はありえませんし、それぞれ独立した信念にもとづいてストライキの宣誓をしない限り、家族や親戚は同伴を許されていないのはご存じですね。私はただ夫の職業のためではなく、自分自身のためにもここに来ました。息子を人間らしく育てるために。子どもの脳の発育を妨げ、理性は無力であり、人生は手におえない非合理的な混乱だと思いこませるべくして考案され、子どもを慢性的な恐怖状態に陥れる教育制度に子どもたちを任せようとは思いません。ミス・タッガート、わたしの息子たちと外の子どもたちとの違いに目を見張っていらっしゃいますね？　でも理由はいたって単純です。このゴールト峡谷では誰もが、非合理的なことを多少なりともほのめかして子どもに接することはあってはならないことだと考えるからなのです」

世界の学校が失った教師のことを彼女は思った。年に一度の同窓会の夜、アクストン博士の三人の生徒を見たときのことだ。

博士がほかに招待した客はケイ・ラドロウだけだった。はるか下方で谷床の柔らかく青い霧が深まるころ、日没の光に照らされて、六人は博士の家の裏庭に座っていた。

スラックス、ウインドブレーカー、開襟シャツを身につけて、くつろいで満ち足りた様子でキャンバス地の椅子にゆったりと座っているしなやかで敏捷そうな三人の生徒はジョン・ゴールト、フランシスコ・ダンコニア、ラグネル・ダナショールドだ。

「ミス・タッガート、驚くことはありません」微笑みながらアクストン博士がいった。「間違ってもこの三人の生徒がなにか超人的な生きものだとは考えないことです。この子たちはそれよりずっと偉大でずっと驚異的なもの、普通の人間なのです。世界に類のないような。そしてこの子たちの功績はかくあろうと生きてきたことです。数世紀にわたって築かれてきた邪悪な世界の教義の影響を受けて頭脳を破壊されないでいるには、卓越した精神と、それよりさらに卓越した誠実さを要します――人間らしくありつづけるために。人間的なものとは合理的なもののことですから」

いつもは厳しく抑制のきいたアクストン博士の態度に新しい変化が生じたのを彼女は感じていた。博士はまるで客以上の者として彼女を輪の中にとりこもうとしているかのようだ。フランシスコは、この同窓会での彼女の存在が自然であり、当然歓迎すべきであるかのように振舞っていた。ゴールトの顔はいかなる反応も示さなかった。彼の態度は、アクストン博士の求めに応じて彼女を連れてきた慇懃なエスコートのものだった。

アクストン博士の目が、鑑識眼のある第三者に自分の生徒を見せる静かな誇りをもっているかのように自分に戻り続けていることに彼女は気づいた。何より大切に思う対象に聴き手が興味を持っていると気づいた父親の態度で、彼の会話はひとつのテーマを繰り返した。

「ミス・タッガート、大学にいたときのこの子らを見ていただきたかった。これほど異なった育ちに『条件づけられた』三人の男子は見つからなかったでしょうな――条件なんかクソクラエだ！――この子たちはキャンパスの何千人という中から互いを一目見て選んだに違いありません。世界一の富豪の跡継ぎたるフランシスコ――ヨーロッパ貴族のラグネル――そして家柄も金も親もしがらみもない、あらゆる意味で独立独行のジョン。実際、この子はオハイオの人通りの少ないうらびれた交差点にあったガソリンスタンドの整備工の息子で、自分で身を立てていくために十二歳で家を出たのです——だが私はいつも彼のことを、全身に鎧を被ったままユピテルの頭から飛び出てきた知恵の女神のミネルバのように世界に飛び込んできたかのように思ったものでした……初めて三人を見た日のことを覚えています。この子らは教室の後ろに座り——私は大学院生のために、聴講を試みる部外者もめったにいない極めて難解な特別講義を行っていました。この三人は一年生にしても若すぎるようにみえた——後でわかったことでしたが、彼らはそのとき十六歳でした。講義の終わりに、ジョンが立ち上がって私に質問をしたのです。それは教師として、六年間哲学を学んでいる生徒から聞いても誇らしく思う質問でした。プラトンの形而上学に関して、プラトンがみずから問い質す分別のなかった質問です。私はそれに答え——ジョンに講義の後にオフィスに来るようにいいました。彼はやって来た——三人とも来た——待合室にあと二人いるのをみて中に入れたのです。私は一時間話して——それからすべての約束をキャンセルしてその日の夜中まで話しつづけました。そのあと、私は三人がそのクラスを履修して単位も得られるように調整してやりました。彼らはそのクラスを履修した。そしてクラスで最高の成績を収めたのです……彼らには二つの専攻がありました。物理学と哲学です。その選択は私以外の全員を驚かせました。現代の思想家は現実の知覚を不要と考え、現代の物理学者は思想を不要と考えていたからです。私はそれよりはものを知っていたが、驚いたのはこの子どもたちにもそれがわかっていたことだった……私は哲学部の学部長だったし、ロバート・スタッドラーは物理学部の学部長でした。彼と私はこの三人の生徒のために、あらゆる規則と制限に例外をもうけ、おきまりの履修課目や不要なクラスをすべて免除し、もっとも厳しい課題のみを与えて、四年間で我々の二科目を専攻できるように道を整えました。彼らは猛烈に勉強しました。さらに、その四年の間、生活のために働いてもいました。フランシスコとラグネルは両親から小遣いをもらっており、ジョンは何もなく、だが三人とも経験を積んで金を稼ぐためにアルバイトをしていた。フランシスコは銅の鋳造所で、ジョンは鉄道の機関車庫で、そしてラグネルは――いいえ、ミス・タッガート、ラグネルは三人のうちではわりと、というより彼がもっとも勤勉でおとなしかったのです――彼は大学の図書館の受付で働いていました。彼らにはやりたいことにはいくらでも時間を使いましたが、つきあいやキャンパスの自治活動などには見向きもしなかった。あの子たちは……ラグネル！」博士は急に自分の話をやめて鋭い声でいった。「地べたに座るな！」

ダナショールドは椅子を滑りおり、いま芝生の上で、ケイ・ラドロウの膝に頭をもたせて座っていた。彼はくつくつと笑いながらおとなしく立ちあがった。アクストン博士は言い訳するように微笑んだ。

「昔の癖でしてね」博士はダグニーに説明した。「『条件』反射でしょうな。大学にいた頃、この子が寒い霧の夜に裏庭の地面にじかに座っているのを見つけるたびに言っていたものですから――あんなふうに不注意で、私を心配させて、危険は承知のはずなのに――」

博士は急に口をつぐんだ。ダグニーの驚いた目に、大人のラグネルがあえて臨んだ危険について似たような思いを抱いているのがわかったからだ。いたしかたなく自嘲するように両手を広げて、アクストン博士は肩をすくめた。ケイ・ラドロウがわかるわ、と言うように笑いかけた。

「私の家は大学のすぐ外、エリー湖の岬の高台に建っていました」溜息をついて、博士は続けた。「われわれ四人は幾晩となく一緒に時間を過ごしました。家の裏庭で、初秋の夕暮れや春の夜には、この御影石の山腹の代わりにはるか遠くまで湖が穏やかに広がっていたのが違うぐらいで、ちょうどこんな風に座っていたものでした。そうした夜は、この子らに聞かれる質問にみな答え、持ち出されるあらゆる種類の問題を議論するのに、どんな授業よりも頭を使わなければなりませんでした。

真夜中になるころには私がココアを温めて無理矢理飲ませたものです。ひとつ心配だったのは、この子たちはしっかり食事をする時間をとったことがないのではないかということで——湖が濃い闇に消え、空が大地よりも明るんでいく間に、また話を続けたものです。そこから動かないうちに、ふと気がつけば空の色が濃くなっており、湖が青白くなり、そろそろ日の出だとわかったことが何度かありました。私にはもっと分別があってもよかった。あの様子じゃみなが十分な睡眠をとっていないのはわかっていました。だが時々忘れてしまった。時間の感覚を失くしていた——そうですね、ああいうとき、私はいつも、早朝、長くて尽きない一日が先に広がっている気がしたものです。彼らは将来やれればと思っていることについて話したことがありませんでした。やりたいことを達成するために、なにか神秘的な全能のものに自分は不可知な才能を賜っているのかなどとは思いもしなかった。彼らは自分たちがやることについて話したのです。愛情は人を臆病にしがちなものでしょうか？　私がたまに恐れたのは、彼らの話を聞いて、これからの世界を考え、彼らが将来遭遇するであろうことを考えるときだけでした。恐怖？　ええ——だがそれは恐怖以上のものだった。人も殺せそうな感情だ——世界の趨勢がこうした子どもたちを滅ぼす方向に向かっており、この三人の息子が生贄になるべく目をつけられていると思ったときの。ええむろん、殺していたでしょう——だが誰を殺すというのでしょう？　誰でもあり、誰でもなく、ひとりの敵も中心も悪者もなく、相手といえば、一セントを稼ぐ能力もないにたにた笑うソーシャルワーカーや自分の影に怯える泥棒役人だった。それは必要が能力よりも、憐憫が正義よりも神聖と信じる自称まともな人間と自分を呼ぶ者全員の手で推し進められたおぞましい恐怖に突入しつつある世界全体でした。だがそれはしょっちゅうではない。いつもそう感じていたわけではありません。子どもたちの話を聞いて、彼らを負かすものは何もないと知っていた。裏庭に座って彼らを見ていると、家の向こうには当時いまだ束縛のない思索への記念碑であった高く暗い建物――パトリック・ヘンリー大学があった。さらに遠くには、クリーブランドの光、立ち並ぶ煙突の後ろにある製鋼所のオレンジ色の輝き、無電塔の赤い点滅、暗い空の端に長く伸びる空港からの白い光線があり――私は、これまで存在して世界を動かしてきたあらゆる偉大なもの、彼らを末裔とする偉大な名にかけて、彼らは勝利するだろうと思っていました……ある晩、ジョンが長い間黙っていたのに気づいて――見ると地面に体を伸ばしたまま眠りこんでいたのを覚えています。彼が三日間眠っていなかったことを、ほかの二人があかしました。その二人は直ちに家に返しましたが、私にはどうしてもジョンの眠りを妨げられなかった。温かい春の夜で、私は覆いの毛布を持ち出してきて、そのまま眠らせておきました。そして朝まで傍に座っていた――星の光で彼の顔を見て、それから悩みのない額と閉じた瞼に最初の太陽光線が射すのを見たとき、私が経験したのは祈りではない、私は祈らない、ただ祈りが心得違いの試みであるような精神状態でした。正義への愛と、正義は必ず勝利し、この少年には彼にふさわしい未来があるという確信への、完全で、自信に満ちて、肯定的な専心状態です」博士は腕を動かして谷を指し示した。「それがこれほど壮大で――そしてこれほど困難なものになるとは」

闇が深まり、山が空に溶けはじめていた。空中には下方の谷からの光が浮かんでいる。ストックトンの鋳造所の上の赤い吐息と、空にはめこんだ鉄道車両のような、明かりがともったマリガンの家の窓の列だ。

「確かに私にはライバルがいました」アクストン博士がゆっくりと言った。「ロバート・スタッドラーです……ジョン、顔をしかめなくていい――過ぎたことだ……ジョンもかつては彼を愛していました。そう、私も――いや、そういうものでもないが、スタッドラーのような頭脳に人が感じたのは痛々しいほど愛に近い、賛美という稀有な快楽でした。いや、私はあの男を愛してはいなかった。だが彼と私は、常に自分たちが周囲の騒々しい凡庸の沼地にあって消えてゆく時代、あるいは土地からの生き残り同士であるかのような気がしていたのです。ロバート・スタッドラーの致命的な過ちは、自分にふさわしい居場所を見いだせなかったことでした……あの男は愚鈍さを憎んでいた。私の見たかぎりでは、それがあの男が人びとに対して示したことのある唯一の感情でした——あえて彼に反対しようとする愚鈍さへの刺々しく、苦々しく、疲れきった憎悪です。彼は自分のやりかたを好み、それを追求するために孤独を好み、行く手をさえぎる人びとを煙たがり——そのための手段や、自分の道や、敵の本質を見きわめようとはしませんでした。近道を選んだのです。ミス・タッガート、笑っておられるのですか？　あの男を憎んでいるのですね？　ええ、あなたは彼がどんな近道を選んだのかご存じです……私たちがこの三人の生徒をめぐるライバルだと彼は言ったのでしたね。それは事実でした——というより、私はそんな風に考えていたわけじゃないが、彼がそう考えていたのは知っています。まあ、ライバルだったとしたら、私には強みがひとつありました。私はなぜ彼らに我々ふたりの専門が両方必要だったかを知っていた。あの博士は三人の私の専門への興味をついに理解することがなかった。それが自分にとっても重要だとは思いもしなかった——ちなみに、それがあの男を破滅に追いやることになったのです。だがあの頃の彼には、まだこの三人の生徒をつかむ力があった。『つかむ』というのが的確な言葉でした。唯一価値あるものとして知性だけを崇拝していた彼は、とっておきの宝物のように彼らを握り締めました。彼はいつも孤独だった。全生涯を通じて愛したのはフランシスコとラグネルだけ、唯一情熱的に愛したのはジョンだけだったと思います。彼が自分の特別な後継者として、未来として、おのれの永遠性としてみなしていたのはジョンでした。ジョンは発明家を志しており、それはすなわち物理学者になるということでした。彼はロバート・スタッドラーの下で修士課程を終えるつもりでした。フランシスコは、卒業したら仕事を始めるつもりでした。彼はわれわれ両方、二人の知的な父親の完璧な結合たる実業家になることになっていました。そしてラグネル――ミス・タッガート、あなたはラグネルがどんな職業を選んだかご存じなかったでしょう？　いいえ、曲芸飛行士でもジャングルの探検家でも深海ダイバーでもない。それよりもずっと勇敢なもの。ラグネルは哲学者を志していたのです。抽象的で理論的で学術的な象牙の塔にこもった哲学者……そう、ロバート・スタッドラーは彼らを溺愛していた。にもかかわらず――私は彼らを守るためなら殺しも厭わなかったが、ただ殺す者がいなかったと言いました。かりにそれが解決法であったなら――もちろん違いますが――殺すべき男はロバート・スタッドラーでした。誰にもまして、現在世界を破壊しつつある悪の元凶たる罪悪のうち――犯した罪がもっとも重いのはあの男だ。彼はもっとものわかった頭脳の持ち主だった。あの名前は唯一、たかり屋の支配を承認するために使われた名誉と業績をともなう名前だった。彼は科学をたかり屋の銃の権力に売り渡した男です。ジョンはそれを予期していませんでした。私もしなかった……ジョンは物理学の修士課程のために大学に残りました。だが修了しませんでした。ロバート・スタッドラーが国家科学研究所の設立を支持した日に退学したのです。私は大学の廊下で偶然、ジョンと最後の会話をかわしてオフィスから出てきたスタッドラーに出くわしました。彼は形相を変えていました。ああいう形相の変化は二度と見たくないものだ。彼は近づいてくる私を見て――そして彼自身は知りませんでしたが、私は、彼が突っかかってきて、『もう君たち非実用的な理想主義者にはこりごりだ』と叫んだわけを知っていました。私は背を向けるしかなかった。一人の人間が自分に死刑を宣告したのを聞いたのですから……ミス・タッガート、私の三人の生徒についておたずねになった質問を覚えておいでですか？」

「ええ」彼女は小声で答えた。

「あなたの質問から、彼らについてロバート・スタッドラーがあなたに話した内容は想像できました。教えてください。そもそも彼はなぜ三人の話をしたのですか？」

彼女の顔に苦々しい微笑が浮かんだ。「博士は人間の知性の不毛さについての自分の信念を正当化するものとしてその話をしました。幻滅に終わる希望の一例として。『彼らにあったのは、将来、世界の進路を変えると思わせる能力だった』とおっしゃっていました」

「さて、その通りだったのではないかな？」

彼女はゆっくりと頷き、同意と敬意を表して長いあいだ頭を傾けたままでいた。

「ミス・タッガート、ご理解いただきたいのは、この世は本質的に善が勝利する可能性がない悪意に満ちた世界だと信じているると主張するものたちの巨悪です。かれらに前提を確認させなさい。価値基準を確認させてごらんなさい。言語に絶する必要悪の免許を持たせる前に――何が善であり、それが要求する条件が何であるかを確認させることです。ロバート・スタッドラーは、いまや知性は不毛であり、人生は非合理的なものにほかならないと信じています。彼は、ジョン・ゴールトがフロイド・フェリス博士の命の下に進んで働くすぐれた科学者になると思ったのでしょうか？ フランシスコ・ダンコニアがウェスリー・ムーチの指示と権益のために喜んで生産する大実業家になると思ったのでしょうか？ ラグネル・ダナショールドが、サイモン・プリチェット博士の命の下で、知性などなく、力が正義であると力説する大哲学者になると思ったのでしょうか？ それが、ロバート・スタッドラーが合理的と考えた未来だったのでしょうか？ ミス・タッガート、私はあなたに、幻滅について、美徳の挫折について、理性の不毛さについて、論理の無能さについて声高に叫ぶ者たちが――かれらが説いた考えの完全で、正確で、論理的な結果に到達し、それがあまりにも容赦なく論理的なために思い切って認識することもできないことに着目いただきたい。知性が存在せず、武力支配は道徳的に正当であり、できない者のためにできる者を罰し、最底辺の者のために最高の者を犠牲にすることを主張する世界――そうした世界では、最高の能力を持つ人間は社会に背を向けてそのもっとも致命的な敵にならざるをえない。そのような世界で、はかりしれない知力を持つジョン・ゴールトは非熟練労働者の域を出ることもなく――奇跡的に富を生み出すフランシスコ・ダンコニアは浪費家となり――啓蒙家たるラグネル・ダナショールドは暴力の男になる。社会と――ロバート・スタッドラー博士は、提唱したすべてを達成しました。いまどんな不満をこぼさねばならないのでしょう？　宇宙が非合理的ということですか？　果たしてそうでしょうか？」

博士は微笑んだ。その微笑には憐憫のない確信の優しさがあった。「人はみな自分自身に似せて自分の世界を築いていきます」彼はいった。「人には選択する力がありますが、選択の必要から逃げる力はありません。人が選択する力を放棄することは人間としての地位を放棄することであり、その結果、そうした人間はおのれの存在領域として、非合理的な苦しい混乱を招くことになる――みずからの選択によって。他人の意志に譲歩して堕落していない考えを一つでも有している人間は誰でも、自分の思考のイメージをマッチ棒一本でも、庭の一区画でも現実にする人間は誰でも――そうした者こそは誰もが、その程度において人間であり、その程度が美徳の唯一の物差しなのです。彼らは」――博士は自分の生徒を指さした――「一切譲歩しなかった。これは」――博士は谷を指し示した――「彼らが守ったものと彼らという人間の物差しです……いま私はあなたがおたずねになった質問に対する答えを、あなたがそれを完全に理解なさると知って繰り返すことができます。三人の息子の成長を私が誇りに思うかとおたずねでしたね。これまで願ってもみなかったほど誇りに思っている――彼らの一挙一動、目標すべて――彼らが選んだすべての価値を。ダグニー、これが私の答えのすべてだ」

突然きこえた彼女の名前は父親が娘を呼ぶ調子に響いた。博士は最後の文句を彼女でなく、ゴールトを見ながら語っていた。ゴールトが、肯定のしるしのように、一瞬しっかりとまっすぐ視線を返すのを彼女は見た。そのあとゴールトの目は彼女に移った。かれらの間の沈黙に漂っていた言外の称号を彼女が有しているかのように、彼は彼女を見ていた。それはアクストン博士が彼女に認めたが、口にせず、ほかの誰も彼女にあてはめようとはしなかった称号だった——ゴールトの目の中には、彼女の衝撃への驚きと、支持と、信じられないことに、優しさの色があった。

＊＊＊

ダンコニア銅金属第一号は、山肌の小さな切り傷でしかなかった。まるでナイフで鋭く何回か切りつけたかのように、赤茶けた斜面に傷のように赤い岩棚を見せている。空から太陽が照りつけている。ダグニーは、風が自分の顔と六百メートル下の谷に吹きつける中を、片方をゴールトの腕で支えられ、もう片方をフランシスコに支えられて道端に立っていた。

これが——鉱山を見ながら彼女はおもった——山に書かれた人間の富の物語だ。何世紀ものあいだ原野に吹き荒れた嵐でゆがめられた松の木が切込みにたわみ、岩棚では六人の男が働き、大きすぎはしないかというほどたくさんの複雑な機械が空に細かな線を描いていた。大方の作業は機械がこなしている。

フランシスコが自分の領地を彼女と同じく、あるいはそれ以上にゴールトにも見せていることに彼女は気づいた。「ジョン、きみは去年から見てないだろう……ジョン、あと一年待ってくれ。外の仕事はあと数ヶ月で完了だ——それからはここに常駐する」

「まさか、ジョン！」質問されると、笑いながら彼は答えた――だが突如として、ゴールトに彼の視線が注がれたときに特別な性質を彼女はとらえた。それは彼が彼女の部屋に立ち、テーブルの端をつかみ、耐えがたい瞬間を耐えぬいたときの目にみた性質だった。あのとき彼は目の前に誰かを見ていた。あれはゴールトだったのだ。彼に耐えぬかせたのは、ゴールトのイメージだったのだ。

彼女の中のある部分が漠とした恐怖を感じていた。フランシスコが自分の闘いのために求められた支払いとしての彼女の喪失と彼のライバルを受け入れたときに要した力の負荷が重すぎて、アクストン博士が察した真実を彼は察知できないでいるのだ。それを知ればどうなってしまうだろう？――彼女は考え、このようなことについて学ぶべき真実などおそらくありはしないと自分に言いきかせる苦々しい声をきいた気がした。

彼女の中のある部分は、ゴールトのフランシスコへの眼差しを見てかすかな緊張を感じていた。それは率直な感情にまかせた開放的で単純で抑制のない視線だった。彼女は自分が完全に明らかにしたことも否定したこともない懸念を感じた。その感情が醜悪なあきらめに彼をおとしめるのではないかという懸念だ。

だが彼女の思考のほとんどは、すべての疑念を笑いとばすかのようなとてつもない解放感に押し流されているようだった。彼女の視線はここにくるまでにたどったつまさきから谷床までの道、不規則ならせんを描いてうねる長い小道に戻りつづけた。彼女の目はそれを観察しながら、頭脳はそれ自身の目的を駆け巡っていた。

藪と、松と、まとわりつく苔の絨毯が、はるか下の緑の斜面から花崗岩の岩棚にまで続いている。苔と藪は徐々に消えているものの、松の木は白雪に日光の照りつける山頂のくぼみまで続き、そこの裸岩まで次第に間隔を広げて最後にほんの数本になって途切れていた。彼女は見たことのない独創的な採鉱機械に目を見張り、それからとぼとぼ歩く人間の足と体を揺らすラバが最も古い輸送手段を提供しているのを見た。

「フランシスコ」彼女は指さしてたずねた。「あの機械は誰が設計したの？」

「あれは単に標準設備を改良しただけだ」

「誰が設計したの？」

「僕だ。人手は余っていないからね。我々が埋め合わせをしなければならなかった」

「ラバで鉱石を運ぶなんてとんでもない時間と労力を無駄にしてるわ。谷まで鉄道を敷設すべきよ」

彼女は下を見ており、彼の鋭い一瞥にも声の警戒の響きにも気づかなかった。「わかっている。だが極めて困難な仕事だから鉱山の生産量を考えると割に合わないんだ」

「まさか！　見かけよりずっと単純よ。東には少し緩やかな勾配と軟質の石の道があって、来る途中で見たけど、カーブもあまり要らないし、レールにして三マイル以下ですむわ」

彼女は東を向いており、二人の男が彼女の顔を見る強い視線に気づいてはいなかった。

「狭軌線路だけで十分……初期の鉄道と同じ……鉄道の起源はここ——鉱山なの。炭坑だったけれど……ほら、あの尾根が見える？　三フィート軌間にするのに十分な隙間があるから爆破工事も拡幅も一切不要。ゆるい坂になっているところが一キロほども続いているのが見える？　四パーセントの傾斜もないからどんな機関車でも大丈夫」即座の明るい確信をもって、問題に解決策を提供する行為にまさるもののない彼女にとってごく自然な世界で、自然な機能を果たすことだけを意識して彼女は語っていた。「鉄道を敷けば三年以内に採算があうようになるわ。ぱっと見たところ、一番費用がかさむのは鋼鉄の溝脚——それからトンネルの爆破工事が必要になるかもしれない点が一箇所あるけれど、それも三十メートル以下でしょう。鋼鉄の溝脚は峡谷に線路を渡してこちらにつなげるために必要なんだけど、でも見かけほど難しくはない――つまりね、何か書くものは？」

ゴールトが手帳と鉛筆を取り出して彼女の手に押しこんだ素早さに彼女は気づかなかった――彼女はあって当然というように、こうした細部で待たされることがない建設現場で指示を与えているかのように、それをつかんだ。

「簡単に説明しましょう。岩に杭を斜めに打ちこむとすると」――彼女はさっとスケッチを描いた――「実際の径間はたかだか二百メートル長――それでこの螺旋《らせん》の最後一キロの角を切り落とせる――私なら三ヶ月でレールを敷かせて――」

彼女は口をつぐんだ。二人を見上げた顔からはすでに炎が消えていた。彼女はスケッチをくしゃくしゃに丸め、砂利の赤い埃の中に投げ飛ばした。「ああ、何のために？」はじめて絶望的な声で、彼女は叫んだ。「三マイルの鉄道を敷いて大陸横断鉄道を見捨てるなんて！」

彼女を見る二人の男の表情には非難がましいところはなく、ただ同情に似た理解の色があった。

「ごめんなさい」目を伏せて、彼女は静かに言った。

「気が変わったら」フランシスコが言った。「その場できみを雇うよ。それともきみが自分で所有したければ、その鉄道ならマイダスが五分で融資してくれるはずだ」

彼女は頭を振った。「できない……」彼女はささやいた。「まだできないわ……」かれらには絶望の性質を知られていること、葛藤を隠しても無駄であることを知りながら、彼女は目を上げた。

「一度やってみた」彼女はいった。「一度あきらめようとした……それが意味することはわかるわ……ここに枕木を横たえるたび、犬釘を打ちこむたびに考えてしまう……別のトンネルのこと……そしてナット・タッガートの橋のこと……ああ、そのことを聞かずにすめば！　ただここにいて、鉄道がどうなってしまっているか、いつなくなってしまうか聞かずにすめば！」

「聞かねばなりません」ゴールトが言った。それは独特の無情な口調だった。事実への敬意のほかには何ら感情的な重みもなく淡々と容赦なく響く声だ。「最期までタッガート大陸横断鉄道の断末魔の苦しみを聞くのです。すべての事故について。すべての廃止便について。すべての廃線について。タッガート橋の崩壊について。個人の決定に関わるあらゆる事実の、完全で意識的な知識に基づく完全で意識的な選択によってでなければ、誰もこの谷に滞在することはありません。誰も、いかなるやりかたによっても、現実を偽ってここにとどまることはない」

何の機会を彼が拒絶しているかがわかると、彼女は頭を上げて彼を見た。こんな場合にこんなことを言う人間は外の世界にはいない、と彼女はおもった。慈悲行為として潔白の嘘をあがめる世界の規範を思い、その醜悪さを突如、はじめて完全に理解して、その規範にぞっとした。そして目の前の男の張りつめた清廉な顔に、いいようのない大きな誇りを感じた。自制するように口をきっと結び、一方でどこか臆病な感情でやわらいだ雰囲気を浮かべたかと思うと、彼女は静かに「ありがとう。その通りですね」と答えた。

「いま答えなくて結構です」彼はいった。「決心がついたときにおっしゃってください。あと一週間あります」

「ええ」彼女は落ち着いて答えた。「あと一週間だけ」

彼は背を向けて、彼女のまるめたスケッチを拾うと、それをきちんと折り畳んでポケットに滑り込ませた。

「ダグニー」フランシスコが言った。「決定を下すにあたっては、きみが最初に辞めたときのことを考えてもいいけれど、あらゆることを考慮するんだ。この谷では屋根を葺いたりどこにも続かない道を作ったりして苦しまなくていいから」

「ねえ」彼女は突然きいた。「あのとき、どうしてわたしの居場所がわかったの？」

彼は微笑んだ。「教えてくれたのはジョンだ。破壊者の。覚えているかい？　きみはなぜ破壊者がきみに迎えをよこさなかったのかと思っていた。だが送っていたんだ。僕をそこに送り込んだのはやつだった」

「この人があなたを？」

「ああ」

「何と言って？」

「とくに何も。なぜ？」

「何と言ったの？　正確な言葉を覚えている？」

「ああ、覚えている。『君のチャンスだ。行きなさい。それだけのことをしてきたのだから』とね。僕がそれを覚えているのは――」彼は深く考えるでもなく、やや困惑気味に顔をしかめてゴールトの方を向いた。「ジョン、きみがそう言ったわけがよくわからなかったんだ。なぜあんなことを？　なぜ――僕のチャンスなんだ？」

「いま答えなくてもいいか？」

「ああ、だが――」

誰かが鉱山の岩棚からフランシスコを呼び、まるでこの問題にそれ以上注意を払う必要はないかのように、彼は素早く立ち去った。

彼女は、ゴールトの方に顔を向けるのにやけに長い時間がかかった気がしていた。彼は自分を見つめているにちがいない。彼女が求める答えを知っており、答えは自分の表情からは読み取れないはずだというようなかすかな嘲弄の色のほかに、彼の目からは何も読み取れなかった。

「あなたが欲しかったチャンスをあの人に与えたのですか？」

「彼があらゆるチャンスを手にするまで、私にチャンスはありませんでした」

「あの人がそれだけのことをしてきたと、どうしてわかったのです？」

「あなたについてはこの十年間、できるだけ、いろいろなやりかたで、あらゆる角度から、彼にたずねてきました。いや、やつは言っていない――あなたのことを話すときの様子でわかりました。不承不承話しているのに異常に熱がこもっていた。ただの幼馴染の友情ではないこと、やつがこのストライキのためにどれほどのものを捨て、一生捨てたくないとどれほど切実に思ったかは明らかでした。私？　私はただ将来のもっとも重要なストの参加者について質問していただけだ――ほかの大勢の人間のことを訊いたように」

彼の目にはかすかな嘲弄の色が残っていた。それは彼女が聞きたかったことだったが、彼女が訊くことを恐れた質問への答えではないと彼は知っていた。

急に襲ってきた重苦しく寒々とした不安が、ゴールトが三人をどうしようもなく無駄な自己犠牲に放りこむのではないかという怖れであることをもはや心のなかで否定しようとはせず、彼女は相手の顔から目を逸らし、近づいてくるフランシスコの姿を見た。

フランシスコは、自分の考えに夢中になっているかのような思案顔で彼女を見ながら近づいてきた。それは彼の目にむこうみずで陽気な煌きを与える考えのようだった。

「ダグニー、あと一週間しかない」彼はいった。「きみが戻ることにすれば、長い別れになる」彼の声には非難も悲哀もなく、感情の証拠といえばどこか柔らかい響きだけだ。「きみがいま出て行くと――むろん、いずれ戻ってくるだろうが――しばらくは戻らない。そして僕は――あと数ヶ月もすればずっとここで暮らすことになる。だからきみが行けば、おそらくもう何年もきみに会うことはない。だからこの最後の一週間を僕と過ごしてほしい。僕の家に移ってきてくれないか。客として、そのほかの何でもなく、ただ僕がそうしてほしいから」

三人の間には隠しごとがなく、何も隠しえないかのように彼は率直に話した。ゴールトに驚いた気配はない。彼女は急に胸が締めつけられる気がした。盲目的に自分を駆り立てる暗い興奮をともなう冷酷でむこうみずな御しがたい何かに。

「だけど私は従業員だわ」不思議な微笑をみせてゴールトを見ながら、彼女はいった。「仕事を最後までやらなければ」

「ひきとめはしませんよ」ゴールトが言った。その口調に彼女は怒りを覚えた。そこにはいかなる含みもなく、彼女の言葉の意味どおりに答えただけだった。「好きなときにやめていただいて結構ですよ。あなた次第だ」

「いいえ。わたしはここでは捕虜です。覚えていないのですか？　命令に従います。えり好みすることも意思表示をすることも決断することもありません。決めてください」

「私に決めてほしいというのですか？」

「ええ！」

「あなたは意思表示をしました」

その声の嘲弄は真面目さのなかにあり――挑戦的に、笑むこともなく、彼が理解しなかった振りをあえて続けてみせるかのようにきっぱりと「いいわ。それが私の意思よ！」と彼女はいった。

とうにお見通しの子どものこみいった企みを見てのように、彼は微笑んだ。「よろしい」だがフランシスコの方を向いて「では――否だ」と言ったとき、彼は笑わなかった。

もっとも厳しい教師であった敵に向かう挑戦が、フランシスコが彼女の顔に読み取れたすべてだった。彼は残念そうに、だが陽気に肩をすくめた。「たぶんきみが正しいんだろう。きみにひきとめられないなら——誰にもできないはずだから」

彼女はフランシスコの言うことを聞いてはいなかった。そしてゴールトの答える声で自分がおおいに安堵したことに驚いた。それで払われた恐怖の大きさを物語る安堵だった。まもなく彼女は、彼の決定に彼女の何がかかっていたのかを知った。彼の答えが違っていれば、彼女の目に映るこの谷は破壊されていただろうと彼女はおもった。

彼女は笑いたかった。二人を抱きしめて笑って祝いたかった。ここに残るか世界に戻るかは問題にならないようにおもえた。一週間は終わりのない期間のようであり、どちらの道を選ぼうとも同じように陽光に満ちあふれているように思えた。これが存在の本質ならば、困難な闘争などない、と彼女はおもった。安堵の気持ちは、彼が彼女をあきらめはしないという知識からでも、彼女が勝利するという保証からでもなく、彼が常に彼らしくありつづけるだろうという確信から来ていた。「世界に戻るかどうかはわからない」彼女は落ち着いた声でいったが、声は抑制された激しい感情で震えていた。それは純然たる喜びだった。「まだ決められなくてごめんなさい。ただ一つだけは確か。それは私が決断を恐れないということ」

フランシスコは、彼女の顔がぱっと明るくなったのを、その事件に何の重要性もなかった証拠として受けとめた。だがゴールトは知っていた。彼女に向けたその視線には、愉悦と侮蔑的な非難が入り混じっていた。

谷までの道を歩いて二人きりになるまで、彼は何も言わなかった。それから再び、目の中にさっきよりも強烈な愉悦を浮かべて彼女を一瞥した。「私が最低の利他主義におちいるかどうか試してみる必要があったのですか?」

彼女は答えずに、おおっぴらな承認を与えるように彼を見た。

彼はくつくつ笑い、目を逸らし、すこし歩いてからゆっくりと引用口調でいった。「誰も、いかなるやりかたによっても、現実を偽ってここにとどまることはない」

彼の傍を無言で歩きながら、彼女はおもった。彼女の強い安堵感の一部は正反対のものからうけた衝撃だ。突然の生々しく鮮やかな直感によって、自己犠牲の規範を三人が用いていれば何を意味したかという正確な図を彼女は頭に思い描いていた。ゴールトは、求める女性を友人のためにあきらめ、彼と彼女がいかなる代償を払うことになろうとも最高の感情を偽って抹消し、おのれを偽って彼女の人生から抹消し、そして到達感も満足感もなく残りの人生を無為に過ごし――彼女といえば、第二の選択に慰めを求め、自分をごまかすことがゴールトの自己犠牲に必要だからと感じない愛をよそおい、望みもなく身を焦がすだけの日々を過ごし、癒されない傷の痛みを和らげるために時折のだるい愛情と、愛が虚しく幸福はこの世にはないという信条を受け入れ――フランシスコは、つかみどころのない朦朧としたいつわりの現実のなかで、もっとも信頼していた最愛の二人に演出された欺瞞となった人生において、自分の幸福には何が欠けているのかを理解しようと悩み、自分が彼女の最愛の男ではなく、行路病者の杖のような単なる腹だたしい代替品であったという発見の奈落の縁で、嘘で固めたぐらぐらの足場から落ちそうになっては、自分の洞察力が脅威となるなかで無気力な愚鈍さへの降服によってのみ喜びのいかさまの構造を守り、もがき、あきらめ、人間の願望が成就することはありえないという信念のわびしい日課に落ち着き――三人とも、さまざまな存在の恩恵を前にしながら、人生は非現実を現実にしえないフラストレーションだと嘆き叫ぶみじめな図体に成り果てていたところだった。

だがこれが外の世界の人間の道徳律なのだ、と彼女はおもった。互いの弱さと偽りと愚かさを前提として行動せよと教える規範。これがかれらの生活パターンなのだ。この朦朧とした偽りと惚《ほう》けをくぐりぬける闘争と、事実が確固たるものでも決定的なものでもないという信条と、現実のいかなる形も否定しながら、人が現実性も形もない人生につまずき、生まれることもなく死んでいくという状態が。そして谷の家々の輝く屋根を緑の枝の間から見下ろして彼女はおもった。ここでは人は太陽や石のように明快で強固なものとして人間を扱う。じめじめした不安もつかみどころのない回避行為もないところでは困難な戦いも危険な決断もないと知った安堵のために、彼女はとてつもなく快活な気分になっていた。

「ミス・タッガート、あなたは考えてみたことがありますか?」さりげなく、抽象的な話をするようななにげない口調で、だが彼女の考えを見抜いていたかのように、ゴールトは言った。「もし人が、非合理的なものを可能なものの視野におかず、破壊を実用的なものの視野におかなくなったとすれば、事業においても、貿易においても、もっとも個人的な欲望においても人と人との間には利益の衝突などなくなると。現実が偽るべからざる絶対であり、嘘が役に立たず、稼いでもいないものを得ることはできず、値しないものを与えることはできず、実存する価値の破壊は実存しない価値をもたらさないと人が理解すれば——衝突も犠牲の要求もなく、人は誰も他人の目的の脅威にはなりはしない。より優れた競争相手を阻止することで市場の拡大をねらうビジネスマン、雇用主の富の分け前にあずかりたがる従業員、ライバルのよりすぐれた才能に嫉妬する芸術家はみな、存在外の事実を求めているのであり、かれらの願望の手段は破壊だけです。かれらがその手段に訴えても、市場や財産や不朽の名声を得ることはなく、ただ生産や雇用や芸術を破壊するだけだ。生贄となる被害者の意思にかかわらず、非合理的なものへの望みがかなうことはない。にもかかわらず人は不可能なことを望んでやまず、破壊願望を失わないでしょう。自己破壊と自己犠牲が受益者を幸福にするのに実用的な手段だと教えられているかぎりは」

　彼女をちらりとみると、事務的な口調を変えずにただ少し強めただけで、ゆっくりと彼はつけ足した。「自分以外の誰の幸福についても、私が成就させたり破壊したりする力はありません。さっきのような恐れを抱くまでもなく、あなたはもう少し彼と私に敬意をはらってもよかったのです」

　彼女は答えなかった。一言でも何か言おうものなら、いまの充足感があふれでてしまう気がしていた。彼女はただ無防備で、子どもじみてみえるほど素直で、輝くばかりの喜びにあふれていなければ謝罪ととれた追従の表情を浮かべて彼の方を向いた。

　彼は微笑んだ。それは驚きと、理解と、二人が共有していることについての仲間意識と、彼女が感じたことへの承認の微笑だった。

　かれらは黙ったまま歩きつづけており、彼女は生まれてはじめてのどかな青春の夏の日を生きている気がした。背負うべき未解決の重荷のない二人がのんびりと日光を楽しむ田舎の散歩だ。軽い感覚が、飛ばないように気をつけさえすれば歩く努力がまったく要らないかのように、下り坂を歩く無重力感と混じっている。下向きの力の速度と戦いながら身をのけぞらせ、動きを制御する帆のようにスカートを風にはためかせて、彼女は歩いていた。

　二人は道のふもとで別れた。彼はマイダス・マリガンとの約束に出かけ、彼女は今夜の夕食を自分の世界の唯一の関心事として、買い物リストを手にハモンドの市場にいった。

　あの人の妻――アクストン博士が発しなかった言葉を意識的に自分に言い聞かせ、彼女はおもった。ずっと感じていたが明言しなかった言葉――三週間、彼女は一つの意味を除けば、あらゆる意味で彼の妻だった。そして最後の一つはいまだ勝ち得るべきものとしてあるが、これだけは現実であり、今日は自分がそれを認識してもよいとおもえた。この一日だけはそれを感じ、その思いを抱きながら過ごしていいとおもえた。

ローレンス・ハモンドが自分の店の磨かれたカウンターで、彼女の注文を受けて並べている食料品は、かつてこれほど輝かしいものとして彼女の目に映ったことがない——そして、買い物に集中しながら、なにか落ち着かない要素、どこか腑に落ちないが頭が一杯で気づかなかった要素があることを、彼女は漠然と意識していただけだった。だがハモンドが手をとめ、顔をしかめて屋根のない店先の向こうの空を見上げると、彼女はようやくそれに気づいた。

「ミス・タッガート、誰かがあなたの奇行を真似ようとしているみたいですな」という彼の言葉と同時に、それが頭上の飛行機の音であり、この月の一日以降は谷で聞かれるはずのない音がしばらくの間そこで鳴り響いていたことに彼女は気づいた。

かれらは通りに飛び出した。山に囲まれた空を、翼で山頂をかすめんばかりのきらめくトンボのように、小さな銀の十字にみえる飛行機が旋回している。

「何のつもりだろう?」ローレンス・ハモンドが言った。

店の戸口に人が群がり、みな通りに立ったまま、空を見上げていた。

「誰か……誰か来ることになっているのですか?」とたずねた彼女は、自分の声にあらわれた不安に驚いた。

「いいえ」ハモンドが言った。「用事がある者はみなここにいますよ」彼は気にかける風でもなかったが、強い好奇心をもっていた。

飛行機はいま銀の煙草のように、山の側面を背景に流れる短い線となり、高度を下げつつあった。

「私用単葉機のようですな」日光で目を細めてハモンドが言った。「空軍の型じゃない」

「光線スクリーンは大丈夫でしょうか?」接近する敵に憤慨して警戒する張りつめた口調で彼女は

たずねた。

彼はくすくす笑った。「大丈夫か？」

「上からは私たちが見えるでしょうか？」

「ミス・タッガート、あのスクリーンは地下の金庫室より安全ですよ。ご存じのように」

飛行機は上昇し、しばらくそれは風に舞う紙切れのような明るい粒にすぎなかった。それは不安定にうねり、それから態勢を変えてらせん状に下降した。

「いったい何を追いかけているんだか」ハモンドが言った。

彼女の目が素早く彼を射た。

「何か探している」ハモンドが言った。「何だろう？」

「どこかに望遠鏡はありますか？」

「いや——まあ、空港には、だが——」声が変だと彼は言おうとした——だが彼女はすでに道路を渡り空港へと駆けだしていた。はっきりさせる時間も勇気もない理由に突き動かされて、走っているとさえ気づかずに。

彼女は管制塔の小さな望遠鏡のあるところでドワイト・サンダースを見つけた。彼は困惑したしかめ面で、飛行機を注視していた。

「見せてください」彼女が乱暴に言った。

金属チューブを握り締め、レンズに目を押しつけ、ゆっくりチューブを手で動かして、彼女は飛行機を追った——そのとき彼には彼女の手がとまったのが見えたが、指は開かず顔は望遠鏡にかがみこんだままレンズに押しつけられている。彼が近づいて見ると、レンズは彼女の額に押しつけられていた。

「ミス・タッガート、どうなさいました？」

彼女はゆっくりと頭を上げた。

「ミス・タッガート、お知り合いですか？」

彼女は答えなかった。あやふやな闇雲さでジグザグに早足で歩きながら、彼女はそこを急いで離れた——走るのはこわかったが、逃げねばならなかった。隠れねばならなかった。自分が周りの人たちの目を恐れているのか、上空の飛行機——ハンク・リアーデンのものである番号のついた銀の翼の飛行機に見つかることを怖れているのかわからなかった。

石につまずいて転んではじめて、彼女は自分が走っていたことに気づいた。街からは見えず、空がよく見える空港の上の崖の小さな岩棚に彼女はいた。手で花崗岩の壁を支えにして立ちあがり、掌の下の石に太陽の温かみを感じながら、彼女は立ち上がった。そして背中を岩壁に押しつけ、動くことも飛行機から目を離すこともできないで立っていた。

飛行機はゆっくり旋回し、下降したかとおもうとふたたび上昇した。くぼみと丸石の絶望的な、見捨てていくほど明らかでもなく吟味もできない目くらましの地面に、事故現場を見つけようとあがいていた自分のようだ、と彼女はおもった。彼女の飛行機の事故現場を彼は探している。あきらめてはいないのだ。三週間どれほどの負担が及んだとしても、何を感じたとしても、彼が世界に与える唯一の証拠と答えは、近寄れぬ連峰の危険な足下にまで壊れやすい機体を運ぶ強固で執拗で単調なモーターのうなる音だった。

夏の明るく清涼な空気の中で、飛行機はすぐ傍にあるように見えた。それは不安定な流れの上に揺れ、風の推力を受けて飛行している。あれほど明快に見える光景が彼の目には閉ざされていることはありえないように思えた。この谷の全体が、見てくれと叫ばんばかりに彼の下に横たわり、陽光がガラス窓と芝生を照らして満ちあふれているのだ。彼の苦悩の探求の終焉、願望以上のものの成就、彼女の飛行機の残骸と彼女の体ではなくて、生きている彼女と彼の自由——すべて彼が探し、かつて探したことがあるものは、いま彼の前に開放されて待ち受けており、彼はそこに純粋で晴朗な空気に真直ぐ突入するだけで到達できる。それは彼のものであり、それを見る能力さえあればよいのだ。「ハンク！」彼女は腕を振って必死の合図を送りながら叫んだ。「ハンク！」

自分にはそれを伝える方法はなく、彼に視界を与える力はなく、彼自身の精神と視界によってでなければこの世のいかなる力もスクリーンを貫くことはできないと知って、彼女は岩の上に倒れこんだ。そのとたん初めて、目に見えぬものとしてではなく世界でもっとも厳格で絶対的な壁として、彼女はスクリーンを認識した。

石に崩れ落ち、静かなあきらめのなかで、旋回する飛行機の絶望的な苦闘を見ながら、不平をいわぬモーターの救援への叫びを彼女は聞いていた。それは答えるすべのない叫びだった。飛行機は急下降したが、それも最後の上昇の始まりに過ぎず、山に迅速な斜線を切りつけたかとおもうと広い空へと飛び出していった。そして岸も出口もない湖の広がりに捕らえられたかのようにゆっくり沈むと、視界から消えていった。

苦い同情を覚えながら、彼がどれほどのものを見落としたかを彼女は考えた。わたしはどうだろう？——彼女はおもった。この谷を去れば、スクリーンは同じくぴたりと閉ざされ、アトランティスは大洋の底よりも堅固な光線の覆いの下になり、彼女もまた、いかに見るべきかを知らなかったものを求めて苦しむことになる。彼女もまた、旧式の野蛮な蜃気楼との戦いに取り残され、望んだ現実すべては二度と彼女の届くところにやってはこなくなるのだ。

だが彼女を引きつけて飛行機を追わせた外の世界の力は、ハンク・リアーデンの姿ではなかった

――世界に戻ったとしても彼のもとに戻ることはできないはずだ――彼女がひかれたのはハンク・リアーデンの勇気、生きつづけようとなおも戦う勇気ある者すべての光景だった。ほかのすべての人間がとうに断念していたとしても工場をあきらめないのと同じく、自分が選んだ目標を何があってもあきらめないだろう。わずかでもチャンスが残っていれば、彼女の飛行機の捜索をあきらめはしないのと同じく、彼女はタッガート大陸横断鉄道の世界にチャンスが残っていないと確信できるだろうか？　戦いの条件が勝利する気にもなれないものと確信しているだろうか？　アトランティスの男たちは正しい。背後に何の価値も残していないと確信しているのなら、姿を消したことは正しい――だがそれまで、あらゆる可能性がためされ、すべての戦いを戦ったと彼女が確信しない限り、彼女にはかれらに加わる権利はない。これが、彼女を数週間激しく揺さぶっていたものの、答えを掴むまでにつき動かしてはいない問いだった。

その夜、彼女は何時間も眠らず、身じろぎもせず静かに横たわり――技師やハンク・リアーデンのように――負担や感情を一切考慮することなく、感情を排した、ほとんど数学的なまでに綿密な思考過程をたどっていた。答えを求めてそれがみつからないまま、彼が飛行機で体験していた苦悩を、暗闇の音のない四角い空間のなかで彼女は経験していた。彼女はまばらな星の光でかすかに読める壁の碑文を見た。だがこの男たちがもっとも絶望的な時間に求めた助けは、彼女が求めるべき助けではなかった。

＊　＊　＊

「タッガートさん、イエスかな？　ノーかな？」

マリガン家のリビングの黄昏の薄明かりで、彼女は四人の男たちの顔を見ていた。科学者のようにおだやかで端正な鋭敏さのある顔のゴールト――どちらの答えにもふさわしい微笑を浮かべただけのフランシスコ――情のある優しそうなヒュー・アクストン――悪意のない声で質問したマイダス・マリガンだ。二千マイル離れたどこかで、いまごろ日没時に、ニューヨークの屋根に光を降らせるカレンダーの頁が、六月二十八日を告げている。彼女は不意にこの男たちの頭の向こうにそのカレンダーが掛かっており、それを見ているかのような気がした。

「あと一日あります」彼女はしっかりと答えた。「もう一日使ってもよろしいですか？　結論はでたと思いますが、完全に確信してはいません。できるだけ確信しなければと思うのです」

「もちろんだ」マリガンが言った。「実際、あさっての朝まである。待つよ」

「そのあともね」ヒュー・アクストンが言った。「きみがいなくなっても、必要とあれば」

かれらの方を向いて窓際に立っていた彼女は、自分が真直ぐ立っており、手が震えず、声が抑制され、不平も言わず、かれらのような憐憫も帯びていないと意識して一時の満足を覚えた。それはかれらとの絆を一瞬感じさせてくれた。

「かりにあなたの迷いの一部が」ゴールトが言った。「心と理性の衝突であるなら――理性に従うことです」

「我々が正しいと我々に確信させている理由をすべて考慮しなさい」ヒュー・アクストンが言った。「だが我々が確信しているという事実は考慮しなくていい。きみが確信しているのでなければ、我々の確信は無視することだ。我々の判断をきみ自身の判断代わりに使おうなんて誘惑にかられてはならない」

「君の将来のために最上のことを考えるときに、我々の知識に頼らないことだ」マリガンが言った。

「我々は知っているが、君が知るまで最上にはなりえないからね」

「僕たちの利益や願望を考えないことだ」フランシスコが言った。「きみは自分自身以外の誰にも義務を負わないのだから」

どれも外の世界ではまず得られない忠告だと思いながら、悲しむでも喜ぶでもなく、彼女は微笑んだ。どんな助けも不可能な場面で、かれらがどれほど力になりたいと思っているかは明らかであり、自分としてはいまかれらを安心させるべきだと彼女はおもった。

「わたしは無理矢理ここに来ました」彼女は静かに言った。「その結果についての責任は負うべきです。責任は負います」

ゴールトの微笑をみて、軍人の勲章を授与されたように、彼女は報われた気がした。

目を逸らしながら、彼女は不意にコメットに乗っていた浮浪者のジェフ・アレンを思い出した。行く先があると言って自分の無目的の重荷を彼女に負わせまいとした彼に感心したことを。彼女は両方の立場を自分が体験したことを思い、人が選択の放棄の重荷を他人に投げるよりも卑劣で虚しい行為はないとあらためて認識して微笑んだ。そしてゆったりとした平静さのような妙な落ち着きを感じた。それは緊張感ではあったが、大いなる明快さをともなう緊張感だった。いつのまにか彼女は考えていた。緊急事態に彼女はうまく対処している。わたしは彼女とうまくやっていける――彼女とは自分自身のことだった。

「タッガートさん、あさってまで悩まなくていい」マイダス・マリガンが言った。「今夜、君はまだここにいるんだ」

「ありがとう」彼女は言った。

谷の問題についてかれらが話を続けるあいだ、彼女は窓際に残っていた。それはこのひと月を締めくくる会議だった。いま夕食をすませ、ひと月前のこの家で最初の夕食のことを彼女はおもった。あのときと同じように、オフィス用のグレーのスーツを身につけていた。日なたでも着心地のいいカントリー調のスカートではなく。今夜はまだここにいる。窓枠に、自分の物のように手を押しつけて、彼女はおもった。

日はまだ山に沈んではいないが、空は一面、太陽を覆う見えない雲の青と混じりあう均一で、深く、見まがうばかりに澄んだ青色だった。雲の端だけが薄い炎の糸で縁取られている。光るネオン管のようだ、と彼女はおもった……曲がりくねる水路図のよう……まるで……まるで空に白い炎で描いた鉄道の地図のようだ。

マリガンが外の世界に戻らない者たちの名前をゴールトに告げるのがきこえた。「全員に仕事はある」マリガンが言った。「実際、今年戻るのは十人か十二人程度、おおかた仕事の締めくくり、持ち物を交換してここに永住するためだ。今月が最後の休暇の月だったのかもしれん。もう一年過ぎるころまでには、全員がこの谷に住んでいるだろうから」

「結構」ゴールトが言った。

「外の様子じゃそうせざるをえない」

「ああ」

「フランシスコ」マリガンが言った。「君は数ヶ月で戻ってくるのかい？」

「遅くとも十一月には」フランシスコが言った。「戻る準備ができたら短波で伝言を送るよ。僕の家の暖房をつけておいてくれる？」

「つけておこう」ヒュー・アクストンが言った。「到着にあわせて夕食も仕度しておこう」

「ジョン」マリガンが言った。「当然ながら今回ニューヨークへは戻らないだろうな」

ゴールトはさっと彼を一瞥してから、「まだ決めていない」と静かに答えた。

フランシスコとマリガンが身を乗り出して彼をじっと見つめた素振りの驚きのまじった素早さに彼女は気づいた。そしてヒュー・アクストンがきわめてゆっくりと彼の顔を見たことに。アクストンは驚いてはいないようだった。

「まさかもう一年地獄に戻ろうと考えているわけじゃないだろうな？」マリガンが言った。

「考えている」

「だが——それにしても、ジョン！——何のために？」

「決めたときに言おう」

「だがあっちにきみの仕事は何も残ってないぜ。知っていた人間も知りうる人間もみな手に入れた。みな揃った。ハンク・リアーデン以外——年内には彼も加わるはずだ——タッガートさんがそうと決めれば彼女も。それだけだ。君の仕事は終わった。外には探すものは何もない。あとはやつらの頭上で屋根が崩れるだけだ」

「わかっている」

「ジョン、そのとき絶対に君にそこにいてほしくないんだ」

「私が心配をかけたことはなかったが」

「だがやつらがいまどんな段階にさしかかっているのかわからないのか？　あと一歩で公然たる暴力に進む——それどころか、その一歩はもう決定的になっていることだ！——だがあと少しでやつらは自分たちの行為のつけがまぬけ面の前で爆発する完全な現実を目のあたりにする——単純で、盲目的で、気まぐれな、血なまぐさい公然たる暴力が、見境なく、めちゃめちゃに誰かれかまわず襲いかかる。その渦中にいてほしくないな」

「自分で自分の面倒は見られる」

「ジョン、きみが危険を冒す理由はない」フランシスコが言った。

「何の危険だね？」

「たかり屋は姿を消した人間がいることを懸念している。疑い始めているんだ。とくに君だけはもうあちらにいるべきじゃない。やつらはいつ何時きみの正体をつきとめないともかぎらないからね」

「可能性はある。小さいが」

「なにもそんな危険をおかす理由はないぜ。あとは全部ラグネルと僕でかたをつけられる」

ヒュー・アクストンが椅子にもたれ、無言で一座を見ていた。苦々しさとも微笑ともいえない強い表情だ。興味のあることの進行に注目しながらも、見ているものからは数歩距離をおいている表情だ。

「戻るとすれば」ゴールトが言った。「仕事のためじゃない。自分のために世界から欲しい唯一のものをかち得るためだ。仕事はもう終わっている。私は世界から何も受け取らなかったし、何も欲しくなかった。だがいまもそこにあって、私のものであり、渡せないものが一つある。いや、誓いを破るつもりはない。たかり屋を相手にするつもりはない。外にいる誰の役にも立ちはしないし、誰を助けるつもりもない。たかり屋にしても中立の人間にしても――非加入者にしても。行くとすれば、それは自分のためにほかならない。それに自分が命の危険を冒しているとは思わないが、もし冒していたとしても――まあ、いまなら自由に危険を冒してもいいだろう」

彼は彼女を見ていたわけではなかったが、彼女は顔を背け、窓枠を押さえなければならなかった。手が震えていたからだ。

「だが、ジョン」マリガンが谷の方を手で指し示して叫んだ。「君にもしものことがあれば、俺たちは──」不意にやましそうに彼は口をつぐんだ。

　ゴールトはくつくつ笑った。「何だい？」マリガンはうち消す仕草で照れるように手を振った。

「私の身に何かおこれば、私は史上最悪の敗北を喫して死ぬとでも？」

「もういい」ばつが悪そうに、マリガンは言った。「言わないぜ。俺たちが君なしでやっていけないとは──そうじゃないからな。俺たちのためにいてくれとは頼むまい──あの卑劣な古い懇願のしかたを復活させちまった。やれやれ──ひどい誘惑だ！　そうするやつらの気持ちがわからないでもない。君の欲しいものが何か知らんが、命を賭けたいならそれだけのこと──ただ俺は……ああ、ジョン、命がもったいなすぎる！」

　ゴールトは微笑んだ。「わかっている。だから命の危険を冒しているとは思っていない──勝つつもりだ」

　フランシスコは黙りこみ、顔をしかめてゴールトをじっと見ていた。答えを見つけたようにではなく、急に疑問を抱きはじめたかのように。

「いいか、ジョン」マリガンが言った。「行くかどうかまだ決めていないわけだから──まだ決めてないんだろ？」

「ああ、まだだ」

「なら君が考えるべきことをいくつか言わせてくれるか？」

「ああ」

「こわいのは偶発性の危険、崩壊する世界の無意味で予測不可能な危険だ。分別をなくした馬鹿と恐怖で頭のおかしくなった臆病者が手にした複雑な機械の物理的脅威を考えてみろ。鉄道のことだけでも考えたまえ。列車に乗りこむ度にウィンストンのトンネル事故みたいな恐ろしい事件にまきこまれる可能性がある。ああいう事故はこれからどんどん増えていく。そのうち大事故なしには一日が終わらない段階になるだろう」

「わかっている」

「同じことがあらゆる産業で起こる。機械――俺たちの頭脳の代わりになるとやつらが考えた機械が使われている場所で。飛行機の墜落、給油タンクの爆発、高炉の破裂、高圧線の感電死、地下鉄の落盤、橋脚の崩壊――どれもこれも目の当たりにすることになる。生活をあれほど安全にしたのと同じ機械が、絶え間ない危機をもたらすことになるだろう」

「わかっている」

「わかっているのはわかるが、具体的に細部までみな考えたのか？　視覚化してみたか？　足を突っ込もうとしているものの正確な絵を見ろ――君がそこに入っていくのが妥当かどうかを決める前に。どこよりもひどく都市が痛手をこうむるのはわかっているだろう。都市は鉄道に頼りきっているから、それがなくなれば一巻の終わりだ」

「その通りだ」

「鉄道が切れると、ニューヨークの街は二日もしないうちに飢えることになる。あそこの食料はその程度だからな。三千マイル長の大陸全土から供給されているんだ。どうやってニューヨークにその食料を運べるね？　政令や牛車でか？　だがそこまでいく前に、ひと通りの苦しみを味わうことになる――経済の縮小、物資の欠乏、飢饉暴動、深まる静寂の真ん中で押し寄せる暴力をね」

「だろうな」

「まず飛行機を、そして自動車を、それからトラックを、さらには馬車を失う」

「だろうな」

「工場は止まる。高炉や無線もだ。そして電力システムがやられる」

「だろうな」

「大陸をくっつけているものはくたびれた糸だけになる。列車は日に一便になり、さらに週一便になる――そしてタッガート橋が崩れて――」

「崩れないわ！」

それは彼女の声であり、全員が一斉に彼女の方を向いた。彼女の顔面は蒼白だったが、さっきかれらに答えたときよりも穏やかだった。

ゆっくりと、ゴールトが立ち上がり、判決を受け入れるように頭を傾けた。「決心したのですね」と彼はいった。

「ええ」

「ダグニー」ヒュー・アクストンが言った。「残念だ」言葉がつまって部屋の静寂を埋め損ねたかのように、懸命に、そっと彼は話した。「こうならずに済めばよかったし、こうはなってほしくなかった――だが信念による勇気なくしてここにとどまるよりましだろう」

ただ率直に、彼女は両手を広げる素振りをした。そして全員に対して、感情を見せてもさしつかえないほどの落ち着いた態度で語った。「わかっていただきたいことが一つあります。わたしはあと一ヶ月で死ねればとさえ思いました。そうすればこの谷で最後の一月を過ごせますから。それくらいここにとどまりたかった。だけど生きつづけることを選ぶ限り、自分が戦うべきと思う戦いを放棄することはできないのです」

「もちろんだ」マリガンが敬意をこめて言った。「いまも君の戦いだと思うなら」

「わたしが引き戻される理由に興味がおありなら申し上げましょう。わたしは世界の偉大なもののすべて、わたしとあなたがたのものであったすべて、わたしたちが築き、権利によってわたしたちのものであるものが崩壊していくのを放っておけないのです。というのも、真実を知っているのがこちらであり、人の命がそれを受け入れるか否かにかかっているときに、かれらが見ることを拒み、わたしたちに対していつまでも目を閉ざし、耳をふさいだままでいられることが信じられないからです。人はいまも命を愛している――それこそかれらの精神のいまだ腐敗していない名残です。人が生きていたいと願いつづける限り、わたしは自分の戦いに負けることはできません」

「そうかな？」ヒュー・アクストンが穏やかに言った。「人は生きていたいと望んでいるのかな？　いや、いま答えなくていい。その答えは我々全員にとって理解して受け入れるのが何より難しかったことだからね。ただその問いを、最後にきみが確認すべき前提としてたずさえていきなさい」

「君は友人として出て行くんだ」マイダス・マリガンが言った。「俺たちは君が間違っていると知っているから、君がやることすべてと戦うことになるが、非難しているのは君ではないのだから」

「きみは戻ってくる」ヒュー・アクストンが言った。「きみの過ちは知識の間違いであって、道徳的な過ちでも悪への服従でもなく、ただきみ自身が美徳の犠牲者であることによる究極の行為にすぎないのだから。待っているよ。それとね、ダグニー、戻ってくるときは、願望の間で矛盾はいっさい必要なく、きみがかくも見事に耐えてきた、かくも悲劇的な価値の衝突もないと気づいているだろう」

「ありがとうございます」彼女は目を閉じていった。

「出発の条件を話しておかねばなりません」ゴールトが言った。彼は企業の重役のように、感情を排して話していた。「第一に、あなたは我々の秘密を一部たりとも明かさないと誓わなければなりません。我々の大義も存在もこの谷のことも、あなたの一ヶ月間の居場所についても――外の世界の誰にも、いかなる時にも、いかなる目的にも」

「誓います」

「第二に、二度とこの谷を見つけようとしてはなりません。招かれずにここを訪ねてきてはなりません。第一の条件を破っても我々を深刻な危険に陥れることにはならない。だが第二の条件を破れば――そうなります。他人の善意や実行不可能な約束に身を任せることは我々の方針に反する。いっぽう我々はあなた自身の利益より我々の利益を優先させてもらおうと思っているわけでもありません。あなたは自分の道が正しいと信じているのですから、我々の敵をこの谷に導くことが必要だと考える日がくるかもしれない。従って、我々がその手段を与えることはない。あなたは目隠しで、ふたたび進路をたどることが不可能な距離をおいた地点まで飛行機で谷から連れ出されます」

彼女は頭を傾けた。「おっしゃる通りです」

「飛行機は修理済みです。マリガン銀行のあなたの口座から手形で払って引き取りますか？」

「いいえ」

「それではあなたが支払うと決めるまで機体は我々が保管しましょう。明後日、私の飛行機であなたをこの谷の外の、ほかの交通機関が見つかるところまでお連れします」

彼女は頭を下げた。「結構です」

マイダス・マリガンの家を出ると外はもう暗かった。ゴールトの家は途中にフランシスコの小屋を挟んで谷の反対側にあったので、三人は帰路を並んで歩いていた。暗闇には明かりのついた窓の四角がところどころに浮いて見え、遠い海から投げかけられた影のごとく、霧が縫うようにゆっくりと窓を覆いはじめていた。かれらは黙って歩いていたが、安定したひとつの拍子を打つかれらの足音は、それ以外の形で口にすることなく理解されるべき演説のようでもあった。

しばらくして、フランシスコが言った。「何も変わりはしない。期間が少し長びくだけで。それに最後のときは常にもっともつらい――だがそれは最後なんだ」

「そう願うことにするわ」彼女はいった。そしてすぐさま、静かに繰り返した。「最後がもっともつらい」彼女はゴールトの方を向いた。「一つお願いしてもいいかしら？」

「ええ」

「わたしを明日出発させてくださる？」

「お望みなら」

しばらくして、フランシスコは、あたかも彼女の心中の明言していない疑念に語りかけるかのように話しはじめた。声には質問に答える響きがあった。「ダグニー、僕ら三人はみな深く愛している」――彼女ははっと彼の方を見た――「形はどうあれ同じものをね。なぜ僕たちの間に裏切りがあると感じないのかなんて思わないで。きみは僕たちの仲間になる。線路と機関車を愛しつづける限り、それがきみを僕たちのもとに導いてくれる。きみが何度道に迷おうとも。永遠に救われることがないのは情熱のない人間だけだから」

「ありがとう」彼女は穏やかに言った。

「何に？」

「あなたが……あなたらしくあることに」

「どんな風に？　ダグニー、はっきり言ってくれ」

「あなたは……幸せそうだわ」

「幸せだ――きみとまったく同じかたちで。きみが感じていることは言わなくていい。わかっているから。だがいいかい、耐えることができる苦しみの度合いは愛の強さの度合いなんだ。僕が見るに耐えない苦しみと言えば、無関心なきみを見ることだろう」

自分が受けている感動のどの部分にも喜びという名を与えられないまま、彼女は無言でうなずき、にもかかわらず彼が正しいと感じていた。

煙のような濃い霧が、月を隠しては光を散らしながら漂っており、二人に挟まれて歩いている彼女にもかれらの表情を確かめることはできなかった。知覚できる唯一の表現はかれらの真直ぐな体のシルエットであり、途切れぬ足音であり、いつまでも歩き続けていたいと願う彼女自身の気持ち、疑念でも苦痛でもないとしかわからない気持ちだった。

フランシスコの小屋に近づいたとき、彼は立ち止まり、戸口を指して二人を招き入れる仕草をした。「寄っていかないか?――しばらくの別れの夜だからね。僕たち全員が確信している未来のために乾杯しよう」

「確信しているの?」彼女がたずねた。

「ええ」ゴールトが言った。「しています」

フランシスコが家の電灯をつけたとき、彼女は二人の顔を見た。そこには幸福や喜びに付随するいかなる感情でもない、とらえどころのない表情が浮かんでいた。緊迫した厳格さ、だが輝かしい厳格さだ、と彼女はおもった。そんなものがありうるのなら。そして自分の内側にも妙な輝きがあるのを感じ、同じ顔をしているはずだとおもった。

フランシスコは食器棚の三脚のグラスに手を伸ばしたが、何か思いついてふと手を止めた。そしてテーブルにグラスを一脚おき、それからセバスチアン・ダンコニアの銀のゴブレット一対を取り出すと、隣に置いた。

「ダグニー、きみは真直ぐニューヨークに帰るの?」古いワインボトルを持ち出しながら、落ち着いて、穏やかな主人の口調で彼はたずねた。

「ええ」彼女は同じく穏やかに答えた。

「僕は明後日、飛行機でブエノスアイレスに帰る」ボトルのコルクを抜きながら、彼がいった。「そのあとニューヨークに戻るかどうかはまだわからないが、戻るとしても、きみが会いに来るのは危険だろう」

「そんなこと気にしないわ」彼女がいった。「わたしにはもう会う資格がないと、あなたが感じているのでなければ」

「それもそうだ。ダグニー、きみには資格がない。ニューヨークでは」

彼はワインを注ぎ、ゴールトを見上げた。「ジョン、戻るかここに残るのか、きみはいつ決めるんだい？」

ゴールトは彼を真直ぐにみると、自分の言葉がまねく結果を知り尽くしてのようにゆっくりと言った。「フランシスコ、私はもう決めた。戻ることにする」

フランシスコの手が止まった。長い間、彼はゴールトの顔を凝視していた。やがて彼の目が彼女の顔に移った。彼はボトルを下に置いただけで後ろに下がったわけではなかったが、身を引いて視界に二人をおさめて見ようとしたかのようだった。

「しかるべく」彼はいった。

彼はさらに遠ざかり、三人が経てきた歳月のすべてを見ているかのようだった。彼の声には、その光景の大きさにみあうなめらかな屈託のない響きがあった。

「十二年前に知っていた」彼はいった。「きみたちが知りうる前から知っていたし、きみたちが見ることになるものを見るべきは僕だったんだ。あの夜、きみがニューヨークに僕たちを呼び出したとき、僕は」――彼はゴールトに話していたが、目はダグニーに移っていた――「それをきみが求めているすべてだと考えていた……そのために生き、必要とあれば死ぬときみに教えられたすべてだと。きみもそう考えるだろうと見抜いてしかるべきだった。ほかにはありえなかった。かくあるべきだった。あのとき、十二年前に定められていたことなんだ」彼はゴールトを見て穏やかに笑った。「それでもきみは、誰よりも大きな痛手をこうむった人間は僕だというのか？」

彼はさっと向きを変えた――そしてやおら重々しい意味を与えるかのようにゆっくりとワインを注ぎ、テーブルの上の三脚の器を満たした。そして銀製ゴブレットを両手に取り、束の間それを見下ろし、一方をダグニーに、もう一方をゴールトに差し出した。

「さあ」彼は言った。「きみはそれだけのことをした――チャンスによってではなく」

ゴールトは彼の手からゴブレットを取ったが、二人が視線を交わしたとき目で承認がなされたかのようだった。

「ほかのありかたがあれば、何をあきらめてもよかった」ゴールトが言った。「あきらめることのできるもの以外なら」

彼女はゴブレットを持ち、フランシスコを見て、彼の視線のなかでゴールトを見た。「そうね」答えるように彼女はいった。「だけどわたしはまだそれだけのことをしていない――あなたが支払ったものをいま支払っていて、明らかに資格をもてるほどのことができるのかもわからない。でも苦しみがその値段で――物差しなら――この三人のなかで誰よりも欲張りになることにする」

ワインを飲むあいだ、彼女は立ったまま目を閉じ、喉に送り込まれた液体の動きを感じながら、三人にとってこれはこれまで到達したなかでもっとも苦しく――もっとも高揚した瞬間に違いないとおもった。

ゴールトの家までわずかの小道を歩くあいだ、彼女は彼に話しかけなかった。視線を向けることさえ危険すぎると感じながら、顔を向けることもしなかった。沈黙の中で、完全に理解しあったことによる安らぎと、暗黙の了解による張りつめた空気との両方を彼女は感じていた。

だが居間に入ると、完全な自信をもって、彼女は真正面から彼に対峙した。ある正当な確信——自分が取り乱すことはなく、もはや話しても安全だという確信を急に得たかのように。嘆願としてでも勝利としてでもなく、単なる事実を述べるように冷静に「わたしがいるからあなたは外の世界に戻るんだわ」と彼女はいった。

「そうです」

「戻ってほしくありません」

「あなたに選択肢はありません」

「わたしのために戻るのね」

「いや、私のためです」

「あちらで会ってくださる？」

「いいえ」

「会えないってこと？」

「ええ」

「あなたがどこで何をしているのかわたしにはわからないのですか？」

「そうです」

「前のようにわたしを見張るつもり？」

「以前にもまして」

「目的はわたしを守ること?」

「いいえ」

「では、何?」

「あなたが参加すると決めたときそこにいることです」

相手を注視するほかにいかなる反応の余地も自分に与えずに、だが完全には理解していない最初の問題への答えを探るかのように、彼女はじっと彼を見つめていた。

「ほかの人間はみないなくなるでしょう」彼は説明した。「残るのは危険すぎるようになる。この谷の扉が完全に閉ざされてしまう前に、私はあなたの最後の鍵として残るのです」

「まあ!」呻きになる前に彼女は声を押し殺した。そして他人行儀の冷静さを取り戻してたずねた。

「もしわたしの決定が最終的なもので、あなたがたに加わることは絶対ないと言ったとしたら?」

「それは嘘になります」

「もしいまわたしが自分の決断を最終的なものにして、将来何が起ころうともその決心を守り抜くと決めたら?」

「将来あなたがいかなる証拠を目にして、いかなる信念を形成したとしても?」

「ええ」

「それは嘘よりもたちが悪い」

「わたしが間違った決断を下したと確信しているのですか?」

「そうです」

「人は自分の犯した過ちに責任を持つべきと思わないのですか?」

「思います」

「ならなぜわたしの決断の結果をわたしに負わせないの？」

「そうしているし、そうなります」

「時機を逸して、わたしがこの谷に戻りたいと思うとしても——なぜあなたは扉を開けておく危険を負わなければならないのです？」

「そうしなければならないわけではありません。自己本位の目的がなければやりはしない」

「自己本位の目的？」

「あなたにここにいてほしい」

彼女は目を閉じると、あからさまに敗北を認めて頭を傾けた。議論において、そして彼女が置いていくものの完全な意味に冷静に向きあうという試みにおいての敗北だ。

やがて彼女は頭をあげて、相手の率直さを吸収したかのように、自分の苦悩も切望も冷静さも隠さず、そのすべてが視線に現れていると知りながら彼を見た。

彼の顔は、最初に日光のなかで見たときと同じように見えた。無情な静謐さと屈しない洞察力のある、苦しみも恐れも罪もない顔だ。もしもこの人を、深緑の瞳の上の真直ぐな眉、口の形を強める影の曲線、シャツの襟からみえる金属の液体のような肌の表面、くつろいで動じない脚のポーズをじっと見続けていられるのなら、この場でこんな風に残りの人生を過ごしたい、と彼女はおもった。だが次の瞬間、かりにその望みが叶えられたなら、この想いはすべての意味を失うだろうと思った。そのことで彼女は、それに価値を与えたものをすべて裏切ることになるだろうから。

そのとき、記憶ではなく現在の体験として、深い霧の街と手に届かない場所へ沈んでいくアトランティスの到達しえない形を見てニューヨークの部屋で窓際に立っていたときと同じ思いを味わっているのを彼女は感じた。あのときへの答えをいま見ているのだ。あのとき、自分が街に向かって語った言葉ではなく、言葉の源であった言葉以前の興奮を彼女はおぼえていた。いつも愛して見つけたことがなかったあなた、地平線の向こうのレールの果てで会うだろうと思ったあなた——

声に出して、彼女はいった。「これだけは言っておきたいの。わたしはたったひとつの絶対的な確信をもって人生をはじめました。それは、世界が自分の最高の価値のイメージに自分が形作るものであり、どれほど長く困難な戦いがあろうともそれ以下の基準にゆだねるべきではないということです」——街でいつもその存在を感じていたあなた、そのための世界を作りたいと思っていたあなた、と彼女の内なる声が言った——「いまわたしは自分がこの谷のために戦っていたと知っています」——わたしを動かし続けてきたのはあなたへの愛——「可能と考え、それ以下の何と取り換えることも、愚鈍な悪にゆだねることもないはずだったのはこの谷でした」——あなたにいつか届きたいという愛と希望、そしてあなたと向き合う日にそれにふさわしい自分でありたいという願望——「わたしはこの谷のために戦いに帰ります——谷を地下から解放し、完全で正当な領域を再び獲得し、この世を事実と精神においてそうあるべく、あなたたちのものとするために——そして全世界をあなたたちに引き渡せる日にあなたと再会するために——そして失敗したなら、死ぬまでこの谷からの追放者でいつづけるつもりで」——そうだとしても、わたしの残りの人生はあなたのもの、わたしはあなたの名前で戦いつづける。たとえ二度と口にしない名前だとしても。あなたに仕えつづける。たとえ勝ち目がないとしても。たとえあなたに会う日が来なくとも、会えたならふさわしい人間でいられるように戦いつづける——「あなたを敵にまわして、裏切り者呼ばわりされたとしても、わたしはそのために戦います……もう二度と会えないとしても」

彼は身じろぎもせずに立ったまま、顔色を変えずに耳を傾けていた。ただ目だけは一言一句、発されなかった言葉さえも聞いているかにみえた。その顔に途切れぬ回路があるかのように同じ表情を保ったまま、同一のコード信号に応えるように彼女の声の調子を返し、言葉に区切りをおくほかには感情のこもらない声で、彼は答えた。

「可能なはずなのにいつまでも届かない夢を求めて挫折してきた人たちのように挫折したとしても――かれらのように、人の最高の価値を獲得することはかなわず、最高の展望は現実になりえないと考えるようになったとしても――かれらのようにこの世を恨まないことです。存在を恨まないことです。あなたはかれらが探したアトランティスを見ました。それはここにあり、存在する――だが人は過去の欺瞞のぼろ布をまとわずに一人裸で、もっとも純粋で明快な精神をもってそこに入らなければならならない――無垢な心ではなく、それよりもずっと尊い妥協のない精神を唯一の所持品として、鍵として。あなたが世界を説得する必要も征服する必要もないと知るまで、あなたがそこに入ることはない。それを知るとき、あなたの戦いの年月を通じてあなたをアトランティスから遠ざけていたものは何もなく、自らまとう鎖のほかにあなたを縛る鎖はなかったと気づくでしょう。その年月を通じて、あなたが何よりも勝ち得たかったものはあなたを待っていたことに」――まるで彼女の心の中の口にされなかった言葉に語りかけるかのように彼は彼女を見た――「あなたが戦ったように絶えず情熱的に必死に――だがあなた以上の確信をもって待っていたことに。出ていってあなたの戦いを続けなさい。選ばなかった重荷を背負い、いわれのない罪を負い、この上なく不当な苦しみに精神を捧げることが正義にかなうと信じて。だが暗闇のどん底に陥ったときには、別の世界を見たと思い出しなさい。そこに目を向けると決めればいつでもその世界にたどり着けることを。覚えていてください。それが待っていることと、それが本物であり、実現可能であり――あなたのものであることを」

それから顔をすこし背け、声は同じように明快に、だが目で回路を断ち切るようにして、彼はたずねた。「明日は何時に出発しますか?」

「あら……あなたに都合の良い時間に、できるだけ早く」

「それでは七時に朝食を用意してください。出発は八時にしましょう」

「はい」

彼はポケットから、始めなにかよくわからなかった輝く小さな円いものを取り出して差し出した。そして彼女の手のひらにそれを落とした。それは五ドルの金片だった。

「今月最後の賃金です」彼はいった。

指を閉じて硬貨をきつく握り締めると、彼女は落ち着いて淡々と、「ありがとうございます」と答えた。

「おやすみなさい、ミス・タッガート」

「おやすみなさい」

そのあとの数時間、彼女は眠らなかった。彼女の部屋で、ベッドに顔を押しつけ、壁の向こうに彼が存在するという感覚だけを意識して、彼女は床に座っていた。ときおり彼が目の前におり、自分がその足下に座っているかのような気がした。こうして彼女は最後の夜を彼と共に過ごした。

＊＊＊

やって来たときと同じ姿で、もともと谷にあったものは何も持たず、彼女は出発した。手に入れた少しの所持品——カントリー調のスカート、ブラウス、エプロン、数枚の下着——は部屋のたんすの抽斗《ひきだし》にきちんと畳んで置いていった。抽斗を閉める前、戻って来ても、もしかするとまだここにあるかもしれないと思いながら、彼女はしばらくそれを眺めていた。そして五ドルの金片といまも肋骨に巻かれたテープのほかには何も携行しなかった。

太陽が山頂をかすめ、谷の前線に輝く円を描くころ、彼女は飛行機に乗りこんだ。そして彼の隣の座席の背にもたれ、最初の朝に目を開けたときのように、自分の方に傾いたゴールトの顔を見た。そして目を閉じて、顔に目隠しの布を結びつける彼の手を感じた。

モーターの爆音は、音ではなく自分の体内を揺さぶる振動に聞こえた。だがそれは離れているために傷つかないですむかのような遠い振動に感じられた。

いつ車輪が地面を離れ、飛行機が山頂の輪を越えたのかわからなかった。モーターが連打する音だけを空間の知覚として、ときおり揺れる音の流れに運びこまれたかのように、彼女はじっと横たわっていた。その音は彼のエンジンから、彼が制御するハンドルから来ていた。彼女はそれに身をまかせた。あとは耐えるべきものであり、抵抗すべきものではなかった。

脚を前に伸ばし、座席の肘に手をおいて、彼女は横たわっていた。飛行の感覚も、時間の感覚を与える運動の感覚すらなく、布に押されて閉じた瞼の暗闇で、空間も視界も未来もなく——唯一不変の現実として隣にいる彼の存在だけを認識していた。

かれらは話さなかった。一度、不意に彼女がいった。「ゴールトさん」

「どうしました？」

「いえ、何でもありません。ただあなたがいまも傍にいるのか知りたくて」

「いつも傍にいますよ」

言葉の響きの記憶が小さなランドマークのように遠くに流れ去るまで、どれくらいの距離を進んだのかわからなかった。そして切れめのない現在の静寂だけが残った。

一日か一時間かわからない時間が過ぎ、着地か墜落を意味する急降下の動きを彼女は感じた。頭のなかではどちらも起こりうることにおもえた。

地面についた車輪の振動が奇妙に遅れて彼女の感覚を呼び覚ました。時間のかけらが着地を信じさせようと働きかけたかのように。

ガタガタと流れる動きを感じ、停止と静寂の衝撃を覚え、まもなく彼の手が彼女の髪にふれると目隠しを取りさった。

照りつける日光、さえぎる山のない空につき出た枯草、人通りのない高速道路、そして一マイルほど向こうにぼんやりと街の輪郭がみえる。彼女は時計を見た。四十七分前、彼女はまだあの谷にいたのだ。

「あそこにタッガートの駅があります」街を指して彼はいった。「列車にも乗れるでしょう」

彼女は頷いた。

彼は地上に降りる彼女を追わなかった。彼は飛行機の開いた扉の方を向いてハンドルに寄りかかっており、二人は視線を交わした。だだっ広い大草原の真ん中で、髪をそよ風になびかせ、企業の重役のかっちりとしたスーツにかたどられた肩を真っすぐ伸ばし、彼女は彼を見上げて立っていた。

彼の手が動き、目には見えない東部の都市の方角を指し示した。「あちらで私を探さないでください」彼はいった。「見つかりはしない——あなたが私という人間を求めるまで。求めさえすれば、私は誰よりも簡単に見つかります」

彼の前で扉が閉まる音が聞こえ、後に続いたプロペラの爆音よりもその音は大きくおもわれた。飛行機の車輪の走行と背後のならされた雑草の跡が見えた。やがて車輪と雑草の間に空が見えた。

彼女はあたりを見回した。遠い街の輪郭の上に赤味がかった熱の靄がかかり、その輪郭は錆色ににじんで弛んでいるようだ。屋上にぼろぼろの煙突の残骸が見える。傍では乾いた黄色い紙屑が雑草の間でかさかさと音をたてている。新聞だ。現実としてとらえることができないまま、彼女は呆然とそれらのものを見た。

彼女は目を上げて飛行機を追った。航跡にモーターの音をはき出しながら、翼は空で次第に小さくなっていった。それは長い銀の十字架のように、翼から先に上昇し続けた。そして運動の曲線が空をなぞり、ゆっくり落ちて地上に近づき、やがてもう動かず、縮んでいくだけになったようにおもえた。十字架が点になり、そして見ているのかも定かではないきらめきになるのを、消滅しつつある星を見るように、彼女はじっと見つめていた。まもなくそんなきらめきが空一面に散らばっていることに気づき、彼女は飛行機が行ってしまったことを知った。

第三章　反強欲

「私はここで何をやっているんだね？」ロバート・スタッドラー博士が訊いた。「なぜこんなところに呼ばれたのかな？　説明してもらおう。わけも知らせもなしに大陸の真ん中にひきずりこまれるのには慣れていないものでね」

フロイド・フェリス博士は微笑んだ。「でしたらなおさら、お越しいただけて光栄ですよ、スタッドラー博士」その声にこめられた響きが感謝だったのか――満悦だったのかはわかりかねた。

頭上から太陽が照りつけており、スタッドラー博士はこめかみに汗がじっとり流れるのを感じた。周囲の特別観覧席のベンチになだれこむ群集の真ん中で、腹立たしくもばつの悪い私的な話――この三日間試みては結局できなかった話をはじめることはできない。それこそまさしくフェリス博士との会議がこの瞬間まで延ばされた理由なのかもしれないという考えがふと浮かんだ。だが汗に濡れたこめかみでぶんぶん飛びまわる虫を追い払うように、彼はその考えを払いのけた。

「なぜ連絡がつかなかったんだね？」彼はたずねた。武器まがいの皮肉はこれまでにまして効果がないようだったが、スタッドラー博士の武器といえばそれだけだ。「何だって軍隊の通信ならまだしも、科学者のやりとりではまず使わない言葉遣いで」――指令を、といいかけて彼はやめた――「公式の便箋を使って文書を送ってくる必要があったのかね？」

「あれは政府の問題です」フェリス博士がやんわりと言った。

「私が多忙を極めていて、これで仕事が邪魔されたことをわかっておるのかね？」

「ええ、もちろんです」フェリス博士は曖昧に言った。

「来るのを拒否することもできたとわかっておるのかね？」

「ですがなさいませんでした」フェリス博士は穏やかに言った。

「なぜ何の説明もなかったんだね？　科学か安雑誌かわからない意味不明なことを並べたてるあのどうしようもない若いごろつきを送りこんでくるかわりに、なぜ君が直接来なかったんだね？」

「忙しすぎたのです」フェリス博士はおっとりと言った。

「ではよかったらアイオワの野原の真ん中で何をやるつもりか教えてもらえんかね？――それと、私がここで何をやることになっているのかを」空っぽの平原の埃っぽい地平線と三箇所に据えた木製の観覧席を指して、侮蔑的に彼は手を振りまわした。スタンドは新たに建てられ、木までもが発汗しているようだ。陽光の中で樹脂の滴が輝いている。

「スタッドラー博士、我々は歴史的な出来事を目撃しつつあるのです。科学と文明と社会福祉と政治的順応性の発展において画期的な事件となる行事を」フェリス博士の声には報道官の暗記した配布資料の響きがあった。「新時代への転換期なのです」

「何の事件だね？　何の時代だね？」

「ご覧のとおり、えり抜きの市民、知識人のなかでもエリート中のエリートだけが選ばれて、この行事に立ち会う特権を与えられています。あなたのお名前を漏らすわけにはまいりませんでしょう？――それに、むろん、あなたの忠誠心と協力をあてにできると我々は感じています」

　彼はフェリス博士の目をとらえることができなかった。特別観覧席はあっという間に人で埋め尽くされ、フェリス博士はたびたび自分の話を遮っては得体の知れない新参者に手を振っている。スタッドラー博士には面識のない者たちだが、フェリスの陽気でくだけた敬意をこめた独特の手の振り方からすると名士らしい。誰もがフェリス博士を知り、あたかも彼がこの祭事の主催者か——あるいはこの場の花形であるかのように、彼を探しにきているように見えた。

「どうかしばらくこちらを向いて」スタッドラー博士が言った。「いったいこれが——」

「やあ、きみ！」司令官の制服をかっちりと身につけた恰幅の良い白髪の男性に手を振りながら、フェリス博士が呼びかけた。

スタッドラー博士は声をはり上げた。「おい、どうか少しの間集中して、いったい何が起こっているのかを説明して——」

「ですがとても単純なことです。それは究極の勝利であり……スタッドラー博士、ちょっと失礼します」フェリス博士は慌てて言うと、呼び鈴に応える訓練しすぎた下男のように、老けた荒くれのような団体の方に向かって飛び出していった。そして一語で十分な説明として、うやうやしく「メディアです！」とつけ足す間だけ振り向いた。

スタッドラー博士は、なぜだかわからないが周囲のものに触れるのも嫌だと感じながら、木のベンチに座った。三つのスタンドは間隔をおいて、私営の小サーカスの客席のようにゆるい曲線状に設置されており、三百ほどの席があった。なにか大掛かりなショーの見物のためにもうけられたようだ。だが観客は地平線まで伸びる空っぽの大平原を前にしており、視界はがらんとして、はるか遠くに農家が黒くぽつぽつと見えるだけだ。

スタンドの前にあるマイクはどうやらメディア向けらしい。関係職員のスタンドの前には簡易配電盤に似た奇妙な仕掛けがある。配電盤の表面で光るのは磨かれた金属レバーだ。スタンド後方に設けられた臨時の駐車場には、真新しい高級車の輝きが明るい安堵感をもたらしている。だがスタッドラー博士に漠然とした不安を与えたのは何百メートルか先の小山に建っているビルだった。それは重厚な石壁に囲まれ、太い鉄棒で遮られたいくつかの隙間のほかには窓がなく、周囲の雰囲気からすると不気味なほど大きく、建物を土に押しつけるような重々しいドームのある目的不明のずんぐりした小さな構造物だった。成型しそこなった粘土の漏斗に似た、しまりのない不規則な形のドームの底から数本の管がはみ出ている。産業時代のものではなくどんな使い道も考えられない。ビルにはふくれた毒キノコのように、静かな悪意に満ちた空気が漂っている。それは明らかに近代的ではあったが、ずさんで、丸く、不適切なまでにはっきりとしない輪郭のためにジャングルの真ん中で掘り出された野蛮な秘儀のための未開時代の建物にみえた。

スタッドラー博士はいらいらとして溜息をついた。秘密にはうんざりだ。「機密」「極秘」が二日前の通知で不特定の目的のためにアイオワへの出張を求める招待状に押印された言葉だった。物理学者と称する二人の青年が彼を迎えに研究所に現れた。ワシントンのフェリスのオフィスへの電話は応答がないままだった。青年たちは、ぐったりさせる政府の専用機と冷たくじめじめした公用車の中で——科学、緊急事態、社会的不均衡、秘密の必要性について、話を聞く前よりもわけがわからなくなるまで語りつづけた。ただわかったのは、青年たちがまくしたてるおしゃべりで二つの言葉が繰り返されることだ。それは招待状の文面にもあらわれ、知らされていない問題に関わるときの不吉な響きをもつ「忠誠心」と「協力」の要請だった。

青年たちがスタンドのベンチの最前列に彼を残し、機械のギアがたたまれるように姿を消すと、出し抜けにフェリス博士が現れた。いま周囲の光景と、報道陣に囲まれたフェリス博士の曖昧で興奮してくだけた仕草を観察しながら、彼は戸惑いと無感覚と乱雑な非効率さの印象を——そしてまさに必要なときに必要なだけその印象を生み出すべく機能する滑らかな機械の印象をうけていた。

彼はいきなりパニックに陥ったように感じていた。そして閃光に照らされないように、自分がここから逃げ出したくてたまらないのだと認識した。だがその願望に対して自分の心をぴったりと閉ざした。この行事のもっとも暗い秘密——あのきのこのビルに隠されたどんなものよりも重要で、暗澹として、致命的な秘密のために、自分は来ることに同意したのだとわかっていた。

自分の動機を認識する必要は断じてない、と彼は思った。言葉によってではなく、いらだちに似た酸のような感覚のぞっとする束の間の感情によって。来ることに同意したときに頭を離れなかった言葉は、必要に応じて唱え、それ以上を理解しようとしてはいけないブードゥー教の呪文のようなものだった。人を相手に何ができる？

フェリスが知的エリートと呼んでいた者たちのために設けられたスタンドは政府の役人用に設置されたスタンドよりも大きかった。さらに、最前列に席を与えられたという密やかな快感に自分がくすぐられていることに彼は気づいた。振り返って、彼は後方の席を見渡した。そして暗い衝撃を覚えた。それは衆目にさらされている無作為で陰気な集団が、自分の知的エリートの概念とはかけはなれていたからだ。彼が見たのは、防御的でありながらけんか腰の人びとと悪趣味な身なりの女性たち——悪意と疑いに満ちた下品な面々だった。そこには知性の持ち主にはありえない確信のなさがあらわれていた。彼の知った顔も、著名と認められる顔、かような認知を得るべき顔もない。いかなる基準によってこうした人びとが選ばれたのだろうと、彼は不審におもった。

そのとき二列目に、間のびした顔のどこか見覚えのある初老ののっぽの男の姿が目に入った。だがその男性について何も思い出すことができず、何かの不可解な雑誌で写真を見たようなおぼろげな記憶があるだけだ。彼は傍の女性のほうに傾くと、男性を指してたずねた。「あの男性の名前を教えていただけませんか？」女性は畏敬をこめて「サイモン・プリチェット博士ですよ！」とささやいた。スタッドラー博士は顔をそむけ、誰も自分をみないでほしい、誰も自分があの集団の一員だと思わないでほしいと願った。

目を上げると、フェリスが記者団を率いて彼に向かってくるのが見えた。フェリスはツアーガイドの流儀で彼にさっと手を振り、声が届くところまで近づくとよく通る声で言った。「ですがなぜ私ごときに時間を無駄にする必要があるでしょう？　今日の業績の源泉、すべてを可能にした人物がここにいるのですから――ロバート・スタッドラー博士です！」

一瞬、彼は自分が新聞記者の疲れて皮肉な顔とは矛盾した表情、尊敬でも期待でも希望でもないが、これらのこだまのような、ロバート・スタッドラーの名を聞いて若いときにみせたであろう表情のかすかな反映を見ている気がした。その瞬間、彼は容認できない衝動にかられた。自分が今日の行事について何ひとつ知らず、自分の力はかれらの力より弱く、何かの信用詐欺に人質として、ほとんど……ほとんど捕虜のようにここに連れてこられたと言いたいという衝動だ。

にもかかわらず、最高権威の全秘密を共有するような気取った侮蔑的な口調で、彼はいつのまにか質問に答えていた。「ええ、国家科学研究所は公共の奉仕の業績を誇りにしています……国家科学研究所は私利私欲を満たす道具ではなく、人類の繁栄、人類の善に捧げられています――」と、口述機のように、フェリス博士からきいた胸のむかつく大雑把な文句を吐きながら。

自分の感じていることが自己嫌悪だと彼は認めようとはしなかった。感情を認識したが、その対象を特定しなかった。これは周囲の人間に対する嫌悪感だ、と彼はおもった。この恥ずべき行為を耐え忍ぶことを余儀なくしているのはかれらなのだ。彼はおもった――人を相手に何ができる？

記者たちは彼の答えをきいて、短くメモを取っていた。ロボットから無為に発されるニュースを聞く振りをする日課をこなす別のロボットの表情で。

「スタッドラー博士」記者の一人が丘の上のビルを指してたずねた。「プロジェクトXを国家科学研究所の最高の業績だとお考えだというのは本当ですか?」

一座がしんと静まり返った。

「プロジェクト……X……?」スタッドラー博士がいった。

自分の声は不気味なほど調子が狂っていると彼は気づいた。記者たちの頭が警報を聞いたように一斉に上がったからだ。みなが鉛筆を構えて待っていた。

一瞬、自分の顔が欺瞞の微笑を浮かべてゆがんでいくのを感じながら、ふたたび何か滑らかな機械が音も立てずに動いているのを感知したかのように、あたかも彼がそれに捕えられ、その一部となって動き、消すことのできない意志によって行動しているかのような形のない、ほとんど超自然的な恐怖を彼はおぼえていた。「プロジェクトX?」陰謀者の神秘的な口調で、穏やかに彼はいった。「さて、諸君、いやしくも国家科学研究所たるものの業績とあれば、価値と動機は疑うべきものではあるはずがない。非営利事業なのですから——これ以上の説明が必要でしょうかな?」

彼は頭をあげて、フェリス博士が会見の間ずっと一団の隅に立っていたことに気づいた。フェリス博士の顔の緊張がほぐれ、これまでより生意気にみえるのは気のせいだろうか、と彼は思った。

ぴかぴかの車が二台、全速力で駐車場に突っこむと、派手にブレーキをきしらせて停まった。記者団は話の途中で彼を置いたまま、車から降りる一行を迎えようと駆けていった。

スタッドラー博士はフェリスの方を向いた。「プロジェクトXとは何だね?」厳しい顔で彼はたずねた。

フェリス博士は屈託のない横柄な笑みを浮かべた。「非営利事業です」と答え——新来者を迎えるために走り去った。

群集の畏れまじりの囁きから、よれよれのリンネルスーツを着て、いま到着した一行の真ん中で元気よく歩いている詐欺師の風貌の小男が国家元首のトンプソン氏であることがスタッドラー博士にもわかった。トンプソン氏は顔をしかめ、記者団に大声で答えながら微笑んでいる。フェリス博士は、誰かれかまわず脚と見ればすりよる猫の愛嬌をもって、一行の中を縫うように進んでいった。一行が近寄ると、フェリスが自分の方に人びとを舵取った。「トンプソンさん」かれらが近づくと、よく通る声でフェリス博士がいった。「こちらがロバート・スタッドラー博士です」

小さな詐欺師の目がほんの数秒の間自分を観察するのをスタッドラー博士は見た。トンプソン氏の目には永遠に理解不可能な神秘的領域からの現象を見るような迷信的な畏敬の色があった。相手を射抜く目には、自分の尺度からはずれるものはないと確信している政治運動員の打算的なずるさがあらわれている。それは、おまえの腹は何だ、と言うに等しい視線だった。

「光栄です、博士、光栄。もちろん」元気よく握手しながらトンプソン氏はいった。

猫背で長身の角刈りの男はウェスリー・ムーチ氏らしい。握手したそのほかのものたちの名はよく聞きとれなかった。一行が政府関係者用のスタンドに向かって進むと彼は激しい興奮をおぼえたが、その発見とまともに向き合うのはおそろしかった。それは、小さな詐欺師の承認の頷きによって自分が熱烈な喜びをおぼえたという発見だった。

映画館の案内係のような若い係員の一団があらわれ、カートで運んできた光るものをスタンドの人びとに配った。それは双眼鏡だった。フェリス博士は役人席の傍の拡声装置のマイクの前にたった。ウェスリー・ムーチの合図で、マイクの発明者の才によって拡大された滑らかで欺瞞的なまでに厳粛な声が、巨大な音と力になって大草原に突如として轟き渡った。

「諸君……！」

群集はしんと静まり返り、すべての頭が一斉にフロイド・フェリス博士の端麗な姿の方に向いた。

「諸君、みなさんは――際立った公共への奉仕と社会への忠誠心を認められ――こうして極めて重要であり、かくも驚異的な規模と画期的な可能性をもち、このときまでごく限られた人間だけにプロジェクトXとしてのみ知られていた科学的偉業の除幕に立ち会うために選ばれました」

スタッドラー博士は双眼鏡の焦点を視界に見える唯一のもの――遠方にみえる農場の黒っぽい点に合わせた。

それはあきらかに幾年も前に捨てられた農家の廃屋だった。空の光がむき出しの屋根の梁を通り抜け、ぎざぎざのガラスが暗い空っぽの窓を縁取っている。崩れかけた納屋、錆びた水車の塔、宙に車輪を突き出してひっくり返ったトラクターの残骸がみえる。

フェリス博士は科学の改革の旗手について、またプロジェクトXに捧げられた私心のない年月、休む暇もない重労働、そして忍耐強い研究について語っていた。

変だな、と農場の跡地を観察しながらスタッドラー博士は思った。これほど荒涼とした土地の真ん中に山羊の群れがいるとは。山羊は六、七頭おり、うとうと居眠りをしているものもいれば、日に焼けた草の中で見つかる草を何とかまわず無気力にむしゃむしゃとぱくついているものもいる。

「プロジェクトXは」フェリス博士はいった。「音響の分野における特殊な研究に捧げられたものです。音響の科学には、一般人には思いも及ばない驚くべき側面があります……」

スタッドラー博士は、農家から十五メートルほどのところに、見るからに新しく、何の目的も考えられない構造物を見た。鋼鉄の脚立のようにみえるが、何を支えるでもなく、どこに続くでもなく宙にそそり立っている。

フェリス博士はいま音の振動の性質について話していた。スタッドラー博士は農場の向こうの地平線に双眼鏡を向けたが、ほかに何か見えるわけでもなく、何十キロもの平地が広がっているだけだ。一匹の山羊のびくりと不自然な動きで、彼は群れに目を戻した。そのとき山羊が等間隔で地面に打ち込まれた杭に鎖で繋がれていることに気づいた。

「……さらに明らかにされたことは」フェリス博士がいった。「有機物にしろ無機物にしろいかなる構造物にも耐えられない音の振動の周波数があることです……」

スタッドラー博士は群れにまじり雑草の間で上下する白っぽくて明るい小さなものに目を留めた。鎖につながれていない子山羊だ。子山羊は母親の周りで飛び跳ね、じゃれている。

「……音線は巨大な地下研究室の内部パネルで制御されています」丘の上のビルを指してフェリス博士は言った。「パネルは木琴の『シロフォン』の愛称で知られていますが、これは正しい鍵盤を打つ、より的確に言えば、正しいレバーを引くには細心の注意を要するからです。この特別行事のために、内部の一台に接続された延長シロフォンがこちらに建てられました」――彼は役員用のスタンドの前の配電盤を指した――「ですからみなさんはすべての操作を目撃することができ、全体の手続きがいかに単純であるかもおわかりになるでしょう……」

スタッドラー博士は子山羊を見て、癒されるような、ほっとするような喜びをおぼえた。生後一週間にも満たないであろう小さな生きものは、しなやかな長い脚を持った白い毛皮にくるんだボールのようにみえる。それは四本足をぴんと真直ぐにして、ゆっくりと、嬉しそうに、おそろしくぎこちなくぴょんぴょんと跳ねまわっている。日光に向かって、夏の空気に向かって、自分の命を発見する喜びに向かって飛び上がるように。

「……見ることも聞くこともできないこの音線ですが、狙い、方向、範囲に関しては完全に制御が可能です。みなさんがこれからご覧になる最初の公開実験においては、三十キロ以内の空間にある一切の物を取り除き、まったく危険のない状態で狭い範囲で行われるべく設定されています。我々の研究室にある現在の創成設備で製造可能な音線が――ごらんのドームの下に見える管を通じて届く範囲は、このあたりの半径百五十キロの領域全体、つまりミシシッピ川の岸のタッガート大陸横断鉄道の橋のあたりから、アイオワ州のデモインとフォートドッジ、ミネソタ州のオースティン、ウィスコンシン州のウッドマン、イリノイ州のロックアイランドを結ぶ円の内側の地域です。これはほんの序の口にすぎません。技術的には四、五百キロ範囲の創成装置を作ることが可能です。しかしながら、リアーデン・メタルのように耐熱性の高い金属の十分な量の供給が遅れたために、現在の設備と制御半径でよしとせざるをえませんでした。国家科学研究所に対して、プロジェクトXの実現になくてはならなかった基金を認めた先見の明ある政権の偉大なる指導者たるトンプソン氏を称え、この偉大な発明をこれよりトンプソン・ハーモナイザーと呼ぶことにいたしましょう！」

群集は拍手喝采した。トンプソン氏は意識して顔を硬くしたままじっと座っている。この小物のペテン師は座席案内の係員ほどもプロジェクトに関与してはおらず、世界に新しいネズミ捕りをもちこむ程度の頭脳も指導力も悪意さえもないこと、そしてこの男もまたもの言わぬ組織の手先同然に違いないことをスタッドラー博士は確信していた。それは中心も指導者も方向性もなく、フェリス博士やウェスリー・ムーチ、スタンドの怖気づいた者たち、あるいは舞台裏のあらゆる者たちによって始動した、操縦者がおらず、悪の度合いに応じて誰もが手先である事務的で思考しないつかみどころのない組織だ。スタッドラー博士はベンチの端を握った。いますぐ立ち上がって逃げ出したい気持ちに駆られたからだ。

「……音線の機能と目的に関しては、何も申し上げずにおきましょう。おのずと明らかになるでしょうから。みなさんにはその効果をごらんいただきます。プロジェット博士がシロフォンのレバーを引っ張るとき、標的――あの三キロ向こうの農家に注目いただければとおもいます。ほかに見る物はありません。音線自体は目に見えないものです。実態ではなく作用だけが、価値ではなく成果だけが存在することは、すべての進歩的な思想家が早くから認めているところです。では、諸君、トンプソン・ハーモナイザーの作用と成果をご覧くださいますよう」

フェリス博士は一礼すると、ゆっくりとマイクから離れ、スタッドラー博士の横のベンチ席に陣取った。

配電盤の傍に位置した小太りの若い男が合図を待つようにトンプソン氏を見上げた。トンプソン氏は一瞬、うっかりど忘れをしたようにうろたえた。するとウェスリー・ムーチが身を乗りだし、何か耳打ちした。「コンタクト！」トンプソン氏が大声で言った。

配電盤の最初のレバーを引き、次に移ってはしなやかにくねるプロジェクト博士の柔軟な手をスタッドラー博士は見るに耐えなかった。彼は双眼鏡を持ち上げて農家を見た。

レンズの焦点をあわせた途端、一匹の山羊が鎖を引っ張り、丈の高い乾いたアザミに向かってゆっくりと伸びた。次の瞬間、山羊はひっくり返って空中に浮かび上がり、四本の足を上向きにしてがくがく震え、灰色の山に落ちていったと思うと、痙攣する七匹の山羊が折り重なっていた。スタッドラー博士が自分の目は確かだと思えるようになるまでにはその山は動かなくなり、一本の動物の足だけが、かたくなな棹のごとく、強い風に吹かれて震えながら塊から突き出ていた。農家はバラバラの羽目板になって崩れ落ち、煙突の煉瓦が勢いよく飛び散った。トラクターは焼け焦げて丸い塊になった。水車の塔が割れ、車輪が自らの悠長な意思によってのように空中に長いカーブをなおも描いているあいだに、その欠片が地面を打った。頑丈で新しい橋脚の鋼鉄の梁と行桁は、息を吹きかけられたマッチ棒の建物のように崩壊した。それはあまりにも素早く、無抵抗であり、あっけなく、スタッドラー博士は、恐怖どころか何も感じなかった。それは彼が知っている現実ではなく、誰かの意地悪な願いごとによって物が溶解する子どもの悪夢の世界だった。

博士は双眼鏡を目からはずした。そしてからっぽの大草原を見ていた。そこには農場はなく、雲の陰に似た黒っぽい帯が遠くに見えるだけだ。

後方の席から高く細い悲鳴があがり、どこかで女性が気を失った。これほど長い時間が経ってからなぜ叫んだりするのかと不思議におもい、そして最初のレバーが動かされてからまだ一分と経過していないことに気づいた。

雲の陰しか見えませんように、と急に祈るような気持ちで、博士は双眼鏡をふたたび上げた。だが廃物の山はなおもそこにあった。彼は残骸のあたりで双眼鏡を動かした。しばらくして、彼は自分が子山羊を探していると気づいた。だが見つからなかった。灰色の毛皮の山が見えるばかりだ。

双眼鏡を下ろして振り返ると、フェリス博士が彼を見ていた。試験の間じゅう、フェリスが観察していたのは標的ではなく自分の表情だったに違いないと彼はおもった。まるでロバート・スタッドラーが音線に耐えうるかどうかを調べるかのように。

「以上です」デパートの売場監督の愛想良い営業口調で、小太りのブロジェット博士がマイクからアナウンスした。「構造物の枠組みには釘や鋲の一本も残っておりません。また動物の体には破壊されていない血管は一本としてございません」群集はびくびくと動き、甲高いささやき声をたててざわついていた。人びとは顔を見合わせ、不安げに立ち上がっては座り、落ち着きなくこの間が終わってくれさえすればと切実に願っていた。ささやき声にはヒステリックな興奮が潜んでいる。考えるべきことを教えられるのを待っているようだ。

顔を伏せて口にハンカチをあて、付き添われて後ろの列から階段を降りる女性が、スタッドラー博士の目に入ったのだ。吐き気をもよおしていたのだ。彼が背を向けると、フェリス博士がなおも彼を見ていた。やや反り返り、この国でもっとも偉大な科学者の厳格で侮蔑的な顔つきをして、スタッドラー博士はたずねた。「あの気味の悪いものを誰が発明したんだね？」

「あなたです」

スタッドラー博士は身じろぎもせずに彼を見た。

「あれはあなたの理論的な発見に基づいた実用装置です」フェリス博士は機嫌よくいった。「宇宙線とエネルギーの空間伝導の性質に関するあなたのきわめて貴重な研究から導かれたものです」

「誰がプロジェクトに携わったのだね？」

「あなたが三流と呼ばれるような者数名ですよ。実際、難しいところはほとんどありませんでした。あのうちの誰もあなたのエネルギー伝導の公式の概念につながる最初の段階を着想すらできなかったでしょうが、あの公式さえあれば――残りは簡単でした」

「この発明の実用的な目的は何だね？　どこに『画期的な可能性』があるんだね？」

「おや、おわかりになりませんか？　治安維持に大いに役立つ道具です。いかなる敵もこのような武器を持っている者に攻撃をしかけてくることはないでしょう。それによって国は侵略の恐怖から解放され、平穏で安全な未来を計画できるようになることでしょう」彼の声には妙なぞんざいさがあった。信じてもらおうとも思わず、信じてもらおうともしないかのような、思いつきのいいかげんな返答といった口調だった。「それで社会的摩擦が軽減されるでしょう。平和と安定と、装置の名前が示すとおり、調和《ハーモニー》が促進されるでしょう。戦争の危険が取り除かれることになります」

「どの戦争だね？　誰の侵略だね？　世界中が飢えていて、人民国家がみなこの国からの施しでどうにか生き延びているというときに、どこに戦争の危険があるのだね？　ぼろをまとった野蛮人が攻撃をしかけてくるとでもいうのかね？」フェリス博士は真直ぐに彼の目を見た。「内部の敵は人民にとって外の敵よりも大きな脅威になりえます」彼は答えた。「おそらくより大きな脅威に」こんどは理解されて当然であり、それを確信しているかのような口調だった。「社会組織はじつにあやういものです。ですが戦略的な要所に科学設備をおくことでどれほど安定するかをお考えください。それによって恒久的な平和が保障されます。そうは思われませんか？」

スタッドラー博士は身動きも答えもしなかった。数秒が刻々と経過したが表情は変わらず、顔は麻痺したように見えはじめた。彼が知っていたもの、最初から知っていたもの、幾年も見まいとつとめてきたものを突如として見た目は、いま視界とその存在を否定するおのれの力とがせめぎあう相を呈していた。「何のことだかわからんね！」彼はとうとう言い放った。

フェリス博士は微笑を浮かべた。「民間のビジネスマンや強欲な産業資本家がプロジェクトXに融資することはまずなかったことでしょう」無意味なくだけた議論口調で、彼は穏やかに言った。「そんな余裕はなかったはずです。何ら実質的な利益の見通しのない巨額の投資ですから。どんな利益が予想できたでしょう？　あの農場からは今後何の利益も出ません」遠くの黒っぽい地帯を彼は指した。「ですが、お見通しのように、プロジェクトXは非営利事業でなければなりませんでした。一企業と違い、国家科学研究所はプロジェクトの資金を調達するのに何の問題もありません。あなたはこの二年間、研究所が財政難に陥ったという話をきかれたことがなかったでしょう？　かつては大変苦労したものです――科学の進歩に必要な財源に賛成票を投じてもらうことは。よくおっしゃっていたように、かれらは常に拠出したお金に見合った利用価値のある装置を求めてきた。さて、ここに権力を握っている人間には真価のわかる装置があります。そうした権力者はほかの人間に投票を促した。難しいことではありませんでした。実際、ほかの人間の大勢は機密のプロジェクトへの拠出金に賛成票を投じたほうが安全だと感じたのです。自分がそれに関わるだけ重要とみなされなかったのだからよほど重大な機密に違いない、と確信して。むろん懐疑論者も何人かはいました。だが国家科学研究所の所長は――判断力と高潔さにおいて疑いえないロバート・スタッドラー博士だと言われると、かれらも屈したのです」

スタッドラー博士は自分の爪を見下ろしていた。

耳をつんざくマイクの音が即座に群集の注意をひいた。人びとは自制心を失くしてパニック寸前だったのだ。アナウンサーが微笑を吐きだす機関銃のような声で、全国にこの偉大な発見のニュースを報じるラジオの実況放送の現場にみなさんは居合わせることになるでしょう、と陽気に吠えたてた。そして腕時計と台本とウェスリー・ムーチの腕の合図をちらりと見やると、マイクの頭に――全米のリビングに、オフィスに、書斎に、育児室に向かって叫んだ。「みなさん！　プロジェクトXです！」

フェリス博士はスタッドラー博士に顔を近づけ、新発明の詳細を語るアナウンサーの声がスタッカートで大陸を駆けめぐる音の合間に、なにげない発言のようにいった。「こうした不安定な時期に、この国でプロジェクトの批判がないことは極めて重要です」そして冗談めかしてちらっと、「どんなときにも何の批判もないことが」と、つけ足した。

「――この偉大な出来事を、みなさんの代表としてみなさんの名のもとに目撃した国の政治的、文化的、知的、道徳的指導者が」アナウンサーがマイクに向かって叫んでいる。「いまその見解を直接みなさんに語ります！」

真っ先に壇上のマイクに向かって木の階段を登っていったのはトンプソン氏だった。短い演説の間じゅう断定的な言い方で、新時代を称えながら、よくわからない敵に立ち向かう好戦的な口調で、科学は人民に属し、地球上のすべての人間には技術革新によって創出された利益を応分に享受する権利がある、と彼は宣言した。

次はウェスリー・ムーチだった。彼は社会計画と立案者の支持の結集の必要性について語った。さらに規律と団結と節約と一時的困難に耐える愛国的義務について語った。「みなさんの福祉のために我々はこの国最高の頭脳の持ち主を動員しました。この偉大な発明は、人類の大義への献身を疑いえない人物、今世紀最高の偉人として誰もが認めるロバート・スタッドラー博士の天才的な成果であります！」

「何だと？」スタッドラー博士がはっと息をのんで、フェリスの方を向いた。

フェリス博士は忍耐強く柔和な視線を彼に向けた。

「あんなことを言う許可を与えてないぞ！」スタッドラー博士は囁くように、だが刺々しく言った。

フェリス博士は両手を広げて、なじるような、いたしかたないという仕草をしてみせた。「もうおわかりでしょう、スタッドラー博士。あなたが常々関心を払ったり学んだりする価値はないとお考えだった政治問題に気を遣ったりなさると、どれほど不愉快な思いを味わうか。あのですね、許可を求めるのはムーチ氏の仕事ではないのです」

空を背景に、壇上でマイクの回りをふらふらし、下品な話をするように退屈で侮蔑的な語調で話している猫背の男はサイモン・プリチェット博士だ。彼は新発明が全体の繁栄を保証する社会福祉の道具であり、この自明の事実を疑う者は誰もが社会の敵であり、しかるべく扱われるべきと言い切っていた。「自由の信者として名高いロバート・スタッドラー博士の成果たるこの発明は――」

フェリス博士はブリーフケースを開け、きちんとタイプされた数枚の原稿を取り出すとスタッドラー博士の方を向いた。「この放送のしめくくりはあなたになっています」彼はいった。「この時間の最後にお話しください」彼は原稿を差し出した。「あなたの演説はこれです」目が残りを物語っていた。彼の言葉が思いつきで選ばれてはいないことを。

スタッドラー博士は原稿を手にしたものの、いまにも放り捨てようとする紙くずを持つように、ぴんと伸ばした二本の指先でつまんでいた。「ゴーストライターになってくれと頼んだおぼえはない」彼はいった。その声にこめられた皮肉がフェリスに警告を発した。いまは皮肉を聞きながしている場合ではなかった。

「あなたの貴重なお時間がラジオの演説を書くのにとられるのは許せなかったでしょう」フェリス博士がいった。「きっと感謝してくださるだろうと信じておりました」偽りと認識されるべく意図した慇懃さをもって、面目を救う施しを物乞いに投げ与える口調で、彼はいった。

スタッドラー博士の返答は彼の気に触った。スタッドラー博士は答えることも原稿を眺めることもわざとしなかったからだ。

「忠誠心のなさ」筋骨たくましい話し手が演壇に上り、路上の喧嘩の口調で怒鳴りたてている。「怖いのは忠誠心のなさだけだ！　上の計画に忠実でいりゃ、なあに、計画はうまくいく、俺たちはみんな繁盛して快適に暮らして何でも食える！　何かにつけて疑ってかかっちゃ士気を下げる連中がいて、貧乏から足を洗えないのはそのせいなんだ。だがそれもこれっきり。俺たちが人民を守る。ひねくれた頭のいいやつらがやってきたら、何としてでもおっぱらってやるぜ！」

「いまのように一触即発の微妙な時期に」穏やかな声でフェリス博士がいった。「国家科学研究所への大衆の反感を買うとすれば残念なことです。この国には不満と不安が渦巻いていますから、人びとが新発明の本質を誤解すれば、かれらはすべての科学者に憤懣をぶつけることにならないとも限りません。科学者が大衆に人気があったためしはありませんから」
「平和です」なよなよした背の高い女性がマイクに向かって溜息まじりに言った。「この発明は偉大なる新たな平和の道具です。きっと利己的な敵の侵略計画からわたしたちを守ってくれるでしょう。そして思う存分呼吸をして仲間を愛することを学ばせてくれることでしょう」彼女はカクテル・パーティーでつらい目にあったような口をした骨ばった顔で、コンサートのハープ奏者の衣装を思わせる、水色のゆったりしたドレスを着ていた。「歴史上不可能とされていた奇跡として——何世代もの夢として——科学と愛の最終的な結合として認められることになるかもしれません！」

スタッドラー博士は大観覧席にいる面々を見た。かれらはいま静かに座して耳を傾けていたが、目は黄昏のように翳《かげ》りはじめている。それは恐怖を永久的なものとして受けとめる過程にある目つき、感染して朦朧としていく生傷の目つきだった。彼と同じように、かれらもまた、かれら自身がきのこのビルのドームから突き出た形のない漏斗の標的であったことを知っていた。いまいかなるやりかたでかれらはおのれの精神を消滅させ、知識から逃避しているのだろう、と彼はおもった。かれらがいま一心に吸収し、信じようとしている言葉は、あの漏斗の射程から逃げられないように囲いこまれた山羊のようなかれらをいつのまにか捕らえた鎖だ。かれらは切実に信じたがっているのだ。きつく結ばれた唇、そして音線ではなくて、それを脅威と認識させる者こそが脅威であるかのように、ときおり隣人に投げた疑念に満ちた視線を彼はとらえた。かれらの目は曇っていたが、傷の名残には救いを求める色があった。

「なぜ人が考えるなどと考えるのですか？」フェリス博士は穏やかに言った。「理性は科学者の唯一の武器ですが、理性は人に何の力も及ぼさないのではありませんか？　国が崩壊しつつあり、困窮して追いつめられた大衆がいつ抑えのきかない暴動と暴力をひきおこすやもしれないこの時期には、いかなる手段に訴えても秩序が維持されなければなりません。人を相手に何ができるでしょう？」

スタッドラー博士は答えなかった。

薄汚れて汗ばんだドレスの下にサイズのあわないブラジャーをつけた肥満でぶよぶよの女性が、新発明はとりわけこの国の母親に歓迎されるべきであるとマイクに向かって言っていた。はじめスタッドラー博士には信じられなかった。

スタッドラー博士は背を向けた。彼を観察していたフェリスには、もりあがった額の気高い輪郭と苦みばしった口角しか見えなくなった。

突如として脈絡も警告もなく、ロバート・スタッドラーは振り返って相手に面と向かった。閉じかけていたがにわかに拡がった傷口から血がほとばしり出るように。スタッドラーの顔は苦痛と恐怖と誠実さをまざまざとあらわしていた。この瞬間だけは彼もフェリスも人間であるというかのように。たとえようもなく深い絶望をこめて彼はうめいた。

「文明の世紀にだぞ、フェリス！　文明の世紀なんだぞ！」

フェリス博士はにんまりとした。「何のことだかわかりません」引用口調で、彼は答えた。

スタッドラー博士は目を伏せた。

フェリスがふたたび口を開いたとき、その声は、スタッドラー博士にはいかなる文明的な議論にも属さないことのほかには判別のつかない語気を帯びていた。「国家科学研究所を危険にさらすことが起こるとすれば残念なことです。研究所が閉鎖されるとなれば、あるいは誰かが退出を余儀なくされるとなればなおさらです。我々はどこへいけばよいのでしょう？　科学者は近頃では法外な贅沢です。そして贅沢はおろか必需品を都合できる人や機関も多くは残っておりません。我々に開かれた門戸はないのです。我々は、たとえばリアーデン・スチールのような、企業の研究部門では歓迎されないでしょう。それに、かりにも敵を作ってしまえば、我々のうち才能のある人材を雇う誘惑にかられる人間もその敵を怖れることになります。リアーデンのような男ならば我々のために戦ったかもしれません。オルレン・ボイルのような男が戦うでしょうか？　ですがこれは純粋に理論的な思弁にすぎません。というのも実際問題として、すべて民間の科学研究機関は法律によって——お気づきではないかもしれませんが、ウェスリー・ムーチ氏によって発布された政令第一〇—二八九号によって閉鎖されてしまっているからです。もしかすると大学があるとお考えでしょうか？　大学も似たような立場にあります。敵を作ることが許される状況ではありません。誰が我々を擁護してくれるというのでしょう？　ヒュー・アクストンのような男であれば弁護してくれたかもしれません。ですがそう考えることは時代錯誤の罪を犯すことになります。彼は違う時代に属していた。我々の社会的かつ経済的現実のなかで整えられた条件は、あの男の存続をとうに不可能にしてしまっているのです。そしてサイモン・プリチェット博士や、彼の指導下で育った世代に我々を弁護できるとも、そうした意思があるとも思えません。僕は理想主義者の効用を信じたことはありませんが——あなたはいかがです？——それにいまは非実用的な理想主義の時代ではありません。誰かが政府の政策に反対したいと思ったとしても、どうやって自分の声を聴かせることができますか？　スタッドラー博士、記者諸君を通じてですか？　マイクを通じてですか？　この国に独立した新聞は残っていますか？　規制されていないラジオ局は？　それを言うなら、私有財産は——あるいは個人的な意見は？」その声はいま明らかに暴漢の語気を帯びていた。「個人の意見は今日では誰にも許されない贅沢なのです」

スタッドラー博士の唇は山羊の筋肉のようにぎこちなく動いた。「君はロバート・スタッドラーに話しているのだぞ」

「忘れたわけではありません。まさにそのことを忘れていないからこそお話しているのです。『ロバート・スタッドラー』は輝かしい名前であり、僕はそれが破壊されるのを見たくはない。ですが当節、輝かしい名前とは何でしょう？　誰の目の中で？」彼は腕をぐるりと回して大観覧席を指した。「あなたの周りにいるような人びとの目の中で？　死の装置が繁栄の道具だと教えられてそれを信じる者ならば――ロバート・スタッドラーが反逆者で国家の敵だと教えられて信じはしないでしょうか？　そのときあなたはそれが真実ではないという事実に頼るのでしょうか？　スタッドラー博士、あなたは真実について考えておられるのですか？　真実の問題は社会的な問題とは関係がありません。原則は一般的な問題には何の影響も及ぼしません。理性は人間に対して何の力もない。論理は無力です。道徳は不要なのです。いまお答えいただかなくても結構です、スタッドラー博士。マイクを通じて答えてください。次の話し手はあなたです」

遠い農場の黒っぽい地帯に目をやって、スタッドラー博士は恐怖をおぼえていることを自覚していたが、その恐怖の性質を追及することはどうしてもできなかった。宇宙間の分子や粒子を研究することができた彼は、おのれの感情を吟味し、それが三つの部分からなることを認識しようとはしなかった。第一の部分は、ある光景、研究所の入口に彼の名誉を称えて刻まれた「恐れを知らぬ精神と、ゆるぎない真実のために」の献辞――第二の部分は粗野で動物じみた物理的破壊の恐怖、青年時代の文明世界では自分が経験するなど思いも及ばなかった屈辱的な恐怖――そして第三が、第一の世界を裏切ることで、人はおのれを第二の世界に引き渡すことになるという認識の恐怖だった。

頭をもたげ、まるめた演説の原稿を指にはさんで、彼はしっかりした足取りでゆっくりと演壇に向かって歩いた。それは台座に登るようでもあり、ギロチンに向かうようでもあった。死の直前に目の前をよぎる生涯のようなロバート・スタッドラーの業績の数々を国民に読み上げるアナウンサーの声のするほうへと、彼は歩いていった。「——パトリック・ヘンリー大学物理学部、元学長」という言葉をきくと、ロバート・スタッドラーの顔にかすかな痙攣が走った。おぼろげに、知識が自分の内側ではなく、背後に残した別の人間のなかにあるかのように、群集はこれから農場の破壊以上におそろしい破壊行為を目撃するのだと、彼は知っていた。

演壇の最初の三段を登ったとき、若い新聞記者が前に飛び出して博士に駆けよると、彼をひきとめようと下から手すりをつかんだ。「スタッドラー博士!」必死のささやき声で彼は訴えた。「本当のことを言ってください! あなたは何の関係もなかったとみなに言ってください! これがどんな偽装爆弾なのか、どんな目的に使われようとしているのかを! どんな人間がこれを支配しようとしているのかを国民に教えてください! 誰もあなたの言葉を疑うことはできません! 真実を言ってください! 僕たちを救ってください! それができるのはあなたしかいないのです!」

スタッドラー博士は彼を見下ろした。記者はまだ若かった。彼の動作と声には有能さからくる機敏で鋭い明晰さがあった。老けて腐敗し、しがらみにしばられ、コネで身を立てた同僚たちの間で、彼はエリート政治記者の地位を、抗しがたい能力のきらめきという最後の手段によって、本来の任務において確立した。彼の目にはひたむきで凛とした知性の色があった。それはスタッドラー博士が教室の椅子から自分を見上げる目に見た色だった。この若者の目が栗色をしており、瞳が緑がかっていることに博士は気づいた。

スタッドラー博士が振り返ると、フェリスが召使か看守のように、慌てて駆けつけてくるのが見えた。「反逆を企てる不忠な若僧の侮辱をうけるつもりはない」スタッドラー博士は声をはりあげた。

フェリス博士は若い記者に詰め寄り、不測の事態とみて怒りでゆがんだ抑制をなくした形相できつく言った。「記者証と労働許可証を渡しなさい！」

マイクに、そして謹聴する全国民の沈黙に向かい、スタッドラー博士は読みあげた。「科学への奉仕における幾年にもおよぶ私の仕事によって、我々の偉大な指導者であるトンプソン氏の手に、人間の精神に啓蒙的かつ解放的な影響を与える計りしれない可能性をもつ新しい道具をゆだねることができ、私は実に光栄に思っております……」

＊　＊　＊

空には灼熱のよどんだ息が漂い、ニューヨークの通りは空気や光ではなく溶けた埃が流れるパイプのようだ。ダグニーは空港バスを降りて街角に立ち、消極的な驚きをもって街を見ていた。建物は幾週間もの夏の熱気でくたびれているが、人びとは幾世紀もの苦悩で疲れ果てているようだ。とてつもない非現実感のなかで、彼女はそれを眺めていた。

非現実感は早朝、人気のない道路のはずれから見知らぬ町に歩いていき、最初に出あった通行人を呼びとめ、ここはどこかとたずねたとき以来おぼえた唯一の感情だ。

「ワトソンビル」彼は答えた。「どこの州か教えていただけますか？」彼女はたずねた。男は彼女をちらりと見て、「ネブラスカ」と言うと、急いで歩き去った。この女がどこからきたのだろうと男がいぶかしがっており、彼に想像のつくどんな説明も真実ほど空想じみてはいないと思い、彼女は寂しげに微笑した。だが鉄道の駅に向かう途中、彼女にとって空想じみていたのはワトソンビルだった。絶望を人間の生存の正常で支配的な側面として、気にならなくなるほど正常な状態として眺める癖を彼女はなくしており、その光景はすべて無意味なものとして襲いかかった。人びとの顔には苦痛と恐怖のしるしがあらわれ、その自覚を回避する色がうかがえる。かれらは現実から目をそらすためにある儀式をとりおこない、この世界を見ることなく、人生を生きることなく、なんとなく禁じられているものを恐れ、途方もない欺瞞の動作を繰り返しているようだ。にもかかわらず禁じられたこととは、自らの苦痛の本質を見て、そもそもそんな苦痛を耐え忍ぶ義務があるのか疑ってみるという単純な行為なのだ。それはあまりにも明らかであり、彼女は通行人に近寄り、かれらを揺さぶり、かれらの面前で笑って、「なんとかしなさい！」と怒鳴りたい衝動に何度もかられた。人がこれほど不幸であるべき理由はない、と彼女は思った。いかなる理由も……そして理性はかれらが追放して存在しなくなった力だったと思い出した。

最寄りの空港へ向かうタッガートの列車に乗り、彼女は誰にも身元を明かさなかった。無関係に思えたからだ。周囲の理解できない言語を学ばなければならないよそ者のように、彼女は二等の窓際に座った。そして捨てられた新聞を拾った。書かれていることは何とか理解できたが、そもそも書かれなければならない理由がわからなかった。何もかもがあまりにも子どもじみて無意味に思えたからだ。ニューヨークからの配信記事を読んで彼女は仰天した。そこには異様に断固として、ジェイムズ・タッガート氏が、反愛国的な噂とは異なり、妹は飛行機の墜落事故で死亡したという声明を発表したと書かれてあった。徐々に政令第一〇―二八九号を思い出し、ジムは妹が職務放棄人として行方をくらましたのではないかという一般の疑惑を不面目に感じているのだと察せられた。

コラムの表現から、自分の失踪はなおも葬り去られてはいない一大事件であることがうかがわれた。ほかにもそう思わせる箇所があった。飛行機墜落事故の件数が増加しているという記事の中にあったミス・タッガートの惨死への言及と、裏面の、彼女の飛行機事故の跡を見つけた者には十万ドルの賞金を出すというヘンリー・リアーデンの署名入りの広告だ。

最後の箇所が急に彼女の胸をしめつけた。そのほかのことは無意味に思われた。そして徐々に、自分の復帰が公の事件であり、大きなニュースとして扱われるであろうことに思い至った。復帰劇を演じ、ジムや記者団に向かい、興奮した人びとを目にするという見通しに彼女はげんなりした。そして現場に立ち会わずにすめばいいが、とおもった。

空港で地元紙の記者が一人、出発前の官吏か誰かにインタビューしていた。それが終わるのを待って彼女は記者に近づくと、身分証明を差し出し、大きく目を見張る相手を前に静かに言った。「ダグニー・タッガートです。私が生きていて、今日の午後ニューヨークに到着すると報じてもらえませんか?」飛行機が離陸しようとしており、彼女は質問に答える必要を免れた。

はるか遠い眼下を通り過ぎていく大草原と川と街が見える。機上から地面を見るときに感じる距離感は人を見るときの感覚と同じだ。ただ人との距離の方が遠くおもえた。

乗客は、熱心さから判断すると重要らしいラジオ放送に耳を傾けていた。途切れ途切れに、未定義の公共の福祉に未定義の利益をもたらすべき何かの新発明について語るしらじらしい声がきこえた。言葉が何の特別な意味も伝えないように選ばれているのは明らかだった。人はどうして演説を聴く振りができるのだろう、と彼女はおもったが、乗客は現にそうしていた。まだ読めない本を開き、理解できない黒い行に書かれていることのように思いつくままのことを説明してみせる子どものように、かれらは演じていた。だが子どもはそれが遊びと知っている、と彼女はおもった。この人たちは、自分は偽ってはいないと自分に偽っている。そのほかの存在のかたちを知らないからだ。

非現実感は、着陸し、タクシー乗り場を避けて空港バスに跳び乗って姿を見られることなく記者団をかわしたときも唯一の感覚として残っていた。バスに乗り、街角に立ってニューヨークを眺めたときも。さびれた街を見ているかのように彼女は感じていた。

自分のアパートに入ったとき、帰宅した感覚は少しもなかった。そこは何の重要性もない用途のための便利な機械のように思われた。

だが受話器をとりあげてペンシルベニアのリアーデンのオフィスに電話したとき、霧の中で始めて晴れ間を見つけるようにほんの少し力が湧き、わずかな意味を感じとった気がした。

「まあ、ミス・タッガート……ミス・タッガート！」嬉しそうにうめいて、厳格で理知的なアイヴス嬢がいった。

「もしもし、アイヴスさん。驚かせたかしら？　私が生きていることはご存じでしたね？」

「ええ、もちろん！　今朝ラジオで聞きました」

「リアーデンさんはオフィスに？」

「いいえ、ミス・タッガート。社長は……社長はロッキー山脈で捜索中で……つまり……」

「ええ、知っています。どこで連絡をつけられるかご存じ？」

「いまにも連絡があるはずです。社長はいまコロラドのロスガトスにいます。ニュースをきいてすぐに電話したのですが、あいにく外出中で、折り返し電話するように伝言を残したところです。あの、社長はほとんど一日中飛んでいるのです……でもホテルに戻ったら電話してくるでしょう」

「ホテルはどちら？」

「ロスガトスのエルドラド・ホテルです」

「ありがとう、アイヴスさん」彼女は電話を切ろうとした。

「あ、ミス・タッガート！」

「何ですか？」

「何があったのですか？　いまどちらに？」

「私は……こんど会ったときに言いましょう。いまはニューヨークです。リアーデンさんが電話してきたら、私はオフィスにいるとお伝えいただける？」

「はい、ミス・タッガート」

そうして電話を切ったが、彼女の手はいまも受話器に置かれたまま、重要性のあることとの最初の接触から離れられないでいた。無意味さのどんよりとした霧にまた沈んでいくことに嫌悪感をおぼえて、彼女はアパートと窓の外の街を見た。

彼女は受話器を上げてロスガトスに電話した。

「エルドラド・ホテルです」眠そうな怒った声で女性が応えた。

「ヘンリー・リアーデンさんに伝言をお願いできますか？　お戻りになったら――」

「お待ちください」ものうげな、いかなる労力も負担と考え腹をたてるいらいらした声が聞こえた。

交換機がカチカチと音を立て、呼び出し音がきこえ、すこし沈黙があり、そして明快でしっかりとした男の声が、「もしもし？」と答えた。ハンク・リアーデンだ。

彼女は罠にはまったように感じ、呼吸できず、銃口を見つめるように受話器に見入った。

「もしもし？」彼は繰り返した。

「ハンク、あなたなの？」

あえぎより溜息に近い低い声がきこえ、そのあと電話線の長く空疎なジリジリという音が続いた。

「ハンク！」答えはなかった。「ハンク！」彼女は怯えて悲鳴をあげた。

息をしようとする音を聞いた気がした。そして質問ではなく、すべてを物語る告白のささやきが聞こえた。「ダグニー」

「ハンク、ごめんなさい——ねえ、あなた、ごめんなさい！——知らなかったの？」

「ダグニー、どこにいた？」

「大丈夫？」

「もちろんだ」

「私が戻ってきて……生きているって知らなかったの？」

「ああ……知らなかった」

「まあ、電話したりしてごめんなさい、私——」

「何の話だ？　ダグニー、どこにいる？」

「ニューヨークよ。ラジオで聞かなかったの？」

「いや。いま戻ってきたところだ」

「アイヴスさんに電話するようにって伝言を受けとらなかったの？」

「ああ」

「あなたは大丈夫？」

「いまか？」低く柔らかい笑いが聞こえた。一言ごとに、抑えられた笑いと若さが増していくのがわかった。「いつ帰ってきたんだ？」

「今朝」

「ダグニー、どこにいたんだ？」

彼女はすぐには答えなかった。「飛行機が墜落したの」彼女はいった。「ロッキーの山のなかで。人に助けてもらったのだけど、誰にも知らせることができなかったの」

彼の声から笑いが消えた。「そんなにひどかったのか？」

「あ……あら、墜落のこと？　いいえ、ひどくはなかったわ。怪我はないの。大きな怪我は」

「それならなぜ知らせられなかったんだ？」

「連絡の……手段がなかったの」

「戻るのになぜそんなに時間がかかった？」

「私……いまは答えられないわ」

「ダグニー、危険なめにあったのか？」

その答えには微笑と苦笑が混じり、「いいえ」と答えた声はほとんど後悔にきこえた。

「捕虜になっていたのか？」

「いいえ――そうでもない」

「ではもっと早く戻ってこられたのに、戻らなかったのか？」

「そうね――でも言えるのはそれだけ」

「ダグニー、どこにいたんだ？」

「あとでいい？　会うまで待ちましょう」

「もちろんだ。何もきかないでおこう。ただ教えてくれ。もう安全なのか？」

「安全？　ええ」

「つまり、もう怪我の後遺症はないのか？」

重苦しい微笑そのままの暗い声で、彼女は答えた。「ハンク、怪我は――もう大丈夫。後遺症はどうかしら」

「今夜もニューヨークか？」

「もちろん。私……ずっとこちらにいるわ」

「本当か？」

「どうして？」

「さあな。たぶんあまりにも長く……きみが見つからない状態に慣れていたからかもな」

「戻ったわ」

「ああ。二、三時間後に会おう」その文句が途方もなさすぎて信じることができないかのように、彼の声が途切れた。「二、三時間後に」彼ははっきりと繰り返した。

「ここにいるわ」

「ダグニー――」

「なに？」

穏やかにくつくつと彼は笑った。「いや、なんでもない。ただもう少しきみの声を聞いていたかっただけだ。許してくれ。つまり、いまはやめよう。つまり、いまは何も言いたくない」

「ハンク、私――」

「会うときでいいよ、きみ。それじゃ」

もの言わない受話器を彼女はじっと見つめていた。帰還後はじめて彼女は激しい痛みを感じたが、それは生きている感覚を与えてくれた。感じる価値のある痛みだったからだ。

彼女はタッガート大陸横断鉄道の秘書に電話し、三十分以内にオフィスに行くと手短かに伝えた。

ターミナルのコンコースで向かい合ったナタニエル・タッガートの像は現実的にみえた。あたりをとり巻くぼうっとした形のない幽霊が現れては消えるなか、音がこだまする広大な殿堂の中に二人きりで立っているように彼女には思われた。短い献辞を捧げるように像を見上げながら、彼女はじっと立っていた。戻りました――差し出せる言葉はそれだけだ。

「ダグニー・タッガート」の文字は彼女のオフィスに続くドアのすりガラスの壁にいまも刻まれていた。彼女がオフィスの前の部屋に入っていくと、部下たちは溺れかけているときに命綱を見たような表情を浮かべている。ガラスの囲いのなかにある机で、誰かを前にして立っているエディー・ウィラーズが見えた。エディーは彼女のいる方向へと動きかけたが、立ち止まった。監禁されているようにみえた。彼女は不運な子どもたちに微笑みかけるように、順番に一人一人の顔に目で会釈すると、エディーの机の方へと歩いていった。

エディーはこの世でほかには何も目に入らないかのように近づいてくる彼女を見ていたが、前にいる男の話を聞いているふりをするために硬い姿勢を保っているようにみえた。

「動力車?」ぶっきらぼうなスタッカートの断言調だが同時に間延びする不明瞭な鼻声で、男は言っていた。「動力車なら問題ない。君はただ――」

「やあ」遠くの人へのような音を殺した微笑をたたえて、エディーはそっと言った。

男は振り返って彼女を一瞥した。彼は黄色っぽい肌、縮れ毛、なよなよの筋肉でできた固い顔、むっとする酒場の美的基準にならばかなう顔立ちの男だ。かすんだ茶色の目にはガラスの空虚な平坦さがあった。

「ミス・タッガート」男が足を踏み入れたことのない応接室にふさわしい流儀を叩きつけるような、よく響く厳格な口調でエディーが言った。「こちらはミーグスさんです」

「どうも」男は素っ気なく言うと、エディーの方に向き直って、彼女などいないかのように先を続けた。「きみはただ明日と火曜日のコメットをダイヤからはずして、俺が言ったようにスクラントンの石炭便からまわした車両で、そのグレープフルーツ臨時号のためにアリゾナに機関車を送るんだ。いますぐ指示を送りなさい」

「とんでもないわ！」仰天して腹をたてることもできずに、彼女はあえいだ。

エディーは答えなかった。

ミーグスは反応を示すことが可能な目であれば驚きであった視線を彼女に送った。「指示を送りなさい」強調するでもなくエディーに言うと、彼は立ち去った。

エディーは紙切れにさっとメモをとった。

「頭がおかしくなったの？」彼女はたずねた。

何時間も折檻されて消耗しきったかのように彼は目を上げた。「ダグニー、やらなきゃいけないんだ」ぐったりした声で、彼はいった。

「あれは何？」ミーグス氏の後で閉まった出口の扉を指して、彼女はたずねた。

「統一部長」

「何ですって？」

「鉄道統一計画担当のワシントン代表」

「それは何なの？」

「それは……あ、待って、ダグニー、きみは大丈夫？　怪我は？　飛行機が墜落したって？」

エディー・ウィラーズが老けていく途中の顔を想像したことはなかったが、いま彼女はそれを目のあたりにしていた。三十五歳で、ひと月の間に彼は老けこんでいた。それは肌や皺の問題ではなく、顔かたちが変わっているわけでもなく、ただ絶望的に受け入れた苦痛へのあきらめを帯びて苦渋に満ちた表情だった。

優しく、自信をもって、理解して、すべての問題を退けて微笑むと、手を差し出しながら、「そうね、エディー。ご無沙汰ね」と彼女はいった。

彼は彼女の手をとり唇に押しつけた。これまでしたことのない動作だったが、大胆でも弁解がましくもなく、ただ単純に、あからさまに私的なやりかただった。

「本当に飛行機事故だったの」彼女はいった。「そしてね、エディー、心配しないように、あなたには本当のことを言うわ。怪我はしなかった。たいした怪我は。だけど記者団やほかの人たちにはそうは言わないつもり。だからあなたも絶対に言ってはだめよ」

「もちろん」

「連絡をとる方法がなかったのだけど、怪我のせいじゃない。言えるのはそれだけよ、エディー。どこにいたかとか、戻ってくるのになぜそんなに時間がかかったのかとか訊かないで」

「ああ」

「では教えて。鉄道統一計画って何？」

「あれは……ねえ、かまわないかな──ジムから言わせても。そのうち言うよ。僕はただそういう気になれない──僕にというのでなければ」つとめて規律を守ろうとするように彼はつけ足した。

「いいえ、いいわ。ただ私があの統一屋をちゃんと理解したのかどうか教えて。あの人はアリゾナのグレープフルーツ臨時貨物に機関車を融通するために、二日間コメットをキャンセルしてほしがっているの？」

「その通りだ」

「そしてグレープフルーツを引っ張る車両を都合するために石炭便をキャンセルしたの？」

「ああ」

「グ、グレープフ、フ、ル、ル、ーツ？」

「その通り」

「なぜ?」

「ダグニー、『なぜ』って言葉はもう誰も使わないんだ」

しばらくして、彼女はたずねた。「理由は推測できる?」

「推測? 推測なんか必要ない。知ってる」

「いいわ、何?」

「グレープフルーツ臨時貨物はスマザー兄弟のためなんだ。スマザー兄弟は一年前、機会均等化法案の下で倒産した男からアリゾナの果樹園を買った。三十年間その果樹園を所有していた男からね。スマザー兄弟はその前の年はパンチボード事業をやっていた。そしてアリゾナみたいに貧しい州の再生プロジェクトの名目でワシントンから融資を受けて果樹園を買った。スマザー兄弟はワシントンにコネがあるからね」

「それで?」

「ダグニー、誰でも知ってることなんだ。みんなこの三週間、どうやって列車のダイヤが運行されているかを知ってるし、なぜある地区と荷主には輸送手段が確保できて、ほかの者たちはできないのかもわかっている。やらないことになっているのは、それを知っていると口にすること。『公共の福祉』がどんな決定においても唯一の理由であって――ニューヨーク市の公共の福祉に必要なのが大量のグレープフルーツをまっさきに配達することだと信じている振りをすることになっているんだ」間をおいてから、彼はつけたした。「全米の鉄道会社で、統一部長だけが公共の福祉が何かを判断できて、機関車と車両の割り当てに権限を持っている」

ひとしきりの沈黙があった。「なるほど」と彼女はいった。ひとしきり過ぎて、彼女はたずねた。「ウィンストンのトンネルはどうなったの?」

「ああ、三週間前に見切りをつけられた。列車を掘り出せなかったんだ。設備が動かなくなって」

「トンネルの周りの旧線路の再建は？」

「棚上げ」

「では大陸横断交通はあるの？」

　彼は奇妙な視線を彼女に投げかけた。「ああそう」苦々しく彼はいった。

「カンザス西部で迂回して？」

「いや」

「エディー、このひと月のあいだに何がおこったの？」

　醜い告白をするかのように彼は微笑んだ。「このひと月のあいだ、僕たちは金を儲けていたんだ」彼は答えた。

　入口の扉が開き、ジェイムズ・タッガートがミーグス氏を伴って入ってきた。「エディー、この会議に同席したい？」彼女はたずねた。「それともやめておく？」

「いや、するよ」

　ジムの顔は、柔らかく膨らんだ肉に皺が増えたわけではなかったが、くしゃくしゃに丸めた紙のように見えた。

「ダグニー、話すことがたくさんあるんだ。重要な変化がたくさん――」甲高い声で、自分よりも声を先走らせて彼はいった。そして、「あ、戻ってきてくれて嬉しいよ。生きていてよかった」と、思い出したようにせかせかとつけたした。「さていくつか緊急の――」

「私のオフィスに行きましょう」彼女がいった。

　彼女のオフィスは、エディー・ウィラーズによって復元され、維持されている史跡のようだった。

地図、カレンダー、ナット・タッガートの肖像画が壁に掛かり、クリフトン・ローシーがいたころのものは跡形もなく消えていた。

「私はいまもこの鉄道の業務副社長だと理解していますが？」机に座りながら彼女はきいた。

「そうだ」タッガートは責めるように、ほとんど横柄に慌てて言った。「当然そうだ――それに忘れるんじゃないぞ――きみは辞めたわけじゃなく、いまも――そうだろう？」

「ええ、辞めてはいないわ」

「いま何よりも重要なことはメディアにそれを伝えることだ。君が仕事に復帰して、これまでどこにいて、そして――ところでどこにいたんだね？」

「エディー」彼女はいった。「これからいうことをメモして報道機関に送ってくれる？　ロッキー山中でタッガートのトンネルに向かう途中に私の飛行機がエンジントラブルを起こした。緊急着陸先を探しているうちに迷ってしまい、無人の――ワイオミングの山間部に墜落した。私は年老いた羊飼い夫婦に見つけられて、荒れた山奥の、最寄りの集落から八十キロ離れた夫婦の小屋に連れて行かれた。怪我がひどくて、二週間ほとんど意識がなかった。老夫婦には電話もラジオも、連絡手段も輸送手段もなく、古いトラックが一台あっただけで、それも使おうとした途端に壊れてしまった。だから歩けるようになるまで夫婦のところでじっとしていなければならなかった。それから山の麓まで八十キロの道のりを歩いて、ネブラスカのタッガート駅までヒッチハイクでいった」

「なるほど」タッガートが言った。「それは結構。では記者会見をやるとき――」

「記者会見はやらないわ」

「何だって？　だが電話が一日じゅう鳴りっぱなしなんだ！　やつらは待っているんだ！　重要なんだ！」彼はパニックの形相を呈した。「決定的に重要なんだ！」

「誰が一日じゅう電話をかけてきているの？」

「ワシントンのやつらと……ほかにもいる……やつらは君の声明を待っているんだ」

彼女はエディーのノートを指した。「あれが声明よ」

「だがそれじゃ不十分だ！　辞めていないと言わなければ」

「はっきりしているでしょう？　復帰したのよ」

「それについて何か言わなければならない」

「どんなことを？」

「何か個人的なことを」

「誰に？」

「国民にだ。人びとは君のことを心配しているんだ。みなを安心させなければ」

「いまの談話で安心できるでしょう——私のことを心配してくれていた人がいれば」

「そういう意味じゃない！」

「ではどういう意味？」

「つまり——」彼女の目を避けて、彼は口ごもった。「つまり——」言葉を探しつつ、指の関節を鳴らしながら、彼は座っていた。

ジムは自制心を失くしている、と彼女はおもった。支離滅裂なせっかちさ、甲高い声、パニックの空気はこれまでとは違っている。注意深いなめらかな流儀の代わりに、効果のない脅し文句がぞんざいに飛び出ている。

「つまり——」彼は明言しないまま意味することを告げる言葉を探している、と彼女はおもった。理解されたくないことを理解させるために。「つまり大衆は——」

「言いたいことはわかるわ」彼女はいった。「いいえ、ジム、私は鉄道業界の状態について世間を安心させるつもりはありません」

「ではきみは――」

「世間は理解力の限り不安がったほうがいいわ。では仕事に移りましょう」

「私は――」

「仕事に移るのよ、ジム」

彼はミーグス氏をちらりと見やった。ミーグス氏は黙って煙草を吸いながら、脚を組んで座っていた。軍服ではないがそのようにみえる上着をはおっている。首の肉で襟がふくれ、体の肉がそれを隠すための細いウエストラインに締めつけられている。大きな黄色いダイヤモンドの指輪が、太く短い指が動くたびに光った。

「ミーグスさんにはもう会ったね」タッガートが言った。「君たち二人が仲良くやっていけるようでじつに嬉しい」期待をこめて彼は少し間を置いたが、どちらも答えなかった。「ミーグスさんは鉄道統一計画の代表だ。君とは協力する機会がたくさんあることだろう」

「鉄道統一計画?」

「それは……三週間前に施行された国の計画だ。君もいずれ評価して認めるようになる。極めて実用的だとわかるはずだ」何と無駄なやり方だろう、と彼女はあきれた。彼女の意見を先まわりして言うことによって、それを彼女が変えられなくなるかのように振舞っている。「国の輸送システムを救った緊急計画だ」

「計画の中身は?」

「もちろん、この非常時にはどんな建設事業も、このうえなく困難な局面をむかえているのはきみも承知だろう。新しい線路を敷くのは——一時的にしても——不可能だ。従って、国の最優先課題は、既存の施設と設備を保護するために、輸送産業全体を保護することだ。国家の存続のために求められているのは——」

「計画の中身は？」

「国家存続の政策の一環として、全米の鉄道は資産をプールしてひとつのチームに統一された。総収益はすべてワシントンの鉄道共同管理委員会に引き渡され、それが産業全体のための管財人として機能し、総収入を鉄道会社間に分ける……より近代的な分配の原則に応じて」

「何の原則？」

「まあ心配しないことだ。財産権は完全に保護されていて、たんに新しい形が与えられただけだ。全鉄道は運営には独立した責任を持ちつづける。運行ダイヤと線路や設備の保全について。国の共同資産への貢献としては、全鉄道会社は、条件に応じて、他社に線路と設備を無償で使うことを許可する。年度末に共同管理委員会が総収入を分配して、鉄道各社は、列車の運行便数や輸送貨物のトン数といった先のみえない古くさい基準じゃなくて、必要に応じて——つまり、線路の保全が最たる必要であるから、鉄道各社は保持する線路の総マイル数に応じて代価が支払われる」

　言葉は彼女の耳に入り、彼女は意味を理解した。だがそれを現実ととらえること——人がそれを健全だと信じるふりをすることを厭わないというだけで現実になった悪夢のような狂気の沙汰に、怒りや懸念や抵抗をおぼえるほどの敬意を払う気にもなれなかった。彼女は呆然として、道徳的憤懣が適切である領域からかけはなれた奈落に投げこまれたような感覚をおぼえていた。

「大陸横断交通にはどこの線路を使っているの？」平坦な乾いた声で彼女はたずねた。

「なに、むろん我々の線路だ」タッガートは慌てて言った。「つまり、ニューヨークからイリノイ州ベッドフォードまでは。ベッドフォードから大西洋南部鉄道の線路で運行している」

「サンフランシスコまで？」

「といっても、君がつけようとした長い迂回路よりもずっと速い」

「線路の使用料を払いもせずにうちの列車を走らせているの？」

「それにきみの迂回路はどうせ長続きはしなかった。カンザス西部はつぶれたし――」

「大西洋南部鉄道の線路を無償で使っているの？」

「といっても、こちらは先方にミシシッピ橋の使用料を請求しちゃいない」

しばらくして、彼女はたずねた。「地図を見たことがある？」

「もちろん」不意にミーグスが口を挟んだ。「全米の鉄道会社の中で線路の総マイル数はきみたちが一番だ。だからきみたちは何も心配することなんかない」

エディー・ウィラーズが爆笑した。

ミーグスはぽかんとして彼を見た。「どうかしたのかね？」彼はたずねた。

「何でもありません」エディーはげんなりして言った。「何でもありません」

「ミーグスさん」彼女が言った。「地図を見れば、大陸横断交通の線路の三分の二は我々に無料で提供されて、保全費用は競合他社によって負担されています」

「ま、そういうことだが」と彼は言うと、疑わしげに彼女を眺めて目を険しく細めた。いったい何の理由があってこれほどあからさまな物の言いかたをするのかと不審がるかのように。

「いっぽうで私たちは何も運ばない無用の線路を何キロも所有することで代価を受け取っています」彼女はいった。

ミーグスは理解した。そしてこれ以上議論を続ける気をすっかりなくしたように背にもたれた。

「それは違う！」タッガートが乱暴に言った。「我々は以前の大陸横断本線の地域の役に立つローカル便をたくさん運行している――アイオワ、ネブラスカ、コロラドで――そしてトンネルの反対側のカリフォルニア、ネバダ、ユタで」

「ローカル便は一日二便」営業報告のように淡白な口調で、エディー・ウィラーズが言った。「それ以下の場所もある」

「各鉄道が義務づけられている列車の運行本数は何で決まるのです？」彼女はたずねた。

「公共の福祉だ」タッガートが言った。

「共同管理委員会」エディーが言った。

「この三週間、全米で廃止された列車は何本あるの？」

「実際」タッガートが意気込んで言った。「計画は業界に調和をもたらして熾烈な競争を排除するのに役立ったんだ」

「全米で運行便の三十パーセントが削られた」エディーが言った。「残っている競争といえば運行を停止する許可を求める委員会への申請だけだ。生き残るのはまったく列車を走らせずにやっていくことができる鉄道だけだろう」

「誰か大西洋南部鉄道があとどれくらいもつか計算した？」

「そんなのきみらにとっちゃ――」ミーグスが言いかけた。

「カフィー、頼むから！」タッガートが叫んだ。

「大西洋南部鉄道の社長は」エディーは無感動に言った。「自殺した」

「それとこれとは関係ない！」タッガートが怒鳴った。「あれは私的な事情だった！」

彼女は黙ったまま、かれらの顔を見ながら座っていた。感覚を失くした無関心な彼女の頭のなかでもいくぶんかの驚きがあった。ジムはいつも自分の失敗の重荷を周囲でもっとも強い者に押しつけ、自分の過失のつけを払わせてはかれらを破壊することで急場をしのいできた。ダン・コンウェイやコロラドの事業者たちにしたように。だがこれにはたかり屋の合理性すらない。破滅寸前の、消耗しきった弱者の死体に食らいついたところで、略奪者は地獄の淵への道をほんの少し先送りするだけだ。

理性の習慣としての衝動が彼女に声を上げ、議論し、自明であることを論証させかけたが、かれらの顔を見て、かれらもわかっていると見てとった。彼女とは違った何らかの言葉によって、思いも及ばない認識のしかたで、彼女がかれらに教えられることのすべてをミーグスもタッガートも知っており、かれらの非合理的なおそろしい進路と結末を証明してみせることは無益であり――そうした認識の秘密が、自らの決定的な知識からかれらが逃れる手段なのだ。

「なるほど」彼女は静かに言った。

「では、かわりにどうしろと言うんだね？」タッガートが叫んだ。「大陸横断交通に見切りをつけろというのかね？　倒産しろというのかね？　鉄道を東海岸の弱小ローカル線にしろというのかね？」彼女のひと言がいかなる怒りのこもった反対よりも彼の気に触ったらしかった。静かな「なるほど」が認識したものに怯えて震えているようだった。「しかたなかったんだ！　大陸横断の線路を維持しなければならん！　トンネルを迂回する方法はなかった！　余分の費用を払う金はなかった！　何かやらなければならなかった！　線路は必要だった！」

ミーグスは驚きと嫌悪の混じった表情で彼を眺めていた。

「ジム、私は議論をふっかけてるわけじゃないわ」彼女は冷淡に言った。

「タッガート大陸横断鉄道みたいな鉄道会社が潰れるのを許すわけにはいかなかった！　国家的な

惨事をひきおこしていただろう！　全都市と産業と荷主と乗客と従業員と株主の生活がかかっていることを考慮しなければならなかった！　我々のためだけじゃなくて、公共の福祉のためだった！　鉄道統一計画が実用的ってことには誰もが賛成している！　もっとも博識な――」

「ジム」彼女はいった。「仕事のことでほかにも言うことがあるなら――言って」

「きみは社会的側面を考えたことがない」むっつりと引きこもるような声で彼は言った。

このような形の欺瞞は、正反対の理由のために、ミーグス氏にとっても彼女にとってと同じく非現実的であると彼女は気づいた。彼は退屈そうな軽蔑をもってジムを眺めていた。にわかにジムは二つの極――ミーグスと彼女――の中間の道を探そうとし、いまその道が狭まりつつあり、二つの真直ぐな壁の間でつぶされんばかりのように彼女の目には映った。

「ミーグスさん」苦々しく驚いた好奇心にかられて、彼女はたずねた。「明後日の経済計画を教えていただけますか？」

かすんだ茶色の無表情の目が彼女に注がれた。「きみは非現実的だ」彼はいった。

「将来について空論にふけるのはじつに無益だ」タッガートは怒鳴った。「いまこの瞬間の緊急事態に対処しなければならないときに。長い目で見れば――」

「長い目で見れば、みんな死ぬんだ」ミーグスが言った。

すると突然、彼は立ち上がった。「ジム、俺はいくぜ」彼は言うと、「おしゃべりしてる暇はないからな」とつけ足した。「きみは列車事故の対策について彼女と話しとけ――鉄道の魔女なんだろ」それは相手を侮辱しようと言われたわけではなく、侮辱してもされてもわかる男ではなかった。

「あとでな、カフィー」ミーグスが会釈もなく立ち去ると、タッガートが言った。

タッガートは、期待をこめながらもおそるおそる、コメントを恐れているが何でもいい、何かの言葉を聞きたいと切実に願っているかのように彼女を見た。

「それで？」彼女はたずねた。

「何が？」

「何かほかに話があるの？」

「いや、私は……」彼は落胆したように聞こえた。「ああ！」やぶれかぶれで邁進する口調で彼は叫んだ。「もう一つ別の件、何よりも大切な件があって――」

「列車事故の増加？」

「違う！　そうじゃない」

「では、何？」

「それは……君がバートラム・スカダーのラジオ番組に今夜出演するってことだ」

彼女は背にもたれた。「そうなの？」

「ダグニー、急を要するんだ。どうしても必要なんだ。どうしようもない。断るなんて論外だ。こうした時期には人には何の選択肢もないし――」

彼女は腕時計をちらりとみた。「説明があるなら三分あげる――少しでも聞いてほしければ。だからはっきり要点を話して」

「わかったよ！」彼は必死で言った。「最重要と考えられている――最高のレベル、つまりチック・モリスンとウェスリー・ムーチとトンプソン氏、それくらいハイレベルで。君が国民に演説を、士気を高める演説をして、ええっと、辞めていないと言うことが」

「なぜ？」

「みんな君が辞めたと思っていたからだ！……最近の事情は知らんだろうが……ちょっと異常なん

だ。いろんな噂が全国に飛び交っている。危険な噂ばかり。つまり、破壊的なんだ。人はささやくだけ。新聞を信じないし、一流の雄弁家を信じないのに、聞きかじっただけのたちの悪い脅し屋のゴシップなら何だって信じる。信用も忠誠心も秩序も……権威への尊敬もない。国民は……国民はいまパニック寸前らしい」

「それで？」

「それで、一つに、大勢の大物産業資本家がどこへともなく姿を消してしまったっていうどうしようもないことがある！　誰もそれを説明できなくて、みんな神経をとがらせているんだ。いろいろとヒステリックなことが囁かれてるが、ほとんどは『まともな人間は誰もあの連中のためには働かない』ってことなんだ。つまりワシントンの連中のために。さあ、わかるだろ？　君は自分がそんなに有名だとは思わなかったかもしれないが、そうなんだ。それか君の飛行機墜落事故から有名になったんだ。誰も飛行機が墜落したなんて信じなかった。みんな君が法律を破って、つまり、政令第一〇―二八九号を破って職務を放棄したと思ったんだ。政令第一〇―二八九号については一般にたくさんの……誤解が……いや、不安がある。これで君が国民に政令第一〇―二八九号が産業を破壊するというのは事実じゃないと放送で言うことがどれくらい重要かわかっただろう。それが全員の利益のために考案された健全な法律であって、人がもう少し我慢すればものごとは改善されてまた繁栄がもたらされると。人はもう政府の人間を信じようとはしない。君は……君は産業資本家で、残された数少ない保守派の一人で、いなくなったと思われてから戻ってきた唯一の人間だ。君はワシントンの政策に反対する……反動主義者として知られている。だから人は君の言うことなら信じるだろう。多大な影響を与えるはずだ。自信をもち直させて、士気を上げるにちがいない。これでわかったかね？」

奇妙な微笑に似た考え深げな彼女の表情に勢いをえて、彼はしゃべり続けた。

相手の言葉の合間に、一年前の春の夜のリアーデンの声を彼女はきいていた。「やつらは俺たちからの何らかの承認を求めている。承認の性質はわからない。だがな、ダグニー、自分の命を大切に思うなら、その承認を与えてはならないことだけは確かだ。拷問にかけられたとしても与えるな。きみの鉄道や俺の製鉄所を破壊させても、それだけは与えるな」

「これでわかるか？」

「ええ、ジム、わかるわ！」

彼には彼女の声の響きの意味の判断がつかなかった。それは低い呻きのようであり、くすくす笑いのようであり、勝ち誇ったようでもあり――いずれにしろ彼女がはじめて感情をあらわした声であり、望みをもつよりほかはなく、彼は猛然と話しはじめた。「ワシントンの連中に君が話をすると約束したんだ！　あいつらを怒らせると大変なことになる――こういう問題で！　背信容疑をかけられたらおしまいだ。話はついているんだ。君はバートラム・スカダーの番組で、今夜、十時半にゲスト出演することになっている。やつには著名人にインタビューするラジオ番組がある。全国中継で、やつには大勢の支持者がいて、二千万人の聴衆がきくことになる。士気調整局は――」

「何局？」

「士気調整――チック・モリスンのところだ――そこなんか三度も電話してきて、万事うまくいくように確認を入れてきたんだ。やつらが全ニュース放送局に指示して、一日じゅう、全米で、今夜バートラム・スカダーの時間に君の話を聞くように呼びかけているんだ」

彼は回答ばかりでなく、彼女の答えがこの状況ではもっとも重要ではない要素だと認めさせるかのように彼女を見た。彼女はいった。「ワシントンの政策と政令第一〇―二八九号について私がどう考えているかは知っているはずよ」

「こういう時期に、考える贅沢は許されないんだ！」

彼女は声をあげて笑った。

「だがいまさら拒否できないのがわからないのか？」彼は怒鳴った。「あれだけアナウンスしたあとで君が出演しなければ、それが噂を裏付けて、おおっぴらに背信を宣言することになる！」

「ジム、その手にはのらないわ」

「何の手だ？」

「あなたがいつも仕組んでいるやつ」

「何のことだかわからん！」

「いいえ、わかっているはずよ。あなたにはわかっていた。みんな知っていた――私が断るってことを。だから世間体っていう罠にはめようとした。私が断ればあなたが大恥をかくから、よもや断ったりするまいと思って。そして私がみんなの面目と首を救うのをあてにしていた。救うつもりはないわ」

「だが約束したんだ！」

「私はしなかった」

「だが断れないんだ！　がんじがらめなのがわからないのか？　喉頸《のどくび》を押さえられているのがわからないのか？　やつらがこの鉄道共同管理や統一委員会を通じて、社債のモラトリアムを通じて何ができるのかがわからないのか？」

「そんなこと二年前からわかっていたわ」

彼は震えていた。彼の恐怖のなかには口にした危険よりもずっと大きな、何か形のない、必死の、ほとんど迷信的な性質があった。突如として彼女は、それが官僚の報復行為の恐れより深いものであり、報復行為は唯一彼が自分に許す認識、合理性の類似があり彼の真意を隠す安全な認識なのだと確信した。彼は国ではなく自分のパニックを回避したがっているのであり――彼、チック・モリスン、ウェスリー・ムーチとそのほかのたかり屋仲間は犠牲者を安心させるためではなく、自分を安心させるために彼女の承認を必要としているのだ。たとえ犠牲者をあざむくというかいわば狡猾で実用的な考えがかれらが自分の動機とヒステリックな主張を認識したかたちだったとしても。その光景のおぞましさからくる畏れ混じりの軽蔑をもって彼女が知りたいとおもったのは、ただ社会を欺いているだけと考えたかれらは、いったいどこまで内面を堕落させて、犠牲者に無理強いした承認を自分に必要な道徳的承認として求めるまでの自己欺瞞の段階に達したのかということだった。

「我々に選択肢はない！」彼は叫んだ。「誰も何も選ぶことはできないんだ！」

「出て行って」しごく静かな低い声で、彼女はいった。

彼女の声の響きは、彼の内側の告白していない気分をざわつかせた。絶対に言葉にはしないものの、いかなる知識からその声が発せられたのかを彼が知っていたかのように。彼は出て行った。

彼女はエディーに目をやった。彼は、慢性的な状況として耐えることを学びつつあった嫌悪感のさらなる一撃と戦うことで消耗しきっているようにみえた。

しばらくして、彼はたずねた。「ダグニー、ケンティン・ダニエルズはどうなったの？　彼を追いかけて飛行していたんだろう？」

「そう」彼女はいった。「行ってしまったわ」

「破壊者のもとに？」

その言葉は肉体的な打撃のように彼女を打ちのめした。それは静かな不変のビジョン、周囲の何にも影響されず、考えるべきではなく、自分の強さの源として感じるにとどめておくべき私的なビジョンとして一日じゅう彼女の中にしまいこまれていた輝かしい存在と外の世界との最初の接触だった。破壊者というのがそのビジョンの、ここ、かれらの世界での名前なのだ。ぼんやりと、ようやくのことで「ええ、破壊者のもとに」と彼女はいった。

そして目的と姿勢を安定させるために机の隅で両手を握りしめ、かすかな苦笑を浮かべて彼女はいった。「さあ、エディー、あなたや私のように非現実的な二人の人間が、列車事故を防ぐために何ができるかやってみましょう」

ブザーが鳴り、秘書の声が「副社長、リアーデン夫人がおみえです」と告げたのはその二時間後、彼女が一人で机に座り、数字だけでこの四週間に鉄道でおこったすべてを物語る映画フィルムのような書類に覆いかぶさっていたときだった。

「リアーデン氏?」どちらも信じかねて、彼女はたずねた。

「いいえ。リアーデン夫人です」

しばらく間をおいて、やがて彼女はいった。「お通しして」

部屋に入り、机に向かって歩いてきたリリアン・リアーデンの物腰には、なにか特別なわざとらしさがあった。彼女はエレガントな不調和さを添えるためにゆったりと鮮やかなリボンをなにげなく斜めに垂らしたテイラードスーツを身につけ、可笑しいと映るために賢明とみなされる角度に傾けた小さな帽子をかぶっていた。顔はやや滑らかすぎ、足取りはややゆっくりしすぎており、腰を振らんばかりの歩きかただ。

「ミス・タッガート、ご機嫌いかが?」スーツとリボンとのような不調和を印象づける、オフィスでのけだるく上品な社交用の声で、彼女はいった。

ダグニーは丁重に頭を下げた。

リリアンはオフィスをぐるりと見回した。彼女の視線には帽子と同じ遊びのスタイルがあった。人生はすべてばかげたことばかりという信念によって成熟度を見せつけるといった趣旨の遊びだ。

「どうぞおかけください」ダグニーが言った。

リリアンは腰をおろし、しとやかに堂々と姿勢をくずした。彼女がダグニーの方を向いたとき、悪戯っぽい顔はそのままだったが、表情の陰影は違っていた。それは二人が秘密を共有しており、その秘密のために、彼女のここでの存在は世間的には理解不能だが、二人にとっては自明の論理であると仄めかすようだ。黙ったままでいることで、彼女はそのことを強調していた。

「ご用件をうかがいましょう」

「あなたは今夜」リリアンが陽気に言った。「バートラム・スカダーの番組に出演すると言いにきましたの」

彼女はダグニーの顔に驚きも衝撃も発見できず、ただおかしな音を立てるモーターを調べる技師の視線だけを見た。「当然、お言葉の形式を承知の上でおっしゃっていると思いますが」ダグニーは言った。

「あらもちろんですわ！」リリアンが言った。

「ではそのわけをおっしゃってください」

「え？」

「早くおっしゃってください」

リリアンは短く笑ったが、わざとらしい簡潔さには、予期せぬ態度に不意を衝かれた様子があらわれていた。「くだくだしい説明は必要ありませんわね」彼女はいった。「あなたの出演がいま権力の座にある者たちにとって重要なわけはご存じです。あなたが出演を拒否した理由なら知っています。この問題についてのあなたの信念は存じておりますわ。わたしが常に現在の体制側に共感を覚えていたことも、重要ともお考えではなかったかもしれませんが、あなたはご存じです。ですから、この問題へのわたしの関心と立場は理解なさることでしょう。あなたの兄上が、あなたが断ったと言ってきたとき、わたしは自分が関与することにしました。というのも、ねえ、わたくしはあなたがそれを拒否する立場にないってことを知っている数少ない人間の一人ですのよ」

「私はその数少ない人間の一人ではありません。いまのところ」ダグニーが言った。

リリアンは微笑んだ。「あら、そうでしたわ。もう少しご説明すべきでしょう。あなたのラジオ出演が、いまの権力者にとって、わたしの夫が寄贈証書に署名してリアーデン・メタルを引き渡した行為と同様に価値のあることだってことはお分かりですわね。あらゆるプロパガンダのなかで、どれほど頻繁に、どれほど効果的にかれらがその件に言及していたかはご存じでしょう」

「知りませんでした」ダグニーは鋭く言った。

「あら、そうでしたわ。あなたはこの二ヶ月間ほとんどいらっしゃらなかったから、そのことが絶えず引き合いにだされていたのもご存じないのかもしれませんね。新聞やラジオや公の演説で、ハンク・リアーデンさえもが政令第一〇―二八九号を承認し支持している。自主的に国にメタルを引き渡したのだからって。あのハンク・リアーデンさえも。それがとても大勢の頑固な反対者を意気消沈させて抑えておくのに役立ったのです」彼女は背にもたれ、くだけた余談の口調でたずねた。「なぜ署名したのか、あの人におたずねになったことがおあり？」

ダグニーは答えなかった。それを質問と受け取っているようには思えなかった。彼女は顔色を変えずにじっと座っていたが、目は大きく見開き、リリアンの目を見据えていた。リリアンの話を最後まで聴くことのほかは念頭にないというかのように。

「いいえ、ご存じだとは思いませんでした。夫が言うとは思いませんでした」道標を見とめて予定した進路に心地よく滑りこむかのように、ますます滑らかな声でリリアンは言った。「それでもあなたは夫が署名した理由を知らなければなりません。それはあなたがバートラム・スカダーの放送に今夜出演するのと同じ理由だからです」

うながしてほしいかのように、彼女は間をおいた。ダグニーは待った。

「理由をきけば、あなたは嬉しいはずです」リリアンは言った。「夫の行為に関していえば。あの署名が夫に意味したことを考えてごらんになって。リアーデン・メタルは夫の最大の功績、人生の集大成、究極の誇りの象徴――それに夫は、当然ご存じでしょうが、きわめて情熱的な男性ですから、自分自身についての誇りというのは、おそらく最大の情熱なのです。リアーデン・メタルは夫にとっての業績というだけでなく、あの人の達成能力と自立と闘いと上昇の象徴でした。それは権利としてあの人の財産でした。夫のように厳格な男にとって権利が何を意味するか、あのように所有欲の強い男にとって所有権が何を意味するかもあなたならご存じでしょう。軽蔑する者たちに譲るくらいなら、それを守るために夫は喜んで死んだことでしょう。これが、その権利が夫に意味したもの――夫が手放したものなのです。ミス・タッガート、あなたは夫がそれをあなたのために手放したと知って喜ばれることでしょう。あなたの評判と名誉のために。夫はリアーデン・メタルを譲渡する寄贈証書を、あなたとの不倫が衆目にさらされるという脅しをうけて署名したのです。ええ、わたしたちにはことこまかな詳細も含めて完全な証拠がありました。確かにあなたは犠牲を容認しない哲学をお持ちでしたが、この場合、むろんあなたは女であって、男があなたの肉体を使う特権のために捧げた犠牲の大きさに歓びを感じるはずですわね。あなたは間違いなく、夫があなたのベッドで過ごした夜には大きな快楽を得ておられたはずだわ。いまそうした夜のためにあの人が払った代償の大きさを知るのも快感かしらね。そして――ミス・タッガート、あなたは率直なのがお好きでしたよね？――あなたが選ばれたのは娼婦の地位ですから、回収した代金の高さには脱帽いたしますわ。お仲間の女たちにはどうしたってかないませんもの」

リリアンの声は不承不承に、岩に割れ目を見つけられないで壊れ続けるドリルヘッドのように鋭くなっていった。ダグニーはいまも彼女を見てはいたが、ダグニーの目と姿勢から烈しさが消えていた。ダグニーの顔にスポットライトが射したかのように感じるのはなぜだろうとリリアンは思った。これといったしるしは見つからず、ただ自然で落ち着いた顔であり、造作、精巧な面、固く結ばれた口、しっかりとした目には明朗さがあらわれている。彼女にはその目の表わしているものを解読できなかった。それは不調和にみえ、女性ではなく学者の落ち着きを帯びており、満たされた知識の恐れを知らぬ独特の輝かしい性質をもっていた。

「わたしだったのです」リリアンは穏やかに言った。「お役人たちに夫の不倫を知らせたのは」

生気のないリリアンの目の中ではじめて感情が明滅したことにダグニーは気づいた。それは快感に似ているようだったが、光はあまりにも弱く、暗い月面で沼地のよどんだ水に反射された日光に見えた。それは一瞬だけきらめいて消えた。

「わたしだったの」リリアンが言った。「リアーデン・メタルを夫から奪ったのは」それはほとんど懇願のように聞こえた。

その懇願やリリアンの見たかった反応を理解することは、ダグニーの意識の力を超えていた。彼女はただ急に甲高い声でリリアンが「わたしの言ってることがおわかりになって？」と言ったのを聞いて、相手が自分から期待通りの反応を得てはいないことを知った。

「ええ」

「それではわたしが要求していることと、あなたがそれに従う理由がおわかりですね。あなたは、自分と彼には敵なんかいないと思っていたでしょう?」その声は滑らかであろうとしていたが、不自然に震えていた。「あなたはいつも自分の意思だけで生きてきた。わたしには許されなかった贅沢だわ。こんどばかりはその償いに、あなたがわたしの意思で行動するのを見せてもらいます。あなたはわたしと戦いようがないの。あなたには稼ぐことができてわたしにはできないたくさんのお金で逃げ道を買うことはできないの。わたしに提供できる利益はない――わたしには欲ってものが皆無ですから。わたしはこれをやってお役人からお金をもらうわけじゃないわ――利得なしにやっているの。利得なしに。わたしの言っていることがおわかり?」

「ええ」

「ではこれ以上説明する必要はありませんね。ただホテルの宿泊者名簿も、宝石店の請求書のようなものも、事実に基づく証拠はすべていまも然るべき人の手にあって、あなたが今夜のラジオ番組に出演しない限り、明日いろいろな番組で放送されるってことは覚えておいてくださいな。おわかりですわね?」

「ええ」

「ではお答えは?」彼女は明るい学者の目が自分を見つめているのを見て、突如として、自分が見られすぎているかのような、と同時に少しも目に入っていないかのような気がした。

「教えていただいてよかったわ」ダグニーが言った。「今夜バートラム・スカダーの放送に出演します」

＊＊＊

白い光線が、バートラム・スカダーと彼女を閉じこめるガラスの檻の真ん中に射しこみ、輝く金属のマイクを照らしている。青碧色に煌めくマイクはリアーデン・メタル製だった。

頭上のガラス板の向こうに見えるブースから二列に並んだ人びとの顔が彼女を見下ろしている。心配げな面持ちのジェイムズ・タッガートの傍らにはリリアン・リアーデンがおり、励ますように彼の手の上に自分の手をおいている。ワシントンから飛行機で到着して彼女に紹介された男はチック・モリスンであり、若い部下の一団は、知的影響の比率曲線について話し、白バイ警官のように振舞っていた。

バートラム・スカダーは彼女がこわいらしい。マイクにしがみつき、細かい網目に、国民の耳に向かって言葉を吐き出しながら、番組のテーマを紹介している。彼はシニカルで懐疑的で傲慢でヒステリックに響くように話そうとし、人間の全信条の虚しさを冷笑することで視聴者からのたちまちの信頼を要求しているように聞こえた。首の後ろにじっとりと汗が光った。彼は人里はなれた羊飼いの小屋での彼女の一ヶ月の療養生活を色づけしてこと細かに描写し、国家的有事のゆゆしき時節に、ふたたび人びとへの義務を果たすために八十キロの山道を重い足を引きずって歩いた英雄的な行程について説明していた。

「……そして我々の指導者の偉大な社会計画への忠誠心を揺るがそうとする悪質な噂に惑わされている人がいれば、タッガート女史の言葉を信じることです――」

白い光線を見上げながら、彼女は立ち上がった。埃が光線のなかで渦巻き、粒子の一つが生きものであることに彼女は気づいた。はばたく翼が小さく閃光を放ってみえるブヨだ。ブヨはそれ自身の目的のために半狂乱でもがいており、ブヨの目的と同じく世界の目的も遠く感じながら、彼女はそれを見ていた。

「……タッガート女史は、かつてしばしば政府に批判的であり、ハンク・リアーデンのような産業界の大物の超保守的な視点を代表するとされている公平な第三者、優秀なビジネスウーマンであります。しかしながら、その女史さえもが――」

感じなくてすめばどれほど楽か、と彼女は思った。自分は公共の面前で裸で立っているようでありながら、彼女を支えるのはこの光線で十分だった。それは彼女には苦痛の重みも希望も後悔も懸念も未来もないからだ。

「……それでは諸君、今夜の主役、きわめて稀有なゲストをご紹介しましょう――」

次に話すのは自分だという認識に砕かれた防壁ガラスからの長い欠片が刺さったように、ふたたび激痛が走った。頭のなかにある名前がよみがえった短い間に痛みは戻ってきた。破壊者と呼んでいた男の名前だ。これから言わねばならないことを彼に聞かれたくはなかった。痛みは、これを聞けばあなたは私が言ったことを信じないでしょう、と叫ぶ声だった。いいえ、それよりも悪い。私が口に出してはいないけれどあなたが知って、信じて、受け入れたこと。それをあなたは、私が自分から言い出す自由がなかったのだととらえ、あなたとの日々は嘘だったと考えるでしょう。これは私のひと月とあなたの十年を台無しにしてしまう。こんなかたちでこのことを知ってほしくはなかった。こんなふうに、今夜。でもそうなる。私を見張って、すべての動きを知っていたあなたは、どこにいるかは知らないけれど、いまも私を見張っているあなたは、それを聞くでしょう。だけど言わなければならないのです。

「――産業史上輝かしい名前の最後の継承者、アメリカならではの女性の重役、大鉄道会社の業務副社長――ダグニー・タッガートさんです！」

そして手がマイクの柄を握り締め、リアーデン・メタルの感触をおぼえると、彼女はふっと気が楽になった。無関心の麻酔をかけた安楽ではなく、明快で生き生きとした行動の軽やかさによって。

「私がここにまいりましたのは、今日の生活を支配している社会計画、政治制度、そして道徳哲学についてみなさんにお話するためです」

声の響きがあまりにも穏やかで、自然で、完全な確信を帯びていたために、響きだけでも途方もない説得力があった。

「この制度が堕落に由来し、略奪を目的とし、嘘と欺瞞と武力を手段として使っているというのが私の信条だ、と言われておりました。いっぽう私は、ハンク・リアーデン同様、この制度の忠実な支持者であり、政令第一〇―二八九号のような現在の政策への自主的な協力を惜しまないとも言われていました。私は真実を語るためにここに来ました。

私がハンク・リアーデンと立場を一にすることは事実です。彼の政治的信念は私と同じものです。彼が以前、現制度の処置、方策、標語、前提に対する反動思想家として糾弾されていたのはご存じでしょう。いまみなさんは、彼が経済政策の評価について判断を仰ぐべき偉大な実業家として讃えられているのをお聞きになっています。それは事実です。みなさんは彼の判断を信頼してもかまいません。みなさんがいま無責任な悪魔の支配下にあり、国が崩壊しつつあり、いまにも飢えるのではないかと恐れはじめているのであれば、生産を可能にし、国を存続させるために必要な条件を知っている最高に有能な実業家の見解を考慮することです。彼の見解について、ご存じであるすべてを考慮することです。彼が話すことが可能であった頃、この政府の政策は人を隷従と破壊に導いているると彼が言うのをみなさんはお聞きになっています。にもかかわらず、こうした政策の最終的な到達地点である政令第一〇—二八九号を、彼は非難しませんでした。彼が権利のために、彼自身とみなさんの権利のために、彼の独立性と財産権のために戦ったのをみなさんはお聞きになっています。にもかかわらず、彼は政令第一〇—二八九号と戦いませんでした。彼は自分の敵にリアーデン・メタルを譲り渡す寄贈証書に自主的に署名した、そのように聞かされてきました。これまでの経歴からすれば死守したはずの証書に署名した。これが何を意味するか——みなさんは絶えず言われてきました——彼さえも政令第一〇—二八九号の必要性を認め、個人の利益を国の犠牲にしたことを意味するのにほかならないのではないか、と。彼の見解を行為の動機によって判断するように言われ続けてきました。そしてこのことについて、私はまったく同意見です。彼の見解を行為の動機によって判断してください。そして私の意見と警告がみなさんにとっていかなる意味を持つとしても——私の見解も同じく、行為の動機によって判断してください。彼の信念は私と同じですから。

　二年間、私はハンク・リアーデンの愛人でした。誤解がないようにしておきましょう。私は恥ずべき告白としてではなく、最高の自尊心をもってこう言っています。私はあの人の愛人でした。あの人のベッドで寝て、あの人の腕に抱かれました。私のことについて、みなさんに言えないことはいまひとつもありません。中傷は無駄でしょう——私は非難の内容を知っていますから、皆さんに自分からはっきりと申し上げましょう。私は肉体的な欲望を彼に感じたでしょうか？　感じました。肉欲につき動かされたのでしょうか？　その通りです。官能的な激しい快感をおぼえたでしょうか？　おぼえました。これによってみなさんの目のなかで私に不名誉がもたらされるとすれば——勝手に評価してください。私は私自身の評価によってたちます」

　バートラム・スカダーは彼女を凝視していた。こんな演説は予期しておらず、おぼろげなパニックのなかで、これを続けさせてはいけないと感じていた。だが彼女はワシントンの指導者が慎重に扱うように命じた特別なゲストだ。従って彼女の話を遮るべきか否か確信がもてなかった。それにこの手の話は嫌いではなかった。聴衆のブースでは、ジェイムズ・タッガートとリリアン・リアーデンが、突撃してくる列車のヘッドライトで凍りついた動物のように座っていた。この場に居合わせた者たちのうち、この二人だけが耳にしている言葉と放送のテーマの繋がりを知っていた。だが動くには遅すぎた。動いて後に続くことの責任をとる勇気はなかった。官制室ではチック・モリスンの若いインテリの部下が、万が一の場合に放送を中断する準備をして立っていたが、自分が聞いている演説に何の政治的な重要性も、上司にとって危険と解釈できる要素も見出さなかった。不本意な犠牲者からよくわからない圧力によって歪曲された演説を聞くのには慣れており、これは反動主義者がスキャンダルの告白を強いられたケースであって、おそらく、何らかの政治的な価値があるのだろうと結論づけた。それに、興味津々だった。

「私から快楽を得ることをあの人が選び、私が選んだのも彼であったことを、私は誇りに思っています。それは、多くのみなさんにとってのような気軽な耽溺と相互侮蔑の行為ではありませんでした。それは選択の基盤であった価値観を完全に意識した究極の形の互いへの敬愛でした。私たちは精神的価値観を肉体的行為から切り離さない人間です。価値あるものを虚しい夢のままにしておかず、実在するものにかえる人間です。思考に物理的な形を、価値観に現実性を与える人間——鋼鉄、鉄道、幸福を作る人間です。そして人間の喜びの観念を憎悪する人びと、人生を慢性的な苦難と挫折と見たがる人びと、幸福であること——成功や能力や業績や富についての謝罪を求める人たちに、私はいま言っているのです。私はあの人を求めました。彼のものになりました。幸せでした。喜びを、純粋で完全でけがれのない喜びを、みなさんが誰から告白されるのも恐れる喜び、そこに到達する価値のある人びとへの憎悪の中で知識としてだけ存在する喜びを知りました。憎むなら憎んでください――私はそこに到達したのですから！」

「タッガートさん」バートラム・スカダーが神経質に言った。「あの、本題からそれていらっしゃるのでは……つまるところ、あなたのリアーデンさんとの私的な関係には何の政治的な意味も――」

「ないと思っていました。それに無論、私はみなさんの暮らしを現在支配している政治と道徳の体制についてお話しにきたのです。さて、私はハンク・リアーデンについてはすべて知っていると思っていました。ですが今日まで知らなかったことがありました。それはハンク・リアーデンにリアーデン・メタルを譲渡する寄贈証書に署名させたのは、私たちの関係が公にされるという恐喝《ブラックメール》だったということです。その恐喝は、みなさんの政府の役人、みなさんの指導者、みなさんの――」

スカダーの手がマイクをさっと払った瞬間、床に落ちたマイクの喉もとから、知的な白バイ警官が放送をうち切ったことを意味するカチリという小さな音がきこえた。

彼女は笑った。だがそこには彼女を見る者も、彼女の笑いに耳を傾ける者もいなかった。ガラスの囲いのなかに駆け込む人びとは怒鳴りあっていた。チック・モリスンは放送禁止用語でバートラム・スカダーをののしり――バートラム・スカダーは、自分はこのアイデアにもともと大反対だったが命令されたのだと叫んでいた。歯をむき出す動物のようにみえるジェイムズ・タッガートは、モリスンの年少の助手二人に怒鳴りながら、年長の三人目の怒声を避けていた。リリアン・リアーデンの顔は、道端に横たわる無傷の動物の死骸のように奇妙にたるんでいた。士気調整官たちは、ムーチ氏が考えると考えられることを予想して金切り声を上げていた。「聴衆に何と言えばよいのです？」番組のアナウンサーがマイクを指して叫んでいた。「モリスンさん、聴衆が待っています。何と言いましょうか？」誰も答えなかった。かれらは何をすべきかではなく、誰を責めるべきかについて戦っていた。

誰もダグニーに声をかけもしなければ、見向きもしなかった。出ていくときも、引き止めるものはいなかった。

彼女は最初に目についたタクシーに乗りこみ、アパートの住所を告げた。タクシーが発車すると運転席のラジオの目盛が音をたてずに点灯しており、電波障害の短く固い咳のような音が聞こえた。ラジオはバートラム・スカダーの番組にあわせられていた。

彼女は座席にもたれ、自分がやったことは、おそらく、一瞬にしてあの人を自分から遠ざけてしまったのであり、彼は二度と自分に会いたいとは思わないかもしれないという荒涼とした思いだけを感じていた。そして初めて、彼が見つからないと決めれば見つかることはまずないだろうというとてつもない絶望感をおぼえていた。街の通りで、広大な土地のどこかの町で、目的地が光線のスクリーンで閉ざされたロッキー山脈の峡谷で。だがひとつのことが大海に漂う流木のように彼女の中に残り、放送のあいだじゅう、彼女はそれにすがりついていた。すべてを失うとしても、これだけは捨てられないことは確かだ。それは彼女に告げる彼の声だった。「誰も、いかなるやりかたによっても、現実を偽ってここにとどまることはない」

「諸君」不意に電波障害がやみ、バートラム・スカダーのアナウンサーの声が聞こえてきた。「制御困難な技術上の問題のため、再調整が終わるまでこの放送を中止いたします」タクシーの運転手は馬鹿にしたようにふっと笑うと、ラジオをプツリと切った。

彼女が車を降りて運転手に紙幣を渡すと、彼は釣り銭を差し出し、そして突然、身を乗り出して近くで顔を見た。彼が自分の顔をそれと認めたと確信すると、彼女は一瞬、厳粛に相手の視線をとらえた。苦味ばしった顔とつぎあてだらけのシャツは、望みのない負け戦さで擦り切れていた。彼女がチップを手渡すと、小銭への礼にしては力のこもった熱意と厳格さをこめて「ありがとうございま、す」と、彼は静かに言った。
不意に襲った抑えがたい感情を見せまいと、彼女は素早くビルの中に駆け込んだ。
うな垂れていた彼女がアパートの扉の鍵を開けると、下のカーペットから光が漏れた。アパート
に灯りがついていることに驚いて、彼女はぐっと頭を上げた。一歩進むと、部屋の向こうに立って
いるハンク・リアーデンが見えた。
ふたつの衝撃をうけて、彼女は身動きができなかった。ひとつは彼のいる光景だ。これほど早く戻ってくるとは予想していなかった。もうひとつは彼の顔そのものだ。微笑を浮かべて澄んだ目をした顔は確固たる自信にみちて円熟した穏やかな表情をしており、ひと月のあいだに何十歳も老けたかのように感じられた。だがそれは人間の成長における本来の年の重ねかた、洞察力と器量と能力においての老成だった。苦悩のひと月を過ごしたのだろう。そしてこれほど深く傷つけ、さらに深く傷つけようとしているこの男が支えと安らぎを与えてくれるのであり、彼の強さが二人を守るのだ。しばらく身動きもせずに立っていた彼女は、自分の考えを見抜いても何ひとつ恐れなくていいと言うかのように深まっていく相手の微笑を見た。じりじりとかすかな音が聞こえ、音のしないラジオの点灯した目盛が彼の傍のテーブルの上にあるのが目についた。彼女は彼に目をやって問いかけ、彼は瞼を伏せる程度にかすかに頷いただけで答えた。放送を聞いていたのだ。
二人は同時に歩み寄った。彼が彼女の肩をつかんで支えると、彼女は顔を上げたが、彼は唇には触れず、大きすぎる苦悩を経て待っていた挨拶の唯一の形として、手をとって手首と指と手のひらに口づけした。いつのまにか彼女は、この日と、あのひと月のできごとのすべてにつき動かされ、相手の腕のなかでどっと泣き崩れていた。そして生まれてはじめて、女性として、苦痛に身をゆだね、苦痛への最後の無駄な抵抗として泣いていた。

彼女自身の体ではなく彼の体にたよって動けるように彼女を抱いて、彼はソファに彼女をいざない隣に座らせようとしたが、彼女は床にすべり落ち、足もとで彼の膝に顔をうずめて警戒することも隠すこともなくすすり泣いた。

彼は彼女をひっぱりあげたりはせず、腕できつく抱きしめて泣かせておいた。頭と肩に彼の手を感じた彼女は、彼の強さに守られていると感じた。それは彼女の涙が二人の涙であるように、彼の知識も二人のものであり、彼女の苦痛を知り、それを感じ、理解しながらも落ち着いて見つめていられると告げる強さだ。そして彼の落ち着きは、彼女がここで、彼の足もとで泣き崩れる権利を認め、彼女にはもう耐えられないことも彼には受け止められると告げることで、彼女の重荷を軽くした。これが真実のハンク・リアーデンであり、初めての夜にいかに残酷な侮辱をうけたとしても、どれほど彼女の方が強く思えても、これは常に彼の中にあり、二人の絆——彼女の強さが失われてしまったとしても彼女を守るであろう強さなのだと、ぼんやりと彼女はおもった。

頭を上げると、彼は微笑んでいた。

「ハンク……」やましそうに、自分が崩れたことにひどく驚いて彼女はささやいた。

「何も言わなくていい」

彼女はまた彼の膝に顔をうずめた。気を静めようとし、言葉にならない思考のプレッシャーと戦いながら、彼女はじっとしていた。愛の告白としてのみ、彼は放送に耐え、それを受け入れることができた。そのことによって、いま自分が告げるべき真実は彼にとって非人間的なまでの打撃になる。それほどの打撃を人に加える権利は誰にもない。自分にはその強さがないという考えに彼女は怯えた。そして自分はそれをやるだろうという考えに。

ふたたび彼女が目を上げたとき、彼は手でその額をなでて髪をはらった。

「もう終わったんだ」彼はいった。「どちらにとっても最悪の部分は終わったんだ」

「いいえ、ハンク。終わっていないの」

彼は微笑んだ。

彼は彼女を引き寄せて自分の隣に座らせ、彼女の頭を自分の肩においた。「いまは何も言わなくていい」彼はいった。「言うべきことはすべて二人ともわかっているし、いずれ話もしよう。だがそれできみがこれほど傷つかなくなるようになるまではやめておこう」

彼の手は彼女の袖の線をなぞり、肌をたぐったが、それは手が衣服のなかの体を感じることもないかのような、彼女の体ではなく光景を取り戻そうとしているかのような軽い触れかただった。

「きみにはたくさんのことがありすぎた」彼はいった。「僕にもあった。やつらには叩かせておけばいい。自分で痛みをふやす理由はない。何に向き合わねばならないとしても、僕らの間に苦しみがあってはならないんだ。これ以上の痛みは。それはやつらの世界のものだ。僕らのものじゃない。こわがらなくていい。僕らは互いを傷つけはしない。いまは」

彼女は顔を上げ、苦々しい微笑を浮かべて頭を振った。その動作にはどうしようもない激しさがあったが、微笑は回復と、絶望に立ち向かう決意のしるしだった。

「ハンク、このひと月に私があなたにした仕打ち――」彼女の声は震えていた。

「この一時間に僕がきみにした仕打ちに比べれば何でもない」しっかりとした声で、彼はいった。

彼女は立ち上がり、強さをひけらかすように部屋を歩きまわった。それはもう情け容赦はいらないと言った足取りだった。彼女が立ち止まって彼に向き合うと、意図を理解したかのように彼は立ち上がった。

「あなたを余計に苦しめたわ」ラジオを指して彼女はいった。

彼は頭を振った。「それは違う」

「ハンク、話があるの」

「僕もだ。先に話させてくれないか？　ずっと前に言うべきだったことがある。僕に話をさせて、それが終わるまで答えないでくれるか？」

彼女はうなずいた。

彼女の姿と、この瞬間と、ここにたどりつくまでのすべての光景をしっかりつかまえようとするかのように、彼はしばらく目の前に立っている彼女を見ていた。

「ダグニー、きみを愛している」翳りのない、それでいて笑みのない幸福の単純さをもって、静かに彼はいった。

口を開きかけてから、彼が許したとしても、自分が話してはいけないことに彼女は気づいた。つぶやかれなかった言葉、唇の動きが彼女の唯一の答えであり、彼女は承認のしるしに頭を傾けた。

「きみを愛している。自分の仕事や工場やメタル、机や高炉や研究所や鉱山での時間を愛するのと同じように、自分の仕事の能力を愛するのと同じように、見て知る行為を愛するのと同じように、化学式を解いたり、日の出に心を動かされたりする自分の精神的行為を愛するのと同じように、自分が作ったものや感じたことを愛するのと同じように、同じ価値として、表現として、同じ誇りと意味において。自分の製品として、自分の選択として、自分の世界のかたちとして、最高の鏡として、もったことのない伴侶として、ほかのすべてを可能にするもの、自分が生きる力として」

彼が彼女に求め、またそれに値したように、うつむかず、真直ぐに堂々と顔を上げ、彼女はそれを聞き、受け入れた。

「ミルフォード駅の側線の長物車の上にいるきみを初めて見た日から愛していた。ジョン・ゴールト線の開通便の運転室に乗ったときも愛していた。エリス・ワイアットの家のベランダできみを愛していた。あの翌朝も愛していた。きみはそれを知っていた。だがいま言っているように、そう言わなければならないのは僕だった。あの日々を取り戻して、完全にそれが意味したものにあらしめようとすれば。きみを愛している。きみは知っていた。僕は知らなかった。そして知らなかったから、自分の机に座ってリアーデン・メタルの寄贈証書を見たときに、そのことを思い知らなければならなかった」

彼女は目を閉じた。だが彼の顔に苦しみはなく、ただ明快さの静かで限りない幸福だけがあった。

「僕たちは『精神的価値観を肉体的行為から切り離さない人間』だ。今夜の放送できみは言ったね。だがあの時、エリス・ワイアットの家でのあの朝も、きみは知っていた。僕が投げつけた侮辱のすべては一人の男がしうる最大の愛の告白だと知っていた。互いの恥として呪った肉体的欲望が、認識する勇気があろうがあるまいが、肉体的なものではなく、肉体的表現でもなく、人の心のもっとも深い価値観の表現だと知っていた。だからあんなふうに笑ったんだね？」

「ええ」彼女はささやいた。

「『あなたの精神も、あなたの意志も、あなたの存在も、あなたの魂もいらない。ただ、何よりも低俗な欲望を満たすためにわたしのところに来てくれればいい』と言ったね。そう言ったときも、その願望によってきみに与えていたのが実は僕の精神であり、意志であり、存在であり、魂であったときみは知っていた。そしていま僕は、あの朝をそれが意味したものにするために言いたい。僕の精神も、意志も、存在も、魂も、僕が生きている限り、ダグニー、きみのものだ」

真直ぐに彼女を見ている彼の目は一瞬輝いたが、それは微笑のようではなく、あたかも彼女が発しなかった悲鳴を聞いたかのような色をしていた。

「最愛の人《ディアレスト》、最後まで言わせてくれ。僕が自分の言っていることをどれくらいよくわかっているか知ってほしい。やつらと戦っていると思っていた僕は、敵の最悪の信条を受け入れ――その代償をいま払うべくして払っており、ずっと払ってきた。僕が受け入れていたのは、行動を開始する前の人間をやつらが破壊するのに用いる殺人の教義、人の精神と肉体を分裂させる教義だ。僕は大勢の犠牲者のように、そのことを知らずに、その問題が存在することさえ知らずにその教義を受け入れてきた。かれらの人間の無力さについての教義に反発し、自分の願望を満たすために考え、行動し、働く能力を誇りにしていた。だがこれが美徳であることを知らず、生存を可能にする道徳的価値として、すなわち命を賭しても守るべき最高の道徳価値として認めたことがなかった。そしてその罰を、傲慢な悪、僕の無知と服従によってのみ傲慢になった悪の手から美徳への罰を受け入れたんだ。

やつらの侮辱と欺瞞と歪曲を僕は受け入れた。僕はやつら――魂についてぺちゃくちゃ話しても自分の頭上に屋根を造ることもできない神秘主義者のすべてを無視する余裕があると思っていた。世界は自分のものであって、ぶつぶついうだけの無能な連中は自分の強さに何の脅威ももたらさないと考えていた。そしてなぜ自分がすべての戦いに負け続けているのか理解できなかった。自分を攻撃するのが自分自身の力だと気づいていなかったんだ。物質の征服に忙しくしているあいだ、僕はやつらに精神と思考と原則と法律と価値観と道徳の世界を譲り渡してしまっていた。知らず知らず、怠慢から、思想は人の存在や仕事や現実やこの世界には影響を及ぼさないという教義を受け入れてしまっていた。思考が理性ではなく、軽蔑していた神秘信仰の領域にあるかのように。これが、やつらが僕から欲しがったすべてだった。それで十分だった。やつらのはったりが覆し、破壊すべく設計されたすべてを僕は渡した。人の理性を。いや、やつらは物質を相手にし、豊かさを生み出し、この世界を支配することはできなかった。しなくてもよかった。僕を支配していたのだから。

富が目的のための手段にすぎないと知っている僕が、手段を創造しながら、自分の目的を他人に規定させてしまった。自分の願望を充足させる能力を誇りにしていた僕が、自分の願望を判断する価値規範を規定させてしまった。自分の目的に用いるために物質を形成する僕は、大量の鋼鉄と金を手にしながら、目的のすべてを打ち砕かれ、願望のすべてを裏切られ、幸福への試みのすべてを挫かれた。

神秘主義者が説くように、僕は自分を二分していた。一つの規範によって事業を経営し、別の規範によって生活していた。鋼鉄の価格と価値を決定しようとするたかり屋には逆らっても、人生の道徳価値をかれらに決定させた。稼いでもいない富の要求には逆らっても、軽蔑する妻への育まれなかった愛や、自分を憎む母が勝ち得なかった尊敬や、自分の破壊を企てた弟への値しない支援を認めることは義務と考えていた。不当な財務的損害には抗議したが、不当な苦通に満ちた生活を受け入れた。生産能力が罪であるという教義には反対したが、幸福になる能力を罪と認めた。美徳が精神から分離した未知のものという信条には反対したが、きみを、最愛のきみを、きみの体と僕の体の欲望のために呪った。だが肉体が悪ならば、肉体の生存の手段を供する者も、物質的な富と富を生産する者も同じだ。そしてかりに道徳的価値があらかじめ肉体的存在と矛盾したものと定められているならば、報酬は稼がれるべきものではなく、美徳は行われないことからなり、業績と利益との間に関連はなく、生産できる劣等動物が肉体の無能さにおいてまさる優越した存在に仕えるべきであるのは正しいことになってしまう。

もしヒュー・アクストンのような男が、かつての僕に、神秘主義者のセックスの理論を受け入れることで、たかり屋の経済理論を受け入れることになると言っていれば、僕は彼の面前で笑っていたことだろう。いまなら笑うまい。いま僕は、リアーデン・スチールが人間のクズに支配されているのを見ている。自分の人生の成果物が最悪の敵を豊かにする役に立つのを見ている。そしてこれまで愛した二人の人間について、一人に致命的な侮辱を与え、もう一人を公然とはずかしめた。僕は友人であり、擁護者であり、教師であり、僕が学ぶのを助けて自由にしてくれた男の顔をはり倒した。ダグニー、僕はやつを愛していたんだ。やつは兄弟であり、息子であり、これまでいなかった同志だった。だが僕は人生からやつを叩き出してしまった。たかり屋のために生産するのを助けてくれないからといって。やつを取り戻すためになら何でも投げ出すだろうが、差し出せる償いがないし、二度と会うことはないだろう。自分には許しを請う権利にさえ値する方法がないと思い知るだけだろうだから。

だがきみにはそれ以上にひどい仕打ちをした。きみがあの演説をしなければならなかったこと——自分が愛したたった一人の女性に、初めて知った幸福に代えて僕がもたらしたのがそれだった。最初からきみが選んだことだったとか、今夜のことも含めてすべての結果を受け止めたとかは言わないでくれ。それで僕がきみにましな選択肢をあげられなかったという事実を償うことはできない。そしてたかり屋がきみに無理に話させたということ、きみが僕のために復讐して僕を自由にするために話したということは、やつらの戦略を可能にしたのは僕だったという事実を贖いはしない。きみの名を貶めるためにやつらが使えたのは、かれらのではなく僕自身の罪悪と不名誉の信念だった。かれらはたんに僕が信じていてエリス・ワイアットの家で言ったことを実行しただけだ。僕らの恋愛をやましい秘密として隠していたのは僕だ——やつらはそれを僕の査定どおりに扱っただけだ。世間体のために現実を偽ったのは僕であって、やつらはただ僕が与えた権利を利用しただけだ。

人は嘘をつく人間が嘘をつかれる人間に勝って得をすると考える。僕が学んだのは嘘が自己を放棄する行為だということだ。嘘によって人は自分の現実を相手にひき渡し、相手を自分の支配者にし、そのときから相手の見方にあわせて現実を偽りつづけざるをえなくなる。そして嘘の目的を果たしたとしても、支払う代償は嘘をついて手にしようとしたものの破壊だ。社会に嘘をつけばそのときから社会の奴隷になる。きみへの愛を隠し、世間にはそれを否認して、嘘としてその愛に生きると決めたとき、僕はそれを公有財産にしたのであり——世間はそれに見合ったやりかたでそれを請求したんだ。覆す方法も、きみを救う方法も僕にはなかった。たかり屋に屈服したとき、きみを守るために寄贈証書に署名したとき——僕はなおも現実を偽り、ほかに道はなかった。ダグニー、やつらがやると脅したことをさせるくらいなら僕らは二人とも死んだほうがましだと、僕は思ったんだ。だが潔白の嘘など存在せず、凶悪な破壊があるだけで、しかも潔白の嘘は何にもまして凶悪だった。僕はなおも現実を偽り、それは容赦ない結果をもたらした。きみを守る代わりに、それはさらにひどい試練を与えた。きみの名を救う代わりに、嘘は石を投げられるべく世間にきみの身をみずからさらさせ、しかもきみに自分の手で石を投げることを強いた。きみが自分の言ったことを誇りに思っていることはわかるし、きみの話をきいて僕も誇らしかった。だがそれは僕らが二年前に主張しておくべき誇りだったんだ。

いや、きみは僕を余計に苦しめたりはしなかった。きみは僕を自由にし、僕ら二人を救い、僕らの過去を贖《あがな》ってくれた。きみに許してくれと頼むことはできないし、そんな言葉を僕らはとっくに超越している。だから僕が差し出せる唯一の贖いは、僕が幸福だという事実だ。幸福だという事実であって、苦しんでいるという事実ではない。僕は真実を見て、幸せだ——たとえ見る力が僕に残されたすべてだったとしても。かりに僕が苦痛に屈して自分自身の過失が自分の過去を台無しにしたと虚しい後悔をしてあきらめたとすれば、それは究極の裏切り行為、無念にもあきらかにできなかった真実との決定的な断絶だ。だが本物の愛が唯一の所有物として残るなら、失くしたものが大きいほど、その愛のために払った代償についての誇りも大きくなる。そうすれば残骸は僕の上に陰気な山となることはなく、もっと広い視野を得るために登った高みとして役立つだろう。僕が始めたときに持っていたのは誇りとビジョンの力だけであり――手に入れたものは、すべてそれによって手にしてきた。どちらもいまさらに大きな力を持っている。いま僕には自分に欠けていた最高の価値について知っている。自分のビジョンを誇る権利だ。ほかはこれから手に入れればいい。

ダグニー、だからこそ、未来への第一歩として僕は、いま言っているように、きみを愛していると言いたかったんだ。きみを愛している。きわめて明確な精神の認識からくる何よりも盲目的な肉体の情熱を持って。そしてきみへの愛が、これからの年月ずっと変わることなく残る過去が勝ち得た唯一のものだ。そう言う権利があるうちにこのことを言っておきたかった。そして初めにそう言わなかったから、こうして言わなければならない――最後に。いま僕は、きみが言いたかったことを言うつもりだ。なにしろ僕はそれを知っているし、そのことに納得しているからね。このひと月のどこかで、きみは愛する男に出会い、愛がかけがえのない究極の選択を意味するのだとしたら、その男はきみが愛した唯一の男だ」

「そうよ！」実際に殴られたように、衝撃を唯一の意識として、彼女の声には喘ぎと悲鳴が入り混じっていた。「ハンク！――どうしてわかったの？」

彼は微笑してラジオを指した。「ねえ、きみは最後まで過去形しか使わなかった」

「あ……」彼女ははっと息をのんで呻き、目を閉じた。

「そうでなければ間違いなく叩きつけていたはずの言葉を発しなかった。『愛している』ではなく『求めた』と言ったね。今日の電話では、もっと早く戻ることもできたとも言った。ほかに僕を置き去りにしておく理由はなかっただろう。その唯一有効で正当な理由しか」

彼女は体の均衡を保とうと苦心するかのように少しそり返ったが、唇を閉じたまま微笑み、彼を真直ぐに見ていた。目は敬愛に満ちて和らいだが、口もとに浮かんだのは苦痛だった。

「そうなの。私は愛する人に、これからも愛し続ける人に出会って、話もしたけれど、あの人は私のものにはならない人、一生一緒になれなくて、もう二度と会うこともないかもしれない人なの」

「きみがいつかそういう男を見つけるだろうということを、いつも知っていた気がする。きみの僕への気持ちはわかっていたし、それがどれほど深いかも知っていたが、僕が最終的な選択ではないことはわかっていた。きみが彼に与えるものは僕から奪われるものではなくて、僕のものになったことがないものだ。それに逆らうことはできない。手にしていたものは大切すぎるし——僕がそれを手にしていたというそのことは絶対に変えられないのだから」

「ハンク、私に言って欲しい？　これからもずっとあなたを愛し続けると言ったら、あなたはわかってくれる？」

「僕はそのことを、きみより先に理解していたと思う」

「いつも私はいまのようなあなたを見ていたの。あなたが知り始めたばかりのあなたの強さを、私はいつも知っていたし、あなたがそれに気づくまでの闘いも見てきた。贖いなんて言わないで。あなたは私を傷つけてはいない。あなたの過ちは、どうしようもない規範の下で苦しむあなたのこのうえない誠実さからきたもの——あなたの戦いは、私に苦しみをもたらしたわけじゃなくて、敬愛という滅多に見つからない感情をもたらしてくれたわ。受け入れてくれるなら、それはいつもあなたのもの。あなたが私に意味したものは絶対に変えられない。だけど私が出会った男性——あの人は存在を知るよりもずっと前から到達したかった愛で、いまも届かないところにいると思うけれど、彼を愛しているというだけで、私は十分生きていけるの」

彼は彼女の手をとり、唇に押しつけた。「それでは僕が感じていることがわかるはずだね」彼はいった。「そしてなぜ僕がいまも幸福なのか」

その顔を見上げて初めて、彼はかくあるべきだと彼女が考えていた人物であることに彼女は気づいた。存在を楽しむ途方もない能力がある男だ。激しく苦痛を否認した忍耐の厳しい表情は消えている。苦痛の残骸ともっとも辛い時間の最中で、その顔には正真正銘の強さからくる静謐さがある。そこにはあの谷の男たちの顔に見た表情があった。

「ハンク」彼女はささやいた。「説明しきれるとは思わないけれど、私はあなたにも、あの人にも、何の裏切り行為もおかしていない気がしているの」

「ああ」

血の気のない彼女の顔の中で、目だけは異常に生き生きとしてみえた。彼女の意識が疲労によって衰弱した体のなかでもそのまま残っているかのように。彼は彼女を座らせ、ソファの背に腕をすべりこませると、触れないまま守るように彼女を包んだ。

「では教えてくれ」彼はたずねた。「どこにいたんだ？」

「それは言えない。それについては何も明かさないと約束したから。そこは飛行機が墜落したときに偶然見つかった場所で、私は目隠しをしてそこを出てきて――もうそこを見つけられない、としか言えないわ」

「もと来た道をたどることはできないのか？」

「やってみる気はないわ」

「そして男は？」

「探そうとは思わない」

「そいつはいまもいるのか？」

「わからない」

「なぜおいてきたんだ？」

「それは言えない」

「その男は誰なんだ？」

思わず、どうしようもなく、彼女はふっと笑った。「ジョン・ゴールトって誰？」

はっとして、彼は彼女を見やったが、冗談ではないと悟った。「ではジョン・ゴールトという男がいるんだね？」ゆっくりと彼はたずねた。

「ええ」

「あのスラングはその男のことなんだね？」

「ええ」

「そしてそれには何か特別な意味があるんだね？」

「ええそうよ！……あの人についてあなたにも言えることが一つあるわ。伏せておく約束をする前にわかったことだから。彼は私たちが見つけたモーターを開発した男なの」

「そうか！」さもありなんというかのように、彼は微笑んだ。そしてほとんど同情のような視線で柔らかく言った。「そいつが破壊者なんだね？」彼女の顔に衝撃が走ったのを見て、彼はつけ足した。「いや、答えられないなら答えなくてかまわない。きみがいた場所はわかった気がするよ。きみが破壊者から守りたかったのはケンティン・ダニエルズで、きみの飛行機はダニエルズを追いかけているときに墜落したんだね？」

「ええ」

「ダグニー、何てことだ！　そんな場所が本当に存在するのか？　みんな生きているのか？　そこには……ごめん。答えなくていい」

彼女は微笑んだ。「存在するわ」

彼は長いあいだじっと黙っていた。

「ハンク、あなたはリアーデン・スチールを捨てられる？」

「いや！」即座に激しく答えたものの、初めて絶望的な響きをこめて、彼はつけ足した。「まだ無理だ」

やがて自分の言葉の中でこのひと月の彼女の苦悩の行路をたどったかのように、彼は彼女を見た。「なるほど」彼はいった。そして理解と、同情と、信じがたいほどの驚きの仕草で、彼女の額を手でなぞった。「何という覚悟だ！」低い声で彼はいった。

彼女はうなずいた。

彼女はすべりおちて、体を横たえ、顔を彼の膝にのせた。髪をなでながら彼はいった。「戦える限りたかり屋と戦おう。どんな未来がありうるのかはわからないが、勝つか、望みがないと知るかどちらかだ。それがわかるまで僕らの世界のために戦うんだ。残っているのは僕らだけなんだから」

彼女はそうして横たわり、彼の手を握りしめたまま眠りに落ちた。意識の責任を放棄する前に、最後に彼女が覚えていたのはとてつもない虚無感、彼女には探す権利のなかった男を見つけることはもうない街と大陸の広大な虚無の感覚だった。

第四章　反生命

ジェイムズ・タッガートはタキシードのポケットに手を伸ばし、最初に手にふれた紙をひっぱりだすと、乞食の手に落とした。百ドル紙幣だ。

乞食が自分と同じように無頓着に金をポケットに入れたことに彼は気づいた。「ありがと」乞食はばかにしたような言いかたをして歩いていった。

何に慄《おのの》いているのかと思いながら、ジェイムズ・タッガートは歩道の真ん中に立ち尽くしていた。乞食の横柄さではない。べつに感謝されたいと思っていたわけではないし、憐れみに動かされたわけでもない、いまの仕草は反射的で意味のないものだった。ひっかかったのは施しが百ドル札だろうが十セント硬貨だろうが、何の助けもなかろうが、今夜飢え死にしようがどうでもよいかのような乞食の態度だ。タッガートは身震いして乱暴に歩きつづけた。身震いが乞食の気分は自分の気分とそっくりだったという思いを振りはらってくれた。

あたりの街の壁は夏の宵闇で不自然なほどくっきりとみえ、橙色のもやが十字路を埋めて家々の屋根を覆い、縮みゆく地面に彼を残していく。空に浮かぶカレンダーは古い羊皮紙のように黄ばんでおり、霞からしつこく浮きあがって八月五日を告げている。

いや――明言しなかったことに彼は答えた――そうじゃない。気分は悪くはない。だから今夜何かしたいのだ。奇妙に落ち着かないのは快楽を求めているからだと、彼は認められなかった。求めているのは祝う楽しみだとを認められなかった。何を祝いたがっているかを認めることができなかったからだ。

猛烈に忙しい一日だった。綿のようにふわふわ漂いながらも計算機のように正確に目的を遂げる言葉を駆使して、十分満足のいく結果が出た。だが自分の目的と満足した理由は他人同様、彼自身からも慎重に隠されていなければならなかった。快楽への渇望は危険な違反になる。

その日はアメリカを視察中のアルゼンチンの議員が滞在しているホテルのスイートルームでのちょっとした昼食会で始まり、様々な国籍の人びとがのんびりとアルゼンチンの風土や資源、国民の必要、将来に向けての躍動的で進歩的な姿勢の有用性について語り、どの話題よりも簡単に、二週間以内にアルゼンチンが人民国家宣言をすることについての言及があった。

オルレン・ボイルの家でのカクテルがそのあとに続いた。そこではアルゼンチン出身の控えめな紳士が一人、黙って片隅に座っており、ワシントンから来た行政官二人と不特定の肩書きの友人たちが国家資源、冶金学、鉱物学、友好的義務と世界福祉について語り――三週間以内に四十億ドルの融資がアルゼンチン民国とチリ民国に認められるだろうと言われた。

そのあと高層ビルの最上階にある地下室のようなバーの個室での小さなカクテル・パーティーが続いた。最近設立された近隣親善開発社の役員のためにジェイムズ・タッガート自身が企画した非公式のパーティーだ。会社はオルレン・ボイルが社長をつとめ、チリ出身のマリオ・マルティネスというすらりとした優雅な物腰の異常に活発な男性が会計役だったが、タッガートはどこか気分的な類似によって、南米のカフィー・ミーグス君と呼びたい誘惑にかられた。ここではゴルフ、競馬、競艇、自動車、女について話した。近隣親善開発社が「経営リース」を通じて二十年間、南半球の人民国家の全産業資本を運営する独占契約をしたことに言及する必要はなかった。誰もが知っていたことだからだ。

一日のしめくくりはチリ外交官のロドリゴ・ゴンザレス氏の家での盛大な晩餐レセプションだった。一年前、誰もゴンザレス氏など聞いたこともなかったが、ニューヨークに来て以来半年間に開いた数多くのパーティーで有名になった。招待客は彼を進歩的なビジネスマンと評した。彼は、人民国家になったチリがアルゼンチンのような非人民後進国の市民に属するものを除いた全私有財産を国有化した際に財産を失くしたが、啓蒙的な態度で新政権に参加して国に奉仕している、と言われていた。ニューヨークの自宅は高級レジデンシャル・ホテルの一フロアを占めていた。太った無表情な顔のこの男は殺人鬼の目をしていた。今夜のレセプションで彼を見ながら、この男はいかなる感情にも左右されない、とタッガートは結論づけた。ぶよぶよの贅肉にナイフが切りつけられても気づかないことだろう。ただ、足をふかふかのペルシャ絨毯でこすりつけたり、椅子の肘を叩いて撫でたり、葉巻に唇を重ねたりするやりかたには淫らでエロチックな感じがあった。妻のゴンザレス夫人は小柄の魅力的な女性で、彼女自身が思いこんでいるほど美しくはないが、何でも約束し、誰でも許すとみえる激しくて神経質な活力と、ゆるくて温かくシニカルな自我によって美貌の評判を楽しんでいた。商品ではなく恩義を売り買いする時代に、彼女特有の取引品目が夫の主要資産であることは広く知られていた。客のなかに彼女を見ながらタッガートは、行きずりのいくつかの夜と引き換えに、いかなる取引が行われ、何の政令が発布され、どんな産業が破壊されたのだろうと思った。その相手の男たちのほとんどは、そんな情事を求める理由もなく、たぶんもう思い出すこともできないだろうに。パーティーは退屈だった。彼が顔を出したのは五人ばかりの人間のためであり、その五人と会話をかわす必要はなく、ただ姿をみせて何度か視線を交わせば十分だった。夕食が供されるというところで、ここできたかったことを彼は聞いた。ゴンザレス氏が、アームチェアの方向に流れてきた五人あまりの男たちの頭上に葉巻の煙をくゆらせながら言ったのは、未来のアルゼンチン民国との合意にもとづき、ダンコニア銅金属の資産はチリ民国によって、一ヶ月もしないうちに、九月二日に国有化されるということだった。

何もかもタッガートが予期していた通りに運んだ。予期していなかったことは、その言葉を聞いたときに逃げだしたいという抗しがたい衝動にかられたことだ。今夜の成果を讃えるにはなにか別のかたちの活動が必要であるかのように、晩餐の退屈さには耐えられない気がした。そして夏の黄昏の通りを歩き、自分が追跡しているようなされているような気がしていた。言明してはならない感情を祝って、何からも得ることができない快楽を追いつつ、今夜の成果にいたるまでの計画段階でいかなる動機によって自分が行動し、その成果のいかなる面からいま熱っぽい満足感を得ているのかを発見する恐れに追われているかのような。

昨年の大暴落から完全に持ち直したことのないダンコニア銅金属の株を売ろう、そして仲間との合意どおりに近隣親善開発社の株を購入すれば、自分は金持ちになるのだ、と彼は自分に言いきかせた。だがその考えがもたらしたのは退屈だけだった。祝いたいのはこのことではなかった。

彼は無理に楽しもうとした。自分の動機は金だった、と彼はおもった。金、それ以下のものじゃない。普通の動機じゃないのか？　妥当じゃないのか？　それが、ワイアットやリアーデンやダンコニアみたいなやつらがこぞって追いかけていたものじゃなかったのか？……やめよう、と彼は頭を振った。まるで自分の思考が危険な袋小路に、絶対に見てはならない行き止まりに滑り落ちつつあるかのような気がしていた。

いや——しぶしぶ認めつつ、陰鬱な気持ちで彼は考えた——金はもはや自分にとって何の意味もない。何百ドル単位で金を捨てていた——今日開いたパーティーで——飲みかけの酒に、残された珍味に、とくに払う理由のないチップに、ふいの思いつきに、客が話しはじめた猥談の正確なバージョンを確認するためにアルゼンチンにかけた長距離電話に、どんな瞬間の気まぐれにも、考えるよりも支払うほうが簡単だと知っている病的な無感覚状態によって。

「鉄道統一計画があれば、きみは安泰だ」オルレン・ボイルが酔っぱらってけらけらと笑った。鉄道統一計画の下で、ノースダコタの地方鉄道は破綻し、地域を荒廃地区の運命に陥れ、地元の銀行家は妻と子どもを殺してから自殺した。テネシーのダイヤからは貨物がはずされ、現地の工場は一日前の通知で輸送機関なしにとりのこされ、工場の所有者の息子は大学を中退して刑務所におり、奇襲強盗と組んで犯した殺人のために処刑を待っている。カンザスで途中停車駅が閉鎖され、科学者になりたかった駅長は研究をやめて皿洗いになった。それらすべては彼、ジェイムズ・タッガートがプライベートラウンジに座り、オルレン・ボイルの喉に流しこむ酒に、ボイルが服の胸にこぼした酒を拭うウェイターに、一メートル先の灰皿に手を伸ばすのを面倒がったひもあがりのチリ人の葉巻で焼かれた絨毯に支払う金のためだった。

いま彼が怖気づいているのは、自分が金に関心がないと認識したからではない。たとえ自分が乞食にまで落ちぶれたとしても同じく無関心だろうと認識したせいだ。自分が生涯非難しつづけてきた強欲の罪を自分もまた犯しているのだという思いにある程度の——わずかな苛立ちほどにも明快ではないが——罪悪感を覚えたことはある。いま自分が、事実として偽善者ではなかったことに気づき、彼はぞっとしていた。嘘偽りなく、彼は金のことを気にかけたことがなかったのだ。これはのぞく危険をおかせない別の袋小路へと続く、また別のぽっかり開いた穴を彼の前に残した。

とにかく今夜は何かしたいんだ！　抗議と激しい怒り——こんな思考を頭に押しこみつづけるものへの抗議と、意地の悪い力が求めるものと、理由を知る必要なく楽しみを見つけることを許さない世界への怒りがこみあげてきて、声をあげるでも誰に向かうでもなく、彼は叫んだ。

何がしたい？——ある敵の声が問いつづけ、それから逃れようと彼は足早に歩いた。自分の脳が迷宮であり、どこを曲がっても奈落の潜む霧の中に誘い込む袋小路のように思えた。自分は走っているようであり、その間にも安全な小島が縮みつつあり、まもなく袋小路しか残らなくなる。島は、もやが流れこんですべての出口をふさいでいく周囲の通りに残されたあかるみのようだ。なぜ縮まなければならない？——パニック状態で彼は考えた。自分は生涯こうして——かたくなに安全にすぐ前の舗道を見続け、おのれの道の、曲がり角の、道のりの、頂点の視界を巧みに避けて生きてきた。どこへ行くつもりもなかった。前進から、直線のくびきから解放されたかった。年月を重ねて何かに集積させたいと思ったことはない——そして何が集積された？——なぜ自分はもはや静止も退却もできない不本意な目的地にたどりついてしまったのか？「おい、ちゃんと前を見てろ！」怒声がきこえ、肘で押され——悪臭のある大きな図体と衝突したこと、自分が走っていたことに気づいた。

歩調をゆるめ、でたらめな逃避のなかで自分が選んだ道を彼はしぶしぶ認めた。それまで自分が妻のいる家に向かっているのだと知るのが嫌だった。そこもまた霧に閉ざされた小路だったからだ。だがほかに行く場所はなかった。

シェリルの部屋に足を踏み入れると、静かに立ち上がる彼女の落ち着いた姿が見え——その瞬間、これが自分でも知ってはならないほど危険であり、求めていたものはここにはないとわかった。だが彼にとっての危険とは、それを見まいとする意思に君臨させることによって危険は非現実でありつづけるという暗黙の前提の上にたち、おのれの視界を閉ざし、判断を先送りし、もとの進路をたどれという合図——警鐘を鳴らすのではなく、霧を呼び出すために吹く霧笛のようなものだ。

「いやね、そう、大事な接待があったんだが、気が変わって、今夜はきみと食事したくなったんだ」愛想よく彼はいった。だが答えは静かな「そう」だけだった。

驚きのない態度と無表情な色白の顔に、彼は苛立ちをおぼえた。召使に指示を与えるそつのなさ、そしていつのまにかダイニングルームで、ろうそくの光のなかで、完璧に整えたテーブル越しに、銀ボールの氷に入れた二つのクリスタルのフルーツカップをはさんで向かいあっていたことに彼は苛立った。

何よりも苛立つのは彼女の落ち着きだった。彼女はもはや高名な芸術家が設計した邸宅の贅沢さに委縮する場違いで酔狂な小娘ではない。彼女はそこにふさわしかった。部屋が要求してしかるべき女主人であるかのようにテーブルについていた。赤茶の髪に合うあずき色の錦模様が入ったオーダーメイドのハウスコートを着て、ラインの厳格なシンプルさだけを装飾にして。むかしのちゃらちゃら鳴るブレスレットとラインストーンの留め金のほうがまだましだった。彼女の目はこの数ヶ月ずっとそうだったように、彼の気に障った。好意も敵意もないが、油断のない疑念に満ちた目だ。

「今日は大きな取引をまとめたんだ」自慢するような、請うような口調で彼はいった。「この国全体と五本の指じゃ足りない数の政府が関わる取引だ」

期待していた畏敬と賛美とひたむきな好奇心は売り子であった小娘の顔のものであり、その小娘はもはや存在しないと彼は気づいた。妻の顔にそうしたものはまったく見えない。彼女の冷静で注意深い視線に比べれば、怒りや憎悪のほうがまだましだっただろう。それは非難よりも始末におえない、問いかける眼差しだった。

「ジム、何の取引？」

「何の取引って、どういう意味だ？　なぜ疑う？　なぜすぐに詮索を始めなきゃならない？」

「すみません。秘密だと知らなかったのです。答えていただかなくて結構です」

「秘密じゃない」彼は待ったが、彼女は黙ったままだった。「何だね？　何とか言ったらどうだ？」

「あら、申しませんわ」彼を喜ばせるかのように、単純に彼女はいった。

「するとちっとも興味がないのかね？」

「ですがお話しになりたくないと思ったものですから」

「やれやれ、やりにくいな！」刺々しく彼はいった。「大きなビジネスの取引なんだ。きみが賞賛するのは大事業だろ？　なあに、あの連中が夢に見たこともないほど大きいやつだぜ。やつらは小銭のために一生あくせく働きつづけるだけだが、僕にはなんでもないことだ」――彼は指をパチンと鳴らした――「ちょうどこんな風にね。史上最大の見世物だ」

「見世物？」

「取引だ！」

「それをあなたが？　ご自分で？」

「そうだとも！　あのデブのオルレン・ボイルの馬鹿には、逆立ちしても無理だったろうな。知識と技術とタイミングの見極めが必要なんだ」――彼女の目に興味のきらめきがみえた――「それと心理分析」きらめきは消えたがかまわずに、彼は息せき切って話しつづけた。「それにはどうやってウェスリーに近づくか、どうやって間違った悪い影響をやつから遠ざけておくか、どうやって多くを知らせすぎずにトンプソンに興味をもたせるか、どうやってチック・モリスンに口を出させてティンキー・ハロウェイに口出しさせないでおくか、どうやって然るべきときに然るべき人間を集めてウェスリーのためにパーティーを開くか、そして……なあ、シェリル、うちにシャンパンはあるかな？」

「シャンパン？」

「今夜何か特別なことができないか？　ちょっと一緒に祝えないか？」

「シャンパンは用意できます、ええ、ジム、もちろん」

彼女は無批判で生気のない奇妙な態度で、自身の願望をあらわすことなく彼の願望に几帳面に従うといった様子で呼び鈴を鳴らし、指示を与えた。

「たいしたことだと思っちゃいないようだな」彼はいった。「だが何にしろ事業についてきみが何を知っているっていうんだね？　あんな大規模なことはまず理解できないだろう。九月二日まで待つことだ。連中がそれを聞くときまでね」

「連中？　誰のことです？」

うっかり危険な言葉を口から滑らせてしまったかのように、彼は彼女を一瞥した。「僕らは――僕とオルレンとほかの仲間数人で、国境以南の全産業資産を支配する仕組みを作った」

「誰の資産をです？」

「誰って……人民のだ。私利私益のための昔ながらの横領なんかじゃない。使命のある――価値のある、公共精神に溢れた使命をおびた取引だ。これで南米の人民国家の国有化された財産を管理して、現地の従業員に近代的な生産技術を教えて、これまでチャンスがなかった非特権階級を助けて――」彼女は視線を動かすこともなくただじっと彼を眺めていただけだったが、彼は不意に口をつぐんだ。「なあ」くっと冷たく笑って、唐突に彼はいった。「きみがスラムの出だってことを隠したくてしょうがないんなら、社会福祉の哲学にもう少し関心をもったほうがいいなあ。人道主義的本能に欠けるのはたいがい貧乏人ときまってる。もっと洗練された利他主義の感情を知るには、人は裕福な家に生まれなければならんようだ」

「わたしはスラムの出身であることを隠そうとしたことはありません」事実を正す率直で事務的な口調で彼女はいった。「それに福祉哲学にはまったく共感をおぼえません。何もせずにものを欲しがるだけの貧乏人を何が作るのかは散々見て思い知らされてきましたから」彼が答えずにいると、彼女は突如として、驚いたような、だが長年の疑念を決定的に晴らすかのようなしっかりとした声でつけ加えた。「ジム、あなただって気にかけてはいないでしょう。ああいうでたらめの福祉に関心なんかないわ」

「やれやれ、金にしか興味がないなら」彼はつっけんどんに言った。「その取引で僕は莫大な財産を手にすることになる。きみがいつもあがめてたのはそれだろ？　財産だろ？」

「場合によります」

「僕は世界有数の金持ちになるだろうな」彼はいった。そして彼女がどんな場合に富をあがめるのか訊かなかった。「金で買えないものはなくなる。何も。ただ言うだけでいい。きみが欲しいものを何でもやれる。いいよ、言いなさい」

「ジム、わたしは何も欲しくありません」

「だがプレゼントしたいんだ！　この出来事を祝うために。わかるだろ？　頭に浮かぶものを何でもいいから言いなさい。何なりと。僕にはそれができるんだから。それができるってことをみせたいんだ。どんなでまかせの思いつきでも」

「何も思いつかないわ」

「おい、よせよ！　ヨットが欲しいか？」

「いいえ」

「バファロー市の故郷一帯を全部買って欲しいか？」

「いいえ」

「イギリス民国の戴冠用宝玉が欲しいか？　それも買えるんだ。あの人民国家ときたらもうずいぶん長いあいだ闇市でちらつかせているんだから。だがそんなものを買える昔かたぎの大物は誰も残っちゃいない。僕には買える――九月二日のあとにはね。欲しいか？」

「いいえ」

「ならいったい何が欲しいんだね？」

「ジム、何も欲しくはないわ」

「そんなバカな！　欲しいものがあるはずだ！」

彼女はやや驚いて彼を見ただけで、無関心であることに変わりはなかった。

「ああ、いや、ごめん」自分が短気を起こしたことに驚いて、彼はいった。「ただきみを喜ばせたかっただけだ」彼はむっつりとつけ足した。「だけどたぶんきみにはちっとも理解できないんだろうな。それがどれくらい重要かを知らないからな。自分が結婚した男がどれくらい大物かを」

「知ろうとしているの」彼女はゆっくりと言った。

「きみは相変らずハンク・リアーデンが偉大な人物だと思っているのか？」

「ええ、ジム、思っているわ」

「ふん、僕はあいつをやっつけたんだ。僕はやつらの誰よりも偉い、リアーデンよりも、妹のもうひとりの愛人より――」口を滑らせすぎたかのように彼は口をつぐんだ。

「ジム」彼女は静かにきいた。「九月二日に何が起こるの？」

彼は額の下から彼女を見上げて冷たい視線を投げ、何か神聖な掟の皮肉じみた裏切りのような曖昧な微笑を浮かべた。「ダンコニア銅金属が国有化される」彼はいった。

飛行機が屋根の上の暗闇のどこかを通り過ぎるエンジンの長く不快なとどろきが聞こえ、フルーツカップの銀ボールの氷がとけてかすかにシャリシャリと音を立て、やがて彼女は答えた。「あの方はあなたのお友達だったのでしょう?」

「ああ、だまれ!」

彼は彼女を見ずに黙りこんだ。彼女の顔に目を戻すと、彼女はなおも自分を見つめており、奇妙に厳しい声で先に口をきった。「妹さんがラジオ放送でなさったことはすばらしいわ」

「やれやれ、もういいじゃないか。この一ヶ月その話ばかりだ」

「あなたは答えてくださったことがないわ」

「何か答えることが……」

「ワシントンにいるあなたのお友達が彼女に答えたことがないように」彼は黙ったままだった。

「ジム、この話はやめないわ」彼は答えなかった。「ワシントンのあなたの友達はそれに言及したことがありません。彼女が言ったことを否定も説明もしなかったし、自分たちを正当化しようともしなかった。まるで彼女が何も話さなかったかのように振舞っている。人が忘れるといいと思っているのだと思うわ。忘れる人もいるでしょう。だけどそうじゃない人たちは、彼女が言ったことと、あなたの友達が彼女と戦うのを怖れていたことを知っているわ」

「それは違う!　適切な措置がとられて事件は解決をみたんだ。なんだっていつもその話をむしかえすんだか!」

「どの措置のことですの?」

「バートラム・スカダーは番組が昨今の公益にかなわないという理由で降板になった」

「それで彼女に答えたことになるのですか?」

「事件は解決したんだからそれ以上言うべきことはない」

「恐喝とゆすりで機能する政府について？」

「何もされていないとは言えん。スカダーの番組が破壊的で信頼に足りないと公表されたんだ」

「ジム、わたしはこれを理解したいの。スカダーは彼女の味方じゃなくて、あなたの味方だった。あの放送を仕組んでさえいないわ。ワシントンの命令に従っていただけでしょう？」

「きみはバートラム・スカダーのことが好きじゃないと思っていた」

「いまもよ。だけど――」

「ならなぜ気にするんだね？」

「だけどあなたの仲間の人たちから見る限り、彼は無実だったのでしょう？」

「政治に首をつっこまないでいてくれないか。馬鹿みたいにきこえるから」

「あの人は無実だったのでしょう？」

「それがどうした？」

彼女は大きく目を見開いた。「するとスケープゴートにされただけなんですね？」

「おい、エディー・ウィラーズみたいな顔でじっと見るな！」

「そう見えまして？　エディー・ウィラーズは好きです。正直ですもの」

「あいつは現実にどう対処するかこれっぽっちもわかっていない間抜けだ！」

「だけどジム、あなたにはわかるのでしょう？」

「もちろんだ！」

「それではスカダーを助けることができなかったの？」

「僕が？」どうしようもなく腹立たしそうに、彼は噴き出した。「やれやれ、もっと大人になってくれよ！　僕はスカダーが獣たちの餌食になるように最善を尽くしたんだ！　誰かがなる必要があった。ほかに見つからなきゃ僕の首がとんでいたことくらいわからないのか？」

「あなたの首？　ダグニーが間違っていたなら、なぜ彼女のじゃないの？　彼女が間違っていなかったから？」

「ダグニーはまったくべつの部類なんだ！　スカダーか僕じゃなければならなかった」

「なぜ？」

「それに国の政策としてはスカダーにしておくほうがずっとましだった。そうしておけば、彼女が言ったことについて議論する必要はない――誰かがその件を持ち出しても、それがスカダーの番組で言われたのであって、スカダーの番組は信憑性がなく、スカダーは折り紙つきの詐欺師で嘘つきだとかなんとか吠えたてられる。世間がそれをひっくり返せると思うか？　いずれにせよ誰もバートラム・スカダーなんか信頼しちゃいなかった。おい、そんなふうに見るな！　きみはむしろ僕のせいにされていたほうがよかったのか？」

「なぜダグニーじゃないの？　彼女の演説を否定できなかったから？」

「そんなにバートラム・スカダーをかわいそうに思うなら、やつが僕の首を飛ばそうと必死であがいているところを見るべきだったな！　何年もやってきたことだ――死体を踏んづけてなければ、どうしてあそこまで昇りつめたと思うね？　やつは自分には相当な力があると思っていた――実業界の大物がどれくらいやつをおそれていたことか！　だが今回は裏をかかれた。今回ばかりは、まちがった派閥にいたんだ」

　ぼんやりと、くつろいだ心地よい無感覚状態のなかで、椅子にだらりともたれて笑みを浮かべながらわかったのは、これが求めていた楽しみだということだった。こうして自分自身でいることが。

自分自身でいること――薬に浸ったような、おのれの何たるかという問いに続く何よりも致命的な袋小路を通り過ぎて漂うあやうい状態のなかで、彼はおもった。

「つまりだな、やつはティンキー・ハロウェイの派閥にいたんだ。しばらくはティンキー・ハロウエイとチック・モリスンの派閥間のシーソーゲームだったが、我々のほうが勝った。ティンキーが交換条件を出して仲間のバートラムを沈めることに同意したからな。バートラムの吠えたことときたら！　だがやつも終りだ。自分でもわかっていたようだが」

彼はくすくす笑い始めたが、朦朧とした状態がとぎれて妻の顔が見えるとそれをやめた。「ジム」彼女はささやいた。「それがあなたの……勝っている戦いなんですか？」

「いいかげんにしろ！」テーブルを拳骨でドンと叩いて、彼は甲高い声をあげた。「いままでずっとどこにいたんだね？　自分の住んでいるのがどんな世界だと思っているんだね？」拳骨で水の入ったグラスがひっくり返り、テーブルクロスのレースに暗いしみが広がっていった。

「知ろうとしているのです」彼女はささやいた。彼女の肩は沈み、顔は急にげっそりとしてみえ、やつれてとまどっているような奇妙な老けた表情があらわれた。

「しかたなかったんだ！」沈黙を破って彼はいった。「僕の責任じゃない！　現実はあるがままに受けとめなければ！　こんな世界にしたのは僕じゃない！」

彼女が微笑したのを見て、彼はどきりとした。その微笑にはあまりにも激しく苦い軽蔑が浮かんでおり、優しく温和な彼女の顔にそれが浮かんでいるのが信じがたく思えたからだ。彼女は彼ではなく、自分自身のあるイメージを見ていた。「わたしの父も、仕事を探すかわりに酒場で酔っぱらってはそう言っておりましたわ」

「よくも僕をよりにもよって――」彼は言いかけたが、最後まで言わなかった。彼女が聞いていなかったからだ。

ふたたび彼に目を戻した彼女の言葉は、彼には完全に突拍子もなく思えた。「国有化の日、九月二日」もの思いに沈んだ声で、彼女はたずねた。「選んだのはあなたですの？」

「いや。僕は関係ない。先方の臨時国会の日付かなにかだ。なぜだね？」

「その日はわたしたちの最初の結婚記念日ですわ」

「え？　おっと、そうそう！」無難な話題への転換にほっとして、彼は微笑んだ。「結婚して一年にもなるんだな。いやはや、そんなに長いようには思えないぜ！」

「それよりもずっと長く思えますわ」彼女は淡々といった。

彼女はまた目をそらし、彼はにわかにその話題が少しも無難でないことに不安をおぼえた。そしてこの一年と結婚生活の全軌跡を見ているような表情を彼女が浮かべなければいいのに、と思った。

……おそれるのではなく、学ぶこと――彼女はおもっていた――やるべきことは、おそれることではなくて、学ぶこと……その言葉はあまりにも頻繁に唱えていたために、か弱い彼女の体でつるつるに磨いた柱のように感じられた。この一年間、彼女を支えてきた柱だ。彼女はそれを反復しようとしたが、まるで手が光沢剤の上を滑るかのように、その文句がもう恐怖をくいとめてはくれないかのような気がしていた――理解しはじめていたからだ。

知らないとすれば、なすべきは怯えることではなく、学ぶこと……最初に自分にそう言いきかせたのは、結婚第一週目の孤独のとまどいのなかだった。ジムの態度や、弱さにみえる不機嫌な怒り、臆病にひびく質問への逃げ腰の不可解な答えを、彼女は理解できなかった。そんな特徴は彼女が結婚したジェイムズ・タッガートにはありえないはずだった。理解しないで非難することはできない、あの人の世界のことをわたしは何も知らない、自分が無知なためにあの人の行動を誤解しているのだ、と彼女は自分に言いきかせた。何かが間違っており、自分が感じているのは恐怖だと告げるかたくなな確信に対して、悪いのは自分だと考え、自責の念にかられた。

「ジェイムズ・タッガートの妻に求められる教養と作法をすべて身につけなければなりません」こうして彼女はエチケットの先生に自分の目的を説明した。陸軍の士官候補生か入信したばかりの信者のひたむきさと規律と意欲をもって、彼女は学びはじめた。それが信頼によって夫が与えてくれた高みに値し、彼女についての夫の理想に応える唯一のやりかただ、と彼女はおもった。いまやその理想に到達することは義務だ。そして自分にも白状したくはないが、その長い任務の果てに、自分にとっての理想の彼がよみがえるだろう、もっとよく知れば、鉄道の勝利の夜に見た男性のもとに戻れるのだろう、と感じていた。

レッスンについて話したときのジムの態度を彼女は理解できなかった。彼は爆笑し、笑いが意地悪な軽蔑の響きを帯びていたことに彼女は呆然とした。「ジム、なぜです？　なぜなんです？　何を笑ってらっしゃるの？」彼は説明しようとはしなかった。まるで軽蔑しているという事実だけで十分であり、理由など必要ないかのように。

彼の悪意を疑うことはできなかった。それにしては彼女の過失に寛容すぎたからだ。彼は街一番の上流社会を見せたくてたまらないようにみえ、彼女の無知やぎこちなさ、客が目配せをしあい、また場違いなことを言ってしまったと知って赤面するおそろしい瞬間を非難する言葉を一言も口にしなかった。恥じるでもなく、笑みを浮かべて彼女を眺めていただけだ。そうして帰宅したあと、彼は愛情にみちて陽気に思えた。わたしの気持ちを楽にしようとしてくれているのだ、と彼女はおもった。感謝の気持ちが彼女の向上心をいっそうあおった。

それとわからぬ何らかの変化によって、初めて自分がパーティーを楽しんでいると気づいた夜、きっと報われるだろうと彼女はおもった。ルールがごく自然な習慣と同じになったという自信がふと湧いてきて、ルールを考えずに思い通りふるまってもさしつかえない気がした。以前から自分は人の関心を集めていたが、初めて嘲りではなく賞賛の的になっていた。自分自身の長所によって注目を集め、タッガート夫人なのであり、ジムの妻だからと目をつぶってもらって彼の負担になる慈善対象ではなくなり、楽しそうに笑っており、周囲の人びともそれに応えて、それを認めるように笑っていた。そして彼女は目を輝かせ、完璧な成績通知表を渡してほめてほしいとねだる子どものように、部屋の向こうの彼に視線を送りつづけた。ジムは一人で隅に座り、不可解な目で彼女を眺めていた。

帰り路、彼は黙りこんでいた。「なんだってあんなつまらないパーティーにいっちまうんだろう」リビングの真ん中で蝶ネクタイを脱ぎ捨てて、唐突に刺々しい声で彼がいった。「あんなに下品で退屈な時間の浪費にとことんつきあったのははじめてだ！」「あら、ジム」仰天して、彼女はいった。「わたしは素晴らしいとおもいましたわ」「だろうな！　きみはやけに居心地がよさそうだったからな――コニーアイランドにいるみたいに。もっと分をわきまえて人前で僕に恥ずかしい思いをさせないようになってくれるといいんだが」「あなたに恥ずかしい思いを？　今夜？」「ああ！」「どんなふうに？」「わからないなら説明できないね」理解の欠如が恥ずべき劣等の告白だといわんばかりの神秘主義者の口調で彼はいった。「わかりません」彼女ははっきりと言った。彼はばたんと扉を閉めて部屋を出て行った。

このとき、説明できないことがただの空白ではないとおもえた。どこか胡散臭いところがあった。その夜から、小さな硬い恐怖の点が、暗闇の線路を進むかすかなヘッドライトの光のように、彼女のなかに残った。

知識はジムの世界についての視野を明快にするのではなく、謎を深めるばかりのようだった。彼の友人がつどう美術展、かれらが読む小説、話題にする政治雑誌の退屈な無意味さに敬意を抱くべきということが信じられなかった。幼少期を過ごしたスラムの舗道にチョークで描かれていそうな絵を見る美術展。泥酔した父親でさえ使いはしなかったであろう言語を使って、科学や産業や文明や愛の無益さを証明するとされる小説。まわりくどく古臭い欺瞞としか思われなかったスラムでの伝道師の説教よりも曖昧でつまらない臆病な概論を提起する雑誌。これらのものがかつてあれほど憧れ、もっと知りたいと思っていた文化だとはとうてい信じられなかった。彼女は、城のように見えたぎざぎざの形に向かって山を登り、荒れ果てた倉庫跡を見つけたかのように感じていた。

「ジム」国の知的指導者と呼ばれる人びとのなかで夜を過ごしたあと、彼女は言ったことがある。「サイモン・プリチェット博士はペテン師ね。意地悪でびくついた年寄りのペテン師だわ」「おや、そうかね」彼は答えた。「きみは自分が哲学者を批判する資格があると考えているのかね？」「詐欺師を批判する資格ならあります。大勢見てきましたから、見ればわかります」「やれやれ、だから育ちはかくせないっていうんだ。本当なら、プリチェット博士の哲学の真価がわかっただろう」「何の哲学です？」「理解できないなら説明できないね」彼女はおなじみの彼の公式で会話を終わらせようとはしなかった。「ジム」彼女はいった。「あの人はペテン師よ。彼も、バルフ・ユーバンクも、あの一味全員。あなたは騙されていると思うわ」彼女は怒りを覚悟していたが、そのかわりに、彼の瞼が上がり、驚きのようなきらめきが一瞬みえた。「それはきみの考えだ」彼は答えた。

　ありえないと思っていた概念にはじめて触れて、彼女は一瞬ぞっとした。ジムが騙されているのではないとすれば？　プリチェット博士のいんちきはわかる、と彼女はおもった。あれは値しない収入を彼に与えている詐欺だ。いままでは、ジムが自分の事業ではペテン師かもしれないという可能性を認めることさえできた。考えるに耐えなかったのは、ジムが彼自身何も得るもののない、無報酬のペテン師、打算すらないペテン師だという考えだ。いかさまトランプ師や詐欺師のいんちきさはそれに比べればまだ罪がなく健全に思えた。彼の動機が考えられなかった。そして自分を照らすヘッドライトの光が大きくなりつつあることだけを感じた。

はじめ不安がかすめるように、それから刺すような当惑をおぼえ、やがてしつこく絶え間ない恐怖として鉄道でのジムの立場に疑念を抱きはじめるまで、どんな段階を経て、どんな苦痛の積み重ねがあったのかは思い出せなかった。いまだ心のなかで疑いがかたちにならず、彼の答えをきけば安心できるものと思いこんでいたとき——最初の無邪気な質問に対する「では僕を信頼していないのかね?」という怒りっぽい唐突な彼の言葉をきいて、自分が信頼していないことを彼女は自覚した。スラムでの幼少時代の経験から、正直な人びとは信頼されるかどうかという問題で短気を起こしたりはしないと知っていたからだ。

「職場の話はしたくない」というのが、鉄道に言及するたびにきかされた答えだった。せがんだこともある。「ジム、あなたの仕事をわたしがどう思っているか、そのためにどれほどあなたのことを尊敬しているかご存じでしょうに」「ああ、そうかね?　きみが結婚したのは何だね、男かね?　鉄道会社の社長かね?」「わたし……わたしその二つを切り離そうと思ったことはありません」「やれやれ、僕にとってはあまり嬉しいことじゃないな」彼女は困惑して彼を見た。喜ぶはずだと思ったからだ。「きみが愛しているのは」彼はいった。「僕という人間であって、鉄道じゃないと信じたい」「まあ、ジム」彼女は息をのんだ。「あなたはわたしが——」「いや」悲しげで寛大な微笑を浮かべて、彼はいった。「きみが金や地位めあてで結婚したとは思わなかった。僕はきみを疑ったことはなかった」激しい混乱と胸をしめつける正義感のなかで、自分の気持ちを誤解される根拠を与えてしまったらしいこと、金目当ての女性のせいでこれまで彼がどれほど苦々しい落胆に苦しめられてきたかを忘れていたことを思うと、彼女は頭を振って呻くのが精一杯だった。「あら、ジム、そういう意味じゃありません！」彼は子どもに対するように優しく笑い、腕をまわした。「僕を愛しているかい？」彼はたずねた。「ええ」彼女は小声で答えた。「それなら僕を信じることだ。愛とは信じること。僕にそれが必要なのがわからないのかい？　僕は誰も信用しない。まわりには敵しかいない。とても孤独なんだ。きみが必要だってわからないのかい？」

数時間後、彼女に悶々として部屋を歩きまわらせたものは、自分が彼を信じたいと心から願う一方、その一言も信じておらず、それでいて彼の言葉が嘘ではないとわかっているという事実だった。

それは嘘ではなかったが、彼が示唆したようには、そして彼女が理解したいと願ったいかなる意味においても真実ではなかった。彼は確かに彼女を必要としていたが、いくら彼女がその必要の実体を見極めようとしても、それはたちまち消えてしまうものだった。自分に何が求められているのか、彼女にはわからなかった。彼が求めているのはへつらいではない。薄っぺらな追従じみた賛辞ならば、怒ったような重苦しい表情で、覚せい剤の足りない麻薬常習者のような顔をして聞きながす彼を見ている。だがふたたび興奮させてくれる注射を待つかのように、ときにねだるように彼は自分を眺めるのだ。彼女が賞賛の素振りをすると、彼の目にはきまって生気のきらめきが見えた。にもかかわらず賞賛の理由を明らかにすると、怒りが爆発した。彼は彼女に大物だと思われたがっているらしいが、自分の偉大さをなにか具体的な内容と結びつけることはなかった。

四月中旬、ワシントンへの出張から帰ってきた夜の出来事は不可解だった。「やあ！」彼は大声で言いながら、彼女の腕にライラックの花束を落とした。「幸福な日々がまたやってきた！　この花をみてきみのことを思ったんだ。春がくるんだ！」

彼は酒をつぐと、ことさらに軽くせかせかした調子で陽気に話しながら、部屋を歩きまわった。目には熱っぽい輝きがあり、声はなにか不自然な興奮で細かくちぎれているように思われた。はたして得意がっているのか、それとも意気消沈しているのかと、彼女はいぶかしく思いはじめた。

「僕はやつらの計画を知っている！」話題を転換するでもなく唐突に言った彼を、彼女はさっと見上げた。彼の内側が爆発するときの響きにきこえたからだ。「この国にはそれを知っている人間は十人もいないが、僕は知っている！　トップの連中は国民にそれを叩きつける準備ができるまで秘密にしているんだ。驚く人間は大勢いるだろうな！　やつらをこてんぱんにやっつけちまうだろ！　大勢？　なあに、この国の人間一人残らずだ！　全員に影響する。それほど重要なことなんだ」

「ジム、影響って——どんなふうに？」

「影響するんだ！　やつらは何が待ち受けているのか知らないが、僕は知っている。今夜やつらはそこにいて」——彼は街の明かりのついた窓を指した——「計画を立てて、金を勘定し、子どもや夢を抱いて、それでも知らない。だが僕は知っている。そんなものみんな叩きつぶされて、止められて、変えられてしまうってことを！」

「変えられるって良い方に？　悪い方に？」

「良い方だよ、もちろん」いらいらとして彼は答えた。まるで見当違いだというかのように。彼の声は勢いを失くし、嘘っぽい義務口調に変わっていった。「国を救済し、経済の衰退を阻み、ものごとを静止させ、安定と安全を達成する計画だ」

「どんな計画？」

「それは言えない。秘密だからな。最高機密だ。どれくらい大勢の人間がそれを知りたがるかきみには想像もつかんだろう。一言の警告のためならどんな実業家でも最高の高炉十基を喜んで差し出すことだろうが、だめだ！　ほら、きみの尊敬してやまないハンク・リアーデンもね」将来を見越すように、彼はくすくすと笑った。

「ジム」その笑いがどんな性質の音だったかを物語る恐怖をこめて、彼女はたずねた。「あなたはなぜハンク・リアーデンを憎むんです？」

「憎んじゃいない！」彼は急に彼女の方に向きなおり、異常に不安げな、ほとんど怯えたような表情をした。「やつを憎んでいるなんて言ったことはない。心配ない、やつも計画を認めるだろう。誰もが認めるだろう。誰にとってもいいことなんだ」彼はまるで懇願しているかのようだった。彼女には、相手が嘘をついているが、懇願は心からのものだというくらくらする確信があった。彼は本気で彼女を安心させたがっている。だが、彼が言ったことについてではなく。

彼女は作り笑いをした。「ええ、ジム、もちろんですわ」いかなる本能が、いかなる混乱のきわみから、まるで彼を安心させるのが彼女の役割であるかのようにそう言わせたのだろうと思いながら、彼女は答えた。

彼は微笑と感謝のまじった表情を浮かべた。「それを今夜きみに言いたくてね。どうしても。僕がどれほどすごい問題を扱っているか知ってほしかった。きみはいつも僕の仕事について話すのに、ちっともわかっちゃいないし、きみが想像しているよりもずっと遠大なんだ。きみは鉄道の経営は線路工事と高級金属と時間通りに列車を走らせるという問題だと思っている。だがそうじゃない。どんな下っ端にだってそんなことはできる。鉄道の本当の中心はワシントンにある。僕の仕事は政治だ。政治。決断は国家規模で下され、すべてに影響し、すべての人間を統制する。紙切れに書いた数語、一つの政令が、この国の隅々の一人一人の生活を変えるんだ！」

「ええ、ジム」おそらく夫は、ワシントンの謎めいた世界では才長けた男なのだと信じることができればいいのにと思いながら、彼女はいった。

「なあ」部屋を歩きまわりながら、彼はいった。「きみはやつらに――モーターや高炉についてやたらとくわしい実業界の巨人に権力があると思っているだろ？　やつらは思い知らされるんだ！　身ぐるみはがれるんだ！　引きずり下ろされるんだ！　やつらは――」彼は自分を凝視する彼女の目を見た。「我々自身のためじゃない」つっけんどんに、あわてて彼はいった。「国民のためだ。それがビジネスと政治の違いだ――我々には考え方においても、個人的な動機においても利己的な目的はないし、利益を追求してはいないし、金をかきあつめて人生を費やしたりもせず、する必要もない！　だから精神的な動機も道徳的理想も考えられない強欲な利益至上主義者全員から中傷されたり誤解されたりする……どうしようもなかったんだ！」彼は突然叫んで、彼女の方を向いた。「計画は必要だった！　何もかもがバラバラに崩れて止まっていって、何かがなされる必要があった！　やつらがやめるのをやめさせなければならなかった！　どうしようもなかったんだ！」

彼の目は必死だった。彼女には彼が自慢しているのか、許しを請い求めているのかわからなかった。これが勝利なのか恐怖なのかも。「ジム、気分がすぐれないのですか？　たぶん働きすぎて疲れて――」

「こんなに気分がいいのは生まれてはじめてだ！」ぶっきらぼうに言うと、彼はふたたび歩きだした。「もちろんよく働いた。きみにはとうてい想像もできないほど大きい仕事だ。リアーデンや妹みたいな現場の機械工がやっているようなことは完全に超越している。やつらが何をやろうが帳消しにしてしまえるんだ。線路を作ろうが――僕があらわれて折ってやる。こんなふうに！」そう言いながら、彼は指を鳴らした。「背骨をポキンとね！」

「背骨を折りたいのですか？」ぞくりとして、彼女は小声で言った。

「そんなことは言っとらん！」彼は叫んだ。「いったいどうした？　そんなこと言ってないだろ！」

「ジム、ごめんなさい！」自分の言葉と彼の目のなかの恐怖に気づいて、彼女ははっと息をのんだ。「よくわからないだけで……でもお疲れのときに質問攻めにしたりするものじゃないですね」――自分を納得させようと彼女は必死だった――「あなたの頭のなかが色々なこと……とても……とても……大変なこと……わたしには考えもつかないことでいっぱいだというのに……」

彼の肩がだらりと垂れた。彼は彼女に近づき、ぐったりとして膝をつき、腕をまわした。「ばかだね、きみは」愛情をこめて、彼はいった。

彼女は優しさのような憐れみにも近いなにかに動かされて、彼に手をおいた。だが彼女を見上げた彼の目に浮かんでいたのは満足と軽蔑のまじった色だった。さながら何かの制裁によって、彼を赦したことで彼女が呪われたかのような。

それからの日々、こうしたことが自分の理解を超えており、夫を信じることが妻の義務であり、愛することは信じることだとどれほど自分に言いきかせても無駄だと気づいた。理解できない彼の仕事や、彼と鉄道の関係についての疑念はどんどん膨らんでいった。信じることは夫への義務だと自戒するほど疑念が高まっていくわけがわからなかった。眠れないある夜、彼女はふと、その義務を果たそうとする努力は、彼の仕事ぶりについて話す人びとから背を向け、タッガート大陸横断鉄道に言及する新聞を見ることを拒み、あらゆる証拠と矛盾に対して心をぴたりと閉ざすことだったと気づいた。彼女は愕然としてその問いに捕われていた。じゃあどういうこと？　信念対真実なの？　そして信じたいと思う切望の一部は知ることへの恐怖だと悟ると、従順な自己欺瞞が課した労苦よりもはるかに明快で落ち着いた正義感をもって、彼女は真実を知ろうと心に決めた。

真実を知るのにさほど時間はかからなかった。さりげなく質問したときのタッガート役員のあいまいな態度、当たり障りのない紋切り型の回答、上司に話が及んだときに走る緊張、そして明らかに彼の話題を避けたがっている様子からは具体的なことは何一つわからなかったが、最悪のことを知るに等しい感情をよびおこした。タッガート・ターミナルで身元を明かさず何気ない会話に誘いこんだ転轍手、守衛、切符売りなどの鉄道員はもっと具体的だった。「ジム・タッガート？　あの愚痴っぽい演説屋の能無し？」「社長のジミー？　ま、言わばうまい仕事にありついたルンペンってとこだ」「うちのトップ？　ミスター・タッガート？　ミス・タッガートのことかい？」

　真実をすべて教えてくれたのはエディー・ウィラーズだ。ジムの幼馴染と聞いて、彼女は彼を昼食に誘った。テーブルをはさみ、真面目で問いかけるような真直ぐな目を見て、きわめて簡潔な語り口を聞くと、彼女はそれとなく探りをいれるのをすっかりやめ、救いや憐れみではなく真実だけ求めて、何をなぜ知りたいのかを手短に淡々と告げた。彼は同じやりかたで答えた。ありのままを、静かに、事務的に、批判や意見を述べることなく、二人の事情に興味を示して感情に立ち入ることなく、まばゆいほどの厳格さと凄まじい事実の力をもって彼は話した。誰がタッガート大陸横断鉄道を経営しているのかを。そしてジョン・ゴールト線の話を。それを聞いた彼女が感じたものは衝撃よりもひどかった。まるで常にこのことを知っていたかのような、衝撃の欠如だ。彼が話し終えると、「ありがとう、ウィラーズさん」とだけ彼女はいった。

　その夜、ジムの帰宅を待つ彼女の痛みと憤りを失わせたのは、それがもはや自分には何の重みもないかのような、何らかの行為が求められているが、いかなる行為も結果も何の違いも生みださないかのような離脱の感覚だった。

　部屋に入るジムをみて彼女がおぼえたのは怒りではなく、まるでこの人は誰か、なぜいま話しかける必要があるのかと不思議に思うだけの陰気な驚きだった。彼女は自分が知ったことを手短に、ぐったりと消え入りそうな声で彼に告げた。話を切り出した途端に彼は悟ったらしかった。いつかこのときがくることを予期していたかのように。

「なぜ本当のことを言ってくださらなかったのです？」彼女はたずねた。

「きみが考える感謝の気持ちってのはそんなものなのか？」彼は叫んだ。「僕があれだけ尽くしたあとでそんな感じかたしかできないのか？　うす汚い野良猫の首をつまみあげてやってもずうずうしい身勝手な女になるのが関の山だと皆が言っていた通りだ！」

そんな不明瞭な音は少しも心に届きはしないかのように、彼女は彼を見ていた。「なぜ本当のことを言ってくださらなかったのです？」

「僕に感じる愛情はそれだけかね？　ずる賢い偽善者め！　きみへの信頼の見返りはそれだけか？」

「なぜ嘘をついたのです？　なぜわたしが思ったことを思わせておいたんです？」

「恥を知れ。僕に面と向かったり話したりすることをきみは恥じるべきだ！」

「わたしが？」不明瞭な言葉をつなぎ合わせても、その全体が意味するものを彼女は信じることができなかった。「ジム、あなたは何をしようとなさってるの？」呆然とした遠い声で、彼女はたずねた。

「僕の気持ちを考えたことがあるのか？　これで僕がどんな気持ちになるかを？　きみは何よりもまず僕の気持ちを考えるべきだった！　それが妻たるものの第一の務めなんだ——とりわけきみみたいな立場の女性は！　恩知らずでいるほど卑しくて醜いことはない！」

その瞬間彼女にひらめいたのは、罪を負い、それを知りながらも、自分の犠牲者に罪悪感を呼び覚ますことによって逃避しようとしている男が目の前にいるという考えられない事実だった。だがその事実を頭にとどめておくことができなかった。感じていたのは恐怖のおののき、それを破壊しようとして、見ているものを受けつけまいとする心の痙攣だ。それは狂気の一歩手前で素早くあとずさりするようなおののきだった。やがてうな垂れ、目を閉じた彼女は、いいようのない理由のためのむかむかする嫌悪感だけをおぼえていた。

頭をあげると、策略をあやまった男の不安げな、逃げ腰の、打算的な目が自分を見ていた。だがそれを信じる間もないうちに、彼の顔にはふたたび傷ついた怒りの表情がひろがった。

そこにいないが、話をするためにはいると思わなければならない道理のわかる人間のために思考を言葉で明らかにするかのように、彼女はいった。「あの夜……あの見出し……あの栄光……あれはあなたのことなんかじゃ全然なかった……ダグニーのことだった」

「だまれ、腐ったアバズレめ！」

彼女は反応するでもなく、ぼんやりと彼を見かえした。臨終のことばが口にされたいま、もう何も心に届きはしないかのように。

彼はすすり泣くような音をたてた。「シェリル、ごめん、本気じゃない、撤回する、本気で言ったわけじゃないんだ……」

彼女は壁にもたれて立ちつくしていた。さっきからぴくりとも動いていなかった。

ぐったりと肩を落とし、彼はソファの端にくずれおちた。「どうすれば説明できただろう？」希望を捨てるように、彼はいった。「とても大きくて複雑なことだ。詳細もいろいろなことの影響もわからないきみに、どうして大陸横断鉄道について教えられただろう？　何年もかかった僕の仕事を、どうして説明できただろう……ああ、しかたない。僕はいつも誤解されてきたし、そろそろ慣れてもいい頃だ。ただきみは違う、きみならわかってくれるかもしれないと思った」

「ジム、なぜわたしと結婚したのですか？」

彼は悲しそうにくすくすと笑った。「そうやってみんな訊いてくる。きみが訊くとはね。なぜって？　愛していたからだ」

人間の言語のうちもっとも単純で、誰もが理解し、人と人との普遍的な絆であるはずのこの言葉が何の意味も伝えないのはなんて不思議なことだろう、と彼女は思った。その言葉が彼の心の中で何を意味するものなのか、彼女にはわからなかった。

「僕は誰からも愛されたことがない」彼はいった。「この世に愛なんてない。人は感じない。僕は感じるんだ。誰がそんなことを気にするね？　みんなが気にするのは時刻表と貨物の搭載量と金だ。ああいう人間の間では生きられない。とても孤独なんだ。いつも理解者を探していた。たぶん僕はただどうしようもない理想主義者で、不可能なことを探しているんだ。誰も理解してくれない」

「ジム」奇妙に厳しい声で、彼女はいった。「わたしはこれまでずっとあなたを理解しようとして苦労してきたのです」

ぞんざいにではなく悲しそうに言葉を払いのける仕草で、彼は両手をばたんと落とした。「きみならわかってくれると思った。僕にはきみしかいない。だが人間はしょせん理解しあうことなんかできないんだろう」

「なぜできないんです？　なぜ欲しいものをおっしゃってくださらないのです？　なぜあなたを理解するのを助けてくださらないのです？」

彼はため息をついた。「それだ。それが問題なんだ——きみはそうやってなぜとばかり。すべてに絶えずなぜを求める。僕が言っていることは言葉にはできない。はっきり言えないことだ。感じるしかない。感じるか感じないかだ。頭じゃなくて心なんだ。きみは感じたことがないのか？　そういう質問をしないでただ感じたことが？　理科の実験の物体じゃなくて人間として僕を理解することができないのか？　つまらない言葉や無力な頭脳を超越するずっと大きな理解……いや、そんなことは求めるべきじゃないかもしれない。だが僕は求めて望み続けるんだろうな。きみは最後の希望だ。きみしかいないんだ」

彼女は身じろぎもせずに壁にもたれていた。

「きみが必要なんだ」彼は弱々しく嘆いた。「僕は一人ぼっちだ。きみはほかのやつらとは違う。きみを信じている。信頼しているんだ。金と名声とビジネスと闘いが何をくれただろう？　僕にはきみしかいない……」

彼女はじっと立ったまま彼を見下ろしたが、わずかに視線の方向でかたちばかりの認識を与えたにすぎなかった。苦しみについてこの人が言っていることは嘘だ、と彼女は思った。だが苦しんでいることは事実だった。絶えまない苦しみに引き裂かれ、それを打ち明けられないでいるらしいが、それは、もしかすると、理解できるようになるかもしれない。暗い義務感をもち、自分はまだその程度のものを夫である彼に負っている、と彼女は思った。彼が与えてくれた地位への見返りとして。彼がくれたものはそれだけだろうが、せめて自分は彼を理解しようと努めなければならない。

それからの日々、自分が他人になってしまったような不思議な感覚を彼女はおぼえていた。欲しいものも探すものもない他人だ。英雄崇拝にまばゆく燃えた愛の代わりに、憐憫の耐えがたい単調さだけが残っていた。みつけようとした人たち、目標のために戦い、苦しみを拒む人たちの代わりに——残されたのは、おのれの苦しみだけが自分の価値であり、彼女の人生と引き換えに提供できるものである男だけだ。だがいまやそれもどうでもよくなっていた。かつて彼女であった人間は、前途をどこまでも、意欲をもって見つめていたものだ。その彼女と入れ替わった生気のない他人は、周囲の身なりのよすぎる人びと、考えようとも望もうともしないから自分は大人だと言う人びとと同じだった。

だがその他人は彼女自身であった幽霊にとりつかれており、幽霊には達成すべき使命があった。自分を破壊したものを理解しならなければならなかった。知らなければならず、たえず待ち続けているように感じながら彼女は生きていた。ヘッドライトが近づきつつあり、知った瞬間に車輪に轢き殺されるだろうと感じながらも、知らなければならなかった。

わたしの何が欲しいの？――それが手がかりとして頭のなかで繰り返された問いだった。わたしの何が欲しいの？――夕食の席で、応接間で、眠れない夜に、彼女は声を出さずに叫びつづけた。ジムや、同じ秘密を共有しているらしいバルフ・ユーバンクや、サイモン・プリチェット博士にむかって、彼女は叫びつづけた。わたしの何が欲しいの？　声に出さなかったのは、かれらが答えはしないことを知っていたからだ。わたしの何が欲しいの？――走っているのに逃げ道がないかのように感じながら、彼女は問いかけた。わたしの何が欲しいの？――まだ一年にもならない結婚生活の長い苦悩を見渡して、彼女は問いかけた。

「わたしの何が欲しいの？」彼女は声に出してたずねていた。そしてジムと、彼の熱っぽい顔と、テーブルの乾いていく水のしみを見ながら、自分がダイニングルームのテーブルに座っていることに気づいた。

どれくらい沈黙が続いたのだろう。口にするつもりのなかった問いに彼女は自分でも驚いていた。彼が理解するとは思えなかった。これまでもっと単純な質問をしたときも理解しているようには思えなかったからだ。彼女は頭を振り、この場の現実にかえろうとした。

だが驚くべきことに、彼女を見る彼の顔には嘲弄の色が浮かんでいた。彼の理解についての推測を嘲笑うかのように。

「愛だ」彼は答えた。

あまりにも単純であり同時に無意味な回答をつきつけられて、自分が絶望で萎えていくのを彼女は感じた。

「きみは僕を愛していない」なじるように彼はいった。彼女は答えなかった。「きみは僕を愛していない。愛していれば、そんな質問はしないはずだ」

「愛していたことはあります」ぼんやりと彼女はいった。「だけどそれはあなたが求めていたものじゃなかった。わたしはあなたの勇気と野心と能力のためにあなたを愛したのです。だけどどれも本物ではありませんでした」

彼の下唇はやや侮蔑的に膨らんだ。「何とまあ貧弱な愛の概念だろうね！」彼はいった。

「ジム、あなたは何によって愛されたがっているの？」

「何とまあしみったれた店員じみた態度だろう！」

彼女は話さなかった。ただ目を見開いて、静かな問いを向けていた。

「何によって愛されるかだと！」嘲弄と義憤で声をきしませて、彼はいった。「するときみは、愛は数学や取引や食料品屋のバターみたいに計測の問題だと思っているのかね？　僕は何によっても愛されたくない。自分がすることや持っているものや言うことや考えることによってではなくて、自分自身のために愛されたいのだ。自分自身によって――体や頭や言葉や仕事や行動じゃなく」

「だけどそれなら……あなた自身っていったい何です？」

「愛していれば、そんなことは訊かないだろう」慎重さと闇雲な衝動の間で危なっかしく揺れ動くかのように、彼の声は神経を尖らせた甲高い語気を帯びていた。「訊かないはずだ。わかるはずだ。感じるはずだ。なぜきみはいつもすべてにレッテルを貼ろうとするんだね？　そういうまずしい唯物主義的定義を越えられないのかね？　感じることが——ただ感じることがないのかね？」

「いいえ、ジム、感じます」低い声で彼女はいった。「だけど感じないようにしているの。だって……わたしが感じているのは恐怖ですから」

「僕が怖いのかね？」願うように、彼はたずねた。

「いいえ、ちょっと違います。あなたがすることではなくて、あなたという人のありかた」

　扉をバタンと閉めるように素早く、彼は瞼を落とした——だが彼女が彼の目にとらえたものはきらめきであり、あろうことか、それは恐怖のきらめきだった。「きみには愛することはできない。きみみたいな金鉱掘りには！」すべての建前をとりはらい、傷つけたい気持ちだけで、彼は唐突に叫んだ。「そうとも、金鉱掘りだ。それにはいろんな形がある。金に目がくらむ以外にも、それよりひどい強欲のかたちがある。きみは精神の金鉱掘りだ。きみは金のために僕と結婚したわけじゃない。だが僕の能力や勇気や、愛の値段としてきみが定めたとりえのために結婚したんだ！」

「あなたは……理由なしに……愛してほしいの？」

「愛はそれ自体が理由なんだ！　愛は原因や理由を超越する。愛は盲目だ。だがきみには無理だろう。きみには交換はしても与えない店主のさもしくて悪賢くて打算的でちっぽけな魂しかない！　愛は贈るもの——すべてをのり越え、すべてを許す、大いなる自由な無条件の贈り物だ。美徳のために人を愛することのどこに寛容さがあるかね？　その人間に何を与えるかね？　何も。それは冷たい正義でしかない。その人間が値するものでしかない」

　彼女の目は標的を捕らえる危険な激しさを帯びて暗かった。「あなたは値しない愛が欲しいのですね」質問ではなく、判決を下す口調で、彼女はいった。

「ああ、きみにわかるもんか！」

「いいえ、ジム、わかります。あなたが欲しいのはそれ——あなたたちみんなが欲しいのはそれだけ——お金でもない、物質的な利益でも、経済的安定でも、あなたたちが求め続けている施しでもない」心をさいなむ混乱に確固たる認識を与えようと、あたかも自分の考えを自分に朗誦するかのように、彼女は淡々と話した。「福祉を説いてまわる人たち——あなたたち全員が求めているのは値しないお金じゃない。施しは施しでも別の種類のもの。わたしは精神の金鉱探しとおっしゃったわね。価値があるものを探すから。では、あなたたち福祉伝導家……あなたたちがたかりたいのは精神だわ。値しない精神——そんなものがありうるってことも、その意味も考えたことがなかったし、教えられたこともなかった。だけどあなたが欲しいのはそれなんですね。値しない愛が欲しいんですね。値しない賞賛が欲しいんですね。値しない偉大さが。ハンク・リアーデンになる必要なしに、あの人のような男になりたいんだわ。何かである必要もなく。在《あ》る……必要も……なく」

「黙れ！」彼は悲鳴をあげた。

二人は顔を見合わせた。二人とも、彼女には明言できず、彼はしようとしない縁《ふち》に立たされていると感じ、あと一歩が致命的になると知っておののきながら。

「自分が何を言っているかわかっているのか？」よくある内輪もめでしかない健全に近い通常の世界に戻ることで、ほとんど慈愛的に響くちょっと怒った調子で、彼はたずねた。「きみはどんな哲学の問題を扱っているつもりだね？」

「わからない……」把握しようとしたあるもののかたちがまた一度手から滑り落ちたかのように、ぐったりとうな垂れて彼女はいった。「わかりません……ありえないことのようだわ……」

「現実とかけはなれた議論をしないほうが——」だが彼は口をつぐまねばならなかった。祝いのために注文したシャンパンの入ったきらきら光る氷のバケツをもって、執事がやってきたからだ。

幾世紀にも亘って人びとがその困難な歩みのなかで達成の歓喜の象徴と定めてきた音が部屋に満ちるあいだ、かれらは黙りこんでいた。コルクがはじける音、揺らめくろうそくの反射光があふれる二つの大きなグラスに注ぎこまれていく薄い金色の液体の陽気なさざめき、二本のクリスタルを昇る泡のささやき。その光景にあるすべてが同じ野心を抱いて昇ることを求めるような。

二人は執事がいなくなるまで黙りこんでいた。タッガートはぐにゃぐにゃの二本の指で無頓着にグラスの柄を持ち、じっと泡を見下ろしていた。すると彼の手が、ぎこちなく震えて突如として柄を握り締め、彼はそれをシャンパングラスではなく、肉切り包丁を持ち上げるようにかかげた。

「フランシスコ・ダンコニアに!」彼はいった。

彼女はグラスを下ろした。「いいえ」彼女は答えた。

「飲むんだ!」彼は叫んだ。

「いやです」鉛の滴のような声で、彼女は答えた。

二人はしばらく互いの視線をとらえていた。金色の液体を照らして揺らめく光は、かれらの顔や目には届かなかった。

「ふん、勝手にしろ!」彼はそう叫ぶと立ちあがり、グラスを床に投げつけて、部屋から飛び出していった。

彼女は身じろぎもせず、長い間テーブルに座っていたが、やがてゆっくり立ち上がり、呼び鈴を鳴らした。

彼女は不自然に冷静な足取りで自分の部屋に歩いていき、クローゼットの扉を開け、スーツと靴を取り出し、彼女の周囲や内部で何もきしませないことに人生がかかっているかのように注意深くきちんとハウスコートを脱いだ。彼女はただ一つの考えにすがりついていた。それは、この家を出なければならない――いま一時間だけでも、しばらくここをでて――そうすれば、そのあとで、対峙すべきことに立ち向かえるようになるだろう、という考えだった。

＊　＊　＊

目の前の書類の文字はぼやけており、頭を上げて、辺りはとうに暗くなっていたことにダグニーは気づいた。

ランプをつける気もせず、書類を脇に押しやって、彼女は怠惰と暗黒の贅沢を自分に許した。それでリビングの窓の向こうの街から離れていられた。遠方のカレンダーは八月五日を告げている。

一ヶ月は無為な時間の空白だけを残して過ぎた。時間は、緊急から緊急へと疾走して、鉄道の崩壊を遅らせる計画性がなく感謝もされない仕事に注がれた。その場しのぎに費やされたつながりのない日々の廃品の山のようなひと月だった。それは存在をもたらす業績の積み重ねではなく、起こらなかったこと、防がれた災難の零の連なりであり――生きるのに役立つ仕事ではなく、死との競走にすぎなかった。

思い出そうとしたわけでもないのに、あの谷の光景が目の前に現れるときがあった。突如出現するのではなく、不意に執拗なまでの現実味を帯びる絶えざる隠れた存在として。目をくらまされた静寂、動かない決定と頑固な痛みが競うなかで、彼女はそれに向きあった。そして痛みを認めることによって戦いながら、自分に言いきかせた。そう、これさえも。

日光を顔にあびて目覚め、ハモンドの市場に走って朝食用の新鮮な卵を手に入れなければと思った朝があった。そして我にかえり、寝室の窓の向こうにニューヨークの靄を見て、死のような感触、現実の拒絶のような激しい痛みを覚えるのだった。わかっていたことだ、と彼女は自分に厳しく言い聞かせた。選択したときにどうなるかはわかっていた。そして意にそぐわない重しのような体をベッドから引きずり出し、歓迎されない日を迎えてささやくのだった。そう、これさえも。

何よりも苦しいのは、街を歩き、不意に通行人の頭に金がかった栗色の輝く髪を目にして、まるで街が消滅したかのように感じ、その人間のいるところに駆けつけ、彼を掴まえる瞬間を遅らせているのは彼女の内側の烈しい静けさだけだと思うときだ。だが次の瞬間、無意味な顔が見え——もう一歩たりとも進む気力はなく、生きる活力も生み出したくないと思いながら立ちつくすのだった。彼女はそうした瞬間を避けようとした。見ることを禁じようとした。歩道を見て歩いてみた。だができなかった。それ自体の意志によって、彼女の目は金髪をとらえては追ってしまうのだった。

彼の約束を思い出しながら、彼女はオフィスの窓のブラインドを上げておいた。あなたが見ているのなら、どこにいたとしても……とだけ考えながら。オフィスの高さまで届くビルはなかったが、彼女は遠方の塔を見て、どの窓が彼の監視所なのか、光線なりレンズなりの彼自身が開発した装置で、彼は一ブロック、一マイル先の高層ビルから自分の動きを逐一監視しているのだろうかと考えていた。机に座り、カーテンのない窓際で考えるのだった。たとえもう二度と会えないとしても、ただあなたが見ていると知るために。

そしていま、部屋の暗がりでそのことを思い出しながら、彼女は立ちあがって明かりをつけた。そのような自分に気づいて陰気な驚きに苦笑し、彼女は一瞬うな垂れた。そして街の広大な暗闇のなか、明かりのついた窓は、救援信号なのか、それともほかの世界をいまも護衛する灯台なのだろうかと思った。

ドアベルが鳴った。

扉を開けると、かすかに見覚えのある顔の娘の影があり――一瞬の間をおいてから、それがシェリル・タッガートだと気づいて彼女は驚いた。結婚式以来、タッガートビルの廊下でばったり出会って堅苦しい会釈を交わしただけで、二人は顔を合わせていなかった。

シェリルの顔は落ち着いており、笑みはしなかった。「折り入ってお話したいことがあるのですがよろしいでしょうか」彼女は躊躇して言い足した。「ミス・タッガート」

「もちろんです」ダグニーが重々しく言った。「どうぞ」

不自然に落ち着きはらったシェリルの態度には、どこかさし迫った気配があった。リビングの光の中で娘の顔を見たとき、彼女はそのことを確信した。「座ってちょうだい」と彼女は言ったが、シェリルは立ったままだった。

「借りを返しにうかがいました」感情を交えまいとして、シェリルの声は硬かった。「結婚式で申しあげたことを謝りたいのです。お許しくださらなければならない理由はありませんが、わたしは自分が尊敬するすべてを侮辱し、軽蔑するすべてを弁護していたとわかったと言わねばなりません。いまそれを認めたところで埋め合わせにはなりませんし、ここに来ることさえも思いこみに過ぎませんし、それをお聞きになりたい理由はありませんから、わたしは借りをなくすことさえできません。できるのはお願いすることだけです。あなたに伝えたいことを言わせてくださいと」

ダグニーは温かくて、苦しくて、信じがたい感情に襲われた。一年もしないうちにこれほどの道のりを歩むとは！　微笑はある危うい均衡を壊してしまうことになると察知して、救いの手を差し伸べるように、真面目な声で、彼女は答えた。「でもそれは埋め合わせになるし、聞きたいわ」

「タッガート大陸横断鉄道を経営していたのはあなたなのですね。ジョン・ゴールト線を敷設したのはあなたです。すべてを存続させておく頭脳と勇気を持っていたのはあなたでした。わたしがお金のために結婚したと思われていたことでしょう——そうしたいと思わない売り子がいるでしょうか？　ですが、わたしがジムと結婚したのは、わたしが……あの人のことをあなただと思ったからなのです。あの人がタッガート大陸横断鉄道だと思っていました。いまはあの人が」——彼女は躊躇して、それからしっかりと、自分に容赦せずに話しつづけた——「あの人は胡散臭いたかり屋です。どういうたかり屋か、なぜそうなのかはわからなくても。結婚式でお話しましたとき、わたしは自分が偉大なものを弁護して敵を非難していると思っていました……でも逆だった……とんでもなくあべこべだった！……だから真実を知っているとお伝えしたかったのです……あなたのためだけじゃなくて、わたしにはお気になさっていると思う権利もありませんでしたが……ただわたしが愛したもののために」

　ダグニーはおもむろに言った。「もちろん許します」

「ありがとうございます」彼女は小声で言うと、背を向けて立ち去ろうとした。

「おかけなさい」

　彼女は頭を振った。「それで……それで全部です、ミス・タッガート」

　ダグニーは初めて微笑を浮かべた。それは「シェリル、ダグニーでいいわ」と言ったときわずかに目にあらわれた笑みだった。

　シェリルの答えはかすかにおののいた唇の膨らみだけで、まるで二人でやっと一つの微笑を作ったかのようだった。「わたし……自分がそんな——」

「姉妹でしょう？」

「いいえ！　ジムを通じてでは！」それは思わずあげた悲鳴だった。

「いいえ、選択によって。座って、シェリル」それを受ける熱意をみせまいと、救いにすがるまいと、壊れないようにしようと努めながら、娘は従った。「大変な思いをしてきたのね？」

「ええ……ですがそれは関係ありません……自分の問題で……自分の落ち度ですから」

「あなたに落ち度があったとは思わないわ」

シェリルは答えなかったが、突如、無我夢中で、「あの……慈善だけは結構です」と言った。

「ジムが言ったはずよ。ほんとうに、私は慈善に関与しないの」

「ええ、言いました……だけどわたしが言いたいのは」

「言いたいことはわかるわ」

「ですがご心配いただく理由はありません……不満を言うためにうかがったわけではありませんし……余計なご迷惑をおかけしにきたわけでも……わたしがたまたま苦しんでいたとしても、あなたに何をお願いする権利にもなりません」

「ええ、そうね。だけど私と同じものにあなたが価値を認めていることで、なるのよ」

「つまり……わたしと話しても、お情けじゃないってことですか？　気の毒だからじゃないと？」

「とても気の毒に思うわ、シェリル。力になりたいの。それはあなたが苦しんでいるからではなくて、苦しんで然るべきことをしていないからよ」

「つまり、わたしの弱点や愚痴や卑劣さに優しくはしないということですか？　ただわたしのなかのよいものだけに親切にしてくださるということ？」

「もちろんです」

シェリルは頭を動かしたわけではなかったが、それをもたげたかに見えた。何か清々しい流れのために顔がくつろぎ、苦痛と威厳を組み合わせた稀有な表情を作っているかのように。

「シェリル、お情けじゃないわ。私と話すのをこわがらないで」

「変ですね……初めて話のわかる人に出会って……こんなにも簡単で……なのにわたしは……あなたに話しかけるのがこわかった。ずっと前にあなたの許しを請いたかったのです……真実を知ってからずっと。あなたのオフィスの入口まで行ったこともあるのですが、廊下で立ち止まってしまって入る勇気がなかったのです……今夜こちらにうかがうつもりもありませんでした。ただ外に出て……考えごとをしようとして、そして急に、お会いしたいと思ったのです。街じゅうで行くべき場所はここしかなくて、あとやるべきことはそれしかないと」

「来てくれて嬉しいわ」

「あの、ミス・ターーダグニー」恐る恐る、そっと彼女はいった。「あなたはちっとも思っていたような人じゃなかった……あの人たち、ジムとあの人の友達は、あなたが厳しくて冷たくて情がない人だと言っていました」

「でもね、シェリル、それは本当なの。実際、ある意味で私はかれらが言うとおりの人間だわ。でもかれらはそれが厳密にはどういう意味か言ったことがある?」

「いいえ。まず言いません。どういう意味かたずねるたびに、鼻で笑うだけなのです……何についても。あなたについては、どういう意味なのですか?」

「人が『情がない』といって誰かを非難するときは必ずといっていいほど、その人物は正しいという意味なのです。その人物には理由のない感情がなくて、値しない感情を他人に与えはしないという意味よ。『感じる』ことは理由や倫理や現実に逆らうという意味なのです。つまり……どうしたの?」――娘の顔に異常な烈しさを見て、彼女はたずねた。

「それは……それは一生懸命理解しようとしたこと……とても長いあいだ……」

「では、常に無実ではなく罪の弁護としてその非難を聞かされるという事実に注目なさい。善人が自分を公平に扱わなかった人間をそう評するのを聞くことはありません。だけどゴロツキは自分をゴロツキとして扱い、自分が犯した罪悪やその結果もたらされた苦痛に同情してくれない人たちについていつもそう言うの。ええ、確かに——それに対して私は何も感じない。だけどそれを感じる人たちは、人間の偉大な性質について、賞賛や承認や尊敬に値する人物や行為については何も感じないの。私が感じるそういうことについて。いずれあなたにも、どちらかだってことがわかるわ。罪悪に同情をおぼえる人間は無実に同情しない。二つのうちどちらが情のない人間か、自分にたずねてごらんなさい。そうすれば慈善の対極にある動機がわかるでしょう」

「何？」彼女は小声で言った。

「正義よ、シェリル」

シェリルはぶるりと身震いするとうな垂れた。「ああ、なんてこと！」彼女は呻いた。「いまあなたが言ったとおりのことを信じているためにジムがわたしをどんな目にあわせたか！」抑えようとしていたものが突き上げてきたかのように、また別の震えに襲われて、彼女は顔を上げた。目に浮かんでいたのは恐怖だった。「ダグニー」彼女はささやいた。「ダグニー、わたしはあの人たちが怖い……ジムやほかの人たちみんな……あの人たちがやることじゃなく……それなら逃げられる……だけど逃げ道がないみたいに怖い……あの人たちのありかたと……かれらが存在するってことが」

ダグニーはすっと前に出ると、椅子の肘に腰かけて彼女の肩をしっかりとつかんだ。「ねえ、大丈夫よ」彼女はいった。「あなたは間違っているわ。絶対にそんなふうに人を恐れてはいけないの。かれらの存在があなたの存在について考える材料になるなんて絶対に考えちゃいけないわ。なのにあなたはそう考えているのよ」

「ええ……そう、あの人たちが存在する限り、わたしが生きるチャンスはない気がして……チャンスも、余地も、やっていける世界も……そんなふうに感じたくはないし、その考えは押し戻そうとしても近寄ってきて、逃げ場がない……それがどんな気持ちかうまく言えないし、完全につかむことはできなくて――そして何もつかめないというのも怖いものの一つで――突然全世界が破壊されたのに爆発もなくて――爆発だったら何か固くてしっかりしている――だけど何か……何かひどく柔らかいものに破壊されたみたいな……固いものも形のあるものも全然なくて、石の壁に指で穴をあけることもできて、石がゼリーみたいにくずれて、山がなだれ落ちて、ビルも雲みたいな形にかわって――それが世界の終わり、火でも硫黄でもなくて、ただべたべたしたものだっていうような」

「シェリル……かわいそうなシェリル、世界をまさにそういうものにしようともくろんできた哲学者が何世紀にもわたって存在したの――人が目撃しているものがそれだと信じさせることで人の頭脳を破壊して。だけどあなたがそれを受け入れる必要はないわ。他人の目で見る必要はない。自分の目に頼りなさい。自分自身の判断にたよりなさい。そこにあるものは実存することを知っているでしょう。それを声に出して言うの。何よりも神聖な祈りのように。そして誰にもそうじゃないと言わせないこと」

「だけど……だけどもう何も実存しないのです。ジムと彼の友達は――いないも同然。一緒にいても自分が何を見ているのか、何を聞いているのか……本当のものは何もなくて、あの人たちがやっているのは何か気味の悪い見せかけ……あの人たちが求めているものがわからない……ダグニー！わたしたちはいつも人間にはとても大きな知識の力、動物よりもずっと大きな力があると教えられてきたのに、わたし――いまどんな動物よりも自分が盲目なように感じるの。盲目で無力。動物なら敵と味方の区別を知っているし、自分を守るべきときを知っている。味方が自分を踏んづけて喉をかき切るとは思わないでしょう。愛が盲目で、略奪が業績で、悪漢が政治家で、ハンク・リアーデンの背骨を折るのが素晴らしいと思いはしないでしょう！——ああ、何を言っているのかしら？」

「わかるわ」

「つまり、どうやって人に接すればいいのでしょう？　つまり、一時間たりとも確実なものがないなら——これ以上続かないでしょう？　ええ、ものに実体があることはわかる——だけど人は？　ダグニー！　あの人たちは何者でもなくて、何にでもなって、実存するものではなくて、ただのスイッチ、形がなくて絶えず切り変わるスイッチ。だけどわたしはあの人たちの中で生きていかなければならない。どうやって？」

「シェリル、あなたが戦っているのはすべての人間の苦しみをもたらしてきた歴史上もっとも重大な問題なの。あなたはたいていの人よりもずっと多くを理解した。苦しんで死ぬ大勢の人は、何に殺されたかを知らずに死んでいくの。あなたが理解するのを助けてあげる。大きな課題だし、難しい闘いだわ。でも何よりもまず、怖れないことよ」

　シェリルの顔に浮かんだのは、まるでダグニーをはるか彼方から見ており、精一杯近づこうとするのに近づけないでいるかのように、奇妙に考えこんだ切ない表情だった。「戦いたいと思えれば」彼女は穏やかに言った。「だけど思えない。もう勝ちたいとさえ。改めなければならないとわかっているのに変えられないことがある。そう、わたしはジムとの結婚みたいなものを期待したことがなかった。そして現実になったとき、人生は期待していたよりもずっと素晴らしいものだと思った。いま、人生と人びととは想像していたどんなものよりもひどくて、わたしの結婚は輝かしい奇跡じゃなくて、口にするのも、いまだに完全に知るのもおぞましい悪って考えに慣れなきゃならないってこと——わたしはそのことを完全には受け入れることができないでいる。そこを超えられない」彼女は突然目を上げた。「ダグニー、あなたはどうやって？　どうやってボロボロにならずにいることができたのです？」

「たった一つの掟を守ることよ」

「どんな？」

「自分自身の精神の判決の上には何も――何もおかないってこと」

「あなたはひどいめにあってきた……たぶんわたしより……わたしたちの誰よりも……どうして耐えてこられたのです？」

「命は何よりも大切なかけがえのないもの、戦わずに投げだすには尊すぎるものだから」

　まるで何年分もの興奮を取り戻そうともがくかのような、はっと思い当たって愕然とした表情がシェリルの顔に浮かんだ。「ダグニー」――彼女の声は囁きだった――「それは……それが子どものころ感じていたこと……それこそ自分について一番よく覚えていること……そういう感情……失くしたことはなくて、いまもあって、いつもあって、だけど大人になるにつれて隠さなければならないと思うようになって……そういう気持ちを何と呼べばいいのかわからなかったけれど、たったいま、あなたがそう言って、それがあの気持ちだったから驚いたの……ダグニー、自分の命についてそんなふうに感じるってこと――それは善いことなの？」

「シェリル、よく聴きなさい。その気持ち――それが求めて意味するすべてが、この世で何よりも崇高で尊い唯一善いものなのよ」

「わたしがそんなことを訊くわけは、わたしは……わたしにはとてもそんなふうに考える勇気がないから。どういうわけか、人はいつもそれを罪とみなしているみたいな……まるで人がわたしのそこに腹を立てていて……その部分を崩したがっているみたいな気持ちにさせてきた」

「それは確か。それを崩したがる人もいる。その動機がわかれば、世界一陰険で醜い唯一の悪を知ることになるけれど、あなたはそんなものが届かない安全な場所に脱出しているでしょう」

シェリルは、わずか数滴の燃料を保ち、それによって燃え上がろうとする弱い炎のような微笑を浮かべた。「この数ヶ月で初めて」彼女はささやいた。「まるで……まだチャンスがあるかのように感じたのは」心配そうにじっと自分に注がれたダグニーの目を見て、彼女はつけ足した。「大丈夫です……慣れさせてください――あなたと、あなたが言ったことすべてに。それを……それが現実だと……そしてジムはどうでもいいと思えるようになるでしょう」自信を取り戻そうとするかのように、彼女は立ちあがった。

突然理由のない確信に促されて、ダグニーは鋭く言った。「シェリル、今夜は家に帰らないで」

「いいえ！　大丈夫です。そういうことはこわくありません。家に帰ることは」

「今夜あちらで何かがあったんじゃないの？」

「いいえ……たいしたことは……いつもと同じようなこと。ただ少しはっきりとものごとが見え始めてきただけです……大丈夫です。考えて、いままでよりもずっとよく考えなくちゃならない……そしてやるべきことを決めます。あの――」彼女はためらった。

「どうしたの？」

「またお話に来てもよろしいですか？」

「もちろんよ」

「ありがとう。わたし……とても感謝しています」

「また戻ってくると約束してくれる？」

「約束します」

エレベーターに向かって廊下を歩いていく彼女の沈んだ肩と、それを上げようとする努力、そして背筋を伸ばしていようとする強さのすべてを集めて揺れているようにみえるほっそりとした姿をダグニーは見た。その姿は一本の繊維でなおもつながっており、裂け目を癒そうともがきながら、一陣の風が吹けば力尽きるであろう茎の折れた植物のように見えた。

＊＊＊

書斎の開いた扉から、ジェイムズ・タッガートはシェリルが控えの間を横切ってアパートを出て行くのを見た。彼は扉を閉め、まるで彼自身の不快さが妻への、そして思うように祝わせてくれない世界への復讐であるかのように、スラックスをシャンパンで濡らしたまま、大きなソファの上にどさりと倒れこんだ。

しばらくして彼は立ちあがり、上着をひきはがして部屋の向こうに投げた。そして煙草に手を伸ばしたが、たちまちそれを半分に折ると、暖炉の上の絵に投げつけた。

ベネチアグラスの花瓶が目に留まった。青と金色の模様が透明な瓶に複雑にからまる年代物の逸品だ。彼はそれをつかんで壁になげつけた。それは粉々に砕かれた電球のような薄いガラスの雨となって散った。

その花瓶を購えない目利きたちのことを思う満足感のために、彼はそれを購入した。いまそれを賞賛してきた数世紀への復讐の満足感――そして花瓶を買う金があれば一年間は暮らしていけたであろう数百万の困窮する家族のことを思う満足感を味わっていた。

彼は靴を脱ぎ捨ててソファに仰向けになると、靴下だけの足を宙にぶらつかせた。

ドアベルの音に彼は驚いた。音が自分の気分とぴったりだったからだ。かりにいま彼がどこかのドアベルに指を突きたてればこう響いていたかというような、ぞんざいで、高圧的で、いらいらした音だった。

　面会を求められても断ろうと決めてほくそえみながら、彼は執事の足音を聞いた。しばらくして扉をたたく音がして、執事が入ってくると、「リアーデン夫人がおみえです」と告げた。

「何だって?……ああ……ほう！　通しなさい！」

　彼はさっと足を床に降ろしたが、そのほかは譲歩することなく、鋭い好奇心にみちた笑みを浮かべて待ち、リリアンが部屋に入ってくるまであえて立たないことにした。

　彼女はエンパイアスタイルの旅行着を模したワイン色のディナードレスを身につけていた。ゆったりと流れるハイウエストのスカートのラインをダブルのミニジャケットがとらえ、顎の下まで羽根をくるりと垂らした小さな帽子が片方の耳にくっついている。いらだちの合図を送る旗のように、ドレスの裾と帽子の羽をはためかせ、それを脚や喉にパタパタとさせ、乱暴な足取りで彼女は入ってきた。

「可愛いリリアン、僕は喜ぶべきかな?　それともただ面食らうべきなのかな?」

「あら、大騒ぎしないでちょうだい！　あなたに用事があって急を要する、それだけよ」

　せっかちな話しかたと横柄な座りかたは弱みの告白だ。かれらの不文律によれば、親切を求めておりながら交換する価値も脅威もないのでなければ、人は高圧的な態度をとらなかった。

「なぜゴンザレス家のレセプションにいなかったの?」とたずねて、なにげない微笑を彼女は浮かべたが、いらだちを隠しきれてはいなかった。「夕食のあとに、あなたをつかまえるためだけにあそこに寄ったけれど、気分がすぐれないといって帰ったと言われたわ」

　きちんとエレガントに装った彼女の前を靴下だけの足で歩く快感を味わうために、彼はわざと部屋を横切り煙草を拾い上げた。「退屈していたからね」彼は答えた。

「あのひとたちって耐えられない」小さく身震いして、彼女を見た。その言葉が無意識に口をついた本音に聞こえたからだ。「ゴンザレスにも、あの男がめとったアバズレにも我慢ならない。あんなのが、あの人たちやああいうパーティーがここまで流行するなんてぞっとするわ。もうどこへ行く気もしない。スタイルも精神も変わってしまったわ。バルフ・ユーバンクやプリチェット博士や、ああいう人たちを何ヶ月も見てないもの。あの肉屋の手伝いみたいな新顔ときたら！　結局のところ、わたしたちの仲間は紳士だったわ」

「まあな」思い出すように彼はいった。「ま、おかしな違いはある。鉄道も似たようなものだ。クレム・ウェザビーとはやっていけた。やつは礼儀をわきまえていた。だがカフィー・ミーグス――あれはまた別だな。あれは……」彼は不意に口をつぐんだ。

「本当にばかげてるわ」宙全体に挑む口調で、彼女はいった。「このままじゃすまされないはずよ」彼女は「誰が」とも「何を」とも説明しなかった。彼女が言いたいことを彼はわかっていた。一瞬の沈黙の間、二人は不安をふり払おうと互いにすがりついているかにみえた。

次の瞬間、快感まじりの驚きとともに、リリアンもそろそろとうが立ってきたと彼は考えていた。ドレスの濃厚なバーガンディー色は似合っておらず、肌の紫っぽい色味を引き出しているようだ。それは黄昏のように、顔の小じわを深め、肉をたるませてぐったりとした肌理《きめ》をみせ、彼女の明るい嘲弄を老けた意地悪い表情に変えていた。

気がつけば彼女も自分を観察しており、侮辱の免状としての微笑を浮かべながら歯切れよく言った。「ジム、あなた本当に気分が悪いのね？　だらしない馬丁みたい」

彼はくすくす笑った。「そういう余裕があるからね」

「わかってるわ。あなたはニューヨーク一の権力者ですもの」彼女はつけ足した。「ニューヨークもいい面の皮だわ」

「まあな」

「あなたが何でもできる立場にいることは認めるわ。だからあなたに会わなきゃならなかったの」

言葉の率直さを弱めようと、愚痴めいた軽口っぽい響きを彼女はつけ足した。

「嬉しいね」機嫌よく、どうとでもとれる声で、彼はいった。

「ここじゃなきゃならなかったの。こういう特別な問題には、公の場で一緒のところを見られないのが最善だと思ったから」

「それは常に賢明だね」

「むかし、わたしはあなたの役に立っていた気がするわ」

「むかし——そうだね」

「きっとあなたをあてにできると思っているのよ」

「もちろん——ただちょっと古い、哲学的とはいえない言いかたじゃないか？　きっと、なんて」

「ジム」素っ頓狂に彼女はいった。「助けてくれなきゃ！」

「ねえきみ、役にたてるなら、力になれるなら何でもやるよ」彼は答えた。かれらの言語の規則では、あからさまな発言にはきまって見え透いた嘘で答えることになっていた。リリアンは取り乱しつつある、と彼は思った。そして力不足の敵を相手にすることに快感をおぼえていた。

　彼女のトレードマークである身だしなみの完璧ささえもおざなりになっていることに彼は気づいた。なでつけたウェーブからはいく筋かの髪がほぐれ、ドレスの色にあわせたマニキュアは凝結した血液の濃い色で、ぱっと見ただけで先端がはげているのがわかり、四角いローカットのドレスからのぞく肌の滑らかな乳白色の広がりに、スリップの紐を止めた安全ピンの小さな輝きが見えた。

「あなたが止めて！」命令で嘆願を覆い隠し、けんか腰で彼女はいった。「あなたが止めなきゃいけないの！」

「そうかね？　何を？」

「わたしの離婚を」

「ああ！」彼は急に真面目くさった顔になった。

「あの人がわたしと離婚するつもりなの知ってるでしょう？」

「そんな噂は聞いてるが」

「来月にもそうなるの。言っとくけど、本当にそうなってしまうってことなのよ。ええ、大変な費用がかかっているわ。だけどあの人は判事も書記も廷吏も支持者も、支持者の支持者も議員の何人かも、片手じゃおさまりきらないほどの行政官も、訴訟手続き全体を私営道路みたいに買収して、わたしが阻止しようとしても、抜け道はひとつも残っていないのよ！」

「なるほど」

「もちろん、あなたは何であの人が離婚手続きを始めさせたか知ってるでしょう？」

「想像はつくがね」

「あれはあなたへの親切だったのよ！」彼女の声は不安で少しずつ高くなっていった。「あなたが友達に寄贈証書をあげられるように、妹さんのことを教えてあげたのよ。だからこそ――」

「誰が漏らしたのか誓って僕は知らない！」あわてて彼はいった。「きみが密告したことを知っていたのはトップのごく限られた人間だけだ。誰にも告げ口する勇気なんか――」

「あら、そうでしょうとも。あの人だって推測するくらいできるでしょう？」

「ま、そうだね。さて、するときみは危険を承知だったたってことになる」

「あの人がそこまでやるとは思わなかったわ。離婚するなんて。わたし——」

はっとするほど鋭い視線を向けて、彼はいきなりくすくす笑いだした。「リリアン、きみは罪悪感という縄は磨り減るものだとは思わなかったのかね？」

驚いて彼を見返すと、固い声で彼女は答えた。「いまも思ってないわ」

「磨り減るんだ——きみの旦那のような男にとっては」

「離婚されたくないの！」それは頓狂な悲鳴だった。「あの人を手放したくないの！　わたしが許さないわ！　自分の全人生をみじめな失敗に終わらせるもんですか！」多くを認めすぎたかのように、彼女は不意に口をつぐんだ。

穏やかにくつくつと笑いながら、完全な理解を示す知的でほとんど荘厳な空気を漂わせて、彼はおもむろに頷いた。

「つまり……何といっても、あの人はわたしの夫だから」弁解がましく彼女はいった。

「ああ、リリアン、わかるよ」

「あの人の計画を知ってる？　わたしをびた一文——和解金も扶助料も何もなしで放り出す判決をとりつけるつもりなの！　あの人が最終判決を下すのよ。わからない？　それがうまくいったら、そしたら……そうしたら寄贈証書はわたしにとって勝利でも何でもなくなるのよ！」

「うん、わかるよ」

「それに……そんなことを考えなきゃならないなんてばかげているけれど、わたしはどうやって生きていけばいいの？　少しばかりの自分のお金といっても今となっては何の価値もないわ。ほとんどがとっくに閉鎖してしまった父の時代の工場の株だから。どうすればいいの？」

「だけど、リリアン」そっと彼はいった。「きみはお金やどんな物質的な報酬も欲しくないのかと思っていた」

「わかってないわね！　お金の話じゃない――貧困の話をしているのよ！　現実の、臭い、一間の廊下で寝るような貧困よ！　そんなの文明人の領域から逸脱してるわ！　わたしが――このわたしが食糧や家賃のことを心配しなきゃいけないの？」

彼は微笑を浮かべて彼女を見ていた。このときばかりは、ぐにゃりと老けこんだ彼の顔もきりりとして賢そうに見えた。知覚しても支障のない現実のなかで、彼は完全な知覚の心地よさを発見していた。

「ジム、あなたが助けてくれなきゃ！　わたしの弁護士には何の力も無いの。多少のお金を彼と彼の調査員や友人や仲介者に使ったわ――でもしてくれたことといえば、かれらには手も足もでないと確かめることだけだった。今日の午後、弁護士に最終報告書を渡されたの。わたしにはまったく勝ち目がないとはっきり言われたわ。こういう状況にあっても助けてくれる人をわたしは知らないみたい。バートラム・スカダーを頼りにしていたのだけれど……そう、あなたはバートラムに起こったことを知っているわね。それも、わたしがあなたを助けようとしたからよ。ジム、あなたはあれを何とか切り抜けたわ。いまわたしを救い出せる人はあなたしかいないの。あなたはモグラ穴の天辺にまでパイプが通じている。あなたなら大物に近づける。友達にひとこと言うようにあなたの友達に言ってよ。ウェスリーの一声で何とかなるわ。その人たちに離婚判決を却下するように命令させて。とにかくあれを却下させて」

彼は同情するように、熱心すぎるアマチュアを見る疲れたプロのように、ゆっくりと頭を振った。

「リリアン、できないんだ」きっぱりと彼はいった。「そうしてあげたい――きみと同じ理由から―

―きみも知っているだろう。だが僕がどんな力を持っていようが、この件には十分じゃない」

彼女は奇妙な、生気のない静けさに包まれた暗い目で彼を見ていた。彼女が口を開いたとき、唇があまりに毒々しい軽蔑にねじれていたために、彼には軽蔑が双方に向けられたものだという以上のことをあえて確認する気はおこらなかった。彼女はいった。「あなたがそうしたいってことはわかっているわ」

彼は偽る気はさらさらなかった。不思議にも、この機において初めて、真実はよほど心地よく思われた。こんどばかりは、真実は彼独特の楽しみに役立っていた。「きみにも不可能だってことはわかってるだろう」彼はいった。「近頃では、見返りがなければ、誰も親切にしたりしない。掛け金もどんどん上がってきている。きみが言うようなモグラ穴の中はじつに複雑で、ひどくねじれて絡み合っていて、それぞれが全員について何かを握っていて、誰も自分からは動かない。誰がどの通路をいつ叩き壊すともしれないからね。だから人は差し迫ったとき、生きるか死ぬかってときだけ動く――いまじゃ事実上それが唯一の掛け金といっていい。で、あの連中にとってきみの私生活がどれほどのものだろう？　きみが旦那を捕まえておきたいってこと――どっちみち、それがやつらにとって何だというんだね？　それと僕個人の手札だが――さて、ここへ来て非常に儲かる取引から法廷の一団すべてを撃ち落そうとすることと引き換えに差し出せるものは何もない。それに、たったいまは、最上層部の連中はどれだけ金をもらってもやらないだろう。連中はきみの旦那についてはおそろしく慎重にならざるをえない。連中もいま彼には手が出せないからね。妹のラジオ放送以来」

「あなたがあの放送で彼女に演説させるように頼んできたんじゃないの！」

「わかっているよ、リリアン。あのとき僕たちは二人とも負けたんだ。そしていま、僕たちは二人とも負けるんだ」

「ええ」なおも目に陰気な侮蔑の色を浮かべて彼女はいった。「わたしたち二人ともね」

彼を喜ばせたのは侮蔑の色だった。この女性がありのままの彼を見ておりながら、その存在にとらえられたまま、屈従を表するかのように椅子にもたれていることに、これまであまり感じたことのなかったぞんざいで奇妙な快感をおぼえていた。

「ジム、あなたって素晴らしい人ね」彼女はいった。そこには罵《ののし》りの響きがあった。にもかかわらずそれは賛辞であり、彼女はそのままを意味したのであり、彼がまんざらでもなかったのは、罵りが価値をもつ世界にいると認識したからだ。

「なあ」唐突に彼はいった。「ゴンザレスみたいな肉屋の手伝いについて、きみは間違っているよ。やつらにはそれなりの使い道がある。きみはフランシスコ・ダンコニアが好きだと思ったことがあるかね？」

「あの人には耐えられないわ」

「では、ゴンザレスがお膳立てした今夜のカクテルのがぶ飲み大会の本当の目的をきみは知っているかね？　あれは一ヶ月後にダンコニア銅金属を国有化する合意を祝うためだったんだ」

彼女はしばらく彼を見ていたが、唇の隅がゆっくりとつり上がって微笑になった。「彼はあなたの友達だったんでしょう？」

これまで彼が勝ち得たことがなく、欺瞞によってのみ人から引きずり出していたが、いま初めて、彼の行為の本質を完全に意識して与えられた感情の響きが彼女の声にはあった。それは賞賛の響きだった。

突如として、これが心の休まる暇もなく自分が目指していたものだったと彼は気づいた。これが見つけるのをあきらめていた快楽だ。これこそ求めていた祝いだったのだ。

「リル、一杯飲もう」彼はいった。

酒を注ぎながら、彼は椅子にだらりと体を伸ばしている彼女を部屋越しに見やった。「離婚させてやりなさい」彼はいった。「最終判決を下すのは彼じゃない。あいつらだ。肉屋の手伝い。ゴンザレスとカフィー・ミーグスだ」

彼女は答えなかった。彼が近寄ると、さも面倒そうにさっと手を伸ばしてグラスをとった。そして社交的な流儀によらず、酒場の孤独な客のように酒を飲んだ。物理的にアルコールを摂取するために。

彼は不適切なほど近づいてソファの肘に腰を下ろし、彼女の顔を見ながら酒をすすった。しばらくして、彼はたずねた。「彼は僕のことをどう思っているのかな？」

その問いに彼女が驚いた様子はなかった。「馬鹿だと思っているわ」彼女は答えた。「あなたの存在に気をとめるには人生は短すぎると思っているわ」

「気づくだろうな。もしも――」彼は口をつぐんだ。

「――もしもあなたがクラブで彼の頭をなぐったら？　どうかしらね。クラブの届く距離にいたことで自分を責めるだけじゃないかしら。それでもチャンスはその程度ね」

あたかもくつろぎは醜悪であるかのように、きちんとした姿勢も敬意も必要としない親密さを認めているかのように、彼女はアームチェアをずるずるすべり腹を突き出した。

「それがあの人に初めて会ったときにまず気づいたこと」彼女はいった。「怖いもの知らず。まるで誰も自分をどうにもできないと自信たっぷりみたいに――自信がありすぎて、そのことにも、自分が感じていることの本質にも気づいていなかった」

「最後に会ったのはいつだね？」

「三ヶ月前。あれ以来会ってない……寄贈証書の件以来」

「僕は財界の会議で二週間前に見かけた。相変らず――むしろ前にもまして自信をつけたようだ。いまはそれを自覚しているようだ」彼はつけ足した。「リリアン、きみはたしかに失敗したんだよ」

彼女は答えなかった。彼女は手の甲で帽子を払いのけた。羽根が疑問符のように曲がりくねりながら、カーペットに転がり落ちていった。「工場を初めて見たときのことは忘れられないわ」彼女はいった。「彼の工場！　それをあの人がどう感じていたか、あなたには想像もつかないでしょうね。自分が関わるもの、触れるものは何もかも、自分が触れることで神聖になるかのように感じるのにどれほど傲慢な知性を要するか、あなたにはわからないわね。彼の工場、彼のメタル、彼のお金、彼のベッド、彼の妻！」彼女が彼を見上げると、小さなきらめきが無気力で虚ろな目を貫いた。「あの人はあなたの存在に気づいたことがないわ。でもわたしの存在には気づいた。わたしはいまもリアーデン夫人よ――少なくともあとひと月は」

「ああ……」ふと新たな興味をそそられて、彼女を見下ろしながら彼がいった。

「リアーデン夫人！」彼女はくすくすと笑った。「あなたはそれがあの人にとってどういう意味だったかわからないでしょうね。どんな封建君主だって自分の妻の肩書きにあれほど敬意を感じたり求めたり――それを名誉の象徴として掲げたりすることはなかったでしょう。不動の、触れてはならない、不可侵の、ステンレスの名誉の象徴として！」彼女はわずかに手を動かして、寝そべった全身を示した。「カエサルの妻！」彼女はくすくす笑った。「彼女がどうあるべきだったか覚えている？　いいえ、覚えてないわね。彼女は非難を超越した存在であるべきだったのよ」

やり場のない憎悪のこもったどんよりとかすんだ目で、彼は彼女をじっと見下ろしていた。彼女を突如として対象ではなく象徴とした憎悪だ。「自分のメタルを大衆にくれてやり、公共のために利用させるのをやつは嫌がった。誰かれなく製造するのを……だろ?」

「ええ、そうよ」

飲みこんだ酒で重くなったように、彼の言葉は少しかすれていた。「厚意として僕が寄贈証書を手に入れるのを助けただけで、自分は何も得るものがなかったなんて言わないでもらいたいな……きみがそうしたわけはわかっている」

「あのときもわかってたはずよ」

「ああ。だからきみのことが好きなんだよ、リリアン」

彼の目は彼女のドレスの広くあいた胸もとに繰り返し戻っていった。彼の目を惹きつけたのは滑らかな肌ではなく、あらわな胸のふくらみでもなく、縁の裏側に隠した安全ピンだった。

「やつがやられるのを見てみたい」彼はいった。「苦しんで悲鳴をあげるのを、一度でいいから聞いてみたい」

「ジミー、あなたには無理ね」

「なぜやつは自分がほかの人間よりもできると思っているんだ?――やつと僕の妹は」

彼女はくすくすと笑った。

まるで彼女にひっぱたかれたかのように、彼は立ち上がった。そしてバーにいって酒をもう一杯ついだが、彼女にお代わりをさしだそうとはしなかった。

彼女は彼の向こうの宙を見つめて話していた。「あの人はわたしの存在には気づいた――わたしが線路を敷いたり彼のメタルを讃える橋を建てたりはできないとしても。わたしには工場を建てられない――でも工場を破壊することはできる。メタルを生産することはできない――でもそれをあの人から奪うことができる。男たちをひざまずかせて崇拝させることはできない——でもひざまずかせることはできる」

「だまれ!」見てはいけない霧の小路に相手が近づきすぎたかのように、彼はおののいて悲鳴を上げた。

彼女は彼の顔を見上げた。「ジム、あなたって本当に臆病ね」

「酔ったらどうだ?」殴りかからんばかりに、飲みかけの酒を口に突きつけて、ぶっきらぼうに彼はいった。

指で弱々しくグラスを握り、頬と胸とドレスにこぼしながら彼女は酒を飲んだ。

「おいリリアン、汚いな!」彼はそう言うと、ハンカチを取り出そうともせずに、てのひらで酒をふき取ろうと手を伸ばした。指がドレスのネックラインの下に滑りこみ、彼女の胸をつかみ、にわかに、しゃっくりするように、彼は息をのみこんだ。彼の瞼が落ちて閉じ、彼女の口はびくりとして膨らんだ。彼が唇を求めたとき、彼女の腕は従順に彼を抱き、彼女の口は応えはしたものの、その反応は接吻ではなくただの圧力にすぎなかった。

彼は彼女の顔を見ようと頭を上げた。彼女は微笑して歯をみせていたが、目は彼を通り越し、肉のない頭蓋骨の笑みのような生気はないが悪意に満ちた微笑を浮かべて、ある見えない存在をあざ笑うかのように何かを見つめていた。

その光景をかき消して自分の震えを抑えようと、彼はぐいと彼女を引き寄せた。彼の手は自動的に情事の動作をおこない、彼女は従ったが、彼には自分の手の下で脈打つ血管が忍び笑いをしているように感じられた。ふたりとも誰かによって始められ、強いられたお決まりの動作を、嘲弄と憎悪のなかで、それを始めたものを穢《けが》すように模していた。

恐怖と快楽の混じった暗く無頓着な憤怒を彼は覚えた――とても打ちあけられない行為を犯した恐怖――それを打ちあけることのない者たちを冒涜する快楽だ。俺は自分自身だ！――自分の怒りのなかで唯一意識していた部分が彼に向かって叫んでいるようだった――ようやく、自分自身になったのだ！

二人は会話を交わさなかった。互いの動機はわかっていた。発されたのは一語だけだ。「リアーデン夫人」と、彼はいった。

彼が寝室に彼女を押しこみ、ベッドに押し倒し、柔らかい縫いぐるみに倒れるように彼女の体にくずれ落ちたとき、かれらは互いを見なかった。かれらの顔には秘密の、共犯者の、こっそりと猥褻なシンボルを落書きしてきれいな柵を汚す子どもの、ずるくいやらしい表情が浮かんでいた。

そのあと、抵抗も反応もしない無気力な肉体をものにしたということは彼を落胆させはしなかった。彼がものにしたかったのは女性ではなかった。彼がなしたかったのは命を祝福する行為ではなく、無能の勝利を祝う行為だった。

＊＊＊

シェリルは扉の鍵を開け、人目を忍ぶように、姿を見られまい、我が家である場所を見るまいとするかのように、静かに滑りこんだ。ダグニーの存在――ダグニーの世界が存在するという感覚は帰り道の支えになっていたが、アパートに入ったとたんに壁がまたもや彼女を罠にのみこんで息詰まらせるようにおもえた。

アパートは静かだった。光のかけらが半開きの扉から控えの間に差し込んでいる。彼女は無意識に自室の方向に体を引きずっていった。そして立ち止まった。

一筋の光がジムの書斎の入口からもれており、明るいカーペットの上に、すきま風にかすかに揺れる羽根のついた女物の帽子がみえた。

彼女は一歩足を踏み出した。部屋に人影は無く、二脚のグラスが見え、一方はテーブルに、もう一方は床にあり、アームチェアには女性のハンドバッグが置かれている。反応もできず呆然と立ち尽くしていると、ジムの寝室の扉の後ろから二人の人間の押し殺した声が聞こえた。言葉はよくききとれなかったが、それがどんな性質の声かはわかった。ジムの声はいらだちの、女性の声は侮蔑の響きを帯びていた。

気がつけば彼女は自分の部屋におり、無我夢中で自分の部屋の扉の鍵を探っていた。逃避の盲目的なパニックに陥り、かれらを見るという行為を目撃される醜悪さから逃れなければならないのは自分であるかのように駆けこんでいた。嫌悪感と憐憫と困惑、そして邪《よこしま》さが決定的になった男との対峙から身を引く精神的貞操からなる狂気だ。

いまいかなる行動が可能なのかを把握することができないで、彼女は部屋の真ん中に立っていた。やがて膝が崩れ、ゆっくりと折り重なり、彼女はいつのまにか床に座り、ぶるぶる震えながら、そのまま絨毯を見つめていた。

それは怒りでも嫉妬でも憤りでもなく、ただグロテスクなまでに無意味なものを相手にすることへの虚ろな恐怖だった。それは、二人の結婚も、自分に対する彼の愛も、彼女をひきとめておこうとする彼の執拗さも、あのもう一人の女性への彼の愛も、この理由のない密通もまったくどうでもよく、微塵の意味もなく、説明を探ったところで何の役にも立ちはしないという認識だった。彼女は常に悪にも何かの結末への手段としての目的があると考えていた。だが彼女がいま見ているものは、悪のための悪だ。

　どれくらいそこに座っていたのかわからなかったが、やがてかれらの足音と声と表の扉が閉じる音が聞こえた。何の目的も念頭になく、ただ昔からの何らかの本能に駆りたてられ、いまいる真空では正直さはもはや適切ではないと知りながら、ほかに行動のしかたを知らないかのように、彼女は立ち上がった。

　彼女は控えの間でジムに会った。しばらくの間、二人とも相手がそこにいるとは信じられないかのように見つめあっていた。

「きみはいつ戻ってきたんだ？」ぶっきらぼうに彼はいった。「どれくらい家にいた？」

「さあ……」

　彼は彼女の顔を見ていた。「いったいどうしたんだね？」

「ジム、わたし――」彼女は口ごもり、観念して、彼の寝室を手で指し示した。「ジム、わたしは知っているわ」

「何を？」

「あなたがあそこに……女性といたこと」

　彼が最初にしたのは、彼女を書斎に押しこみ、誰からともなく二人を隠すかのように扉をピシャリと閉めることだった。彼の心のなかでは認められない憤りがわきおこり、逃避と爆発のあいだで揺れ、やがてとるにたりない妻が彼の勝利を奪おうとしているが自分は絶対にこの新たな快楽をあきらめるものかという興奮となって爆発した。

「そうだ！」彼は悲鳴をあげた。「だからどうしようっていうんだね？」

　彼女はぼんやりと彼を見つめた。

「そうとも！　女といた！　そういう気分だったからそうしたまでだ！　きみが喘いでみせたり、目を凝らしてみたり、女々しい美徳を示したりすれば僕が怯えるとでも思っているのかね？」彼は指をパチンと鳴らした。「それはきみの意見だ！　きみの意見なんかこれっぽっちも気にしてない！　あきらめてなれろ！」彼女の青ざめた無防備な顔がいっそう彼をあおりたて、快楽の状態に達するまでに刺激した。自分の言葉が人間の顔を傷つける殴打であるかのような感覚の快楽だ。「きみは僕にこそこそさせられるとでも思っていたのかね？　きみの正義感を満足させる演技をするのはもううんざりだ！　まったく何様だね？　しみったれた子どもじゃないか？　僕は好きなようにやるし、きみは口をつぐんで表ではみんなやってるようにちゃんとごまかして、僕が我が家で演技するなんて期待しないことだ！――自分の家で徳のあるやつなんかいないし、見せかけは会社用だ！――だがもしも僕が本気だと思っているとしたら――本気だと？　ばかだな！――さっさと成長しろ！」

　彼が見ていたのは妻の顔ではなく、今夜の自分の行為を投げつけてやりたくてもできない男の顔だった。だが彼の目の中で、妻は常にその男の崇拝者、擁護者、代理人として映り、そのために彼女と結婚したのだから、いまこそ彼女を使おうとばかりに、彼は叫んだ。「あの女が誰だか知っているか？　僕が寝た女が？　あれは――」

「いいえ！」彼女は叫んだ。「ジム！　そんなことを知りたくありません！」

「リアーデン夫人だ！　ハンク・リアーデン夫人だ！」

　彼女は後ずさりした。彼は一瞬ぞくりとした。まるで彼自身に認めてはならないものを見ているかのような目で彼女が自分を見つめていたからだ。ちぐはぐなまでに分別じみた生気のない声で、彼女はたずねた。「ではあなたは離婚なさりたいのでしょうね？」

彼は噴き出した。「きみってやつは本当に馬鹿だな！　まだ本気だ！　いまだに大いなる純粋なものにしておきたいのか？　離婚なんて考えるもんか。離婚してやるなんて思うな！　それほど重要なことだと思っているのか？　いいか、馬鹿、ほかの女と寝ない夫なんか一人もいないし、それを知らない妻もいないが、話題にしないだけなんだ！　僕は好きな女とやって、きみはきみで同じことをやればいい。普通のアバズレみたいに。そして口をしっかり閉じてろ！」

驚いたことに、彼女の目に不意に現れたのは、固く、かげり無く、無情で、ほとんど非人間的なまでの知性の色だった。「ジム、もしもわたしがそうしていたり、そういうことをする女だったりしたら、あなたは結婚していなかったはずだわ」

「ああ、だろうな」

「なぜわたしと結婚したのですか？」

彼は危険な瞬間をやり過ごしたという安堵感と、同じ危険の抗しがたい不敵さとの渦巻きに飲みこまれていく気がしていた。「きみが低俗な、どうしようもない、くだらない浮浪児で、何についてもぜったいに僕と対等になるチャンスがなかったからだ！　僕を愛していると思ったからだ！　愛さなければならないと知っていると思ったからだ！」

「ありのままのあなたを？」

「僕がどういう人間かをずうずうしく訊くこともなく！　理由なく！　死ぬまで正装閲兵式にいるみたいに、次から次へと理にかなう行動が求められる立場に追いこむこともなく」

「わたしに何の価値もないから……わたしを愛していたのですか？」

「やれやれ、自分が誰だとおもっていたんだね？」

「わたしの育ちが卑しかったから愛したのですか？」

「ほかに何があったというんだね？　だがきみにはそれをありがたくおもう謙虚さはなかった。僕は寛容でありたかった。きみに安定を与えてやりたかった――美徳によって愛されることにどんな安定があるね？　無制限に競争があって、ジャングルの市場みたいに、自分よりすぐれた人間がいつ負かしに来るかわからない！　だが僕――僕はきみを欠点のために、過ちや弱みのために、無知や粗野さや野蛮さのために喜んで愛そうとしたんだ。それは安全だからな。何もおそれることも隠すこともなく、自分自身で、本当の、臭い、罪深い、醜悪な――人間の自己はすべてどぶみたいなものだ――自分自身でいられる。それでもきみは何を要求されることもなく僕の愛をつなぎとめていられたんだ！」

「わたしに……愛を……施しとして受け入れてほしかったのですか？」

「それにふさわしくなれるとでも思ったのかね？　自分が僕との結婚に値するとでも？　あわれな浮浪児が？　僕は前は一回の食事の値段できみみたいな女を買ったものだ！　きみの成功の一歩一歩、のみこんだキャビアの一口一口、何もかも僕のおかげだってことを、きみには何もなくて、何者でもなくて、対等になったり値したり償ったりする望みはないってことをよく覚えとくことだ！」

「わたしは……それに……ふさわしくあろうとしました」

「ふさわしければ僕にとってどんな利用価値があるかね？」

「ふさわしくなってほしくなかったのですか？」

「やれやれ、なんて馬鹿なやつだ！」

「もっと良くなってほしくはなかったのですか？　向上してほしくはなかったのですか？　卑しいままでいてほしかったのですか？」

「きみがすべてにふさわしくなり、ひきとめておく努力が必要になって、気が向いたらほかに乗り換えられるとしたら、僕にどんな利用価値があるんだね？」

「愛を……互いの施しにしておきたかったのですか？　鎖で繋がれた乞食同士でいたかったと？」

「そうだ、このアマ！　そうだ、このいまいましい英雄崇拝者め！　その通りだ！」

「何の価値もないからわたしを選んだと？」

「ああ！」

「ジム、それは嘘だわ」

彼は驚きの視線を返しただけだった。

「あなたが一回の食事の値段で買った女の子たちなら喜んで本当の自分自身がどん底に堕ちるにまかせたでしょうし、施しを受け取っても自分を高めようとはしなかったでしょうけれど、あなたはその誰とも結婚しなかったはずだわ。わたしが堕落を内面でも外見でも受け入れないと、向上心があってこれからも努力しつづけると知っていたからあなたは結婚した――そうでしょう？」

「そうだ！」彼は叫んだ。

そのとき自分に向かってくるように感じていたヘッドライトが標的を照らし、その衝撃の明るい炸裂のなかで彼女は悲鳴をあげた。彼から離れ、物理的恐怖におののいて。

「どうした？」彼女の目に映った光景を見る勇気もなく、震えながら彼は叫んだ。

彼女はそれを払いのけるような、それでいて捕らえようとしているかのような手探りの仕草をした。彼女の答えは決定的で的確な言葉ではなかったが、それが唯一彼女に探しだせた言葉だった。

「あなたは……殺人鬼だわ……殺しのために殺す……」

言葉にされていなかったことに迫りすぎた恐怖で震え、彼はやみくもに彼女の顔面をひっぱたいた。

彼女はアームチェアの横に倒れ、頭を床にぶつけたが、すぐに頭をあげ、驚くでもなく、まるで物理的な現実が予期したかたちをとったにすぎないかのように、ぼんやりと彼を見上げた。彼女の口角から血の滴がゆっくりと滑り落ちた。

彼は身じろぎもせずに立っており、しばらく二人は動くことができないかのように顔を見合わせていた。

最初に動いたのは彼女だった。彼女は跳び上がり、走り出した。そして部屋から駆け出すと、アパートを飛び出した。彼女が廊下を突っ走り、エレベーターを待たず、非常階段の鉄の扉をバタンと開けた音が聞こえた。

彼女は階段を駆けおりると、踊り場で扉を開けてビルの曲がりくねった廊下を走りぬけ、ふたたび階段をおりて、いつのまにかロビーから通りに走りだしていた。

気がつけば暗い界隈のごみごみした歩道を歩いていた。電球が地下鉄の入口に照りつけており、洗濯屋の黒い屋根の上に明かりのついたソーダクラッカーの看板が見える。どうやってここに来たのかおもいだせなかった。頭がバラバラに突発的に関連性なく機能しているようだ。逃げなければならないこと、そして逃げるのが不可能であることだけは確かだった。

ジムから逃げなければ、と彼女はおもった。どこへ?――祈りの叫びのような目で、彼女はあたりを見まわした。雑貨屋であろうと、あの洗濯屋であろうと、いま通り過ぎたみすぼらしい店であろうと仕事があるなら飛びついたことだろう。だがそうしたところで、一生懸命働けば働くほど、それだけ周囲の人間の悪意を引き出してしまうのだ、と彼女はおもった。そして自分にいつ本音が求められるか、あるいは嘘が求められるかもわからず、正直であろうとすればするほど求められる欺瞞の苦しみは大きくなるのだろう。その欺瞞は見たことがあり、家族の家でもスラムの店でも、自分は耐えてきた。だがこれらは逃れて忘れるべき良くない例外、たまたま遭遇した邪悪だと考えていた。いま彼女はそれらが例外ではなく、かれらの規範は世界が受け入れた規範であり、それが万民に知られているが言明されない生活信条であると知っていた。絶対に理解できない、あのずるく後ろめたい表情をした人びとの目からのいやらしい視線を彼女にむける教義だ。そして教義の根本に、沈黙に覆われて、街の地下室で、かれらの魂の地下室で彼女を待ち伏せし、命をむしばむものがひそんでいる。

なぜそんなことをするの？――声もたてず、周囲の暗闇に向かって彼女は叫んだ。おまえはいい人間だからだ――なにかとてつもない笑いが屋根の天辺から下水溝から答えるようだった。ならもういい人間でいたいと思わない――だがそうなんだ――そんな必要はない――だがそうなんだ――耐えられない――おまえは耐えるだろう。

身震いすると、彼女は歩を早めた。だが彼女の前に、たちこめる靄のかなたに、屋上カレンダーがみえた。もう真夜中をとうに過ぎており、カレンダーは八月六日を告げている。だがにわかに目に映ったのは街の空に書かれた九月二日の血の文字だった。彼女はおもった。わたしが働けば、努力すれば、向上すれば、一歩一歩登るごとにひどい敗北感を味わうことになる。そして結局は、何に到達したとしても、銅会社であれ持ち家であれ、九月二日にジムに差し押さえられ、ジムが友人と取引を行うパーティーの支払いに消えることになるのだ。

ならやめよう！――大声をあげて踵を返すと、彼女はもと来た道をかけだした。だが暗黒の空を形のない巨大な影が漂っており、洗濯屋の湯気の向こうからにやりと笑いかけているようにおもえた。顔が変わっても笑いは同じだ。その顔はジムであり、幼いころの伝道師であり、雑貨屋の人事部からきたソーシャルワーカーの女性だ。笑った顔は語りかけてくるようだった。おまえみたいな人間は正直にしか生きられない。おまえみたいな人間は絶えず向上しようと努力する。おまえみたいな人間は常に働く。だからわれわれは安全で、おまえに選択肢は無い。

彼女は走った。ふたたび周囲を見まわすと、静かな道を歩き、贅沢な建物の絨毯を敷きつめたロビーに灯りが煌々ともえるガラスの玄関を通り過ぎていた。彼女は足をひきずっており、いつのまにかパンプスのヒールがぐらぐらしていた。頭のなかを真っ白にして走っていた間に壊れたのだ。

いきなり大きな交差点が広がり、遠方の壮大な高層ビル群が見えた。それは後にかすかな輝きの吐息と別れの微笑のような灯火をわずかに残し、霧のベールの中にひっそりと消えつつあった。かつて、あれが希望だったことがある。停滞した怠惰な闇から別種の人間が存在する証拠をとらえようとあれらを見上げたものだ。いま彼女はそれが墓石であり、それらを創造したがために破壊された男たちを偲んでそびえたつ細長いオベリスクであり、偉業の報いが受難であったことへの凍てついた慟哭のかたちであると知っていた。

消えはじめたあの塔のどこかにダグニーがいる、と彼女はおもった。だがダグニーは孤独な犠牲者であり、負けいくさを戦っており、ほかの者たちと同じように破滅させられ、霧に沈みゆく運命にあるのだ。

行き場がない、とおもい、彼女はふらりとよろめいた。じっと立っていることも、これ以上動くこともできない――働くことも休むこともできない――降服することも戦うこともできない――だけどこれ……これがわたしに求められていたもの、ここが、わたしがさし向けられた場所――生きるでも死ぬでもなく、考えるでも狂うでもなく、ただ怯えて叫び、かれらに、自己のかたちのないかれらに好きなかたちにされるどろどろしたものが。

人影をみるたびに怯えてちぢこまり、彼女は街角の暗闇へと突き進んだ。いいえ、誰も彼もが悪いわけじゃない、と彼女はおもった……かれらは自分自身の最初の犠牲者にすぎないけれど、みんなジムの信条をもっていて、いったんそれがわかると、わたしはその人たちを相手にできない……話をすれば、善意を示そうとしてくれるだろうが、わたしはかれらが善とするものを知っていて、かれらの目から息をひそめてこちらを凝視する死を見ることになる。

歩道は縮んで途切れ途切れの帯になり、あばら家の階段のバケツからゴミがあふれている。酒場のくすんだ光の向こうに、錠の下りた扉の上の「女性の憩いの家」と書かれた明かりのついた看板がみえる。

この類の施設とそこを経営している女性たちのことは知っていた。仕事が苦しんでいる人びとの救済である女性たちだ。入っていけば――よろよろと傍を通り過ぎつつ、彼女はおもった――助けを請えば、「どんな罪を犯したの？」と、訊かれることだろう。「お酒？　麻薬？　妊娠？　万引き？」彼女は答えるだろう。「犯罪ではありません。わたしは無実ですが――」「ごめんね。無実の人の苦しみには用がないの」

彼女は走った。そして視界をとり戻し、長く幅広い道に続く曲がり角で立ち止まった。建物と舗道は空につながっている。広い空間に青信号の二本の線が、ほかの街や海や外国に伸びて地球を一周するかのように、無限の彼方へ続いている。青い輝きには、大胆な旅へと広がる魅惑的な、果てしない道のような静謐さがあった。すると信号の光が赤にかわり、どんよりと重みをまし、くっきりした円からかすんだ不鮮明な点に、無限の危険の警告に変わった。ダンプカーが通り過ぎ、巨大なタイヤがぴかぴかの道路を押しつぶしてならしていくのを、彼女はじっと見つめていた。

ふたたび安全を示す青信号になった。だが彼女は動くことができず、ぶるぶる震えながら立ちつくしていた。動く体があればあんなふうにぺちゃんこになる、と彼女はおもった。だが魂の交通に人は何をしたのだろう？　かれらは信号を逆さまに定めた――罪悪の赤信号がついていれば道は安全だ――だが美徳の青信号に優先権が約束されているからと前進するとタイヤに轢かれる。世界じゅうで、あちこちで信号が反転させられ、どんどんそれが進行し、地球を一周しようとしている、と彼女はおもった。そして地球は、何になぜ襲われたのかも知らず、光のない日々を傷ついた体で、苦しみが存在の本質であるというほかに答えもなく力の限り這いつづける障害者でいっぱいだ。そして道徳の巡査は高笑いし、人間は本質的に歩くことができないと言うのだ。

それは心に浮かんだ文句ではなく、言葉を見つける力があれば、虚しい嫌悪感のために傍の信号の鉄柱を拳で叩かせた激しい怒りとしてのみ意識したことを明らかにしたはずの言葉だった。だが、からっぽの鉄柱の管は、残忍なからくりのしゃがれた笑いのような音をたててきしりつづけるだけだった。

拳はそれを打ち砕きはしなかった。視界のかなたに伸びていく鉄柱のすべてを一本一本叩いていくことはできなかった。これから出会う人間の魂一人一人からあの信条をたたき出すことができないのと同様に。彼女にはもはや人を相手にすることができず、かれらがたどった道をたどることはできなかった。だが何と言えばよいのだろう？　知っていることを明らかにする言葉も人の耳に届く声ももたない彼女は、何と言えばよいのだろう？　どうすれば伝えることができるのだろう？　言葉をあやつることのできる人たちはどこにいるのだろう？

それを言葉で考える代わりに、彼女は拳で金属を殴打していた。やがて動かない柱に叩きつけた指から血が流れているのをふと見て身震いすると、よろよろとそこから離れた。そして周囲にはいっさい目をくれず、出口のない迷宮にとらわれたように感じながら歩き続けた。

出口はない――足音の響く歩道に打ちつけるように、意識の断片が言った――出口も……逃げ場も……信号も……破滅を安全から、敵を味方から見分ける方法も……こういう犬の話をきいたことがある、と彼女はおもった……どこかの実験室の誰かの犬……合図を変えられ、苦痛から満足を区別する方法がわからず、えさが鞭に、鞭がえさに変わったのを見て、自分の目と耳に騙《だま》され、判断力が役に立たず、移り変わり流れるかたちのない世界の中で意識が無能になったことを知り――そんな犠牲を払ってまで食べること、あるいはそんな世界に生きることを拒んで力尽きた犬……いいえ！――それが彼女の脳が唯一意識していた言葉だった。　いいえ！　違う！　そうじゃない！あなたたちのやりかたじゃない、あなたたちの世界じゃない――たとえ自分には「いいえ」という言葉しか残っていないとしても！

倉庫の立ち並ぶ埠頭の通路でソーシャルワーカーが彼女を見かけたのは、もっとも暗くなる真夜中だった。ソーシャルワーカーは、あたりの壁とほとんど見分けがつかない暗い顔をして鼠色の外套をきた女性だった。帽子もハンドバッグもなしに、こわれたヒールをはき、髪をふり乱し、口角にあざのある、この界隈にしては洒落て高級すぎるスーツを着た若い娘を彼女は見た。娘はめくらめっぽうにふらふらと歩き、通りと歩道の区別もついていなかった。通路は倉庫の険しくて殺風景な壁に挟まれた細い隙間にすぎなかったが、腐った水の臭いのする湿っぽい霧に一条の光が差し込んでいる。通路は川と空が出合う広大な黒い穴の淵の石の欄干で途切れている。

ソーシャルワーカーは彼女に近づいて、厳しくたずねた。「困ってるの？」すると用心深い目と、髪に隠れたもう一方の目、そして人間の声の響きを忘れ、疑わしそうに、かすかなこだまとしてのように、それでいて希望らしきものを抱いて耳を澄ましている野生の生きものの顔が見えた。

ソーシャルワーカーは彼女の腕をつかんだ。「そんな状態になるなんて情けないね……あなたがた社交界の令嬢が欲望に耽溺して快楽を追う以外にやることがあれば、夜こんな時間に、浮浪者みたいに酔っ払って外をほっつき歩いたりはしないでしょうに……自分の楽しみのために生きるのをやめて、自分のことばかり考えるのをやめて、もっと高尚な――」

すると娘が悲鳴をあげた。動物的な恐怖の叫びは、拷問部屋の中でのように通路のうつろな壁に響きわたった。彼女は腕を振りほどいて後ろに跳びのき、もつれた声で叫んだ。

「いいえ！　違う！　そんな世界ごめんだわ！」

そして彼女は走った。突如として炸裂した力の強い推進力によって、命がけで走る生きものの勢いで、川で終わる通路を真直ぐに。そして同じ速い流れのなかで、ためらうことも疑うこともなく、自己保存のために動いているという完全な意識をもって、彼女は道を遮る欄干まで走り、そのまま立ち止まることなく空中へ飛びこんでいった。

第五章　弟の番人

九月二日の朝、タッガート大陸横断鉄道の太平洋線のカリフォルニアにある線路の二本の電柱間で、銅線が切れた。

細い雨が真夜中からしとしとと降りつづけていた。日の昇らないどんよりとした空には灰色の光がわずかに漏れるばかりで、電線にかかった雨粒だけが、白墨の雲、鉛の海、荒涼とした山腹にそそり立つ油井やぐらの鋼鉄を背景に明るく輝いていた。想定を上まわる雨や歳月のために電線は磨耗していた。そのうちの一本が、雨粒のかすかな重量で朝から弛みつづけ、最後の一滴がたわんだ電線で大きくなり、刻々と重みをたくわえると、水晶のビーズのように垂れ下がった。やがてビーズと電線は同時に観念し、涙のように音もなく、ビーズが落ちると電線も切れて落ちた。

タッガート大陸横断鉄道の地区本部の者たちは、電線が切れたことが発見され、報告されると、互いの目を避けた。かれらは問題にふれるかに思えて、誰の目から見ても何一つ述べないように痛々しいほど的外れにした声明をつくった。銅線が金《きん》や名誉よりも貴重な消滅しつつある商品であることを承知で。数週間前、夜あらわれて日中はビジネスマンではないがサクラメントとワシントンに友人がいるというだけの身元不明の仲介業者に部門の倉庫係が電線の予備を売却したことを――当該部門に最近任命された倉庫係にはカフィー・ミーグスという名の誰も追及しようとしない友人がニューヨークにいることを知っていたのと同じく。修理を命じ、それが不可能だという発見につながる行動をおこす責任を引き受ける人間は、知られざる敵からの報復をまねき、同僚は不思議に黙して援護の証言をしようとはせず、彼は何も証明できず、仕事をしようとすればその仕事はもはや彼のものではなくなる、とかれらは知っていた。罪人が罰されず告発者がとばっちりをうけるこのごろでは、何が安全で何が危険なのかわからなかった。だから動物のように、疑いと危険があるときはじっとしていることが唯一の防御策だと心得ていた。かれらはじっとして、適切な日時に適切な権威に報告書を送る適切な手続きについて話した。

若い路線長が部屋を出て、さらに本部のビルを出ると、薬局にある電話ボックスの安全地帯まで行き、自腹をきって、大陸をまたぐしかるべき管理職の層を無視して、ニューヨークのダグニー・タッガートに電話した。

彼女は兄のオフィスでの緊急会議を中座して電話を受けた。若い路線長は、電線が壊れたが修理のための予備がないとだけ告げた。そしてほかには何も言わず、なぜ直接彼女に電話する必要があったのかも説明しなかった。彼女も問い詰めなかった。理解したからだ。そして「ありがとう」と答えただけだった。

彼女のオフィスの緊急ファイルには、タッガート大陸横断鉄道全社でいまも手元にある重要資材の記録があった。それは破産ファイルのように損失の記録で膨らみつづけ、まれに新しい資材が追加されたところで、意地悪な人間が哂いながら飢える大陸にパンくずを投げるようなものだった。ざっとファイルを調べて閉じると、溜息をついて、彼女はいった。「モンタナよ、エディー。モンタナ線に電話して、電線の予備半分をカリフォルニアへ送るように指示してちょうだい。モンタナはなしでもやっていけるかもしれないわ――あと一週間は」エディー・ウィラーズが意義を申したてようとしたところで、彼女はつけ足した。「石油よ、エディー。カリフォルニアはこの国に残された最後の石油の産地なの。太平洋線が途切れてしまえばどうなることか」そして会議のために兄のオフィスへ戻っていった。

「銅線？」彼女の顔から窓の向こうの街に不自然に目を逸らして、ジェイムズ・タッガートが言った。「もう少しすれば銅の問題はなくなる」

「なぜ？」彼女はたずねたが、彼は答えなかった。窓の向こうに特に何も見るべきものはなく、からりと晴れた空があるだけだ。街の屋根には早い午後の穏やかな光が射し、その上ではカレンダーの頁が九月二日を告げている。

兄がなぜ自分のオフィスでこの会議を行うことにこだわったのか、いつもは二人きりになるまいとするにもかかわらず、なぜ一対一で話そうと言い張ったのか、あるいはなぜ腕時計に目をやりつづけるのか、彼女にはわからなかった。

「事態はどうもよくない方向に進んでいるようにおもわれるね」彼はいった。「何かがなされなければならない。整合性に欠けた不均衡な政策に傾きがちなずれと混乱の状態が存在するようだ。つまり、国内には多くの輸送需要があるにもかかわらず、我々は損失を出している。どうやら――」

彼のオフィスの壁に掛かった先祖代々のタッガート大陸横断鉄道の地図、黄ばんだ大陸をまたにかけて曲がりくねる赤い血管を見ながら、彼女は座っていた。鉄道が国家の血液組織と呼ばれた時代があり、血液が循環するように、列車の流れは途中の荒野のあちこちに成長と富をもたらした。いまそれは、やはり血の流れではあっても、傷口からほとばしる一方通行の流れのように、体内の最後の栄養と生命力を枯らしつつある。一方通行の交通――消費者の交通だ、と彼女は無関心におもった。

一九三号の列車が思い出された。六週間前、鋼鉄を搭載した一九三号列車は、現存する最高の機械工具メーカーのスペンサー機械工具社が入荷をまって二週間操業を停止していたネブラスカ州フォークトンではなく――いいかげんな製品を予測不可能な時期に生産して一年以上も赤字の続いていた機械連合のあるイリノイ州サンドクリークに送られた。スペンサー機械工具社は裕福な企業だから待つことができるが、機械連合は破産寸前であり、イリノイ州サンドクリーク地域の唯一の生命線だからつぶすことは許されないとする政令によって鋼鉄は割り当てられた。スペンサー機械工具社は一ヶ月前に閉鎖された。機会連合が閉鎖されたのはそれから二週間後だ。

イリノイ州サンドクリークの市民は国家救済策の対象とされたが、昨今の狂気じみた需要状況にあって、国の空っぽの穀物庫にそこへ送るものは何もなく――ネブラスカの農家の種穀物が統一評議会の命により押収され――一九四号の列車はイリノイの住民に消費されるべく、撒かれなかった収穫物とネブラスカの人びとの未来を運んだのだった。「啓蒙されたこの時代に」ラジオ放送でユージン・ローソンが言った。「我々は、ついに、ひとりひとりが弟の番人であると悟るにいたったのです」

「いまのように不安定な非常時に」彼女が地図を見る間、ジェイムズ・タッガートが言った。「支払期日に遅れたり、未払い賃金をためたりする部門がある状況に追いこまれると危険だな。むろん一時的な状況ではあるが――」

彼女はくつくつと笑った。「ジム、鉄道統一計画はうまくいってないんでしょう?」

「なんだって?」

「あなたは年末に共同プールから大西洋南部鉄道の総収入の大部分をうけとることになっていた。でもプールにはもう収入がないんでしょう?」

「そうじゃない! 銀行が計画をサボタージュしているだけだ。あのゴロツキども――昔は鉄道さえあれば担保なしでも融資したのに――いまは給与のほんの数十万を短期でも貸そうとしない。私の借入金の担保には全米の鉄道の全設備があるというのに！」

彼女はくつくつと笑った。

「しかたなかったんだ！」彼は叫んだ。「我々の負担を公正に分配されただけ担うのを拒否する者がいたとしても計画のせいじゃない！」

「ジム、言いたかったことはそれだけ？　なら失礼するわ。仕事があるから」

彼の目は素早く腕時計に動いた。「いや、まだまだだ！　緊急に状況を検討して何らかの決定を下さなければ――」

相手の真意は何だろうと考えながら、だらだらつづく一般論を彼女はぼうっと聞いていた。彼は時間を気にしているようであり、それほど気にしているわけでもない。彼は確かに何か特別な目的のために彼女をここにひきとめており、同時に、彼女をここにいさせるためだけにひきとめている。

それはシェリルの死後顕著になった新しい特徴だった。シェリルの遺体が発見された日の夕方、彼は予告もなく彼女のアパートに駆け込んできた。新聞は自殺を目撃したソーシャルワーカーの証言にもとづいた記事を大きく扱っていた。いかなる動機も発見できずに、「不可解な自殺」と新聞は評した。「私のせいじゃない！」まるで彼女が懐柔すべき唯一の判事であるかのように、彼は叫んだ。「私を責めないでくれ！　私を責めてもしかたない！」彼は恐怖におののいていた。にもかかわらず、抜け目なく彼女の顔に投げられた視線は、考えられないことに、勝利の色を帯びているようにおもわれた。彼女はただ「ジム、出て行って」とだけ言った。

シェリルの件には二度とふれなかったものの、彼はより頻繁に彼女のオフィスに姿を見せはじめた。そして廊下で彼女を呼び止めては無意味な議論をふっかけた。それが重なって彼女にじつに不可解な感覚を与えた。彼がある漠然とした恐怖に対して支持と保護を求めて自分にしがみつきながら、腕を背中にまわしてナイフを突き刺しているかのような感覚だ。

「君の見解を知りたいんだ」彼女が目を逸らすと、彼はしつこく言った。「状況を緊急に検討する必要がある……それなのに君は何も言っていない」彼女は振り向かなかった。「鉄道事業から回収できるお金がないってわけでもないのに――」

彼女はきっと彼を見上げた。彼はあわてて目をそらした。

「つまり、何か建設的な政策をうちださなければ」彼は早口でぶつぶつと言った。「何かがなされなければ……誰かが何とかしなければ。緊急事態には――」

何の考えを彼が慌てて避けたのか、何を彼女に仄めかし、それでいながら認めたり議論したりしてほしくないと思っているのかを彼女は知っていた。もはや列車のダイヤを維持できず、約束を守れず、契約を履行できず、普通列車が直前にキャンセルされて説明のない命令によって予期できない目的地に送られる緊急臨時便に変わるということだ。命令の出所が緊急事態と公益の唯一の審判であるカフィー・ミーグスであることも彼女は知っていた。入荷されない燃料をまって機械が止まったり、配達できない製品で倉庫が溢れたりして工場は閉鎖されつつある。一定の期間を通じて確固たる進路を描いて力を築いた古参の産業の巨人の命運が、一瞬の、予見も管理もできない瞬間のきまぐれにかかっている。そのうちもっとも優れた企業、長期的な視野と複雑な機能を有した企業はとうに姿を消していた。なおも生産しようと苦闘をつづけ、生産が可能であった時代の規律を守ろうと猛烈に闘っている企業は、ナット・タッガートの子孫としては恥ずべき条項を契約に挿入している。「輸送事情が許せば」の一行だ。

それでもなお、神秘的な法によるように、誰ひとり問いただしも説明もしないある力の栄光によるように、望んだときに輸送手段を得ることができる者が存在することも彼女は知っていた。かれらのカフィー・ミーグスとの取引は神秘信条の不可知な部分とみなされ、観察者はそれを見る罪に咎められるために、人は無知ではなく知識を恐れて目を閉ざした。「運輸コネ」という誰もが理解しても定義しようとはしない用語で知られる商品を売買する取引が行われていた。それが緊急臨時便を走らせる者たち、彼女が予定した列車をキャンセルし、かれらの魔法の判子、契約や財産や正義や道理や命に取って代わる判子、「公益」がある無作為な地点の即座の救済を必要とすると述べる判子を押してその地点に列車を走らせることができる者たちだ。それがスマザー兄弟とアリゾナのグレープフルーツを救済するために——ピンボール機の生産に従事するフロリダの工場を救済するために——ケンタッキーの馬の飼育場を救済するために——オルレン・ボイルの共同製鉄を救済するために列車を走らせた者たちだった。

かれらは追いつめられた実業家を相手に倉庫に積まれたままの製品の輸送手段を提供するという取引をし——あるいは、要求した歩合を得る見込みがなければ、工場の閉鎖と同時に破産売却で一ドルのものを十セントで購入し、突如利用可能になった貨物車で、同類の仲介業者が獲物を待つ市場へと商品を送った。かれらは工場のまわりを徘徊し、炉の息が途絶えたと見るや設備に襲いかかり、さびれた側線のあたりをうろついては、配達されなかった商品の貨物車にくらいついた。かれらは生物学的な新種、一件の取引の期間より長いあいだ同じ業種にとどまらず、給与を支払うことも、間接費を負担することも、不動産を所有することも、設備をとりつけることもなく、唯一の資産と投資が「友情」として知られる項目からなるひき逃げのビジネスマンだ。かれらこそ、公の演説で「激動の時代の進歩的ビジネスマン」と紹介されるが、俗に「コネの行商人」と呼ばれる者たちだった。それには「運輸コネ」や「鉄鋼コネ」や「石油コネ」や「賃上げコネ」や「執行猶予コネ」など多くの人種が含まれていた。かれらは激しく動きまわり、誰も移動できないときに国じゅうを飛びまわっていた。活発で分別はなく、獣のようにではなく、屍の静寂の上で繁殖し、餌を食べ、動くいきものだった。

鉄道事業から回収できる金があり、いま誰がその金を手に入れているのかを彼女は知っていた。カフィー・ミーグスは列車を売るばかりでなく、発見も証明も不可能に仕組むことさえできれば、底をつきかけた鉄道の資材を売った。そうしてグアテマラの鉄道やカナダの都市電鉄にレールを売り、ジュークボックスのメーカーにワイヤを売り、リゾートホテルの燃料として枕木を売った。

重要なことだろうか？——地図を見ながら彼女は考えた。屍のどの部分がどの型のうじ虫に、満腹のうじ虫に、ほかのうじ虫に餌を与えたものたちに食われたのかは。生きた肉体が貪り食われるときに、どの腹が満たされているのかは重要なことだろうか？　どの惨状が人道主義者によって、どれが大っぴらな夜盗によってもたらされたのか区別する方法はない。どの略奪行為がローソンのような者たちの慈善欲に促され、どれがカフィー・ミーグスの飽食によるものだったか——どの地域が飢餓寸前の別の地域に糧を与えるために犠牲になり、どこがコネの行商人にヨットを提供するために犠牲になったのかを見分ける方法はない。重要なことだろうか？　双方は精神において類似しているのと同様に事実において類似しているのであり、どちらも必要を有しており、必要は財産への唯一の権利とみなされており、どちらも同じ道徳律を厳格に遵守して行動している。どちらも人間は犠牲にされて然るべきであると主張し、どちらもそれを実行している。誰が人食いで誰が犠牲者かを区別する方法すらない。ある町は東の隣町で没収された衣料や燃料を当然のごとく受け入れ、翌週、西の隣町に糧を与えるために穀倉を没収されることに気づくのであり——人は何世紀来かかげてきた理想に到達し、妨害なく完璧にそれを実践し、最高権力者としての必要に、最たる資格としての必要に、かれらの価値基準として、かれらの世界の通貨として、権利や命より神聖なものとしての必要に仕えているのだから。人びとは、誰もが弟の番人であると叫びながら、それぞれが隣人を貪り食いつつ隣人の弟によって貪り食われ、それぞれが稼いでもいないものへの権利を主張しつつ誰が自分の背の皮をむしり取っているのかと思い、それぞれが自分自身を貪り食いながら未知の悪が世界を滅ぼしつつあると恐怖の悲鳴をあげる落とし穴にはまりこんでしまった。

「いまどのような不満をこぼさねばならないというのでしょう？」頭の中でヒュー・アクストンの声が聞こえた。「宇宙が非合理的だということですか？　はたしてそうでしょうか？」

　論理の恐るべき力に従うにあたっては敬意以外の感情は許されないというように、冷静で厳粛な目で、彼女はじっと地図を眺めていた。そして消滅しつつある混沌とした大陸で、人間が掲げてきた思想の正確な数理的実現を目撃していた。これこそ自ら求めたものであることをかれらは知りたがらず、望む力はあるが偽る力はないことを直視しようとせず——願望を血にまみれた読点の一つまで文字通り成就させたのだ。

　必要の提唱者と憐憫の好色家は、いま何を考えているのだろう、と彼女はおもった。何をあてにしているのだろう？　かつて「金持ちを破壊したいわけじゃなくて、貧民に手をさしのべるために金持ちのおこぼれを少し、ほんの少しをもらいたいだけ。金持ちにはなんでもないことだから！」とにたつき——やがて「大物は絞りとられても耐えられる。これまで孫の代まで続くほど十分ためこんできた」と声を張り上げ——あとになって「ビジネスマンには一年分の蓄えがあるのになぜ人は苦しまねばならないのだろう？」と叫んだ者たちは、いま「一週間分の蓄えのある人間がいるのになぜ我々は飢えなければならないのだろう？」と声をからしている。かれらは何をあてにしているのだろう、と彼女はおもった。

「君が何とかしなくては！」ジェイムズ・タッガートが叫んだ。

彼女は振り向いて彼に向かった。「私が？」

「君の仕事、君の職分、君の義務だ！」

「何が？」

「行動することだ。やることだ」

「やるって——何を？」

「どうして私にわかるかね？　君に特別な才能じゃないか。君は行動する人間だ」

彼女は彼を一瞥した。その発言は的を射ているようであり、ひどくちぐはぐで見当違いでもあった。彼女は立ち上がった。

「ジム、それで全部？」

「違う！　話がしたいんだ！」

「どうぞ」

「だが君は何も言っていないじゃないか！」

「あなたもね」

「だが……つまり、現実に解決を要する問題があり……たとえば、ピッツバーグの倉庫から新しいレールの最後の割り当て分が消えた問題は？」

「カフィー・ミーグスが盗んで売却したのよ」

「証明できるか？」彼はむきになって怒鳴った。

「あなたの友達は証拠をつかむ手段や方法や規則や機関を残した？」

「なら話さないことだ。理屈をこねるな。現実に対処しなければならないんだ！　今日あるがままの現実に対処しなければ……つまり、現実的に、証明不可能な仮定じゃなくて現存する条件の下で資材を守る実際的な手段を講じなければ――」

彼女はくすくす笑った。ここに形のないものの形がある、と彼女はおもった。ここに彼の意識の方法がある。彼はカフィー・ミーグスの存在を認めることなくミーグスから自分を守ってほしい、存在を認めることなくそれと戦ってほしい、駆け引きを損なうことなくそれに勝ってほしいとおもっている。

「何がおかしいのかね？」怒ったように、彼はいった。

「わかってるでしょう」

「君はまったくどうしちまったんだ！　何があったのか……この二ヶ月……復帰してから……以前はそんなに非協力的じゃなかった！」

「あら、ジム。私はこの二ヶ月あなたと口論していないわ」

「だからこそ言うんだ！」彼はあわててつけ足したが、彼女の微笑をかわすには遅かった。「つまり、議論がしたかったんだ。状況に関する君の見方を――」

「知っているでしょう」

「だが君は何一つ言っちゃいない！」

「言うべきことは三年前にすべて言ってあります。あなたの方針がどういう結果を招くのか。言った通りになったでしょう」

「やれやれまただ！　机上の空論が何の役に立つんだね？　いまさら三年前に後戻りできやしない。過去じゃなくて現在に対処しなければならないんだ。たぶん、君の意見に従っていれば、ものごとは違っていたかもしれない。たぶんね。だが事実はそうしなかった――そして我々は事実に対処しなければならない。現実をいま、今日あるがままに受けとめなければならないんだ！」

「では、受けとめて」

「は？」

「現実を受けとめて。私はあなたの指示を受けるまでよ」

「不公平だ！　私は君の意見を求めて――」

「ジム、あなたは私の保証を求めているの。ごめんだわ」

「何だって？」

「あなたと議論して、あなたの言う現実が実際そうあるものじゃなくて、その現実を何とかして、あなたの首を救う方法がまだあるふりをするのに手をかすつもりはないわ。そんな方法はないから」

「やれやれ……」感情の爆発も怒りもなく、ただ退却間際の男の弱々しく曖昧な声がした。「すると……私にどうしてほしいんだね？」

「あきらめなさい」彼はぼんやりと彼女を見た。「あきらめるの――あなたたち全員、あなたとワシントンのお友達とたかりの計画屋と人食いの哲学全部を。あきらめて道をあけて、できる人間が廃墟で一から始めるのにまかせることよ」

「ばかな！」感情の爆発は奇妙にも、いまになってやってきた。それは自分の考えをあらわすくらいなら死んだほうがましだという男、生涯思想の存在から逃げ、犯罪者の便宜主義によって行動してきた男の悲鳴だった。これまで犯罪者の本質を理解したことが自分にはあっただろうか、と彼女はおもった。そして思想の否定に忠実な思想の本質は何だろうと思った。

「お断りだ！」熱狂的だった口調を、威圧的な重役の低くしゃがれた少しまともな声に落として、彼は叫んだ。「不可能だ！　問題外だ！」

「誰が言ったの？」

「もういい！　そうだからそうなんだ！　なぜ君はいつも現実的じゃないことを考えるんだね？　なぜ現実をあるがままに受け入れて何とかしないんだね？　君は現実主義者、行動派、起動者、生産者、ナット・タッガートの同族、こうと決めた目標は何でも実現できる人間だ！　君ならいま我々を救済して、ものごとをうまく進める方法を見つけられる――君さえそうしたければ！」

彼女は噴き出した。

ここにビジネスマンが年来無視してきたぞんざいな学術的饒舌の究極の目的がある、と彼女はおもった。杜撰な定義、いい加減な概論、感傷的な抽象論のなかで、客観的現実に従うことは国家に服従することと同じであり、自然の法則と官僚の政令の間に違いはなく、空腹な人間は自由ではなく、人は衣食住の圧制から解放されなければならず――そのすべてが、何年もの間、現実主義者たるナット・タッガートがカフィー・ミーグスの意思を鋼鉄やレールや重力のようにくつがえすことのできない絶対的な自然の事実として考慮し、ミーグス製の世界を客観的な不変の現実として受け入れ、しかもその世界で豊かさを生みつづけることが求められる日が来るであろうことを示していた。ここに、自分の啓示を道理として、「本能」を科学として、渇望を知識として喧伝してきた書斎と教室の詐欺師の目標がある。それは非客観的であり、非絶対的であり、相対的であり、一時的であり、推定的である野蛮人――収穫を見ても因果律には縛られない農民の全能の気まぐれによって生みだされた神秘現象としかみなさず、農民を捕らえ、鎖でつなぎ、道具と種と水と土を奪い、不毛の岩に押しやって「さあ作物を育てて糧をよこせ！」と命令する野蛮人すべての目標なのだ。

いいえ――ジムに訊かれるだろうと予想して、彼女はおもった――何を笑っているのかを説明しようとしても無駄だ。この人には理解できないだろう。

だが彼は訊かなかった。代わりに、彼はぐったりと萎えていき、恐るべきことに、「ダグニー、私は君の兄なんだ……」という声が聞こえた。彼が意味を理解していなければその発言はあまりにも筋違いであり、理解していればなおさら恐ろしかった。

顔面に銃をつきつけられているかのように筋肉がこわばり、彼女は居ずまいを正した。

「ダグニー」——それは乞食の泣き言のように柔らかく単調な鼻声だった——「私は鉄道の社長でいたいんだ。それが私の望みなんだ。なぜ君のように願望をもってはいけないのかね？　なぜ私の願望は君の願望のように叶えられないんだ？　私が苦しんでいるというのに君はなぜ幸せでいられるんだ？　ああ、世界は君のもので、それを動かせるのは君の方だ。ならばなぜ君は自分の世界にある苦しみを放置しておくんだ？　きみは公然と幸福を追求しながら私を葛藤に陥れる。私には自分が選んだ幸福の形を求める権利があるんじゃないのか？　それは君の私への義務じゃないのか？私は君の兄じゃないのか？」

彼の目は空き巣狙いの懐中電灯のように、彼女の顔に憐憫のかけらを探した。そこにあるのは嫌悪感だけだ。

「私が苦しめば君の罪だ！　君の道徳的過失なんだ！　私は兄なんだから面倒をみるのは君の責任なのに君は欲しいものをくれなかったから有罪だ！　人類の道徳的指導者が何世紀来言ってきたことだ。それを否定する君は何様だね？　君は自分に誇りを持っていて、自分は純粋で善人だと考えている。だが私が辛い思いをしている限り君は善人にはなれない。私の不幸は君の罪の物差しだ。私の満足は君の美徳の物差しなんだ。私はこういう世界、今日の世界が欲しい。私も権威の分け前にあずかれるし、自分が重要だと感じられる——私のために何とかしてくれ！——何とかしろ！何をすればいいかどうして私にわかるかね？——それは君の問題で、君の義務なんだ！　君には強さの特権があるが、私には――弱さの権利がある！　それが道徳的絶対だ！　知らないのか？　なあ、知らないのか？」

彼の視線はいま、奈落の上にぶらさがり、死に物狂いでわずかな疑念の裂け目を探しているが、彼女の顔の傷ひとつないつるつるの岩の上を滑るばかりの男の手のようだった。

「このろくでなし」言葉が人間らしきものには向けられていないために、彼女は冷静に、感情もなく言った。

彼が奈落を落ちていくのが彼女には見える気がした。たとえ彼の顔には策略がうまくいかなかった詐欺師の外観以外には何もなくても。

いつも以上の嫌悪感をおぼえる理由はない、と彼女はおもった。彼はどこでも説かれ、聞かされ、受け入れられていることを口にしただけだ。だがこの信条は通常三人称で解説されており、それをジムは厚顔にも一人称で説明した。人は犠牲の教義を、受益者がおのれの主張と行動の本質を明らかにしないことを前提に受け入れているのだろうか、と彼女はおもった。

彼女は背を向けて立ち去ろうとした。

「おいおい！　待ちなさい！」腕時計をチラッと見て立ちあがりながら、彼は叫んだ。「もうそろそろだ！　君に聞かせたいニュース特報が流れるんだ！」

好奇心をくすぐられて、彼女は立ち止まった。

あからさまに、無我夢中で、ほとんど無礼なまでにじっと彼女の顔を見つめながら、彼はラジオをつけた。その目には怖れと妙に好色な期待がうかんでいた。

「みなさん！」ラジオのスピーカーからけたたましい声が響き渡った。声はパニック気味だった。

「チリのサンティアゴからたったいま衝撃的なニュースが届きました！」

タッガートの頭がびくりと震え、言葉と声が期待したものではなかったかのように、当惑してしかめた彼の顔に急激に不安が広がった。

「チリ民国の国会の臨時審議が、チリ、アルゼンチン、その他南米の人民国家の市民に極めて重要な決議を通過させるため、今朝十時に召集されました。これにより、人は弟の番人であるというスローガンを掲げてチリの政権を掌握した新任のラミレス首相の啓蒙政策にのっとって、国会はダンコニア銅金属のチリ国内の資産を国有化し、それによりアルゼンチン民国が全世界のダンコニアの資産の残りを国有化する道をつけることになっていました。しかしながら、これは両国の最上層部の指導者にのみ知られていました。この方針はこれまで、議論と反動的な妨害を回避するために秘密にされてきました。ダンコニア銅金属の何十億ドルの接収は国民に大きな驚きをもって迎えられることになっていました。

開会を告げる議長の槌が十時に演壇を打った瞬間——槌の一撃が引き金となったかというタイミングで——爆音が会場を揺さぶり、窓ガラスを打ち砕きました。それは数本の道路を隔てた港からきており——議員たちが窓にかけよると、見慣れたダンコニア銅金属の鉱石ドックの輪郭がみえていた場所に、長い炎の柱が見えました。鉱石ドックはこっぱみじんに吹き飛ばされていました。

議長はパニックから目をそらし、静粛な審議の進行を求めました。火災警報サイレンとかすかな悲鳴が響くなか、会場に国有化の決議が読み上げられ、雨雲たちこめる暗い灰色の朝、爆発によって電機送信機が壊れたため、議会はろうそくの光で、炎の赤い輝きに繰り返し照らし出される大きな丸天井の下、決議投票を行いました。

しかしその後、いまや人びとがダンコニア銅金属の所有者であるというよい知らせを国民に発表するために議員があわただしく休会を求めたときにさらに大きな打撃が与えられました。投票のさなか、世界各地から、ダンコニア銅金属はもはや地上に存在しないという知らせが次々ともたらされたのです。みなさん、どこにもです。十時きっかりに、同じ瞬間に、シンクロナイズされた恐るべき驚異によって、地上のダンコニア銅金属の全資産は、チリからシャムからスペインからモンタナのポッツビルまで、爆破され、一掃されました。

各地のダンコニアの従業員は最後の給与を午前九時に現金で渡され、九時三十分までには構内を立ち退かされていました。鉱石ドック、精錬所、実験室、オフィスビルは破壊されました。港のダンコニアの銅船は跡形も無く――走行中の船で残ったのは乗務員をのせた救命ボートだけです。ダンコニア鉱山については、爆破された岩の下に埋まったものもあれば、爆破する価値もないと明らかになったものもあります。これらのうち驚くべき数の鉱山は、続々と届きはじめたレポートが示すように、何年も前に枯渇したにもかかわらず運営されていました。

何千人というダンコニアの従業員のなかに、警察は、この恐るべき陰謀がいかに考案され、組織され、実行されたかを知っている人間を誰ひとり見つけることができていません。しかしダンコニア選り抜きの人材はもはや現場にはいません。有能な役員、鉱物学者、技術者、監督――人民国家当局が再調整の過程における作業の進行役と緩衝材としてあてにしていた従業員は全員が行方不明となっています。なかでも有能な――訂正、利己的な従業員は姿を消しています。複数の銀行からの報告によると、ダンコニアの口座はどこにも残されておりません。資金は最後の一セントまで使いきってあります。

みなさん、ダンコニアの財産――数世紀にわたる伝説的な地上最大の富は――もはや存在しません。新時代の輝かしい幕開けに代わり、チリとアルゼンチンの人民国家に残されたのは瓦礫の山と失業者の大群です。

フランシスコ・ダンコニア氏の消息については何の手がかりも見つかっておりません。後には何も残っておらず、別れのメッセージもなく、行方不明のままです」

ありがとう、あなた——私たちの最後のもののために、たとえあなたがそれを聞くことがなく、聞きたいとも思わないとしても、お礼を言います……その感情は言葉ではなく、心のなかの静かな祈りとして、十六歳で知った少年の笑顔に向けられていた。

ふと彼女は自分がラジオにかじりついていることに気づいた。まるでそのなかのかすかな電波の響きが、いまそれが一瞬伝え、ほかのすべてが死んだ部屋を埋めたこの世で唯一の生きた力へのつながりであるかのように。

爆発のわずかな残骸として、うめきと悲鳴と怒声のまじった音がジムから聞こえた。ジムの肩は電話の上で震えており、ゆがんだ声が叫んでいる。「だが、ロドリゴ、君は安全といったじゃないか！　ロドリゴ——ああ！——あれにどれだけつぎこんだことか！」そして机上の別の電話が鳴り響き、最初の受話器を握ったまま、彼は別の受話器にがなりたてた。「がたがたいうな、オルレン！　君がどうすればいいかだと？　こっちの知ったことか、畜生！」

オフィスに駆け込んでくる人びとがおり、電話が鳴り響き、嘆願と罵声を使い分けながら、ジムは一つの受話器に怒鳴りつづけていた。「サンティアゴにつなげ！……ワシントンにつないでサンティアゴにつながせろ！」

おぼろげに、心の片隅で思うように、金切り声を上げる電話の背後の男たちが身を投じた駆け引きがどんなものかが彼女には見えた。顕微鏡のレンズの下の白い視界で身もだえする小さな点のように、かれらは遠くおもえた。フランシスコ・ダンコニアがこの世で存在しうるというのに、どうしてかれらをまともに相手にできるというのだろう、と彼女はおもった。

その日は一日じゅう、出会う人間のどの顔にも――その夜街路の暗闇で通り過ぎたすべての顔に、爆発の輝きが映っていた。フランシスコがダンコニア銅金属にふさわしい火葬の積薪がほしかったのなら思惑通りだ、と彼女はおもった。ここにある、マンハッタンの通り、それを理解できるこの世で唯一の街に――人びとの顔の中に、小さな火の舌のようにパチパチとはじけるささやき声に、厳粛さと狂気とを同時に帯びて輝く顔に、遠い炎から投じられたかのような揺らめく表情の陰影に。怯えているものがおり、怒っているものがおり、ほとんどは不安そうな、曖昧な、期待するような顔をし、ただ誰もが一産業の大惨事を超越したある事実を認識しており、誰も明言しないものの誰もがその意味を知っており、誰もがかすかな驚きと挑戦の笑い、恨みは晴らされたと感じている滅びゆく犠牲者の苦い笑いを浮かべていた。

その夜、ハンク・リアーデンとの食事の最中、彼女はそれを彼の顔にみとめた。堂々たる長身の、高級レストランの豪奢な雰囲気にふさわしい唯一の姿が歩いてきたときに彼女が見たのは、顔つきの固さとは合わない熱っぽさ、予期していなかったことにいまも胸を躍らせる少年の表情だ。彼はこの日の出来事について話さなかったが、それが彼の頭を占めているたった一つのイメージだと彼女は知っていた。

彼が街にくるたびに二人は会い、貴重な夜のひとときを共に過ごした。二人の過去をいまも静かに認めつつ、仕事にも共通の闘争にも未来はないが、二人は互いが存在するという事実に支えられている同志であるという意識をもって。

彼は今日の出来事にふれたくもフランシスコの話をしたくもなかったが、テーブルで、彼の頬のくぼみに笑みをこらえる緊張がときおりあらわれることに彼女は気づいていた。唐突に、賞賛の重みをもたせた穏やかな低い声で「あいつは誓いを守ったんだな?」と彼がいったとき、彼女にはそれが誰のことなのかがわかっていた。

「誓い？」アトランティスの殿堂の碑文を思い、はっとして、彼女はたずねた。

「あいつは『あなたに誓います——愛する女性の名にかけて——僕があなたの友人であることを』と言ったんだ。その通りだった」

「いまもそうだわ」

彼は頭を振った。「俺にはあいつのことを考える権利はない。あいつが俺を守る行為としてやったことを受け入れる権利はない。にもかかわらず……」彼は口をつぐんだ。

「だけど、ハンク、そうだったの。私たちすべて——誰よりも、あなたを守るための」

彼は目を逸らし、外の街を見た。かれらは窓際に座っており、透明なガラスに守られて広々とした空間と六十階下の通りが見渡せる。街はひどく遠くおもわれた。どこも一番下の階まで灯りが消されていたからだ。すこし先の暗闇にまじる塔の上、二人の顔と同じ高さの位置に、カレンダーが掛かっていた。それは小さく目障りな長方形ではなく、不気味なほど近くて巨大なスクリーンだった。さえない白い光がスクリーンを照らし、空虚な面に九月二日の文字だけを浮かび上がらせている。

「リアーデン・スチールはいまフル稼働している」淡々と彼はいった。「やつらは俺の工場の生産割当てを廃止した——あと五分間は。やつらがもういくつ自分たちの規則の施行を見合わせたかも知らないし、やつらもそれを知っているとは思えない。もう合法かどうかなど監視してはいないだろう。きっと俺は五つか六つの訴因で法律を破っているんだろうが、誰にも証明も論駁もできない。わかっているのは、時の悪党が全開で進めと言ったってことだけだ」彼は肩をすくめた。「明日になって別の悪党がそいつを追い出したら、俺はたぶん非合法の業務を行った罰として閉鎖を命じられるだろう。だがたったいまの計画によれば、やつらは俺に、どれだけの量だろうが、どんな手段を使おうが、メタルを出鋼しつづけるように要請しているんだ」

ときおり二人に投げかけられるこそこそとした視線に彼女は気づいた。彼女の放送のあと、二人が一緒にいる姿を公然と見せはじめて以来、それに気づくことがある。彼が怖れた不名誉の代わりに、人びとの態度には畏怖まじりの確信のなさ――かれら自身の道徳的教訓についての確信のなさ、正しいと確信する二人の人間の存在に対するおそれがあった。人びとは強い好奇心と、嫉妬と、敬意と、誇り高く厳格な未知の基準を侵す恐怖をもって二人を見ており、「結婚していてすみません」と言わんばかりの弁解がましい雰囲気の者までいた。敵意をむきだしにした者も、賞賛の表情を浮かべている者もいた。

「ダグニー」不意に彼がたずねた。「あいつはニューヨークにいるとおもうか？」

「いいえ。ウェイン・フォークランドに電話してみたの。あの人のスイートルームの賃貸契約はひと月前に切れていて、更新されなかったらしいわ」

「世界じゅうであいつを探しているようだが」にこりと微笑して、彼はいった。「まず見つからんだろうな」微笑は消えた。「俺にも」彼の声はふたたび暗くて平坦な義務口調にもどった。「まあ、工場は機能しているが俺は違う。俺がやっていることといえば、廃品回収業者みたいに原材料を非合法に購入する方法を探して国じゅうを駆けずりまわることだけだ。隠れて、こそこそして、嘘をついて――数トンの鉱石や石炭や銅を手に入れるためだけに。やつらは俺の原料の規制を解いてはいない。だから俺が出鋼しているメタルが規定の割り当て分で生産できるよりも多いことも知っているはずだ。だがやつらは気にしてはいない」彼はつけ足した。「俺は気にするはずだと思っているようだが」

「ハンク、疲れたの？」

がある、と彼女は考えていた。ある意味で、ダグニーは自分がいま「もっと仕事を」と言われたらわかっていた。

「死ぬほど退屈なだけだ」

彼の心と活力と尽きない発想が自然を扱うよりよい方法を考えだす生産者の仕事に注がれたときがあった。いまやそれは人を出し抜く犯罪者の仕事にすり替わっている。人はどれくらいそんな変化に耐えることができるのだろう、と彼女はおもった。

「鉄鉱石の入手がほとんど不可能になりつつある」そっけなく彼はいうと、急に生き生きとした声でつけ足した。「いまや銅の入手は完全に不可能になった」彼はにやりとした。

心の奥底では成功ではなく失敗を望んでいるとき、人はどれくらい意志に反して働きつづけることができるのだろう、と彼女はおもった。

「きみには言っていなかったが、ラグネル・ダナショールドに会った」と彼がいったとき、彼がそれを何から連想したのかは想像がついた。

「本人が教えてくれたわ」

「何だって？　いったいいつ――」彼は言葉を切った。「むろんそうだろう」硬く低い声で彼はいった。「あの男も仲間だろうな。会っているはずだ。ダグニー、どんなやつらだ、その……いや。答えなくていい」しばらくして彼はつけ足した。「つまり俺はかれらのエージェントの一人に会ったわけだ」

「二人よ」

完全な静寂の間が答えだった。「むろん」彼はぼんやりといった。「わかっていた……ただ認めようとしなかっただけだ……あいつはエージェントだったんだな？」

「最初で最高のね」

彼はくすくすと笑った。そこには苦々しさと切望の響きがあった。「あの晩……ケン・ダナガーが連れていかれたとき……俺には誰も送られてこなかったと思っていた……」

よく見てはならない日あたりのいい部屋にかける鍵を、抵抗を感じながらもゆっくりと回すように、彼は顔を硬くした。しばらくして、表情をかえずに彼はいった。「ダグニー、先月話した新しいレールだが――納品できないだろう。やつらは生産規制を解除していないし、売上をいまも管理してメタルを好き放題に処分している。だが帳簿はひどく杜撰だから、俺は毎週、闇市場に数千トンずつ密売している。やつらにもわかっているだろう。知らないふりはしているが。いま俺を敵にまわしたくないんだな。だがいいか、俺はかすめとれる分はみな自分の差し迫った顧客に配達している。ダグニー、俺は先月ミネソタにいた。あそこで起こっていることを目の当たりにしてきた。この国は、我々のうちの誰かが一刻も早く行動をおこさなければ来年じゃなくこの冬飢えることになる。穀物の備蓄はどこにも残っていない。ネブラスカがやられて、オクラホマがメチャメチャで、ノースダコタが捨てられて、カンザスがぎりぎりの状態じゃ――この冬、ニューヨークにも東部のどの都市にも小麦は届かなくなるだろう。ミネソタは最後の穀倉だ。あそこは二年連続凶作だったが、この秋は豊作だ――それを何が何でも収穫させなければ。農機具業界の状況をのぞいてみたことがあるか？　あいつらは誰もワシントンで有能なギャングを手なづけたり、コネの行商人に歩合を払ったりするほどの十分な規模がない。だから資材の配当があまりないんだ。三分の二はもう閉業、残りもそうなりつつある。農場はあちこちで消滅しつつある――機具不足のために。ミネソタの農家を見ればわかる。あいつらどうしようもない古いトラクターを修理するのに農地を耕すよりも時間を使っている。どうやってこの春までやってこられたのか。どうやって小麦を植えたんだか。だが植えた。あいつらは植えたんだ」彼の顔には忘れられた稀有な光景、人間の姿を熟視しているかのような烈しい表情が浮かんでおり――彼女はいかなる動機がいまも彼を仕事にとどめているのかを知った。「ダグニー、あいつらに収穫機具をもたせなければ。俺は農機具メーカーに工場からかすめとれるだけのメタルを売ってきた。掛け売りで。あいつらは生産したらすぐ機具をミネソタに送っている。同じように――不法に掛け売りで。だがこの秋には支払いがあるだろうし、俺にもあるだろう。慈善だと！　俺たちは生産者を助けている――それもおそろしくしぶとい生産者を！――あさましいたかり屋の『消費者』じゃなく。施しじゃなく貸付だ。俺たちは必要じゃなく能力を支えているんだ。ただぼんやり眺めて、コネの行商人に儲けさせてあいうやつらをだめになんてできるもんか！」

彼の脳裏にはミネソタで目にした光景が浮かんでいた。窓の穴と屋根の割れ目に遮られることもなく日没の光が流れこむ廃工場のシルエットだ。残された看板には「ワード収穫機会社」とあった。

「ああ、わかっている」彼はいった。「あいつらをこの冬助けても、来年たかり屋に貪り食われる。それでも、この冬はあいつらを助けることができるんだ……ま、そういうわけで君にレールをこっそり売ってやれない。近い将来には――残されているのは近い将来だけだ。鉄道を失ってこの国を食べさせて何になるのか――だが食べるものがないところで鉄道が何の役に立つ？　どちらにしても何になる？」

「かまわないわ、ハンク。予備のレールでしばらく、たぶん――」彼女は口をつぐんだ。

「一ヶ月？」

「冬の間は――願わくは」

沈黙を突き切って甲高い声が別のテーブルから聞こえ、声の方を見ると、追いつめられて今にも銃に手をかけそうな悪党のようにひどく神経を尖らせた男がいた。「反社会的な破壊行為だ」男はむっつりとした同伴者に向かって怒鳴りたてている。「これほど銅が不足している時期に！……許されないことだ！　そんな事実を許してはならない！」

リアーデンは不意に目を逸らして街を見た。「あいつの居場所を知るためなら何も惜しくはないのに」低い声で彼はいった。「たったいま、どこにいるかさえわかれば」

「わかったらどうするの？」

無駄だな、というように彼は手を落とした。「自分から近づくことはできまい。敬意を表したくても、いまの俺にできるのは不可能な許しを求めないことぐらいだ」

かれらは黙りこんだ。そして周囲の声、パニックのかけらが贅沢な部屋に飛び交う音に耳を傾けていた。

どのテーブルにもある見えない客がいるように、つとめてほかの会話をしようとしても同じ話題に戻ってしまうらしいことに、彼女はふと気づいた。客たちは、すくむようにとまではいかないが、ガラスと青いビロードとアルミニウムにつつまれ、柔らかい照明のともる店内は大きすぎ目立ちすぎて居心地が悪いかのように座っていた。無数の責任回避を代価にしてこの店を訪れ、こうした場所によって自分の存在がいまも文明的なものであるふりをしつづけようとするかにみえる。だが原始的な暴力がかれらの世界の本質を一気にあばきだしたために、もはや目をおおっていることはできなかった。

「どうしてあんなことができるの？　どうして？」癇癪まじりの怯えた声で、ある女性が主張している。「あの人にそんな権利はなかったわ！」

「事故だったんだ」公務員臭のある若い男が、スタッカート調で言った。「確率の統計曲線で簡単に立証できる偶然の一致の連鎖だね。国民の敵の力を誇張する噂を広めるのは愛国的じゃないな」

「善悪の議論は学問的な会話には結構ですが」酒場用の口をした別の女性が教室用の声でいった。

「どうして人民に必要な財産を破壊するほど自分の信念を真面目にとらえたりできる人がいるのでしょう?」

「何が何だか」ぶるぶる震える苦々しい声で老人がいった。「人間の生来の野蛮さを抑制する何世紀もの温和と人間性の教育と訓練と理論化の努力は何だったんだ!」

また別の女性がおそるおそるはり上げた当惑した声は、次第に小さくなって消えた。「わたしたちは兄弟愛の時代に生きているんだと……」

「あたしこわいの」若い娘が繰り返していた。「あたしこわいの……あら、わからないわ!……ただこわいの……」

「やつがそんなことをするもんか!」……「したんだ!」……「だがなぜ?」……「そんなこと絶対に信じるものか!」……「人間じゃない!」……「だがなぜ?」……「ただの役立たずのプレイボーイだ!」……「だがなぜ?」

ダグニーは部屋の向こうの女性の押し殺した悲鳴をきいたのと同時に視界の端で異変をとらえ、振りかえって街を見た。

カレンダーは画面の後ろにはめこんだ装置によって、毎年同じフィルムを回しては、きっかり午前零時にだけ動き、一定のリズムで着実に日付を投影していた。ダグニーは素早く振りかえったので、惑星が軌道を逆行したかのような予期しない現象をとらえる間があった。「九月二日」の文字が上に動き、スクリーンの縁を過ぎて消えていったのだ。

そして、巨大なページに黒々と、時間を止め、世界への最後のメッセージとして世界のモーターであるニューヨークにあてた、鋭く妥協のない筆跡で書かれた文句がみえた。

兄弟、ご要望どおりだ！
フランシスコ・ドミンゴ・カルロス・アンドレス・セバスチアン・ダンコニア

どちらの衝撃が大きかったのか、彼女にはわからなかった。メッセージか、リアーデンの笑い声か。リアーデンは立ちあがり、あたりはばからず、背後のパニックの呻きを通り越して、歓迎の挨拶のように、拒絶しようとした贈り物を受け取るように、解き放たれ、勝利にわき、降参するように笑っていた。

＊　＊　＊

九月七日の夕方、モンタナの銅線が切れ、スタンフォード銅山の縁にあるタッガート大陸横断鉄道の側線上で荷積み用クレーンのモーターが止まった。

鉱山は三交代で昼も夜もなく一分を惜しみ、山棚から搾り出せる銅は一片も漏らさず国の工業の砂漠に届けようとする作業が続いていた。クレーンは列車への積荷作業の最中に壊れた。夜空を背景に、列をなした空っぽの貨車と急に動かなくなった銅山の間で、それは突然ぴたりと止まった。鉄道と鉱山の男たちはうろたえて呆然とした。ドリル、モーター、やぐら、精密計器、山のくぼみや尾根を照らし出す重い投光照明といった複雑な設備のなかで――ワイヤなしにクレーンを修繕できないとわかったからだ。一万馬力の発電機で推進されるが一本の安全ピンが欠けているために沈みつつある遠洋定期船の乗組員のように、かれらは途方にくれた。

駅長はぶっきらぼうな声をしたきびきびと動く青年だったが、駅舎の電気配線を剥《は》いでふたたびクレーンを始動させた。そのために鉱石がゴロゴロと貨車を満たすあいだ、駅の窓から薄闇に揺らめくろうそくの光がみえた。

「ミネソタよ、エディー」特別ファイルの引き出しを閉めながら、暗い声でダグニーは言った。ミネソタ部門にワイヤの予備半分をモンタナに送るように言ってちょうだい」

「でもダグニー！　収穫のピークはもうすぐだってのに――」

「なんとかもつわ――たぶん。唯一の銅の生産者がいなくなればどうなることか」

「だが手は打ってある！」彼女が再度念を押すと、ジェイムズ・タッガートが叫んだ。「銅線の最高の優先権、誰よりも優先する請求権、最上の配給レベルをもらってやって、カードも許可証も書類も必要条件もやったじゃないか。ほかに何がほしいというんだね？」「銅線」「できるだけのことはした！　私のせいじゃない！」

彼女は議論しなかった。彼の机の上には夕刊があり――彼女は裏面のある項目に見入っていた。カリフォルニアで、州内の失業者救済のために緊急州税が可決され、地元企業の総利益に対して五十パーセントの税金が、一般税に先んじて課されることになっていた。そしてカリフォルニアの石油会社が倒産した。

「リアーデンさん、心配御無用です」ワシントンからの電話の向こうから、ぎとぎとした声がきこえた。「ご安心ください」「何のことだ？」リアーデンは困惑してたずねた。「カリフォルニアでのちょっとした一時的な混乱のことです。まもなく正常化いたします。非合法な反逆行為でしたから。州政府には国税に不利な地方税を課す権利はなく、直ちに公正な協定をまとめるつもりです。ですがその間、もしもカリフォルニアの石油会社についての非愛国的な噂を気になさることがあれば、リアーデン・スチールは必要不可欠の最高ランクに置かれて、国のどこでも利用可能な石油に第一請求権があるとだけお伝えしたかったのです。まさに最高のカテゴリです、リアーデンさん。ですからこの冬の燃料問題については心配には及ばないと知っていただきたかったのです！」

リアーデンは受話器をおろして、心配で顔をしかめた。燃料問題とカリフォルニアの油田の破綻についてではなく――こうした災難はいつものことだ――ワシントンの計画立案者が自分をなだめる必要があると考えたことについてだ。これまでになかったことだ。どういう意味だろう、と彼は考えた。何年もの苦い経験から、一見理由のない敵対心を相手にするのは難しくはないが、一見理由のない気遣いはただならぬ危険であることを学んでいた。工場の通路を歩いている途中、横柄でありながらも仕置きを覚悟しているような前のめりになった姿をとらえたときにも、彼は同じ疑念に襲われた。弟のフィリップだ。

フィラデルフィアに越してからというもの、リアーデンは以前の家を訪れておらず、家族から連絡はなく、彼はただ経費を支払い続けていた。すると、どういうわけか、この数週間で二度、フィリップが一見これといった理由もなく工場をうろついている姿がみえた。フィリップが自分を避けようとこそこそしているのか、注意を惹《ひ》こうと待っているのかはわからなかった。どちらにもみえた。彼はフィリップの目的について皆目見当がつかず、ただ理解不可能な、以前のフィリップにはなかったほど深刻に悩んでいる様子がうかがわれた。

一度目、彼が驚いて「ここで何をしている？」とたずねると――フィリップは曖昧に言った。「いや、僕にオフィスに来てほしくないのは知っているよ」「何か用か？」「……いや、何でもない……でも……えっと、母さんがあなたのことを心配している」「母さんはいつでも私に電話してくればいい」フィリップは答えずに、ただ彼の仕事や健康や事業について、不可解にくだけた訊きかたをした。質問は妙に的外れで、事業について訊くわけではなく、どちらかといえば彼、リアーデンの事業に対する感情についてだった。リアーデンは彼を遮り、手を振って立ち去るように命じたが、説明できない事件のしつこい感覚がわずかに残った。

二度目にたずねてきたフィリップの唯一の説明は、「僕たちはあなたがどう感じているか知りたいだけなんだ」だった。「僕たち?」「いや……母さんと僕……いまは厳しいご時勢だし……いや、母さんはきみがどんなふうに感じているのか知りたがっているんだ」「母さんに何も感じていないと伝えろ」その言葉は、これこそ怖れていた答えであるかのように、ひどくフィリップにはこたえたようだった。「出ていきなさい」げんなりとして、リアーデンは命じた。「この次会いたいと思ったときは予約してオフィスに来なさい。だが言うことがなければ来るな。ここは感情について語る場所じゃない。私のだろうが誰のだろうが」

フィリップは予約をしないで——巨大な高炉を背にして前かがみになり、のぞき見しつつスラムを歩き回っているかのような罪悪感と高慢の入り混じった雰囲気で、またここにいた。

「だけど言うことがあるんだ!」怒りで顔をしかめたリアーデンに答えて、彼は慌てて叫んだ。

「なぜオフィスに来なかった?」

「オフィスには来てほしくないんだろう」

「ここにも来てほしくない」

「でも僕はただ……ただ気を遣ってあなたがとても忙しいときに時間をとらせたくなかったし、それに……実際とても忙しいんでしょう?」

「それで?」

「それで……えっと、僕はただ空き時間にあなたをつかまえて……話がしたかったんだ」

「何について?」

「僕は……えっと、僕には仕事が必要なんだ」

けんか腰で言うと、彼は少し身を引いた。ぼんやりと彼を見ながら、リアーデンは立っていた。

「ヘンリー、僕は仕事が欲しいんだ。つまり、ここで、工場で。何かやることをもらいたいんだ。仕事がいる。自分で生計をたてる必要がある。施しはこりごりなんだ」彼は言葉を探しており、彼の声は、お願いを正当化する必要を不当に押しつけられたのだといわんばかりに、攻撃的でありながら訴えるようでもあった。「自分自身で生計をたてたいんだ。慈善を求めているわけじゃない。チャンスをくださいと言っているんだ！」

「フィリップ、ここは工場であってカジノじゃない」

「え？」

「ここではチャンスに賭けることもそれを与えることもない」

「仕事をくださいと頼んでいるんだ！」

「なぜやらなければならないんだね？」

「それが必要だからだ！」

リアーデンは、上方百メートルで鋼鉄と粘土と蒸気に具現化された思考を安全に空に放ち、黒い高炉から噴き出す赤い炎のほとばしりを指し示した。「フィリップ、私にはあの高炉が必要だった。だがそれは必要だから与えられたものじゃない」

フィリップは聞かなかったような顔をしていた。「あなたは公には誰も雇えないことになっているけれど、それは単なる手続き上の問題で、入れてくれたら僕の友達が問題なく承認して――」彼の言葉をリアーデンの目の何かが不意に遮り、彼は苛立ちまじりの怒った声で、「やれやれ、何なの？　僕がどんな間違ったことを言ったんだい？」とたずねた。

「おまえが言っていないことだ」

「え？」

「やっきになって言わずにすまそうとしていることだ」

「何だって？」

「おまえは私には何の役にも立たないということだ」

「あなたが真っ先に考えるのはそんな――」フィリップは無意識に正義をふりかざしかけたが、口ごもって最後まで言わなかった。

「ああ」リアーデンは微笑んだ「それこそ真っ先に私が考えることだ」

フィリップの目は次第に力を失っていった。口を開いたとき、彼の声は、はぐれた文句を拾いあつめながら、気まぐれに駆けまわるかのように響いた。「人はみな生存する権利がある……誰もチャンスをくれなければ、どうやってそれを手に入れろっていうんだ？」

「私はどうやって自分のチャンスを手に入れた？」

「僕は製鉄工場を持って生まれなかった」

「私はもって生まれてきたのか？」

「あなたにできることなら何でもできる――教えてくれさえすれば」

「誰が私に教えた？」

「なぜそればかり言うんだい？　僕はあなたのことを話しているんじゃない」

「私は話している」

たちまち、フィリップはぶつぶつと言った。「あ、な、た、に何の心配がある？　問題なのはあ、な、た、の生活じゃない！」

高炉からの湯気をたてるほど熱い光線のなかにいる男たちの姿をリアーデンは指さした。「あいつらがやっていることがおまえにできるか？」

「あなたが何を言おうとしているのか――」

「おまえをあそこに配置して鋼鉄を台無しにされたらどうなる？」

「鋼鉄なんかが出鋼されることと僕が食べていくことと、どちらが重要なの？」

「鋼鉄が出鋼されなければ、どうやって食べていくんだ？」

フィリップの顔は非難がましさを帯びた。「あなたはいま優位にあるから、僕はいま議論できる立場にはない」

「なら議論するな」

「え？」

「黙ってここから出て行け」

「だけど僕が言いたかったのは――」彼は口をつぐんだ。

リアーデンはくつくつと笑った。「おまえが言いたかったのは、優位にあるからこそ私は黙っているべきであり、おまえは弱い立場にいるのだから私が従うべきだってことだな？」

「やけに乱暴な道徳的原則のいいかただな」

「だがおまえの道徳的原則のたどりつくのはそこだろう？」

「物質主義的な言葉で道徳的原則を論じることはできないよ」

「製鉄所の仕事の話をしているんだ。いやはや、なんとまあ物質主義的な場所か！」

周囲を恐れ、その光景に憤り、現実を認めまいとするかのように、フィリップの体がほんのわずかに緊張し、目が少しどんよりとした。魔法の呪文じみたやわでくどい泣き言のように、彼はいった。「すべて人間は仕事を得る権利があるというのはいまの時代、普遍的に認められた道徳的要請なんだ」彼は声をはりあげた。「僕にはその権利がある！」

「そうか？　ではその権利を行使しなさい」

「は？」

「自分の仕事をとってきなさい。藪に生えてると思うなら」

「僕が言いたいのは――」

「おまえが言いたいのは生えてないってことか？　つまり、おまえは仕事を必要とはしても創出はできないってことか？　すなわち、私がおまえのために創出しなければならない仕事を得る権利があるってことか？」

「そうだ！」

「私が創出しなければ？」

沈黙が刻刻と伸びっていった。「言ってることがわからない」フィリップが言った。何度も試した役の決まり文句を暗唱しながら、間違ったキューばかり返される者の憤慨した当惑の声だった。「なぜもう話が通じないのかな。あなたが提議している理論がどういうものか僕には――」

「いや、わかっているはずだ」

まるで決まり文句に効き目がないことを信じようとしないかのように、フィリップは急に声をはりあげた。「いつからあなたは抽象哲学をやるようになったんだ？　あなたはただのビジネスマンで、原則の問題を扱う資格はないし、専門家に任せてかれらが何世紀来認めてきた――」

「やめろ、フィリップ。何の小細工だ？」

「小細工？」

「なぜ急にそんな野心を持つようになった？」

「いや、こういう時勢には……」

「どういう時勢だ？」

「いや、誰にでも生計をたてる何らかの手段と……放っておかれない権利があって……状況がここまで不安定なとき、人は何かの保障を……何かの足場をもたなければ。つまり、こういう時勢には、仮にあなたに何か起これば、僕はいやでも——」

「私に何が起こるっていうんだね？」

「あ、何も！　何も！」その悲鳴は不可解なことに本物だった。「何も起こるとは思っていない！……あなたは？」

「どんなことだ？」

「僕にどうしてわかる？……でも僕にはあなたからもらうほんの少しのものだけだし……それにあなたはいつ何時気が変わるかもしれない」

「そうだな」

「それにあなたをひきとめておくものは僕には何もない」

「それに気づくのになぜ何年もかかったんだ？　なぜいまになって心配しはじめるんだ？」

「それは……あなたが変わったから。あなたは……あなたには、前は義務感と道徳的責任感があったのに……それがなくなり始めている。そうでしょう？」

　リアーデンは静かに彼を観察していた。それとなく質問をすべりこませたフィリップの態度には、思いつきにしては言葉がさりげなさすぎ、やや執拗すぎる質問が目的を示す手がかりであるかのように奇妙なところがあった。

「まあ、僕があなたにとって重荷なら、喜んで肩の荷をおろしてあげるよ」つっけんどんにフィリップが言った。「ただ仕事をくれさえすればいい。そうすればあなたの良心はもう僕のことで苦しむことはなくなるだろう！」

「いまも苦しんではいない」

「僕が言うのはそれなんだ！　あなたは気にしてない。僕たちの誰がどうなろうと気にしないんだろう？」

「誰がだね？」

「どうして……母さんと僕と……人類全体が。だけど僕はあなたの良心に訴えるつもりはない。あなたがいますぐにでも僕を見捨てるつもりなのはわかっているから――」

「嘘だな、フィリップ。おまえが心配しているのはそのことじゃない。そうだとしたら小細工をして手に入れようとするのは仕事じゃなくて金だろうが――」

「そうじゃない！　仕事が欲しいんだ！」彼はたちまち狂ったような悲鳴をあげた。「僕を金で買おうとしないでよ！　仕事が欲しいんだ！」

「この穀潰し、しっかりしろ。自分の言っていることがわかっているのか？」

やり場の無い憎しみをこめて、フィリップは答えを吐き出した。「あなたは僕にそんな口はきけないはずだ！」

「おまえはきけるのか？」

「僕はただ――」

「おまえを金で買うだと？　なぜおまえに金を積む必要がある？――蹴っとばして追い払う代わりに。何年も前にそうしておくべきだったように」

「それでも、結局、僕は弟なんだ！」

「何が言いたいんだね？」

「人は兄弟に対して何らかの情を抱くことになっている」

「おまえはどうなんだ？」

　フィリップの口はすねるように膨らんだ。彼は答えずに待っていた。リアーデンは待たせておいた。フィリップがつぶやいた。「あなたは……せめて……僕の気持ちをすこし思いやるくらいのことは……だけどあなたには思いやりがない」

「おまえは私の気持ちを思いやってくれているのかね？」

「あなた？　あなたの気持ち？」フィリップの声にこめられていたのは悪意ではなく、それよりもたちの悪い、本物の憤慨した驚きだった。「あなたに気持ちなんかない。これまで何も感じたことはない。苦しんだことがないんだ！」

　ある感覚と光景によって、年月の集積がリアーデンの顔面にたたきつけられたかのようだった。ジョン・ゴールト線の開通便の運転室で感じたそのままの感覚――そして人間の究極の堕落、すなわち闘わなかった痛みを呈し、その痛みが最高の価値だと生きている者に向かって主張する骸骨のいやらしい横柄さをもったフィリップの青白くどろどろした目の光景だ。あなたは苦しんだことがない、その目は非難がましく彼に言っている。彼の目に浮かぶのが、鉱山が奪われたときのオフィスでの夜――リアーデン・メタルを譲渡する寄贈証書に署名した瞬間――ダグニーの遺体を探して飛行機の中でひと月を過ごした日々だというのに。あなたは苦しんだことがない、独善的な嘲弄を帯びてその目は言っている。彼の思い出しているのが、そうしたときにも断じて痛みに屈するまいと闘った誇らしい純潔の興奮、愛と、忠誠心と、喜びが存在の目標であり、喜びは偶然出会うものではなく到達するものであり、裏切り行為とはそうした夢を一時の苦しみの泥沼で溺れさせることだという知識からなる興奮であったというのに。あなたは苦しんだことがない、生気のない目がにらんで言っている。あなたはこれまで何も感じたことがないが、苦しむことだけが感じることであり――喜びなどというものはなく、苦しみと苦しみの欠如だけがあり、苦しみと何も感じないときの無だけがあり――僕は苦しんでいる、苦しみにゆがめられている、僕は純粋な苦しみでできている、それが僕の純潔であり、美徳なんだ――あなたの苦しみはゆがんでおらず、不平のないあなた、あなたの役割は僕の苦痛を取り除くこと――苦しんでいないあなたの体を切りとって僕の体に継ぎをあて、鈍感なあなたの魂を切りとって感じやすい僕の魂を守ること――そうすれば僕たちは究極の理想、生命に対する無の勝利に到達する！　何世紀にもわたって、廃滅の伝道者に反発を感じなかった者たちの本質――自分が生涯戦ってきた敵の本質を、いま彼は見ていた。

「フィリップ」彼はいった。「出て行きなさい」彼の声は霊安室に射す日光に似ていた。それはビジネスマンの率直で無味乾燥ないつも通りの声、怒りや、あるいは恐怖によってさえも敬意を表することのできない敵に向けられた健全な声だった。「二度と工場に入ろうとするな。入ろうとしても、すべての入口におまえを追い出すように指示を出しておく」

「まあ、結局のところ」一時的な脅しの怒った慎重な口調で、フィリップは言った。「友達にこの仕事を僕に割り当てさせて、あなたに受け入れさせることもできるんだ！」

リアーデンは歩き始めていたが、立ち止まって振り返ると弟を見た。

そのとき不意にまったく新しい光景がフィリップの脳裏に浮かんだ。思考ではなく彼の意識の唯一の様式である暗い感覚を介して。喉を締めつけ、腹の底をゆさぶる恐怖の感覚だ。前に広がっていたのは、炎の奔流のなか、溶けた金属で満たしたひしゃくが細いケーブルにつながれて宙を横切り、露天掘りの石炭が赤々と燃えており、磁石の見えない力で何トンという鋼鉄を捕えたクレーンがガタガタと頭上を通り過ぎていく工場の風景だった。自分はこの場所を死ぬほど恐れていること、目の前の男の保護と手引きなしに動く勇気がないことを彼は知った。何気ない様子でじっと立っているすらりとした長身、この場所を築くために石も炎も貫いてきた断固たる目をした人物。そして自分が行動を強いようとしたこの男が、どれほどたやすく金属のバケツを一秒速く傾け、クレーンの荷を目的地の三十センチ手前に落とさせ、要求者のフィリップを抹殺できるかを彼は理解した。そして彼の頭はそうした行為を思いつくが、ハンク・リアーデンはそんなことは思いもしないという事実によってのみ、彼は守られている。

「それにしても僕たちは友好的な関係でいたほうがいいぜ」フィリップが言った。

「おまえはね」リアーデンはそう言って立ち去った。

苦痛を崇める人間――理解できたことのない敵のイメージを凝視しながら、リアーデンは思った――やつらは苦痛を崇める人間だ。それは恐るべきことのようだが、不思議と重要には思えなかった。何も感じなかった。それは生命のないものに対して、山崩れで滑り落ちてきて彼を押しつぶそうとする廃物への感情をよびおこそうとするようなものだ。人は山崩れから逃げることも防壁を築くことも潰されることもできる。だが人は命のないものの無意味な動作にいかなる怒りや憤りや道徳的懸念をおぼえることもできない。いや、生きていないよりもたちが悪い、と彼は思った。それは生きることと対立するものなのだから。

同じ無関心な虚脱感は、フィラデルフィアの法廷に座り、彼に離婚を認めるための動作をとりおこなう者たちを見ているあいだにも、彼の中に残っていた。かれらは型どおりの一般論を口にし、曖昧な偽証の文句を朗読し、いかなる事実も意味も伝えない言葉を引き伸ばす複雑な駆け引きを行っていた。そのために金を払ったのだ——法の下で、彼の運命を客観的に定義された客観的な規則ではなく、しわくちゃの顔に虚ろなずるい表情を浮かべた判事の気ままな慈悲にゆだねる法の下で、ほかにおのれの自由を手に入れるいかなる方法も、事実を述べて真実を訴える権利もない彼は、そのために金を払ったのだ。

リリアンは法廷には出席していなかった。彼女の弁護士は、ときおり、指に水をくぐらせるほどのジェスチャーをする程度だった。誰もが前もって判決とその事由を知っていた。何年ものあいだ基準といえば気まぐれだけであり、それ以外の事由は存在しなかった。気まぐれはかれらの正当な特権とみなされているらしい。あたかも法手続きの目的が事件を審理するためではなく、かれらに仕事を与えることであるかのように、かれらの仕事が言葉の成果を知る責任を負わずに適切な決まり文句を朗読することであるかのように、法廷は善悪の問題を度外視すべき場所であって正義をつかさどる人間たるかれらは正義など存在しないと知る程度にはそつが無くて賢明であるかのように、かれらは振舞っていた。客観的現実からかれらを解放するために考案された儀式をとりおこなう未開人のように。

だが十年の結婚生活は現実であり、こいつらがそれを解消し、彼がこの世界で幸せになる見込みがあるか、あるいは残りの生涯苦しみつづける運命におちいるかを決める力のある者たちなのだ、と彼はおもった。自分の結婚の契約と、すべての契約、すべての合法的な義務にかつて感じていた本物の冷徹な敬意を彼は思い出した。そして彼の厳格な義務の遵守がいかなる法律に仕えることを求められているかを思った。

法廷の傀儡が、罪を共有することで互いの道徳的非難をかわす共謀者のずるい視線を自分に向けはじめたことに彼は気づいた。その後、誰からも目をそらさずに顔をあげているのは自分だけだとわかり、かれらが憤りをおぼえているのがみてとれた。信じられないことではあったが、彼は自分に何が求められていたのかを悟った。犠牲者たる彼は、鎖につながれ、縛られ、猿ぐつわをかまされ、賄賂以外のものに対しては何の遡及権《そきゅう》もなく、自分が買収した茶番が法の手続きであり、彼を隷属させている秩序は道徳的正当性であり、彼は正義の保護者の高潔さを腐敗させる罪を犯したのであり、非難されるべくはかれらではなく彼であると信じることを求められているのだ。それは銃をつきつけられた被害者を強盗の高潔さを腐敗させた罪で咎めるようものだ。にもかかわらず――彼はおもった――幾世代もの政治的ゆすりにおいて、とがめられてきたのはたかり屋の官僚ではなく鎖をかけられた実業家であり、法的恩義を売り歩いた者ではなくそれを買わされた者だった。腐敗との幾世紀もの戦いを通じて、その防止策といえば常に、被害者を解放することではなく、ゆすりのためのより大きな権力をゆすり屋に認めることだった。被害者の唯一の罪は、それを罪として受け入れてきたことだ、と彼はおもった。

法廷を出て、灰色の午後の冷たい霧雨の中を歩きはじめたとき、彼はリリアンばかりではなく、自分が目撃した手続きを支えた人間社会全体と決別したかのような気がした。

彼の弁護士は、古風な部類の年配の男だったが、体を洗い流したくてたまらないかのような顔をしていた。「なあ、ハンク」ほかに感想を言うでもなく、彼はたずねた。「たかり屋がいま君から何が何でも手にいれたがっているものはあるかね？」「さあな。なぜだね？」「スムーズにいきすぎだ。多少の圧力や積み増し金を求められるのを覚悟していた場面もあったが、連中はさっと受け流して利用しなかった。上層部から、君を丁重に扱って意向を通すように指示が下りているように思えるんだ。何か工場でよからぬことでも企みはじめているのかな？」「べつに心あたりはないな」リアーデンはそう言ってから、心の中でつぶやいた言葉にはっとした。べつに気にもならない。

同じ日の午後、工場で、彼は自分の方に向かって駆けてくるナースを見た。妙にぞんざいで、ぎこちなく、優柔不断な、ひょろりとしてやんちゃな姿だ。

「リアーデンさん、折り入ってお話がしたいのですが」彼の声は遠慮がちだったが、妙にしっかりとしていた。

「何だね」

「おたずねしたいことがあるのです」青年は真面目な硬い顔をしていた。「あなたは断ってしかるべきと承知しているのですが、それでもお訊きしたい……そして……さしでがましければ、そうしたらふざけるなとだけおっしゃってください」

「わかった。やってみろ」

「リアーデンさん、僕に仕事をくださいませんか?」その問いを口にするまでの幾日もの葛藤をあらわしていたのは、つとめて言葉を普通に響かせようとしているという事実だった。「僕はいまやっていることをやめて仕事につきたいのです。つまり、本当の仕事——一度志したように、鉄を作る仕事に。自分の生活費を稼ぎたいのです。寄生虫でいるのにはもううんざりなんです」

リアーデンは思わず微笑み、引用口調でかつて相手が言ったことを思い出させようとした。「非絶対的くん、なんだってそんな言葉を使うんだね? 醜悪な言葉を使わなければ醜悪なものは存在しなくなり——」だが必死で真剣な青年の顔を見ると、彼は口をつぐんで微笑をやめた。

「リアーデンさん、僕は本気です。いまの言葉の意味を僕は知っていますし、それは的確な言葉なんです。あなたのお金を受け取って、あなたが金を稼ぐのを不可能にすることしかしないでいることにはうんざりなんです。いまどき働く人間はみな、僕みたいなろくでなしに利用されるカモだけってことはわかっていますが……へん、かまうもんか、それしかないならカモになったほうがましだ！」彼は叫ばんばかりに声をはりあげていた。「すみません、リアーデンさん」目を逸らしながら、ぎこちなく彼はいった。しばらくして、ぶっきらぼうに淡々と続けた。「分配長代理の詐欺稼業から足を洗いたいのです。たいしてあなたのお役に立つかどうかはわかりませんし、冶金学士の卒業証書はありますが、そんなもの紙きれ以上の価値はありません。でもここでの二年のあいだに仕事について少しは学んだつもりです。そして掃除人でも屑処理係でも何でも、適任と思われる役に使ってくだされば、僕はやつらに代理人長の職をどうするか言って、明日にでも、来週にでも、いますぐにでも、おっしゃるときにあなたのために働きます」彼は逃げるようにではなく、リアーデンを見る権利がないかのように、リアーデンから目を逸らしていた。

「なぜ訊くのをためらっていたんだね？」リアーデンが優しく言った。

答えは自明であるかのように、憤然とした驚きをもって青年は彼を見た。「それは僕がここで始めたやりかたと、過去の僕の振舞いと、僕が代理をつとめているものからすると、何をお願いしにきたとしても、あなたは僕を蹴っ飛ばしてしかるべきだからです！」

「ここでの二年間に確かに多くを学んだようだな」

「いいえ、僕は――」彼はリアーデンを見て、理解すると目を逸らし、ぶっきらぼうに言った。

「ええ……そういう意味では」

「いいか、私の一存で決められることなら、たったいま仕事をやるだろうし、掃除人よりも責任のある仕事をまかせるだろう。だが統一評議会のことを忘れたのか？　私は君を雇うことが許されないし、君は辞めることが許されない。むろん、人はしょっちゅう辞めていっているし、うちでも偽名を名乗らせて、ここで何年も働いていたと証明する架空の書類を作ってほかの人間を雇っている。君はそれを知っているし、黙っていてくれて感謝している。だが私が君をそうやって雇ったとしら、ワシントンの君の友達が見逃すと思うかね？」

青年はゆっくりと頭を振った。

「君がやつらに仕えるのを辞めて掃除人になったとしたら、やつらにその理由がわからないと思うかね？」

青年は首を横に振った。

「やつらは君を手放すかね？」

青年は頭を振った。しばらくして、わびしい驚きをこめて彼はいった。「リアーデンさん、僕はちっともそのことを考えませんでした。やつらのことを忘れていました。僕の頭の中はあなたが僕を欲しがるかどうかってことだけでいっぱいだったし、重要なのはあなたの決定だけだと思っていたのです」

「わかっている」

「そして……事実上、重要なことはそれだけだと」

「ああ、非絶対的くん、事実上は」

青年の口が急にねじれて、さびしそうな微笑がふっと浮かんだ。「たぶん僕はどんなカモよりも身動きがとれなくなっているんですね……」

「ああ。いまできることは何もない。君の仕事を変える許可を統一評議会に申し込むこと以外は。やってみたければ申請書を支持しよう。だが許可がおりるとは思えないな。やつらは君を私のために働かせはしないだろう」

「ええ、そうですね」

「首尾よく操作してうまい嘘をついたところで、民間の仕事を許されるのがせいぜいだろう――どこか別の製鋼会社で」

「いやです！　ほかのどこにも行きたくありません！　ここを離れたくはありません！」彼は目を逸らして、高炉の炎に降りかかる雨の目に見えない蒸気を見た。しばらくして、彼は静かにいった。「おそらくこのままでいたほうがよいでしょう。たかり屋の代理のままでいたほうが。それに、もし僕が出て行けば、僕の代わりにやつらがどんなごろつきを押しつけてくるかわかりゃしない！」彼は振り返った。「リアーデンさん、やつらは何か企んでいます。それが何かはわかりませんが、何かをふっかけてくる気です」

「何をだね？」

「わかりません。でもここ数週間、やつらは欠員と職場放棄に始終目を光らせていて、ことあるごとに手下のやくざを忍びこませてきています。奇妙なやくざで――なかにはこれまで一度も製鉄所に足を踏み入れたことのない本物の悪党もいます。できるだけ大勢『うちのやつら』を入れるようにという指令を聞いたこともあります。やつらは理由を言おうとはしません。何を計画しているのか僕にはわからない。カマをかけてみましたが、かなり用心しているようです。もう僕を信頼していないようだ。たぶん僕の感覚が狂ってしまったのでしょう。ただわかっているのは、やつらがここで何かしでかす準備をしているってことだけです」

「警告ありがとう」

「何とか情報をつかんでみます。何が何でも手遅れにならないうちに」彼は乱暴に背を向けて歩き始めたが、立ち止まった。「リアーデンさん、もしあなたの一存で決められたとしたら、僕を雇ってくださいましたか？」

「ああ、喜んで。すぐにでも」

「ありがとうございます、リアーデンさん」真面目な低い声でそう言うと、彼は立ち去った。

激しい憐憫の微笑を浮かべ、元相対主義者、元実用主義者、元不道徳者が慰めにたずさえていったものを思いながら、リアーデンは青年の後姿をじっと見つめていた。

＊　＊　＊

九月十一日の午後、ミネソタで銅線が切れ、タッガート大陸横断鉄道の小さな田舎の駅の穀物倉庫のベルトが止まった。

大量の小麦が幹線道路や人気のない小道を移動し、何千エーカーもの農地から駅のたよりないダムへと次々に送りこまれていた。それは日夜動き続け、最初の滴が細流になり、川になり、やがて奔流になり――結核性の咳をするモーターで走る中風のトラックの上を――飢えかけた骨と皮ばかりの馬が牽く荷馬車の上を――牛に引かせた荷車の上を――この秋の誇らしい大収穫のために二年の凶作をしのいだ者たちの気力によって動いていた。それは、あと一度この旅に何とか間に合わせるため、たとえ穀物を運び目的地で崩れおちようとも生きのびる見込みがあればと、トラックや荷車を針金や毛布やロープや不眠の夜で継ぎあてた男たちの最後の力だった。

毎年、その頃になると、国じゅうでカタカタと音をたてて動きはじめるものがもう一つある。タッガート大陸横断鉄道のミネソタ部門に大陸の隅々から集められる貨物車両だ。荷馬車の軋りに先だつ列車の車輪のうなりは、洪水に備えて厳密に計画され、整理され、時間を計算された前触れのこだまのようなものだった。ミネソタ部門は年中とろとろと居眠りをして、収穫の音とともに訪れる苛烈な日々を迎える。一万四千台の貨物車両が毎年その操車場に押しこまれた。今年は一万五千台が予定されていた。小麦を積んだ最初の列車はすでに洪水を空腹な製粉場へ、パン屋へ、そして国民の胃袋へと流しはじめていた。だがどの列車も車両も穀物倉庫も勘定されており、浪費できる時間は一分もなく、無駄な隙間は一インチもなかった。

エディー・ウィラーズは緊急ファイルのカードを繰るダグニーの顔を観察していた。表情だけで彼はカードの中身を読みとることができた。「ターミナルよ」ファイルを閉じながら静かに彼女はいった。「下のターミナルに電話して、ワイヤの予備半分をミネソタに送るように指示してちょうだい」エディーは無言で従った。

深刻な銅不足により、すべての銅山を接収して公益事業として運営することを政府の代理人に命じる政令が下されたことを知らせるワシントンのタッガート事務所からの電報を彼女の机に置いた朝、彼は何も言わなかった。ごみ箱に電報を落としながら、「ま、これでモンタナは終わりね」と、彼女はいった

ジェイムズ・タッガートがタッガート列車のすべての食堂車を廃止する指令を出したと彼女に告げたとき、彼女は何も言わなかった。「もう余裕がない」彼は説明した。「あのいまいましい食堂車ときたらいつも赤字だったし、食糧不足で、どこにいっても馬肉一ポンドもないからといって料理屋が潰れていくというときに、どうして鉄道がやっていけるかね？　とにかく、乗客に食わせなきゃならない理由があるかね？　客は交通手段があればまだ運がいいほうで、必要なら家畜運搬車でも旅行するだろう。弁当を詰めさせておけばいい。かまうもんか――ほかに選択肢はない！」

彼女の机上の電話は、ビジネスの声ではなく、必死に事故を訴える警報と化していた。「ミス・タッガート、銅線がありません！」「釘です、ミス・タッガート。ただの釘。誰かに釘を一樽送るようにおっしゃってくださいませんか？」「塗料はありませんか？　ミス・タッガート、防水の塗

料みたいなものはどこかにありませんか?」

いっぽうワシントンからの三千万ドルの補助金が、国民の食生活を改善する目的でエマ・チャルマーズが提唱し、組織した「大豆プロジェクト」に――ルイジアナの広大な土地につぎこまれ、大豆が実りはじめていた。エマ・チャルマーズはキップママとして名が通っていたが、彼女の年齢とタイプの女性たちが酒場をうろつくように、何年もワシントンをうろついている年寄りの社会学者だった。誰にも何とも言えない何らかの理由で、トンネルの大事故での息子の死はワシントンにいた彼女に殉教者的な霊気を与え、それは彼女が最近仏教に改宗したことでいっそう強められていた。「大豆はわたしたちの無駄で放縦な食生活が条件づける贅沢な食物よりもずっと健康的で、栄養価が高く、経済的です」キップママがラジオで言った。彼女の声はいつも水ではなくマヨネーズがしたたるように響いた。「大豆はパン、肉、穀類、コーヒーの素晴らしい代用品になり――わたしたち全員が常食として大豆を主食にせざるをえなくなれば、国家の食物危機は解消され、もっと多くの人びとに食糧を与えることも可能になることでしょう。最大多数の最大食糧――これがわたしのスローガンです。公の食糧事情が窮迫しているいま、わたしたちの義務は、贅沢をやめ、何世紀ものあいだ東洋の人びとが立派に命の糧としてきた素朴で健康な栄養素に順応して、食による繁栄をめざすことです。東洋の人びとから学ぶべきことはたくさんあります」

「銅管です、ミス・タッガート、どこかから銅管を融通してくださいませんか?」電話の向こうの声は嘆願していた。「ミス・タッガート、大釘です!」「ミス・タッガート、ドライバーです!」「電球を！　ミス・タッガート、ここから二百マイル内のどこにも電球がありません!」

だが士気調整局によって、五百万ドルが人民オペラカンパニーに費やされ、一日一食でしのぎ、オペラハウスまで歩く気力のない人びとを対象に無料の講演を行いながら全米を行脚した。七百万ドルの補助金が、兄弟愛の本質について研究することで世界恐慌を解決するプロジェクトを率いる心理学者に与えられた。一千万ドルの補助金が、新種の電動ライターの製造業者に与えられた――だが全米の売店には煙草がなかった。市場には懐中電灯は出回っていたが電池がなかった。ラジオはあっても真空管がなかった。カメラはあってもフィルムがなかった。航空機の生産は「一時差し止め」が宣言された。私用で航空便を使うことは禁じられ、利用は「公的に必要な」場合に限られた。自分の工場を救うために出張する実業家は公的には必要とされず、飛行機に乗ることはできなかった。徴税のために移動する官吏は公的に必要とみなされ、乗ることができた。

「ミス・タッガート、ねじとボルトをレールから盗むものがいます。夜盗です。予備は底をついており、部門倉庫は空っぽです。ミス・タッガート、どういたしましょうか？」

　だがワシントンの人民公園で観光客向けに四十八インチの特設テレビが据えられた。そして十年後に竣工予定の宇宙線研究のための超サイクロトロンが国家科学研究所に建てられた。

「近代世界の問題は」サイクロトロンの着工式で、ラジオを通じてロバート・スタッドラー博士がいった。「あまりにも大勢が考えすぎることです。現在の恐怖と疑念のすべての理由はそこにあります。啓蒙された市民は迷信的な論理の崇拝と、時代遅れの理性への依存を捨てるべきでしょう。一般人が医療を医者に、電気工事を技師にまかせるように、考える資格のない人びとはすべての思考を専門家にまかせ、専門家のより高い権威を信頼すべきなのです。専門家だけが近代科学の発見を理解しうるのであり、近代科学は思考は幻想であり、頭脳は神話であることを証明したのです」

「この貧困の時代は頭脳に依存する罪を犯した人間への天罰なのです！」様々な宗派の様々な種類の神秘主義者の勝ち誇った声が、街角で、雨に濡れたテントで、壊れかけた寺院でわめきたてていた。「この世界の試練は人間が理性によって生きようとした結果です！　これが思考、理屈、科学があなたがたにもたらしたものなのです！　そして死すべき運命にある人間の精神が人間の問題を解決するにあたっては無能であると人が悟り、信仰に、神への信仰に、より高き権威の信仰に戻るまで、救いはありません！」

そして日々彼女がそこで立ち向かっているのはそれらすべての最終産物、後継者、回収者――カフィー・ミーグスという思考にはまったく左右されない男だった。カフィー・ミーグスは軍服まがいのチュニックを身につけ、ぴかぴかの皮のゲートルをぴかぴかの皮のブリーフケースで叩きながら、タッガート大陸横断鉄道のオフィスを闊歩した。彼は一方のポケットに自動拳銃を、もう一方にウサギの足を持ち歩いていた。

カフィー・ミーグスは彼女を避けようとしていた。その態度は、彼女を非実用的な理想主義者とみなすかのように嘲弄的でありながら、理解できないが解明しようとはしない何かの力を持っているかのごとくに迷信的に畏敬するようでもあった。そして彼女の存在は彼の鉄道の視野には入らないかのように振る舞いながら、彼女にだけは挑戦したくないようでもあった。彼のジムに対する態度からは、まるで彼女の相手をして彼を守るのがジムの義務だと言わんばかりの苛立ちがうかがわれた。彼がもっと実用的な活動に時間を割くためにジムには鉄道を正常に機能させておくことを求めたのと同じく、ジムが設備の一部として彼女を制御することを求めていたのだ。

オフィスの窓の向こうに、空の傷に貼りつけた絆創膏のような空白のカレンダーの頁が見える。フランシスコの別れの夜からカレンダーは修理されていない。あの夜、塔に駆けつけた職員たちは、カレンダーのモーターを叩いて止め、プロジェクターからフィルムを引っ張り出した。日付の帯に張られた小さな四角いフランシスコのメッセージが見つかったものの、誰がそこに貼り付けたのか、いつ誰がどのようにして鍵のかかった部屋に入ったのかは、その件を捜査中の三つの委員会にもまだわかっていない。調査の結果が明らかになるまで、ページは空白のまま街の上空に浮かんでいた。彼女のオフィスで電話が鳴った九月十四日の午後も、それは空白のままだった。「ミネソタの男性からです」秘書の声が告げた。

こうした電話はすべて受けると秘書に言ってあった。それは救援の要請であり、唯一の情報源だった。鉄道の役員たちが伝達を避けるための音しか発しないとき、無名の男たちの声が組織との最後のつながりであり、理性の最後の輝きであり、タッガートの長い線路に一瞬きらめく悩める誠意だった。

「ミス・タッガート、私はあなたに電話させていただく立場にはおりませんが、そうする人間はほかにおりません」今日の電話の声が言った。声は若々しく、ひどく落ち着いていた。「あと一日か二日すれば、ここで前代未聞の大惨事が起こって、もう隠してはおけなくなるでしょう。ただそれでは遅すぎるでしょうし、既に手遅れかもしれません」

「何のことですか？　あなたは誰？」

「ミネソタ部門の従業員です、ミス・タッガート。あと一日か二日で列車はここから出発しなくなります。収穫の山場ですから、それが何を意味するかはご存じでしょう。かつてない大収穫のピーク時ですから。列車は止まります。車両がありません。収穫用の貨物車両が今年は送られてきていません」

「何ですって？」自分のものとは思えない不自然な声の言葉の間に、彼女は数分も経過したかのような気がした。

「車両が送られてきていません。いままでに一万五千台が届いていなければならないのです。僕が知りえた限りでは、こちらにあるのはせいぜい八千台です。もう一週間、僕は地区本部に電話をかけ続けています。向こうは心配するなと言っています。先日は人の仕事に首をつっこむなと言われました。線路沿いは小屋も、サイロも、穀物倉庫も、貯蔵所も、車庫も、ダンスホールも小麦であふれかえっています。シャーマンの倉庫には、道で待つ農民のトラックと荷馬車の列が三キロも伸びています。レークウッド駅の広場は三日三晩ぎゅう詰め状態です。かれらはそれが一時的にすぎず、車両はまもなく届いて需要に追いつくと言いつづけています。無理です。車両は届きません。僕は電話できる人間全員に電話しました。答えかたでわかります。知っているのに、誰一人として認めたがらないのです。こわいのです。動いたり、話したり、訊いたり、答えたりするのを怖れているのです。みなが考えていることといえば、ここの駅の周りで収穫物が腐ったときに誰が責められるかということだけ——誰が穀物を動かすかってことじゃありません。たぶん今では誰にもできないでしょう。たぶんあなたができることも何もないでしょう。でもあなただけはそのことをお知りになりたいだろうし、誰かがあなたに言わなくてはならないと思ったものですから」

「な……」彼女は息が苦しかった。「なるほど……あなたの名前は?」

「名前はどうだってかまいません。電話を切ったときには職務放棄者になっているでしょう。僕はここにいてことが起こるのを見たくありません。関わっていたくないのです。ミス・タッガート、ご幸運をお祈りしています」回線の切れる音がきこえた。「ありがとう」切れた回線ごしに、彼女はいった。

その次に周囲のオフィスが目に入り、感情をおぼえることが許されたのは翌日の正午だった。硬く開いた指で顔から髪をかき分けながら、オフィスの真ん中に立ち、一瞬、自分はどこにいるのか、この二十四時間に起こった信じられないことは何だったのだろうかと彼女は考えていた。感じていたのは恐怖であり、それは電話の男の最初の一言から感じていたものだった。そう認識する時間がなかっただけだ。

この二十四時間で心に残ったものはあまりなく、ただいくつもの断片が、それらを可能にした一つの定項——質問への答えを知っていることを自分自身からも隠そうともがく男たちの、やわでしまりのない顔によってつながれていた。

車両設備部門の部長が連絡先を残さずに一週間の出張にでかけたと言われた瞬間——ミネソタの男の報告が事実だったと彼女は悟った。それから車両設備部門で、報告を肯定も否定もしない助手たちと向き合い、英語ではあるが明瞭な事実とはかけはなれた書類、指令、用紙、ファイルカードばかりを見せられつづけた。「ミネソタに貨物車両は送られましたか？」「三五七W表については監査官の指示に従い、政令第一一—四九三号によって、調整官のオフィスに要求されたとおりに全項目が記入されています」「ミネソタに貨物車両は送られたのですか？」「八月と九月の記帳処理は——」「ミネソタに貨物車両は送られたのですか？」「私のファイルは州と、日付と、分類ごとに貨物車両の位置を示しており——」「ミネソタに車両が送られたかどうか知っていますか？」「州間の貨物車両の動きにつきましては、ベンソンさんのファイルにご案内しなければ——」

ファイルからは何もわからなかった。慎重に記帳された項目は、それぞれが四通りに解釈できる意味を伝えて、参照元の参照元の最終的な参照元はファイルから欠落していた。車両がミネソタには送られておらず、命令がカフィー・ミーグスからきていることが判明するまで長くはかからなかった。だが誰がそれを遂行し、痕跡をゆがめようとし、安全で正常な業務の外観を保つために、勇気ある人間の注意を喚起する抗議の声一つなく、いかなる手段がどの従順な男によってとられたのか、誰が報告書を改竄したのか、そして車両がどこへ行ったのか——最初は、わかりえないようにおもわれた。

その夜何時間にもわたり、エディー・ウィラーズの指揮下で少人数のスタッフが死に物狂いでタッガート大陸横断鉄道のすべての部門、操車場、停車場、駅、側線、待避線に電話をかけ、視界に入る限りの貨物車両を探し、積荷があれば何であろうが降ろし、落とし、破棄し、直ちにミネソタに出発するように指示し、地図上にいまもあるかないかわからないような操車場、駅、すべての鉄道の社長にミネソタへの車両を要請する電話をかけ続けるあいだ、彼女は臆病者の顔から顔へと、消えた貨物車両を追跡する仕事をしていた。

タクシーで、電話で、電信で——中途半端なヒントの跡をたどり、彼女は鉄道の重役から裕福な荷主からワシントンの役人へ、そしてまた鉄道に戻ってきた。追跡は、あるワシントンの事務所の広報の女性の唇をゆがませた声が、回線の向こうで「まあねえ、結局、小麦が国民の福祉に不可欠かどうかは意見の問題ですから。大豆のほうがおそらくずっと大きな価値があると感じているもっと進歩的な見方をする人もいますよ」と憤然と言うのをきいたときに終わりに近づいた。そして正午になるまでには、ミネソタの小麦のために用意されていた貨物車両が、代わりにキップママのプロジェクトの大豆を搬出するためにルイジアナの湿地帯へ送られたことをつきとめて、オフィスの真ん中に立っていた。

ミネソタの災害の最初の記事は三日後に新聞に掲載された。それは小麦を貯蔵する場所もなく、それを運搬する列車もなく、六日間レークウッドの道路で待ちつづけた農民が、地方裁判所と市長の家と駅舎を破壊したと報じた。すると急にそうした記事が紙面から消え、新聞は沈黙を守り、反愛国的な噂を信じないようにという訓戒が刷られはじめた。

国じゅうの製粉所と穀物市場が悲鳴を上げてニューヨークに電話や電信で嘆願し、ワシントンに代表を送り、貨物列車があちこちからミネソタを目指して錆びたキャタピラのように這う間——国の小麦と希望は、まだ来ぬ列車の出発を促す変わらない青信号の下で、空っぽの線路沿いに消えようとしていた。

タッガート大陸横断鉄道の通信デスクでは、少人数のスタッフが貨物車両を求めて、沈みつつある船の乗組員のように、届かないSOSを繰り返しては電話をかけつづけていた。コネの行商人の仲間たちが所有している会社の操車場には何ヶ月も荷を積んだままの貨物車両があったが、積荷を降ろして車両を解放してほしいという必死の要請は無視された。ニューヨークのSOSに答えたアリゾナのスマザー兄弟からの伝言には「鉄道のやつらに――」のあと、伝達をはばかる言葉が続いていた。

ミネソタでは、鉄を搬出するメサビ地帯からもポール・ラルキンの鉱山からも側線にあった車両すべてが押さえられた。小麦は鉄鋼車両に、石炭車両に、板で囲った家畜運搬車に流しこまれ、ガタゴトと揺られて進みながら線路沿いに黄金色の粒粒をこぼしていった。たとえ軸箱が燃えて爆発しようが、ぜんまいが壊れて線路脇の溝にはまろうが、小麦を送り出し、動かすために、二等の旅客車両にも、座席や棚や設備にも。

かれらは動作を求めて戦った。行くあてもない動作のために、動作そのもののために、卒中をおこした中風患者のように、動作が突然不可能になったという認識の野蛮な、頑なな、信じられない震撼のなかでもがき苦しみながら。ほかに鉄道はない。ジェイムズ・タッガートが息の根を止めたのだ。湖上運輸はない。ポール・ラルキンが破壊したのだ。そこには一本の鉄道と、おざなりな高速道路の網があるだけだった。

待ちくたびれた農民のトラックと荷馬車は、地図もガソリンも馬の餌もなく、盲目的に道を走りはじめた。南へ、どこかでかれらを待っている製粉工場のまぼろしに向かって、この先どれくらいの距離があるのかもわからず、ただ背後には死しかないという知識だけで。路上で、峡谷で、腐った橋の割れ目で力尽きるまで。小麦の袋を肩にかついだままうつ伏せに倒れて野垂れ死にした農夫が、壊れたトラックの一キロ南で見つけられた。しばらくすると雨雲がミネソタの大草原の空一面を急激に覆い、駅で待機中の小麦を雨が腐らせはじめた。雨は道端にあふれた小麦の山に叩きつけられ、黄金の穀粒を土に流した。
ワシントンの者たちに騒ぎが届いたのは最後だった。かれらはミネソタからのニュースではなく、まわりの友情と義理のあやうい均衡に目を凝らしていた。収穫の結果ではなく、無限の権力をもった考えない男たちの予測できない感情の知りえない結果を量りにかけていた。そして様子を見つつ、請願という請願から逃げて「やれやれ、くだらない。心配なんかいるもんか！ タッガートの連中はいつも計画どおりに小麦を運んでいたんだ。何とかするにちがいない！」と言い放った。

それからミネソタ州知事が自力で抑えきれない暴動の制圧のためワシントンに軍隊の支援を要請すると――二時間もしないうちに三つの政令が出され、国中の全列車を止め、全車両を大至急ミネソタに送ることを命じた。ウェスリー・ムーチが署名した指令によって、キップママのために拘束された貨物車両を直ちに解放することが要求された。だがそのときにはもう手遅れだった。ママの貨物車両はカリフォルニアにあった。大豆は東洋の耐乏信仰を説く社会学者と、かつて数あて賭博事業を営んでいたビジネスマンからなる進歩的な企業に送られていたからだ。

ミネソタでは、農民たちが農場に火をつけていた。かれらは穀物倉庫や地方官吏の家をうち壊した。線路ではレールを剥がそうとする者とそれを命がけで防ごうとする者が争っていた。そして暴力に訴えるほか目指すものもなく、破壊された町の通りで、道の無い夜の静かな谷で、かれらは息絶えていった。

　そのあとは、くすぶりつづける腐った穀物の山からのつんとした悪臭——黒い焼け跡と化した平原の空に立ち昇る煙の柱だけが残り、ペンシルベニアのオフィスでは、ハンク・リアーデンが机に座り、破産者の名簿を見ていた。それは農機具の製造業者たちで、かれらに金が支払われることも、リアーデンにそれを支払うこともなくなった。

　収穫された大豆は市場に届かなかった。刈り入れが早すぎてかびており、消費には向かなかったからだ。

＊＊＊

　十月十五日の夜、ニューヨーク市内のタッガート・ターミナルの管制塔の地下で銅線が切れ、信号の光が消えた。

　たった一本の銅線が裂けただけだったが、それが連動信号装置で漏電をひきおこし、管制塔の制御盤とレールの間で進行と危険の合図が途絶えた。赤と緑のレンズは赤と緑のままだったが、視覚の鮮明な輝きではなく、動かない義眼の凝視のようになった。街のはずれではターミナルのトンネルの入口で列車がひしめき、静脈内の血塊に堰きとめられた血液のように、心房に流れ込むことができないで、静寂の中で数を増していった。

　ダグニーは、その夜、ウェイン・フォークランドのダイニングの個室でテーブルに座っていた。銀の燭台の底にある白い椿と月桂樹の葉にろうそくの蝋が滴り、ダマスク織のリネンのテーブルクロスの上に計算式が書かれ、フィンガーボールの中で葉巻の吸いさしが泳いでいる。テーブルに同席している六人の正装した男たちは、ウェスリー・ムーチ、ユージン・ローソン、フロイド・フェリス博士、クレム・ウェザビー、ジェイムズ・タッガート、カフィー・ミーグスだ。

「なぜ?」その会食に出席するようジムに言われて、彼女はたずねた。「ま……来週取締役会があるからな」「それで?」「ミネソタ線についての決定には君も興味があるだろう?」「それが役員会議で決まるの?」「いや、そういうわけじゃない」「この会食で決まるの?」「そういうわけでもないが……なあ、なぜ何もかもそう明確にしなければならないんだね? 明確なものなんてないんだ。それに、連中はどうしても君に来てほしがっているんだ」「なぜ?」「それで十分じゃないのかね?」

あの男たちがなぜあえてこうした宴席で重大な決定を下すのか、彼女は訊かなかった。ただそうすることを知っていた。審議会、委員会、大規模な討論の騒がしく重々しい見せかけの背後で、決定は前もって、こっそりと非公式に、昼食会で、晩餐で、バーで行われ、問題が重大であればあるほど、くだけたやりかたで解決された。かれらが外部者であり、敵である彼女にそうした秘密の会合への出席を求めたのは初めてのことだ。これは、彼女を必要としているという事実を初めてかれらが認めたということであり、もしかすると降服の第一歩なのかもしれない、と彼女は思った。それは見過ごすことのできないチャンスだった。

だがダイニングのろうそくの光のなかに座ると、そんなチャンスはないという確信がわいてきた。そしてその確信を受け入れることができずに、落ち着かない気持ちをおぼえていた。確信の理由はつかめないのに、追求しようという気力がないからだ。

「ご承知のことと思いますが、ミス・タッガート、ミネソタで鉄道を存続させていく正当な経済的理由はないと……」「それにミス・タッガートでさえも、むろん、ある程度の一時的な緊縮はいたしかたないと同意されることかと……」「誰も、ミス・タッガートでさえも、全体のために一部を犠牲にすることが必要なときもあることは否定なさらないでしょうが……」三十分ごとに、話し手の目が自分に向けられることもなく、自分の名前がぞんざいに会話に散りばめられるのを聞きながら、かれらが自分を出席させたがった理由は何だったのだろう、と彼女は不思議におもった。かれらは彼女に相談していると彼女に信じこませようとしているのではない。それよりもたちが悪かった。彼女が同意したと信じるようにかれらが欺こうとしているのはかれら自身なのだ。かれらはときおり彼女に質問をしては、回答の最初の一文を言い終える前に遮った。彼女が承認したかどうかを知る必要なしに、彼女の承認を求めているらしい。

なにか粗野な子どもっぽい自己欺瞞の形態として、かれらはこの機会にきちんとした正餐の設定を与えることを選んだ。優雅な贅沢品はかつて権力と名声の象徴だったが、かれらは贅沢品から権力と名声を手に入れたがっているかのように振舞っていた。敵の強さと美徳を手に入れたいとその屍をむさぼりくらう野蛮人のようだ、と彼女はおもった。

自分の装いを彼女は後悔した。「フォーマルだ」ジムは彼女に言った。「しかしやりすぎないように……つまり、金持ちにみえすぎてはいけない……実業界の人間は、このごろは高慢に見えないように注意しなければ……みすぼらしく見せるべきってわけじゃないが、ただちょっと……ま、謙虚に見せてくれれば……やつらも喜ぶだろうし、というのは、大物に思えるだろう」「そう？」背を向けながら、彼女はいった。

彼女が着ていた黒いドレスは一枚の布のように胸にかかり、ギリシャのチュニック風にふわりと足に落ちていた。ナイトガウンの素材にもなりそうなごく軽く薄い絹だ。彼女が動くたびに生地の光沢が流れては揺れ、まるで部屋の光が彼女個人の持ち物であるかのようにみえた。光は体の動きに敏感に従い、体を綾錦の織物よりもきらびやかな布でくるみ、そのしなやかな華奢さを強調し、嘲弄的なまでにさりげない自然な気品を与えている。身につけた宝石は黒いネックラインのダイヤモンドのクリップだけで、わずかな呼吸の動きとともに、きらめきを炎に変えるトランスのように、見るものに宝石ではなく背後の鼓動を意識させながら明滅した。それは軍人の勲章と同じく、名誉の印としてつけられた富のように輝いていた。彼女はほかに装飾品を身につけず、ただ黒いベルベットのケープを、どんなセーブルの毛皮よりも傲慢に、華やかに、優雅に羽織っていた。

いま目の前の男たちを見ながら、彼女はそれを後悔していた。蝋人形に挑もうとしたかのような無意味な自分の行為の罪を恥じていた。かれらの目の中に見たのは思慮のない憤りであり、ストリップショーのポスターを見る男たちの生気がなく、セックスに縁のない猥褻な流し目のいやらしい色だった。

「何千人の生死にかかわり、必要とあらばかれらを犠牲にする決定権を持つことは大変な責任です」ユージン・ローソンが言った。「しかし我々はそれをやる勇気をもたねばなりません」彼の柔らかい唇がゆがんで微笑したように思われた。

「唯一考慮すべき要素は土地面積と人口です」統計的な声で、天井に煙の輪を吐き出しながらフェリス博士がいった。「この鉄道のミネソタ線と大陸横断交通の両方を維持することがもはや不可能ならば、選択肢はミネソタか、タッガート・トンネルの事故で切り離されたロッキー山脈以西の州、および近隣のモンタナ、アイダホ、オレゴン、つまり実際的に言えば北西の全体かのどちらかです。両方の地域の面積と頭数を計算すれば、全土の三分の一を占める交通網をあきらめるよりは、むしろミネソタを沈めるべきであることは明白です」

「私は全土をあきらめるつもりはない」アイスクリームの皿をじっと見下ろしながら、傷ついたかたくなな声でウェスリー・ムーチが言った。

彼女の頭に浮かんだのは、鉄鉱石の最後の主要産地であるメサビ地帯、全米一の小麦生産者である生き残ったミネソタの農家だった。ミネソタの破綻は、ひいてはウィスコンシンの、そしてミシガンの、さらにイリノイの破綻になると彼女は考えていた。やがて途絶えていくであろう東部産業地帯の工場の赤い息を、彼女はおもった。かたや西に広がるのは、うちつづく砂漠、まだらな牧草地、そして見棄てられた牧場だ。

「両方の地域の維持が不可能であることは数字が示しています」とりすましてウェザビー氏がいった。「どちらかの線路と設備がもう一方を維持する資材を提供できるよう解体すべきでしょう」

鉄道の専門家であるクレム・ウェザビーが一座の中でもっとも発言力が弱く、カフィー・ミーグスが誰よりも強いことに彼女は気づいた。カフィー・ミーグスは足を伸ばして座り、議論に時間を浪費する遊戯に我慢してやっているのだと言わんばかりの恩着せがましい顔つきをしていた。ほとんど話さなかったが、口を開けば嘲けるようににやりとして、「ジミー、黙ってろ！」あるいは「ばか言え、ウェス、大口を叩くな！」などと辛辣で断定的な言いかたをした。だがジムもムーチも憤慨してはいなかった。彼の威信を歓迎しているらしく、彼を主人として受け入れていた。

「実用的に考えなければ」フェリス博士が言いつづけていた。「科学的に」

「国全体の景気をよくしなければ」ウェスリー・ムーチが繰り返した。「国全体の生産が必要だ」

「経済を何とかしたいのですか？　生産ですか？」会話の隙をとらえては、抑制された冷たい声で彼女はいった。「でしたら東部の州を救う余地をください。この国に――世界に残されているのはそこだけです。そこを救わせていただければ、残りを再建できる可能性もあります。さもなくば一巻の終わりです。大西洋南部鉄道に現存の大陸横断交通をゆだねるのです。北西部は地方鉄道にまかせてもかまわないでしょう。でもタッガート大陸横断鉄道にはそのほかのすべてから手を引かせて――ええ、すべてです――全資力と設備とレールを東部州の交通に向けさせてください。この国の出発点にまで縮小することになりますが、その出発点を守らせてください。私たちはミズーリ以西での列車の運行を打ち切りましょう。私たちは地方鉄道に──東部産業州の地方鉄道になります。西部に救済すべきものはありません。農業は手作業と牛車で何世紀でも営んでいくことができます。でも国の工場をみな潰してしまえば──何世紀かけたところでそれを再建することも、それを立ち上げるための経済力を結集することもできません。どうして産業が──あるいは鉄道が──鋼鉄なしで存続することができると思われますか？　鉄鉱石の供給を断って、どうして鋼鉄の生産を期待できますか？　ミネソタを救済してください。生き残っている部分を。国ですか？　産業が滅びれば、救うべき国はなくなります。脚や腕なら犠牲にできても、心臓や脳を犠牲にして体を救うことはできません。産業を救ってください。ミネソタを救ってください。東海岸を救ってください」

無駄だった。彼女は疲れた頭を奮いたたせ、できるだけ多くの詳細、統計、数字、証拠をならべて、可能な限り何度も、かれらの回避的な耳に訴えた。無駄だった。かれらは拒否もしなければ同意もしなかった。彼女の主張は論外であるかのような表情をしただけだ。かれらの答えには、彼女には解けない暗号で説明するかのように、隠された重点があった。

「カリフォルニアに問題がある」ウェスリー・ムーチはむっつりと言った。「あそこの州議会はせっかちな行動が目立つ。合衆国から脱退するという話もでている」

「オレゴンでは職務放棄者の一味が勢力を伸ばしている」クレム・ウェザビーが慎重に言った。

「この三ヶ月で税務署の役人が二人殺された」

「これまで文明社会においては産業を偏重し過ぎていたのです」フェリス博士は夢心地でいった。「インド民国として知られているものは、何世紀にもわたり、何の産業の発展もなく存続してきたのです」

「これほど多くの利器がなくても、より厳格な節約統制があっても、国民にとって耐えられなくはないはずです」ユージン・ローソンが熱をこめて言った。「国民のためでもあります」

「やい、井戸端会議で世界一金持ちの国をみすみす取り逃がすつもりかね？」立ちあがりざまに、カフィー・ミーグスが言った。「いま全土をあきらめるだと――何のために？　どのみちからからの弱小州のために！　ミネソタは捨てな、だが大陸横断用の検挙網は手放すな。そこらじゅうで問題と暴動がおこってるってのに、交通手段もなしじゃ押さえはきかないからな。交通を武器にしろ。大陸の全地点に二日でいける場所にくまなく軍人を配備できないなら。縮小してる場合じゃない。この国は君らの懐にあるんだ。そこをしっかりおさえとけ」

「長い目で見れば――」ムーチが自信なさそうに言いかけた。

「長い目で見れば、みんな死ぬんだ」カフィー・ミーグスがつっけんどんに言った。彼は落ち着きなく歩きまわっていた。「縮小だと！　たまるか！　カリフォルニアにもオレゴンにも、あのあたりはどこも摘み残しがたんまりあるんだ。俺が考えていたのは、拡大を考えなきゃってことだ。いまの状態じゃ、俺たちを止めるものは誰もいないし、どうぞといわんばかりだ。メキシコと、たぶんカナダ――本命にすべきはそこなんだ」

　そのとき彼女は答えを理解した。かれらの言葉の裏にある秘められた前提が見えた。騒々しいまでの科学の時代への献身、病的な技術用語、サイクロトロン、音線をもってしても、この男たちは産業都市のスカイラインのイメージではなく、産業家が一掃した存在の形態の未来像によって動かされている。怠惰で鈍感なたるんだぜい肉の重なりから虚ろな目がのぞき、することといえば指を高価な宝石に突き刺すぐらいで、労役でふらふらして細菌だらけの飢えた農奴のいくらかの米への権利として、ときおり農奴の体にナイフを突きたて、さらに何千万という同じような農奴からそれを求め、米粒をかき集めて宝石にする、インドの太った非衛生的な王侯の未来像だ。

それまで、産業生産の価値を疑う者などいないだろうと彼女は考えていた。この男たちも、工場の価値を認めるからこそ他人の工場の接収に駆りたてられるのだと考えていた。産業革命の落とし子である彼女は、この男たちがおのれの秘密の魂のなかで、思考によってではなく、本能や感情とかれらが呼ぶ得体の知れぬものによって意識していることを考えうるとは思わず、占星術や魔法の話と同じく忘れきっていた。それは、人が生きつづけようとする限り、何百万人を従えたこん棒をもつ男が分捕れないほどしか生産しないことはなく――懸命に働けば働くほど、そして得るものが減っていくほど、人の精神の性質は従順になっていき――配電盤のレバーを操作して生きる人間は容易には支配できないが、裸の指で土を掘って生きる人間は楽に支配でき――封建貴族もインド民国の王侯たちも、宝石をちりばめたゴブレットで酒を飲んで頭をからっぽにするために電子工場を必要とはしなかったということだ。

かれらの求めていたものと、説明できないという「本能」がかれらをいかなる目標へと導いているのかを彼女は見た。博愛主義者のユージン・ローソンが人が飢える見通しに快感を覚えており――科学者のフェリス博士が人が手すきに戻る日を夢見ていることを。

信じがたさと無関心が彼女の唯一の反応だった。何が人間をそのような状態にいたらせるのか想像もつかない信じがたさ。そこにたどりついたものをもはや人間とみなすことはできない無関心だ。会話は続いていたが、彼女は話すことも聞くこともできなかった。たった一つの願望はいま帰宅して眠りにつくことだと彼女は気づいた。

「ミス・タッガート」丁重で理性的な、やや心配そうな声がして頭を上げると、かしこまったウェイターの姿が見えた。「タッガート・ターミナルの部長補佐からお電話で、すぐにお話させていただけないかとのことです。緊急だそうです」

たとえ新たな事故の呼び出しに答えるにしても、さっと立ち上がって部屋を出るのはほっとすることだった。部長補佐の声を聞くのは、たとえ話の中身が「ミス・タッガート、連動信号装置が壊れました。信号が機能していません。到着列車が八台と、出発予定の六台が止まっています。トンネルの出入りができません。技監はいませんし、回路の切れた場所もわかりません。修理用の銅線もありません。どうすれば――」だったとしても、ほっとすることだった。「すぐいくわ」受話器を置いて、彼女はいった。

エレベーターに急ぎ、ウェイン・フォークランドの威風堂々たるロビーを小走りに駆け抜けると、行動の可能性が呼びおこされ、生気が甦ってくるのを感じた。

このごろタクシーはまれで、ドアマンの口笛に応じる車はなかった。彼女は急いで通りを歩きはじめ、着ているものを忘れ、なぜ風がすこし冷たすぎるように、親密なまでに近すぎるように感じるのだろうと思った。

心は前方のターミナルにあったが、不意に現われた麗しい光景に彼女ははっとした。こちらに早足で向かってくるほっそりとした女性の姿、光沢のある髪をなでる街灯の光線、あらわな腕、体に巻きついた黒いケープ、胸のダイヤモンドの炎、背後に伸びる空っぽの街路とまばらに明かりのともった摩天楼だ。一瞬遅れて、そこに見えるのが花屋のウインドーに映った自分自身の姿であると気づいた。そのイメージと都市が属する完全な情景に彼女はみとれていた。がらんとした通りよりもずっと広大なわびしい孤独――そして自分自身への、また彼女の容姿とこの夜と時代の状況の間のばかばかしい対照への怒りにかられた。

角を曲がったタクシーが見え、手を上げて乗りこむと、捨てるべき感情と花屋のウインドーの空っぽの舗道を背に、彼女はバタンとドアを閉めた。だが自嘲的に、苦々しく、切ないほど、この気持ちが初めての舞踏会と、存在の外観の美しさが内側の素晴らしさに匹敵すればと願ったまれな瞬間の期待感であることを、彼女は認識していた。そんなこと考えている場合じゃない！ 嘲弄的に彼女は自分を諭した。いまはだめだ！ 彼女は自分に怒鳴りつけた。だがわびしい声が、タクシーの車輪の音を背景に、静かに彼女に問いかけていた。あなたは自分の幸せのために生きなければならないと信じていた。それなのにいま何が残っているのか？ あなたは闘って何を得ているのか？ そうだ！ 正直に言いなさい。あなたのために何があるのか？ それともあなたはもはやその問いへの答えをもたないみじめな利他主義者になりつつあるのか？……いまはだめだ！ タッガート・ターミナルの明るい入口がタクシーの四角いフロントガラスにぱっと浮かび上がると、彼女は自分を戒めた。

ターミナル部長の事務所の従業員は、ここでもまた、回路が切れて人を動かす電流が滞ったかのように、消えた信号に似ていた。かれらは生気のないものぐさな目で彼女を見ており、じっとしていろと言われようが転轍機を投げられて動かされようが何の違いもないかのようだった。

ターミナル部長は不在だ。技監は見つからない。二時間前にターミナルに送られたきりだ。部長補佐は進んで彼女に電話することで、率先の力を使い果たしてしまっていた。ほかの者は何も進んでやろうとはしなかった。信号技師は三十代の学生じみた男だったが、攻撃的に「ですが副社長、こんな事態は初めてです！ 連動信号が壊れたことはありません。壊れるはずはないのです。僕たちには自分の仕事がわかっていますし、ほかの人間と同じように処理できます――ものが壊れるはずのないときに壊れなければ！」と言いつづけた。鉄道のベテランである年配の運行司令員は、いまも知性を持ち続けているがあえてそれを隠しているのか、それとも何ヶ月もそれを抑圧しつづけて涸らしてしまい、停滞の安全を得たのだろうか、と彼女は思った。

「副社長、どうすればよいのかわかりません」「何の許可を得るのに誰に連絡すればよいのかわかりません」「このような緊急事態を想定した規則はありません」「誰がその規則を決めるのかについての規則さえありません！」

彼女は耳を傾け、一言の説明もなく電話に手を伸ばすと、シカゴにいる大西洋南部鉄道の業務副社長を呼び出すように、自宅に電話をして、必要とあればベッドからひきずりだしてでもつなぐように、交換手に告げた。

「ジョージ？　ダグニー・タッガートです」回線が競合他社の一人の声につながったとき、彼女はいった。「あなたのところからシカゴ・ターミナルの信号技師のチャールズ・マーレイを二十四時間私に貸してくれない？……ええ……そう……飛行機に乗せてできるだけ早くこちらへよこして。三千ドル払うからと言って……ええ、一日で……そう、それくらいまずいことになっているの……ええ、現金で、必要なら私が自腹を切るわ。飛行機に乗せるのに賄賂がいれば全部私がもつから、シカゴ発の第一便に乗せて……いいえ、ジョージ、一人も――タッガート大陸横断鉄道には有能な人材が一人も残っていないの……ええ、書類も免除も例外も緊急許可も全部手に入れるわ……ありがとう、ジョージ。それでは」

彼女は電話を切ると、車輪の振動音の途絶えたターミナルと部屋の静寂を意識するまいとして、目の前の従業員に早口で話した。静寂が繰り返すような、タッガート大陸横断鉄道には有能な人材が一人も残っていない、という苦々しい言葉を聞かずにすむように。

「事故処理車と救難隊をすぐ手配して」彼女はいった。「両方をハドソン線に送って、銅線を全部、電灯でも信号でも電話でも会社の財産ならどんな銅線でもいいから剥がすように指示してください。

それを朝までにここに持たせて」「ですが、副社長！　ハドソン線の運行は一時的に停止されているだけですし、統一評議会が線路を解体する許可をくれようとしなかったのですよ！」「私が責任をもちます」「でも信号がないというのに、どうやって事故処理車をここによこすのですか？」「信号は三十分以内に復活します」「どうやって？」「いらっしゃい」立ち上がって、彼女はいった。

　旅客ホームを急ぐ彼女に従い、動かない列車の脇でごった返す旅人の群れをかれらは通り過ぎた。彼女はレールの迷宮を、光を奪われた信号と凍結された転轍機を過ぎ、からっぽの線路の世界に退位した君主の王冠のように主人もなく暗闇に垂れ下がる、A塔の明るいガラスキューブへと狭い通路を急いだ。タッガート大陸横断鉄道の地下トンネルの巨大な洞を埋めるのは、絹のサンダルが刻むリズムと、それよりも重い足取りで不承不承のこだまのように彼女の後を追う男たちの下で床板が虚ろにきしむ音だけだ。

　塔長は、知性の危うい重荷を完全に隠すには、厳格な職務に長けすぎていた。彼は二言、三言の説明で自分に求められている役割を悟ると、「了解しました」と無愛想に答えただけだったが、ほかの者たちが鉄の階段を登って彼女に追いつく頃には図表の上にかがみこんでおり、長い勤務経験でも初めてのひどく屈辱的な計算作業に真面目に取り組んでいた。だが彼女に投げた一瞥から、どれほど深く彼がその作業の意味を理解しているかは明らかだった。その一瞥には彼女の表情に彼がとらえたある感情と一致する憤慨と忍耐がこめられていた。「とりあえず仕事をして、そのことは後で考えましょう」塔長は何も意見していないのにもかかわらず、彼女はいった。「了解です」彼はぶっきらぼうに答えた。

　地下の塔の天辺にある塔長の部屋は、かつて世界でもっとも早く、豊かで、秩序のあった流れを見下ろすガラスのベランダのようなものだった。彼は一時間に九十便の進路を組み立て、ガラスの壁と指先の下で、ターミナルに出入りする列車が線路と転轍気の迷路の中を無事に走るように監視する訓練をうけていた。いま彼は初めて、乾いた経路のからっぽの暗闇を見渡していた。

　継電器室の開いた扉から、むっつりと手持ち無沙汰に立っている塔の従業員たちが見えた。一時も気を抜くことを許されない仕事に従事してきた男たちの傍には、本棚の本のように、それと同様の人間の知性の記念碑として、銅のプリーツのようなものが縦にずらりと並んでいる。棚から栞のように突き出た小さなレバーの一つを引けば、何千という電子回路が動きだし、何千という接触を作っては断ち、過失や偶然や矛盾の余地を残さず、何十もの転轍機が作動して進路を開き、それに連動して何十もの信号が点灯し――とてつもなく複雑な思考が人間の手の動き一つに凝縮され、列車の進路を決定して守り、それによって何百台という列車が安全に駆け抜け、何千トンという金属と生命とが互いから一呼吸ばかりの距離をおいて通過する。レバーを考案した人間の思考だけに守られて。だがかれらは――彼女は信号技師の顔を見た――かれらは交通を動かすのに必要なのは手の筋肉の収縮だけと信じている。そしていま塔の従業員らはぼんやりと立っており――塔長の前の大制御盤のかつて何マイルも向こうの列車の進行を告げて光った赤と緑の光は、ただのガラス玉と化している。別の未開人がマンハッタン島と引き換えに受け取ったガラス玉のように。

「非熟練従業員を全員招集してください」部長補佐に彼女はいった。「保線工、保線監視員、機関車の掃除人、いまターミナルにいる人間を全員すぐにここに来させて」

「ここに？」

「ここに」塔の外の線路を指しながら、彼女はいった。「転轍手も全員呼んでください。倉庫に電話して、手当たり次第カンテラをここに持ってこさせて。車掌のカンテラでも、暴風雨用のでも何でもいいから」

「ミス・タッガート、カンテラですか？」

「いきなさい」

「了解しました」

「ミス・タッガート、私たちは何をしているのですか？」運行司令員がたずねた。

「列車を動かそうとしているのです。手動で列車を走らせるのです」

「手動で？」信号技師がいった。

「ええ、兄弟！　おや、なぜあなたが驚くの？」彼女は抑えられなかった。「人間は筋肉にすぎないのでしょう？　私たちは後戻りしているのです。連動信号も、信号装置も、電気もないところに——列車の信号がスチールとワイヤではなくカンテラを持った人間だった時代にもどるのです。人間の肉体を電灯柱として。みんなずっとそれを標榜してきたわ。お望みがかなったの。あら、道具が思考を決定すると思っていたの？　あいにく逆なの——そしてみんな自分の思想が定めた道具がどんなものかを思い知るのよ！」

　だが後戻りさえ知的行為を要求する——まわりの無気力な顔をみて、自分自身の立場のパラドックスを感じながら、彼女はおもった。

「ミス・タッガート、転轍機はどうやって動かすのですか？」

「手動です」

「信号は？」

「手動です」

「どうやって？」

「全信号柱にカンテラをもった人間を一人ずつおきます」

「どうやって？　十分な隙間がありません」

「線路を交互に使います」

「転轍機を切り替える方向はどうやってわかるのです？」

「書面で指示を出します」

「へ？」

「書面の指示です。昔のように」彼女は塔長を指し示した。「塔長がどう列車を動かし、どの線路を使うかの計画表を作成しています。彼がすべての信号と転轍機に指令を書いて、使い走りの人間を選び、かれらがすべての柱に指令を配りつづけます。これまで数分で済んだことに数時間かかりますが、待機中の電車はターミナルに出入りできるでしょう」

「そんなふうにして一晩中働くのですか？」

「明日も一日じゅうです。能力のある技師が連動信号の修理のしかたをみなさんに教えるまで」

「労働協約にはカンテラをもって立つ従業員についての条項はありませんよ。問題がおこります。組合が反対するでしょう」

「私のところによこしなさい」

「統一評議会が反対するでしょう」

「私が責任をとります」

「といっても、わたしは指示を下す役はごめんですし――」

「私が指示します」

彼女は塔の脇についている鉄階段の踊り場に足を踏み出した。そして自制心と戦っていた。二本の手で大陸横断鉄道を運営しようとしながら、しばし彼女は、自分もまた電流なしに取り残されたハイテクノロジーの精密機器であるかのような気がしていた。タッガートの地下の広大で静かな暗闇を見渡し、それがいま人間の電灯柱が最後の記念像としてトンネルに立つ水準にまで貶められた激しい屈辱感を味わっていた。

彼女は塔の下に集まった従業員の顔をほとんど見分けることができなかった。かれらは暗闇の中から音もなく流れてきており、背後の壁の青い電球に照らされ、塔の窓からの光を肩にうけて、青みがかった暗黒のなかで身じろぎもせずに立っていた。しみのついた衣服、たるんだ筋肉質の体、思考のいらない労働の報われない疲労に消耗した人間のだらりと垂れ下がった腕が見える。これが鉄道の底辺、いまいかなる上昇の可能性を探すこともできない若者と、それを求めたいと思ったこともなかった年配の従業員だ。かれらは静かに立ち、のみこみのはやい労働者の好奇心ではなく、囚人のどんよりとした無関心をもって立っていた。

「これからあなたがたが受け取る指示は私がだします」鉄階段に立ち、かれらの上から、よく響く明朗な声で、彼女はいった。「指示を伝える人も私の指示にもとづいて動くことになります。連動制御装置が壊れました。いまそれを人間の労働に置き換えます。列車の運行は直ちに再開します」

一団の中に、漠然とした憤りと、にわかに女であることを意識させる無礼な好奇に満ちた奇妙な目で自分を凝視している男たちがいることに彼女は気づいた。そして自分の身なりを思い出し、確かにばかげていると思った。そして挑戦のような、この瞬間の真に完全な意味への誠意のようなにか激しい衝動にかられて、彼女は不意にケープを後ろに放り投げ、煤けた柱の下で、正式なレセプションでのように、ぴんと背筋を伸ばし、むきだしの腕の、光沢のある黒い絹の、戦功勲章のようにきらめくダイヤモンドの贅沢さを誇示しながら、明るく輝く光の中に立った。

「塔長が柱に転轍手を割り当てます。カンテラで列車に信号を送る者と指示を伝達する者とを選びます。列車は——」

　ある痛烈な声を静めようと、彼女は闘っていた。この男たちに耐えられるのはこの程度……タッガート大陸横断鉄道には有能な人材が一人も残っていない……と言う声だ。

「列車は引き続きターミナルに出入りします。みなさんは柱に残り——」

　そのとき彼女の言葉が途切れた。最初に見えたのは目と髪だ。無情で鋭敏な目、地下の暗黒の中で陽光の輝きを映すような赤褐色を帯びた金髪。思慮のない人間の連なりの中に見えたのはジョン・ゴールトだった。しみのついた作業服を着てシャツの腕をまくったジョン・ゴールトは、重みを感じさせない姿勢で、真直ぐに前を見て、まるでこのときをずいぶん前から予期していたかのように彼女を見ていた。

「副社長、どうなさいましたか？」

　それは彼女の傍に、紙きれを手に立っていた塔長の穏やかな声であり、彼女はそれが、経験したことのないほど研ぎ澄まされた意識をともなう無意識状態から不意に聞こえたのを妙だと思ったが、どれほどその状態が続き、自分がどこになぜいるのかも忘れていた。ゴールトの顔に気づいた彼女は、その口の形と頬に、常に彼のものであった堅固な静謐さの揺らぎをみとめた。だが衝撃と、この瞬間が彼にさえも手に負えないものだと認める表情をしておりながらも、彼は冷静さを保ちつづけていた。

　何の音も聞こえなかったが、まわりが耳を澄ましているかに見えたので彼女は話しつづけた。遥か昔に与えられた催眠剤の命令を遂行しているかのように、命令の完成が彼に対する挑戦の形であることだけを知って、自分自身の言葉を知りもせず、聞きもせず、彼女は話しつづけた。

　自分には視覚の機能しかなく彼の顔が唯一のその対象であるまばゆい静寂の中に自分が立ってい

るかのように彼女は感じていた。彼の顔のある光景が自分の喉もとを押さえつける力となった言葉であるかのように。彼がここにいることはひどく自然な、耐えられないほど単純なことに思われ——彼がここにいることではなく、むしろ彼にこそふさわしい彼女の鉄道の線路上に、ふさわしからぬほかの者たちがいることに衝撃を受けているかのように感じていた。目に浮かんでいたのは、列車に乗ってトンネルに突入する瞬間だ。ここが彼女の鉄道と人生の本質、認識と物質の融和、目的に物理的な存在を与える人知の才の凝結をあからさまなほど単純なかたちで示す場所であるかのように、厳粛な緊張感を突如感じるあの瞬間だ。ここに彼女の全価値観の意味があるかのような突然の希望と、秘めた約束が地下で自分を待ちうけているかのような密やかな興奮を、彼女は感じていた。ここでいま彼に出会うことは正しい。彼こそが意味であり、約束だったのだ。もはや彼の服装も、彼女の鉄道が彼をいかなる地位に貶めたかということも目に入らず、ただ彼が届かないところにいた数ヶ月間の苦悩が消えつつあることだけがわかり、数ヶ月が彼に意味したことを告白する相手の顔だけが見えていた。そして彼女が聞いていたのは、これが私のすべての日々への報い、と彼に告げるかのような自分の言葉と、それに答えるかのような、私のすべての日々への、という彼の言葉だけだった。

塔長が前に進みでて手のなかの名簿を見ながら話し始めるのを見たとき、自分が見知らぬ者たちへの話を終えたことがわかった。そして抗しがたい確信にひかれて、気がつけば彼女は階段を降り、群衆からそっと抜け出し、プラットホームと出口ではなく、うち捨てられたトンネルの暗闇へと向かっていた。あなたはついてくる、と彼女は思った。そしてその思いが言葉ではなく、筋肉の緊張のなかにあるかのように感じていた。明らかに自分の力の外にあるにもかかわらず、自分の願望によって達成されると確信していることを成し遂げる意志の緊張だ……いや、願望ではなく、その完全な正しさによって。あなたはついてくる。それは嘆願でも祈りでも命令でもなく、事実の静かな供述であり、彼女の知力のすべてと年月を通じて得た知識の全体を含んでいた。あなたと私が私たちである限り、あなたはついてくる。私たちが生きているのなら、世界が存在するのなら、この瞬間の意味をあなたが知っていて、ほかの人たちのように意志も達成もない無意味さの中にそれを逃してしまうことができないならば。あなたはついてくる。希望でも忠誠心でもなく、存在の論理への崇拝行為である誇らしい確信のなかで彼女は感じた。

捨てられたレールが残る岩のあいだの曲がりくねった長く暗い回廊に沿って、彼女は早足で歩いた。背後の塔長の声が聞こえなくなった。それから自分の脈動を感じ、それに呼応する頭上の街の鼓動が聞こえたが、あたかも自分の血液の動きが静寂を埋める音であり、街の動きが体内の鼓動であるかのように感じ――そして、はるか後方で、足音がした。彼女は振り返らずに足を速めた。

例のモーターの残骸がいまも隠された錠の下りた鉄の扉を過ぎた。立ち止まりはしなかったが、この二年の出来事の統一性と論理をにわかに把握して彼女はかすかに身震いした。輝く岩、レールに中身をこぼす破れた砂袋、錆びたくず鉄の山の上を暗闇へ、青い光が続いている。すると足音が迫り、彼女は立ち止まって後ろを振り返った。

青い光がゴールトの髪をぱっと照らした。彼女は青白い顔の輪郭と目の暗いくぼみをとらえた。やがて顔は見えなくなったが、足音でつながれた次の青い光が彼の目に射すと、冷静な目はじっと真直ぐ前を向いており――彼は塔で彼女を見た瞬間からひとときも自分から目を離してはいないのだとはっきりとわかった。

頭上に街の鼓動が聞こえる。このトンネルは、街と、空に広がるすべての活動の根だ、と彼女は思ったことがある。だがジョン・ゴールトと彼女は、この根の中の生きた力であり、かれらが始まりであり、目的であり、意味なのだ、と彼女はおもった。そして彼もまた、自分の体の鼓動と呼応する街の鼓動を聞いている。

彼女はケープを後ろに投げ、塔の階段で彼が見たように、この地下で十年前に初めて見たときのように、挑戦的にすっくと立った。彼の告白が言葉としてではなく、呼吸を困難にする鼓動によって聞こえた。あなたは贅沢の象徴であるように、その根源である場所に似つかわしいように見えた……あなたは富と優雅さと豪奢さと人生の楽しみをその正当な持ち主、すなわち鉄道と工場を創造した男たちに返すように見えた……あなたの容姿には活力とその報酬の両方、つまり有能さと贅沢さがあらわれていた……そして私はこの二つがいかなるかたちで不可分なのかを最初に明言した人間だった。

そして目のくらむ無意識な時間の広がりの中の閃光のような瞬間が続いた。傍で立ちどまった彼の顔を見て、深緑の目に驚きのない冷静さ、ときはなたれた激しさ、理解の笑いを認めたとき――彼が自分の顔に見たものを硬く引締まった唇で知った瞬間――唇を感じ、完全な形として、おのれの体を満たす液体として相手の口のかたちを感じたとき――唇が喉をたどって落ちていき、痣の跡を残して吸う動き――そして赤褐色の震える髪に映るダイヤモンドのクリップの輝き。

そのあとの意識には肉体の興奮だけがあった。直接的な知覚によっておのれのもっとも深遠な価値を自分に告げる力を体が突如として獲得したからだ。光の波長を視覚に変える力が目にあるように、振動を音に変える力が耳にあるように、いま彼女の肉体には、人生の選択を揺さぶったエネルギーを直の官能に変える力があった。彼女を震えさせたのは手の圧力ではなく、その意味の瞬間的な集約、それが彼の手であり、その手が彼女の肉体が彼の所有物であるかのように動いており、その動きが彼女という人間を成果として到達したすべての下での彼の承認の証だという認識だった。

それは肉体的快楽にすぎなかったが、そこには彼と、彼という人間と、人生のすべてへの崇拝が含まれていた。ウィスコンシンの工場での大集会の夜、ロッキー山脈に隠れた谷のアトランティス、塔の下の従業員の姿を超越した最高の知性をもつ緑色の目の勝ち誇った嘲弄。そこには彼女自身についての誇りと、彼が鏡として選んだのは彼女であるべきであり、存在の集約を彼女に与えているのが彼の体であるように、彼の存在の集約をいま彼に与えているのは彼女の体であるべきだという誇りがあった。それらは彼女の歓びに含まれていたことだ。だが彼女が意識していたのは、胸をさぐる相手の手がよびさます興奮だけだった。

ケープが剥がれ、彼という人間が彼女の尊大な自意識の道具に過ぎない一方、自分自身もまた彼を意識するための道具にすぎないかのように、愛撫によって彼女は自分の華奢な体を意識した。感じる能力の限界に達するようでありながら、彼女を襲ったのは耐えがたい要求の悲鳴のようなものであり、それは人生における野心、輝かしく尽きない欲望と同様の性質をもつということのほかには言葉で言いあらわせないものだった。

彼は少しのあいだ彼女の頭を引き寄せ、目を真直ぐに見つめ、自分の目を見せ、かれらの行為の完全な意味をわからせた。二人に意識のスポットライトを投げかけて、これからの情事よりも親密な視線の出会いを照らしだすかのように。

そして彼女は麻布の網目がむきだしの肩を打つのを感じ、気がつけば破れた砂袋の上に横たわっていた。長いぴったりとしたストッキングがかすかに光り、足首に彼の口がふれ、まるで唇によってその形を所有したいと望んでいるかのように悩ましい動きをして、それが脚の線を次第に上昇してくるのを感じた。それから彼の腕に歯を沈ませた彼女の頭を彼の肘が払いのけると、より御し難い彼の口が痛いほど強く彼女の唇を奪い――それが喉に届いたとき、体を解放して衝撃的な快楽に高まる動きとしてだけ知っていたものを感じ——彼女に意識できたのは相手の体の動きと、自分がもはや人間ではなく、不可能なものへの果てしない到達の興奮でしかないかのように絶頂を極めつづける猛烈な欲望だけだった。そのあと彼女はそれが可能であることを知り、喘いでじっと横たわり、それきり、もう何を欲することもできなかった。

彼は仰向けになって隣に横たわり、岩の天井の暗闇を見上げていた。彼女はざらざらの砂袋の上に伸びた弛緩する流動体のような彼の体を見た。足元のレールには投げすてた黒いケープの端が見える。天井にはちらちら光る滴があり、遠くの交通の光のように、ゆっくりと移動しては目に見えない亀裂に流れこんでいった。彼が話し始めたとき、その声は、彼女の頭のなかの疑問に答える文句を継ぐかのように、もはや隠すことは何もなく、いま彼女に負う義務は精神の衣服を脱ぐ行為だけであるかのように、衣服をぬぐほどの単純さをもって響いた。

「……十年間こうして君を見てきた……ここから、君の足元の地下から……ビルの天辺のオフィスでの君の動作をすべて知りながら、君を見ることなく、十分に見ることなく……毎晩、ここで、君が乗車するときにホームで一目見ようと待って十年を過ごした……君の車を結合するようにという指示が下りてくるたびに、私はそれを知って、階段を降りてくる君を待っては、そんなに早く歩かなければいいのにと思ったものだ……いかにも君らしい歩きかただからどこにいてもわかった……君の歩きかたとその脚……いつも最初に見るのは階段を急いで降りてきて、下の暗い側線から見上げる私の傍を通り過ぎていく脚だった……君の脚の彫刻をかたどることもできただろう……目ではなく、通り過ぎる君を見るときの自分の手のひらで知っていたから……仕事を後にしたとき……三時間もない睡眠をとりに日の出前に家に帰ったとき……」

「愛してるわ」かすかな若さの響きのほかは淡々とした静かな声で、彼女はいった。

その音を過ぎ去った年月に響き渡らせるかのように、彼は目を閉じた。「ダグニー、十年だ……ただ一度、数週間、照明のともった私だけのための舞台にいるように、手の届く場所に、何の邪魔もなく急いでたち去ることもなくじっとして、君が目の前にいたことがあった……私はくる晩もくる晩も何時間も君を見続けていた……ジョン・ゴールト線と呼ばれたオフィスの明かりのついた窓の中にいる君を……そしてある晩――」

彼女は息をのんだ。「あの晩、あれはあなただったの？」

「見たのか？」

「影を見たわ……舗道に……行ったり来たりしていた……闘っているみたいに……まるで――」彼女は口をつぐんだ。「拷問のように」とは言いたくなかった。

「そうだ」彼は静かにいった。「あの晩、私は中に入って君と向き合って話したかった……それが、自分の誓いをほとんど破りそうになった夜、君が机の上に突っ伏して、担いでいる重荷を支えきれずにくずれるのを見たとき――」

「ジョン、あの夜、私が考えていたのはあなたのことだった……ただそうと知らなかっただけ……」

「だが私は知っていた」

「……あなただった、生涯ずっと、私の行為のすべて、願望のすべてを通じて……」

「わかっている」

「ジョン、一番つらかったのはあなたをあの谷に残していったときじゃなくて――」

「君が復帰した日のラジオ演説だね？」

「ええ！　聞いていたの？」

「もちろんだ。君はああすべきだった。素晴らしいことをした。そして私は――いずれにせよ知っていたんだ」

「ハンク・リアーデンのことを……知っていたの？」

「あの谷で君に会う前にね」

「それは……予想していたことだった？」

「いや」

「それは……」彼女は口をつぐんだ。

「つらかったかどうかって？　ああ。だが最初の数日だけだ。次の日の夜……それを知った翌日の夜に私が何をしたか教えてほしいか？」

「ええ」

「私はハンク・リアーデンを新聞の写真でしか見たことがなかった。あの晩、彼が大物実業家の会議でニューヨークにいることは知っていた。一目でいいから彼を見たいと思った。そこで会議があったホテルの入口に歩いていった。入口のひさしの下は明るかったが、そばの舗道は暗くて、だから自分を見られることなく私は見ることができた。あたりには浮浪者もうろついていたが、霧雨で、私たちはビルの壁に貼りついていた。会議の参加者がぞろぞろ出てきはじめると、服装と態度ですぐにわかった。これみよがしに景気のいい服装と、そう見える人物であるふりをしようとしていることがやましいかのような居丈高な小心者の態度だ。専用車をつける運転手たちと、かれらを引き止めて質問しようとする記者連中と、一言とりつけようとするとり巻きがいた。あの実業家たちは、不安をごまかそうと必死で、老けて意志薄弱な疲れた男たちだった。そのとき彼の姿が目に入った。高級なトレンチコートを着て、帽子を目深に斜めにかぶっていた。そして本物の自信に溢れて颯爽と歩いていた。仲間の実業家にはとびついて質問を浴びせるものもいて、大物も彼の周りではとり巻きのように振舞っていた。それから車の扉に手をかけて、頭をもたげて立っている姿がちらりと見えた。斜めのつばの下からせっかちぎみの愉悦を帯びた大胆な微笑がぱっと広がった。そして、一瞬、私はこれまでしたことがないこと、ほとんどの男たちがそうして一生をふいにしてしまうことをした。脈絡もなく、彼を通じて世界を見たように、世界が彼に匹敵するかのように、彼が象徴であるかのように、その瞬間を見た。人が目的ある年月を通じて、業績と、隷属しない活力と、妨げられない向上心によっておのれの成果を楽しめる世界を私は見た。浮浪者にまぎれて雨のなかで見たのは、その世界が存在していれば、自分がこれまでの歳月を経てなっていたであろう姿だった。私はどうしようもないやりきれなさを感じていた——彼は私があるべきだったすべてのイメージだった……私のものであるべきだったすべてを持っていた……だがそれはほんの一瞬だった。まもなく私はふたたび全体の状況を把握しなおして、実際の意味のすべてにおいてその光景を眺めた。すると卓越した能力のために彼が払っている代償、静かな当惑の中で私がすでに理解したことを理解しようと闘いながら彼が堪えている苦悩が見えた。そして彼が想起させた世界が存在せず、いまだ築かれていないことを悟った。私はふたたび彼を、実際の姿である私の戦いの象徴として、私が復讐し、解放すべき報われなかった英雄としてとらえた。それから……君と彼について知ったことを受け入れた。それが何も変えないということ、それを予期すべきだったこと——それが正しかったことがわかったからね」

　彼女のかすかな呻きをきいて、彼は穏やかに笑った。

「ダグニー、私が苦しまないわけじゃない。苦しみがとるに足らないものだと知っているということだ。苦しみは戦って追放すべきものであって、人の魂の一部として、存在の観念を覆う永久的な傷として受け入れるべきものではないと知っているということなんだ。同情する必要はない。すぐに過ぎたことだ」

彼女が振り向いて黙って彼を見ると、彼は肘をたてて頭をのせ、なすすべもなくじっと横たわっている彼女の顔を見下ろして微笑んだ。彼女は小声でいった。「あなたはここで、線路作業員をやっていたのね。ここで！　十二年間……」

「ああ」

「いつから——」

「二十世紀社を辞めてから」

「初めて私を見た夜……あのときもここで働いていたの？」

「ああ。君が私の料理人として働きたいと申し出たときも休暇中の線路作業員にすぎなかったんだ。なぜあんなふうに笑ったかわかっただろう？」

彼女は彼の顔を見上げていた。彼女の微笑は苦痛の笑みであり、彼の微笑は——純粋な喜びの笑いだった。「言いなさい。だが何もかも」

「ジョン……」

「あなたはここにいた……ずっと……」

「ああ」

「……ずっと……鉄道が消えて消滅していくあいだ……私が知性のある男たちを探しているあいだ……その見つかる限りの残骸を手放すまいともがいているあいだ……」

「……君が私のモーターの開発者を手を尽くして探しまわっているときも、ジェイムズ・タッガートとウェスリー・ムーチを食べさせているときも、君の最高の成果を破壊したかった敵にちなんで名づけたときも」

彼女は目を閉じた。

「私はずっとここにいた」彼はいった。「君の手の届くところに、君の世界の内側に、君の戦いと孤独と切望を見つめながら、私のために戦っていると君が考えていた戦いを、君が私の敵を支え、果てしない敗北を味わいつづけた戦いを見つめながら。アトランティスが錯覚によってのみ人から隠れているように、ただ君の視界の錯誤だけに隠されて、私はここにいた。君が支えている世界の規範によれば、君が価値を認めるすべてがひき渡されなければならないのは地下のもっとも暗い底であり、君がよく見なければならないのはそこだということを君が理解する日を待ちながら、私はここにいた。ここで君を待っていた。ダグニー、君を愛している。人生がどれほど愛すべきかを人に教えてきたこの私が、自分の命よりも君を愛している。私は絶対に無償のものを求めないようにとも教えてきた。だから私が今夜したことは、私がその代償を払い、自分の命がその値段かもしれないという完全な知識をもってしたことだ」

「それは違うわ！」

首を横に振りながら、彼は微笑んだ。「だがそうなんだ。いま君が私の意志を挫き、私が自分自身に課した決意を破ったことは知っているだろう。だが私はそれが意味することを知りながら意識的に行動した。刹那に盲目的に身を任せたわけではなくて、結果を完全に見越して引き受ける完全な意志をもって。私はこういう機会をやり過ごすことはできなかった。それは私たちのものだったし、ねえ、私たちはそれを勝ち得たのだからね。だが君は引退して仲間に加わる覚悟はできていない。言わなくてもわかる。そして完全に自分のものになる前に欲しいものを手にすることを選んだのだから、私はその代償を支払わなければならないし、どうやって、いつかは知りようがないが、ただ敵の一人に屈すれば、結果をうけとめることになることだけはわかっている」彼女の表情に答えて、彼は微笑んだ。「いや、ダグニー、君は精神においては私の敵ではない――それこそが私をここまでにしたんだ。だが君が追求する進路において、君は事実上の敵であり、まだ君にはみえていないが、私にはわかる。実際の敵は私にとっては何の危険もない。君は危険だ。やつらを私のもとに案内することができるのは君だけだから。かれらには私という人間の正体を知る能力はないが、君の助けがあれば、かれらにもわかるだろう」

「助けたりしないわ！」

「いや、意図的にじゃない。そして君は自分の進路を自由に変えられるが、一つの進路をたどる限り、その論理から逃れることはできない。顔をしかめなくていい。私が自分で選択したことだし、あえて受け入れた危険なんだ。ダグニー、すべてにおいて、私は商人だ。君を欲しいと思い、君の決断を変える力はなかったが、値段を考慮して払えるかを決めるだけの力はあった。私には払うことができた。私の命は費やすにしても投資するにしても私のものであり、そして君は」――仕草が言葉を継ぐかのように、彼は腕で彼女を抱き上げて口づけすると、彼女の体は無力に従い、頭はのけぞり、彼の唇の力だけで支えられ、髪が流れ落ちた――「君は私が手にしなければならず、購うと決めた報酬なんだ。君が欲しかった。命を代償にといわれても差し出すだろう。私の命を――心ではなく」

彼の目のなかにふと冷たい輝きがあらわれ、起き上がって微笑むと、彼はたずねた。「君は私に一緒に仕事にいってほしいのかな？　一時間以内に君の連動信号装置を修理してほしいのかな？」

「いいえ！」それは即座の悲鳴――突如として浮かんだウェイン・フォークランドのダイニングの個室にいた男たちのイメージへの答えだった。

彼は笑った。「なぜだね？」

「あなたがやつらの下僕として働くのを見たくないわ！」

「君自身は？」

「私はやつらが滅びつつあって、勝算はあると思っているの。私はあと少し耐えられる」

「たしかに。あと少しだ——きみが勝つまでではなく、学ぶまで」

「私には放っておけないわ！」それは絶望的な悲鳴だった。

「いまはまだ」彼は静かにいった。

彼は立ちあがり、彼女は言葉を失い、従順に立ち上がった。

「私はここに、自分の仕事に残る」彼はいった。「だが私に会おうとしてはならない。君は私が耐えたもの、私が君にはさせたくなかった思いに、これから耐えなければならない。私の居場所を知りながら、私が君を求めるように私を求めながら、何があっても私に近づかないで仕事を続けなければならない。ここで私を探してはならない。私の家に来てはならない。一緒にいるところを絶対に見られてはならない。そして君が結論にたどり着き、引退する覚悟ができたとき、誰にも言わずに、ただナット・タッガートの像の台座にドルマークを——それにふさわしい場所に——チョークで書いて、家に帰って待ちなさい。二十四時間以内に迎えにいく」

彼女は無言の約束のしるしに頭を傾けた。

だが彼が背をむけて立ち去ろうとしたとき、最初の目覚めの震えか人生の最後の痙攣のように、急に全身に戦慄が走った。それは無意識の悲鳴で終わった。「どこへ行くの？」

「夜明けまでカンテラをもって立つ電灯柱になる。それが君の世界が唯一私にゆだね、唯一私から得る仕事だ」

彼の顔ではないものをすべて視界からしりぞけて、彼を引き止め、盲目的に後を追いかけようとして、彼女は彼の腕をつかんだ。「ジョン！」

彼は彼女の手首を掴み、手をひねって投げ捨てた。「だめだ」彼はいった。

それから彼は彼女の手をとり唇に持っていくと、どんな告白よりも情熱的な口づけをした。そして次第に見えなくなるレールの上を歩いて遠ざかり、彼女にはレールもその姿も同時に自分を捨てていくようにおもわれた。

よろめきながらターミナルのコンコースに彼女が向かったとき、止まっていた心臓の突然の鼓動のように、回転する車輪の最初の爆音がビルの壁を揺さぶった。ナタニエル・タッガートの殿堂は静かで空っぽで、変わらない光が見棄てられた大理石の床に射していた。輝かしく広大な場所で迷ったようないくつかのみすぼらしい人影がのろのろとそこを横切っていった。台座の段上、厳格な高揚した姿の像の下には、ぼろをまとった乞食が、翼をむしりとられた鳥が行き場所もなくたまま見つけた軒下で休むように、無抵抗のあきらめとともにぐったりと座りこんでいた。

彼女もまた浮浪者のように、埃まみれのケープを体にきつく巻きつけ、台座の段にくずれおちた。そして泣くことも感じることも動くことも通り越して、頭を腕にうずめてじっとしていた。

瞼には、灯火をもって腕を上げた人間の姿がちらつくばかりだった。それはときに自由の女神のように見え、そして太陽に梳かれた髪の、真夜中の空にカンテラを掲げる男のようにも見えた。世界の動きを止める赤いカンテラだ。

「ねえさん、深刻に考えないことですよ。何だか知りませんが」疲れた同情をこめて乞食がいった。「どうせ何がどうなるわけでもありません……姉さん、何になります？　ジョン・ゴールトって誰？」

第六章　解放の協奏曲

十月二十日、リアーデン・スチールの鉄鋼労働者組合が賃上げを要求した。

ハンク・リアーデンは新聞でそのことを知った。彼に対してはいかなる要求も提出されておらず、彼に知らせることが必要とも考えられてはいなかった。要求は統一評議会に出された。ほかの鉄鋼会社にはなぜ類似の要求が提出されなかったのかについて説明はなかった。要求者がその従業員を代表しているのかどうかさえ判然とせず、組合選挙に関する評議会の規定がそれを明らかにするのを不可能にしていた。わかっているのは要求者たちが、この数ヶ月に評議会から工場に送りこまれてきた新参者の集まりであることだけだ。

十月二十三日、統一評議会は組合の要請をしりぞけ、賃上げの承認を拒否した。その件について審理が開かれていたとしても、リアーデンは知らなかった。彼は相談も通知も報告もうけなかった。あえて質問することもなく、彼は傍観していた。

十月二十五日、評議会と同じ人間に牛耳られた国内の新聞が、リアーデン・スチールの従業員に同情運動を始めた。賃上げ拒否の記事が掲載されたが、誰が拒否したのか、唯一拒否する法的権限をもっていたのは誰かということは省略されていた。まるで雇用主が従業員の悲惨な状況すべてのそもそもの元凶だと示唆する記事をあびせれば読者は法的な手続きを忘れるはずというかのように。生活費が高騰する昨今のリアーデン・スチール社員の窮乏を描き出す記事が、五年前のハンク・リアーデンの利益についての記事の隣に掲載された。あてもなく食糧を探してとぼとぼ店を渡り歩くリアーデンの社員の妻の苦境についての記事が、鉄鋼界の大物某氏が開催した高級ホテルでの宴会で誰かの頭上で割られたシャンパンボトルについての記事の隣に掲載された。鉄鋼界の大物というのはオルレン・ボイルだったが、記事には名前はでていなかった。新聞には「我々の間にはいまも不平等が存在し、啓蒙時代の利益を騙しとっている」と書かれた。「窮乏が国民の神経と忍耐をすり減らした。状況は危険な段階に達した。暴動の勃発があやぶまれる」「暴動の勃発があやぶまれる」新聞は繰り返した。

十月二十八日、リアーデン・スチールの新入社員の一団が職工長に襲いかかり、高炉から羽口をたたき落とした。二日後、同じようなグループが事務所の一階の窓を割った。新入社員がクレーンのギアをうち壊し、傍にいた五人の者たちから一メートルもないところで溶融金属の入った柄杓がひっくり返った。「腹をすかした子どもたちが心配で頭がいかれちまったんだろうな」逮捕されて、彼は答えた。「誰が正しくて間違っているかなど理屈をこねている場合ではない」と、新聞は評した。「唯一懸念すべきは、一触即発の状況が鋼鉄の国内生産高を危機的状況にまで落ちこませているという事実である」

リアーデンは疑問を呈するでもなく一連の事件を眺めていた。そしてある決定的な知識が目の前で解明されつつあり、その過程を早めたり止めたりすべきではないかのように待っていた。いや――秋の早い夕闇のなかでオフィスの窓から外を見ながら、彼はおもった――工場に関心がないわけじゃない。だが生きた存在への情熱だった感情は、いまではかつて愛した亡き人の記憶のためにおぼえる物寂しい優しさに似ていた。亡くなった者への感情が特別なのは、もはやいかなる行動も不可能ということだ、と彼はおもった。

十月三十一日の朝、銀行口座と貸金庫を含む全財産が三年前の所得税の申告漏れに関する裁判で下りた滞納判決の弁済のため差し押さえられたと知らせる通告を彼は受け取った。それは正式な通告であり、法律上の必要条件すべてにかなっていた。実際に滞納したことはなく、そのような裁判が行われたこともないことをのぞいては。

「いや」憤りで声をつまらせた弁護士に彼はいった。「訊くな。答えるな。反論するな」「だがでっちあげだぜ！」「ほかはちがうのか？」「ハンク、私に何もするなというのか？　だまって泣き寝入りするつもりか？」「いや、だまって立っていることだ。本当の意味で立っていることだ。動くな。行動をおこすな」「だがやつらは君を骨抜きにした」「そうかな？」微笑みながら、彼は穏やかに訊いた。

彼の財布のなかには、数百ドルの現金が残っているだけだった。だが遠い昔の握手のような奇妙なぬくもりが心のなかにあった。それは金髪の海賊にもらった純金の延べ棒が寝室の隠し金庫にあるという考えだった。

翌日の十一月一日、ワシントンの役人から電話があった。役人の声は平謝りの姿勢で回線ごしに滑ってくるようにきこえた。「リアーデンさん、手違いです！　たんなる不幸な手違いなんです！差し押さえはあなたを標的にしていたものではありません。近ごろの状況はご存じかとおもいますが、庶務の効率が悪くて、我々も膨大な量の役所仕事に忙殺されておりまして、どこかの頓馬が記録を取り違えて、あなたに差し押さえ命令の手続きをしてしまったのです。あなたの訴訟ではまったくなくて、じつは石鹸業者のだったというのに！　リアーデンさん、どうかお許しください。最高幹部の我々が心からお詫びいたします」その声は待ちかまえるように、少しの間をおいた。「リアーデンさん？」「聞いてるぜ」「あなたに不面目で不便な事態を招いてどれほど遺憾に思っているか申しあげようもございません。あらゆることにいまいましい形式がございまして——ええ、役所仕事です！——命令を撤回して差し押さえを解除するには数日、おそらく一週間はかかるでしょう。リアーデンさん？」「聞こえたぜ」「我々は本当に恐縮いたしておりまして、力の及ぶ範囲で償わせていただくつもりです。あなたには、むろん、この結果生じたいかなる不都合にも損害賠償を請求なさる権利があるわけでして、我々にはお支払いする準備があります。争うつもりはありません。あなたはむろん、そうした請求を提出されるでしょうし——」「そうは言っていない」「え？　ええ、そうですね……それは……すると、リアーデンさん、では何とおっしゃったんです？」「何も言っていない」

　翌日の午後遅く、またワシントンからの弁解がましい電話があった。その声は滑るようにではなく、陽気な綱渡り芸人が回線で弾んでいるようにきこえた。声の主はティンキー・ハロウェイと名乗り、リアーデンに、明後日ニューヨークのウェイン・フォークランド・ホテルで開かれる「非公式なごく限られた少人数の最高幹部会議」に出席するように嘆願した。

「この数週間じつに多くの誤解が生じました！」ティンキー・ハロウェイが言った。「じつに残念な誤解——まったく不必要な！　ちょっとお話をする機会があればですね、リアーデンさん、あっという間に解決できることです。我々としては、ぜひともあなたとお会いしたいのです」

「いつでも召還状をよこせるだろう」

「いえいえ、とんでもありません！」怯えたような声がきこえた。「いいえ、リアーデンさん——なぜそんなことを？　どうもご理解いただいてないようですね。友好的にお会いしたいのです。自発的なご協力をあおいでいるだけです」緊張したハロウェイが間をおくと、かすかな笑い声が聞こえた気がした。彼は待ったが、ほかに何も聞こえなかった。「リアーデンさん？」

「なんだね？」

「むろんですね、リアーデンさん、こうしたご時勢ですから、我々との会議はあなたに大きな利益をもたらします」

「会議というと、何についてだね？」

「あなたは多くの困難に遭遇されてきました。どんな方法かはともかく、お力になりたいのです」

「力になってくれとは頼まなかった」

「リアーデンさん、いまは微妙な時期で、世間の空気は不安定で扇動的で、じつに……じつに危険で……保護してさしあげたいのです」

「保護してくれと頼んだおぼえはない」

「ですがむろん、我々があなたにとって利用価値の高い存在であることはご存じでしょうし、何か頼みたいことがおありなら、何か……」

「ない」

「ですがお話なさりたい問題がおありに違いありません」

「ない」

「すると……ええっと、そうしますと」――恩着せがましくふるまうのをあきらめて、ハロウェイはあからさまな嘆願に切り替えた――「それではせめて我々の言い分を聞いていただけませんか？」

「言い分があればだがね」

「あります。リアーデンさん、当然あります！　我々のお願いはそれだけ――話すチャンスです。ただチャンスをください。この会議にお越しいただくだけで結構です。何か約束をしていただく必要もありませんし――」思わずそう言ってから、リアーデンの声の明るく嘲弄的な響きにどきりとして、彼は言葉を切った。それは期待のもてる響きではなかった。

「わかっている」と、リアーデンは答えた。

「えっと、つまり……それは……ええっと、では、お越しいただけますか?」

「よろしい」リアーデンが言った。「行こう」

ハロウェイのくどくどとした感謝の言葉は聞き流しながら、ただハロウェイが、「十一月四日の七時ですよ、リアーデンさん……十一月四日……」と、その日付に特別な意味があるかのように繰り返していたことに彼は気づいた。

リアーデンは受話器を置いて椅子にもたれ、オフィスの天井に映った高炉の炎の輝きを見ていた。会議が罠であることはわかっていた。自分が罠にはめられたところで仕掛人の手に入るものなど何もないことも。

ティンキー・ハロウェイは、ワシントンのオフィスで受話器を落とし、居住まいを正すと、顔をしかめた。世界発展の友代表のクロード・スラゲンホップはアームチェアに座っていたが、いらいらとマッチ棒をかむと、目を上げてたずねた。「あまりよくないんだな?」

ハロウェイは首を横に振って、「来るには来るが……ああ、あまりよくない」と言ってからつけ足した。「やつが納得するとは思えない」

「うちの小僧もそう言っていたな」

「わかっている」

「小僧はやらないほうがいいと言っていた」

「小僧がどうした! やらなきゃならないんだ! いちかばちかでも!」

小僧というのは数週間前、クロード・スラゲンホップに報告してきたフィリップ・リアーデンのことだった。「いいえ、僕は入れてもらえません。どういっても仕事をもらえないいんです。あなたの頼みとあって最善を尽くしてみましたが、無駄でした。工場の中に入れてくれないんです。それに兄の気分に関して言えば――いいですか、かなり危ない状態です。思っていたよりずっと悪い。僕は彼をよく知っていますし、そちらに見込みがないということは言えます。万事休すといったところでしょう。何かのきっかけでぷっつり切れます。大物が知りたがっているのでしたね。やめろと言ってください。彼は……クロード、かれらが実行に移せば、ああ、彼はいなくなってしまいます！」「ま、きみはたいして役に立たんようだな」スラゲンホップは冷淡にそう言うと、背を向けた。フィリップはあからさまな不安に急におそわれて、彼の袖をつかむと消え入りそうな声でたずねた。「ねえ、クロード……政令第一〇―二八九号によれば……彼がいなくなっても……相続人はいないんですね？」「その通り」「工場は……みんな押収されるんですね？」「そういう法律だ」「だけど……クロード、僕がそんなめにあうなんてことありませんよね？」「やつらは彼に行方をくらませてほしくない。それはわかるだろう。できればひきとめてくれよ」「だけどできません！　僕にできないことはわかっているでしょう！　僕の政治的思想と……あなたのためにしてきたことのために僕がどう思われているかはご存じでしょう！　僕には何の影響力もないんです！」「ま、するときみの運もそこまでってことだ」「クロード！」フィリップが狂ったように悲鳴をあげた。「クロード、僕はのけ者にされたりしないよね？　仲間でしょう？　仲間だっていつも言われていたし、いつも僕が必要だと……彼じゃなくて僕みたいな人間が……僕みたいな精神が必要だって言われていた。そうでしょう？　それにあれほど尽くして、あれだけ忠実に大義のために尽力したのに――」「きみもどうしようもない馬鹿だな」スラゲンホップがつっけんどんに言った。「彼がいなければきみが何の役に立つんだね？」

十一月四日の朝、ハンク・リアーデンは電話のベルで起こされた。目を開けるとほんのり青く澄んだあけぼのの空が寝室の窓から見えた。フィラデルフィア旧市街の屋根をうす桃色に染める夜明けの光線が射すアクアマリンの空だ。しばらく意識が空と同じく澄み渡り、自分自身のほかは何も頭になく、遠い記憶の重みに魂をふたたびつなぐまで、彼はじっと横たわり、その景色と、それにふさわしい世界、いつもやってくる朝が存在のかたちである世界に魅了されていた。

電話は彼を異邦人の立場にひき戻した。しつこい救援の要請のように間をおいて叫ぶ、彼の世界のものではない悲鳴だ。彼は顔をしかめて受話器をとった。「もしもし？」

「おはよう、ヘンリー」ぶるぶると震える声がいった。母親だ。

「母さん――いま何時だと思ってるんです？」彼は冷たくたずねた。

「ああ、おまえはいつも夜明けには起きているし、出勤前につかまえたかったんだ」

「それで？　何？」

「ヘンリー、おまえに会わなきゃいけないんだ。話があるんだ。今日。今日のいつか。重要なことだよ」

「何か問題でも？」

「いや……ああ……それは……直接会って話さないとね。来てくれるかい？」

「ごめん、いけない。今夜ニューヨークで約束があるんだ。明日なら――」

「だめ！　明日じゃだめなんだ。今日でなきゃ」彼女の声はややパニック気味だったが、それは慢性的な無力さからくる気の抜けたパニックであり、緊張感はなかった――機械的な執拗さのなかの怯えた妙な響きをのぞけば。

「母さん、何？」

「電話では話せないよ。会わなきゃだめなんだ」

「ではオフィスに来るなら――」

「だめ！　オフィスじゃだめなんだ！　二人きりで話せるところで会わなきゃだめなんだよ。お願いだからこっちに来てくれるかい？　母親の頼みだよ。ちっとも会いに来ないじゃないか。おまえのせいじゃないかもしれないが。でもあたしからのお願いなんだ。一度だけ来ちゃくれないかい？」

「わかった、母さん。今日の午後四時にそちらに行く」

「それでいいよ、ヘンリー。ありがとう、ヘンリー。それでいい」

その日、工場にはほんの少し緊迫した空気が漂っている気がした。断定できるほどではない――だが工場は、彼にとって、表情にでる前に感情の陰影をとらえることができる愛妻の顔のようなものだ。新入社員のグループ、三、四人が集まって会話している回数が、一、二度多すぎるように思われた。かれらの態度は工場ではなく玉突き場の片隅を思わせた。通り過ぎざま、いくぶん鋭すぎ、しつこすぎる視線が投げかけられた気がした。だが彼はその考えを打ち消した。怪しむほどのことではなく――怪しんでいる時間はなかった。

その日の午後、彼は昔の家に向かい、丘の麓で不意に車を留めた。五月十五日、六ヶ月前に出てから、彼は家を見ていない。その光景は、十年間日々帰宅のたびに感じたすべてを一気に呼び覚ました。緊張、当惑、打ち明けられない不幸の陰鬱な重み、その告白を許さなかった厳しい忍耐、ひたむきに家族を理解しようと……正しくあろうとした努力。

扉に向かう道を、彼はゆっくりと歩いていった。何の感情もおぼえず、ただひどく厳粛な明晰さだけがあった。この家は罪の――自分に対して犯した罪のモニュメントだった。

母親とフィリップに会うことは予想していた。だがリビングに入ったときに立ち上がった三人目の姿に彼は不意を突かれた。リリアンだ。

彼は戸口で立ち止まった。かれらには彼の表情とその後ろで開いたままの扉が見えた。顔には怯えと狡猾さのいり混じった表情が浮かんでいた。彼の憐憫だけに頼って逃げおおせようとするかのような、いまは彼にもわかるあの「美徳によるゆすり」の表情だ。あと一歩後戻りしたなら彼が手の届かない存在になるというときに、かれらはなおも彼をその罠にはめて引きとめようとしている。かれらは彼の憐憫をあてにし、怒りを怖れていた。もうひとつ別の選択肢については考えることすら避けてきた。無関心という選択肢だ。

「どうしてあいつがここにいるんだ?」母親に向かって、無感動で平坦な声で彼はいった。

「リリアンは離婚以来ここに暮らしているんだよ」彼女は弁解がましく答えた。「路頭に迷わせるわけにはいかないだろう?」

母親の目には、ぶたないでくれと哀願する色が半分、同時に彼の顔をひっぱたいて得意がるかのような色が半分うかがえた。母親の真意はわかる。同情などではない。リリアンと母親の間に深い愛情がはぐくまれたことはない。それは彼に対する共通の復讐であり、彼が支援を拒んだ前妻に金を使うことからくる密かな満足感だった。

リリアンは、臆病さと厚顔さの混じった曖昧な微笑を唇に浮かべ、会釈のかまえをしていた。彼は無視してみせたりはしなかった。あきらかに視界に入っているにもかかわらず、何の存在も頭に登録されなかったかのように彼女を見た。そして黙ったまま、扉を閉めて部屋の中に入った。

母親は落ち着かない安堵の小さなため息をつき、彼が自分に続くかどうかを気にしながら、すぐ傍の椅子にあたふたと腰を下ろした。

「何の用だね?」座りながら、彼はたずねた。

母親は肩をいからせ、頭を少し沈め、不自然に背を丸めた固い姿勢で座っていた。「あわれんでおくれ、ヘンリー」小声で彼女はいった。

「どういう意味？」

「あたしの言うことがわからないのかい？」

「ああ」

「やれやれ」——彼女は両手を左右に拡げ、がさつにそわそわと無力さをしめす仕草をした——「やれやれ……」彼女の目は鋭い視線から逃げようときょろきょろ動いている。「やれやれ、言うことがたくさんありすぎて……どう言えばいいんだか……あのね、実際的な問題が一つあって、それ自体は重要なことじゃないんだけど……それがおまえをここに呼んだ理由じゃないんだけど……」

「何だね？」

「実際的な問題かい？　私たちの——フィリップとあたしの手当の小切手だよ。毎月一日なんだがね、あの差し押さえ命令のせいで不渡りになったんだ。それは知ってるだろう？」

「知っている」

「で、どうすればいいんだい？」

「さあな」

「つまり、おまえはそれをどうするつもりかね？」

「どうもしない」

母親は沈黙の秒数を数えるかのように、彼をじっと見つめていた。「ヘンリー、何もしないのかい？」

「何をする力もないんだ」

かれらは詮索する激しさで彼の顔を見つめていた。母親は本音を語っており、たちまちの金銭的懸念はかれらの目的ではなく、もっと幅広い問題の象徴にすぎないはずだと彼は確信した。

「だがね、ヘンリー、あんまり急じゃないか」

「私にとってもね」

「でも少し現金をくれるとか何とかできないのかね？」

「何の警告もなかったんだ。現金を引き出す時間はなかった」

「そうすると……いいかい、ヘンリー、これは予想もしなかったことで、たぶん、みんなこわがって――食料品屋がつけで売ってくれないんだ。おまえが直接頼みでもしない限り。借用証か何かに署名してもらいたがっているんだろう。だからあの人たちに話をして都合してくれるかい？」

「しない」

「しない？」彼女ははっと息をのんだ。「なぜだい？」

「果たせない債務は引き受けられない」

「どういう意味だね？」

「支払う方法のない借りをつくるつもりはない」

「方法がないって、どういう意味だい？　差し押さえがただの細かい手続き上の問題で、一時的なものだってことはわかりきったことじゃないか！」

「そうかな？　私にはわからない」

「それにしても、ヘンリー――食費なんだ！　食費を払えるかどうかもわからないって言うのかい？　何百万ドルの資産家のおまえが？」

「自分がその何百万を所有しているという振りをして食料品屋をだますつもりはない」

「何の話だね？　誰がお金を持っているんだね？」

「誰も」

「どういう意味だい？」

「母さん、あなたは私の言ってることをよくわかっているだろう。たぶん私より前に、あなたは理解していた。所有権や財産権なんてものはもう存在しない。それはあなたがずっと認めて信じてきたことなんだ。あなたは私が束縛されればいいとおもっていた。私は束縛されている。今さら駆け引きをしようなんて遅いんだ」

「おまえは自分の政治思想のために――」彼の顔を見て、母親は不意に口をつぐんだ。

リリアンはこの場を見上げるのを恐れるかのようにじっと床を見下ろしていた。フィリップは座ったまま指の関節を鳴らしていた。

母親はようやく目の焦点を合わせて小声でいった。「ヘンリー、見捨てないでおくれ」その声がかすかな生気を帯び、本当の目的が明らかになり始めていると彼はおもった。「いまは大変なときで、私たちは怖いんだ。それが本当のところだよ、ヘンリー、怖いんだ。おまえは背を向けはじめているからね。いやね、食費のことだけじゃなくて、それはしるしのひとつ――一年前ならそんなことしなかったはずだ。いまは……もう気にもしてない」彼女は待つように間をおいた。「そうだろう？」

「ああ」

「すると……すると、たぶん悪いのは私たちの方なんだ。それを言いたかった――非はこちらにあるとわかっているってことをね。ずっとおまえにちゃんと接してこなかった。公平じゃなかったし、おまえを苦しめたし、おまえを利用したのに何の感謝もしなかった。ヘンリー、悪いのは私たちだよ。おまえに悪いことをしたし、それを認めるよ。それ以上いま何を言えるかね？　私たちを許す気になってくれないかい？」

「私に何をしてほしいんだ？」仕事の会議のように明快かつ平坦な口調で、彼はたずねた。

「わからないよ！　あたしに何がわかるっていうんだい？　だけどいまあたしが言ってるのはそんなことじゃない。することじゃなくて感じることなんだよ。ヘンリー、お願いだから少し同情しておくれ。ただちょっと同情してくれって頼んでいるだけだ。私たちにそんな値打ちがないとしてもね。おまえは寛容で強い。ヘンリー、過去を水に流してくれるかい？　許してくれるかい？」

　彼女の目には本物の恐怖の色が浮かんでいた。一年前なら、これが彼女の償いかただと彼は自分に言いきかせたことだろう。自分にはつかみどころのない無意味さしか伝えない彼女の言葉への嫌悪感を押し殺し、理解していない言葉に意味を与えようと自分の精神を侵し、自分とは違うとしても彼女なりの条件に基づいた誠実さの美徳があると考えていたことだろう。だが自分自身のものではない条件に敬意をはらうのはもう真っ平だった。

「許してくれるかい？」

「母さん、その話はやめておこう。理由を言わせないでくれ。あなたにもよくわかっていることだと思う。してほしいことがあれば、何かを言ってもらいたい。ほかに話すことはない」

「だけどあたしにはおまえがわからないんだ！　本当に！　だからここに呼んだんだ。許しを請うために！　答えるのが嫌だっていうのかい？」

「よろしい。では私が許したら、それに何の意味がある？」

「え？」

「何の意味があるのかと言ったんだ」

彼女はわかりきったこと、というように両手を左右に拡げて驚いた仕草をしてみせた。「そりゃまあ……それでこちらも気が楽になるだろうよ」

「それで過去が変わるのか？」

「許してくれたとわかれば、私たちの気が楽になるんだ」

「過去が存在しなかった振りをしてほしいのか？」

「ああ、ヘンリー、わからないのかい？　私たちが知りたいのはただおまえが少しでも……少しでも私たちを気にかけてくれているってことなんだ」

「気にかけていない。そういう振りをしてほしいのか？」

「だけどそれをお願いしているんじゃないか――そう感じることを！」

「どういう根拠で？」

「根拠？」

「何の代わりに？」

「ヘンリー、ヘンリー、私たちが話しているのは仕事のことじゃない、鋼鉄の重量や銀行残高じゃなくて、感情なんだ。それなのにおまえは商人みたいに話すんだから！」

「私は商人だ」

彼女の目の中にあらわれたのは恐怖――どうしても理解できないことからくる恐怖ではなく、理解を避けることがもはや不可能な縁に追いやられたという恐怖だった。

「ねえ、ヘンリー」そわそわとしてフィリップが言った。「母さんにはそういうことを言ってもわからないよ。僕たちにはどうやってあなたに近づけばいいかわからないんだ。僕たちにはあなたの言語が話せない」

「私は君たちの言語を話さない」

「母さんが言おうとしているのは僕たちが申し訳なく思っているってことだけなんだ。僕たちはあなたを傷つけてとても申し訳ないと思っている。あなたは僕たちがその償いをしていないと思っているかもしれないけれど、そんなことはない。後悔に苦しんでいるんだ」

フィリップの顔にあらわれた苦痛は本物だった。一年前ならば、リアーデンは憐れみを感じたことだろう。いまではかれらを傷つけたくないという、かれらの痛みを怖れる彼の気持ちによってのみ、自分が引きとめられていたと知っている。彼はもうそれを怖れてはいなかった。

「ヘンリー、僕たちが悪かった。あなたの気分を害した。償いができればと思う。だけど僕たちに何ができる？　もう過ぎたことだ。元に戻すことはできないよ」

「私にもできない」

「わたしたちの悔恨を受け入れてくだされればいいんですわ」用心深く生気のない声で、リリアンが言った。「わたしにはもうあなたから得るものは何もない。ただわかってほしいのは、わたしが何をしたにせよ、あなたを愛していたからこそだったってことだけよ」

彼は答えずに顔をそむけた。

「ヘンリー！」母親が叫んだ。「おまえはどうしちまったんだい？　何でそんなに変わってしまったんだい？　もう人間じゃないみたいじゃないか！　答えなんかないっていうのに答えを要求しつづける。理屈で私たちをいじめつづける。こんなときに理屈をいって何になるんだい？　人が苦しんでいるっていうのに理屈が何になるんだい？」

「どうしようもないんだ！」フィリップが叫んだ。

「あなた次第なの！」リリアンが言った。

いっこうに反応をしめさない顔に向かって、かれらは懇願を続けていた。かれらは知らなかった――かれらのパニックは、あることを知るのを回避しようとする最後のあがきだった――かれらの彼に対する唯一の力であり、彼にいかなる罰をも甘んじて受けさせ、疑いありきはすべて善意に解釈させた無情なまでの彼の正義感の矛先が、いまやかれらに向けられており――彼を寛容にしていたまさにその力が今になって彼を冷酷にしており――無知による過ちはいくらでも許す正義感は、悪意による間違いをわずかたりとも容赦しないことをかれらは知らずにすませようとしていた。

「ヘンリー、わかってくれないのかい？」母親は懇願していた。

「わかっている」彼は静かにいった。

その目の明瞭さを避けて、彼女は目をそらした。「私たちがどうなってもいいのかい？」

「ああ」

「おまえは人間じゃないのかい？」彼女の声は怒りで一段と甲高くなった。「おまえには愛する能力がちっともないのかい？　あたしは頭じゃなくて心に訴えようとしているんだ！　愛は議論したり理屈をこねたり取引したりするものじゃない！　与えるものなんだ！　感じるものなんだ！　ねえ、ヘンリー、おまえは考えないで感じることがないのかい？」

「これまで一度も」

彼女はすぐにまた低い声でだらだらと話しはじめた。「私たちはおまえのように頭もよくないし、強くもない。あやまちを犯してつまずいたとしても、それは無力だからだよ。おまえが必要なんだ。おまえしかいない――なのにおまえは離れていこうとしている――だから怖いんだ。いまは大変な時期で、悪くなる一方だし、人は死ぬほど怖がっていて、怖くて何が何だかわからなくて、どうすればいいかも知らない。おまえに置いていかれたら私たちはどうしてやっていけるね？　ちっぽけで弱い私たちのことだ、そこらじゅうの恐ろしいことに丸太みたいに押し流されてしまうだろうよ。もしかすると私たちには当然の報いかもしれない、もしかするとよく知りもしないで片棒を担いだのかもしれない。だけど済んでしまったことだ――もうどうにもできない。おまえに見捨てられたら途方にくれてしまう。万が一ほかの者たちみたいに辞めて行方をくらませたら――」

彼女を黙らせたのは声ではなくチェックマークの短く素早い動き、彼の眉の動きだった。やがて彼は微笑した。それはどんな答えよりも恐ろしい笑みだった。

「すると怖いのはそれなんだな」ゆっくりと彼はいった。

「辞めるんじゃない!」盲目的なパニックのなかで母親は叫んだ。「いま辞めちゃいけないんだ! 去年なら辞められたかもしれないが、いまはだめだ! 今日はだめだ! 職務放棄者になるなんて。家族がひどい目にあうからね! 私たちは一文無しにされて、何もかも取り上げられて、飢えさせられて――」

「黙って!」リアーデンの顔から危険信号を読むのは誰よりも上手かったリリアンが叫んだ。

彼の顔は微笑の名残をとどめており、もはやかれらを見ていないことはわかったが、なぜいま微笑が苦痛と渇望のようなものを含んでいるようにおもわれ、あるいはなぜ彼が部屋の向こうの遠く離れた窓際の片隅を見たのかはかれらにわかりはしなかった。

彼の瞼には、侮辱されても落ち着きを保っていた精巧な彫刻のような顔が浮かんでいた。そしてここ、この部屋で、静かに語った声を聞いていた。「警告したいのは、許すことの罪についてなのです」あのときそれを知っていた君よ……だが心の中でその文句を最後まで言うことなく、苦々しくゆがんだ微笑のなかで終わらせた。先はわかっていたからだ。あのときそれを知っていた君よ――許してくれ。

ここにある――家族を見ながら、彼はおもった――慈悲に訴える嘆願の本質、非論理的なものとしてあれほど独善的にかれらが主張してきた感情の論理――そこに、思考なくして感じることができると語り、慈悲は正義に優ると説くすべての人間の単純にして残忍な本質がある。

かれらは怖れるべきことを知っていた。彼よりも先に、彼に残された唯一の解放への道を把握し、明言した。産業界での彼の絶望的な立場、闘争の無意味さ、背負わされつつある担いえない重荷を理解していた。道理に従い、正義を重んじ、自己保存を考えれば、彼にとって唯一の道はすべてを投げ出して逃げることだと知っていた。にもかかわらず彼を引きとめ、生贄の炉にとどめ、慈悲と許しと共食いの兄弟愛の名目で、とことんむさぼり食おうとしているのだ。

「母さん、これ以上説明がいるなら」ひどく静かに彼はいった。「あなたが知らない振りをしていることをはっきり言うほど私は残酷じゃないはずだと思っているなら、あなたの許しについての考えでおかしいのはここだ。私を傷つけたことを後悔し、そのあがないとしてあなたたちは、私が完全な自己犠牲を申し出ることを求めている」

「理屈ね！」彼女は叫んだ。「またいまいましい理屈ときた！　私たちに必要なのは憐れみ、理屈じゃなくて、憐れみなんだ！」

彼は立ち上がった。

「待っておくれ！　いかないでおくれ！　ヘンリー、見捨てないでおくれ！　破滅に追いこまないでおくれ！　私たちはどんな人間だろうが、人間なんだ！　生きていたいんだ！」

「おや、そうかな――」静かな驚きをもって彼は言いはじめ、その考えを完全に理解すると、静かな恐怖のなかで言葉を続けた。「生きたがっているとは思えないな。思っていたとすれば、私をどう評価すべきか知っていたはずだから」

無言の証と回答のように、フィリップはゆっくりと驚きの表現として意図した微笑を浮かべたが、浮かんでいたのは恐怖と悪意だけだった。「辞めて逃げることはできないよ」フィリップは言った。「お金がなくちゃ逃げられないからね」

それは的中したらしかった。リアーデンはつと立ち止まり、くつくつと笑った。「フィリップ、ありがとう」彼はいった。

「へ？」フィリップは当惑してびくりとした。

「するとそれが差し押さえ命令の狙いってわけか。君の仲間が恐れていたのはそれだったんだな。今日何かふっかけてくる準備をしていることはわかっていた。だが差し押さえで逃亡を防ごうと考えていたとは」彼は信じがたいおもいで母親の方を向いた。「だからあなたは今日私に会わなければならなかった。ニューヨークでの会議の前に」

「母さんは知らなかったんだ！」フィリップが叫んだ。そして自分の言葉にはっとして、いっそう声をはりあげた。「何のことだかわからない！　僕は何も言ってない！　そんなことは言ってない！」いま彼の恐怖は謎めいてはおらず現実味を帯びていた。

「心配するな、この穀つぶし、おまえが口をすべらせたなんて言わないぜ。それにもしも――」

彼は最後まで言わなかった。ただ目の前の三人の顔を見て、不意に微笑して口をつぐんだ。それは疲労と憐憫と信じがたいまでの嫌悪の微笑だった。非合理主義者の駆け引きの結果として彼に見えていたのは、決定的な矛盾とグロテスクなばかばかしさだ。ワシントンの連中はこの三人に人質の役をやらせて彼を引きとめられればと思ったのだから。

「あなたは自分が立派だと思っているんでしょう？」急に悲鳴を上げたのはリリアンで、彼女は跳びあがって彼が出て行くのを阻もうとした。その顔は、彼の愛人の名前を知った朝と同じようにゆがんでいた。「たいそうご立派よ！　さぞかし自分が誇らしくてしかたないことでしょうね！　でもね、言わせてもらうことがあるわ！」

彼女はこの瞬間まで自分が勝負に敗れたことを信じていなかったかのように見えた。彼女の顔は、ある回路を完成させる最後の一片のように彼の目に映った。途端に明快に、彼女の勝負とは何だったのか、なぜ彼女が自分と結婚したのかを彼は理解した。

一人の人間を選び、おのれの人生の視野の焦点として、常に関心の中心においておくことが愛することだとすれば――彼はおもった――彼女は確かに彼を愛していた。だが、彼にとって愛が自分自身と存在を祝うことだとすれば、自己を嫌悪し、人生を憎む者にとっては、破壊の追求がたった一つの愛のかたちであり、その同等物なのだ。リリアンが彼を選んだのは、彼の最高の美徳、すなわち強さと自信と誇りのためであり――人が愛の対象を選ぶように、彼女は人間の生命力の象徴として彼を選んだが、彼女の目標はその力を破壊することだったのだ。

初めて出会った頃の二人の姿が彼の瞼によみがえった。激しい勢力と情熱的な野心の持ち主、成功の炎に焚きつけられて功績をあげた男たる彼は、エリート知識人を名のる気取った灰燼どもの真ん中に投げこまれていた。それは他人の精神の残光を餌とし、知能の否定を優越性の唯一の根拠とし、欲望といえば世界支配の願望だけである消化不良の文化の焼け残りだった。そのエリートのとり巻きたる彼女は、宇宙への答えとして陳腐な冷笑をまとい、優越性と称して無能さをかかげ、美徳と称して空虚さをかかげていた。かれらの憎悪に気づかず、おもてむきの欺瞞を無邪気に哂っていた彼という人間――そして、その彼をかれらの世界への危険として、脅威として、挑戦として、非難として見ていた彼女という人間を、彼は見ていた。

ある人びとを帝国の支配に駆りたてる野望は、彼女の限界の中で、彼に及ぼす力への情熱となった。彼女は彼の破滅を目指した。彼の価値に及ばずとも、破壊することでそれを凌ぐことができるかのように。そうすれば彼の偉大さの度合いが彼女の偉大さの尺度になり、まるで――彼はぞっとしておもった――まるで彫像を叩き割った破壊者がそれを作った芸術家よりも、子どもを殺した者がその産みの親よりも偉大であるかのように。

彼の仕事、工場、メタル、成功に彼女が浴びせた嘲弄が思い出された。一度でいいから酔う彼をみたいという彼女の願望が思い出された。彼女が夫に不貞を働かせようと試み、夫はあさましい情事に溺れていると考えて悦に入り、その情事が堕落ではなく到達だったと知って怯えたこと。彼女の攻撃的な台詞は不可解なものばかりだったが、一貫して明快だった。自分の価値を放棄するものは他人の意のままになると知って彼女が破壊しようとしたのは、彼の自尊心だったのだ。彼女が突き破ろうとしたのは彼の道徳的高潔さだった。罪の毒によって粉砕したがったのは自信に満ちた清廉さだった。まるで彼が崩れたならば、彼の堕落が彼女にも堕落する権利を与えるかのように。

同じ目的と動機によって、同じ充足感を得るために、複雑な哲学体系を作り上げて何世代もの人々を滅ぼし、あるいは独裁制を敷いて国を滅ぼしてきた者たちがいたように、女であることのほかに何の武器も持たなかった彼女は、一人の男を滅ぼすことを目標にしたのだ。

あなたの規範は命の規範だ――失われた若い教師の声を、彼は思い出した――ならばかれらの規範は？

「あなたに言うことがあるのよ！」言葉がメリケンサックであれと願う無能な怒りをこめて、リリアンが叫んだ。「あなたは自分が誇らしくてしかたないんでしょう？　自分の名前が誇らしくてしようがないんだわ！　リアーデン・スチール、リアーデン・メタル、リアーデンの妻！　それがわたしだったのでしょう？　リアーデン夫人！　ヘンリー・リアーデン夫人！」雌鳥がひっきりなしに喘ぐように、彼女はいまそれとわからないほど歪んだ笑い声をたてていた。「だったら、あなたは自分の妻がほかの男と寝たっていうことをお知りになりたいでしょう！　不貞を働いたのよ。きいてる？　どこかの素晴らしい身分の高い愛人とじゃなくて、どうしようもない虫けらのようなジム・タッガートと不倫したのよ！　三ヶ月前に！　離婚する前に！　あなたの妻だったときに！まだあなたの妻だったあいだに！」

彼は個人的なつながりのまったくない対象を研究する科学者のようにじっと聞いていた。ここに、集団的相互依存の信条、人間の主体性と、財産と、事実を否定する信条の決定的な挫折がある、と彼はおもった。それは人の道徳的地位が他人の所業に翻弄されるという信念だ。

「不貞を働いたのよ！　きいてるの？　清廉潔白な清教徒さん！　ジム・タッガートと寝たのよ！　堕落不可能な英雄さん！　きいてる？……きいてないの？……ねえ……？」

私的な告白をする通りすがりの見知らぬ女性を見るように、彼は相手を見ていた。私に話してどうする、と言わんばかりの表情で。

彼女の声はだんだんと小さくなっていった。いままで人の破滅とはいかなるものか知らなかったが、彼がそのとき目にしていたのはリリアンの破滅だった。彼女の顔の造作をまとめておくものが何もないかのようなたるみに、内側を見つめて外からの脅威には及ぶべくもない恐怖を湛えてかすんだ目にそれはあらわれていた。外の脅威が匹敵しえない恐怖に満たされた内面を。それは衰えゆく精神ではなく、完全な敗北を目撃しつつ、同時に初めておのれの性質を知りつつある精神の表情——非存在を何年も説き続けてとうとう、自らその状態に達したことを理解しつつある人間の表情だった。

彼は背を向けて歩き始めた。母親が戸口で腕をつかんで引き止めた。かたくなな当惑の表情と、最後の自己欺瞞の努力をもって、すねた非難がましい涙声で彼女は呻いた。「本当に許すことができないのかね？」

「ええ、母さん」彼は答えた。「できない。もしも今日、あなたが辞めて姿を消すようにすすめてくれていれば、過去のことは水に流していただろうけれど」

外は冷たい風が吹き、抱擁するように外套をぴったりと彼の体に巻きつけた。丘の麓にはすがすがしい大地が広がり、済んだ空は暮れはじめている。一日を終える二つの日没のように、西には真直ぐで動かない太陽の赤い帯が輝き、東では工場の赤い光が呼吸を続けている。

ニューヨークに車を飛ばしながら握ったハンドルと、背後に滑らかに流れていく高速道路には、不思議とすがすがしい感覚があった。それはきわめて正確で落ち着いた感覚、なぜか若々しくおもえた緊張を解かれた行動の感覚だった。やがて、これは彼が若い頃に行動し、常にそう行動するだろうと予想していたやりかただったことに気づいた。そして単純な疑問をおぼえてはっとした。そもそもなぜそれ以外のやりかたで行動しなければならないのだろう？

目の前に現れたニューヨークのスカイラインの輪郭は遠くかすんでいたが、不思議に明るくくっきりとみえた。見ているものではなく彼から発する輝きに照らされているかのような明瞭さだ。ほかの人間がどんな見方や扱いかたをしたかということにはいっさい縛られずに、彼は偉大なその街を見た。それはやくざや物乞いや浮浪者や売春婦の町ではなく、人類史上最高の産業の成果であり、そこには彼に意味するものとしての意味しかなく、その光景には所有と、迷いなき認識の私的な性質があった。最初の——あるいは最後の光景のような。

ウェイン・フォークランドの静まりかえった廊下のスイートルームの入口で、彼は立ち止まった。手をあげて扉を叩くのにやたらと長くかかった。そこはかつてフランシスコ・ダンコニアがいたスイートルームだった。

応接間には、ビロードのカーテンとぴかぴかのテーブルの間を縫うタバコの煙がもうもうと漂っている。高価な家具がありながら私物がまったくないために、部屋にはどやのように陰気な空気がたちこめ、束の間の滞在につきものの空虚な贅沢さの雰囲気があった。彼が入ると、煙のなかで五人の男が立ち上がった。ウェスリー・ムーチ、ユージン・ローソン、ジェイムズ・タッガート、フロイド・フェリス博士、そしてティンキー・ハロウェイと紹介されたネズミ顔のテニス選手のような猫背のやせた男だ。

「よろしい」挨拶と微笑と勧められた酒と国家危機に関する意見とを遮って、リアーデンは言った。「何をお望みだね？」

「リアーデンさん、我々は仲間として、純粋にあなたの友人として、緊密な相互のチームワークの見地から非公式に対話するために集ったのです」ティンキー・ハロウェイが言った。

「あなたの抜きん出た能力と、国家の産業問題についての専門家としての忠告を活用させていただきたい」ローソンが言った。

「ワシントンに必要なのは、まさにあなたのような方なのです」フェリス博士がいった。「いつまでも部外者でおられる理由はありません。あなたの声が国の最高指導者から必要とされているのですから」

むかむかするのは、こうした文句がまったくの嘘ではないということだ、とリアーデンはおもった。ある意味それは本音であり、ヒステリックな差し迫った口調にこめられているのは、それが真実であれという口に出さない願望だ。「何をお望みだね？」彼はたずねた。

「それは……あなたのお話を伺うことですよ、リアーデンさん」顔をひくひくさせて怯えた微笑を繕いながら、ウェスリー・ムーチが言った。作り笑いだったが、おびえは本物だ。「我々は……国の産業危機におけるご意見の恩恵に浴したいのです」

「言うことはない」

「ですが、リアーデンさん」フェリス博士がいった。「我々が求めているのはあなたと協力する機会だけです」

「私は公の場で、銃をつきつけられて協力はしないと言ったことがある」

「こういうときですから矛はおさめませんか？」懇願するようにローソンが言った。

「銃のことかね？　どうぞ」

「は？」

「持っているのは君たちだ。できると思うならおさめなさい」

「それは……言葉のあやにすぎません」ローソンは瞬きしながら説明した。「もののたとえです」

「私の話は違う」

「非常時なんです。国のために団結できませんか？」フェリス博士がいった。「意見の相違には目をつぶっていただけませんか？　歩み寄りなら喜んで。我々の政策でお気に召さない部分は、一言いただければ政令を出して――」

「おい、くどいぜ。自分がいまの立場を知らないとか、歩み寄りが可能だとかいう振りを一緒になってやるためにのこのこ出て来たわけじゃない。さっさと要点を言いなさい。鉄鋼業界にふっかける新種のいんちきがあるんだろう。何だね？」

「じつは」ムーチが言った。「鉄鋼産業に関しては極めて重要な議題があるのですが……ですがリアーデンさん、あなたの言葉遣いときたら！」

「あなたに何かふっかけたいわけではありません」ハロウェイが言った。「あなたとご相談するためにお越しいただいたのです」

「私は命令を受けにきた。出しなさい」

「ですが、リアーデンさん、そういう見方はしたくありません。我々は命令を下したくはないのです。自主的な合意をいただきたいのです」

リアーデンは微笑した。「承知している」

「そうでしたか？」ハロウェイは意気込んで話しはじめたが、リアーデンの微笑の何かが彼を不安にさせた。「では、すると――」

「それに兄弟」リアーデンが言った。「君たちは自分の駆け引きの欠陥がまさにそこにあるのを承知することだ。駆け引きそのものがぶっとびかねない致命的な欠陥が。で、君たちが私に気取られまいと一生懸命頑張っていることだが、どんな一撃をくらわそうとしているのか言うつもりがあるのかね？　それとももう帰ったほうがいいのかな？」

「いいえ、リアーデンさん！」ローソンがちらっと腕時計をみて声をはりあげた。「いまお帰りになっては困ります！――つまり、話も聞かずに帰りたくはないでしょう」

「では聞かせてくれ」

彼は視線が飛び交うのを見た。ウェスリー・ムーチは彼に話しかけるのがこわいようだ。ムーチはほかの者たちを前に押しやる号令のように、むっと頑なな表情を浮かべている。鉄鋼産業の運命を決定するいかなる資格を有するかはともかくとして、かれらはムーチの会話の護衛を務めるべく連れてこられたのだ。リアーデンは、なぜジェイムズ・タッガートが同席しているのだろうと思った。タッガートはむっつりとだまりこくって、不機嫌な顔で酒をすすっており、彼の方を一度も見なかった。

「我々が考えだした計画で」むやみと陽気にフェリス博士がいった。「鉄鋼産業の問題は解決をみるでしょう。全体の福祉にかなう措置であるいっぽうで、あなたの利益はまもられ、安全も保証されますから、あなたは完全に承認され――」

「私の承認は私が決める。事実を述べろ」

「それは公平かつ健全かつ正当な――」

「君の評価はいい。事実を述べろ」

「その計画は――」フェリス博士は口をつぐんだ。彼は事実を述べる習慣を失くしていた。

「この計画の下では」ウェスリー・ムーチが言った。「鋼鉄価格の五パーセントの上昇が認められます」彼は勝ち誇ったように間をおいた。

　リアーデンは何も言わなかった。

「むろん、多少の調整は必要でしょう」空っぽのテニスコートに踊り出るように、沈黙に跳びこんだハロウェイがはしゃいで言った。「ある程度の鉄鉱石の価格の上昇は認めなくてはなりません――いえ、最大でも三パーセントですが――さらなる困難に直面する、たとえば、ミネソタのポール・ラルキン氏のような生産者がおりますことを考慮しなければなりませんので。というのもジェイムズ・タッガート氏が公益のためにミネソタ線を犠牲にしなければならなかったために、鉄鉱石の運送をトラックという高価な手段に頼らねばならないのですから。それに、むろん、貨物料金の上昇も――まあ、大雑把にいって七パーセント程度ですが――国内の鉄道に許可されなければならないでしょうし、これは絶対必要な――」

　ハロウェイは、めまぐるしく動いていたが、誰からも球が返ってこないことにはっと気づいた選手のように口をつぐんだ。

「ですが賃金の上昇はありません」フェリス博士は急いでいった。「計画のなかでとくに重要なのは、鉄鋼労働者がしつこく要求してきても、いっさい賃上げは認めないという点です。あなたに公平でありたい。リアーデンさん、我々はあなたの利益を守りたい――大衆をおこらせる危険をおかしても」

「もちろん労働者に犠牲を求めるとすれば」ローソンが言った。「経営側も国のためにある程度の犠牲を払っていることを示さねばなりません。鉄鋼産業の労働者の空気は現在極めて緊迫しており、一食触発の危険をはらんでおり……リアーデンさん、あなたを……あなたを守るために……」彼は言いよどんだ。

「何だね?」リアーデンが言った。「何から守るんだ?」

「あなたを……暴力の可能性から守るために、ある政策が必要であり、それは……ほら、ジム」――彼は突然ジェイムズ・タッガートのほうを向いた――「同じ実業家として、リアーデンさんに説明してくれないかな?」

「ま、誰かが鉄道を支えなければならない」彼を見ることもなく、タッガートがむっつりと言った。「国には鉄道が必要だし、誰かが我々の輸送を支援しなければならないし、貨物料金が上がらなければ――」

「おいおい違うだろ!」ウェスリー・ムーチが噛みつくように言った。「リアーデンさんに鉄道統一計画の効果について教えてあげなさい」

「ま、計画は完全な成功だ」タッガートは無気力に言った。「時間的な要素だけはどうしようもないがね。ひとつにまとまったチームワークが国内の全鉄道を立ち直らせるのは時間の問題だ。計画は、私が保証するが、ほかのどんな産業でも同様の成功を収めるだろう」

「いやまったくだ」と言うと、リアーデンはムーチの方を向いた。「なぜわざわざ手先に私の時間を無駄にさせるんだね？　鉄道統一計画が私と何の関係があるんだ？」

「ですが、リアーデンさん」ムーチが必死に快活さを装って叫んだ。「我々は同じパターンに従うわけなんです！　それを話すためにお越しいただいたのです」

「何をだね？」

「鉄鋼統一計画ですよ！」

飛びこみの直後の呼吸のような一瞬の沈黙があった。リアーデンは興味をそそられたような目で、じっとかれらを見ていた。

「鉄鋼産業の危機的状況を考慮しますと」リアーデンの視線がなぜ不安を駆りたてるのかを知る間を作るまいとするように、息せききってムーチが言った。「さらに鋼鉄はきわめて重要な基幹商品であり、産業構造全体の基盤ですから、国内の製鉄設備と工場を保全するために抜本的政策が必要です」彼は雄弁術の勢いに乗じてそこまでまくしたてたが、先を続けることができなかった。「この目的をかんがえれば、我々の計画は……我々の計画は……」

「我々の計画は本当にとても単純なのです」陽気に弾む声の単純さによってそれを証明しようとしながら、ティンキー・ハロウェイが言った。「鋼鉄の生産規制はすべて撤廃され、どの会社も能力に応じて可能なだけ生産するようになります。ただし無駄と共食い競争の危険を避けるため、すべての会社が総収益を共同プールに預け、それを鉄鋼統一プールとし、特別委員会が管理するものとします。年度末に、委員会は国内の製鋼高を合計し、それを既存の平炉数で割り、そして参加者全員に公平な平均を割り出すことによって、この収益を分配し――どの会社も必要に応じて利益を受け取ります。炉の保存が基本的な必要ですから、すべての会社が所有する炉の数に応じて対価を受け取ることになります」

彼は言葉を切り、間をおいてつけ足した。「それだけです、リアーデンさん」そして答えがないとみると、「ま、調整すべき点は多くありますが……それだけです」といった。

いかなる反応を予想していたにせよ、それは実際に目にした反応とはちがっていた。リアーデンは椅子にもたれ、注意は逸れていないが、そう遠くはない場所を見ているかのように目を宙に据えており、やがて静かで客観的な驚きをこめた妙な声でたずねた。「なあ、ひとつだけ教えてくれないか？　君たちは何をあてにしているんだね？」

その意味が通じたことは明らかだった。かれらの顔に浮かんでいたのは、彼がかつて犠牲者を騙す嘘つきの表情だと解釈していたが、ここへ来てそれよりもひどいもの、おのれの意識について自分を騙している者の表情であると知った、かたくなで回避的な表情だ。かれらは答えなかった。彼に質問を忘れさせようとしてではなく、それを聞いたことを無理矢理忘れようとあがいているかのように、かれらは沈黙していた。

「健全で実用的な計画じゃないか！」にわかに生気を帯びて棘のある怒った声で、ジェイムズ・タッガートは唐突に言った。「うまくいく！　うまくいくはずだ！　我々はそれをうまくいかせたいんだ！」

誰も彼に答えなかった。

「リアーデンさん……？」ハロウェイがおそるおそる言った。

「ふむ、とするとだ」リアーデンが言った。「オルレン・ボイルの共同製鉄には六十基の平炉があるが、三分の一は遊んでいて、動いている炉の製鋼高は一日一基あたり平均三百トンだ。私は二十基の平炉を持っているが、フル稼動で、一日一基あたり七百五十トンを生産している。つまり八十基の『プールされた』炉から二万七千トンの『プールされた』産出があるから、一基あたりで平均すると三三七・五トンになる。毎日、私は一万五千トンを生産して、二万二百五十トンに対する対価を得る。ボイルは一万二千トンを生産して、六千七百五十トンに対する対価を得る。プールのほかの参加者は考えなくていい。かれらを加えても、平均がもっと低くなるくらいのもので、規模は変わらない。ほとんどはボイルよりひどい状態で、誰も私ほど生産していないからね。となると君たちは、その計画の下で私がどれだけもっと考えているのかね？」

答えはなかった。するとローソンが唐突に、盲目的に、傲然として声をはりあげた。「国家的危機にあって、国の救済のために奉仕し、苦しみ、働くのはあなたの義務なのです！」

「なぜ私の収益でオルレン・ボイルの私腹を肥やすのが国を救うことなのかわからんね」

「公共の福祉のためにはある程度の犠牲を払わなければならないのです！」

「なぜオルレン・ボイルが私よりも『公共』なのかわからんね」

「ああ、これはボイル氏がどうという問題ではまったくないのです！　一個人よりもずっと広範な問題なのです。国の自然資源――工場のようなものを保存するという問題であって、国の産業に従事する工場全体を救うことなのです。ボイル氏の会社のように巨大な組織の崩壊を許すことはできません。国が必要としているのですから」

「この国は」リアーデンがゆっくり言った。「オルレン・ボイル以上に私を必要としていると思う」

「いやはや、もちろんです！」意表を突かれた熱意をこめて、ローソンは叫んだ。「リアーデンさん、この国にはあなたが必要なのです！　そのことをご存じなのですね？」

だがおなじみの自己犠牲の公式にとびついたローソンの喜びは、リアーデンが冷ややかな商人の声で「知っている」と答えると、すっと消え失せた。

「この問題に関わってくるのはボイルに限りません」ハロウェイが請うように言った。「我が国の経済はいま大きな混乱に耐えることができないのです。ボイルには何千人もの従業員や業者や顧客がいます。もしも共同製鉄が破産してしまえば、そういう人たちはどうなるのですか？」

「私が破産すれば、何千人という私の従業員や業者や顧客はどうなるんだね？」

「リアーデンさん、あなたが？」ハロウェイが耳を疑うように言った。「ですがあなたはいまの時点で、全米でもっとも裕福で安全で強い実業家ですよ！」

「次の時点ではどうなんだ？」

「は？」

「どれだけ赤字で生産しつづけられると思うのかね？」

「ああ、リアーデンさん、あなたのことは完全に信用しています！」

「君の信用などいらん！　どうやって私がそれをやると思っているんだね？」

「なんとかなさるでしょう！」

「どうやって？」

答えはなかった。

「国家の目先の崩壊を回避すべきときに、将来について理屈をこねることはできません！」ウェスリー・ムーチが叫んだ。「国の経済を救わなければ！　何とかしなければ！」リアーデンの落ち着いた好奇の目が彼を不注意にした。「お気に召さないということは、もっとよい解決策がおありなのですか？」

「もちろんだ」リアーデンは難なく言った。「産出を上げたいなら、邪魔するな。君たちのろくでもない規制をみんなとっぱらって、オルレン・ボイルを破産させて、私に共同製鉄の工場を買収させなさい。それであそこの六十基すべてから、一日千トンずつ出鋼されるようになるだろう」

「ああですが……それは無理です！」ムーチが呻いた。「それだと独占になります！」

リアーデンはくつくつと笑った。「そうかね」無関心に彼はいった。「なら私の工場長に買わせろ。ボイルよりはましな仕事をするだろう」

「ああ、ですがそれだと弱者に対して強者に利点を与えることになります！　そんなことは到底できません！」

「なら国家経済の救済云々を語らないことだ」

「我々が求めているのはただ――」彼は口ごもった。

「君たちが求めているのは、生産できる人間なしに生産することだな？」

「それは……理論です。極論にすぎません。我々が求めているのは一時的調整だけです」

「一時的調整がもう何年も続いている。そろそろ時間切れだってことがわからないのかね？」

「それは単なる理……」彼の声は次第に小さくなって途切れた。

「まあまあ、いいですか」ハロウェイが用心深く言った。「ボイル氏が本当に……弱者だってわけじゃないですよ。ボイル氏は非常に能力のある方です。ただ管理できないところでおこった不運に少しばかり苦しんでこられただけです。南米の発展途上の人びとを援助する公共心に富んだプロジェクトに多額の投資をされていたので、あちらの銅が暴落して手痛い損害をこうむられたのです。ですからこれは、多少の損失を補填し、立ち直る機会を与えて、一時的援助を少しばかり与えるというだけの話です。我々がしなければならないのは犠牲を均等化することだけです。そうすれば誰もが立ち直り、成功するでしょう」

「君たちは百年以上も」――彼は言葉を切った――「何千年にも渡って犠牲を均等化してきた」リアーデンはゆっくりと言った。「そして行き着くところまで行ったのだとわからないのかね？」

「それは理論に過ぎません！」ウェスリー・ムーチが鋭く言った。

リアーデンは微笑んだ。「君たちの実践ならわかっている」彼は穏やかにいった。「わからないのは理論なんだ」

この計画がもちあがった背後にはオルレン・ボイルの存在があることは明らかだった。コネと脅しと圧力とブラックメールで操作された複雑なメカニズム――見境なく一時の気まぐれでどんな思いもよらぬ合計をはじき出すともしれない不合理な計算機のようなメカニズムが働いた結果、たまたまこの場にいる男たちに最後の略奪を行わせるボイルの圧力となったのだと、リアーデンは知っていた。ボイルは原因ではなく、本質的に考慮すべき存在でもなく、世界を破壊した時限爆弾の製造者でもない便乗者にすぎず、この事態を可能にしたのはボイルでもこの部屋にいる誰でもない。かれらもまた操縦士のいない機械のヒッチハイカーにすぎず、乗り物が最後の奈落に突入しつつあるとわかってぶるぶる震えているのだ。そしてかれらをその進路に最後までしがみつかせて邁進させたのはボイルへの愛や恐怖ではないもの、かれらが知っておりながらも認識を避けてきた名伏しがたい要素、思考でも希望でもないもの、かれらの顔のある表情、何とかなるだろう、というこそこそとした表情としてのみ彼にわかったものだ。なぜだろう？――彼はおもった。なぜそんなことが可能だと思うのだろう？

「理論をとやかくいっている余裕はありません！」ウェスリー・ムーチが叫んだ。「行動あるのみです！」

「ふむ、では、別の解決策を提案しよう。私の工場を接収して片をつければどうかね？」

かれらは本物の恐怖に震え上がった。

「まさか！」ムーチがはっと息をのんだ。

「論外です！」ハロウェイが叫んだ。

「我々は自由企業説《フリー・エンタープライズ》を信じています」フェリス博士が叫んだ。

「あなたに危害を加えるつもりはありません！」ローソンが叫んだ。「リアーデンさん、私たちは仲間です。一緒に仲良くやれないのですか？　私たちはあなたの友人なのです」

部屋の向こうには、電話のあるテーブルがある。以前からのテーブルと電話機だろう——すると不意に、リアーデンは電話にかがんで震える男の姿を見ているかのような気がした。彼、リアーデンがいま学びはじめていることをあのときすでに知っていた男、この部屋の現在の借用者に対していま拒んでいるのと同じ要求を彼から受け、拒まなければと闘っていた男の姿だ。あの闘いの結果を見たのだった。男は苦悩にみちた顔を上げて彼に向かい、絶望的な声でしっかりと「リアーデンさん、僕はあなたに誓います——愛する女性の名にかけて——僕があなたの友人であることを」と言ったのだ。

あれが、自分があのとき裏切りと呼んだ行為であり、あの男が、いま自分と向かい合っている者たちに仕えつづけるために排した男だった。ならば裏切り者は誰だったのか？——ほとんど感じることなく、感じる権利もなく、厳かなまでに恭しい明快さだけを意識して彼はおもった。この部屋を手に入れる手段を現在の借用者に与えたのは誰だろう？　自分は誰の利益のために誰を犠牲にしたのだろう？

「リアーデンさん！」ローソンが呻いた。「どうなさいましたか？」

彼は声のする方を向くと、自分を観察するローソンの怯えた目を見て、ローソンが自分の顔にどんな表情をとらえたかを察した。

「あなたの工場を押収するつもりはありません！」ムーチが叫んだ。

「あなたの財産を奪うつもりはありません！」フェリス博士が叫んだ。「我々を理解しておられないのです！」

「しはじめている」

一年前であれば、かれらは私を撃ち殺したことだろう、と彼は思った。二年前ならば、財産を没収したことだろう。何世代も前なら、ああいう者たちは、殺人や接収という贅沢を許され、物の略奪が唯一の目的であるふりをして、おのれと犠牲者の目を難なくくらますこともできただろう。だがかれらの時間はなくなり、彼の仲間である犠牲者たちはいかなる歴史が予言したよりもずっと早く姿を消し、そしてたかり屋たるかれらは、いまおのれの目標のまごうことなき現実に直面することを余儀なくされている。

「いいかね、君たち」うんざりとして彼がいった。「君たちが欲しいものはわかっている。君たちは私の工場を食いものにして、しかもそれを手に入れたいと考えている。私が知りたいことはひとつ。何でそんなことが可能だと思うんだね？」

「おっしゃる意味がわかりません」傷ついた声でムーチが言った。「あなたの工場を欲しがっているわけではないと申しあげたはずです」

「よろしい。もう少し正確に言おう。君たちは私を喰らって、しかも私を手中におさめたいと考えている。どうやってそんなことをやるというのかね？」

「どうしてそんなことをおっしゃるのかわかりません。あなたは国にとっても鉄鋼産業にとっても極めて貴重な存在だと考えているとあれほど――」

「それはわかる。だからこそ謎が解けないんだ。私は国にとって極めて貴重な存在だと考えているだと？　ふん、君たちの首がかかっているとさえ思ってるんじゃないか。君たちは、自分の命を救う人間がもう私しかいないとわかってびくついている——それほど時間がないわけだ。にもかかわらず、君たちは私をつぶす計画、痴呆じみた粗雑さでもって、抜け穴も迂回路も逃げ道も作らず、私に赤字で働くことを——一トンごとに受け取る対価よりも多くの費用をかけて出鋼することを——全員そろって飢えるまで自分の財産をことごとく人の餌にしてしまうことを求める計画を提案している。そこまで非合理になることは人間にもどんなたかり屋にも不可能だ。君たち自身のために——国や私のことは度外視しても——君たちは何かをあてにしているに違いない。それは何だね？」

かれらの顔に、何とかなる、という例の表情、秘密主義的でありながら憤然とし、驚くべきことに、何か秘密を隠しているのが彼であるかのような表情があらわれた。

「この期に及んでなぜわざわざそこまで敗北主義的な見方をなさるのか」むっつりとして、ムーチが言った。

「敗北主義？　君たちの計画の下で私が事業を続けていけると本気で思っているのかね？」

「ですがほんの一時的なことです！」

「一時的な自殺なんかないぜ」

「ですが非常時だけです！　この国が立ち直るまでにすぎません！」

「どうやって立ち直ると思うんだね？」

答えはなかった。

「破産したあと、どうやって私に生産しろというのかね？」

「破産なさることはありません。あなたは常に生産するでしょう」淡々と、賞賛としてでも非難としてでもなく、たんに持って生まれた性質についての事実を述べる調子でフェリス博士がいった。おまえはずっと乞食のままだ、と別の人間に言うように。「どうしようもないことです。そういう気性でいらっしゃる。あるいは、もっと科学的に言うならば、あなたはそのように条件づけられているのです」

リアーデンははっとした。それは鍵の秘密の組み合わせを見つけようと苦心していたときに、最初のタンブラーがはまり、その言葉をきいて内側でカチリとかすかな音がしたかのようだった。

「この危機を乗り切ればすむことです」ムーチが言った。「国民に猶予を与え、追いつくチャンスを与えるのです」

「そしてそのあとは？」

「そのあと事態は改善されるでしょう」

「どうやって？」

答えはなかった。

「何が事態を改善するのだね？」

答えはなかった。

「誰が事態を改善するんだね？」

「あのですね、リアーデンさん、人はただじっと座っているわけではありません！」ハロウェイが叫んだ。「人びとは物事をおこない、成長し、前進するのです！」

「どの人びとのことだね？」

ハロウェイはあいまいに手を振った。「人びとですよ」彼はいった。

「どの人びとのことだね？　君たちがリアーデン・スチールを一つ残らずくれてやって、何も見返りをよこさない人びとのことかね？　生産するよりも多くを消費しつづける人びとのことか？」

「条件は変わります」

「誰が変えるんだ？」

　答えはなかった。

「略奪できるものは何か残っているのか？　これまで自分たちの政策の本質が見えていなかったとしても――いま見えないはずはない。周りを見回してみなさい。世界じゅうの呪われた人民国家は、君たちがこの国からひねり出した施しだけで存続している。だが君たちは――君たちがたかったりねだったりできる国はない。地球上のどこにも。これが最高で最後の国だった。君たちがそれを涸らしてしまった。搾りつくしてしまったんだ。取り戻せない栄光の、私が唯一最後の残骸なんだ。君たちと君たちの人民世界は、私をつぶしたあとどうするのかね？　何を待ち望んでいるんだね？まったくの動物的な飢餓でなければ、いったいどんな将来を思い描いているのかね？」

　かれらは答えなかった。彼を見なかった。かれらの顔には、まるで彼の言葉が嘘つきの言い訳であるかのような、かたくなで憮然とした表情が浮かんでいた。

　すると非難とも愚弄ともつかない口ぶりで、ローソンがぼそりと言った。「まあ、あなたがたビジネスマンは、ずっと災難を予想しつづけては、進歩的な政策がうちだされるたびに大惨事だと騒ぎたてて、我々は滅びると言い続けてきました。しかし結局のところ、我々は健在じゃないですか」彼は微笑しかけたが、リアーデンの目のにわかな烈しさに気づくとたじろいだ。

　リアーデンは頭のなかで、鍵の回路をつなぐ二番目のタンブラーが、いっそう鋭くカチリという音をたててかみあったような気がした。彼は身を乗り出した。「君たちは何をあてにしているのかね？」彼はたずねた。彼の口調は、ドリルのように間断なく、威圧的で、低い音に変わっていた。

「これは時間かせぎにすぎません！」ムーチが叫んだ。

「かせぐ時間は残ってないぜ」

「私たちに必要なのはチャンスだけです」ローソンが叫んだ。

「チャンスは残っていない」

「立ち直るまでのことです！」ハロウェイが叫んだ。

「立ち直る方法はない」

「政策が効果をあらわすまでです」フェリス博士が叫んだ。

「非合理的なものを効果的に用いる方法はない」答えはなかった。「何がいま君たちを救うことができるというんだ？」

「ま、君が何とかするだろう！」ジェイムズ・タッガートが叫んだ。

そのとき——それは生まれてからずっと聞かされ続けてきた文句にすぎなかったにもかかわらず——おのれの内側で耳をつんざくばかりのすさまじい轟きを彼は感じた。最後のタンブラー、組み合わせを完成させて複雑な錠をはずす小さな数字の接触で鉄の扉がバタンと開くように、彼の人生のすべての断片と、疑問と、放置されていた傷を結びつける答えにぶつかったのだ。

後につづいた沈黙のなかで、この建物の舞踏場で静かに彼に問い、いままたここで問うているフランシスコの声が聞こえた気がした。「この会場でもっとも重い罪を犯しているのは誰ですか？」あのとき彼は、「さあ——ジェイムズ・タッガートか？」と答えた。そしてフランシスコは咎めるでもなく「いいえ、リアーデンさん。ジェイムズ・タッガートではありません」と言った。だがここで、この部屋で、この瞬間の心のなかの答えは「私だ」というものだった。

このたかり屋たちの頑固な盲目さを呪った？　それを可能にしたのは彼だった。最初のゆすりを受け入れてから、最初の政令に従ってから、彼は現実がうまくごまかすべきものであり、人は非合理的なものを要求することができ、誰かがなんとかそれを提供するだろうと信じる原因を作ってきた。機会均等化法案を受け入れたなら、政令第一〇―二八九号を受け入れたなら、彼の能力に及びもつかぬ無能な者にそれを用いる権利があり、利益を生み出した彼が損をして、生み出していない者がそれを得るべきであり、考えることができる彼は考えることのできない者の命令に従うべきと定める法律を受け入れたなら――非合理的な世界に存在していると信じたかれらは非合理的だったのだろうか？　彼がそうした世界を作り、提供したのだ。やるべきことはただ望むこと、可能かどうかに関わらず願うことだけだとかれらが信じたとすれば――彼のやるべきことが、かれらが知りも明言もする必要のない手段によってかれらの願望を満たすことだと信じたとすれば、かれらは非合理的だったろうか？　かれら、無能な神秘主義者は、道理の責任を逃れようとして、彼、合理主義者がかれらの気まぐれへの奉仕を請け負うことを知っていた。現実について彼が無制限の権限をかれらに与えたことを。彼の役割はなぜ、と問いただすことではなかった。かれらの役割はどうやって、とたずねることではなかった。彼の財産の一部を、そして所有物すべてを、所有する以上のものを求めさせれば――不可能だと？　いや、彼が何とかするだろう！

いつのまにか彼は立ちあがり、ジェイムズ・タッガートをじっと見下ろしていた。そしてタッガートのたるんだ顔に、ずっと目撃しつづけてきた荒廃のすべてへの答えを見ていた。

「リアーデンさん、どうなさいました？　私が何か言いましたか？」不安をつのらせて、タッガートがたずねた。だがタッガートの声はもはや彼には届かなかった。

彼が反芻していたのは長い年月にわたって徐々に進行してきたもの、恐るべき強奪、不可能な要求、説明できない悪の勝利、さえない哲学の分厚い本の中で宣言されたばかげた計画と難解な目標、何か複雑な悪意のある知恵が世界を破壊する悪魔を動かしていると考えた犠牲者の絶望的な疑念——それらすべてが勝者のきょろきょろ動く目の背後の一つの信条におかれていたのだ。彼が何とかするだろう！……我々はなんとか逃げおおせられる——彼がそうさせてくれる——彼が何とかするだろう！……

　あなたがたビジネスマンは、我々は滅びると言い続けてきましたが、我々は健在です……それは事実だ、と彼はおもった。現実が見えていなかったのはかれらではなく彼だった。彼自身が創出した現実が見えていなかった。いや、かれらは滅びてはいない。では誰が滅びたのだろう？　かれらの生存方法の代償として滅びたのは誰だったのだろう？　エリス・ワイアット……ケン・ダナガー……フランシスコ・ダンコニア。

　帽子とコートに手を伸ばしたとき、一座の男たちがおろおろとして、うろたえた声で叫びながら、彼を引きとめようとしていることに彼は気づいた。「リアーデンさん、どうなさいました？……なぜです？……しかしなぜ？……我々が何を言ったというのです？……行かないでください！……行ってはいけません！……早すぎます……まだです！　ああ、まだなんです！」

　彼は自分が疾走している急行の後方の窓からそれを見ているかのような、かれらが彼の背後の線路に立っており、虚しい仕草で手を振り、判別不可能な声で叫んでおり、その姿が遠くで小さくなりつつあり、声も聞こえなくなりつつあるかのような感覚を覚えていた。

　そのうちの一人が扉に向かう彼を引きとめようとした。彼は乱暴にではなく、ただ邪魔なカーテンを払いのけるように、腕をすっと一振りしてその男を脇へ押しやると、部屋を出て行った。

　車のハンドルを握り、フィラデルフィアへの道を飛ばして戻るときは、静寂だけが残っていた。それは知識を得て、これ以上魂を働かせることなく休むことができるかのような、内側の不動の静寂だった。怒りも高揚も感じなかった。それはまるで、長い年月をかけて遠景を臨む山に登り、頂上にたどり着き、倒れこんでじっと横たわり、眺める前に、初めて存分に自分をいたわるために休んだかのようだった。

目の前を真直ぐに流れては弧を描き、そしてまた流れるからっぽの長い道と、ハンドルに楽においた手の力と、カーブでのタイヤの軋りは意識していた。だが空宙にぶらさがって渦巻く空の道を疾走しているかのような感覚があった。

道沿いの工場、橋、発電所にいた人びとは、かつて日常の風景のひとつだったものを見た。堂々たる男が、服装と慣れたハンドルさばきと目的のあるスピードによって、成功とはいかなるものかをどんな看板よりも大々的に誇示しながら、よく整備されたパワフルな高級車を運転している光景だ。大地を夜と等しくするもやに消えていく彼を、かれらは眺めた。

彼の目には、呼吸する輝きを後ろに、黒いシルエットを暗闇に浮かびあがらせる自分の工場が見えていた。燃えさかる金色に輝く空には、透き通るように冷たく白い「リアーデン・スチール」の文字が書かれている。

長いシルエットの凱旋門のようにそびえる高炉、大帝国の大通りの荘厳な列柱のように立ち並ぶ煙突、栄冠のように架かる橋、槍のように挨拶をするクレーン、旗のようにたゆたう煙を、彼はしみじみと眺めた。その光景に内側の静寂を破られて、会釈代わりに彼は微笑んだ。それは幸福と愛と献身の笑みだった。自分の工場をこの瞬間ほど愛したことはなかった。おのれの価値規範以外のものはいっさい排除して、矛盾のない輝かしい現実のなかに、彼自身の視覚の行為によってそれを見ながら、彼は自分の愛の理由をみていた。工場は彼の精神の偉業であり、存在の喜びに捧げられたものであり、合理的な人間を相手にする合理的な世界に建てられている。その合理的な男たちが姿を消したならば、そうした世界が消滅したならば、彼の工場が価値観にそぐわなくなったならば、工場は無用の屑山にすぎず、崩壊するしかない。それも早ければ早いほどよい。裏切り行為としてではなく、その本来の意味に忠実であるために。

小さな火炎が不意に目に留まったとき、工場はなおも二キロ先にあった。広大な建造物群の陰影のなかで異常なものや不自然なものがあれば、彼はすぐに見分けることができる。その黄色はやや濃すぎ、火があるはずもない正面玄関の門の傍の建物からから噴出していた。

次の瞬間、乾いた銃声がきこえ、続けざまに、急襲者に猛然とあびせられた三発の応酬があった。やがて遠くで道を遮る黒い塊の形がみえはじめた。ただの暗黒ではなく、近づいても後退する様子はない。それは工場を襲撃しようと正門に押し寄せる暴徒だった。

こん棒や、金てこや、ライフル銃を持ってうねる腕――門番の事務所の窓から飛び出した燃える木の黄色い炎――暴徒の発する青い砲火と建物の天辺からの素早い応戦――後ろに身をよじらせて車の天辺から落ちる人影が見えたと思った瞬間――彼はハンドルを切って急カーブで脇道の暗闇に突入した。

彼は工場の東門に向かい、舗装されていない土の道の轍に沿って時速百キロで走っており――門が視界に入ったとき、タイヤが溝にはまった衝撃で、車は道から投げ出され、底に昔のぼた山がある壕の縁に迫った。疾走する二トンの金属に対抗して胸と肘の重みをハンドルにかけ、渾身の力をこめて車をぐるりと半回転させると、車は鋭い音をたてて道に戻り、ふたたび彼の手の支配下におさまった。それは一瞬のことだったが、次の瞬間、足はブレーキを踏み、力まかせにエンジンを止めた。それというのもヘッドライトが壕をさっと照らした瞬間、斜面の枯草よりも黒っぽい長方形がちらりと見え、一瞬白っぽくかすんだものが助けを求めて振った人間の手に思えたからだ。

彼はコートを投げ捨て、足下の土の塊を崩しつつ、絡みつく乾いた草をかきわけては、いまや人間の体とはっきりとわかる黒く長い人間の形の方向へ、走ったり滑ったりして壕の斜面を急いで下りていった。月空に泳ぐ綿くずのようなものは白い手であり、腕は雑草の中に伸びていたが、体はぴくりともせずに横たわっていた。

「リアーデンさん……」

それは叫ぼうとする囁きであり、単なる苦痛の呻きに対して戦う痛々しいまでのけなげな声だった。

どちらが先だったのかわからなかった。一つの衝撃だったように感じられた。聞きなれた声だという考え、綿に射す月光、白い楕円の顔の傍に膝を落とす動き、顔の判別。それはナースだった。

青年の手が激痛からくる異常な強さで自分の手を握りしめた。苦痛が顔にあらわれており、唇は乾き、目はどんよりとしている。青年の左胸にはあまりに致命的であまりに心臓に近すぎる黒い小さな穴があり、そこから黒ずんだものが流れていた。

「リアーデンさん……僕はやつらを止めたかった……あなたを助けたかった……」

「何があったんだね？」

「やつらに撃たれたんです。僕が話さないように……僕が止めたかったのは」——彼の手は空の赤い輝きの方向へふらふらと動いた——「やつらがしていること……遅すぎましたが、何とかやってみました……やってみたんです……そして……そして僕はいまも……話せます……いいですか、やつらは——」

「手当てが要る。病院に行こう。それから——」

「いいえ！　待ってください！　僕は……僕にはもうあまり時間がないと思いますし……あなたに

言わなくちゃ……いいですか、あの暴動は……仕組まれたんです……ワシントンの命令で……社員じゃありません……あなたの社員じゃ……やつらの新入りです……それと外から雇った大勢のやくざ……何を言われても信じちゃいけません……罠なんです……やつらの汚い陰謀なんです……」

　青年の顔には十字軍の戦士のような悲痛な激しさがあり、声は内側からほとばしり出て焚かれた燃料から命の響きを得ているらしく——いま差し出せるなによりの援助は聞くことだとリアーデンは悟った。

「やつらは……やつらは鉄鋼統一計画を用意して……それには口実が必要で……というのは国民がそれを受けいれないと……それにあなたは納得しないとわかっていたからで……これが誰の目にもやりすぎに映るのをおそれて……ただあなたから巻き上げるだけの計画、それだけですから……それであなたが社員を飢えさせているように見せかけたいと考えた……社員が分別をなくしてあなたには抑えられなくなったと……それであなたの保護と公共の安全のために政府が介入しなきゃならないと……リアーデンさん、それがやつらの筋書きなんです……」

　リアーデンは青年の傷だらけの手の肉、渇きかけた血のかたまり、手のひらと服についた土、いがの刺さった泥まみれの膝と腹に目を留めた。月光の気まぐれで、平らになった雑草の跡と眼下の暗闇に吸い込まれつつあるしみが光って見える。この青年がどれほど長い距離をどれくらいかけて這ってきたのかを考えると気が遠くなりそうだった。

「リアーデンさん、やつらは今夜あなたにここにいてほしくなかった……やつらがでっちあげた『人民の乱』を見せたくなかった……あとになれば……やつらがどんなふうに証拠をゆがめるかご存じでしょう……どこに行っても確実な話なんか聞けない……やつらは国民と……そしてあなたを騙して……あなたを暴力から守ろうとしていると思わせようと……リアーデンさん、やつらを見逃しちゃいけません!……国に……国民に……新聞に言ってください……僕が言ったと……宣誓しますから……誓いますから……それで合法的になりますね?……そうでしょう?……それであなたにも見込みがあるでしょう?」

リアーデンは青年の手を自分の手のなかで握り締めた。「ありがとう」

「僕は……リアーデンさん、気づくのが遅くてすみません……でもやつらは僕を最後の最後まで蚊帳の外に……始まる直前まで……それから僕を呼んで……戦略会議を……そこには評議委員会からの……ピーターって名前の男がいて……やつはティンキー・ハロウェイの手先で……彼はオルレン・ボイルの手先で……やつらは僕に……通行許可証を何枚も署名させようと……やくざを入れて……内からも外からも問題を起こせるように……やつらがあなたの社員に見えるように……僕は通行許可証に署名するのを拒否しました」

「なんだって? 策略の仲間に入れられたあとにか?」

「だけど……でも当然でしょう、リアーデンさん……僕があんな策略の片棒をかつぐとでも思われたのですか?」

「いや、そんなことはないよ。ただ――」

「何ですか?」

「そんなことをしたらただじゃすまないとわかっていただろう」

「だけど当然です!……やつらが工場をめちゃめちゃにするのに手を貸せないでしょう?……どこまでただですませられるっていうんです? やつらがあなたをただですませないまで?……それにそんなふうにしてただですんだとしても何になります?……あなたは……リアーデンさん、あなたにはわかりますよね?」

「わかるよ」

「僕は断ったんです……それからオフィスから逃げ出して……工場長に何もかも言おうとして……走りまわったんですが……見つからなくて……そのとき正門で銃声が聞こえて、ああ始まったんだとわかった……あなたの家に電話しようとした……でも電話線が切られていて……自分の車に走っていって、あなたか警官か新聞か誰かと連絡がとりたかった……だけどやつらはあとをつけていた……そのとき撃たれたんです……駐車場で……後ろから……覚えているのは自分が倒れて……そして、目をあけたとき、ここに突き落とされていたんです……ぼた山に……」

「あのぼた山に？」それは三十メートルも下にあることを思い、リアーデンがゆっくりと言った。

青年はうなずき、暗闇の下の辺りを指した。「ええ……あそこに……それから僕は……這いはじめて……這い上がり始めて……僕は……あなたに伝えてくれる人に会うまで持ちこたえたかったんです」苦痛によじれた顔がすっと緩んで微笑が浮かんだ。「持ちこたえました」とつけ足した彼の声には生涯の偉業を成し遂げた響きがあった。それから彼は頭をぐっともち上げて、突然の発見に驚いた子どものような口調でたずねた。「リアーデンさん、こんなふうに……どうしても何かをやりたいとき……何がなんでもやりたくて……それが実現したときには……こんなふうに感じるものなんですか？」

「ああ、そうだよ」青年は目を閉じながら、リアーデンの腕にふたたび頭を落とし、しばし深い満足感にひたるかのように口もとをくつろがせた。「だがそれで終わりじゃないぜ。まだ終わったわけじゃない。私がきみを医者に連れて行くまで頑張って――」彼はそろそろと青年を持ち上げたが、青年の顔に激痛の痙攣が走り、悲鳴を押し殺そうとした口がゆがみ――リアーデンは彼をそっと地面に戻さなければならなかった。

謝罪するような目をして、青年は頭を振った。「リアーデンさん、僕はもうだめです……自分をごまかしてもしかたありません……もう終わりってわかっています」

そして自己憐憫からふっと身を引くかのように、暗記した教科書を朗読するように、懸命に昔のシニカルなインテリ口調に響かせようとしながら、彼はつけたした。「リアーデンさん、なんでもないことでしょう？……人はただの……条件づけされた化学物質の集合で……人の死は……動物の死と何の違いもなくて」

「きみにはもっと分別があるだろう」

「はい」彼は囁いた。「たぶん」

彼の目は広大な暗闇をさまよい、リアーデンの顔で止まった。力のない目は、切望と、子どものような当惑の色を帯びていた。「僕にはわかります……やつらに教えられたことは全部でたらめだったこと……やつらが言ったこと全部……生きることについて、それと……死ぬことについて……死ぬこと……そりゃ化学物質には何の違いもないかもしれないけど――」彼は言葉をきり、必死の抗議は低くなった声の激しさのなかにだけあった。「――だけど僕にとっては大違いで……そして……動物にとってもたぶん……なのにやつらは価値基準なんてないと……ただ社会的習慣があるだけで……価値基準なんてないと言っていたんだ！」彼の手がやみくもに胸の穴をつかもうとした。失いつつあるものを捕らえようとするかのように。「どんな……価値基準も……」

そのとき完全な率直さによって不意に平穏を得た目が大きくなった。「リアーデンさん、僕は生きたい。ああ、どんなに生きたいか！」彼の声には情熱的な静けさがあった。「死にかけているからじゃなくて……今夜、それがどういうことか、本当に生きているってことがどういうことかわかったから……それから……可笑しいな……それがいつわかったと思われます？……オフィスで……

ただじゃすまなくなったとき……ろくでなしどもにくたばれと言ったとき……もっと……もっと早くわかっていればよかったと思うことがものすごくたくさん……だけど……やれやれ、後悔先に立たず」彼が這った跡にリアーデンが思わず目をやったのを見ると、彼はつけ足した。「リアーデンさん、どんな後悔も」

「いいか」断固としてリアーデンは言った。「きみに頼みがある」

「リアーデンさん、いまですか？」

「ああ、いまだ」

「そりゃ、もちろん、リアーデンさん……できれば」

「今夜きみは大仕事をしてくれた。だがもっと大きな頼みがある。あのぼた山から登ってくるとは見上げたものだ。もっと難しいことに挑戦してくれるか？　私の工場を救うためにきみは喜んで死のうとした。私のために生きようとしてくれるか？」

「リアーデンさん、あなたのために？」

「私のために。私の頼みだ。そうしてほしい。きみと私はこれから一緒にまだ長い道のりを登っていかなければならない」

「リアーデンさん、それは……それはあなたに何か違いがあることですか？」

「ああ。生きたいと決めてくれるか？——あのボタ山で決めたように。なんとか生きたいと思ってくれるか？　そのために戦ってくれるか？　きみは私の陣営で戦いたがっていたじゃないか。これを手始めに、一緒に戦ってくれるか？」

　青年がぎゅっと手を握り締め、答えにこめられた強い熱意を伝えた。だが声は「リアーデンさん、やってみます」と囁くのがやっとだった。

「ではきみを医者に連れて行くのを助けてくれ。ただリラックスして、気を楽にして、きみを持ち上げさせてくれるか」

「はい、リアーデンさん」ぐっと力んで体を引っ張り上げると、青年は肘にもたれかかった。

「無理するな、トニー」

　青年の顔がぱっと輝き、かつての明るくて生意気な笑みを浮かべようとしているのが彼にはわかった。「もう『非絶対的くん』じゃないんですか?」

「ああ、もう違う。きみは完全に絶対的だし、自分でもわかっているだろう」

「はい。いま幾つか知っています。そこに一つ」――青年は胸の傷を指さした――「あれは絶対的ですよね? それと」――リアーデンがゆっくりと、ほんの少しずつ地面から青年を抱き上げるあいだ、震える言葉の強さが苦痛を和らげる麻酔になるかのように、彼は話した――「それと……ワシントンのやつらみたいな……卑劣なごろつきが……あんなこと……今夜みたいなことをしてごまかせるなら……何もかもひどくいんちきになって……本物がなくなって……誰も何者でもなくなってしまったら……人は生きていけない……人間はそんなふうには生きてはいけない……それは絶対的ですよね?」

「ああ、トニー、絶対的だ」

　リアーデンはそろそろと慎重に立ち上がった。腕にきつく赤ん坊を抱くように、ゆっくりと胸に青年を落ち着かせると、その顔に苦痛の痙攣が走った。だが青年はひきつった顔をゆがめ、また昔見た生意気な笑みを浮かべると、「いまナース役は誰ですかね?」と訊いた。

「私だろうな」

　もろい土の斜面を歩き始めた彼の体は、傷つきやすい荷のために緩衝器の役割を果たしながら、足場が見つからない場所で着実に進みつづけようと緊張していた。

青年の頭は、ためらいがちに、まるでそれが僭越であるかのように、リアーデンの肩に落ちた。

リアーデンはかがんで埃まみれの額に唇をあてた。

青年はびくりと仰天して頭を上げた。「何をなさるんです？」それが自分のためだったとは信じられないかのように、青年は小声で言った。

「頭を下ろしなさい」リアーデンが言った。「もう一度やってやるから」

青年は頭を落とし、リアーデンは額に口づけした。それは息子の戦いに与えた父親の承認のようなものだった。

青年は横になったまま、顔を隠し、手でリアーデンの肩をぎゅっとつかんでいた。やがて、ただかすかな一定間隔の突発的な震えによってのみ、青年が声もたてずに泣いていることに――完全に身をまかせ、言葉にならなかったすべてを認めて泣いていることに、リアーデンは気づいた。

リアーデンは一歩一歩探るように、雑草や、土埃の吹溜り、くず鉄の山、古い廃物に足を取られまいと苦闘しながら、ゆっくりと上に進みつづけた。工場の赤い輝きが穴の天辺を記す頭上の線に向かい、彼は進みつづけた。苛烈な戦いは、急がずにゆっくりと進むという形をとらなければならなかった。

泣き声は聞こえなかったが、一定間隔の身震いが伝わってきた。身震いのたびに、シャツの布を通じて、涙の代わりに傷口からじわじわと流れ出る暖かい液体を感じていた。腕にこめた強い力がいま青年に届きうる唯一の答えであり、まるで腕の力が自分の生命力の一部を脈の弱まりつつある血管に注入できるかのように、彼は震える体を抱いていた。

そしてすすり泣きがやみ、青年は頭を上げた。彼の顔はいっそう弱々しく青白いように思えたが、目は精彩を放ち、彼はリアーデンを見上げると、話そうとして力んだ。

「リアーデンさん……僕は……僕はあなたのことがとても好きでした」

「わかってる」

青年の顔には微笑する力もなかった。だが視線が伝えていたのは微笑だった。青年はリアーデンの顔を見ていた。短い生涯を通じてそれと知らず探し続けていたもの——自分の価値観であるとさえ知らなかったもののイメージとして探し続けていた人物の顔を。

やがて青年の頭ががっくりと後ろに落ち、顔のひきつりが消え、口もとだけがゆるんで静謐な形にかわった。だが最後の抗議の叫びのように体ががくんと震え——そしてリアーデンは、歩調を変えることもなくゆっくりと進み続けた。もうこんな慎重さは不要であり、腕に抱いているものはいまこそ青年の教師たちの考える人間像——ただの化学物質の集合——なのだとわかっていたにもかかわらず。

これが自分の腕の中で途絶えた若い命への最後のたむけと葬送の形であるかのように、彼は歩いていた。あまりにも烈しい怒りを感じていたために、彼はそれを心の中の圧力としてしか認識できなかった。それは殺意だった。

殺意は青年の体に弾丸を送りこんだ見知らぬ暴漢や、そのために暴漢を雇ったたかり屋の役人でもなく、青年を無防備なまま暴漢の銃の先に突き出した青年の教師たちに向けられていた。理性の探求するところの疑問に答える能力もなく、自分に託された若い精神を無力にすることに快感を覚えた大学の教室の穏やかで一見無害な暗殺者に。

どこかにこの青年の母親がおり、彼女は歩くことを教えながら、息子のよちよち歩きを見ては、かばってやりたくてたまらない気持ちを覚えていたことだろう、と彼はおもった。そして宝石細工師の慎重さで赤ん坊の育てかたを吟味し、食事と衛生については科学の最新情報に熱狂的に従い、免疫のないかよわい体を細菌から守りながら――人には頭脳などなく考えようとしてはいけないと教え、生徒を悩める神経患者にしてしまう者たちのもとに息子を送りこんでしまったのだ。汚染されたごみを与えたとしても、息子の食べ物に毒を混ぜたとしても、これに比べればまだしも親切であり、致命的ではなかったことだろう。

生存術を子どもに教えこむ様々な生きもののことを彼はおもった。子猫に狩を教える猫、無情なまでの過酷さで雛に飛びかたを教える親鳥。にもかかわらず、生存の道具が頭脳である人間は、子どもに思考を教える義務を果たさないばかりではなく、子どもが考え始める前に、頭脳を破壊し、思考が無益で悪だと教えこむのに適した教育に子どもをゆだねるのだ。

子どもに始終投げつけられる決まり文句は、モーターを凍りつかせ、意識の力を切りとるために続けざまに与えるショックのようなものだ。「あれこれ質問するものじゃありません。子どもは姿だけ見せて黙っているものよ！」――「子どもに何が考えられるというの？　私がそう言ったらそうなの！」――「口答えしないで言うことを聞きなさい！」――「わからなくてもいいから信じなさい！」――「角を立てないで人に合わせなさい！」――「目立ってはいけません、所属しなさい！」――「戦わないで妥協しなさい！」――「心は頭よりもずっと重要なの！」――「あなたに何がわかるというの？　親が一番わかっているのよ！」――「きみに何がわかるというんだね？　社会が一番よくわかっているんだ！」――「きみに何がわかる？　官僚が一番よくわかっている！」――「異論を唱えるとは何様のつもりかね？　すべて価値観は相対的だ！」――「暴漢の弾丸から逃げたいなんて何様だね？　個人的な偏見にすぎんよ！」

母鳥が子の羽をもいでから戦って生きのびよと巣から押し出すのを見たならば、人はぞっとすることだろう。だがそれが、人が子どもたちにしたことだった。

無意味な文句ばかりに身を固め、この青年は存在への戦いに放り出された。不運な短い闘いの中で、青年は足を引きずり、手探りで歩き、憤然として戸惑う抗議の叫びを上げ——むしられた翼で初めて高く昇ろうとしたときに命尽きたのだ。

だが別の種類の教師たちもかつては存在した、と彼はおもった。かれらがこの国を創った者たちを育てたのだ。母親たちは這ってでもヒュー・アクストンのような教師を探しに出かけて、戻ってくるように請い求めるべきだ、と彼はおもった。

彼を中に入れてその顔と腕の中のものをじっと見つめる警備員にはほとんど目もくれず、工場の門を彼は通り過ぎた。警備員は遠くの戦闘を指して何か言ったが、彼は立ち止まって聞こうともしなかった。そして光が漏れる医療棟の開いた扉の方へゆっくりと歩いていった。

人と血まみれの包帯があふれ、消毒薬の臭いが漂う明るい部屋に彼は足を踏み入れた。そして腕の中のものをベンチに置き、誰に何を説明するでもなく、振り返らずに立ち去った。

彼は正門の火炎が輝き銃声が炸裂する方向に歩いていった。ときおり、警備員や社員たちに追われ、建物の隙間を駆け抜けたり隅の暗がりから不意に飛び出したりする人影が見えた。驚くべきことに、社員はしっかりと武装していた。かれらは構内のやくざたちを鎮圧したようであり、あとは正門の包囲陣を撃退するばかりになっていた。明かりの下で、一人の無骨者が長いパイプを振り回し、獰猛な勢いで窓ガラスを叩き壊し、砕け散るガラスの音にあわせてゴリラのように踊りながら、ちょこちょこと横切った。すると三人のがっしりした男たちが襲いかかり、地面に打ちのめした。

正門の攻撃は、暴徒の脊柱が折られたかのように、勢いを失いつつあるように見えた。甲高い叫び声が聞こえたが、道からの銃声は次第に少なくなり、門番のオフィスに放たれた火は消され、建物の出っ張りや窓には武装した男たちが計画的に配備されていた。

現場に近づくと、門の上の建物の天辺に、煙突の後ろに隠れ、両手に銃を持ち、間隔をおいて暴徒を狙撃するすらりとした男の影が見えた。男は門への侵攻を防ぐ哨兵のように、一度に素早く二方向へ発砲している。大胆な技、時をおかずに狙いを定めてまず的をはずすことのない無造作でぶっきらぼうな射撃のやりかたは、男を西部伝説の英雄のように見せていた。リアーデンは、工場の戦いはもはや自分のものではないが、あの遠い時代の男たちがかつて悪と対決した有能さと確かさの光景はいまも楽しむことができるかのように、他人事を見るような冷めた喜びをおぼえつつ、じっと男を見つめていた。

さまようサーチライトの光線がリアーデンの顔を照らし、光がさっと通り過ぎたとき、こちらに見入るかのように、天辺の男が下にかがんだ。男は誰かに手で合図すると交代し、突然自分の持ち場から消えた。

リアーデンは前方の短い暗闇を急いで通り抜けようとしていた。だがそのとき、横から、路地の隙間から、酔っ払った声が「あそこだ！」と叫ぶのが聞こえ、はっと声の方を向くと、二人の巨漢が彼に向かってきた。そして口がにたにたと垂れ下がった愚鈍ないやらしい顔と振り上げた拳の中のこん棒が見え――別方向からこちらに駆けてくる足音が聞こえ、振り向こうとすると、こん棒が後ろから頭に打ちおろされ――暗闇が割れたかとおもうと、それを信じる間もなく彼はぐらつき、自分が倒れていくのを感じ、すると強い腕が自分をがっしりとつかみ、彼が倒れるのを止め、耳の一インチ上で銃声が炸裂したと思った瞬間にまた同じ銃が爆発した。だが縦穴の下に落ちたかのように、それはかすかで遠いようにおもわれた。

目を開いたとき、最初に意識したのは、しみじみとした静謐さだった。そして自分が近代的で厳めしく品格のある部屋の長椅子に横たわっていると気づき——やがてそれが自分のオフィスであり、隣に立っている二人の男は工場付きの医者と工場長とわかった。彼は頭にかすかな痛みを覚えたが、それは気に留めていれば激痛だったはずであり、頭の横の髪の上からテープが貼られているらしい。静謐な感覚は、彼が自由であるという認識だった。

包帯の意味と彼のオフィスの意味は同時に受け入れるものでも、共に存在すべきものでもない。そのようなものを組みあわせて人は生きていけるものではない。これはもはや彼の戦いでも、仕事でも、事業でもなかった。

「先生、私はもう大丈夫だと思いますよ」頭を起こしながら、彼はいった。

「ええ、リアーデンさん、不幸中の幸いでした」医者はこれがハンク・リアーデンに彼自身の工場の中で起こったことだとはいまだに信じることができないかのように彼を見ていた。医者の声は忠誠心と憤慨のために硬かった。「たいしたことはありません。頭皮の傷と軽い震盪だけです。しかし無理をせず安静になさってください」

「そうします」リアーデンはきっぱりと言った。

「何もかも終わりました」窓の向こうの工場を手で示して、工場長が言った。「あのごろつきどもは蹴散らしてやりました。社長、もう心配ありません。何もかも終わったのです」

「ああ」リアーデンは言った。「先生、あなたにはまだたくさん仕事が残っているのでしょうね」

「ええまったく！　まさかこんな日がくるとは——」

「わかってますよ。どうぞそちらをお願いします。私はもう大丈夫です」

「はい、リアーデンさん」

「工場のことはお任せください」医者が急いで出ていくと、工場長が言った。「社長、すべておさえました。それにしてもおそろしく卑劣な――」

「わかっている」リアーデンが言った。「私の命を助けてくれたのは誰だね？　倒れかけたときに誰かが私をつかんで暴漢に発砲したんだ」

「まったく！　顔面にドカンとね。頭をぶっ飛ばしたんです。あれは炉の新しい職工長ですよ。入社二ヶ月の。これまでで最高の男です。あの男がごろつきの陰謀を見抜いて今日の午後私に警告してきたんです。できるだけ大勢の社員に武装させるようにとね。警察や州警官ときたら、どこもかしこも聞いたこともないようなばかげた遅滞や弁解で言いぬけるばかりで、何の援助も得られませんでした。何もかも前もってきっちり決まっていて、あのやくざたちは武力抵抗をまったく予想していなかったようです。守備を組織して、戦いをすべて仕切って、屋根の上に立って、門に近づくクズどもを狙撃したのはあの炉の職工長――フランク・アダムズとかいう男です。やあ、見事な射撃でした！　あの男が今夜どれだけ多くの命を救ったかを考えるとぞくっとしますな。社長、あのごろつきどもは、もともと血を流すつもりだったんですよ」

「そいつに会いたいな」

「外で待っています。ここにあなたをお連れしたのはあの男でしたから。可能なときにといって、あなたと話をする許可を求めてきたんです」

「中によこしてくれ。それから向こうに戻って、みんなに指示を出して、仕事を片付けなさい」

「社長、ほかにできることはありますか？」

「いや、それだけだ」

　彼はオフィスの静寂の中で一人、じっと横たわっていた。工場の意味が存在しなくなったことはわかっており、その知識の完全さのために幻想を思い嘆く痛みの余地はなかった。決定的なイメージのなかで、彼は敵の魂と本質を見ていた。こん棒を持った暴漢の愚鈍な顔だ。彼を慄然とさせたのはあの顔自体ではなく、あの顔を世界にとき放った教授や、哲学者や、道徳家や、神秘主義者たちだった。

彼は奇妙な清らかさを感じていた。それは彼のものであってかれらのものではないこの世界への誇りと愛からなっていた。それは生涯彼をつき動かしてきた感覚、ある者は若いころおぼえて後に裏切るが、彼は一度も裏切ったことがなく、叩かれ、攻撃され、認知されずとも、活発なモーターとして常に内側に存在した感覚――いま完全な、無比の純粋さの中で経験することのできるおのれとおのれの人生の卓越した価値の実感だ。それは彼の人生が彼自身のものであり、何の悪の束縛もなく生きるべきものであり、束縛はもともと必要ではなかったという決定的な確信だった。それは自分が恐怖や苦痛や罪に縛られてはいないと知った輝かしい静謐さだった。

私のような人間を解放するために動いている復讐者が本当にいるなら、いま会わせろ、と彼は心のなかでつぶやいた。秘密を教えさせろ。迎えに来させろ――「どうぞ！」ノックに答えて、彼は大声でいった。

扉が開き、彼はじっと横たわっていた。髪を振り乱し、煤だらけの顔と炉の汚れにまみれた腕で、焦げた作業服と血のにじんだシャツを着ておりながら、まるで背後でケープを風になびかせているかのように戸口に立っていたのはフランシスコ・ダンコニアだ。

リアーデンは、意識が体よりも先に飛び出し、体が仰天して動くことを拒否しているのに心は笑っており、これは世界でもっとも自然で予想されるべき出来事だったと告げられている気がした。

フランシスコは微笑んだ。それは二人の間にはそれしかありえなかったかのような、幼馴染への夏の朝の挨拶だった。いつのまにかリアーデンは笑みを返しており、どこかで不思議でたまらないと思いながらも、それが抗しがたいまでに正しいことを知っていた。

「何ヶ月も苦しまれていたようですね」彼に近づきながら、フランシスコが言った。「僕の許しを請うために何と言おうか、たとえ再会したところで許しを求める権利があるのだろうかと考えながら。でももうその必要はなく、求めるものも許すものもないことがおわかりでしょう」

「ああ」リアーデンは言った。それは不意に囁きとして出てきた言葉だったが、それが自分からの最大の賛辞だと知って彼は続けた。「ああ、そうだ」

　フランシスコは傍の長椅子に腰を下ろし、リアーデンの額をゆっくりと手でさすった。それは過去を閉ざす手当てのようだった。

「ひとつだけ言うことがある」リアーデンが言った。「私の口から聞いてほしい。君は誓いを守った。君は確かに私の友達だった」

「おわかりだと思っていましたよ。あなたは最初からわかっていた。僕の行動についてどう思っていたとしても。そしてどうしてもそれを疑うことができなかったから僕をひっぱたいたのです」

「あれは……」彼にむかって、リアーデンは小声で言った。「あれは私には言う権利のないことだった……言い訳をする権利のない……」

「僕はわかっているとは思われませんでしたか?」

「君を見つけたかった……探す権利はなかった……だがその間ずっと、君は——」彼はフランシスコの服を指し、やがて手が力なく落ち、彼は目を閉じた。

「僕はここで炉の職工長をやっていました」にやりとして、フランシスコが言った。「ご迷惑だとは思いませんでした。一度誘われた仕事ですから」

「君は、二ヶ月間、私のボディーガードとしてここにいたんだな?」

「はい」

「君はあの時から——」彼は口をつぐんだ。

「その通りです。ニューヨークの屋上に書いた別れのメッセージを読まれた日の朝から、あなたの炉の職工長として最初のシフトでこちらに出勤していたんです」

「ひとつ教えてくれ」リアーデンがゆっくりと言った。「ジェイムズ・タッガートの結婚式の夜、最大の獲物が見つかったと言った……私のことだったんだな?」

「もちろんです」

フランシスコは真顔で、目の中にだけ微笑を残し、厳粛な仕事に臨むように少し姿勢を正した。

「あなたに言うべきことはたくさんあります」彼はいった。「でもその前に、あなたに一度言っていただいたのに、僕は……僕には受け入れる自由がなくて拒否するしかなかった言葉をもう一度言ってもらえますか?」

リアーデンは微笑んだ。「フ、ラ、ン、シ、ス、コ、どの言葉だね?」

それを受けて頭を下げてから、フランシスコは答えた。「ありがとう、ハ、ン、ク」そして彼は頭を上げた。「それでは僕が初めてここに来た夜に話すつもりで、最後まで言わなかったことを話すことにしましょう。あなたには聞く準備ができているでしょう」

「ああ」

製鋼炉から流れ出た鋼鉄の輝きが窓の向こうの空をぱっと照らした。赤い輝きはオフィスの壁を、何もない机を、リアーデンの顔を、別れの挨拶のようにゆっくりと通り過ぎた。

第七章　こちらジョン・ゴールト

ドアベルが警報のようにけたたましく鳴り響いた。いらいらと狂ったように指を突き立てた音だ。ベッドから飛び起きると、遅い朝の冷たくて淡い日光と十時を指す遠い尖塔の時計が目に入った。ダグニーは明け方の四時までオフィスで仕事をしており、正午まで出社しないという伝言を残してきていた。

扉を開けると、パニックでやつれて蒼ざめた顔で現れたのはジェイムズ・タッガートだった。

「やつが消えた！」彼は叫んだ。

「誰が？」

「ハンク・リアーデンだ！　やつが消えて、辞めて、いなくなって、行方不明なんだ！」

ガウンのベルトを締めかけたまま、彼女はしばらくじっと立っていた。そしてその意味を完全にのみこむと、体を腰で二つにちぎるかのようにベルトをきつく引っぱって、からからと笑った。勝ち誇ったような響きだ。

彼はぽかんとして彼女を眺めていた。「どうしたんだね？」と、ぜいぜいしながら彼はいった。

「私の言ったことがわからなかったのかね？」

「入って、ジム」冷ややかに背を向けてリビングに歩いていきながら、彼女はいった。「もちろんわかったわ」

「やつは辞めたんだ！　いなくなったんだ！　ほかのやつらみたいに！　工場も銀行口座も財産も何もかもそのままで！　ただ消えちまったんだ！　着るものとアパートの金庫の中身を持って――寝室の金庫が開けっ放しで空っぽになっているのが見つかったらしい――それだけなんだ！　ひと言もなく、書置きも説明もなしだ！　ワシントンから電話があったが、世間には知れわたっている！　そのニュース、じゃなくて話が！　かくしておけないんだ！　そうしたかったみたいだが……誰もどうやって外に漏れたのか知らないが、炉底破損みたいに工場じゅうに知れわたっている。彼がいなくなったって話が……そして止めるまもないうちに、ほかのやつらが大挙して消えたんだ！　工場長、主任冶金師、技監、リアーデンの秘書、病院の医者まで！　ほかに何人いることやら！　職務放棄だぞ、あん畜生！　あれだけ罰則を決めておいたのに見捨てていったんだ！　やつがやめて、ほかのやつらもやめて、工場がつったったってるだけ！　君にはそれがどういうことかわかるかね？」

「あなたにはわかる？」彼女はたずねた。

苦々しく勝ち誇った動じない不思議な微笑を彼女の顔から払うかのように、彼は一語一語を投げつけていた。だが無駄なもくろみだった。「国家的災難だぞ！　どうしたんだ？　これが致命的な打撃ってことがわからないのか？　国の士気と経済をとことんだめにするぞ！　やつに消えさせてはいけないんだ！　君が連れ戻さなければ！」

彼女の微笑が消えた。

「君ならできる！」彼は叫んだ。「君にしかできないんだ！　やつの愛人だろ？……おい、そんな目でみるなよ！　お硬く考えてる場合じゃない！　連れ戻さなければってだけだ！　君なら居場所を知ってるはずだ！　君なら見つけられる！　連絡して連れ戻すんだ！」

いまの彼女の目つきは微笑よりもたちが悪かった。彼が全裸で目の前に立っており、もう見てはおれないといった顔だ。「私には連れ戻せない」彼女は声を上げずに言った。「できたとしてもやらないわ。もう出て行って」

「だが国家的災難は——」

「出て行って」

彼が出て行ったことにすら彼女は気づかなかった。彼女はうな垂れ、肩を落とし、いっぽうで痛みと優しさとハンク・リアーデンに向けてたたえた笑みを浮かべて、リビングの真ん中に立ちつくしていた。そして彼がようやく解放されたことを喜び、彼が正しいとこれほど確信しながら、なぜ自分自身が同じように解放されることを拒みつづけているのだろうとぼんやりおもった。二つの文句が頭の中をめぐっていた。一つは彼は自由であり、かれらの手の届かない場所にいる、という意気揚々とした言葉であり——もう一つは、まだ勝利の可能性があるとしても、我を唯一の犠牲者にしたまえ……という祈りのような言葉だった。

奇妙なものだ——それからの日々、周囲を見ながら彼女はおもった——あたかも人の意識への道が価値あるものに対しては閉ざされているのに災難に対しては開かれているかのように、ハンク・リアーデンの業績には無関心だった人びとが、惨事によってはじめて強烈に彼を意識しはじめたとは。声高に彼を罵る者がおり——名状しがたい天罰がかれらに降りかかるかのように罪悪感と恐怖を顔に浮かべてささやきをかわす者がおり——ヒステリックな逃げ腰の様子で何事も起こらなかったかのように振舞おうとする者がいた。

新聞は、もつれた紐にぶら下がる操り人形のように、同じ日に揃ってやかましく騒ぎたてていた。「ハンク・リアーデンの職務放棄を重くみすぎて、個人が社会にとって重要な意味を持ちうるという古くさい信念によって大衆の士気をそこなうことは社会への反逆だ」「ハンク・リアーデンの失踪について噂を広めることは社会への反逆だ。リアーデン氏は行方不明ではなく、オフィスで工場を通常通り運営しており、リアーデン・スチールには、小さな騒動、社員同士の個人的な乱闘以外には何の問題もない」「ハンク・リアーデンの悲劇的な喪失について非愛国的な見方をすることは社会への反逆だ。リアーデン氏は職務を放棄したわけではなく、出勤の途中に自動車事故で亡くなったのであり、悲しみにうちひしがれた家族は非公開で葬儀をおこなう意向を表明している」

存在がなくなり、事実が消滅し、役人とコラムニストが述べる必死の否定だけがかれらが否定している現実への鍵を与えるかのように、否定によってのみニュースを知るとは不思議なものだ、と彼女は思った。「ニュージャージーのミラー製鋼が廃業したというのは事実ではない」「ミシガンのジャンセン自動車が閉鎖されたというのは事実ではない」「鋼材の製造業者が深刻な鉄鋼不足のために崩壊寸前だというのは悪質で反社会的な虚言である。鉄鋼不足をおそれる理由はない」「鉄鋼統一計画が作成されつつあり、それがオルレン・ボイル氏によって支持されていたというのは中傷であり、根拠のない噂にすぎない。ボイル氏の弁護士はそれを断固として否認し、ボイル氏がいまそうした計画に猛反発していると記者団に発表した。ボイル氏は現在、神経衰弱を患っている」

だがひんやりと湿っぽい秋の夕暮れに、ニューヨークの街路で事件を目撃することがあった。ある金物屋の前には人だかりができていた。店主は残り少ない商品を持っていけと言わんばかりに扉を開け放ち、甲高くすすり泣くように笑いながら次々とガラス窓を叩き割っていた。荒れはてたアパートの戸口に群がる人びとがいた。そこには警察の救急車が待機しており、ガスの充満した部屋から男と妻と三人の子どもの死体が運び出されていた。男は鋼鉄の鋳物を作る小さな工場の経営者だった。

いまかれらにハンク・リアーデンの価値がわかるなら、なぜもっと早くそれに気づかなかったのだろう、と彼女はおもった。なぜ我が身の破滅を回避して、彼を幾年もの報われない拷問から解放しなかったのだろう？　答えは見つからなかった。

眠れない夜の静寂のなかで、ハンク・リアーデンと自分の立場はいま逆転したと彼女はおもった。彼はいまアトランティスにおり、彼女は光のスクリーンによって締め出されている。彼はおそらく、かつて彼女が苦闘する飛行機に叫んだように彼女に呼びかけているのだろうが、いかなる合図もスクリーンを通り抜けて届くことはないはずだった。

にもかかわらずスクリーンが一瞬ぱっと開いた。彼が行方不明になってから一週間後に彼女が受け取った手紙の長さだけ。封筒には差出人の住所はなく、コロラドのどこかの小村の消印だけがあった。二文からなる手紙だった。

あの男に会った。君のしたことは正しい。Ｈ・Ｒ・

動くことも感じることもできないかのように、彼女はじっと長い間手紙を見つめていた。何も感じていなかった。そしてふと肩がびくびく震えていることに気づき、やがて激しい興奮が高らかな賛辞と感謝と絶望からなっていることを理解した。この二人の男の出会いが意味した勝利、双方にとっての決定的な勝利への賛辞――アトランティスの人間が彼女をいまもかれらの仲間とみなし、伝言を受けとる例外を認めてくれたことへの感謝――自分の空白がいま耳にしている疑問を聞くまいとする闘いだと知った絶望だ。ゴールトは彼女を捨てたのだろうか？　最大の獲物と対面しに谷へ行ってしまったのだろうか？　戻ってくるだろうか？　彼女のことをあきらめたのだろうか？

耐えられないのはこうした疑問には答えがないということではなく、答えはあまりにもたやすく手の届くところにあり、そこへたどりつく一歩を踏み出す権利が彼女にはないということだ。

彼女は彼と会おうとはしなかった。ひと月のあいだ毎朝、オフィスに入るたび、彼女は周囲の部屋ではなく、ビルの地下にあるトンネルを意識していた。そして頭脳の片隅で気のない活動がめまぐるしく行われ、数字を計算し、報告書を読み、決断を下しつづけるいっぽう、心は活動をやめ、黙想しては凍りつき、あの人がそこにいる、という一言を忘れて動くことを禁じられているかのように感じながら仕事をこなしていた。彼女がただ一つ自分に許した調査は、ターミナルの従業員名簿を見ることだ。名前は見つかった。ゴールト、ジョン。名簿には公然と、十二年以上もの間、その名前が載っていたのだ。彼女は名前の隣に住所をみて、一ヶ月間ずっと、それを忘れようとした。

やけに長くつらいひと月だった。にもかかわらず、いまその手紙を見れば、ゴールトがもういないという考えはいっそう耐えがたいものとなった。彼が近くにいるという事実に抵抗する戦いでさえも彼とのつながりであり、支払うべき代償であり、彼の名において達成した勝利だった。いまそこには追及すべきではない疑念のほかには何も無い。トンネルにいる彼の存在は、これまで彼女のモーターだった。街のどこかにいる彼の存在があの夏の数ヶ月のモーターだったように。世界のどこかにいる彼の存在がその名を聞くよりもずっと前から彼女のモーターだったように。だがいま彼のモーターも止まったかのような気がした。

ポケットに入れた五ドルの金塊の明るく純粋な輝きを燃料の最後の滴として彼女は暮らしつづけた。無関心という最後の鎧に身を固めて。

新聞には各地で勃発しはじめた暴動の言及はなかった。だがネブラスカで、オレゴンで、テキサスで、モンタナで、弾痕だらけの車両、バラバラにこわれた線路、襲撃された列車、包囲された駅についての車掌の報告を通じて、彼女はそれを目のあたりにできた。絶望に始まり破壊に終わるだけの先のない無益な暴動だ。地方のヤクザの暴発もあれば、もっと広範囲に渡るものもあった。ある地域はやみくもに反乱を起こして地方役人を捕らえ、ワシントンからの出向者を追放し、徴税人を殺害し、連邦政府からの脱退を発表した。そしてまるで自殺をもって殺人と戦うかのように、かれらを破壊したのと同じ極悪に走った。かれらは手当たり次第に財産を押収し、全員の全員のための共同体を宣言し、全員の全員のための血なまぐさい憎悪のなか、銃のほかには何の規則もない混乱のなか、乏しい略奪品が消費しつくされると、ワシントンから廃墟に秩序をもたらすべく送りこまれた疲れた少人数の軍人の無気力な攻撃のもとに、一週間もたたないうちに滅びていった。

新聞はそうした事件に言及しなかった。社説は未来の進歩への道としての自己否定、道徳的必然としての自己犠牲、敵としての強欲、解決策としての愛について語りつづけた。病院のエーテルの臭いのようにうんざりするほど甘い陳腐な文句を。

あきらめを帯びた恐怖のなかで噂はあちこちでささやかれて広がっていった。にもかかわらず人びとは新聞を読み、誰がとことん沈黙を守れるかを競いながら、それぞれが知っていることを知らない振りをしながら、明言されないものは現実ではないと信じようとしながら、読んだままのことを信じているかのように振るまいつづけた。それはあたかも火山の噴火が始まっているにもかかわらず、山麓の人びとが突然の亀裂や黒い蒸気やぐつぐつ沸騰する細流を無視して、唯一の危険はこうした合図の現実性を認めることだと信じつづけているかのようだった。

「十一月二十二日、トンプソン氏の世界危機についての演説を聞きましょう！」

そうして認められていなかったことが初めて認められた。予告は一週間前に始まり、全国で鳴り響きつづけた。「トンプソン氏が国民に世界危機についての演説をします！　十一月二十二日午後八時、全国のラジオ局とテレビ局でトンプソン氏の話をお聴きください！」

はじめは新聞の第一面とラジオの叫び声がそれを説明していた。「国民の敵によって広められた恐怖と噂に対抗し、トンプソン氏が十一月二十二日に国民に演説し、深刻な世界危機における世界情勢についての完全な見解を示します。トンプソン氏が恐怖と絶望に我々を閉じこめておこうとする邪悪な勢力にとどめを刺すことでしょう。そして世界の闇に光明をもたらし、痛ましい問題から脱出する道――事態の深刻さに応じて厳しくはあっても、光の復活によって与えられた栄光の道を我々に示すことでしょう。トンプソン氏の演説は全国のラジオ局と電波の届く世界各国で報道されます」

すると合唱が乱れ、日増しに大きくなった。日刊紙の見出しには「十一月二十二日にトンプソン氏の演説を聴きましょう！」と書かれた。ラジオ局は全番組の終わりに「十一月二十二日のトンプソン氏をお忘れなく！」と叫んだ。地下鉄とバスの貼り紙に――ビルの壁のポスターに――人気のない高速の広告板に「トンプソン氏真実を語る！」と書かれた。

「絶望してはいけません！　トンプソン氏の演説をききましょう！」と御用車の小旗には書かれてあった。「あきらめてはいけません！　トンプソン氏の演説をききましょう！」とオフィスや店の旗に書かれてあった。「信じなさい！　トンプソン氏の演説をききましょう！」と教会の声が言っていた。軍用機が「トンプソン氏が答えてくれる！」と宙で溶ける文字で空に書いたが、書き終えたころには文末の二語しか読めなかった。

演説の日に向けて公共のスピーカーがニューヨークの広場に立てられ、車の疲れた騒音とみすぼらしい群集の上で、遠い時計の音に合わせて一時間おきに、警報のように機械的で耳障りな音を響かせた。「十一月二十二日、世界危機に関するトンプソン氏の演説をききましょう！」――悲鳴は寒気を通り抜け、日付のない空白のカレンダーの下、霧のたちこめる屋根の合間に消えた。

十一月二十二日の午後、ジェイムズ・タッガートはダグニーに、放送前の会議のためにトンプソン氏が彼女と会いたがっていると告げた。

「ワシントンで？」耳を疑うように腕時計を見て、彼女は訊き返した。

「いや、どうやら新聞を読んだり重要な事件を追いかけたりはしていないようだね。トンプソン氏がニューヨークから放送することを知らないのかね？　あの人は労組、科学、専門職、その他の全米を代表するリーダーと一緒に、製造業の指導者と協議するためにこちらに来ているんだ」

「会議はどこであるの？」

「放送室だ」

「放送中に政策を支持する発言を求められたりはしないでしょうね？」

「心配ない。君をマイクに近づけるものか！　ただ意見をききたがっているだけだ。それに国家危機でもあるし、トンプソン氏みずからの招待だから拒否できない！」彼女の目を避けながら、彼はせかせかと話した。

「会議は何時から？」

「七時半だ」

「国家危機についての会議を開くにしては短い時間ね」

「トンプソン氏はとても忙しい人だ。頼むから理屈をこねてつむじをまげずに――」

「いいわ」素っ気なく彼女はいった。「行きましょう」そしてやくざの談合に立会人なしで乗りこむのは嫌だという感情に駆られて「でもエディー・ウィラーズを連れて行くわ」と、つけ加えた。

彼は顔をしかめ、しばらく考えていたが、心配というよりは不快そうな表情を浮かべて肩をすくめると、「ああ、そうしたいならべつに構わないが」と、ぶっきらぼうに言った。

ジェイムズ・タッガートを警官として、エディー・ウィラーズを護衛として左右にしたがえ、彼女は放送室にやってきた。タッガートの顔は憤然としてこわばり、エディーの顔は諦めを帯びていたが疑念と好奇心ものぞいていた。ボール紙の壁に囲まれた舞台セットが薄暗くだだっぴろい空間の隅に建てられ、いかめしい応接間と近代的な書斎の中間の古風で堅苦しい雰囲気を演出していた。セットに人はいないが、家族アルバムからの一組といった様子で肘掛椅子が半円状に並べられ、椅子の間には、長い釣棹の先端についた餌のようにマイクがぶら下がっている。

そわそわ群れてぼんやり立っている全米一の指導者たちは、つぶれた店の売れ残りの外観を呈していた。そこにはウェスリー・ムーチ、ユージン・ローソン、チック・モリスン、ティンキー・ハロウェイ、フロイド・フェリス博士、サイモン・プリチェット博士、チャルマーズの母、フレッド・ケナン、そしてぱっとしないビジネスマンが四、五人いた。そのうちの一人はびくついてはいるがわくわくしているようなアマルガメイティッド転轍信号機製作所のモーウェン氏であり、あろうことか、製造業界の大物を代表することになっていた。

だが彼女がどきりとしたのは、ロバート・スタッドラー博士の姿を見たときだ。人の顔がほんの一年の間にこれほど老けうるとは。無尽蔵の活力がみなぎり、少年のような熱意にあふれた表情は消え、冷めて苦味ばしった形相だけが残っていた。博士はみなから離れてひとりで立っており、入ってきた彼女を目がとらえた瞬間、視線がぶつかった。博士は、売春宿で周囲のありさまを受け入れるようになっていたが不意に妻に現場をおさえられた男のように見えた。それは憎悪にかわりつつある罪悪感を帯びた目だった。やがて科学者ロバート・スタッドラーは背を向けた。まるで彼女を見なかったかのように——見ることを拒否すれば事実の存在を消してしまえるかのように。

トンプソン氏は、演説といった任務を見下す行動派の男のようにせっかちに人の間を歩きまわっては、行き当たりばったりで居合わせた人間にかみつくように話しかけていた。彼はタイプした原稿をすぐにも捨てたいと思っているぼろ布のように握り締めていた。

ジェイムズ・タッガートは途中で彼を呼びとめると、おどおどと、「トンプソンさん、妹のダグニー・タッガートを紹介いたします」と大声で言った。

「ミス・タッガート、わざわざお越しいただいてどうも」トンプソン氏は、彼女が名前を聞いたこともない地元の有権者の一人であるかのように握手をすると、威勢よく歩き去った。

「ジム、会議はどこ?」とたずねると、彼女は時計をちらりと見た。それは八時に向かって動く刃のように分を刻む黒い針のある大きな白い文字盤だった。

「しかたなかったんだ！　私がお膳立てしたわけじゃない！」彼は叫んだ。

エディー・ウィラーズはひどく我慢強い驚きの目で彼女を一瞥すると、つと歩み寄った。

ラジオは別のスタジオから放送された軍隊行進曲の番組を受信しており、上品なセットに向かって神経質な声や、せわしない漫然とした足音、軋る機械の断続的な低音が流れていた。

「そのままで八時からのトンプソン氏の世界恐慌についての演説をおききください！」ラジオのアナウンサーの勇ましい声が叫んだとき——時計の針が七時四十五分を指した。

「急げ、みんな、急げ！」ラジオが別の行進曲をかきならし始めると、トンプソン氏が怒鳴った。

現場責任者らしい士気調整局長のチック・モリスンがメモ用紙の束を警棒のように振って、ライトの照りつける肘掛け椅子の円を指し示しながら「ではでは、みなさん、席に着きましょう！」と声をはりあげたのは七時五十分だった。

トンプソン氏は地下鉄の空席に陣取るやりかたで、真ん中の椅子にドサッと落ちた。

チック・モリスンの助手が一行を光の円の方に率いていった。

「幸せな家族ですよ」チック・モリスンが説明した。「国民は我々を大きな、団結した、幸せな——あれはどうしたのかな?」ラジオの音楽が節の真ん中で、電波障害のおかしな短い音をたててぷっつりと途切れた。七時五十一分だ。肩をすくめて、彼は続けた。「——幸せな家族として見なければなりません。きみたち、急ぎなさい。まずトンプソン氏のアップだ」

時計の針が分を刻み、新聞のカメラマンがトンプソン氏の硬くいらいらした顔に向かってシャッターをカシャカシャと押した。

「トンプソン氏が科学と産業の間に座ります」チック・モリスンが発表した。「スタッドラー博士、どうぞ——トンプソン氏の左の椅子に。ミス・タッガート——こちらへどうぞ——トンプソン氏の右に」

スタッドラー氏は従った。彼女は動かなかった。

「ラジオだけじゃなく、テレビの視聴者もいますから」チック・モリスンが誘導の口調で彼女に説明した。

彼女は一歩前に進んだ。「私はこの番組には参加しません」トンプソン氏に向かうと、平然として彼女はいった。

「え?」花瓶の一つが突如その役割を果たすことを拒んだとすればこうもあろうという表情で、ぽかんとして彼はきいた。

「ダグニー、頼むから!」ジェイムズ・タッガートが狼狽して叫んだ。

「彼女はどうしたんだね?」トンプソン氏がたずねた。

「ですが、ミス・タッガート！　なぜです？」チック・モリスンが叫んだ。

「みなさん理由はご存じのはずです」周囲の面々に向かって、彼女はいった。「みなさん、あれを繰り返そうとするほどバカじゃありませんよね」

「ミス・タッガート！」彼女が背を向けて出て行こうとすると、チック・モリスンが叫んだ。「これは国家的危――」

そのときトンプソン氏の方に一人の男が駆けてきて、みなと同じようにはっと彼女は立ち止まり――男の血相をみて座は一瞬にして静まり返った。彼はラジオ局のチーフエンジニアであり、礼節ある自制心の名残と闘う前時代的な恐怖が顔に表れているのは奇妙に映った。

「トンプソンさん」彼はいった。「我々は……放送を遅らせなければならないかもしれません」

「何だって！」トンプソン氏が悲鳴をあげた。

時計の針は七時五十八分を指していた。

「トンプソンさん、修理しようとして、原因を確かめようとしてはおりますが……間に合わないかもしれませんし――」

「何の話だ？　何があったんだね？」

「我々は問題を発見しようと――」

「何が起こったんだね？」

「わかりません！　ですが……トンプソンさん、放送できないかもしれません」

一瞬の沈黙があり、やがて不自然に低い声でトンプソン氏がたずねた。「頭がおかしくなったのかね？」

「そうに違いありません。そうならばよいのですが。理解できません。局は機能しなくなりました」

「機械の故障かね？」トンプソン氏が跳びあがって大声で叫んだ。「ばかもの、こんなときに機械の故障だと？　そんな運営のしかたで――」

チーフエンジニアは、子どもを怯えさせたくない大人のように、ゆっくりと頭を振った。「トンプソンさん、この局ではありません」彼は穏やかにいった。「確認できた限りでは全国の全放送局です。それに機材は故障しておりません。ここでも他局でも。設備は正常、まったく正常な状態で、他局も同じだそうです……しかし全ラジオ局が七時五十一分に放送を切られ……誰にも原因がわからないのです」

「だが――」トンプソン氏が叫び、言葉を切り、周りを見渡して叫んだ。「今夜はだめだ！　今夜そんなことは許されん！　放送しろ！」

「トンプソンさん」チーフエンジニアはゆっくりと言った。「我々は国家科学研究所の電子工学研究室に電話しました。このようなものは……見たことがないそうです。自然現象か、前代未聞の宇宙からの障害かもしれないと言っています。ただ――」

「何だね？」

「ただかれらはそうは思ってはいません。我々にもそうとは思えません。これまで作られたことがなく、観測されたことも発見されたこともない周波数の電波に見えるとかれらは言っております」

誰も答えなかった。彼は即座にきわめて厳粛な声で続けた。「どうやら放送を妨害する電波の壁らしいのですが、我々には通り抜けることも触れることも破ることもできません……しかも、通常のやりかたでは発信源を特定できないのです……電波は既存の送信機をどれもこれも……子どもだましに見せるような送信機から来ているようです！」

「だがありえない！」トンプソン氏の背後から悲鳴があがり、奇妙な恐怖の響きにどきりとして、全員が一斉に声のする方を見た。それはスタッドラー博士から来ていた。「そんなものはないはずだ！　この世にそんなものを作れる者は誰もいないはずだ！」

チーフエンジニアは両手を左右に拡げた。「スタッドラー博士、そこなんです」げんなりとして、彼はいった。「ありえないことです。ありえません。ですがそうなのです」

「なら何とかしろ！」トンプソン氏が一座の全体に向かって叫んだ。

誰も答えも動きもしなかった。

「こんなことは許さんぞ！」トンプソン氏が怒鳴った。「私が許さん！　今夜という今夜に！　私は演説をしなければならないんだ！　何とかしなさい！　何でもいいから解決しなさい！　解決を命ずる！」

チーフエンジニアはぼんやりと彼を見ていた。

「この件で大量解雇だ！　この国の電子技術者全員を解雇するぞ！　現職の全員をサボタージュと職務放棄と反逆の容疑で裁判にかけるぞ！　聞こえたのか？　ばかやろう、おい何とかしろ！　何かしろ！」

言葉がもはや何も伝えないかのように、チーフエンジニアは無感覚に彼を見ていた。

「命令に従う人間はいないのかね？」トンプソン氏が怒鳴りたてた。「この国に頭脳のある人間は残っていないのかね？」

時計の針がきっかり八時を指した。

「諸君」ラジオからある声が流れてきた。もう何年ものあいだ電波には乗らなかったような、明快で冷徹な男の声だ。「トンプソン氏が今夜諸君に話すことはない。時間切れだ。代わりに私が話をする。諸君は世界恐慌についての演説をきくことになっていた。これからその話をしよう」

その声を認識してはっと息をのんだ者が三人いたが、悲鳴の段階を通りこしたざわめきのなかで、その音に注意をはらう余裕のある者はいなかった。ひとつは勝利の、もうひとつは怯えの、三つめは当惑の音だった。声の主がわかった三人というのは、ダグニー、スタッドラー博士、エディー・ウィラーズだ。誰もエディー・ウィラーズを見なかったが、ダグニーとスタッドラー博士は顔を見合わせていた。彼女は見るに忍びないまでの険しい恐怖でゆがんだ彼の顔を見た。彼には彼女がその声を知っていることがわかり、まるで声の主に顔をひっぱたかれたかのごとく自分を見たように感じた。

「十二年間、諸君はたずねてきた。ジョン・ゴールトって誰、と。こちらジョン・ゴールト。私は自分の命を愛する人間だ。自分の愛や価値観を犠牲にしない人間だ。私が諸君から犠牲者を奪い、それによって諸君の世界を破壊した者であり、諸君が——知識を怖れる諸君がなぜ滅びつつあるのか知りたければ、いまそのわけをお教えしよう」

チーフエンジニアだけが動くことができた。彼はテレビの受像機に駆けつけ、無我夢中でダイヤルと格闘した。だが画面はからっぽのままだった。声の主は見られないことを選んだのだ。ただ彼の声だけがこの国の通信路を支配していた。世界の通信路を、とチーフエンジニアはおもった。それはここで、この部屋で、大勢ではなく一人の人間に話しているかのような声であり、群集ではなく人の知性に語りかける口調だった。

「諸君は現代が道徳危機の時代だときかされてきた。なかばおびえながら、一方で、そんなはずはないと自分に言い聞かせながら。人間の罪が世界を滅ぼしていると叫び、求める美徳を実践しようとしない人間の性をののしってきた。諸君にとって美徳とは犠牲によってなりたつものであるがために、災害につぐ災害にさらに多くの犠牲を求めてきた。道徳回帰の名のもとに、苦境の原因たる悪とみなしたすべてを犠牲にしてきた。そして正義を慈悲の犠牲にした。独立を統一の犠牲にした。理性を信仰の犠牲にした。富を必要の犠牲にした。自尊心を自己否定の犠牲にした。幸福を義務の犠牲にした。

諸君は悪とみなすものをことごとく破壊し、善とみなしたものをすべて達成した。ならばなぜ、周囲の世界の光景に縮みあがっているのだろうか？　その世界は諸君の罪悪ではなく、美徳の観念の産物なのだ。道徳的理想が完全かつ決定的な完璧さをもって実現したものだ。諸君はそのために戦い、それを夢にみ、それを望み、そして――私が諸君の望みをかなえた人間だ。

諸君の理想には、その道徳規範が破滅させようとする冷酷無情な敵がいた。私はその敵を撤退させた。邪魔にならず、手の届かない場所に連れていった。諸君が一人また一人と犠牲にした諸悪の根源を取り除いた。そして諸君の戦いを終結させた。私は諸君のモーターを止めた。人間の頭脳を諸君の世界から奪ったのだ。

人間は頭脳によって生きるのではないと諸君は言うのだろうか？　頭脳で生きる者たちを私は引き下がらせた。頭脳は役に立たないと言うのだろうか？　頭脳を役に立てる者たちを引き下がらせた。頭脳より高い価値があると言うのだろうか？　ないと考える者たちを引き下がらせた。

諸君が正義と独立と理知と富と自尊心によって生きる者たちを生贄の祭壇へとひきずりだす間に、私は諸君よりも先にかれらを捕まえた。そして諸君がおこなっている駆けひきの本質と、あまりにも無邪気で寛容すぎたかれらが理解しかねていた諸君の道徳律の本質を教えた。私はかれらに別の道徳――私の道徳によって生きる道を示した。かれらが従うと決めたのは私の道徳律だった。

姿を消した者たち、諸君が憎みながらも失うことを恐れていた者たち全員、かれらを諸君から奪ったのは私だ。我々を探そうとしないことだ。見つかりはしない。諸君に仕えるのが我々の義務だと叫ばないことだ。そのような義務を認めない。我々が必要だと叫ばないことだ。必要を権利とはみなさない。我々は諸君のものだなどと叫ばないことだ。そうではないのだから。復帰しろと頼まないことだ。頭脳によって生きる我々は、ストライキをしているのだから。

我々は自己犠牲に対してストライキをしている。値しない報酬と報酬のない義務の信条に対して。人の幸福の追求が悪であるという教義に対して。人生が罪であるという原理に対して。

我々のストライキと諸君が何世紀にも亘って実践してきたあらゆるストライキの間にはひとつの違いがある。我々のストライキは要求をすることではなく、それを認めることからなっている。諸君の道徳によれば、我々は邪悪だ。だからこれ以上諸君に危害を加えないことにした。諸君の経済学によれば我々は役に立たない。だからこれ以上諸君を搾取しないことにした。諸君の政治学によれば我々は危険であり、足かせをはめられなければならない。だから諸君を危険に陥れず、これ以上足かせをつけないことにした。諸君の哲学によれば、我々は幻想にすぎない。だから我々はこれ以上諸君の目をくらませないで諸君が自由に現実——諸君が求めた現実、いま見ている世界、知性のない世界に直面できるようにした。

そうして諸君が我々に求めたすべてを与えた。我々は常に与える立場にあったが、いまようやくそれを理解したのだ。我々には諸君に突きつける要求も、交渉する条件も、到達する妥協案もない。諸君が我々に提供できるものはない。我々は諸君を必要としていない。

いや、こんなものを求めてはいなかった、と諸君はいま叫んでいるのだろうか？　廃墟と化した愚鈍な世界を目指していたわけではなかったと？　置き去りにされたくはなかったと？　道徳の食人族よ、おのれの欲するものを諸君は常に知っていたはずだ。だが既に勝負はついている。いまや我々もそれを知っているからだ。

諸君の道徳律によってもたらされた何世紀にも亘る災難と災害を通じて、諸君はその規範が破られたと叫び、災難はそれを破った罰であり、人間はその規範が求める血を流すには弱すぎ、身勝手すぎると叫んできた。そして人間をののしり、存在をのろい、この世界をうらんだが、あえて諸君の規範を問いただそうとしたことはなかった。諸君の罵倒を苦難の報酬として犠牲者が苛まれつづけるいっぽうで、諸君は自分たちの規範は崇高だが人間の本性が善良ではないのでそれを実践できないと叫びつづけた。そして誰も立ち上がって疑問を呈することはなかった。善良？――何の基準によって？

諸君はジョン・ゴールトの正体を知りたがった。私がその疑問を呈した人間だ。

さよう、いまは道徳危機の時代だ。さよう、諸君は確かにおのれの悪徳の罰を受けている。だがいま裁かれているのは人間ではなく、責められるべきは人間の本性ではない。いま終焉をむかえたのは諸君の道徳律だ。諸君の道徳律はその頂点に、その道の行き止まりにたどりついたのだ。そして生きつづけたいと望むなら、いま諸君に必要なのは道徳への回帰ではない――諸君はいかなる道徳も知りはしない――道徳を発見することなのだ。

諸君は神秘主義的あるいは社会的な道徳観念しか耳にしたことがなかった。道徳とは、おのれの人生や快楽ではなく、神の目的や隣人の福祉に役立て、墓の向こうや近所の権力者の気に入るために、超自然的な力や社会の気まぐれによって課された行動規範だと教えられてきた。おのれの快楽は不道徳のなかに見つかり、利益は往々にして悪行によってもたらされ、いかなる道徳律もおのれのためではなく利益に反して、人生を向上させるためではなく枯らすべく定められてしかるべきだと教えられてきた。

何世紀にも亘って、道徳の戦いは人生は神のものと主張する人びとと、それが隣人のものだと主張する人びとの間で闘われてきた——善は天上の幽霊のための自己犠牲であると説く者と、善はこの世の無能な人間のための自己犠牲だと説く者の間で。そして誰も、人生がその人のものであり、善とはそれを生きることだと言うにいたらなかった。

どちらも、道徳が私利と知力の放棄を要求し、道徳と実用は相反し、道徳は理性ではなく信仰と権力の領域に属するという点で一致していた。どちらも、合理的な道徳などありえず、正誤の問題において理性は無関係であり——理を求めれば道徳的たる理由はないという点で一致していた。他の何について争っていても、すべての道徳主義者が一致団結して攻撃したのは人間の知性だった。かれらの構想と制度のすべてが奪い、破壊しようとしたのは人間の知性だった。いま諸君は滅びるか、知性に反することは生命に反することだと知るか決めることだ。

人間の知性は基本的な生存手段だ。命は与えられるものだが生存は違う。肉体は人に与えられるがその持続は違う。頭脳は与えられるが中身は与えられない。生きていくために人は行動しなければならず、行動をおこす前に、自分の行動の性質と目的を知らなければならない。人は食物についての知識やそれを獲得する方法なくして食物を手に入れることはできない。目的の認識とそれを達成する手段なくしては溝を掘ることも——サイクロトロンを作ることもできない。生きていくために、人は考えなければならない。

だが考えることは選びとる行為だ。諸君がかくも無謀に『人間性』と呼ぶ、それとともに生きながらも明言を恐れる公然の秘密をとく鍵は、人間はみずからの意識によって存在するという事実だ。理性がひとりでに働くことはない。考えることは機械的な過程ではない。論理による関連づけは本能的には起こらない。胃や肺や心臓の機能は自動的だが、頭は違う。人生のいついかなるときにあっても、人は考えることができるし、またその手間を省くこともできる。だが自分の本質から、つまり理性こそ生存の手段であるという事実から逃げられはしない――したがって、人間である諸君にとって、『生きるべきか死ぬべきか』という問いは、『考えるべきか考えざるべきか』という問いと同義なのだ。

みずからの意識による存在にはいかなる自動的な行動の経路も存在しない。人間には行動を導く価値規範が必要だ。『価値』とは人が獲得して守るために行動するもののことであり、『美徳』とはその価値を獲得して守る行為のことである。『価値』は、誰にとっての何のための価値か、という問いへの答えを前提とする。『価値』は基準、目的、ある選択肢を前にした際の行動の必要性を前提とする。選択肢のないところに価値観はない。

全世界には一つだけ根本的な選択肢がある。存在するかしないか。それはひとつの存在の種類、すなわち生物のみに関係する。無生物は無条件に存在するが、生物の存在はそうではなく、具体的な一連の行動に依存する。物質を破壊することはできず、それは形を変えたとしても消滅することはない。絶えず生か死かの選択肢にさらされているのは生物だけだ。生命は自己保存と自発的な行為によって存続している。生物がその行為をやめれば死ぬ。その化学成分は残るが、命はもはや存在しなくなる。『価値』の概念を可能たらしめるのは『命』の概念だけだ。生命体にとってのみ、ものごとは善であったり悪であったりしうる。

植物は生きるために栄養を摂取しなければならない。植物が必要とする日光、水、化学物質は、それが追求すべく自然によって定められた価値である。生命が活動を方向づける価値基準だ。だが植物が行動を選択することはない。遭遇する条件に選択肢はあるが、機能に選択肢はない。命を長らえるために無意識に活動するものの、自滅するために行動することはできない。

動物には生命を維持する能力がそなわっており、無意識のままで感覚が行動規範、すなわち善悪の知識を提供する。動物はその知識を拡大したりそれを避けたりする力をもたない。知識が不十分な場合には死ぬ。だが生きている限り、動物はその知識に基づいて、選択するまでもなく必然的に身の安全のために行動する。動物は自分にとっての善を無視することも、あえて悪を選んでおのれの破壊者として行動することもできない。

人は生存のための行動規範を生まれながらに知っているわけではない。ほかの生物と特に異なっているのは、自分の意志によってさまざまな選択を続けていく必要があることだ。人は生まれつき、善悪も、生きるよりどころとする価値も、そのために必要な行動も知らない。自己保存本能はどうだと言うのだろうか？　自己保存の本能こそまさしく人にはないものだ。『本能』は的確かつ無意識な知識の形といえる。願望は本能ではない。生きたいという願望があっても、そのための知識が与えられることはない。生きたいという願望さえも自然に生ずるものではない。今日の秘められた悪は、諸君にはその願望がないことだ。死の恐怖は命への愛ではなく、命を維持するために必要な知識を与えてはくれない。人は知識を獲得し、思考をかさねて行動を選択しなければならないが、それが自然に行われることはない。人にはおのれの破壊者として行動する力があり、歴史のほとんどを通じて人はそのように行動してきた。

自己の生存手段を悪とみなす生物が生存しつづけることはまずない。自分の根を切り刻もうとする植物や、おのれの翼を折ろうともがく鳥は、みずから侮辱した存在を長らえさせることはできない。だが人間の歴史は知性を否定し破壊しようとする闘争だった。

人は合理的な存在といわれてきたが、合理的でいるかどうかは人自身が決めることだ。人には本来、合理的な存在でいるか、自己破壊的な動物になるかという選択肢がある。人は人になることを選ばなければならない。人生に価値を見いだすことを選ばなければならない。生計をたてていくことを選ばなければならない。そのために必要な価値を発見し、美徳を実践することを選ばなければならない。

選ぶことによって受け入れた価値規範が道徳律だ。

私の話をいま聞いている諸君がいかなる人間かはともかく、私は諸君の内側の堕落していない人間性の名残、諸君の知性の名残に話している。そしてこう言おう。理にかなう道徳、人間に適切な道徳は確かに存在し、人間の生命がその価値基準だ。

すべて合理的な存在の命に適したものは善であり、すべて命を破壊するものは悪である。

人間の生命は本来、愚鈍なけだものや、略奪を働く悪党や、たかり屋の神秘家ではなく、考える存在の命――武力や詐欺ではなく業績によって支えられた生命だ。際限ない代償を払って生存するものではない。人間の生存に払う代償は理性だけなのだから。

人間の生命は道徳の基準だが、諸君自身の生命はそれぞれの目的だ。この世界での存在が諸君の目標ならば、諸君は人間に適した基準によって行動と価値観を選ばなければならない。生命というかけがえのない価値を維持し、まっとうし、楽しむという目的のために。

生命がある行動の道筋を要求するゆえに、それ以外の道筋は破滅をまねく。おのれの生命を行動の動機と目標とみなさない存在は、死の動機と基準にもとづいて行動している。そうした存在は、おのれの存在という事実に反対し、それを否定し、それと矛盾するべくもがき、見境なく破滅への道を突っ走り、苦しむほかに能力のない形而上の怪物だ。

幸福は成功した人生の状態であり、苦痛は死をもたらす力である。幸福とは人の価値観をまっとうすることに由来する意識の状態のことだ。おのれの幸福を放棄することに幸福を見いだし、おのれの価値観の挫折に価値を認めるべきと説く道徳は、道徳の傲慢なる否定である。他人の祭壇の上での屠殺を求める生贄の役割を理想とする教義は、死を基準としている。現実の恩恵と生命の本質によって、人間は――すべての人間はそれ自身が目的であり、自分のために存在し、自分自身の幸福に到達することが最高の道徳目的なのだ。

だが人生も、幸福も、理にかなわない気まぐれに流されていてはまっとうできない。人はどれほどでたらめに生きようとも自由だが自然の定めに従って生きないかぎり滅びるのと同様、人はいかに無分別な詐欺によって幸福を求めようとも自由だが、人間にふさわしい幸福を追求しない限り、葛藤の責め苦に苛まれるばかりだろう。道徳の目的は人に苦難と死を教えることではなく、楽しんで生きることを教えることだ。

他人の頭脳の恩恵をうけて暮らし、人間には道徳も価値観も行動規範もいらないと公言する補助金でなりたった教室の寄生虫を一掃することだ。かれらは、科学者然と人間は動物に過ぎないと言いはりながら、その人間に対してもっとも下等な昆虫に認めた生存の法則さえ適用しようとはしない。かれらはあらゆる種の生物には自然が定めた生存のしかたがあることを認め、水の外で魚が生きられるとも、犬が嗅覚なしに生きていけるとも主張しない。だが、生物のうちでもっとも複雑な存在である人間は、いかなるやりかたでも生きていくことができ、主体性も本性もなく、生存の手段を破壊され、知性を抑えつけられ、かれらに命じられるがままになったとしても生きていけないい実際的な理由はないと主張する。

人類の友をよそおって、人が実践しうる最高の美徳はおのれの人生に価値を見いださないことだと説く憎悪にまみれた神秘家を一掃しなさい。道徳の目的が人間の自己保存本能を抑制することだとかれらは言うのだろうか？　人間に道徳律が必要なのは自己保存のためだ。道徳的たらんとする人間だけが生きることを望む人間なのだ。

いや、生きる必要はない。それは基本的な選択だ。だが生きると決めたならば、人間として生きなければならない――知性を働かせ、判断を下して。

いや、人間として生きる必要はない。それは道徳的選択だ。だが人はほかの何ものとしても生きられない。その選択肢はいま諸君の内面と周囲にある生きた死、もはや人間ではなく動物以下の存在に適さないもの、苦痛だけを知り、思考のない自己破壊の苦悩にまみれて何年もずるずると生きつづけるものの状態だ。

いや、考える必要はない。それは道徳的選択だ。だが諸君を生かしておくために誰かが考えなければならない。諸君がその義務を怠るときは生きるための義務を怠っているのであり、その欠損をどこかの有徳の人物に埋めさせ、諸君の悪徳によって諸君を生かしておくために彼が自分にとっての善を犠牲にすることを求めていることになる。

いや、人間である必要はない。だが今日人間である者たちはもはやそちらにはいない。私が諸君の生存手段を――犠牲者を連れ出した。

私がどのようにしてそれを行ったか、かれらに辞めさせるために何と言ったかを知りたければ、諸君はいまそれを聞いている。いま論じていることと本質的に同じことをかれらに教えた。かれらは自分の規範によって生きていたが、それがどれほど素晴らしい美徳だったかを知らなかった。私はそれを示してみせた。かれらを再評価したのではなく、かれらの価値を認識させたにすぎない。

我々頭脳労働者は、いま我々の道徳律の源である一つの公理の名の下に、諸君に対してストライキを行っている。同様に、諸君の道徳律はそれから逃れたいという願望に根ざしている。存在は存在するという公理だ。

存在は存在する――この命題を理解するという行為には必然的に二つの公理が含まれる。人が知覚する何かが存在し、人は存在するものを知覚する機能としての意識を持って存在するということだ。

かりに何も存在しないならば意識はありえない。意識するものがない意識は名辞の矛盾である。それがそれ自体を意識として認識するにそれ自体以外に何も意識しない意識も名辞の矛盾である。それがそれ自体を意識として認識するに先立って、それは何かを意識しなければならないからだ。諸君が知覚すると主張するものがかりに存在しないならば、諸君がもっているのは意識ではない。

諸君の知識がどの程度であれ、この二つ――存在と意識――は逃れることのできない基本的な前提であり、これら二つはいかなる行動をとるにあたっても、生まれて初めて知覚する最初の光線から、人生の最期までに獲得するもっとも広範な博識にいたるまでの知識のどの部分や蓄積においても必然的に伴われ、それ以上単純化できない第一原理である。小石の形を知っていようが太陽系の構造を知っていようが、それが存在し、諸君がそれを知っているという公理は同じだ。

存在することは、非存在の無から区別される何かであることであり、具体的な属性からなる具体的な自然の実体であることだ。何世紀も前、もっとも偉大な――いかなる過ちをおかしたとしても史上最高の哲学者であった人物が、存在の概念とすべての知識の原則を定義する公式を述べた。AはAである。ものはそれ自身である。諸君は彼の命題の意味を理解したことがない。私がそれを完成させよう。存在とは独自性《アイデンティティー》であり、意識するとは独自性を認識することである。

諸君が何を考慮するにせよ、物体であれ、属性であれ、行為であれ、独自性の法則は不変である。木の葉は同時に石ころであることはできず、完全に赤でありながら完全に緑でもあることも、凍てつきながら燃えることもありえない。AはAである。あるいは、より簡潔な言葉で述べるならば、食べた菓子は後には残らない。

世界の何がおかしいのかを知ろうとしているのだろうか？　諸君の世界を破壊した災難のすべては、諸君の指導者がAはAであるという事実を避けようとしたことから来ている。諸君が自己の内側で対峙することを恐れる秘められた悪のすべてとこれまで耐えてきた苦痛のすべては、AはAであるという事実から逃れようとする諸君自身からきている。それを避けろと教えた者たちの目的は、人間が人間であることを忘れさせることだった。

人間は知識を得ることなしに生きていくことはできず、知識を得る唯一の方法は理性だ。理性は感覚によって提供されたものを知覚し、認識し、統合する機能だ。感覚の仕事は人に存在の証拠を与えることだが、それを認識する仕事は理性に属し、感覚は人にただ何かがあることだけを告げるのであり、それが何であるかは知性が判別しなければならない。

すべて思考は認識と統合の過程である。人間は色のついた塊を知覚する。視覚と触覚の証拠の統合によって、人はそれを固体として認識するようになる。そしてその物体を机として認識するようになる。さらに机が木でできていることを知り、木が細胞からなり、細胞が分子からなり、分子が原子からなっていることを学ぶ。この全過程を通じて、頭脳の働きは、それは何かという一つの質問への答えからなっている。人がその答えの真実を確立する方法が論理であり、論理は存在が存在すると言う公理に依存している。論理は矛盾しない認識の芸術である。矛盾は存在しえない。原子はそれ自身であり、宇宙もまたしかり。いずれもその独自性と矛盾しえず、一部が全体と矛盾することもない。人が形成する概念はそれを矛盾なくおのれの知識全体に統合しない限り有効ではない。矛盾に到達することは人の思考における誤りを認めることだ。矛盾を主張することは人の頭脳を放棄し、現実の領域からおのれを追い立てることである。

現実とは存在するもののことだ。非現実は存在しない。非現実的なものとは人間の意識が理性を放棄しようとするときの意識の内容である存在の否定にすぎない。真実は現実の認識である。人間が知識を得る唯一の手段たる理性は、真実の唯一の基準だ。

いま諸君が口にできるもっとも堕落した文句があるとすれば、誰の理性か、とたずねることだ。答えは諸君の理性だ。人は知識がいかに広かろうと狭かろうと、自分自身の頭脳によって知識を獲得しなければならない。人に扱えるのは自分自身の知識だけである。持っていると主張したり他人に考慮を求めたりできるのは自分自身の知識だけだ。人の知性は唯一の真実の審判者であり——他人が判決に異議を唱えたとしても、現実という上級審で最終判決が下される。人間の頭脳だけが、複雑で、精緻で、極めて重要な認識の過程である思考をおこなうことができる。人間自身の判断だけが、その過程を導くことができる。人間の道徳的誠実さだけが人の判断を導くことができる。

『道徳的本能』が理性と相反する別の資質であるかのように話す諸君よ——人間の理性こそが道徳の機能だ。合理的な思考過程は、真か偽か——正か誤か、という問いへの解答の不断の選択の連続だ。種が育つには土に植えられるべきか——正か誤か？　人の傷は命を救うためには消毒されるべきか——正か誤か？　空中電気はその性質上、運動エネルギーに変換されうるか——正か誤か？　諸君が手にしているすべてをもたらしたのは、そうした問いへの答えであり、答えは人間の知性、正しいものに忠実な妥協なき知性からきたものだ。

合理的な過程は道徳的過程である。その過程で人は、おのれの厳格さのほかに自分を守るものはなく、どの段階で過ちをおかすかもしれず、あるいは不正をおこない、証拠をいつわり、探求の努力をはぶこうとするかもしれない——だが真実に忠実であることが有徳の極印だとすれば、思考の責任を引き受ける人間の行為ほど立派で、気高く、勇気ある献身の形はない。

諸君が魂や精神と呼んでいるものは諸君の意識のことであり、『自由意志』と呼んでいるものは、諸君が知性で考えるか考えないかの自由、諸君が唯一もっている意志、たった一つの自由、選択のすべてを支配し、人生と人格を決定する選択のことなのだ。

思考はすべての美徳に先立つ人間の唯一基本的な美徳である。根本的な悪徳、諸悪の根源は、諸君が実践しながらも何とか認めないでおこうとする名状しがたい行為、つまり意図的な人間の意識の停止、思考の拒否である抹消行為——盲目ではなく見ることの拒否、無知ではなく、知ることの拒否だ。それは認識を拒みさえすればものは存在しなくなり、Aは『それがある』という判決を宣告しないかぎりAではないという暗黙の前提によっておのれの知性の焦点をぼかし、判断の責任を回避するために内面を霧で覆う行為だ。考えないことは廃滅の行為であり、存在を否定したいという願望であり、現実を払拭しようとする企てだ。だが存在は存在する。現実は一掃されない。それは一掃しようとする者を一掃するだけだ。『それがある』と言うことを拒否することで、諸君は『私は存在する』と言うことを拒否している。判断を停止することで、自分という人物を否定しているのだ。人が『自分に何がわかるだろう?』と公言するとき——人は『どうして生きていく資格があるというのだろう?』と公言している。

いついかなる場合にあっても、これは人の基本的な道徳的選択である。考えるべきか考えざるべきか、存在すべきかせざるべきか、AかAでないか、実体か無か。

人間が合理的である限りにおいて、生命は行為を導く前提となる。人間が非合理的であれば、死が行動を導く前提となる。

道徳は社会的なものであり、無人島の人間には必要ないという諸君よ——道徳がもっとも必要とされるのは無人島においてなのだ。代償をはらう犠牲者がいないときに、石が家であり、砂が服であり、食物が原因も努力もなしに口に入り、今日原種をむさぼりくえば明日収穫ができると人に言わせてみることだ。そうすれば現実が然るべくして彼を抹消する。現実が、人生は購われるべき価値であり、考えることが人生を購うにふさわしい唯一価値のある硬貨だと示すことだろう。

諸君の言葉で語るならば、私は人間の唯一の道徳戒律として、なんじ考えざることなかれ、と言うだろう。だが『道徳戒律』は名辞の矛盾である。道徳は強制されるものではなくみずから選んだものであり、従うものではなく理解するものだ。道徳的なものは合理的であり、理性はいかなる戒律を受け入れることもない。

理にかなう私の道徳は、存在は存在するという原理と、生きるという選択のなかに含まれている。ほかはすべてこれらに由来する。生きるために、人は理性、目的、自尊心の三つを人生における最上の支配価値として守らなければならない。知識の唯一の道具として知性を――その道具によって達成する幸福の選択として目的を――自分には考える力があり、幸福に値する人物であり、従って生きるに値するというまごうことなき確信として自尊心を。これら三つの価値は人間の美徳のすべてを示唆するとともに要求し、すべての美徳は存在と認識の関係にかかわるものだ。それはすなわち、合理性、自立心、誠実さ、正直さ、正義、生産力、自尊心である。

合理性とは、存在が存在し、何も真実を変えることはできず、真実を知覚する行為たる思考に先だつものはなく――知性は人の価値の唯一の判事であり、唯一の行動指針であり――理性はいかなる妥協も許さぬ絶対であり――非合理的なものの容認は人の意識を無能にし、その役割を知覚することから現実を偽ることに変え――知識への近道と言われている信仰は単なる知性の破壊への短絡にすぎず――神秘的な作り話を受けいれることは存在の滅亡を望むことであり、つまりは人間の意識を滅ぼすことだ、という事実の認識である。

自立とは、判断することは自分の責任であり、なにものも判断の回避を助けることはなく――誰も自分に代わって人生を生きることができないように、自分に代わって考えることのできる者はおらず——自己をおとしめ、破壊する最悪の形は自分の理性を他人の理性に従属させ、自分の頭脳より上のものとして権威を受け入れ、その主張を事実として、断定を真実として、命令を自分の意識と存在の仲介者として受け入れることだ、という事実の認識である。

誠実さとは、正直が存在をいつわることはできないという事実の認識であるのと同じく、人は自分の意識をいつわることはできず——人は不可分な存在であり、物質と意識という二つの属性が統合された一単位であり、肉体と精神、行動と思考、人生と信念の乖離を認めてはならず——世論に左右されない判事と同様、たとえ全人類から懇願されようともおどされようとも、人は自分の信念を他人の願望の犠牲にしてはならず——勇気と自信は実用的な必需品であり、勇気は存在に忠実であるための実用的な形であり、自信はおのれの意識に忠実でいるための実用的な形だ、という事実の認識である。

正直さとは、非現実は非現実であっていかなる価値も持ちえず、欺瞞によって得たものならば愛も名声も金も価値はなく——他人の心をだまして価値を得ようとすれば、自分が相手の盲目性の抵当になり、相手の無分別と逃避の奴隷になるいっぽうで、相手の知性と合理性と洞察力を、恐れ避けるべき敵にまわし、自分の犠牲者を現実より高い位置におくことになり——自分は他人のお荷物として、とりわけ他人の愚鈍さに養われるお荷物、もしくは馬鹿をうまくだますことからしか価値を得られない馬鹿として生きていきたいとは思わず——正直は社会的義務でも他人のための犠牲でもなく、人が実践しうるもっとも深遠な意味において利己的な美徳、すなわち自分が存在するという事実を他人のあやふやな意識の犠牲にすることの拒否だ、という事実の認識である。

正義とは、人は自然の性質をいつわることができないように人間の性質をいつわることはできず、人はすべての人間を、無生物を判断するときと同じ真実への敬意と高潔な視野をもって、同じく理論的かつ合理的な認識の過程によって良心的に判断しなければならず――すべて人間は人物のあるがままに判断され、それに相応しい扱いをうけるべきであり、錆びた鉄屑にぴかぴかの金属より高い値をつけないのと同じく、ごろつきに英雄以上の価値を認めることはなく――道徳的評価が他人の美徳や悪徳に支払う硬貨であり、この支払いには金融取引と同じく厳正な審査が要求され――人間の悪徳をあえて軽蔑しないことは道徳の偽造行為であり、美徳をあえて賞賛しないことは道徳的横領であり――正義の不履行で損なわれるのは善だけであり、利するのは悪だけなのだから、正義以外の関心事をより高くみることは自分の道徳貨幣の価値を下げ、悪のために善からだまし取ることであり――究極の道徳的破綻とは人間の美徳を罰して悪徳に報いることであり、それは完全な堕落への崩壊、死者を崇める悪魔のミサ、おのれの意識を存在の破壊へ捧げることを意味する、という事実の認識である。

生産力とは、人が道徳を受け入れ、生きることを選び――生産的な仕事とは人間の意識が存在を管理し、知識を獲得して人の目的にかなう物体を形作り、アイデアを物理的な形に変え、世界を人の価値観に即して作りかえる不断のプロセスであり――思考を働かせて行えばすべての仕事は創造的であり、他人から学んだ日課を無批判で無感覚にぼんやり繰り返せばいかなる仕事も創造的ではなく――仕事を選ぶのは自分であり、その選択は自分の知性の範囲で存在し、それを超える選択は可能ではなく、それ以下ならば人間的ではなく――他人の目をごまかして自分の知性では手に負えない仕事につくことは、ものまねで場をしのぐびくついたサルになることであり、自分の知力のすべてが要求されない仕事に落ち着くことは、自分のモーターを止め、自分自身に退廃という別の動作を宣告することであり――仕事は人の価値観に到達する過程であり、その価値観への野心をなくすことは生きる野心を失うことであり――人の肉体は機械だが、知性は運転手であり、人は業績を道程の目標として、知性の限り運転しなければならず――目的のない人間は下り坂を滑走する機械であり、最初にはまった溝でぶつかる石のなすがままとなり、自分の知性を抑圧する人間は徐々に錆びていく失速した機械であり、先導者に進路を指図させる人間は屑鉄の山に引っ張られていく事故車であり、他人を目標にする人間はどんな運転手も拾ってはならないヒッチハイカーであり――仕事は人生の目的であり、自分を阻止する権利があると思いこんでいる殺し屋は急いで通り過ぎねばならず、仕事の外で見つけるいかなる価値も、それ以外のいかなる忠誠心や愛も、旅路を共にすると決めた道連れでしかなく、みずからの力で同じ方向に進んでいく旅人でなければならない、という事実の認識である。

自尊心とは、自分が自分にとって最高の価値であり、人間のすべての価値同様にそれは勝ちえなければならず――おのれに開かれたいかなる業績のなかでも、ほかのすべてを可能にするのは自分自身の人格の創造であり――人格、行動、欲望、感情は理性が定めた前提の産物であり――人間は生命の維持に必要な物理的価値を産みださなければならないのと同じく、人生を維持する価値のあるものにする人格の価値を獲得しなければならず――人間はみずから築く富による存在であるように、みずから形成する魂による存在でもあり――生きるには自分に価値があると感じられなければならないが、生来の価値のない人間には生来の自尊心はそなわっておらず、従って人は自分の道徳的理想、選択によって創造すべき合理的な人間像にそって自分の魂を形成することでそれを勝ち得なければならず――自尊心の第一の前提条件は、すべてのもののなかから物質と精神の価値において最高のものを望む魂、何にもましておのれの道徳的完成を追求し、それ自身以上に高い価値を認めない魂の輝かしい自己本位性であり――高い自尊心の証拠は、生贄の役割に対して、そしておのれの意識であるかけがえのない価値とおのれの存在である無比の栄光を、他人の盲目的な回避と停滞しきった退廃の生贄として捧げよと主張するすべての教義のおぞましい無礼に対しての侮蔑と抵抗の魂の震えである、という事実の認識である。

ジョン・ゴールトの正体がわかりはじめてきただろうか？　私は諸君が戦って得ようとしなかったものを勝ちえた男だ。諸君はそれを放棄し、裏切り、堕落させたが、完全に打ち砕くことはできずに、いまもやましい秘密として隠し、口にしたいと切望しつつ、そのことがわからぬように、人食いの専門家への弁明に明け暮れている。それは私がいま全人類に向かって言っていること、私は私自身の価値と、私が生きたいと思っているという事実を誇りに思う、ということだ。

この願望――諸君が共有しているにもかかわらず悪として覆い隠しているこの願望は、諸君のなかに唯一残された善良さだが、人はその願望にふさわしい存在になることを学ばねばならない。自分の幸福は人間の唯一の道義目的だが、幸福を達成できるのは自分自身の美徳だけだ。美徳はそれ自体目的ではない。美徳はそれ自体報酬ではなく、悪に報いる犠牲のかいばでもない。人生が美徳の報酬であり――幸福が人生の目的と報酬なのだ。

肉体には健康と傷害のしるしとして、根本的な選択肢である生と死の指標として、快楽と苦痛という二つの基本的な感覚があるのと同じく、人の意識にも同じ選択肢への答えとして喜びと苦しみという二つの基本的な感情がある。感情は生命をながらえたり脅かしたりするものを見積もり、利益と損失の合計を一瞬にしてはじきだす計算機だ。人には何が自分にとって善であるか悪であるかを感じる能力について選択の余地はないが、何を善や悪と考え、何から喜びや苦しみを得て、何を愛したり憎んだりし、望んだり怖れたりするのかは価値基準次第である。感情は生まれつき人の性質にそなわっているが、中身は知性に規定される。感情的な能力は空のモーターであり、それを価値観という燃料で満たすのは人の知性だ。人が矛盾の混合物を選べば、モーターを詰まらせ、変速機を腐食し、運転手である自分が壊した機械で動こうとした途端に事故を起こすことだろう。

人が非合理的なものを価値基準として、不可能なものを善の概念とするならば、稼いでもいない報酬や財産、値しない愛、因果律の抜け道、気まぐれによってAでなくなるAを望むならば、存在と対立するものを望むならば——人はそこに到達するだろう。そこに到達したからといって、人生がフラストレーションであり、幸福が人間には不可能であると叫んではいけない。自分の燃料を確認することだ。それは諸君が行きたかった場所に連れてきてくれただけなのだから。

幸福は感情的な気まぐれに従って達成されることはない。幸福とはわけのわからない願望にとりあえず耽溺してみてそれを満たすことではない。幸福とは矛盾のない喜び——罪も罰もない喜び、自分の価値観のいずれとも衝突せず、自己破壊をもたらさない喜び、知性から逃げるのではなく知性の力を最大限に生かす喜び、現実をごまかすのではなく本物に到達する喜び、酔いどれではなく生産者の喜びのありかたなのだ。幸福は合理的な目標だけを望み、合理的な価値観だけを追求し、合理的な行動だけに喜びを見いだす合理的な人間にのみ可能だ。

私は人から奪うことも施しを受けとることもせず、自分の努力によって生活している。同じように、私は人を傷つけたり人の親切を受けたりすることによってではなく、自分の成功によって自分の幸福を勝ちとる。他人を喜ばせることが人生の目標ではないように、私自身の喜びが他人の人生の目標だと私は考えない。私の価値観に矛盾がなく、願望に葛藤がないのと同じく——稼がないものを望まず、人食いの欲にかられて互いを見ない人間、犠牲をささげも受けいれもしない合理的な人間のあいだには被害者はおらず、利益の衝突もない。

そうした人間同士のあらゆる関係の象徴、人間を尊重する道徳的象徴が商人だ。略奪ではなく価値によって生きる我々は、物質的な意味においても精神的な意味においても商人である。商人はみずから汗を流して対価を稼ぎ、価値のないもののやりとりはしない。自分の失敗に代償を求めず、欠点ゆえに愛されようともしない。肉体を無為に人の餌にすることも無償で心を尽くすこともない。商人は物質的な対価のためにしか働かないのと同じく、その心の価値――愛、友情、尊敬――も、人間の美徳と交換する対価として、尊敬できる人間から受けとる利己的な快楽への代償としてしか差しだすことはない。大昔から、商人をののしり軽蔑するいっぽうで、こじきやたかり屋に敬意を表してきた神秘家の寄生虫は、おのれの冷笑の秘密の動機を知っていた。商人とはかれらが恐れる存在、つまり正義を重んじる人間なのだ。

　私がいかなる道徳義務を仲間の人間に負うのかというのだろうか？　いかなる義務も負わない――自分自身に対して、物質的な対象に対して、すべての存在に対して負う合理性という義務を除いては。私は自分と相手の本性の要求に応じて、すなわち理性によって人と接する。そして相手が自発的に選んで結ぼうとする関係以外には何も求めない。取引が成り立つのはかれらの知性を相手にするときだけであり、またそれが私自身の利害にかない、かつ私の利害が自分の利害と一致すると相手が考えるときだけである。相手がそう考えないとき、私は関係をむすばない。異議のある者にはそのやりかたに従わせ、私は私の進路から逸れることはない。私は論理によってのみ勝ち、論理に対してのみ降服する。理性を放棄することはなく、理性を放棄する人間と取引をすることはない。愚者や臆病者から得るものはなく、愚鈍さや不正直や恐怖のような人間の悪徳から恩恵を受けることはないからだ。人が私に提供できる価値は知性の働きだけである。合理的な人間と合意できないときは現実が最終的な裁定者だ。私が正しければ相手は教訓を得るであろうし、私が間違っていれば私が学ぶ。勝利するのはどちらか一方だが、どちらも利することになる。

いかなる意見の相違をみたとしても、何人も犯してはならず、認めたり許したりしてはならない悪徳行為がある。人間が共存しようとする限り、何人も最初に武力に訴えてはならない。よくきいてほしい。何人も他人に対して自分から武力を行使してはならない。

人間とその現実の知覚のあいだに物理的な破壊の脅威をさしはさむことは、生存手段を否定して麻痺させることであり、おのれの判断に反する行為を強要することは、視覚に反して行動することを強要するようなものだ。いかなる目的があり、どれくらいの程度であっても、最初に武力に訴える者は誰でも、人間の生存能力を破壊するという殺人よりも広い意味での死の前提にもとづいて行動する殺人者なのだ。

諸君の知性によって、諸君には私の知性を力で押さえつける権利があると確信したなどとは口がさけても言わないことだ。武力と知性は正反対のものである。銃が使われ始めるときに道徳は終焉する。人間は非合理的な動物であると宣言し、そのようなものとして人を扱うべしと主張するとき、人はそれによって自分の人格までも定義することになり、もはや理性の承認を求めることはできない——矛盾の提唱者と同様に。権利の源であり、正誤を判断する唯一の手段である知性を破壊する『権利』などありえない。

論破するかわりに銃を突きつけ、証拠のかわりに恐怖を与え、死を最終的な論拠として、人間におのれの精神を捨てる代わりに諸君の意思を受けいれることを強要すること——それは現実を無視して存在しようとすることだ。現実は人間に自分の合理的な利益のために行動することを要求する。諸君の銃はそれに反して行動することを求める。現実は合理的な判断にもとづいて行動しない人間の生命を脅かすが、諸君はそのように行動する者の命を脅かす。そして生命の代償が生きるために要求されるあらゆる美徳を放棄することである世界に人を追いこみ——やがて死が人間社会における支配権力、勝者の論理となったとき、諸君と諸君の制度が到達するのは段階的な破壊による死だけなのだ。

旅行者に『金か命か』の条件を突きつける追いはぎにしろ、『子供の教育か生命か』という条件を国民に突きつける政治家にしろ、その通告の意味は『知性か生命か』であり――人間にとっては、どちらも他方なしに可能ではない。

悪に程度があるとすれば、他人の知性を力で押さえつける権利を主張する人非人に劣らず軽蔑すべき者たちがいる。自分の知性を力で押さえつける権利を他人に認める道徳的に堕落した者たちのことだ。それこそ議論の余地のない道徳的絶対である。私から理性を奪おうともくろむ人間が理性的な言語を語るといっても私は認めたりはしない。私に思考を禁じることができると考える隣人と議論したりはしない。私を亡きものにしようとする殺し屋の願望に道徳的承認を与えたりはしない。人が武力で私と取引しようとするとき、私は――武力をもって応える。

武力が行使されてもよいのは報復としてのみ、最初に武力を行使した人間に対してだけである。いや、それで私は相手の悪を共有するわけでも、相手の道徳概念に陥るわけでもない。たんに相手の選択したものを与えるだけだ。それは破壊という選択であり、そして彼が破壊を選ぶ権利を持つ唯一のもの、つまり彼自身の破壊だ。相手は価値を奪うために武力を行使し、破壊を破壊するためにのみ私は武力を用いる。強盗は私を殺すことによって富を手に入れようとするが、私は強盗を殺すことによって金持ちになるわけではない。私は悪によって価値を追求しないし、私の価値を悪に譲りわたすこともない。

諸君を生かしておきながら見返りに死の最後通牒を受け取ってきたすべての生産者の名のもとに、私はいま我々からの最後通牒をもって諸君に答える。我々の仕事か諸君の銃か。どちらを選んでもかまわない。だが両方を選ぶことはできない。我々はこちらから他人にたいして武力を行使することも、他人の武力に屈することもない。諸君がふたたび産業社会に暮らしたいと望むならば、我々の道徳条件に基づくことになる。我々の条件と原動力は諸君の条件や原動力とは正反対のものだ。諸君は恐怖を武器として用い、諸君の道徳を拒んだ罰として人間に死をもたらしてきた。我々は我々の道徳を受け入れる見返りとして生命を提供する。

無の崇拝者たちよ——諸君は人生をまっとうすることは死を避けることと同じではないと気づいたことがない。喜びは『痛みの欠如』ではなく、聡明さは『愚鈍さの欠如』ではなく、光は『暗闇の欠如』ではなく、喜びは『痛みの欠如』ではなく、実在は『実在しないものの欠如』ではない。建物は取り壊しを保留しても築かれはしない。そうして何世紀も慎みぶかくじっと待ちつづけたところで、諸君が取り壊しを保留するための行桁一本も渡されることはない。諸君はもはや建設者である私に『生産せよ。おまえの製品を破壊しないから糧をよこせ』と言うことはできない。諸君の犠牲者すべての名のもとに答えよう。おのれの虚無のなかで滅びよ。存在は否定の否定ではない。欠如し否定するものは価値ではなく悪であって、悪は無能であり、それが持つ力は、われわれがゆすり取られるのを許した力だけだ。滅びよ。我々はいまや無は命を抵当にとれないと知っている。

諸君は苦痛から逃げたいと願う。我々は幸福になりたいと願う。諸君は罰をまぬがれるために生きる。我々は報酬を得るために生きる。我々は脅しによって働かず、恐れを動機とはしない。我々は死をまぬがれたいわけではなく、人生をまっとうしたいのだ。

差異の概念を失った諸君、恐れも喜びも同じ力の誘因であり——しかもひそかに恐れがより『実用的』だと主張する諸君は、生きることを望んでおらず、死の恐怖だけがみずから呪った存在に諸君をなおもひきとめている。日々の罠のなかを、自分で閉ざした出口を探しながら、名を口にするのもはばかられる追跡者からそれと認めることもできない恐怖へと無我夢中で駆けぬけ、恐怖が大きいほど、思考という諸君を救いうる唯一の行為をいよいよ恐れるようになる。そして諸君は私がいま諸君の耳に届くようにはっきり述べることを認識せず、理解せず、明言せず、聞かずにおこうともがき苦しんでいる。諸君の道徳が死の道徳であることを。

死は諸君の価値基準であり、諸君が選んだ目標であり、諸君を破壊しようとする追跡者からも追跡者が自分自身であるという知識からものがれる道はないために、諸君は逃げつづけなければならない。一度でいい、立ち止まってみることだ——逃げ場はない。諸君が恐れているが私には見える諸君のありのままの姿で立ちなさい。そして諸君が道徳律と呼ぶのをはばかっているものを一度見てみることだ。

諸君の道徳の始まりは呪いであり、目的、手段、結末は破壊である。諸君の規範は人間を悪として呪うことに始まるが、その規範は人には実践不可能なものとして定義したはずの善を人が実践することを要求する。それは美徳の第一の証拠として、人がおのれの堕落を証拠もなく受け入れることを要求する。それは人が価値の基準ではなく、彼自身という悪の基準をもって生きることを要求し、さらにその基準によって、人は善なるものを定義することになっている。善とは自分ではないものである、と。

そして誰が捨てられた栄光と苦悩にみちた魂から暴利をむさぼるか、理解を超える意図をもった不可思議な神か、ただれた傷が他人に対する説明できない権利とみなされた通りすがりの者であるかはどうでもよい。無関係なのだ。善とは人が理解するものではなく、人の義務は這いつくばって幾年もの苦行をかさね、よくわからない負債を回収する得体の知れない者におのれが存在することの罪を贖うことなのだから。その価値の概念は無だけであり、善とは人間でないものなのだから。

この化物のような不条理が原罪とよばれているものだ。

意思のない罪を認めることは道徳への侮辱であり、不遜な名辞の矛盾である。選択する可能性のないものは道徳の領域外にあるからだ。人間が罪を背負って生まれてくるならば、人には意志も、その性を変える力もない。意志がなければ善も悪もない。ロボットに道徳観念はないからである。選択の余地のない事実を人間の罪とみなすのは道徳を愚弄することだ。人間の性質を罪と考えるのは自然を愚弄することだ。生まれる前に犯した罪のために人を罰するのは正義を愚弄することだ。無実でありようがない事柄において人の罪をとがめるのは理性を愚弄することだ。道徳、自然、正義、理性をひとつの概念によって破壊することは比類ない悪のおそるべき業である。にもかかわらず、それこそが諸君の規範の根源なのだ。

人間は自由意志をもって生まれてくるが悪にかたむく『性向』があるなどという臆病な逃げ口上の後ろに隠れないことだ。性向を負わされた自由意志はいかさまのサイコロゲームに似ている。人にゲームの手間と責任を負わせ、代金を支払うことを強いるが、勝敗は人にはどうにもならない性向できまる。その性向が人に選択できたものならば、それは生まれながらのものではありえない。選択したものでなければ、人の意志は自由ではない。

諸君の教師が原罪と呼ぶ罪の本質は何だろう？　かれらが完全とみなす状態から堕落したときに人の性となった悪とは何だろう？　神話によれば、人は知識の木の果実を食べた――そして知性を身につけて合理的な生きものになった。それは善悪の知識だった――そして道徳的な生きものになった。人はみずからの労働によってパンを稼ぐように申しわたされた――そして生産的な生きものになった。人は欲望をおぼえるものとされた――そして性的な喜びの能力を身につけた。かれらが人を呪うのは、理性、道徳、創造性、喜びという悪――人の存在の基本的な価値のすべてのためである。人間の堕落についての神話が説明し、非難しようとするのは悪徳ではいない。かれらが人の罪と考えているのは過ちではなく、人間としての本質なのだ。知性も価値観もなく、労働もせず、愛もなく生きていたエデンの園のロボットが何だったのかはともかく――彼は人間ではなかった。

諸君の教師によれば、人間の堕落は人間が生きるために必要な美徳を身につけたことだった。かれらの基準によれば、これらの美徳が人の罪業である。人の悪は人間であることだ、とかれらは非難する。人の罪悪は、生きていることだ、と非難する。

かれらはそれを慈悲の道徳、人間の愛の教えと呼ぶ。

いや、人間が悪だと説いているわけではなく、悪はこの異質なものである肉体だ、とかれらはいう。いや、人を殺したいわけではなく、ただ肉体から離脱させたいだけだ、とかれらはいう。苦痛から人を救いたいのだ、と――そして人をしばりつけ、反対方向に人を引っ張る二つの車輪をつけた拷問台、人の魂と肉体を引き裂く教義の拷問台を指さすのだ。

かれらは人間を二分し、一方を他方と対立させた。かれらは人の肉体と意識が激しく相剋する敵同士であり、正反対の性質、相容れない主張、両立しがたい要求をもつ敵対者であり、一方に利することは他方を傷つけることであり、人の魂は神秘の領域に属するが、肉体は魂をこの世に縛りつけておく悪の牢であり――善とは肉体にうち勝ち、肉体を幾年ものたゆまぬ努力によってそこない、墓の自由へと続く栄誉ある脱獄の道を掘ることだと教えたのだ。

人は死の象徴たる二つの要素からなるどうしようもなくちぐはぐな存在だ、とかれらは教えてきた。魂のない肉体は死体であり、肉体のない魂は幽霊である――にもかかわらず、それが人間の性質についてのかれらのイメージだ。かれらによれば人間とは、それ自身の悪意を与えられた死体と、人に知られているものは実在せず不可知なものだけが存在するという知識だけを与えられた幽霊との境の戦場でさまようものなのだ。

その教義が人間のどの能力を無視するべく編みだされたかおわかりだろうか？　人をばらばらにするために否定されなければならなかったのは人間の知性だった。いったん理性を放棄してしまった人間は、不可解な本能に動かされる肉体と神秘的な啓示によって動かされる魂という測定も管理もできない二つの怪物に翻弄されるようになる。そしてロボットと口述録音機との戦いの犠牲者としてただ無抵抗に破壊されていく。

そして人がやみくもに生きる術を探しもとめて残骸のなかを這いまわっているいま、諸君の教師は人には何の解決法も見つからず、この世界に充足を求めてはならないと宣言する道徳の救済を差しだしている。真の存在とは人が知覚できないものであり、真の意識とは存在しないものを知覚する能力であり――人がそのことを理解できないとすれば、それこそが人の存在が悪であり、意識が無能である証拠なのだと教えている。

人の魂と肉体の分裂の産物として、死の道徳には二種類の教師がいる。精神の神秘家と腕力の神秘家、諸君が唯心論者と唯物論者とよぶ者たち、存在のない意識の信者と意識のない存在の信者だ。両方とも、諸君の知性をあきらめなさいという。一方は知性がかれらの啓示に敗北したと言い、他方は知性がかれらの行動様式に敗北したと言う。どれほど声高にかれらが互いに相容れない敵対者だというふりをしてみせたとしても、かれらの道徳律は似通っており、目的もまたしかり。物質的には――人間の肉体を隷属させること、精神的には――その知性を破壊することだ。

善とは、精神の神秘家いわく、神のことである。神は人知のおよばぬ存在としてのみ定義づけられている。それは人間の意識とその存在の概念を無効にする定義だった。善とは、腕力の神秘家いわく、社会だ。それは何ら物理的な形をもたぬ有機的組織体、特定の誰でもなく自分以外の全員に具現化された超存在と定義された。人間の知性は、精神の神秘家いわく、神の意志に従属すべきだ。人間の知性は、腕力の神秘家いわく、社会の意志に従属すべきだ。人間の価値基準は、精神の神秘家が言うには、神の御意にかなうことであり、その基準は人間の理解力を超えているから信仰によって受け入れられなければならない。人間の価値基準は、腕力の神秘家が言うには、社会の要求にそうことであり、その基準は人間の判断の権利を超えており、第一義的な絶対として従われなければならない。人生の目的は、両方が言うには、疑問を呈すべきではない理由でよくわからない目的に仕えるみじめなゾンビになることなのだ。人の報いは、精神の神秘家によれば、墓の向こうで与えられる。人の報いは、腕力の神秘家によれば、この地上で与えられる——曾孫《ひまご》たちに。

利己主義は——両方が言うには——人間の悪である。人間の善は——両方が言うには——個人的な欲望をあきらめ、自己を否定し、放棄し、降服することである。人間の善は人生を否定することなのだ。犠牲が——両方が声を大にして言うには——道徳の本質であり、人間に実践可能な最高の美徳である。

いま私の声を聞く諸君、殺人者ではなく犠牲者たる諸君、諸君の知性の死の床で、諸君がおぼれつつある暗闇の縁で私は話している。諸君のなかにいまも諸君自身であった消えかけた光にすがろうとする力が残っているならば——いまその力を使うことだ。諸君を破壊した言葉は『犠牲』である。その意味を理解するためにありったけの力を使いなさい。諸君はまだ生きている。諸君にはチャンスがある。

『犠牲』とは無価値なものではなく、貴重なものを捨てること意味する。『犠牲』とは、善のために悪を捨てることではなく、悪のために善を捨てることを意味する。『犠牲』とは、人が価値を見いださないもののために、価値を認めるものを放棄することだ。

一セントに代えて一ドルを受けとっても犠牲ではない。一ドルに代えて一セントを受けとれば犠牲である。幾年も苦労をかさねて求めていたキャリアを築きあげたとしても犠牲ではない。それを競争相手のために放棄したならば犠牲である。持っているミルクを飢えたわが子に与えたとしても犠牲ではない。それを隣の子供に与えて自分の子を死なせたならば犠牲である。

友人を助けるために金を与えても犠牲ではない。とりえもない見知らぬ他人に金を与えれば犠牲である。支障のない金額を友人に与えたところで犠牲ではない。嫌な思いをして友に金を与えても、この道徳基準に従えば、部分的な美徳にすぎない。自分に悲劇をひき起こして金を与えてはじめて完全な犠牲の美徳となる。

自分の願望をことごとく放棄して愛するもののために人生を捧げたとしても、完全な美徳をそなえたことにはならない。やはり愛という自分自身の価値が残っているのだから。いきあたりばったりの他人に人生を捧げたほうが、むしろ立派な徳行となる。そして憎んでいる人間のために人生を捧げたならば――それこそ実践しうる最高の美徳なのだ。

犠牲とは価値を放棄することだ。完全な犠牲とは、すべての価値を完全に放棄することだ。完全な美徳をつみたければ、自分の犠牲の見返りとして何の感謝も称賛も愛も敬意も自尊心も、有徳の人物であるという誇りさえ求めてはいけない。利得のわずかなしるしさえも、諸君の美徳を薄めてしまうからだ。いかなる喜びによっても人生の汚染されない行動を追求するならば、それは物質的な価値も、精神的な価値も、利得も利益も報酬も諸君にもたらすことはない――この全き無の状態に到達することで、諸君は道徳的に完璧な理想に到達したことになる。

道徳的に完璧でいることは人間には不可能だと諸君は教えられたが、この基準によれば、たしかにその通りだ。諸君は生きている限りそれを達成することはできず、諸君の人生と人格の価値を、いかに諸君が理想的な無、すなわち死に近づくことができるかによって測られることになる。

しかしながら情熱をもたぬ空白として、食べられるのを待つばかりの野菜として、捨てるべき価値も断つべき願望もないところから諸君が始めたのならば、犠牲の栄冠をかち得ることはないだろう。求められていないものを放棄することは犠牲ではないからだ。みずから死を願っているならば、自分の命を他人に与えることは犠牲ではない。犠牲の美徳を積むためには、諸君はまず生きたいと思わねばならず、自分の命を愛さねばならず、この世界とそれが諸君に与えうるあらゆる輝きへの情熱に燃えなければならない。そして自分の願望が遠ざけられ、肉体から愛が奪われるたびに身を切られる痛みを感じなければならない。犠牲の道徳が理想としてさし出すのは単なる死ではなく、じわじわと死んでいく苦しみなのだ。

それがこの世の命だけに関わる話だなどとわざわざ言わないでほしい。私はほかの何にも関心がない。諸君もそうだ。

諸君のなかに残った尊厳を守りたいと思うなら、おのれの最高の行為を『犠牲』と呼ばないことだ。その言葉は人に不道徳の烙印を押す。母親が自分の帽子を買うかわりにおなかのすいた子どもに食べ物を買い与えても犠牲にはならない。母親は子どもに帽子よりも高い価値をおいたのだ。だが帽子のほうに高い価値があり、むしろ子どもを飢えさせたほうがましだと思い、たんなる義務感から子に食べさせるような母親にとっては犠牲である。一人の男がおのれの自由のために戦って死んだとしても犠牲ではない。彼は奴隷として生きたいとは思わないのだから。だが奴隷になっても死ぬよりましだと思う人間にとっては犠牲である。人間が自分の信念を売り渡すことを拒んだとしても犠牲ではない。それが信念のない類の人間でない限り。

犠牲は、犠牲にする価値観も基準も判断力も何もない人びと——なんとなく思いついて簡単にあきらめられる、わけのわからない気まぐれな願望しかない人びとにとってのみ適切でありうる。合理的な価値から生まれた願望を持つ有徳の人物にとって、犠牲とは正しいことを間違ったことに、善を悪にひき渡すことだ。

犠牲の信条は不道徳な者のための道徳――犠牲が美徳においても価値においても人間個人に利することはありえず、人の魂は犠牲を教えこまねばならない堕落の下水道だと告白することによってみずからの破綻を宣言する道徳だ。みずからの告白によって、それは人間に善く生きることを教える力はなく、ただ絶え間なく人を罰することができるだけだ。

諸君はなにか漠然と、道徳が犠牲を求めるのは物質的な価値だけだと考えているのだろうか？それでは諸君は物質的な価値とは何だと考えているのだろうか？　ものには人間の願望を充足する手段としてしか価値はない。ものは人間の価値観の道具に過ぎない。何のためにといって、諸君の美徳が産みだした物質的な道具をさし出すことを諸君は求められているのだろうか？　諸君が悪とみなしたもの、共有しない原則、尊敬しない人物、自分自身と反対の目的を達成するためだ。そうでなければ諸君が与えるものは犠牲ではない。

諸君の道徳は物質的世界を放棄し、物質から価値観を切り離すように教えている。物質的な形の表現が与えられていない価値観をもつ人間、存在が理想とは関係なく、行為が信念と矛盾する人間はとるにたらない偽善者だ。にもかかわらず、それが諸君の道徳に従って価値観を物質から切り離す人間なのだ。ある女性を愛していながらも別の女性と寝る男――ある労働者の才能を称賛しつつも別の者を雇う人間――ある大義を正義と考えながら別の大義のために資金を寄付する人間――高い職人の技能をもちながらゴミを生産することに労力をついやす人間――これがものを放棄した人間であり、精神の価値観を物質的な現実にもちこむことはできないと信じている者たちだ。

そうした人間が放棄したのは精神だというのだろうか？　まさしくその通りだ。人はどちらか一方だけを持つことはできない。人は物質と意識からなる不可分の存在である。意識を放棄すれば獣になる。肉体を放棄すれば偽物になる。物質的な世界を放棄すれば、それを悪に引き渡すことになるのだ。

それこそまさしく諸君の道徳目標であり、諸君の規範が課する義務である。楽しくないことに力をつくし、尊敬しないものに仕え、悪とみなすものに屈し——世界を他人の価値観にゆだね、自己を否定し、拒絶し、放棄してみることだ。自己とは諸君の知性のことであり、それを捨てれば、諸君は肉の塊になり、人食い人種の餌食になるだけだ。

犠牲の信条を説く者たちの建前や本音がなんであれ、諸君の魂や体のために犠牲を求めるにせよ、天国での別の命やこの世での充足を約束するにせよ、かれらが引渡しを求めているのは諸君の知性である。『自分の願望を追求するのは身勝手であり、人はそれを他人の願望のために犠牲にしなければならない』と言い始めるものたちは——『人が信念を曲げないのは身勝手であり、それも他人の信念の犠牲にしなければならない』と言うようになるのだ。

これだけはいえる。何よりも利己的なのは、自分を超える権威も真実の判断にまさる価値も認めない自立した精神のことだ。諸君は知的整合性、論理、理性、真理の基準を犠牲にするようにいわれ——最大多数の最大幸福という基準に身売りしている。

『善とは何か』という問いへの答え、手引きとしての規範を探せば——諸君がいきあたる答えは『他人の善』だろう。善とは他人が望むすべて、他人が望み、感じるはずだと諸君が感じているすべてだ。『他人の善』とはすべてを金《きん》に変え、道徳的栄光の保証として、いかなる行為も、大陸規模の虐殺でさえも消毒する燻蒸器《くんじょう》としてとなえられる魔法の公式だ。諸君の美徳の基準は物でも行為でも原則でもなく意図である。諸君には証拠も理由も成功も必要なく、事実上他人の善に貢献しなくともよい——諸君が知るべきはその動機が他人の善であって自分のものではなかったということだ。諸君の唯一の善の定義は否定である。善とは『自分にとって善ではない』ものなのだ。

諸君の規範——不朽で、絶対的、客観的な道徳観をかかげて仮定的で、相対的で、主観的な価値観をさげすむと豪語する規範は、絶対的なものの解釈として、次のような善行のきまりを申し渡す。すなわち自分が望んでいることは悪であり、他人が望んでいるのならば善である。行為の動機が自分の利益であればそれをしてはならない。動機が他人の利益のためならなんでもありだ。

この自在にうごく二重基準の道徳は諸君を二分し、さらに人類を敵対する二つの陣営に分かつ。一方は自分であり、他方はそのほかのすべての人びとである。自分だけが生きたいと望む権利のないはぐれものだ。自分だけが使用人であり、ほかはみな主人である。自分だけが与え、ほかはみな受けとる。自分はいつまでたっても債務者であり、ほかはみな支払いの終わらない債権者だ。人は自分の犠牲への権利やかれらの願望や必要の本質を疑ってはならない。かれらの権利は否定によって、かれらが『諸君自身でない』という事実によって与えられている。

諸君の規範には、疑念をいだく者たちのために、慰めと仕掛けがある。それによれば、人が他人の幸福のために尽くさねばならないのは自分自身の幸福のためであり、喜びをえる唯一の方法はそれを他人のためにあきらめることであり、繁栄する唯一の道は他人に富をゆずることであり、命を守る唯一の方法は自分以外のすべての人間を守ることであり——この過程でなんの喜びも見いださなくとも自分のせいであり、自分が悪人である証拠である。そして諸君が善人であれば、諸君は他人にご馳走をふるまうことに幸福を、かれらが諸君に放り投げるパンくずで命をつなぐことに尊厳をみいだすだろうというのだ。

自尊心の基準のない諸君は罪を受け入れ、あえて疑問を投げかけようとはしない。だが諸君は容認しがたい答えを知っており、目の前で世界を動かす隠れた前提を認めようとはしない。ありのままを述べる言葉ではなく、内側の暗い不安としてそれを認識しつつ、恐る恐るいかさまをつづけ、口にするのもおぞましい原則を嫌々ながら実践しては、じたばたもがいている。

価値においても罪においても稼いでいないものを受け入れない私は、諸君が回避した問いをいまなげかけよう。なぜ他人の幸福に尽くすのは道徳的だが、自分自身の幸福に尽くすことはそうではないのだろう？　楽しみが価値ならば、なぜ他人が楽しむのは道徳にかない、自分が楽しむのは不道徳なのだろう？　菓子を味わうことに価値があるならば、なぜ自分の腹を満たしたときは不道徳な耽溺だが、他人の腹を満たすことは道義目的になるのだろう？　なぜ望むことは不道徳だが、他人がそうするのは道徳的なのだろう？　なぜ価値を創出して保持するのは不道徳だが、それを人にくれてやるのは道徳的なのだろう？　そして自分が価値のあるものを持ちつづけるのが道徳的でないならば、なぜ他人がそれを受け入れるのは道徳的なのだろう？　それを与えるときは利己心がなく有徳であるならば、それを受けとるかれらは利己的で御しがたくはないのだろうか？　美徳は悪徳に役立つことからなるものだろうか？　善人の道徳目的は悪人のための自己犠牲なのだろうか？

諸君が回避している恐るべき答えは、いや、受けとる者は、諸君から受けとったものを稼いだのでなければ悪くはない、ということである。それを受け入れても、生産能力がなく、それに値せず、見返りに何も返せないとすれば、かれらは不道徳であることにはならない。かれらがそれを楽しんでも、権利によって手に入れたものでない限り、不道徳とはならない。

それが諸君の信条の秘密の核心であり、二重基準のもうひとつの側面である。自分自身の努力によって生きるのは不道徳だが、他人の努力によって生きるのは道徳的であり――自分自身の製品を消費するのは不道徳だが、他人の製品を消費するのは道徳的であり——稼ぐのは不道徳だが、たかるのは道徳的であり——生産者の存在は寄生虫によって道徳的に説明されるが、寄生虫の存在はそれ自身が目的であり——業績によって利するのは悪だが、犠牲によって利するのは善であり——自分の幸福を創出するのは悪だが、他人の血を代償としてそれを楽しむのは善である。

諸君の規範は人類を二つの階級に分類し、正反対の規則によって生きることを求める。何を望んでもよい者と何も望んではならない者、選ばれた者と呪われた者、乗るものと運ぶもの、食べるものと食べられるものだ。いかなる基準が人の階級を決定するのだろうか？　どんな合鍵をもっていれば、諸君は道徳的エリートに仲間入りできるのだろうか？　その合鍵とは価値の欠如である。

何の価値であれ、価値の欠如していない者に対する権利を人に与えるのは価値の欠如である。報酬への権利を人に与えるのは必要なのだ。人が自分の必要を満たすことができれば、その能力によって自分の必要を満たす権利は取りあげられる。だが満たすことのできない必要がある者は、人に先んじて人類の命への権利を与えられる。

人が成功すれば失敗者はみな主人となり、失敗すれば成功者がみな奴隷となる。失敗がやむをえないものであろうがなかろうが、願望が合理的であろうがなかろうが、不幸が値しないものであろうが悪行の結果であろうが、人に報酬に対する権利を与えるのは不幸なのだ。性質や原因にかかわらず、人に存在すべてへの担保を与えるのは第一の絶対としての苦痛なのだ。

人が自分の苦痛を懸命にいやしたところで道徳的名声が高まることはない。諸君の規範はそれを利己心からの行為としてないがしろにする。何の価値を求めるにしても、富であろうが食物であろうが愛であろうが権利であろうが、自分の徳行によって手に入れれば、諸君の規範は道徳にかなう獲得とはみなさない。誰の損失も発生しないのだから、それは施しではなく交換であり、犠牲ではなく支払いである。功労に値するものは相互利益の商業世界の利己的な領域に属する。一方の災難という代償をはらって他方に利することからなる道徳的取引にふさわしいのは受けるに値しないものだけだ。徳行をつんで報酬を求めるのは利己的で不道徳であり、人の要求を道徳的権利に変えるのは美徳の欠如なのである。

必要を請求する権利としてかかげる道徳は空虚さ——非存在を価値基準としている。それは欠如、すなわち弱さ、無力さ、無能さ、苦悩、病気、災難、不足、過失、弱点などの欠陥——無に報いる。これらの請求に応じて支払うための口座を誰が提供するのだろうか？　無ではないばかりに呪われた者それぞれが、理想から離れている分だけ。すべての価値は美徳から生まれたものだから、人は徳の高さに応じて罰金を払わされ、欠陥の度合いに応じて利することになる。諸君の規範は、合理的な者は非合理的な者の、自立した者は寄生虫の、正直者は嘘つきの、正義の人は無法者の、生産者は怠惰な盗人の、誠実な者は疑惑にまみれた悪党の、自尊心のある者は神経過敏な泣き虫の犠牲にならなければならないと定めている。まわりは卑しい根性の人間ばかりだというのだろうか？　こうした美徳を積む人間が諸君の道徳律を受け入れることはないし、諸君の道徳律を受け入れる人間はこのような美徳を積みはしない。

犠牲の道徳のもとでまず犠牲になる価値は道徳であり、次が自尊心である。必要が基準であるとき、誰もが犠牲者であると同時に寄生虫ともなる。犠牲者としては他人の必要を満たすようにつとめなければならず、それによって自分を他人によって満たされるべき必要をかかえる寄生虫の立場におくことになる。そして乞食でもありカモでもある人間は、二つの不名誉な役割のどちらかとして仲間に近づくほかはない。

諸君は持っている金が自分より一ドルでも少ない人物を恐れる。その一ドルは本来その人物のものであり、自分が悪徳詐欺師であるように感じるからだ。そして持っている金が自分より一ドルでも多い人物を憎む。その一ドルは本来自分のものであり、諸君は悪徳詐欺を働かれたと感じるからだ。自分より下の人間は罪悪感の源であり、上の人間はフラストレーションの源である。何をあきらめ、何を求めるべきか、いつ与え、いつ奪いとるべきか、人生のいかなる喜びが本来自分のものであり、どの負債がなおも未払いであるかを知ることはなく――みずから受け入れた道徳基準によれば、自分が生きているかぎり罪を犯していないときはなく、自分が飲みこむもののうちこの地上のどこかで誰かに必要とされていない食べ物は一口もないという認識を『理論』として避けようともがき――わけのわからない憤りのなかで問題解決をあきらめ、道徳的理想は到達したり望んだりするものではなくなり、強盗のごとくひったくりをおこない、若者の視線や自尊心をもつことが可能であり相手にもそれがあると思っている者の視線を避けながら、自分はなんとか切り抜けていくだろうと結論づける。諸君の心の内側には罪悪感しか残らず、通りすがりに自分の目を避ける二人のうち一人の心の中もまた同様である。諸君の道徳がこの世の兄弟愛や人間の人間に対する善意をもたらさなかったのは果たして驚くべきことだろうか？

諸君の道徳が提議する犠牲の根拠は、それが正当化しようとする堕落行為よりも堕落している。人の犠牲の動機は、それによれば愛――すべての人間に感じるべき愛である。精神の価値が物質よりも貴いという信条をとなえ、体を無差別にすべての男に与える売春婦をさげすむように教える道徳――その同じ道徳が、来る人すべてへのでたらめな愛に魂をささげよと求めるのだ。

理由のない富がありえないように、理由のない愛も感情もありえない。感情は現実への反応、人の基準がくだす見積もりである。愛するとは価値をみとめることだ。価値なくして価値をみとめることが可能であり、何の価値もないと評価した人間を愛するようにと教える人物は、生産することなく消費することで豊かになることが可能であり、紙幣には金と同様に価値があると教える人物である。

その人物が、諸君が理由のない恐怖をおぼえることはないと考えていることに注目することだ。そうした人物がいったん権力をにぎれば、見事な手腕で恐るべき手段を考案し、諸君を支配するための恐怖をよびさます理由をたっぷりと与えるのだ。だが愛というもっとも貴い感情になると、理由のない愛を感じないことは道徳的不履行だと叫ぶかれらの非難を諸君は受け流す。誰かが理由もなく恐怖を感じると、諸君は彼に精神科医にかかるようにうながすものだが、愛の意義と本質と尊厳を守ることに同様の気配りはない。

愛とは価値観の表現であり、人が築きあげた人格と人物の徳のためにかち得ることができる最高の報酬、ある人間が別の人間の美徳から受ける喜びに支払う感情的対価のことだ。諸君の道徳は、愛を価値観から切り離し、価値ではなく必要への反応として、報酬ではなく施しとして、美徳への支払いではなく悪徳への白地小切手として、いかなる浮浪者にもその愛をそそぐことを要求する。諸君の道徳は、愛の目的は道徳の束縛から人を解放することであり、愛は道徳的判断にまさり、真の愛は対象のいかなる悪も超越し、許し、しのぎ、愛が大きいほど愛される者に許す堕落も大きいと教えている。その道徳によれば美徳ゆえに人を愛することは俗で人間的であり、欠点のために愛するのは尊いことだ。価値のある人間を愛するのは利己心であり、価値のない者を愛するのは犠牲なのだ。人は愛するに値しない人間を愛する義務を負い、値しないほどかれらを愛する義務は大きくなり――対象がいまわしいほど愛は高貴になり――愛がえり好みしないほど美徳は大きくなり――そして同じ条件で何でも受け入れる屑山の状態に心が近づくことができれば、道徳的価値の重視をやめることができれば、人は道徳的理想に到達したことになる。

諸君の犠牲の道徳とはそのようなものであり、それが提示する一対の理想とは、おのれの生きた体を家畜小屋で飼われるヒトのかたちに、心を屑山の姿に作り変えることだ。

それが諸君の目標であり——諸君はそれに到達した。なぜいまになって人間の無能さと野心の虚しさを嘆くのだろうか？　破壊を求めても繁栄できなかったからだろうか？　苦痛をあがめても喜びを見いだせなかったからだろうか？　死を価値基準として生きられなかったからだろうか？

生活する能力が高ければそれだけ道徳律を破ることになるとされながら、諸君はその道徳律を教える人間が人類の友であると信じ、自分を呪い、かれらの動機や目標にあえて疑問をとなえようとはしない。最後の選択が迫られているいま、かれらに目を向けてみることだ。滅びることを選ぶなら、諸君の命を奪ったのがいかに安っぽく矮小な敵だったかを完全に認識してからそうすることだ。

犠牲の教義を説く神秘家の両派は、おのれの知性への依存の恐れという共通の傷を通って人をおそう細菌である。かれらは知性よりも高い知識の手段——ほかの人間には伏せられた秘密の情報をかれらに与える宇宙の官僚との特別なコネのような——理性にまさる意識の形態を有しているという。精神の神秘家は諸君にはない特別な感覚を持っていると公言し、この特別な第六感は人の五感の知識すべてと矛盾することからなる。腕力の神秘家は、正常感覚外の知覚があるなどと言うまでもなく、ただ諸君の感覚は不確実であり、かれらの知恵は諸君の盲目をなにか不特定の手段によって知覚することからなると言い切る。どちらも諸君に自分自身の意識を無効にし、自分自身をかれらの権力にゆだねることを要求する。かれらは卓越した知識の証拠として、諸君が知るすべてと反対のことをかれらが主張するという事実を存在を扱う卓越した能力の証拠として、かれらが貧困と自己犠牲と飢えと破壊に諸君を導くという事実を指し示す。

かれらにはこの世の存在にまさる存在の形がみえるという。精神の神秘家が『別次元』とよぶそれは次元そのものを否定することでなりたっている。腕力の神秘家が『未来』とよぶそれは現在を否定することでなりたっている。存在するとは独自性をもつことだ。そのより優れた領域にいかなる独自性をかれらは与えることができるのだろうか？　かれらはそれでないものが何かを語りつづけるが、それが何であるかを言ったことがない。かれらの認識はすべて否定からなる。神は人間の知性によっては知りえないものだと言いながら、それを周知の事実として――神とは人間ではないものであり、天国とは地上でないものであり、魂とは肉体でないものであり、美徳とは利潤目的でないものであり、Aとは A でないものであり、知覚とは知覚しないものであり、知識とは理性でないものだと考えるように求める。かれらのいう定義とは定義する行為ではなく、払拭する行為なのだ。

無が認識の基準である世界という観念に執着するのは形而上学のヒルだけである。ヒルはおのれの性質を明らかにする必要からの逃避――自分がつくる私的な世界の中身は血であると知る必要からの逃避を求める。

かれらが現存する世界を犠牲にするさらに優れた世界の本質とは何だろうか？　精神の神秘家は物質を呪い、腕力の神秘家は利潤を呪う。前者は地上を断念することで人間が利することを願い、後者はすべての利潤を断念することで人間が地上を受け継ぐことを願う。かれらの非物質的な非営利の世界は、川には乳やコーヒーが流れ、命じさえすれば岩からぶどう酒が噴き出し、口を開けるだけで雲から菓子が落ちてくる世界である。利潤を追求する物質的なこの地では、人を一マイル運ぶ鉄道を敷設するために途方もない徳――知性、誠意、活力、技術――の投資が必要になる。かれらの非物質的な非営利の世界では、人は望みさえすれば星から星へと移動できる。そして正直な人間が『どうやって？』とたずねたならば――かれらは居丈高に『どうやって』は低俗な現実主義者の概念であり、高尚な精神の概念は『なんとかして』なのだと哂う。物質と利潤に制限されたこの地上では、報酬は思考によって獲得されるが、そうした制限から解放された世界では、報酬は望むことによって獲得される。

それがお粗末な秘密のすべてだ。かれらの難解な哲学のすべて、弁証法と超感覚のすべて、回避的な目とやかましい言葉の秘密、文明と言語と産業と命を滅ぼす秘密、そのためにかれらがみずからの目をくりぬき、鼓膜をやぶり、感覚をうちくだき、知性を抹殺する秘密、そのためにかれらが理性と論理と物質と存在と現実の絶対を溶解させる目的は、人工的な霧の上に、かれらの願望という唯一神聖な絶対をうちたてることだ。

かれらが逃れようとしているのは同一原理である。かれらが求めている自由とは、どれほど泣こうが怒ろうがAはAのままであるという事実――どれほどひもじかろうが川から乳が流れてくることはなく――水があればどれほど快適になるとしてもそれが坂を上ることはなく、摩天楼の天辺に水を送りこみたければ、かれらの気持ちではなく一センチの管路の性質が問題になる思考と労働の過程によって人は給水しなければならず――かれらの感情には、空中の塵ひとつの進路も、あるいはかれらがおかした行為の性質を変更する力もないという事実からの自由なのだ。

人間にはおのれの感覚にゆがめられずに現実を知覚することはできないと言う者たちは、かれらの感情にゆがめられない現実を知覚することを好まないと言いたいのだ。『あるがままのもの』とは人の知性によって知覚されたものであり、それを理性から分離すれば『願望によって知覚されたもの』となる。

理性に対する正直な離反などありえない。かれらの信条を少しでも人が受け入れるのは、理性が許さないことをうまくやりおおせたいと思う下心があるからだ。諸君が求める自由とは、盗んで富を得るならば、いくら施そうとも幾度祈りを唱えようとも悪党であり――身持ちの悪い女と寝るならば、妻に翌朝どれほど切実な愛を感じようとも夫としてふさわしくはなく――人は実体であり、何も固着することがなく人を拘束するものもない宇宙、人物の正体がくるくる入れ代わり、やくざと英雄が自在に立ち代わる子どもの悪夢の宇宙に散らばった無作為な断片の集合ではなく――諸君は人であり――実体であり――存在する、という事実からの自由なのだ。

神秘願望はより高尚な生活様式への志向だと諸君がいかに力説しようとも、独自性に反することは、非存在を望むことであることにかわりはない。何者でもありたくはないということは、すなわち存在したくはないということなのだから。

諸君の教師である両派の神秘家たちは、意識のなかで因果関係をさかさまにし、さらに実存においてもそれをひっくり返そうとした。かれらは感情を原因とし、知性を受け身の結果としてとらえた。感情を現実を知覚するための道具にしたのだ。そしておのれの願望を、それ以上還元できない第一義のもの、あらゆる事実にとって代わる事実とみなした。正直な人間はおのれの願望の対象を特定するまで願望をもつことはない。そうした人間は『それは存在する。ゆえに私はそれを欲する』と言う。かれらは『私はそれを欲する、ゆえにそれは存在する』と言う。

かれらは存在と意識の公理から逃れようとしている。そしておのれの意識を存在の知覚手段ではなく創造手段たらしめ、存在を意識の対象ではなく主体たらしめ――おのれにかたどり、似せてかれらが創造した神、気まぐれによって虚無から宇宙を創造した神になろうとしている。だが現実はごまかせない。かれらは願望とは反対のところにたどりつく。かれらは存在を支配する全能の力を求めるが、代わりに意識の力を失うのだ。知ることを拒むことで、かれらは永遠の未知の恐怖へとみずからをつきおとすことになる。

諸君をかれらの教義にひきよせる不合理な願望や、偶像のように崇めてその祭壇にこの世界をいけにえとして捧げる感情や、神あるいは天の声としてうけとめる諸君の内側の暗く支離滅裂な情熱は、諸君の知性の死体にすぎない。理性と衝突する感情、説明も抑制もできない感情は、知性が修正を禁じた停滞した思考の死骸にすぎない。

諸君が考えることや見ることを拒んだり、ささいな願望のひとつを絶対的現実から免じたりする罪を犯したとき、盗んだクッキーについて、はたまた神の存在について、理性の判断を控えさせてほしい、ひとつ不合理な気まぐれを許してもらえれば、ほかのすべてについては合理的な人間でいるから、と言うとき――それこそが意識を堕落させ、知性を腐らせる行為だったのだ。そのとき諸君の知性は秘密の闇社会から指図される操りの陪審になり、その評決が触れられないある絶対に適するように証拠を歪めていき――帰着するところは検閲された現実だ。分裂した現実のなかで、諸君が見るときめたものの欠片は目を逸らしたものの隙間をただよい、思考を免じられた感情である防腐保存した知性の液体でつなぎあわされている。

そして諸君は因果関係というつながりを沈めようとやっきになっている。自分のために奇跡を起こしてくれないからと因果律を目の敵にしてうち負かそうとしている。因果律とは行為に適用された同一原理のことだ。すべて行為は実体に起因する。行為の性質は行動する実体の性質に起因し、それによって決定される。ものがその性質に反して行動することはありえないからだ。実体に起因しない行為は無に起因するしかなく、そうすれば無がものを支配し、実体のないものが実体を支配し、存在しないものが存在するものを統治することになる。これこそ諸君の教師たちがのぞむ世界であり、理由なき行為の教えにおける理由であり、理性にさからう理性であり、その道徳、政治、経済の目標、かれらが求めてやまない理想、すなわち無の統治なのだ。

同一原理によれば、食べた菓子は後には残りえない。因果律によれば、菓子を手に入れる前に食べることはできない。だが両方の法則を無視して、自身にも他人に対しても自分にはそれが見えない振りをすれば――諸君は今日自分の菓子を食べて明日私の菓子を食べる権利を主張してみることもでき、菓子を手に入れる方法は、焼く前にまず食べることであり、生産する方法は消費から始めることであり、何が何に起因するわけでもないのだから、すべて望む者にはすべてのものへの同等の権利があると説いてみることもできる。物質において因果がないものには、精神において稼いでいないものが付随する。

諸君が因果律にそむくとき、動機となるのは因果律からまぬがれようとするよりたちの悪い、因果律を逆転させようとするずるい願望である。諸君は値しない愛を求める。あたかも結果たる愛が原因たる個人の価値を高めうるかのように。諸君は値しない賞賛を求める。あたかも結果たる賞賛が原因たる美徳を与えうるかのように。諸君は値しない富を求める。あたかも結果たる富が原因たる能力をもたらしうるかのように。諸君は慈悲を、正義ではなく慈悲を請い求める。あたかも値しない許しが弁解の理由を払拭できるかのように。そして諸君の教師たちが熱狂してかけまわり、結果たる支出が原因たる富を生みだし、結果たる機械が原因たる知恵を生みだし、結果たる性欲が原因たる哲学的価値を生みだすと宣言すると、諸君は自分のちっぽけで醜悪ないんちきに耽溺するために、かれらの教義を支持するのだ。

そのどんちゃん騒ぎのつけは誰が払うのだろう？　理由なきものは誰に起因するのだろう？　そんな人間は存在しないという諸君の体裁を保つべく、功績はおろか苦しみも認められないまま沈黙のうちに滅ぼされる犠牲者は？　我々である。我々、知性を重んじる人間だ。

独自性を定義し、因果関係を発見する過程である思考をおこなう我々は、諸君が切望するあらゆる価値の原因である。諸君に知り、話し、生産し、欲し、愛することを教えたのは我々なのだ。諸君は理性を放棄した——それを維持した我々がいなければ、諸君は自分の願望を満たすことはおろか思いつくことすらできなかっただろう。作られていない服や、発明されなかった自動車や、存在しなかった商品の交換手段としての考案されなかった貨幣や、何も達成しなかった人間におぼえなかった賞賛や、考え、選び、価値をみいだす能力を持つ人間のみにふさわしい愛を欲することはできなかったことだろう。

野蛮人のように感情のジャングルから飛び出して我々のニューヨークの五番街にのりこみ、電灯はつけておきながら発電機は破壊したいと公言する諸君——諸君が我々を破壊しながら使っているのは我々の富であり、我々を非難しながら使っているのは我々の価値であり、知性を否定しながら使っているのは我々の言語なのだ。

精神の神秘家が、我々の世界に似せて我々の存在をはぶいて天国を発明し、物質ではないものから奇跡によって生みだされた報酬を諸君に約束したように——近代の腕力の神秘家もまた我々の存在をはぶいて、物質がそれ自体の理由のない意志によって形成され、諸君の知性でないものが欲する報酬となる天国を約束している。

何世紀ものあいだ、精神の神秘家はべらぼうなみかじめ料を徴収することで存続してきた——この世の人生を耐えがたくしては慰めと救いの代金を請求し、存在を可能にするあらゆる美徳を禁じては人の罪悪感につけこみ、生産と喜びは罪であると宣告しては罪人から金品をゆすりとることで。知性を重んじる我々、かれらの道徳律をすすんで破り、理性の罪への非難に耐えた我々——かれらが望み、祈るかたわらで、考え、行動した我々は、かれらの教義の隠れた犠牲者だった。道徳的異端者である我々が、罪とされた命を密造するいっぽう、かれらは物質欲を超越し、滅私の慈善により物資を分配する美徳のために道徳的栄光に浴した。物資の生産者の存在を抹消して。

いま我々は罪人の身分証明さえも我々にみとめない野蛮人――我々は存在しないと公言しながら、我々が生産するわけではない商品を差し出さなければ、我々のものではない人生を我々から奪うと脅す野蛮人に縛られ、生産を命じられている。いま我々は鉄道を運営しつづけて大陸横断列車の到着時刻を正確に把握しているべきであり、製鉄所を運営しつづけて諸君の橋のケーブルや諸君を空で支える航空機に使われている金属一粒の分子構造を知っているべきだと思われているが——いっぽうで奇怪でけちな腕力の神秘家の部族は、原則はない、絶対などない、知ることはできない、知性はないなどと、言語ともいえないものをまくしたてながら、我々の世界の死骸の上で抗争をつづけている。

自分がつぶやく呪文が現実を変える力があると思いこんでいる野蛮人以下のレベルに落ちて、口にしない言葉の力によって現実を変えることができるとかれらは信じている。その手品が抹消行為、すなわち、認識を拒否するかれらのまじないにかかれば、何も存在するにはいたらないという見せかけのことだ。

かれらは盗んだ富を肉体の餌にするのと同じように、盗んだ概念を知性の餌として、正直とは自分が盗みを働いているという認識を拒否することからなると主張する。そして原因を否定しながら結果を使うのと同じように、かれらが用いている概念のルーツと存在を否定しながら我々の概念を使っている。工場を建設するのではなく乗っとろうとするのと同じように、かれらは考えるのではなく人の思考を乗っとろうとしている。

工場の運営に必要なのは機械の取っ手を回す能力だけと公言して誰が工場を作ったのかという問題を抹消するのと同じように——かれらは実体などなく、運動だけが存在すると主張し、運動は動くものの存在を前提とし、実体の概念なくして『運動』などという概念はありえないという事実を抹消する。稼いでもいないものを消費する権利を主張し、誰が生産するかという問題を抹消するのと同じように――かれらは同一原理などなく、変化のほかには何も存在しないと主張し、変化は変化するもの、起点にあるものと終点にあるものの概念を前提とし、同一原理なくして『変化』などという概念はありえないという事実を抹消する。産業資本家から略奪しながらその価値を否定するのと同じように、かれらはあらゆる存在を支配する権力を握ろうとしながら、存在が存在することを否定するのだ。

かれらは『我々は自分が無知であると知っている』とさえずりながら、知識をひけらかしているという事実を抹消している――『絶対的なものなどない』とさえずりながら、ひとつの絶対を口にしているという事実を抹消している――『人には自分が存在したり自分に意識があったりすることを証明できない』とさえずりながら、証明が存在、意識、複雑な知識体系、すなわちそれを知るもの、それを知ることができる意識、そうした概念のなかで立証されたものとされていないものを判別する方法を会得している知識の存在を前提とするという事実を抹消している。

話術を知らない野蛮人が存在証明を求めるとすれば、非存在による証明を要求しているのであり――諸君の意識の証明を求めるとすれば、無意識による証明を要求しているのであり――存在と意識の外側の虚無に踏みこんで両方を立証することを要求しているのであり――無についての知識を得る無になることを要求しているのだ。

野蛮人が公理は任意の選択によるものであり、自分が存在するという公理を受け入れないことにすると主張するとき、その文句を口にすることで彼はその公理を受け入れたのであり、それを否認する方法は口を閉ざし、いかなる理論の解説もせずに死ぬことだけだという事実を抹消している。

公理とは、知識およびその知識に関する命題の基盤を特定する根本命題、すなわちそれぞれの話し手が認識するか否かに関わらず、ほかのすべてに必然的に包含される命題のことである。公理とは、それを否定しようとするいかなる過程においても、認めて使わざるをえないという事実によって反論を不可能にする命題のことである。同一性の公理を認めようとしない穴居人に、同一性の概念やそこから派生する概念のどれも使わないで理論を展開させてみることだ——名詞の存在を認めようとしない類人猿に、名詞も形容詞も動詞もない言語を考案させてみることだ——感覚性知覚の正当性を認めようとしない魔術師に、感覚性知覚によって獲得したデータを使わずにその不当さを証明させてみることだ——論理の正当性を認めようとしない首狩り族の未開人に、論理を使わずに不当さを証明させてみることだ——高層ビルが五十階をこえれば基礎は必要ないと言いはる小人に、諸君のではなく彼自身の建物の下から土台を引きぬかせることだ——人間の知性の自由は産業文明の創出には必要だったが、維持には必ずしも必要ではないとわめきたてる人食い族に、大学の経済学の教授職ではなく、矢じりとクマの毛皮を与えることだ。

かれらが諸君を暗黒時代に連れ戻そうとしていると諸君は思っているのだろうか？　かれらは歴史にもないさらに暗い時代に諸君を連れていこうとしている。かれらが目指しているのは科学以前の時代ではなく、言語以前の時代である。かれらの目的は人間の知性と人生と文化が依存する概念、つまり客観的現実の概念を諸君から奪うことである。人間の意識の発展の経過を確かめることだ。そうすればかれらの教義の目的がわかるだろう。

野蛮人とはAはAであり、現実はまがいなき現実であると把握していない存在のことである。意識が初期の感覚性知覚を獲得して固体の判別を学んでいない幼児の状態のまま、野蛮人は知性の発育をはばんでしまっている。幼児には世界が動くもののないぼんやりした運動として映り——知性が誕生するのは、自分の傍を行き来している流れが母親であり、向こうではためくのがカーテンであり、その二つは確固たる実体であり、どちらも他方になることはなく、それぞれがそれぞれに確かなものであり、それらが存在するということを幼児が把握する日である。ものには意志なるものはないと把握する日は幼児が自分には意志があると把握する日であり――これが人間としての彼の誕生なのだ。鏡の中に映っている影が妄想ではなく、それは現実だが自分自身ではなく、砂漠で見える蜃気楼は妄想ではなく、それを引き起こす空気と光線は現実だがそれは街ではなく、街の反射光であると彼が把握する日――いかなる瞬間にあっても自分は消極的に感覚を受け取るだけの者ではなく、彼の感覚は脈絡のないばらばらの知識を自然にくれることはなく、ただ知識の材料を提供するだけであり、それを統合することを覚えなければならないのは自分の知性であると彼が把握する日――感覚が自分を欺くことはありえず、物体が原因なく動くことはありえず、感覚器官は物理的なものであってそこに自由意志はなく、発明したり歪曲したりする力はなく、それらの器官が自分に与える証拠は絶対だが、それを理解することを学ばなければならないのは彼の頭脳であり、頭脳は知覚したものの性質と成りたちと位置づけを見つけなければならず、頭脳は自分が知覚するものを特定しなければならないと彼が把握する日――それが思想家および科学者として彼が誕生する日なのだ。

我々はその日に到達した。諸君はいくらかその日に近づくことにした。野蛮人とはいつまでもそこに到達しようとしない者のことである。

野蛮人にとって、世界とは、無生物にとっては何でも可能であり、彼にとっては可能なもののない難解な奇跡が起こる場所である。それは未知ではなく不合理な恐怖の世界、すなわち不可知の世界である。野蛮人は物体が神秘的な意志をさずかって、理由なき予測不可能な気まぐれに動かされており、彼は自分にはどうにもならない力に翻弄される無力な人質だと思いこんでいる。自然は全能の力をもつ悪魔に支配されており、現実は流転する悪魔の慰みものであり、そのなかで悪魔はいつなんどきでも椀の食べものを蛇に、妻をコガネムシに変えることができ、彼が発見したことのないAは悪魔の一存でいかなるAでないものにもなり、おのれの知識といえば自分は知ろうとしてはいけないことだけだ、と野蛮人は信じている。彼は何に頼ることもできず、ただ願うことができるだけであり、人生を願うことに費やし、自分の悪魔に専横な意志の力によって自分の願いをかなえることを請いもとめては、願いがかなえば悪魔をたたえ、かなわなければみずからを責め、感謝のしるしの犠牲と罪のつぐないの犠牲をささげ、太陽と月と風と雨に、さらにはその代弁者と名乗るものに、どんな暴漢であっても言葉が難解であり面が十分いかめしければ恐れ敬ってひれ伏し――願い、請い、ひれ伏し、死に、なかば人間のような、なかば動物のような、なかば蜘蛛のようなAでない世界の具現化された彼の偶像のゆがんだ奇形を存在観の記録として残していく。

それが、現代の教師の知的状態であり、そこが、かれらが諸君を伴っていこうとしている世界なのだ。

現代の教師たちがいかなる手段によってその実践を提案しているのかと思うのなら、どこでもいい、大学の講堂に入ってみなさい。そこでは、人は何を確信することもできず、人の意識に何ら正当性はなく、人にはいかなる事実も存在の法則も知ることはできず、ひとつの客観的現実を知る力もない、と教師が子どもたちに教えていることだろう。ならば何が知識と真実の基準となるのか？かれらの答えは、ほかの人びとが信じていること、である。かれらはこう教えている。知識などなく、信仰だけがある。自分が存在すると信じることは、別の人間が自分を殺す権利があるという信念と同じく正当性のない信念にもとづく行為である。科学の公理は神秘家が啓示を信ずるのと同じく正当性のない信念であり、電気は発電機によって生みだされると信じることは、それが新月の梯子の下で接吻されたウサギの足によって生みだされるという信念と同じく正当性のない信念に基づく行為であるという。真実とは人びとがそうあれかしと望むものであり、人びととは自分自身以外の全員であり、現実とは人びとがそれと言うことにしたもののことであり、客観的な事実などなく、人びとの気まぐれな願望があるだけだという。そして試験管と論理によって研究室で知識を探求する人間は古風で迷信的な愚者であり、真の科学者とは世論を集めてまわる人間のことであり――科学の進歩をはばむことに既得権益がある鋼鉄の梁の製造業者の利己的な強欲がなければ、ニューヨーク市は存在しない、というのも世界の全住民の世論調査によれば、圧倒的多数でかれらの信念がその存在を許さないと物語るはずだから、というのだ。

何世紀にも亘って、精神の神秘家たちは、信仰は理性にまさると宣言してきたものの、あえて理性の存在を否定することはなかった。かれらの後継者であり産物でもある腕力の神秘家たちは、かれらの任務を完成し、かれらの夢を達成した。腕力の神秘家は、信仰がすべてであって、理性を信じることに対する反抗と呼ぶ。立証されていない主張に対して、かれらは何も立証しえないと主張した。超自然的な知識に対して、知識を得ることは不可能と主張した。科学の敵に対して、科学が迷信だと主張した。知性の隷属に対して、知性など存在しないと主張した。

知覚する力を放棄すれば、客観的な基準から集団的な基準への転換を容認し、考えるべきことを人類全体に言われるまで待つことにすれば、放棄した矢先に別の転換がおこると気づくだろう。いつのまにか諸君の教師は集団の支配者になっており、かれらは人類全体ではないと抗議して従うことを拒めば、かれらは『どんな方法によって我々がそうでないと確信できるのかね？　であるだって？　きみ、どこでそんな古くさい言葉を耳にしたんだね？』と答えるだろう。

それがかれらの目的とは思えないなら、腕力の神秘家たちがどれほど執拗に『知性』という概念が存在したことを忘れさせようと躍起になっているかをよく見ることだ。未定義の冗漫な言葉の曲解、軟弱な意味づけ、『思考』の概念の認識をよけようと中途半端に揺れ動く用語に注意することだ。諸君の意識は『条件反射』『反応』『経験』『衝動』『本能的欲求』からなっている、とかれらは言いながら、知識を獲得した手段を明らかにし、かれらがそう語るときの行為や諸君が聞いているときの行為を認識しようとはしない。言葉には人を『条件づける』力がある、と言いながら、言葉に力がある理由を明らかにしようとはせず、それが人の何を変えるのかという問いは抹消される。本を読んでいる学生はいかなる過程を通じてそれを理解するのかという問いは抹消される。発明にいそしむ科学者はいかなる活動に従事しているのかという問いは抹消される。神経病患者の悩みと葛藤の解決を助ける心理学者はそれをいかなる手段によっておこなうのかという問いは抹消される。産業資本家は――抹消される。かような人間は存在しないからだ。工場は木や石や泥沼と同じく『天然資源』なのである。

生産の問題は、いわく、すでに解決済みであり、研究や関心に値しない。したがって諸君の『条件反射』が解決すべき問題として残されているのは分配の問題だけだ。生産の問題は誰が解決したのか？　人類だ、とかれらは答える。解決法は？　ものは手もとにある。どうやって手に入ったのか？　どうにかして。その理由は？　理由なんかない。

人はみな生まれつき働かずとも生存する資格があり、その逆の現実の法則とは関わりなく、みずから労せずとも当然の生得権として『最低限の生活』――食物、衣服、住居――を享受する資格があるとかれらは宣言する。そして誰から受けとるのか、という問いは抹消される。人はみな世界でうみだされた技術的恩恵の分け前を等しく有する、と声高にかれらは言う。そして誰によって創造されたのか、という問いは抹消される。産業資本家の擁護者然として血迷った臆病者はいま経済学の目的を『人間の無限の欲望と限りある物資の供給とのあいだの調整』と定める。そして誰によって供給されるのか、という問いは抹消される。教授をよそおったインテリのやくざは、過去の思想家の社会理論は人間が合理的な生きものであるという非現実的な仮定に基づいていたと宣言してかれらを無視するが――人間は合理的ではないから、非合理的でありながら、つまり現実に反して、かれらの生存を可能にする制度を確立しなければならないと宣言する。そして誰がそれを可能にするのかという問いは抹消される。人類の生産を管理する計画をいそいそと出版するずれた凡人――その統計に同意するか否かにかかわらず、計画を銃によって強いる権利については誰も疑問を呈することがない。そして誰に強いるのか、という問いは抹消される。わけのわからない収入のあるそのへんの女性がひらひらと地球を飛びまわり、世界の後進地域の人びとはより高い生活水準を要求しているというメッセージを届ける。そして誰から要求しているのか、という問いは抹消される。

ジャングルの村とニューヨーク市はなぜ違うのかという追及を制するために、かれらは、人は『道具作りの本能』を有する動物であると言いきることで人間の産業的発展の成果――摩天楼、ケーブル橋、電動機、列車――を説明するという卑劣極まりない行為に訴える。

世界はどうなってしまったのかと思わなかっただろうか？　諸君はいま理由なきものと値しないものの教義の極みを目撃している。精神や腕力の神秘家軍団は口をそろえ、心の問題はすべて愛が解決し、体の問題はすべて鞭が解決するとわめきたてながら、諸君を支配する権力をめぐって争っており――諸君は知性を放棄することに応じた。人間に家畜ほどの尊厳を認めることもなく、動物の調教師ならば教えてやれること――いかなる動物も恐れによって訓練することはできず、痛めつけられた象は拷問者を踏みつけるだろうが彼のために働きも荷を運びもしないことをかれらは無視して、人は肉の配給を褒美とし、背にうける鞭を励みとして、電子管や超音速航空機や原子力機関や惑星間望遠鏡を生産しつづけるはずだと考えた。

神秘家がどういう連中か、思い違いをしてはならない。いつの時代も常に、かれらの唯一の目的は諸君の意識を破壊することであり——唯一の欲望は諸君を武力で支配する権力を手にすることだったのだ。

現実を不気味で荒唐無稽なものにゆがめ、犠牲者の知性の発育をさまたげて、停滞した幾世紀にもわたり超自然の恐怖にとどめておいたジャングルの魔術師の儀式から——十八時間労働で手に入れたスープを悪魔が盗みはすまいかと人間を掘っ立て小屋の土間にちぢこまらせた中世の超自然主義から——頭脳に考える能力はなく、人には知覚する手段はなく、超自然の力たる社会の全能の意志にただ従わなければならないとにこやかに請け合う貧相な教授まで——すべては同じくたった一つの目的、すなわち諸君を意識の力を放棄した腑抜けにおとしめるための演技だった。

だがそれは諸君の同意なしには不可能なことだ。諸君がそれを許せば自業自得なのだ。

人知の無力さについて神秘家の長広舌を聞く諸君が、話し手ではなく自分の意識を疑いはじめるとき、不安定で半合理的な状態を何らかの主張に揺さぶられ、自分より優れた確信と知識にまかせるほうが安全だと決めてしまうとき、どちらにとってもばかばかしいことがおこる。すなわち諸君の承認だけが相手の確信の源となるのだ。神秘家がおそれる超自然の力、彼があがめる不可知の精神、全能と考える意識は——諸君のものなのだ。

神秘家とは他人の知性との最初の遭遇において知性を放棄した人間のことだ。幼少時代の遠い昔に、彼自身の現実の理解が、独断的な命令や矛盾する要求をともなう他人の主張と衝突し、彼は自立を恐れるあまりおのれの合理的な機能を放棄してしまったのだ。『私は知っている』と『人が言っている』を選択する岐路にあって、彼は他人の威信を選び、理解することではなく服従することを、考えることではなく信じることを選んだ。超自然的な存在への信仰は他人の優越への信仰としてはじまる。彼のあきらめは、自分は理解の欠如を隠しておかなければならず、自分だけに恵まれていない何やら神秘的な知識を他の人間はもっており、現実とは自分には永遠に否定されている何らかの手段を通じて他の人間がそうあれと望むものだという気持ちとなってあらわれた。

以来、考えることを恐れ、彼はわけのわからない感情に翻弄されるがままとなった。感情が唯一の指針となり、唯一の個人の独自性の名残となったため、獰猛なまでの所有欲をもって彼はそれにしがみつき——彼がおこなういかなる思考も、おのれの感情の本質が恐怖であることを自分自身から隠す戦いに向けられることになった。

神秘家が理性にまさる力の存在を感じると公言するときは、確かにそれを感じているものだが、その力は宇宙の全知の超自然的存在ではなく、神秘家がおのれの意識をゆだねた通りすがりの人間の意識である。神秘家は感心させ、だまし、おだて、欺き、全能の他人の意識を強いる衝動に動かされている。現実への唯一の鍵は『かれら』であり、かれらの神秘的な力を活用し、わけのわからぬ同意をとりつけることによってしか自分は存在できないと神秘家は感じている。知覚の唯一の手段は『かれら』であり、盲導犬の視覚に頼る盲人のように、生きていくにはかれらをつないでおかねばならないと神秘家は感じている。そして他人の意識を支配することだけに情熱を傾けるようになる。捨てられた知性の空き地に育つ雑草にあるのは権力欲だけだ。

すべて独裁者は神秘家であり、すべて神秘家は独裁者になる可能性を秘めている。神秘家は同意ではなく服従を強く求めるものだ。そしておのれの主張、命令、願望、気まぐれに人の意識をゆだねさせたいと思っている。おのれの意識が人の意識にゆだねられているのと同様に。神秘家は信仰と武力を通じて人と接することを好み、事実と理性によってかちえる同意に喜びを見いだすことはない。理性は神秘家が恐れると同時に危険視する敵である。理性とは、神秘家にとっては、欺瞞の手段なのだ。人間は理性よりも効力のある何らかの力を持つと神秘家は感じており――ただ人の理由なき信仰や強いられた従順さだけに自分に欠如していた神秘的な才能を手に入れた証拠をみた気になり、安心感をおぼえる。神秘家の欲望は説得することではなく命令することだ。説得は独立した行為を要求し、客観的なゆるぎない現実に依存する。神秘家が求めているのは、現実と、それを知覚する人間の手段たる知性を支配する力、存在と意識のあいだに意志を介入させる力なのだ。自分が命ずる現実の偽装に人が応ずれば、実際にそれが作りだされるものであるかのように。

神秘家は、他人の生みだした富に巣食う寄生虫であるのと同じく――他人の生みだした思想を荒らす精神の寄生虫であるのと同じく――みずから現実を曲解する狂人以下の、他人が引き起こした曲解を探しもとめる狂気の寄生虫にまでなりさがっている。

限界も因果も主体性もないものへの神秘家の願望を満足させる状態はひとつしかなく、それは死である。不可解な原因を神秘家がいかにおのれの伝えきれない感情に帰してみたところで、現実を否定する者はみな存在を否定するのであり、いったんそうしてしまった者は、人間の命の価値すべてへの憎悪とそれを破壊するあらゆる罪悪への渇望に動かされるようになる。神秘家は苦悩、貧困、追従、恐怖をみて楽しむ。それらは合理的な現実が敗北した証拠を呈し、彼は勝利感を味わうことができるからだ。だがそのほかの現実は存在しない。

神のためだろうが、『人びと』と称する実体のない怪物像のためだろうが、誰のために役立っていると神秘家が主張したところで、超自然の次元から見たいかなる理想を掲げたところで――事実において、現実において、この世において、神秘家の理想は死であり、彼が切望しているのは殺すことであり、苦しめることだけに喜びをみいだすのである。

神秘家の教義がなしとげた成果といえば破壊だけであり、今日諸君が目撃しているのもそれだけだ。かれらの行為がもたらした荒廃を目にしてもなお、その教義についてかれらが疑問を抱くことがないとすれば、愛に動かされていると公言しながらも、人間の死体の山に怖気づくこともないとすれば、それはかれらの魂が、実は諸君が許した卑劣な弁解、すなわち、目的が手段を正当化し、かれらがもたらす恐怖はより高い目的のための手段であるという弁解よりもよこしまだからである。実はその恐怖こそがかれらの目的なのだ。

自分自身を神秘家の独裁にあわせ、その命令に従うことで彼を満足させることができると信じるまでに堕落した諸君よ――神秘家を満足させる方法などない。諸君が従えば神秘家は命令をひるがえすことだろう。神秘家は服従のための服従と破壊のための破壊を求めている。神秘家の脅しに屈して折り合いをつけられると思いこんでいる臆病な諸君よ――金で神秘家を追いはらう方法はなく、諸君のあきらめの速さに応じて求められる賄賂は諸君の命であり――賄賂の行き先である化物は神秘家の頭脳にある秘密の空白であり、それが神秘家の求めているものがみずからの死だと自覚させまいと、彼を殺人に駆りたてるのだ。

今日の世界で解き放たれている力が略奪のための物欲に動かされていると信じている無邪気な諸君よ――略奪品の争奪は神秘家がおのれの動機の本質を自分の心から隠しておくための目隠しにすぎない。富は人間の生活手段であり、かれらは生きものをまねては騒がしく富を求め、生きたいと願うと自分を偽ってみせるものの、略奪した贅沢のなかでの下品な耽溺は楽しみではなく逃避なのだ。かれらは諸君の財産を所有したいわけではなく、それを諸君が失えばいいと思っている。成功したいわけではなく、諸君が失敗すればいいと思っている。生きたがっているわけではなく、諸君が死ねばいいと思っている。そして何を望むでもなく、存在を憎み、おのれの憎悪の対象が自分自身であることを知るまいとして走りつづける。

悪の本質を把握したことのない諸君よ、『勘違いの理想主義者』と神秘家を評してきた諸君よ——諸君が発明した神の許しあらん！——世界をむさぼり食らうことで魂の私心なき無を満たそうとする反生命のかれらこそが悪の真髄なのだ——かれらが求めているのは諸君の富ではない。かれらの陰謀は知性に反するものであり、すなわち、命と人間に反するものなのだ。

それは指導者も方向性もない陰謀であり、あちこちの苦しみを利用する今どきのチンピラどもは、『心』は頭にまさると説いたすべての人でなしの愚痴がたまった理性と論理と能力と業績と喜びに対する憎しみの貯水池、何世紀をへて壊れた下水のダムからの奔流にのった偶然の浮きかすなのだ。

それは生きるのではなく生きることから逃れようとする者たち、現実を少しだけごまかして楽をしようとし、手を抜くのに忙しいほかのすべての人間に情緒的にひきつけられる者たちすべての陰謀——無を価値として追求する人間すべて、すなわち、みずから思考することができずに生徒の知性を麻痺させることに喜びみいだす教授、自社の停滞を防ぐために競合の能力に鎖をかけることに喜びをみいだすビジネスマン、自己嫌悪の弁護のために自尊心ある人間を挫折させることに喜びをみいだす神経病患者、功績を叩くことに喜びをみいだす無能な者たち、偉業を破壊することに喜びをみいだす凡人、あらゆる快楽の去勢に喜びをみいだす宦官——すべての知的弾薬の製造者、美徳を犠牲にすれば悪徳が美徳に変わると説くすべての者たちを責任回避の連携によってつなげる陰謀だ。その理論の根本前提は死であり、実践目的は死であり——最後の犠牲者は諸君なのだ。

諸君とその信条の自然な力の間の生きた緩衝剤だった我々は、もはやそこで諸君が選んだ信条の影響から諸君を救うことはない。諸君が人生のなかで負った債務や代々の人びとが積み上げてきた道徳的赤字を我々の命をもって返済する気はもうない。諸君は時間を借りたまま奇跡的に生きのびてきた。私はその貸しを回収した人間だ。

私は諸君が抹消行為によって存在を無視しようとした人間だ。諸君が生きてほしくも死んでほしくもなかった人間だ。諸君が放棄した責任を私が担っており、命が私にかかっていると認識することを恐れていたために、諸君は私に生きていてほしくはなかった。だがそのことを知っていたために、死んでほしくもなかった。

十二年前、私が諸君の世界で働いていたとき、私は発明家だった。発明家とは、万物の『なぜ』を問い、人間史上最後に加わり人間以下の時代にもどる際には真っ先に消える職業についていた。人間史上最後に加わり人間以知性がその回答に到達するのを何ものにも邪魔させない人間だ。

蒸気や石油の利用法を発見した人のように、私は地球の誕生以来利用することは可能であったが、人間が崇拝や恐怖や雷神伝説の対象としてしか使いかたを知らなかったエネルギー源を発見した。私は自分と雇用主に多大な富をもたらしたであろうモーター、電力をつかう人間の設備すべての効率を上げ、諸君が生活費を稼いで過ごす毎時間の生産性を代償なしに高めたであろうモーターの試作機を完成させた。

そのとき、ある夜の工場集会で、私は自分が業績のために死刑宣告をうけるのを聞いた。三人の寄生虫が、私の頭脳と生命はかれらの財産であり、私の生存権が条件つきであり、かれらの満足度次第でどうにでもなると断じていた。私の能力の目的は、かれらが言うには、能力において私に劣る者の必要に奉仕することだった。私には生活能力があるので生きる権利はないとかれらは言った。かれらは無能であるがために、無条件に生きる権利があった。

そして世界の何が間違っているのか、何が人間と国家を滅ぼしたのか、どこで人生を賭して闘わなければならないのかがわかった。敵はあべこべの道徳であり――私の承認がその唯一の力であるとわかった。敵は無能であり——敵は非合理的なもの、盲目的なもの、非現実的なものであり——それが勝利するための唯一の武器は進んで役立とうとする善良な人間の心だった。まわりの寄生虫が私の頭脳にどうしようもなく頼っているといいながら、強制力のない隷属状態を私が自主的に受けいれるだろうと思っていたのと同じく、私の自己犠牲を計画の財源にしようと考えていたのと同じく——世界中で、人間の歴史を通じて、あらゆるかたちで、親類の放蕩者のゆすりから集団的国家の残虐行為まで、善良で、能力があり、合理的な人間の破壊者として行動し、おのれの美徳の血を悪に注入し、悪に破壊の毒を伝染させ、それによって悪の生存力を高め、おのれの価値に死の無力さをもたらしてきたのは善良で有能な人間自身だった。有徳の人間がうち負かされるにあたっては、悪が勝つまでにそうした人間自身の同意が必要になる段階があり——彼が同意を控えることにしさえすれば、いかなる形で危害を加えようともうまくいきはしないとわかった。私は頭のなかでたった一つの言葉をはっきりと口にすることで諸君の非道な行為を終わらせることができるとわかった。私はその一語を口にした。『ノー』の一語だ。

私は工場を辞めた。諸君の世界から退き、諸君の犠牲者に警告して諸君と戦う方法と武器を与えることを仕事にした。方法は因果応報のいびつな偏りを拒絶することだった。武器は正義だった。

私が辞めてストライキの参加者が諸君の世界を見放したときに諸君が失ったものが何かを知りたければ——何もない未開の地に立ち、ここで考えることを拒否し、誰もどう動けばいいのか教えてくれなければ、どんな形で生きのびられるものか、いつまで生きながらえるか自問してみるがいい。あるいはもし考えることを選んだなら、諸君の知性でどれだけのものを発見することができるかを、自分にたずねてみることだ。これまでの生涯にいくつの独自の結論に達したか、どれほどの時間が他人から学んだ行為をおこなうことに費やされているかを自分にたずねてみることだ。土を耕して食物を栽培する方法を発見することができるかどうか、車輪やレバーや誘導コイルや発電機や真空管を発明できるかどうかを。そして能力のある人間が諸君の労働の果実によって諸君が生みだす富を奪って生きている搾取者なのかどうか、そして諸君にかれらを奴隷にする力があると信じられるかどうか決めることだ。何時間も何世紀もトウモロコシの粉を挽いて顔はしわだらけになり乳房が垂れたジャングルの女性を妻に見せて――人の『道具作りの本能』によって冷蔵庫や洗濯機や掃除機が彼女の手に入るものかどうか、もしそうでなければ、それらすべてを提供した者たちを彼女が滅ぼしたいと思うかどうか自問させてみることだ。ただし『本能によって』ではなく。

思想が人間の生産手段に形作られ、機械が人間の思考の産物ではなく、人間の思考を生み出す神秘的な力であるとぶつぶついう野蛮人諸君よ、まわりを見渡してみなさい。諸君はいまだ産業時代を見いだしておらず、奴隷の肉体労働によってぎりぎりの惨めな生活が支えられていた未開時代の道徳にしがみついている。すべて神秘家は自分が恐れた物理的現実から身を守るため常に奴隷を求めつづけた。だがグロテスクで小さな隔世遺伝体のような諸君は、まわりの高層ビルや煙突をぼんやり見つめては、物理的提供者たる科学者や発明家や産業資本家を隷属させることを夢にみる。生産手段の公的所有を求めることは、知性の公的所有を求めることだ。私はストの参加者に対して、諸君が値する答えは『とれるものならとってみろ』だけだと教えてきた。

諸君は無生物の力を活用することはできないと公言しながら、自分にはかなわない偉業を成し遂げた人間の頭脳を活用するという。諸君は我々なしでは生きられないと公言しながら、我々の生存条件を規定するという。諸君は我々が必要だと公言しながら、ずうずうしくも武力で我々を支配する権利を主張し――さらに、諸君を恐怖で満たす物理的自然を恐れない我々が、我々を指揮する機をとらえるべく諸君を言いくるめて自分を選出させた田舎者を見てすくむだろうと考える。

次のような教義にもとづいて諸君は社会秩序を確立するという。諸君は自分の生活管理はうまくできないが、他人の生活管理には長けており——自由に生きるには適していないが、全能の支配者となるにはふさわしく——自分の頭脳を使って生計をたてていくことはできないが、政治家を判断して、諸君が見たこともない技術や、勉強したこともない科学や、何の知識もない業績や、諸君自身の能力の定義によって、修理工助手の仕事も満足にできないであろう巨大産業を支配する絶大な権力をもつ任務にかれら政治家を選出することはできる、という教義だ。

この無崇拝《ゼロ》のカルトの偶像、この無能の象徴——生まれつきの被扶養者——が諸君の人間像であり、価値基準であり、それに似せて諸君は自分の魂を作りかえようとしている。そしていかなる堕落を弁護するにも『しょせん人間だから』と叫び、『人間』の概念が弱虫、愚者、ごろつき、嘘つき、落伍者、臆病者、詐欺師を意味するようにしては、人類から、英雄、思想家、生産者、発明家、強者、目的意識のある者、純粋な者の追放を求めるまでに自己を卑下する段階にいたった。あたかも『感じること』は人間的だが考えることはそうではなく、失敗は人間的だが成功はそうではなく、堕落は人間的だが美徳はそうではなく——死の前提は人間にふさわしいが命の前提はそうではないかのように。

我々から名誉を奪うために、そうして諸君が我々の富を奪ってもさしつかえないように、諸君は常に我々を何ら道徳的認識にも値しない奴隷とみなしてきた。諸君は非営利を主張するあらゆる事業を賞賛し、利益を生んでその事業を可能にした者たちを非難する。代償を支払わない者たちに役立つ計画は何であれ『公益のため』であり、金を支払う者に役立つサービスを提供することは公益にかなわないとする。『公益』とは何であれ施しとして与えられたものであり、商売に従事することとは公衆に害を及ぼすことだという。『公共の福祉』とは稼がない者たちの福祉のことであり、稼ぐ者に福利をうける資格はない。諸君にとって『公共』とは、いかなる美徳や価値を達成することもできなかった者すべてであり、それを達成するものは誰でも、生存のために必要とする物資を供給する者は誰でも、公衆の一部として、あるいは人類の一部としてみなされることはなくなる。

犠牲者が『ノー』と言いさえすれば諸君の構造全体がくつがえされるにもかかわらず、この矛盾の塊でごまかしとおせると諸君に高をくくらせ、それを理想社会として計画することを許したのはいかなる空白だったのだろうか？　無礼な物乞いが自分よりすぐれた人間の面前で我が身の傷を振りかざして脅し口調で助けを請うことを何が許すのだろうか？　諸君もその物乞いと同じように、自分は我々の憐れみをあてにしているとわめくが、ひそかに頼みの綱としているのは我々の罪悪感をあてにすることを教えた道徳律なのだ。諸君の悪徳と傷と失敗を前に我々がみずからの美徳について罪悪感――よく生きていることの罪悪感、諸君が呪う人生を楽しむことの罪悪感をおぼえることを期待しながらも、諸君は生活を助けてくれと我々にせがむ。

ジョン・ゴールトの正体を知りたいというのか？　私は初めて能力を罪悪視することを拒否した能力のある人間である。私は自分の美徳をあがなうことも、それを私の破壊道具として使わせることもしない最初の人間だ。私を滅ぼしたがっている者たちを生かしておく特権とひきかえにかれらの手にかかって受難しようとはしない最初の人間だ。私はかれらに、自分はかれらを必要としておらず、かれらが価値あるものを得るために価値あるものを提供する商人として私と接することを学ぶまでは、私がかれらなしで生きるように、かれらも私なしで生きなければならないと言い渡した最初の人間だ。そうしてかれらは誰が必要にせまられており、誰が能力を持っているかを知るだろう。そして人間の生存が基準ならば、誰の条件が生存する道を定めるのかを。

私が計画をたてて意図的に実行したことは、歴史を通じて静かに戦わずしておこなわれてきたことだった。抗議と絶望のうちにストライキをする高い知性の持ち主は常に存在したが、かれらはおのれの行動の意味を知らなかった。考えるために、だがおのれの思考を共有したくないがために公の生活から身を引いた人間——心の内側に炎を秘めておりながら、それを軽蔑する世界にもたらすことを拒んで、形にすることも表現することも実現させることもなく、あえて人知れず下働きに雇われて年月を過ごすことを選んだ人間——嫌悪感にうちのめされ、始める前に断念する人間、屈するよりはむしろあきらめる人間、いまだ見つからない理想への憧れのために無防備になり、おのれの能力のほんの少しだけで機能する人間——かれらはストライキをしている。不条理に対して、諸君の世界と価値に対してストライキをしているのだ。だが自分自身の価値を知らないまま、探求することをかれらはあきらめる。それが戦いだという認識もなく正義感にあふれ、強烈な願望であるという認識もなく情熱にみちた絶望的な憤懣の闇の中で、かれらは現実の力を諸君にゆずり、知的意欲を捨てる。そして苦い虚しさのなかで、反逆の相手を知らなかった反逆者として、愛を見つけられなかった求愛者として滅びるのだ。

諸君が暗黒時代とよぶ悪名高い時代は、能力ある人間が地下にもぐり、人目にとまることなく暮らし、秘密裏に研究しては、知の成果を破壊して死んでいった知恵のストライキの時期だった。その間はごく限られたきわめて勇気ある殉教者たちが人類を存続させた。神秘家に支配された期間はすべて停滞と貧困の時代であり、人の利益の最終的な集金人と真偽についての最高権威が、神聖な権利とこん棒の栄光によって理性にまさると認められた気まぐれなメッキ変質者であったなかで、ほとんどの人間は、露命をつなぐだけのぎりぎりの状況下で働きながら、支配者に略奪されるものを何ひとつ残さず、思考を、起業を、生産を拒み、存在に対してストライキをしていた。人間の歴史の道は、信仰と暴力にむしばまれたやせた土地にひろがる空白の連続だった。ただ路上ではごくたまに日光があふれては、高い知性をもつ人間が放ったエネルギーが、人が見とれてはたたえる驚異をなしとげたが、それはすぐに消火されてしまった。

だが今度は火が消えることはない。神秘家の勝負は終わった。みずからの非現実のなかでそれによって諸君は滅びるだろう。我々理性をもった人間が生き残る。

かつて諸君を見捨てたことのなかった殉教者に私はストライキをよびかけた。そしてかれらにはなかった武器を与えた。かれら自身の道徳価値を認識させたのだ。命の道徳は我々のものだという事実の力と栄光によって、取り戻す気になりさえすれば世界は我々のものになると私は教えた。人類の短い夏の奇跡のすべてを生みだした偉大なる犠牲者、産業資本家、物質の征服者たちは、かれらの権利がどんなものかを理解していなかった。かれらは知らなかった。力はかれらのものであることを。私は教えた。栄光はかれらのものなりと。

ずうずうしくも我々を、超自然的幻影をかかげるいかなる神秘家にも道徳的に劣るものとみなす諸君よ――強奪した小銭にハゲタカのように争ってたかりながら、財産を築く人間よりも易者を重んじる諸君よ――ビジネスマンは卑しいとあざ笑っては、芸術家気取りの者は誰でも高尚な人物としてうやまう諸君よ――諸君の基準の根源は、原始の湿地からくる神秘的なあの毒気、ビジネスマンは諸君を生かしておくという事実によって不道徳だと言いきる死のカルトである。肉体の粗野な関心事やたんなる物理的要求をみたす苦役を超越したいという諸君よ――コメ一膳のために手鋤で日の出から日没まで働くインド人か、トラクターを運転するアメリカ人か、どちらが物理的要求の奴隷になっているだろうか？　釘の寝台で眠る人間か、スプリング入りマットレスで眠る人間か、どちらが物理的現実を征服した者といえるだろうか？　ガンジス川の岸の細菌だらけの掘っ立て小屋か、ニューヨークの大西洋のスカイラインか、どちらが人間の精神の物質に対する勝利の記念碑といえるだろうか？

これらの問いへの答えを悟り——人間の知の成果に敬意をもって向き合うことを諸君が学ばないかぎり——我々が愛し、滅亡を許さないこの世界に諸君が長くいつづけることはないだろう。こっそり余生を過ごすことはできない。私は歴史の通常行路を短縮し、諸君が他人に負わせたいと考えていた代償の本質を見せた。いま死の崇拝者と使者のために値しないものを提供して尽きていくのは諸君自身の最後の生命力である。悪意のある現実が諸君を敗北させたというふりをしてはならない。諸君はみずからの責任回避によって敗北したのだから。高貴な理想のために滅びるなどという振りをしないことだ——人間を憎む者に食われるかいばとして滅びるのだから。

だがいまも尊厳のなごりをとどめ、人生を愛する意志のある諸君に、私は選択する機会を差し出している。諸君が信じたことも実践したこともない道徳のために滅びたいかどうか決めることだ。自己破壊の瀬戸際でたちどまり、諸君の価値と人生をよく確かめることだ。自分の財産の在庫を評価する方法を諸君は知っている。いま知性の在庫評価をおこなうことだ。

幼少時代から諸君は、自分が道徳的でありたいとは感じていない、自己犠牲を求めてはいない、自分の道徳律を恐れ憎んでいるが、心のなかでさえもそう言ってのける勇気がない、ほかの人びとが感じると公言する道徳的『本能』が欠如しているというやましい秘密を隠してきた。何も感じないと思うほど、自分がうっかりあらわした自己、肉体の内輪の秘密のように隠しつづけてきた自己を発見されてはなるものかと、無私の愛と他人への奉仕を声高に唱えた。そして諸君がかつぐと同時にかつがれたまわりの人間は耳を傾け、かれらも同じく口にできない秘密を抱えているとは絶対に知られまいと、声を大にして賛同した。諸君のなかで存在は巨大な欺瞞であり、それぞれ自分だけが罪深い変種だと感じながら、それぞれが他人だけに知られている不可知なものを道徳的よりどころとして、それぞれ自分が繕うべく期待されていると感じる現実を繕い、誰もその悪循環をたちきる勇気をもたないまま、誰もが互いのために演じる芝居なのだ。

非実用的な信条をもっていかに不名誉な妥協をしたとしても、皮肉と迷信の入り混じった惨めな均衡をどうにかいま維持しているとしても、諸君はいまだその根源である致命的な教義を守り続けている。すなわち道徳と実用が対立するという信条を。幼少時代から、完全な認識をおそれた選択の恐怖から諸君は逃げつづけてきた。かりに実用的なもの、すなわち諸君が存続のためにすべきこと、機能し、成功し、目的を果たすもの、食物と喜びをもたらすもの、利益をもたらすものは何でも悪であり――善良で道徳的なのが非実用的なもの、すなわち失敗し、破壊し、挫折をまねくすべて、人に危害を加え、損失や痛みをもたらすものすべてならば――諸君の選択は、道徳的であることか生きることかのどちらかだ。

その殺人的な教義の唯一の結果は人生から道徳を排除することだった。道徳律は障害や脅威としてのほか生活の営みとは関係なく、人間の生活は何でもありで何とかなる道徳観念のないジャングルであると諸君は信じて育った。そして頑なになった心に舞い降りて移り変わるもやもやした定義によって、諸君の教義が呪う悪こそ生きるために必要な美徳であることを忘れ、実際の悪とは実用的な生存の手段のことだと信じるようになった。非実用的な『善』が自己犠牲であることを忘れ、自尊心が非実用的と信じた。実用的な『悪』が生産であることを忘れ、盗みが実用的と信じた。

未踏の道徳の荒野の風にゆれる力のない枝のように、諸君は悪になりきることも存分に生きることもできなかった。諸君が正直なときはカモにされた憤りをおぼえる。ごまかすときは恐れと羞恥心をおぼえ、その痛みは苦痛をうけて当然という気持ちのために増幅される。諸君は賞賛する人間を憐れみ、かれらが失敗する運命にあると信じている。そして憎んでいる人間をうらやみ、かれらが処世の達人だと思いこんでいる。そして悪党に対決するときは自分が無防備になると感じる。道徳的なものは無能で非実用的であり、悪が勝利することになっていると信じているからだ。

諸君にとって道徳とは、義務と退屈と懲罰と苦痛でできた実態のないこけおどしの化け物、過去における最初の教師と現在における徴税人との間の子、不毛な土地に立ち、棒で諸君の快楽を追いはらうかかしであり――諸君にとって快楽とは、酒浸りの脳、頭の悪い尻軽女、動物レースに金をつぎこむ間抜けの朦朧とした意識の状態のことだ。快楽とは道徳的でありえないものなのだから。

諸君の実際の信念をたしかめれば、三つのもの――自己と人生と美徳――の破滅をまねく異様な結論にたどりつくはずだ。道徳は必要悪である、と諸君は信じている。

なぜ自分は厳然として生きておらず、情熱をもって愛しておらず、死ぬことに抵抗も感じていないのかと諸君は思っているのだろうか？　なぜどこもかしこも答えようのない問いしかなく、人生はどうしようもない葛藤でひき裂かれ、自分は魂か肉体か、頭脳か心か、安全か自由か、私利か公益かといった人為的選択から逃れるために非合理的な柵をまたいで人生を費やすのだろうと思っているのだろうか？

答えがみつからないと諸君は悲鳴をあげているのだろうか？　どんな方法で諸君はそれを見つけようとしただろう？　諸君は知覚の手段――知性――をしりぞけながら、宇宙は不可解だとこぼす。鍵を捨てながら、すべての扉が閉ざされていると愚痴る。そもそも非合理的なものを追求しておきながら、理にかなわないと存在をののしる。

この二時間に私の言葉を聞きながら、そこから逃れようとして諸君がまたがっている柵は、『だが極端に走る必要はない！』という一文に凝縮された臆病者の公式だ。諸君が常に避けようとしてもがいてきた極端とは、現実が決定的であり、AはAであり、真実は真実であるという認識なのだ。

実践不可能であり、不完全性か死をもとめる道徳律は、思想をすべて霧中に溶かし、確実な定義を与えず、概念はすべておおよそのもの、行動基準は弾力的なものとみなし、いかなる原則についても言葉を濁し、いかなる価値についても妥協し、いかなるときにも中道を歩むことを教えてきた。超自然的絶対の容認を強要することで、それは自然の絶対の否定を余儀なくした。道徳的判断を不可能にすることで、合理的判断をくだす能力をうばった。真っ先に石を投げることを禁じた規律は、石を認識し、いつ石を投げられているのか、あるいは石を投げられているのかどうかを確認することを禁じた。

同意も反対もせず、絶対的なものなどないと言いきって判断をくだそうとせず、自分には責任がないと思いこんでいる人間は、世界でいま流されている血のすべてに責任のある人間だ。現実は絶対であり、存在は絶対であり、一片の埃は絶対であり、人の命もまたしかり。諸君が生きるか死ぬかは絶対だ。諸君が一切れのパンを持っているか否かは絶対である。そのパンを食べるか、あるいはたかり屋の腹にそれが消えることになるかということも絶対だ。

すべてのことがらには二つの側面がある。一方は正しく、もう一方は誤りだが、中間は常に悪である。誤っている人間はまだしも、選択の責任を引き受けるだけではあっても、真実へのいくらかの敬意を保っている。だが中間の人間は、選択肢や価値など存在しない振りをするために真実を抹消し、どんな戦いにも関与しないことをよしとし、無実の人間の血で金儲けもすれば罪人のもとへ這いつくばっていくこともいとわず、強盗と被害者の両方を刑務所へ送りこむことで正義を分かち、思想家と愚人に歩み寄りを命じて争いを押しのける悪党である。食物と毒との間では、少しでも妥協しようとすれば、勝利しうるのは死だけである。善と悪の間では、少しでも妥協しようとすれば、利益を得るのは悪だけだ。悪に糧を与えて善を枯らす輸血において、妥協する者は血液を送るゴム管の役割を果たすことになるのだ。

中途半端に合理的で臆病な諸君は、現実の信用詐欺を働いてきたが、諸君があざむいた犠牲者は諸君自身だ。人が美徳を近似値に貶めるとき、悪が絶対的な力を獲得し、ゆるがぬ目的への忠実さを有徳の人物が放棄するとき、それはごろつきにとられてしまい——へつらい、かけひき、不忠な善行、独善的で妥協のない悪といった見苦しい光景を目の当たりにすることになる。無知が知識を誇示することだと言う腕力の神秘家に屈したように、いま諸君は不道徳が道徳判断をくだすことだとわめく神秘家に屈している。自分が正しいと確信することは利己的だとかれらが叫べば、あわてて自分には何も確信できないと請け合う。自分の信念を貫くことは不道徳だとかれらが騒ぎたてれば、自分には何の信念もないと請け合う。ヨーロッパの人民国家のチンピラが、生きたいという諸君の願望と、諸君を殺したいというかれらの願望を意見の相違として扱わないからと不寛容の罪で騒ぎたてれば——諸君はすくんで、自分はいかなる恐怖に対しても狭量なわけではないとそそくさと請け合う。アジアの不衛生な土地からきたはだしの窮乏者が諸君に向かって、よくも金持ちでいられることだと叫べば——諸君は謝罪し、もう少し待ってほしい、いずれ全部寄付するつもりだと約束する。

自分に存在する権利がないと認めたとき、諸君は自分が犯した反逆の袋小路においつめられた。かつて諸君は、それが『たんなる妥協にすぎない』と思っていた。そして自分のために生きることは悪いが、子どもたちのために生きることは道徳にかなうと譲歩した。さらに諸君は自分の地域のために生きることは利己的だが、自分の国のために生きることは道徳にかなうと譲歩した。いまや諸君は、自国のために生きるのは利己的であり、諸君の道徳的義務が地球のために生きることだと譲歩し、この最高の国を正体不明のクズどもにむさぼりくわせようとしている。生きる権利のない人間は、価値に対する権利もなく、それを守りとおすこともない。

武器と確信と名誉をうばわれた裏切りにつづく裏切りの果てに、諸君は最後の反逆行為をおかし、知の破産申請に署名する。人民国家の腕力の神秘家たちが理性と科学の擁護者を名乗れば、諸君はそれを認め、信仰が自分の根本原理であり、理性は諸君の破壊者の味方だが、信仰は諸君の味方だといそいで宣言する。子どもたちのひねくれ戸惑った心のなかでもがく合理的な正直さの名残に対して諸君は、自分はこの国を創造した思想をたしかめる合理的な議論を提供できず、自由、財産、正義、権利に合理的な根拠はなく、それらは神秘的な見識によるものだから信仰によってのみ認められ、道理と論理をたてれば敵は正しいが、信仰は理性にまさると宣言する。諸君は子どもたちに向かって、略奪し、拷問し、隷属させ、搾取し、殺すことは合理的だが、人は論理の誘惑に抗して、残った非合理性の規律に従わなければならず――高層ビル、工場、ラジオ、航空機は信仰と神秘的直感の産物だが、飢饉、強制収容所、銃殺隊は合理的な生存方法の産物であり――産業革命は中世として知られている理性と論理の時代に抗した信仰心のあつい者たちの反乱だったと言い切る。その舌の根も乾かないうちに、同じ子どもに向かって諸君は、人民国家を支配するたかり屋が科学の見本であり、物質的生産においてはこの国をしのぐだろうが、物理的な富に執心することは悪であり、人は物質的繁栄を断念しなければならないと言いきかせ――たかり屋の理想は高貴だが、かれらはそれを実現させる気はなく、むしろそれを本当に望むのは諸君であり、たかり屋と戦う唯一の目的は、かれらには到達できないが諸君にはできるかれらの目的を実現することであり、かれらと戦う方法は、かれらに負けずに自分の富を与えることだという。にもかかわらず諸君は、なぜ自分の子供が人民国家のやくざにまじったり、いかれた不良になったりするのかといぶかり、なぜたかり屋の占拠地が諸君の戸口に迫りくるのかと思っており――諸君はそれを人間の愚かさのせいにして、大衆には道理は通じないものだと言い切る。

たかり屋の知性に対する公然たる戦いの光景に諸君は目をつぶり、かれらの蛮行が残忍性をまざまざとあらわすのは思考の罪を罰するときであるという事実を抹消する。たいていの腕力の神秘家がもとは精神の神秘家であり、その二つのあいだでくるくる変身しつづけ、諸君が唯物主義者と精神主義者とよぶ人間は同じ人間を解剖した二つの部分であり、永遠に完成を求めながら、肉の破壊から魂の破壊へと揺れ、そしてまた逆に振れ――諸君の大学からヨーロッパの奴隷刑務所から大々的な崩壊からインドの神秘の堆肥にまで、現実からの逃げ場を、知性からの逃避の形を求めてかれらが転々としているという事実を諸君は抹消する。

諸君はそれを抹消し、たかり屋が諸君の道徳律からなる枷《かせ》で諸君を束縛しており――たかり屋は、諸君が従ったり回避したりしている道徳律の一貫した究極の実践家であり――かれらはそれを唯一実践しうる方法で、すなわち地上を犠牲の炉に変えることで実践しており――諸君の道徳は諸君がかれらに抵抗する唯一のかたち、すなわち生贄になることを拒んでおのれが生きる権利を堂々と主張することによるかれらへの抵抗を禁じ――かれらといさぎよく最後まで戦うために否定しなければならないのは諸君の道徳だという知識を抹消するために、『信仰』の偽善にしがみついている。

諸君がそれを抹消するのは、諸君の自尊心が、諸君が心から信じていたことも実践したこともないが何年も信じているふりをしてきた神秘的な『非利己主義』にしばられており、それを公然と非難するとは考えただけでもおそろしいからだ。自尊心ほど高い価値はないが、諸君はそれを偽造証券につぎこんでしまい――いま諸君の道徳は、自尊心を守るために自己破壊の信条のために戦わざるをえなくなるという罠で諸君を捕らえた。どうしようもなく馬鹿をみるのは諸君である。諸君には説明することも定義することもできなかった自尊心の必要は、諸君の道徳ではなく私の道徳に属するものだ。それは私の規律の客観的な代用硬貨であり、諸君自身の魂に示された私の道徳律の証拠である。

人はある感情によって、自尊心の強い要求が死活問題であることを知っている。その感情を特定することを知らなくても、存在の最初の認識から、そして自分が選択をしていかねばならないという発見から。みずからの意識による存在として、自分の命を支えるために自分自身の価値を認識しなければならないことを人は知っている。自分が正しくなければならず、間違った行為は命の危険に直結し、人格において間違っていること、すなわち悪たることは、存在にふさわしくないことだと知っている。

人生におけるあらゆる行為は意志のあるものでなければならない。単に食物を手に入れたり食べたりする行為も、人が存続させる人物が存続に値することを意味している。人が楽しもうとするあらゆる快楽は、それを求める人間が快楽を見いだすに値することを意味している。彼には自尊心の必要について選択の余地はなく、唯一選択できるのはそれを測る基準である。そして命を守る尺度を自己破壊をうながすものに変えるとき、存在と矛盾する基準を選び、自尊心を現実に反して位置づけるとき、人は致命的な過ちをおかすのだ。

理由なき自信の喪失、秘められた劣等感はすべて、じつは、存在に対処するおのれの無能さについてのひそかな恐れである。だがその恐れが大きいほど、人はますます自分を息詰まらせる殺人的な教理にしがみつくようになる。自分がどうしようもない悪党だと自分に宣告する瞬間を乗りこえて生きていける人間はいない。たとえ乗り越えたとしても、次の瞬間に発狂するか自殺するかだ。それを避けるために——非合理的な基準を選んでいたとすると——人は偽り、回避し、抹消するだろう。自己欺瞞によって現実と存在と幸福と知性をいつわるだろう。そして最終的に自尊心の欠如を思いしる危険をおかすくらいなら、自己欺瞞によってその幻想を保ちつづけるのだ。問題に直面することを恐れることは、現実はなによりもひどいと信じていることだ。

魂を恒久的な罪悪感で汚染させるのは諸君が犯した罪ではなく、失敗や過失や弱点でもなく、そうしたものから逃れようとした抹消行為であり――それはなにかの原罪でも、出生以前の知られざる欠陥でもなく、思考を停止しているという諸君の怠慢についての意識と事実なのだ。恐怖と罪悪感は諸君にとっては慢性的であり、本物であり、おぼえてしかるべき感情だが、それは原因を隠すために諸君が発明した『わがまま』や弱さや無知といった表向きの理由からではなく、存在への根本的な現実の脅威からくるものだ。恐怖は生存するための武器を捨てたことから。罪悪感は自分の意志でそうしたと知っているから。

諸君が裏切った自己とは諸君の知性のことだ。自尊心はおのれの思考力への信頼なのだ。諸君が求める自我、表現も定義もできない『自己』の本質は情緒でも不明瞭な夢でもなく、『感情』というふらふらしたぺてん師にまかせて流されるべく弾劾した諸君の最高法廷の判事たる知性だ。そして諸君はかつて知っていた消えゆく暁の光景に動かされ、夢中で明かりを求めながら、みずから招いた闇に自分を引きずりこむ。

人類の神話のなかで、かつて存在した楽園、アトランティスの都、エデンの園、どこかの理想郷についての伝説が、常に過去のものとして語り継がれてきたことに注目することだ。伝説の根源は人類の過去でなく一人一人の人間の過去に存在する。諸君はいまも――ひとつの記憶のように定かにではなく、どうしようもない思慕の痛みのように漠然と――幼少時代のはじめ、屈従し、不条理の恐怖に慣れ、おのれの知性の価値を疑うようになる前、輝かしい存在の状態と、開放された宇宙に向きあう合理的な意識の独立性を知っていたという感覚をとどめている。それこそ失われた楽園であり、諸君が探しつづけている楽園であり——諸君の意志によってとりもどせるものなのだ。ジョン・ゴールトは誰なのか、ついぞ知ることのない者もいるだろう。だが諸君のなかで、存在への愛と、存在を愛するにたる人間であることの誇りをおぼえる瞬間、この世界を眺め、自分の目で見ることでそれを承認する瞬間を一度でも経験したことのある者は、人間にふさわしいありかたを知っているのであり、私はそのありかたにそむいてはならないと知っていた者にすぎない。私は何がそれを可能たらしめたかを知り、その一瞬の諸君のような姿勢を貫いてきた人間だ。

選択するのは諸君である。その選択——自分の最高の可能性に身を捧げること——は、これまで諸君がおこなった何よりも貴い行為は二たす二が四であると理解する過程の知性の行為である、という事実を認めることによってなされる。

たったいま自分の正直さだけを頼りに私の言葉を理解しようとしている諸君よ——人間であるという選択肢はいまも残されているが、その代価は一から始めること、現実と真正面から向きあい、ありのままの姿で立ち、高くついた歴史の過ちを正すべく『我あり、ゆえに我思う』ときっぱり宣言することだ。

人の生命が知性に依存しているという動かしがたい事実を認めることだ。諸君の闘争、疑念、欺瞞、回避行為のすべてがみずから認識した意識の責任から逃避するための——自然発生的知識と本能的行為と直感的確信を求めての苦しまぎれの模索だったという事実を認めることだ。諸君はそれを天使への憧れと呼んだが、実際に求めていたのは動物の姿だった。道徳的理想として、人間らしくなるという務めを受け入れることだ。

知識が少なすぎるからといって、自分の考えに頼ることを恐れてはならない。神秘家に屈し、わずかとはいえ、自分がもっている知識を放棄するほうが安全だろうか？　自分の知識の範囲で生きて行動し、人生の限界まで知識を広げていけばいい。権威の質屋から自分の考えをとりもどすことだ。諸君はすべてを知っているわけではないが、ゾンビになりすましたところで博識になるわけではなく——知性は誤りを免れないが、知性を放棄して誤りが全くなくなるわけではなく——みずから考えて犯した一つの過ちは、信仰によって受け入れた十の真実より安全であり、それは前者には過ちをただす方法が残るが、後者は過ちから真実を見分ける能力を破壊してしまうからだ、という事実を認めることだ。全知のオートマトンを夢みるかわりに、人間が身につける知識はすべておのれの意志と努力によって獲得されるものであり、それこそが万物のなかで人間を際だたせる特徴であり、それこそが人間の自然の姿であり、道徳であり、栄光だという事実を認めることだ。

人間が不完全なものという主張からなる無制限の悪への許可証を捨てなさい。いかなる基準によってそのように人間を呪うのか？　道徳の領域では完璧だけがよしとされるという事実を認めなさい。だが完璧さは実行不可能な神秘家の戒律によって測られるべきではなく、徳の高さは選択の余地のないことがらによって測られるべきではない。人間には考えるか否かという一つの基本的な選択肢があり、それこそが美徳の規格である。道徳的な完璧さとは合理性に反しないことであり——諸君の知性の度合いではなく、知性を完全かつ不断に活用することにあり、知識の程度ではなく、絶対として道理を容認することなのだ。

知識の誤りと道徳違反の違いを見分けることをおぼえなさい。知識の誤りは、人がその訂正をいとわないかぎり道徳的欠陥ではない。神秘家だけが不可能で無意識的な全知の基準によって人間を判断する。だが道徳違反は悪いと知りつつあえてその行為を選ぶこと、あるいは知識の故意の回避、視覚と思考の停止である。人は知らないものに対して道徳的責任を負うことはないが、人が知ることを拒否するものは、魂の中で増大しつづける悪行の口座である。知識の誤りにはできるだけ酌量を与えればよいが、道徳違反は許したり認めたりしてはならない。知ろうとする人間に対しては疑わしきも大目にみてやればよい。だが自分には理由もなく理屈もいらないと公言し、免許として『ただそう感じるから』と言いはっては諸君に要求をつきつける厚顔な堕落の見本のような連中――あるいは『それは理屈にすぎない』すなわち『それは現実にすぎない』と言うことで反駁できない言い分をしりぞけようとする者たちは、潜在的な殺し屋として扱いなさい。現実に反する領域といえば死の領域とその前提しかない。

幸福の実現が人生の唯一の道義目的であり、幸福が――苦しみも分別もない放縦ではなく――人の道徳的誠実さの証拠であるという事実を認めることだ。幸福は自分の価値を実現しようとする忠実さの証拠であり結果なのだから。幸福は諸君が恐れた責任であり、それは諸君が身につける価値を認めなかった合理的規律を要求する。幸福には道徳的代用品はなく、生きる権利を主張することを恐れて太陽に向かおうとする小鳥や花ほどの命への意気ごみと忠実さもなしに喜びを勝ちとることをあきらめた者ほど見下げ果てた臆病者はいないという認識の回避は、必然的に、不安に満ちて腐敗した日々となっていく。美徳と称して謙遜という悪徳のぼろをまとうことをやめて、自分の価値を認め、自分の幸福のために戦うことだ。あらゆる美徳は自尊心に集約されると知るとき、人間らしく生きるとはどういうことかがわかるだろう。

自尊心をもつためにはまず、援助を要求してくるものは誰であれ諸君を食いものにしようとしていると考えることだ。援助を求めることは諸君の人生は彼のものと言っていることと同じであり、そうした要求はおぞましいものだが、さらにおぞましいのは諸君がそれに同意することだ。他人に手を差しのべるのは良いことだろうか？　相手が援助を自分の当然の権利、あるいは諸君の道徳義務と主張するならば、ノーだ。相手の人格と努力の価値をみとめ、諸君が自己満足のために援助したいと望むならば、イエスだ。苦しむこと自体に価値はなく、価値があるのは苦しみにさからう人間の戦いだけだ。苦しんでいる人間を助けるときには、その人物の美徳、再生する権利、経歴の合理性、不正に苦しんでいるという事実だけを理由に助けることにしなさい。それならば諸君の行為はやはり交換であり、相手の美徳が援助への支払いになる。だが美徳のない人間を助けること、苦しみ自体を理由に人を助け、過ちをうけいれ、必要を援助の請求権と認めることは、無を諸君の価値の抵当に設定するのを認めることだ。いかなる美徳もない者は生存を憎み、死を前提として行動する。そうした人物に力を貸せば、罪悪を承認し、破壊の仕事を持続させることになる。惜しくもない一セントだろうが相手が値しない優しい笑顔だろうが、無にものをささげることは人生と、人生をまっとうしようと戦うすべての人間への裏切り行為である。そのような一セントと笑顔が積み重なって世界の荒廃をまねいたのだ。

私の道徳は実践が困難であり、未知のものと同じく怖いとは言わないことだ。生きていると諸君が実感できた瞬間はいつも、私の掟である価値観によって生きていたのだから。だが諸君はその掟をもみ消し、否定し、それに背いた。美徳を悪徳の犠牲に、最高の人間を最低の者たちの犠牲にしつづけた。まわりを見渡してみることだ。諸君が社会にしたことは、まず諸君の精神の中でおこなわれている。一方は他方に具現化された観念だ。今日の世界であるこの荒れはてた残骸は、自分の価値観、友人、弁護者、未来、祖国、そして自分自身への裏切りが物理的な形となってあらわれたものなのだ。

いま諸君が呼び求めている我々は、もはや応えることはない。かつて我々は諸君のなかに暮らしていたが、諸君は我々を知ろうとせず、我々の本質を考えたり見きわめたりすることをこばんだ。私が発明したモーターの価値が諸君にはわからず、それは諸君の世界で無意味なガラクタになった。

諸君はおのれの精神のなかに偉大さを見いだすことができず――道で私の横を通りすぎても気づくことはなかった。諸君は世界を見放したらしい届かぬ精神を求めて絶望的に叫んでは私の名を呼んだが、諸君が呼んでいたのは裏切られた自尊心だった。その自尊心なくして諸君の復活はない。

諸君が人の知性を認めることなく、武力をもって人間を支配しようとしたとき、服従した者たちには譲り渡すだけの知性はなかった。知性の持ち主は服従しないものだから。そうして非凡な生産的才能をそなえた人物は、諸君の世界ではプレイボーイを装って富の破壊者となり、自分の財産を銃にひき渡すよりはそれを完全に消滅させることを選んだ。そうして理性をおもんじる思想家は、諸君の世界では海賊となり、暴力の支配に屈するよりは、おのれの価値観を守るために武力に武力で対抗することにした。フランシスコ・ダンコニア、そしてラグネル・ダナショールドよ、私の最初の友人、私の同志、流浪の道連れよ、きいているか？　きみたちの名のもとに、きみたちの名誉のために私は話している。

私がいま完成させつつあることを始めたのは我々三人だった。この国の仇を討ち、囚われた魂を解放すると決意したのは我々三人だった。この偉大な国は私の道徳――人間が存在する権利の不可侵の優越性にもとづいて建国された。だが諸君はそれを認めること、それにふさわしく生きることを恐れた。諸君は史上類のない偉業を眺め、その成果を分捕り、原因を抹消した。人間の道徳の金字塔たる工場や高速道路や橋を前に、諸君はこの国を不道徳と非難し、進歩を『物欲』とののしり、この国の偉大さを、原始的な窮乏の偶像、すなわち廃れつつあるヨーロッパの病める神秘家の乞食の偶像に詫びつづけた。

理性の落とし子たるこの国は、犠牲の道徳によって永らえることはできない。建国者たちは自己犠牲や施しを求めはしなかった。この国は、人の魂を体から引き離した神秘家の分裂によってたつことはできない。この世界を悪として、現世での成功を堕落として非難する神秘的教義によって存続していくことはできない。建国以来、この国は神秘家の旧支配体制への脅威だった。草創期の華々しい躍進に目をみはる世界に対してこの国は、人にはいかなる偉業を成し遂げることができ、この世界にはいかなる幸福がありうるのかを示した。アメリカか神秘家か、どちらかであった。神秘家はそのことを知っていたが、諸君は知らなかった。諸君は神秘家の必要の崇拝にかぶれ、この国は魂を抜かれて小人が巣食う巨体になった。そこで認知も名誉も与えられず、否定されながらも黙々と働き、諸君に糧を与えるべく地下に追われた生きた魂、この国の魂たる英雄が実業家だった。ハンク・リアーデンよ、私が仇を討った誰よりも偉大なる犠牲者よ、きいているか？

彼もそのほかの者たちも、この国の再建への道に障害がなくなるまで――犠牲の道徳の残骸が我々の道から一掃されるまで復帰することはない。一国の政治制度はその道徳律を基盤にしている。我々は、かつてアメリカの制度の基礎だったが、神秘家の道徳と対立し、血迷った回避行為のなかで後ろ暗い反体制とみなされるようになった道徳的前提の上にこの国の制度を再建する。その前提とは、人間は他人の目的の手段としてではなく自分自身のために生きるのであり、人間の命と自由と幸福は、譲り渡すことのできない権利によって彼自身のものであるという前提のことだ。

権利の概念をなくした諸君、権利は神から贈られたもの、信仰によって受けるべき超自然的な賜物であるという主張や、権利は社会から与えられたものであり、社会の気まぐれによって侵害されるという主張のあいだで無意味な回避をつづけて揺れうごく諸君よ――人間の権利は神の法律でも議会の法律でもなく、同一原理に由来する。AはAであり――人間は人間なのだ。正当な権利とは、まっとうに生きていくために人間本来の性質によって必要とされる存在の条件のことだ。人がこの世界で生きていくものならば、知性を使うことは正しく、みずからの自由な判断に基づいて行動することは正しく、自分の価値に基づいて働き、成果を手にするのは正しい。この世の人生が人の目的ならば、人には合理的な存在として生きる権利がある。自然は非合理的な人間を存続させはしない。人間の権利を否定しようとするものはいかなる団体であれ、やくざであれ、国家であれ間違っており、すなわち悪であり、すなわち生命に反するものなのだ。

権利は道徳的な概念であり——道徳は選択の問題だ。人が人間の生存を道徳と法の基準として選ばないのも自由だが、その結果が最高のものをむさぼりくうことで健康なものが病める者に蝕まれ、合理的な者が非合理的な者に消費され、癌に侵された体のように破滅するまでのあいだだけ存在する人食いの社会であるという事実から逃れることはできない。それこそ歴史を通じて諸君の社会がたどった運命だったが、諸君はその原因の認識を避けてきた。私がここではっきり述べよう。因果応報を実現させてきた力は同一原理であり、その力から逃れることはできない。一人の人間には非合理的な手段によって生きていくことができないのと同じく、二人の人間も、二千人、二十億人の人間もまた、非合理的な手段によって生きていくことはできない。一人の人間に現実を無視して成功することができないのと同じく、民族も、国も、世界も、現実を無視して成功することはできない。AはAである。そのほかのことは犠牲者の寛容さに応じて与えられた時間の問題だ。

人間が肉体なくして存在できないのと同じように、いかなる権利も、人が権利を現実におきかえる権利——考え、働き、その成果を保持すること——すなわち財産権なくしては存在しえない。『人権』か『財産権』かのいんちきな選択肢を、一方が他方なしに存在しうるかのように諸君に提供した近代の腕力の神秘家には、最終的に魂か肉体かの教義を復活させようという不気味なもくろみがある。物理的な所有物をもたずに存在できるのは幽霊だけである。自分の労力の産物に対する権利なく働きうるのは奴隷だけだ。『人権』が『財産権』に優先するという教義は、ある人間は他人を餌にして財をなす権利があると言っているにすぎない。有能な者は無能な者から得るものはないのだから、それは無能な者が自分より優れた者の主人となり、かれらを多産な家畜として利用する権利を意味するといって。こんな教義を人間的で正当であるとみなす者には、『人間』たる資格をもつ権利はない。

財産権は因果律に由来する。あらゆる財産と富は人間の頭脳と労働によって生みだされたものだ。原因のない結果がありえないのと同様、富の源である知力がなければ富をえることはできない。人は強制によって知力を働かせることはできない。考えることができる者は強制によって働こうとはしない。強制によって働く者ならば、かれらを隷属させるのに必要な鞭の値段以上のものを生産することはない。頭脳の産物を手に入れるには、その所有者の提示する条件で、交換によって、自主的な合意に達するしかない。そうでなければ人間の財産に対する人間の政策は、どれほど多くの人間に支持されようとも犯罪者の政策となる。犯罪者とは短絡的に行動し、餌食が尽きると自らも飢える野蛮人のことだ――強奪が合法的であり、強奪への抵抗が非合法と政府が定めさえすれば犯罪が『実用的』になりうると信じていたが、今日飢えている諸君のように。

唯一適切な政府の目的は人権の保護、すなわち人民を暴力から守ることだけだ。適切な政府は警察にすぎず、人民の自己防衛の代理として行動し、ゆえに、武力攻撃をしかけてきた相手に対してのみ武力に訴えることができる。適切な政府の機能とは、犯罪者から人民を守るための警察、外国の侵略者から人民を守る軍隊、そして契約違反や詐欺から人民の財産や契約を保護し、客観的な法律にもとづく合理的な規則によって争いを解決する法廷だけだ。だが他人に何も強制していない人間に対して武力を行使し、無防備な被害者に対して軍を介して制裁をおこなう政府は、道徳を完全に破壊すべく作られた悪夢の装置である。そうした政府は、その唯一の道徳目的をくつがえし、保護者の役割からもっとも危険な敵に、警察官から自己防衛の権利を奪われた犠牲者に暴力をふるう権利を与えられた犯罪者の役にかわる。そのような政府は道徳を、人は味方が相手より強ければ、隣人に何をしてもかまわないという社会行動規範に変える。

畜生か馬鹿か逃亡者でもなければ、そんな条件のもとで存在したり、自分の人生と頭脳から振りだされる白地小切手に署名して同輩に与えることに同意したり、他人が気まぐれで自分という人間をどのようにでもする権利を持ち、多数の意志が全能であり、腕力と数字とが、正義と現実と真実の代わりをつとめるという考えを受け入れたりすることはできない。我々頭脳労働者は商人であり、主人でも奴隷でもなく、白紙小切手で取引することもなければ、それを認めることもない。客観的でなければいかなる形であれ我々が生計をたてたり働いたりすることはない。

人間には客観的現実の概念がなく、物理的自然が不可知の気まぐれな悪魔に支配されていると信じていた未開時代においては——思考も科学も生産も不可能だった。自然がゆるぎなく予測可能な絶対であると気づいてはじめて、人間はおのれの知識を信頼し、進路を選び、未来を計画し、そして少しずつ、洞穴からはい出ることができるようになった。いまや諸君は、途方もなく複雑で科学的で精巧な近代産業を、不可知の悪魔の支配に——こそこそした醜い小役人の気まぐれの予測不可能な手のなかに戻してしまったのだ。農民は、収穫のめどがたたなければ夏のあいだ農園に心血を注ぎこむことはない。だが産業の巨人——何十年単位で計画し、何世代単位で投資し、九十九年契約を結ぶ大企業は、恣意的な役人の頭のなかの恣意的な思いつきがいつ降りかかってきてすべての努力が水泡に帰すかわからなくとも機能をはたし、生産を続けるものだと諸君は思っている。放浪者や肉体労働者は一日単位で暮らしをたてる。高度な知性の持ち主ほどその見通しは長い。掘っ立て小屋くらいしか考えが及ばない者は、流砂の上に家を建てて、手っ取り早く稼いでは逃げ出すのを繰り返すかもしれない。摩天楼の建設を思い描く人間はちがう。そしてそういう人間は、やくざなぼんくらの集団が自分に不利になるように法律を操作し、自分を縛り、制限し、失敗するように仕向けておきながら、自分がそれと戦い苦しんで成功したあかつきには報酬と成果を取りあげるとわかっていれば、新製品の開発に十年かけて心血を注ぐことはない。

自分よりも頭のよい人間と競争するのが怖く、かれらの頭脳は自分の生存への脅威であり、自由貿易市場にあって強者は弱者に何のチャンスも残さないと叫ぶ諸君よ。目先のことにとらわれないでもっと先をみることだ。諸君の仕事の物理的価値を決めるのは何だろう? 個人の頭脳の生産的な努力にほかならない――無人島に暮らしていたとすれば。頭脳の思考が非効率であるほど肉体労働がもたらすものは少なくなり――人は不安定な収穫に励んだり、弓矢で狩りをしたりするほかに何も考えることができず、たった一つの日課に追われて生涯を費やすはめにならないともかぎらない。だが自由に交易できる合理的な社会に住むとき、人ははかりしれない恩恵を受ける。仕事の物理的価値が個人の労力ばかりでなく、周りの世界に存在する最高の生産的な頭脳の労力によっても決定されるからだ。

近代工場で働く者は、自分の労働だけでなく、工場の存在を可能にしたすべての生産的な才能に対する報酬をうけている。それを建設した産業資本家の仕事、未開拓の事業に賭ける資金をたくわえた投資家の仕事、諸君がレバーを押す機械を設計した技師の仕事、諸君が作って暮らす製品を開発した者の仕事、製造に使われる法則を発見した科学者の仕事、人間にものを考える方法を教え、諸君が日々公然と非難している哲学者の仕事に対する報酬を。

たゆまず働く知性の結晶である機械には、諸君の時間の生産性を高めて人生の可能性を広げる力がある。神秘主義が幅をきかせていた中世に鍛冶屋として働いていれば、諸君が金を稼ぐ能力はくる日もくる日も精を出して手できたえた鉄の棒にかかっていたはずだ。ハンク・リアーデンのもとで働けば、一日に何トンのレールを生産するだろう？　給与の額が肉体労働だけで決まり、レールは諸君の腕力の産物だと言い切ることができるだろうか？　諸君の腕力の価値といえば、せいぜい鍛冶屋の生活水準程度のものである。それ以上はハンク・リアーデンから与えられたものなのだ。

人は誰でも能力と意志に応じて自由に上昇することができるが、上昇の度合いは思考の度合いで決まる。肉体労働自体は時間を超えて拡大することはない。肉体労働だけの人間は、生産の過程への自分自身の貢献と物理的に同等の価値のものを消費し、自分自身にも他人にもそれ以上の価値を残すことはない。だが合理的な努力のどんな分野においてもアイデアを生みだす人間——新しい知識を発見する人間は、人類の永遠の恩人である。有形の製品は分かち合えず、最終的にはどこかの消費者のものになる。無数の人間が共有でき、全員の労働の生産能力を高め、誰の犠牲も損失もなく共有する者すべてを豊かにしうるのはアイデアの価値だけだ。知性の強者が自分の時間をさらなる発見のために費やしつつ、発見した仕事に知性の弱者を従事させるとき、強者が弱者に譲り渡すのは自分の時間の価値である。これは双方の利益のための相互取引だ。働きたいと考え、稼がないものを求めたり期待したりしない人間のあいだでは、知恵の程度を問わず、知性の利害は一致する。

新製品を創りだした人間がどれほどの財産を築き、何百万を稼ごうが、彼がそそいだ知的な労力に比べると、実際に受けとる報酬の額は生みだした価値のごく一部でしかない。だが新製品を生産する工場で掃除人として働く人間は、その仕事が彼に要求する知的な労力に比べて法外に高い報酬を受ける。同じことは中間の全員について、あらゆる野心と能力のレベルにおいてもあてはまる。知的ピラミッドの頂上に位置する人間は、下の全員に誰よりも多くの貢献をするが、物理的な報酬のほかに得るものはなく、ほかの人間から知的な恩恵をうけて自分の時間の価値を高めることもない。どうしようもなく不器用で自分ひとりでは飢え死にするような底辺の人間は、自分より上のものに貢献するものは何もないが、かれらの頭脳の恩恵のすべてに浴する。それが知の強者と弱者の『競争』の本質だ。そうした『搾取』の構図によって、諸君は強者を誹謗してきた。

それが、我々が喜んで諸君に与えてきた役務である。見返りに何を求めただろうか？　自由だけだった。のびのびと職分を果たし――思い通りに考えて働き――自分の意志で危険をおかして損失をこうむり――存分に利益を出して財産を築き――諸君の合理性をあてにして、自由取引の目的で我々の製品を諸君の判断にゆだね、我々の仕事の客観的価値とそれを見きわめる諸君の知力にたより、諸君の知性と正直さを信頼し、諸君の知性のみと取引することができるように、諸君が我々を自由にしておいてくれることだった。それが、我々が求めたが、諸君が高すぎると拒否することにした代価だった。掘っ立て小屋から諸君をひっぱり出し、近代的なアパート、ラジオ、映画、車を提供した我々が豪邸やヨットを持つことを諸君は不公平ということにした。諸君には自分の賃金を受け取る権利があるが、我々には我々の利益を手にする権利はなく、知性の代わりに銃をもって取引したほうがよいと諸君は決めた。我々のそれに対する答えは『なんじらに呪いあれ！』だった。その答えは現実になった。諸君は呪われている。

諸君は知性によって競いあうことを好まず――いま野蛮さを競いあっている。人が生産に成功して報酬を得ることを許したがらず――いま略奪に成功すれば報酬が得られる競争に巻きこまれている。諸君は価値あるもの同士を交換するのは利己的で残酷だと言い――いまゆすりがゆすりと取引される非利己的な社会をうちたてた。諸君の制度は合法的な内戦であり、そこでは誰もがつかみどころのない大衆の不特定の利益への奉仕を声高に主張しながら、入り乱れて徒党を組み、法律を味方につけようと画策しては、それをふりかざして競争相手を痛めつけ、やがて別の徒党に棒をもぎとられて順番に叩きのめされていく。経済と政治の力、金の力と銃の力の違い――報酬と罰の違い、購入と略奪の違い、快楽と恐怖の違い、生と死の違いなど見いだせないと諸君は言ったことがある。いま諸君はその違いを身をもって知りつつあるのだ。

諸君のなかには自分が無知だったとか、知性や視野が限られていたと言い訳をする者もいるだろう。だがどうしても罪を免れないのは知る能力がありながら、あえて現実を抹消した人間、自分の知性を売り渡し権力に仕える卑屈な奴隷としてしまった人間、なにか『純粋な知識』への献身を公言する卑劣な科学の神秘族だ。その純粋さたるや、そうした知識がこの世界ではいかなる実用的な用途もないという主張からなり――かれらは無生物については論理で考えるが、人間を扱う問題は合理性を必要とせず、それにふさわしくもないと思いこみ、金銭をさげすみ、略奪によって提供された研究室と引き換えに自分の魂を売り渡す者たちだ。そして『非実用的な知識』、あるいは『公平無私な』行為などないゆえに、人生の目的と利益のために科学を用いることをさげすむゆえに、かれらはたかり屋にとって実用的でありうる唯一の実用目的、すなわち強制と破壊の兵器の開発という死の役務に科学をひきわたす。道徳的価値から逃れようとするかれら知識人、かれらこそ世界で呪われた者であり、かれらの罪は許してはならないものだ。ロバート・スタッドラー博士、きいていますか？

だが私が話しかけたいのは彼ではない。諸君のうち売り渡されたり『人の命に応じて』と烙印を押されたりしていない独立した魂をかけらでもとどめている人びとに私は話している。今夜諸君をラジオに向かわせた混乱した心のなかに、世界の何が間違っているのかを知ろうとする正直で合理的な願望があったならば、諸君こそ私が語りかけたい人間である。私の規範の掟と条件によれば、人は発言の内容について知ろうとしている人間に合理的な発言をする義務を負う。私を理解するまいとしている者に関心はない。

生きて魂の名誉を取り戻したいと願う人びとに向かって言う。諸君の世界について真実を知ったいま、自分を破壊する者を支えるのをやめなさい。世界の悪行は諸君が承認を与えてはじめて可能になる。その承認をとりさげなさい。支持をやめなさい。敵の条件下で生きようとしたり、かれらが規則を定める勝負に勝とうとしたりしないことだ。諸君を奴隷にした者たちの厚意を求めてはならない。補助金であれ、貸付金であれ、仕事であれ、諸君から略奪した者たちに施しを請わないことだ。取られたものを取り戻そうとかれらの仲間に加わって、隣人の略奪に手を貸さないことだ。人の破壊に目をつぶる賄賂を受け取って自分の人生を支えていけようはずはない。諸君が生存する権利を抵当にして利益や成功や安全のために戦わないことだ。そのような抵当が清算されることはない。多く払えば払うほど相手は多くを要求してくる。求めたり達成したりする価値が高くなるほど、諸君は傷つきやすく無力になっていく。かれらの制度は、罪悪ではなく存在への愛によって諸君をゆする白いブラックメールの制度なのだ。

たかり屋が手綱を握っているあいだは、かれらの条件で出世しようとしないことだ。かれらを権力の座にいすわらせておく唯一の力である諸君の活力ある野心にふれさせないことだ。ストライキをしなさい——私のやりかたで。自分だけのために知性と技術を使い、知識を広げ、能力を開発するのはよいが、業績を他人と共有しないことだ。たかり屋を背負ったまま富を生みだしてはならない。かれらの階層にあって最低の地位にとどまり、最低限の生活費だけを稼ぎ、一セントたりとも余分に稼いでたかり屋の国家を支えないことだ。事実上の捕虜である諸君は捕虜として行動し、諸君が自由であると見せかけさせてはならない。かれらをおびやかす静かで高潔な敵になることだ。脅迫されたときには従いなさい——だが自分から協力してはならない。かれらの方向に自分から一歩でも進んだり、なにか一つでも望んだり、頼んだり、目指したりしてはならない。ピストル強盗に友人や恩人として行動していると言わせてはならない。看守に監獄にいることが諸君の本来の状態だという振りをさせてはならない。現実を偽らせてはならない。その偽りは、かれらの秘められた恐怖、かれらが存在に適さないと知る恐怖をくいとめる唯一のダムなのだ。それをとり払い、かれらを溺れさせなさい。諸君の承認だけがかれらの救命帯なのだから。

かれらの手の届かない荒野に姿を消す機会があればそうしなさい。だが山賊として生きたり、かれらの悪行とはりあうやくざの集団を作ったりするのではなく、諸君の道徳律を受け入れ、人間らしく生きるために労苦を惜しまない者たちと実りある生活を築くことだ。死の道徳や、あるいは信仰と暴力の掟によって勝利する見込みはない。正直な人間が修正する基準、命と理性の基準を作ることだ。

合理的な存在として行動し、誠実な声に飢えている者たちすべての集合点となることを目指しなさい――敵の真ん中に一人きりでも、数人の選ばれた友人とでも、あるいは人類再生のフロンティアにある地味な共同体の創始者としてでもいい、諸君の合理的な価値観に基づいて行動をおこしなさい。

最高の奴隷を失くした略奪国家が崩壊し、神秘家に支配された東洋の国家のようにどうしようもない混乱に陥り、互いに盗みあう飢えた盗賊となって解体するとき――犠牲の道徳の主唱者がその究極の理想とともに滅びるとき――そのとき、その日に、我々は復帰する。

我々は、煙突、パイプライン、果樹園、市場、侵されることのない家々がある我々の都市に入るにふさわしい者たちに門戸を開放する。諸君が作る隠遁地の中心として活動する。自由貿易と自由な思考のしるしたるドルマークを象徴として、この国の本来の姿と意味と素晴らしさを見いだすことのなかった無能な未開人からふたたびそれを取りもどすために行動する。我々に加わると決めた者たちはそうするだろう。加わらないと決めた者たちにも我々を阻止する力はない。野蛮人が群れをなしても、知性の旗を掲げる人間の障害になったことはない。

そうすればこの国はふたたび合理的な人間という消滅しつつある種族の聖地になるだろう。我々がうちたてる政治制度は一つの道徳的前提に集約される。それは、何人も力に訴えて他人から価値を奪ってはならないということだ。一人一人がそれぞれの合理的な判断によって、立ちあがったり倒れたり、生きたり死んだりする。合理的判断をせずにつまずいても、犠牲となるのは本人だけだ。自分の判断力だけでは不十分とおもっても、それを高めるのに銃を与えられることはない。時とともにみずからの過ちを正すことにすれば、優れた先人たちのさえぎるもののない例が、思考の道筋を示してくれる。だがある人間の過ちの代償を別の人間の命で払う愚行には終止符がうたれる。

その世界で、諸君は子どもの頃に知っていた気持ちで朝目覚められるだろう。合理的な宇宙に向かうことからくる熱意と冒険心と確信をもって。自然をおそれる子どもはおらず、なくなるのは人間に対する恐れ、魂の成長をはばんでいた恐れ、早い時期に人間のなかの理解不能な、予測不能な、矛盾する、恣意的な、隠れた、欺瞞にみちた、非合理的なものと遭遇して身にしみついた恐れである。諸君は事実と同じく一貫しており信頼できる責任ある人間の世界に暮らすことができるようになるだろう。そうした人格を守るのは、客観的な現実が判断基準である存在の秩序である。美徳は守られるが、悪徳や愚鈍さは容赦されない。善行にはあらゆる機会が開かれるが、愚行に猶予は与えられない。諸君が人から受けとるのは施しでも憐れみでも情けでも罪の許しでもなく、唯一の価値、すなわち正義である。そして、人や自分自身の姿を見るとき、諸君は嫌悪感や疑念や罪悪感ではなく、唯一不変の念、尊敬心を抱くことだろう。

それが、諸君が勝ちとることのできる未来である。そのためには努力が必要だが、それは人間の価値すべてにいえることだ。すべて人生は目的ある闘争であり、諸君に課された唯一の選択は目標の選択だけだ。いまの戦いを諸君は続けたいだろうか？　それとも私の世界のために戦いたいと思うだろうか？　いまにも奈落にすべり落ちそうな岩棚にしがみついているばかりの闘争、いくら耐えても困難を克服できず、勝利を手にすることでいっそう破壊に近づく闘争を諸君は続けたいのだろうか？　それとも岩棚から岩棚へ頂上に向かって着実に登っていくことからなる闘争、困難が未来への投資であり、勝利によって間違いなく諸君の道徳的理想の世界に近づき、たとえ陽の目を見ることなく命尽きたとしても、せめてその光線が射しこむ場所で死ぬ闘争を始めたいと思うだろうか？　それが、諸君が前にしている選択である。諸君の心と、存在への愛に決めさせることだ。

最後に、いまもなお世界にひそんでいる英雄たちに、逃げたからではなく、美徳と無謀なまでの勇気のために囚われている者たちに告げる。心の兄弟たちよ、諸君の美徳と、諸君が尽くしている敵の本質を確認しなさい。諸君の破壊者は、諸君の忍耐力と寛容さと純粋さと愛——かれらの重荷をかつぐ忍耐力——かれらの絶望的な悲鳴に応える寛容さ——かれらの悪には思いもおよばず、疑わしきはすべて善意に解釈し、理解することなく非難することを潔しとせず、かれらの真意のようなものを理解することのできない純粋さ——かれらもまた人間であり、人生を愛しているはずだと諸君に思わせる命への愛によって、諸君をひきとめている。だが今日の世界はかれらが求めた世界であり、命はかれらの憎悪の対象なのだ。かれらが崇める死のなかにかれらを置いていきなさい。かれらの悪の勝利のために諸君の偉大な精神を枯らしてはならない。きこえるか？……愛しい人よ。

諸君のなかで最上のものの名のもとに、この世界を最低のものの犠牲にしてはならない。諸君の生きがいである価値あるものすべての名にかけて、人間と呼ぶにふさわしい資格を得たことのない醜悪で臆病で愚鈍な者たちに理想の人間の姿をゆがめさせてはならない。人間の本来の姿が真直ぐに立ち、妥協なき精神をもって、果てなき道を歩む姿であるという意識を失くしてはならない。諸君の炎を、かけがえのない火花の放つきらめきを、適当なもの、中途半端なもの、いいかげんなもの、どうにもならないものの絶望の沼地で消してはならない。値しながらも辿りつけない人生への孤独な葛藤のなかで、魂に生きる英雄を滅ぼしてはならない。とるべき道と戦いの本質を確認することだ。夢にみた世界は勝ちとることができ、それは存在し、本物であり、実現可能であり、あなたのものなのだから。

だがそれを勝ちとるには完全な献身が必要であり、過去の世界、人間が他人の喜びのために存在する生贄であるという教義とはきっぱりと決別しなければならない。自分という人間の価値のために戦いなさい。自尊心という美徳のために戦いなさい。人間たるものの本質、すなわち独立した合理的な精神のために戦いなさい。おのれの道徳が命の道徳であり、おのれの戦いがこの世界にこれまで存在したあらゆる業績、あらゆる価値、あらゆる偉業、あらゆる徳行、あらゆる喜びのための戦いであると認識する晴れやかな確信と完全なる高潔さをもって戦いなさい。

私が戦いを始めたときに誓った言葉を発する覚悟ができたとき、諸君は勝利する。私の復活の日を知りたいと思う者たちのために、いま世界に向けて繰り返そう。

己の人生とその愛によって——私は誓う——私は決して他人のために生きることはなく、他人に私のために生きることを求めない」

第八章　エゴイスト

「いまのはなかったことにしよう」トンプソン氏がいった。

ゴールトの最後の言葉の響きが消えたときには、全員がラジオの前に立っていた。しばらく沈黙したまま誰も動かず、何かを待つかのようにじっとラジオを見ていた。だがラジオはいま布で覆われた空っぽのスピーカーとつまみのついた木の箱でしかなかった。

「聞いたような気がする」ティンキー・ハロウェイが言った。

「しかたありませんでした」チック・モリスンが言った。

トンプソン氏は空き箱の上に座っていた。彼の肘のあたりにはぺったり床に座りこんでいたウェスリー・ムーチの青ざめた長い顔がある。はるか後方には、特設の放送室が、だだっぴろいスタジオの薄闇に浮かぶ島のように、明々とライトをつけたまま忘れられており、何本もの死んだマイクの下にぐるりと並んだからっぽの椅子が、誰も消そうとしない強い投光照明に照らしだされていた。

トンプソン氏の目は、何か特別な感触を自分だけ察知しようとするかのように、周りの顔をきょろきょろ見回していた。ほかの者たちはそれをこっそりしようとして、それぞれ自分の視線が人にわからないように気をつけながら、隣をちらちら盗み見ていた。

「ここから出してくれ！」下っ端の若い助手が突然、誰にともなく叫んだ。

「動くな！」トンプソン氏が険しい声でいった。

自分の命令の声と暗闇で動くのをやめた人影からのしゃくりあげるうめき声をきいて、彼は見慣れた現実の形をまたとり戻したかにみえた。そして頭を肩からぬっと突き出した。

「いったい誰のせいで——」彼は声を上げかけて、はっと言葉を切った。追いつめられた者たちのパニックの雰囲気を感じとったからだ。そこで「どうするつもりだ?」ときいたが、答えはなかった。「さあさあ」彼は待った。「おい、誰か何とか言えないのか!」

「こんなこと信じなくていいだろう?」ジェイムズ・タッガートがトンプソン氏を脅さんばかりに顔を突き出しながら叫んだ。「そうだろう?」タッガートの顔はゆがんでいたが、のっぺりとしてみえた。鼻の下に髭がぽつぽつのびている。

「だまりなさい」少し身をひきながら、トンプソン氏は自信なさげに言った。

「信じなくていい!」タッガートの声には深い眠りから覚めまいとするような単調で執拗な響きがあった。「これまで誰もそんなことを言ったことはない! たかが一人の人間の言うことだ! 信じる必要はない!」

「落ち着きなさい」トンプソン氏が言った。

「なんだってそこまで自信があるんだ? 全世界に、何世紀も言われつづけてきたことすべてにはむかうとは何様のつもりだろう? 何を知っているというんだ? 誰にも確信なんかできやしない! 正しいことなんかわかるもんか! 正しいものなんかないんだから!」

「黙れ!」トンプソン氏が叫んだ。「いったい何を——」彼の言葉を遮った轟音はラジオから突然流れはじめた軍隊行進曲——三時間前に中断され、スタジオのレコードからいつもの高いキイキイ音をたてて流れている軍隊行進曲だった。一座は急に静まりかえり、能天気にはしゃぐようにどうしようもなく場違いな威勢のいい陽気なマーチが沈黙のなかをどしどしと響きわたってから、みなそれが何かに気がついた。局の番組ディレクターが、何があっても放送時間に空きを作らないという掟にただ生真面目に従っていたのだ。

「とめさせろ！」ウェスリー・ムーチが立ち上がって大声で言った。「あの演説を許可したと思われてしまう！」

「ばかやろう！」トンプソン氏が叫んだ。「していないと思わせろというのか？」

ムーチははっと立ち止まり、素人がベテランを見るような感嘆の眼差しをトンプソン氏に向けた。

「通常通りの放送をしろ！」トンプソン氏が命令した。「この時間に放送を予定していた番組を流すように指示するんだ！　特別な告知も説明もなしだ！　何ごともなかったように続けるように言いなさい！」

チック・モリスンの士気調整官たちが慌ててばたばたと電話に走っていった。

「解説者の口を封じろ！　コメントさせるな！　全国の放送局に指示を出せ！　聴衆には不思議がらせておけ！　心配していると思わせるな！　あれが重要だと思わせるな！」

「いけません！」ユージン・ローソンが悲鳴をあげた。「とんでもありません！　あの演説を容認している印象を与えるなんて！　ひどい！　あんまりだ！」ローソンは涙こそ流してはいなかったものの、声にはやるかたない憤懣にむせぶ大人の聞くにたえない響きがあった。

「容認など誰が言ったんだね？」トンプソン氏がつっけんどんにはねつけた。

「あんまりです！　不道徳です！　身勝手で血も涙もありません！　こんな意地の悪い演説は前代未聞です！　そんな……それだと人は幸せになることを要求するようになります！」

「ただの演説じゃないか」あまり力を入れずにトンプソン氏が言った。

「どうも私には」一時しのぎのように、チック・モリスンが言った。「高尚な精神の持ち主は、つまりですね、えっと……その……神秘的な洞察力のある」――張り倒されるのを待つかのように彼は口を閉ざしたが、誰ひとり動かなかったのできっぱりと繰り返した――「ええ、神秘的洞察力のある人は、あんな演説を真に受けたりはしません。結局、論理がすべてじゃありませんから」

「勤労者はあんなものを真に受けたりはしませんよ」やや力をこめてティンキー・ハロウェイが言った。「あの男は労働者の味方のようには聞こえなかった」

「この国の女性はあんなものを真に受けたりはしません」マ・チャルマーズが宣言した。「女性があんな理屈を真に受けたりしないってことは既定の事実だと思います。女性は繊細ですから。女性は信頼してかまいません」

「科学者も信頼してかまいません」サイモン・プリチェット博士がいった。全員が前にしゃしゃり出て、まるで確信をもって対処できる問題をみつけたかのようにまくしたて始めた。「科学者は理性に頼るほど馬鹿じゃありませんからね。あの男は科学者の味方じゃありませんな」

「誰の仲間でもない」ウェスリー・ムーチがはっとして、少し自信をとり戻したように言った。「例外は大企業ぐらいのものだろう」

「違います！」ぎょっとしてモーウェン氏がいった。「ちがいます！　我々を責めないでください！　やめてください！　そうは言わせませんよ！」

「何を？」

「その……その……誰かが企業の味方だってことを！」

「あんな演説で騒ぐのはやめましょう」フロイド・フェリス博士がいった。「知的すぎました。普通の人間には知的すぎる。何の影響もないでしょう。あれを理解するには人は鈍すぎますから」

「ああ」ムーチが希望をもつように言った。「それはそうだ」

「第一に」勢いを得て、フェリス博士がいった。「人びとは考えることができない。第二に、考えたいと思っていない」

「第三に」フレッド・ケナンが言った。「誰も飢えたいとは思っていない。それについては何をなさるおつもりかね？」

それはまるで、これまでの発言が回避してきた質問が発されたかのようだった。答える者はいなかったが、からっぽのスタジオの空間の重みがかかった小さな群れのように、少しずつ頭が肩に沈んでいき、人びとが互いに歩みよった。沈黙のなかを、にやりと笑うどくろのように頑なに陽気な軍隊行進曲が鳴りひびいている。

「きりなさい！」ラジオをさして、トンプソン氏が叫んだ。「そいつをきれといってるんだ！」

誰かが従った。だが不意に襲った沈黙はもっと悪かった。

「で？」嫌々フレッド・ケナンに目をやりつつ、とうとうトンプソン氏が言った。「君は何をすべきだと思うのかね？」

「誰？　俺かね？」ケナンがくすくす笑った。「俺が仕切ってるわけじゃない」

トンプソン氏は拳骨で膝を叩いた。「何か言いなさい――」彼は命令したが、ケナンがそっぽを向くのを見て、「誰か！」とつけ足した。誰も進んで発言しようとはしなかった。「どうすればいいんだ？」答えた人間が、その瞬間からすべてを決めることになると知りつつ、彼は叫んだ。「どうすればいいんだ？　やるべきことを誰か言えないのかね！」

「私が言えます！」

それはラジオの声とどこか似た響きのある女性の声だった。全員がいっせいに、向こうの暗闇から出てこようとしたダグニーの方を向いた。前に進み出た彼女の顔を見てかれらは怖くなった。その顔には恐れがまったくなかったからだ。

「私には言えます」トンプソン氏に向かって、彼女はいった。「観念することです」

「観念する?」彼はぽかんとして繰りかえした。

「あなたたちは終わりです。わからないのですか？　いまの話のほかに何が必要だというのです？　観念して道をあけることです。人が自由に生きられるように」彼は反対も動きもしないで彼女を見ていた。「みなさんはいまも生きていて、人間が話す言葉を使っていて、答えを求めていて、理性にたよっている——わかるでしょ、いまも理性にたよっているのです！　理解できるんです。していないはずはありません。もうみなさんが望んだり、求めたり、手に入れたり、つかんだり、手をのばしたりする振りをできるものはありません。この先は、世界とあなたたちの破壊しかない。観念して退場することです」

みな真面目に耳を傾けていたにもかかわらず、まるで一言も聞いていないかのようであり、一座のうちで彼女だけにある生命のしるしにがむしゃらにしがみついているかのようでもあった。強い怒りのこもった彼女の声の底には高揚した笑いの響きがあり、顔は真直ぐ前を見ており、目は遠方の光景に会釈しているようであり、そのためにつやつやの額はスタジオのスポットライトではなく朝の太陽の光を反射しているようにみえた。

「生きていきたいのでしょう？　チャンスが欲しければ邪魔しないことです。できる人たちに引き渡せばいい。あの人は何をすべきか知っています。みなさんは知らない。彼は生存手段を作ることができます。みなさんにはできない」

「耳をかすな！」

あまりにも獰猛な憎悪に満ちたロバート・スタッドラー博士の悲鳴をきいて、心に秘めたものを指摘されたかのようにみながさっと引いた。博士の顔を見て誰もが、人に見られぬ暗闇にいれば自分もこんな顔をしているのではないかと思った。

「耳をかすな！」目では彼女を避けながら、博士は大声をあげた。彼女は一瞬驚いて博士を見たが、それは死亡記録としての冷静な一瞥として終わった。「君たちの命かあいつの命かの選択だ！」

「教授、落ち着いてください」片手でさっと博士を払うように、トンプソン氏がいった。頭の中である考えをまとめつつあるかのように、トンプソン氏はダグニーを見ていた。

「みなさんには真実がわかっている」彼女はいった。「私にもわかっています。ジョン・ゴールトの話を聴いた人全員にも！　ほかに何を待っているのです？　証拠ですか？　彼が提示したではありませんか。事実ですか？　あちこちに転がっているじゃありませんか。あなたたちの銃と権力と支配とみじめな利他主義の信条すべてを捨てるまでにどれだけ死体を積みあげるつもりですか？　生きていたいなら観念することです。この世界に人間が生きていてほしいと思う気持ちがほんの少しでも残っているなら！」

「だが裏切りだ！」ユージン・ローソンが叫んだ。「この人が話しているのはまったくの裏切りです！」

「さあさあ」トンプソン氏がいった。「極端に走る必要はない」

「へ？」ティンキー・ハロウェイが聞き返した。

「でも……ですが無論とんでもないことですよね？」チック・モリスンが訊いた。

「同意なさっているわけじゃありませんね？」ウェスリー・ムーチがたずねた。

「同意などと誰が言ったんだね？」ひどく穏やかな口調で、トンプソン氏がいった。「そこまで未熟じゃ困るね。もっと大人になりなさい。人の主張を聞いて損はないだろう？」

「あんな主張を?」ダグニーを指で何度も指しながら、ウェスリー・ムーチがたずねた。

「どんな主張でも」トンプソン氏が穏やかにいった。「偏見をもたないことだ」

「ですが裏切りです。破滅のもとです。不忠です。利己主義と大企業のプロパガンダです!」

「さあ、どうかな」トンプソン氏がいった。「人はいつも寛容な広い心を持つようにしなければ。いろいろな人の見方を考慮しなければね。彼女にも一理ある。あの男は何をすべきかを知っている。融通をきかせようじゃないか」

「あなたは辞めてもかまわないってことですか?」ムーチが息をのんだ。

「おいおい結論に飛びつくんじゃない」むっとしてトンプソン氏がいった。「私に我慢ならないものがあるとすれば、結論に飛びつく連中だ。それと自分のお得意の理論にしがみついて実用的な現実感覚がちっともない象牙の塔の知識人。こういうときには何よりも融通をきかせなければ」

彼は周りの面々の一様に当惑した表情を見た。ただダグニーとほかの者たちの当惑の理由は異なっていた。彼は微笑し、立ち上がると、ダグニーの方を向いた。

「ありがとう、ミス・タッガート」彼はいった。「率直な意見をありがとう。それこそ——私を信じて忌憚なく話ができるということこそ、知ってもらいたかったことです。ミス・タッガート、我々は敵じゃない。こいつらの言うことには耳をかさなくても結構——興奮しているが、そのうち落ち着くでしょう。我々はあなたの敵でも国の敵でもない。むろん過ちはおかしたし、我々も所詮は人間だ。しかしこの困難な時期に、国民——つまり、全員のために最善を尽くそうとしているのです。安易な判断で、その場しのぎで重大な決定を下せるわけがないでしょう? 我々はその点を熟慮して、じっくり考えたうえで、慎重に検討しなければなりません。私はただあなたに我々が誰の敵でもないことを覚えておいてもらいたい。それはおわかりでしょう?」

「言うべきことはすべて言いました」彼の言葉の意味への糸口も、それを見つける気力もなく、彼に背を向けながら、彼女は答えた。

　彼女はエディー・ウィラーズの方を向いた。あまりにも激しい憤りのために身動きもできないといった様子で――頭が「これは極悪非道だ！」と叫んでいてそれ以上のことを考えられないかのように、彼は周囲の人間を見ていた。彼女が顔を扉に向けると、彼は素直に彼女の後に続いた。

　ロバート・スタッドラー博士は二人が出ていった扉が閉まるのを待って、トンプソン氏の方を向いた。「この大馬鹿野郎！　いったい何のつもりだね？　これが生きるか死ぬかの問題だってことがわからないのか？　君かやつかだってことが！」

　トンプソン氏の唇に走ったかすかな震えは嘲笑だった。「教授らしからぬ振舞いですな。教授のような方でも自制心を失うことがおありとは」

「わからないのか？　どちらかだってことが？」

「それで私に何をしろと？」

「やつを殺さなければ」

　答えの代わりに部屋にぞっとする一瞬の沈黙をもたらしたのは、スタッドラー博士が叫ぶでもなく、淡々と、冷ややかに、唐突でありながら完全に意識的な声でそう言ったという事実だった。

「やつを探し出さなければ」ふたたび声をうわずらせて、スタッドラー博士はいった。「探し出して破滅させるまであらゆる手段を講じることだ！　やつが生きている限り我々はいずれ全滅させられる！　やつが生き残れば一巻の終わりだ！」

「どうやって探し出せと？」ゆっくりと慎重に話しながら、トンプソン氏がたずねた。

「私が……私にはわかる。ヒントならある。あのタッガートの女を見張ることだ。部下に彼女の動きを厳重に見張らせておきなさい。遅かれ早かれやつのところへ行くはずだ」

「どうしてわかるのかな？」

「わかりきったことじゃないか！　本当ならもうとっくに君たちを見捨てているような人物だ！　彼女がやつと同類ってことぐらい気づかないのかね？」彼はどのような種類なのかは言わなかった。「ふむ」トンプソン氏は慎重に言った。「まあ、それは事実だ」彼は満悦の笑みを浮かべて顔を上げた。「教授にも一理ある。ミス・タッガートを尾行させろ」ムーチに向かって指をぱちんと鳴らして、彼は命令した。「二十四時間尾行させるんだ。やつを探しださなければ」

「はい」ぽかんとしたまま、ムーチが言った。

「それでやつを見つけたら」スタッドラー博士は硬い声でたずねた。「殺すのかな？」

「殺す？　ばかな！　我々には彼が必要なんだ！」トンプソン氏が叫んだ。

ムーチは間をおいたが、全員の頭にあった質問を誰もあえてしようとしなかったので、彼はとうとう「トンプソンさん、おっしゃる意味がわかりません」とぎこちなく言った。

「やれやれ、理屈屋のインテリどもめ！」トンプソン氏は激昂して言った。「何をぽかんとしているんだね？　単純なことだ。やつが誰かは知らんが、行動力のある男であることに変わりはない。それに圧力団体が後ろにいる。頭のいい人間をおさえているんだ。やつは何をすべきか知っている。探しだせば教えてくれるだろう。どうすればいいか教えてくれる。万事うまくすすめてくれる。我々を窮地から救いだしてくれるはずだ」

「トンプソンさん、我々を？」

「もちろん。きみらの理論なんかどうでもいい。取引すればいいんだ」

「あの男と？」

「もちろん。ま、妥協は必要だろうし、大企業にも多少は譲歩が必要だろうし、福祉族は気にいらんだろうが、どうってことはない！　ほかにいい打開策があるのかね？」

「ですが彼の思想は――」

「思想などかまうものか！」

「トンプソンさん」息を詰まらせながら、ムーチが言った。「やつは……やつは取引に応ずるような人間ではないと思いますが」

「そんな人間はいない」トンプソン氏が言った。

＊　＊　＊

ラジオ局を出ると、通りでは冷たい風がさびれた店の窓の壊れた看板をガタガタと鳴らしている。街は異常に静かにおもわれた。向こうで行きかう車の喧騒はいつもより小さく聞こえ、風の音がよけいにうるさく感じられた。からっぽの舗道が暗闇にのびており、まばらな街灯の下でひそひそ囁く人影がちらほらとみえる。

局から数ブロック離れたところにくるまで、エディー・ウィラーズは口をきかなかった。がらんとした広場にやってくると、彼は不意に立ち止まった。そこでは誰も切ろうとしなかった公共のスピーカーがホームコメディー――妻と夫が息子のデートについて言い争っているキイキイ声――を明かりの消えた家々の玄関に囲まれたからっぽの舗道に流していた。広場の向こうの二十五階制限の街の上で縦向きにぽつりぽつりと灯る光が、遠くにそびえるタッガート・ビルの輪郭を浮かびあがらせている。

エディーは立ち止まり、震える指でビルを指さした。「ダグニー！」と叫んだが、彼の声は知らず知らず低くなった。「ダグニー」小声で彼はいった。「僕はあの男を知っている。あの男は……あの男はあそこで働いてる……あそこで……」彼は呆然と力なくビルを指さしていた。「タッガート大陸横断鉄道で働いているんだ……」

「知ってるわ」彼女は答えた。生気のない単調な声だった。

「保線作業員として……保線作業員の下っ端として……」

「知ってるわ」

「話したことがある……ずっと何年も話をしていた……ターミナルの食堂で……いつも訊いてきた……鉄道についていろんなことを。それで僕は――ああ、ダグニー！　僕は鉄道を守っていたんだろうか？　それとも破壊に手を貸していたんだろうか？」

「両方ね。どちらでもないわ。いまじゃ同じことよ」

「あの男が鉄道を愛しているってことにかけては命を賭けてもいいくらいだったのに！」

「愛しているわ」

「だけど彼が破壊したんだ」

「そうよ」

彼女はコートの襟をきつく閉めると、突風にさからって歩きつづけた。

「よくあいつと話をした」しばらくして彼がいった。「あの顔……ダグニー、あの顔はほかのやつらのとは全然違った……何でもわかっている顔だった……食堂であいつを見ると嬉しかったものだ……ただ話をして……質問されてることにも気づかなかった……だけどそうだったんだ……鉄道についていろいろ訊いてきた……それときみについて」

「私がどんな寝顔をしているか訊いたことがある？」

「ああ……ああ、訊かれたよ……いちどオフィスで眠っているきみを見かけて、そのことを言うと、あいつは――」彼は頭の中で突然何かがつながったように口をつぐんだ。

彼女は街灯の光の中で彼の方を向くと、あたかも彼の考えに答え、それを肯定するかのように、静かにゆっくりと顔をあげて光にさらした。

彼は目を閉じた。「ダグニー！　なんてことだ！」彼は小声で言った。

二人は黙ったまま歩きつづけた。

「もういなくなっているだろうね？」彼はきいた。「つまり、タッガート・ターミナルには」

「エディー」不意に厳しい声で、彼女はいった。「あの人の命が大切だと思うなら、もう二度とそれを訊かないで。やつらにあの人を見つけ出してほしくはないでしょう？　どんな手がかりも絶対に与えてはだめ。あの人を知っていたってことは誰にも言わないで。いまもターミナルで働いているかどうかも調べたりしないで」

「まさかいまもあそこにいるとは思ってないだろう？」

「わからないわ。いるかもしれないってことだけはわかる」

「いま？」

「ええ」

「まだ？」

「ええ。あの人を破滅させたくなかったら黙っていて」

「もういないだろう。戻ってこないよ。最後に彼を見たのはたしか……たしか……」

「いつなの？」彼女は鋭い声でたずねた。

「五月の終わり。きみがユタに行った夜だ。覚えてる?」あの夜会ったときの記憶と同時にその意味をのみこんで驚き、彼は言葉を切った。そしてようやくのことで「あの夜彼を見た。あれ以来見てない……食堂でずっと待っていたけど……帰ってこなかった」といった。

「もうあなたの前に現れはしないでしょう。会わないようにするはずだわ。でも探してはだめ。訊きこんだりしてはだめよ」

「おかしいな。僕はあいつが使っていた名前さえ知らなかった。ジョニー何とか、か――」

「ジョン・ゴールトだったわ」ふっと笑って、彼女はいった。「ターミナルの給与名簿を見てはだめ。いまも名前は載ってるから」

「そうやってずっと?」

「十二年のあいだ。そうやってずっと」

「いまも?」

「ええ」

しばらくして、彼はいった。「そう、何の証明にもならない。政令第一〇―二八九号が出てから人事部は社員名簿から一人の名前も削除してないからね。誰かがやめても統一評議会に報告するくらいなら、飢えた知り合いに名前も仕事もやっているからね」

「人事部にも誰にも訊かないで。あの名前に興味をもたせてはだめ。あなたや私があの人のことを問い合わせたりしたら、誰かが不思議に思いはじめるかもしれないわ。あの人を探さないで。あの人のいる方にいかないで。たとえ見かけたとしても知らない振りをして」

彼はうなずいた。しばらくして、硬く低い声で彼はいった。「たとえ鉄道を救うためだとしても、僕はあの男をやつらに引き渡したりはしない」

「エディ――」

「なに?」

「あの人を見かけたら教えて」

彼はうなずいた。

さらに二ブロックほど進んだところで、彼は静かにたずねた。「そのうち、きみは辞めて、どこかに行ってしまうつもりなんだろう?」

「なぜそんなことを言うの?」それはほとんど悲鳴に近かった。

「そうなんだろう?」

彼女はすぐには答えなかった。「エディー、私が辞めれば、タッガートの列車はどうなるの?」と答えたとき、やや硬すぎる単調な声にだけ絶望の響きがあらわれていた。

「一週間もしないうちにタッガートの列車はなくなる。あるいはもっと早く」

「十日もしないうちにたかり屋の政府はなくなるわ。そうなればカフィー・ミーグスみたいなやつらが最後のレールや機関車に食らいつくでしょう。あと少し待てないからって負けてしまっていいの?　あと少しがんばれば存続させていくことができるってときに、どうしてみすみすなくならせて――永遠になくならせてしまえる?――エディー、タッガート大陸横断鉄道なのよ。ここまで耐えてきたんだもの、あと少しぐらい耐えられる。あと少しだけ。たかり屋を助けているわけじゃない。いまとなっては、やつらは救いようがない」

「やつらはどうするつもりだろう?」

「わからない。何ができる?　もう終わりよ」

「たぶんね」

「見なかった？　命がけで逃げまわっているあわてふためいた惨めなネズミ」

「それはやつらにとって何か意味があるのかな？」

「何が？」

「やつらの命」

「まだじたばたしているでしょう？　でももう終わりだし、自覚しているはずだわ」

「自覚に基づいてやつらが行動したことがある？」

「そうせざるをえない。あきらめるでしょう。そう長くはないはずよ。そして私たちは残ったものを救うためにここにいるんだわ」

＊＊＊

「トンプソン氏からのお知らせです」十一月二十三日の朝に公式の放送が流れた。「警戒すべき理由はありません。国民のみなさんは結論を急がないようにとのことです。規律を守り、士気を下げることなく、団結し、心を広くして寛容の精神をもたなければなりません。昨夜ラジオで型破りの演説を聞かれたみなさん、あの演説は世界の諸問題についての様々な考え方に大いに刺激を与えました。我々は全面的否定や無謀な合意といった極端に走ることなく冷静に考慮せねばなりません。昨夜全国民に公開されていると証明された世論の民主的フォーラムにおける多くの視点の一つとしてみなさなければならないのです。真実には、トンプソン氏によれば、多くの側面があります。公平でいなければなりません」

チック・モリスンは、社会検脈と名づけられた任務に送りこんだ現地調査官からの報告書の内容を要約して「国民は沈黙している」と書いた。「国民は沈黙している」次の報告書にも、その次の、またその次の報告書にもそう書いた。そわそわと顔をしかめ、トンプソン氏への報告書をまとめて、彼は「沈黙」と書いた。「国民は沈黙しているようだ」

ワイオミングの一軒家をのみこんで冬の夜空に燃え上がった炎は、大草原の地平線で農場ごとのみこんで燃え上がった赤く震える輝きを眺めていたカンザスの人びとには見えなかった。その輝きは、工場をのみこんだ炎が反射して赤くゆらめくペンシルベニアの道端の窓には映らなかった。翌朝になっても、それらが偶然の発火ではなかったことや、三地点の所有者が姿を消したことに誰も言及しなかった。近所の人びとはコメントするでも――驚くでもなくそれを眺めていた。国じゅうのあちこちで廃屋が発見され、錠はおりたまま荒れてからっぽの家もあり、開けっ放しで動かせるものはことごとく持ち去られた家もあった。だが人びとは沈黙したままそれを眺め、薄暗い朝靄のなかの手入れされていない舗道の雪の吹き溜まりのなかを、いつもより少し重い足取りで歩いて仕事に向かった。

十一月二十七日、クリーブランドの政治集会で、演説者が袋叩きにされ、あわてて暗い裏通りに逃げこまなければならなかった。沈黙した聴衆は、あなたたちの窮状はすべて自分の窮状ばかりを身勝手に心配しているせいだと彼が大声で叫んだとき、突如として生きかえったのだった。

十一月二十九日の朝、マサチューセッツの靴工場の従業員たちは仕事場に入り、職工長が遅刻していることに気づいて驚いた。だがかれらはいつもの持ち場に行き、レバーを引き、ボタンを押し、自動裁断機に革を送りこみ、動くベルトの上に箱を積み重ね、時間がたつにつれ、なぜ班長や工場長や事業部長や社長を見かけないのだろうと不審に思いながら、いつも通りの作業を続けた。正午になってようやく、工場の本部はもぬけの殻だと気づいた。

「人食い！」混雑した映画館の真ん中で女性が叫ぶと、わっとヒステリックに泣きじゃくった。観衆は、まるでその女性が全員を代表して叫んでいるかのように、少しも驚いた様子を見せなかった。「警戒すべき理由はまったくありません」と十二月五日の公共放送で流れた。「トンプソン氏は、問題の迅速な解決のための方法と手段を考案するために喜んでジョン・ゴールトと交渉するとのことです。トンプソン氏は国民のみなさんに忍耐を求めておられます。我々は懸念すべきではなく、疑うべきではなく、意気消沈すべきではありません」

イリノイの病院の案内係は、自分をそれまで養ってくれていた兄に叩きのめされた男が運び込まれてきたときも驚かなかった。弟は兄のことを身勝手で強欲だと大声でののしっていた。それはニューヨーク市の病院の案内係が、顎の砕けた女性が来るのを見ても驚かなかったのと同じだった。その女性は五歳の息子に向かって一番よいおもちゃを隣の子にあげるように命令したのだが、それを聞いていた赤の他人に顔面をひっぱたかれたのだ。

チック・モリスンは公共の福祉のために自己犠牲を説いて国民の士気を高めるために遊説しようとした。だが最初の開催地で石を投げられてワシントンに帰ることを余儀なくされた。

「優秀な人間」という肩書きを誰が与えたわけでもなく、与えたところでその肩書きの意味をじっくり考えようともしなかったが、自分の共同体や、近所や、オフィスや仕事場のなかで、やがてある朝、持ち場に来なくなり、静かに未知のフロンティアを探しに消える次の人間は誰かを、誰もが自分自身の言葉でぼんやりと知っていた。周囲よりも張りつめた顔と真直ぐな目をして、より切実に耐え忍ぶ活力のある人間だ。そうした者たちが、血友病に襲われて廃れたかつての栄光ある王国の子孫のように、癒されない傷から最高の血液を失いつつある国のあちこちから、一人、また一人と姿を消していった。

「だが我々は喜んで交渉に応じるつもりだ！」トンプソン氏は、臨時の通報を全ラジオ局が一日に三度繰り返すように命じながら助手に怒鳴りつけた。「交渉に応ずる意志はある！　やつにも聞こえるはずだ！　答えてくるにちがいない！」

未知の送信機からの答えを待って、これまで知られている音の全周波数にあわせたラジオの受信機を日夜見張る特別のリスナーがおかれた。答えはなかった。

都会の通りにはうつろで絶望的で焦点のぼやけた顔がだんだん目立ちはじめていたが、その意味は誰にもわからなかった。身一つで無人地帯の地下へ逃げこむ者がおり、おのれの魂だけを救って心の地下へ逃げこむ者がいた。そしてこの世のいかなる力をもってしても、うつろな目が採掘されなくなった立て坑の底にひそむ財宝を守るシャッターなのか、あるいはぽかんと開いているだけの満たされない寄生虫の空虚な穴なのかを区別することはできなかった。

「どうすればいいのか私にはわかりません」と言って、製油所の監督補佐が姿を消した監督の仕事を引き受けるのを断っても、統一評議会の調査官はそれが嘘なのかどうか判断できなかった。この人物は反逆者なのだろうか、それとも馬鹿だろうかとかれらにふといぶかしがらせるのは、一瞬の声の歯切れのよさ、弁明や羞恥心の欠如だけだった。いずれに仕事を強要するのも危険だった。

「人をよこしてください！」失業問題が深刻な全国各地からの請願は次第にやかましく統一評議会の机を叩くようになっていったが、請願者も評議会も、悲鳴が意味する「できる人間をよこしてください！」という危険な言葉をつけ足す勇気はなかった。掃除人、修理工、ボーイ、皿洗いの仕事には何年もの待機リストがあった。重役、部長、監督、技師の仕事に応募する人間がいなかった。

製油所の爆発、欠陥航空機の衝突、炉底破損、列車の衝突事故、新任の重役のオフィスでの酒宴は、取締役たちに責任の重い仕事に応募してくる人間をおそれさせた。

「絶望してはいけません！　あきらめてはなりません！」と十二月十五日の公共放送で流れ、それから毎日同じ言葉が繰り返された。「我々はジョン・ゴールトと合意に達するでしょう。彼が率いてくれるでしょう。万事解決してくれます。すべてうまくいくでしょう。あきらめてはなりません！　ジョン・ゴールトを迎えいれるのです！」

報酬と表彰が、管理職への応募者に——職工長に——熟練機械工に——やがて出世に値する努力をする者全員に提供されるようになった。賃上げ、ボーナス、税控除、ウェスリー・ムーチが考案した「公の恩人勲章」と称されるメダルなどだ。だが効きめはなかった。ぼろをまとった人びとは、物質的な快適さの申し出をきいても、まるで「価値」の概念を失くしたかのように、無気力な無関心さでそっぽを向いた。これが生きる意志のない人間——あるいは現在の条件下で生きていたいと思わない者たちだ、と公共検脈員は身震いした。

「絶望してはいけません！　あきらめてはなりません！　ジョン・ゴールトが問題を解決するでしょう！」公共放送のラジオの声が、しんしんと降る雪の静寂から暖房の消えた家々の静寂へと響き渡った。

「やつを捕まえていないと知られないようにしろ！」トンプソン氏が補佐官に向かって叫んだ。「だが何が何でもやつを探し出すように言え！」チック・モリスンの部下の一団は噂を製造する仕事を課せられた。そのうちの半数はジョン・ゴールトがワシントンにいて、政府の関係者と協議中であるという話を広めており——残りの半数は、政府がジョン・ゴールトを探し出すのに役立つ情報に五千ドルの報酬金を出すという話を広めていた。

「いえ、まったく手がかりはありません」全国のジョン・ゴールトという名前の男の調査に送りこんだ特別調査官の報告をまとめて、ウェスリー・ムーチがトンプソン氏に言った。「しみったれたやつらばかりです。ジョン・ゴールトという名前では八十歳の鳥類学の教授――妻と九人の子もちの退職した八百屋――十二年間仕事を変えていない鉄道の未熟練労働者――ほかも似たような能なしだけでした」

昼間の公共放送では「絶望してはいけません！　我々はジョン・ゴールトを捕まえます！」と流されていた。だが夜になると毎正時に、秘密の公式命令によって、からっぽの空にどこへともしれず、短波送信機から「ジョン・ゴールト、応答せよ！……ジョン・ゴールト、応答せよ！……ジョン・ゴールト、聞こえるか？……我々は交渉を望んでいる。話し合いたいと考えている。連絡先を教えてほしい……ジョン・ゴールト、聞こえるか？」という嘆願が送られた。答えはなかった。

クズ同然の紙幣の束は国民のポケットでどんどん重みをましていったが、その金で買える物は減るいっぽうだった。九月には一升十一ドルだった小麦は、十一月には三十ドルになっていた。十二月には百ドルになった。いま二百に近づきつつあり――政府の造幣局は飢餓との競争に敗れつつあった。

ある工場の従業員たちが、絶望からやけをおこし、職工長を叩きのめして機械をメチャメチャにしたとき――当局には処分のしようがなかった。逮捕は無駄であり、刑務所は一杯であり、連行した警官は刑務所へ向かう途中で目配せして囚人たちを逃がした――人びとは次の瞬間に何がおこるかを考えることもなく、その場その場で指示されるがままに動いていた。郊外で飢えた群衆が倉庫を攻撃しても、対処しようがなかった。制圧部隊が制裁を加えるべき人びとと結託しても、対処しようがなかった。

「ジョン・ゴールト、聞こえるか？……我々は交渉を望んでいる。我々は貴君の提示する条件をのむかもしれない……聞こえるか？」

人気のない道を夜な夜な移動する幌馬車について、そして「インディアン」と呼ばれる者たちの攻撃――ホームレスの暴徒か政府の官吏かはわからないが略奪をおこなう乱暴者の攻撃に抵抗するために武装した秘密の居住地についての噂がささやかれていた。ときおり、大草原の地平線のかなたに、丘に、山の峰に、それまで建物の存在など知られていなかった場所に光が見られた。だが光源を探りたくとも、そこに行こうという冒険家はいなかった。

廃屋の扉に、崩れた工場の門に、政府庁舎の壁に、ときおりチョークやペンキや血で、ドルマークが描かれていることがあった。

「ジョン・ゴールト、聞こえるか？……伝言を送りたまえ。条件を提示したまえ。貴君が提示するいかなる条件ものもう。聞こえるか？」

答えはなかった。

一月二十二日の夜に急に空に立ち昇り、荘厳な記念碑のように、しばらく異常なほど静止していた赤い煙の柱は、やがて解読できないメッセージを送るサーチライトのように空をふらふらと揺れたかとおもうと現れたときと同じく唐突に消えて、リアーデン・スチールの終わりを記した。だが地域の住民は知らなかった。かつて煙や蒸気や煤や雑音のために工場をののしったかれらは、翌日の夜、外を眺め、見慣れた地平線に生き生きと脈動する輝きの代わりに黒い虚空を見てはじめてそのことを知った。

工場は職務放棄人の資産として国有化された。「人民の監督」の肩書きでまず工場の経営者として任命されたのは、オルレン・ボイルの派閥の、ずんぐりと太った冶金業界のお荷物で、やることといえば指揮するふりをしながら部下を追いまわすことだけだった。だが一ヶ月後、社員との衝突が頻発し、しかたなかったというだけの回答があいつぎ、注文品の未配達が許容の限界を超え、圧力をかけてくる仲間からの電話をさばききれなくなると、彼は別の職への移動を懇願した。オルレン・ボイルの派閥は崩壊しつつあった。何となればボイル氏は療養所に監禁され、医者からあらゆる企業との接触を禁じられ、作業療法としてかご織りの仕事をさせられていたからだ。リアーデン・スチールに送りこまれた二人目の「人民の監督」はカフィー・ミーグスの派閥に属していた。彼は革のゲートルをはき、ぷんぷんにおうへアローションをつけ、腰に銃を下げて仕事にきては、規律が第一の目標であり、何が何でもそれを正してみせると怒鳴りつづけた。唯一規律らしい規則といえば、あらゆる質問を禁じるという命令だった。説明不可能な一連の事故に対処する保険会社、消防士、救急車、救急部隊の何週間もの狂ったように忙しい活動のあと——ある朝、クレーン、コンベヤー、耐火煉瓦の備蓄、緊急発電機、リアーデンがもといたオフィスからはがしたカーペットをヨーロッパとラテンアメリカのさまざまな詐欺師に送ったあとで、「人民の監督」は行方をくらました。

それから数日の激しい混乱のなかで、誰にも問題を解決することはできなかった。問題は一度として明確にされず、どちらの立場も認識されないままだったが、古くからの社員と新入社員の間の対立をかくも獰猛な流血戦にまでしたのは、火種になった些細ないざこざではないことは誰もが知っていた。警備隊も巡査も警官も一日と秩序を保っていられなかった。どの派閥も「人民の監督」の役職を受け入れようという候補者をかつぎだすことができなかった。一月二十二日、リアーデン・スチールの操業は一時停止を命じられた。

赤い煙の柱は、その夜、六十歳の社員の建物の一棟への放火によるものだったが、彼は虚ろな目をして笑いながら炎を見つめているところを現行犯で捕らえられた。そして炉焼けした顔に涙をつたわせて、「ハンク・リアーデンのかたきだ！」と傲然と叫んだ。

こんなふうに傷つかないで――小さな記事でリアーデン・スチールの「一時的」閉鎖を告げる新聞を広げたまま机に突っ伏して、ダグニーはおもった――こんなふうに苦しまないで……脳裏にはオフィスの窓際に立ち、青碧色のレールを積んで空を背景に動くクレーンを見るハンク・リアーデンの顔が何度もよみがえった……こんなふうにあの人を傷つけないで――それは誰に向けられたわけでもない心の中の嘆願だった――このことを聞かせないで、知らせないで……そのとき別の顔、緑の断固たる目をして、事実への尊敬による無情さを帯びた声で自分に言う顔が目に浮かんだ。「聞かねばなりません……すべての事故について。すべての廃止された列車について……誰も、いかなるやり方によっても、現実を偽ってここにとどまることはない」そのあと彼女は、痛みというとてつもない存在以外には心で何を見ることも聞くこともなく、じっと座り――やがて行動する能力以外のすべての感覚を殺す麻薬となっていた、「ミス・タッガート、どうすればよいのかわかりません！」という聞きなれた悲鳴を耳にして――立ち上がって答えた。

一月二十六日付の新聞には「グアテマラ人民国家は、アメリカ合衆国の一千トンの鋼鉄の貸与の要請を断った」という記事が掲載された。

二月三日の夜、ある若いパイロットがダラスからニューヨーク市に向かう毎週の定期便のいつもの航路を飛んでいた。フィラデルフィアを過ぎて空っぽの暗闇までやってきたとき――年来リアーデン・スチールの炎がお気に入りの陸標であり、夜の孤独のなかでの挨拶であり、生きている地球の信号灯だった場所に――星の光のなか、青白い雪で覆われた広がり、月面のような峰とくぼみの広がりが見えた。翌朝、彼は仕事を辞めた。

極寒の夜、滅んでゆく街の上空を、答えない窓やこだましない壁をむなしく叩き、光のない建物の屋根の上や廃墟の骨組みをこえて、動かない星と、冷たくまばたく光に向かって呼びかけは続いた。「ジョン・ゴールト、聞こえるか？　聞こえるか？」

「ミス・タッガート、我々はどうすればよいでしょうな」ニューヨークへの急ぎの出張で、個別に協議するために彼女を呼び出して、トンプソン氏がいった。「降参して、あの男の条件をのんで、何もかも引き渡す覚悟がある——だがどこにいるんだろうね？」

「もう三度目ですが」感情が絶対に漏れないように表情も声もかたく閉ざして、彼女はいった。「どこにいるのか知りません。どうして私が知っていると思われるのです？」

「さて、なぜかな。一応きいてみなければ、と……念のため、と思ってね……もしかするとあなたには連絡をとる方法があるかもしれないと——」

「ありません」

「いえね、短波でも全面的に降伏する覚悟があるなどとアナウンスすることはできんのです。人が聞くかもしれませんからね。だがあなたに連絡をつける方法があって、我々が降参するつもりであり、我々の政策をすっかり覆して何もかも彼の言うとおりにやると知らせていただければ——」

「そんな方法はないと申しあげました」

「あの男が話し合いに応じてくれれば、話し合いだけでいい、それで何を約束することにもならないでしょう？　我々には経済を全面的に任せる用意がある——彼がいつ、どこで、どうやってかを教えてくれさえすれば。彼が何か伝言か合図をくれれば……我々に答えてくれればいいのですが……なぜ答えてくれないんでしょうな？」

「演説をおききになったでしょう」

「ですが何をしろっていうんです？　ただ手をひいてこの国を無政府状態で放っていくことはできません。何が起こるかを考えるとぞっとしますな。いま放置されている社会的要素をおもえば——

いやはや、ミス・タッガート、私にできるのはかれらを抑えておくことぐらいだが、それもなくなると略奪や残虐な殺人が白昼堂々おこなわれることになるでしょう。人は何にとりつかれたのか、もう礼節などというものを忘れてしまったようだ。こんなときに辞めることはできません。やめることもこれ以上統制していくこともできないんです。ミス・タッガート、どうしたものでしょうか？」

「統制を緩めていけばいいのです」

「は？」

「税金を下げて規制を緩和するのです」

「いやいや、それはだめです！　論外です！」

「誰にとって論外なのですか？」

「つまり、いまは、ということです。ミス・タッガート、いまはいけません。この国はまだその準備ができていません。個人的にはあなたと同じ意見ですし、私は自由を愛する人間だ。ミス・タッガート、私は権力がほしいわけじゃない――だがこれは緊急事態です。国民に自由を与えるには早すぎます。抑えるべきところはしっかり抑えておかなければ。理想論をそのまま使うことはできませんし――」

「でしたらどうすべきかなんて訊かないでください」と言うと、彼女は立ち上がった。

「ですが、ミス・タッガート――」

「議論しにきたわけではありません」

彼女が扉までいったとき、彼は溜息まじりに「まだ生きていればいいが」といった。彼女は立ち止まった。「やつらが早まったことをしていないといいんだが」

あやうく悲鳴をあげそうになりながら、少し間をおいてから、彼女はようやく「誰？」とたずねることができた。

彼は肩をすくめ、両腕を左右に広げて力なく落とした。「私にはもう下の連中を抑えておくことはできません。やつらときたら何をやらかすことか。ある派閥——フェリス・ローソン・ミーグス派——の連合があって、ここ一年あまりずっと強硬策をとらせようとしているのです。つまり、もっと厳しい政策を。正直なところ、やつらは恐怖政治を求めているんです。民事犯罪、批評家、反対者らに対する死刑制度を導入したがっている。やつらの論理では、国民が協力をこばんで公益のために進んで行動しようとしないのであれば、そう仕向けなければならない。いわく、制度を機能させるには、恐怖に訴えるしかない。それに昨今の状況からすると、やつらの主張もあながち間違っているともいえないでしょう。だがウェスリーは武力に訴えたがらない。ウェスリーは平和的でリベラルな男ですし、私もそうですからな。我々はフェリスの一味を抑えておこうとしてはいますが……いやね、やつらときたらジョン・ゴールトに降参することは絶対反対なんです。我々に取引してほしくないと考えている。我々に見つけてほしくないんです。だから何でもやりかねない。やつらが先に見つけてしまえば——何をすることやら……それが心配なんです。なぜ彼は答えないのでしょう？　なぜちっとも答えてこないんでしょう？　もしもやつらが探し出して殺していたら？　私には知りようがない……ですからおそらくあなたに何らかの方法が……あの男が生きていると確認する何らかの手段が……」彼の声は次第に小さくなり、疑問符で終わった。

彼女はどっと溢れだした恐怖に抗して、「私にはわかりません」と言い終えるまで膝と声を硬直させ、部屋を出るまで膝が震えないようにするのが精一杯だった。

＊＊＊

かつて野菜の露店だった腐った柱の後ろから、ダグニーはそっと振り返って通りを見た。まばらな街灯が通りをいくつかの孤島に分けており、一つめの光の区画には質屋が、次の区画には酒場が、一番向こうには教会が見え、間には真っ暗な闇がある。歩道には人影がない。なんとも言えないが、通りはからっぽに思えた。

ゆっくりと足音を響かせて、彼女は角を曲がり、それから不意に立ち止まって耳を澄ました。尋常ならぬ胸の圧迫感が自分の心臓の鼓動なのかどうかもわからない。あるいは遠くの車輪の音、あるいは近くのイースト・リバーが流れる音なのかもしれなかった。それにしても後ろから人間の足音は聞こえない。少し肩をすくめるように、少し身震いをするように肩を揺らすと、彼女は急ぎ足で歩いた。明かりの消えた洞窟の錆びた時計が、せきこむように午前四時を鳴らした。

後をつけられているのではないかという不安は、いまの彼女にはどんな不安も現実的ではありえないように、あまり現実味を帯びてはいなかった。不自然なまでの体の軽さは緊張なのか、弛緩なのか。彼女の体はひどく引きつっており、まるで動作の力という一つの属性だけになってしまったかのようだ。いっぽう心は、それ以上疑う余地がないまでに完璧に制御されたモーターのように、近づきがたいほど緩んでいた。飛んでいる裸の弾丸に感覚があればこんなふうに感じるのだろう、と彼女はおもった。動作と目標、それだけしかない。漠然と、おぼろげに、まるで彼女という人物に現実味がないかのように、そう感じていた。ただ「裸の」という言葉だけが心にひっかかった。裸で……標的以外の関心はすべて脱ぎ捨てて……「三六七」という番号、イースト・リバーの家の番地、あれほど長い間考えることを禁じておりながら何度も繰り返した数字をめざして。

三六七――行く手の四角いアパートの間にまだ見ぬ家を探しながら、彼女はとなえた――三六七……あの人が暮らしているところ……もしもあの人が生きていれば……落ち着いて超然とした彼女の態度、断固たる足取りは、この「もしも」を抱いたままこれ以上生きてはいけないという確信からきていた。

彼女は十日間ずっとその疑念を抱いたまま生きてきた。これまでの夜は、今夜という夜にたどり着くまでのひとつの連続した歩みだった。まるでいま、ターミナルのトンネルで答えもなく鳴り続けた彼女自身の足音の勢いで足が動かされているかのように。彼女はトンネルで彼を探し回り、毎晩何時間となく歩きまわった。以前彼が勤務していた時間に。地下道やプラットホームや作業所や使われなくなった線路の隅々まで、誰に訊くでもなく、自分がなぜいるのかを説明するでもなく。恐怖や希望をおぼえることもなく、意地のような誇りに近い感覚に動かされて、彼女は歩きつづけた。その感覚は暗い地下の片隅で頭の中できこえた文句にはっと立ち止まった瞬間からのものだった。これは私の鉄道、と聞こえたのは、遠い車輪の響きに振動する天井を見たとき。これは私の人生、と聞こえたのは、自分のなかで停止され抑制されていた緊張感の凝結をおぼえたとき。これが私の愛、と聞こえたのは、このトンネルの中にいるかもしれぬ男のことを考えたとき。この三つの間に対立はないはずだ……何をためらっているのだろう？……ここで、あの人と私だけが属する場所で、何が私たちをひき離しているのだろう？……そして、いまの状況を思い出すと、同じ一途さをもって、だが異なる言葉をききながら、彼女はしっかりと歩きつづけた。あなたは探すなと言った。だから責めるかもしれない。私を捨てるかもしれない……でも私が生きているという事実のために、あなたが生きていると知らなければ……いまだけはあなたに会わなければ……立ち止まるためではなく、話すためではなく、触れるためではなく、ただ会うために……彼は見つからなかった。

地下の従業員の不審そうな好奇の目が自分の足取りを追っていることに気づくと、彼女は探すことをあきらめた。

士気を高める名目で、彼女はターミナルの保線作業員を招集し、二度にわたってミーティングを行い、順番に全員と向き合った。そしてわけのわからない話を繰り返しては、意味のない一般論を口にしていることに激しい羞恥心をおぼえたが、同時に、いまとなっては自分にはどうでもよいことだという強烈な自負心もあった。彼女が見ていたのは、仕事を命じられようが無意味な話を聞かされようが関心はない消耗しきった粗野な男たちの顔だった。そのなかに彼の顔はなかった。「全員出席していましたか?」彼女は班長にたずねた。「ええ、たぶん」気のない様子で、彼は答えた。

彼女はターミナルの入口をぶらついて、仕事にくる者たちを見張った。だが入口が多すぎて、自分の姿を見られずに見張ることができる場所はなかった。彼女は倉庫の壁にもたれ、頬骨までコートの襟を上げ、帽子のつばから雨滴をたらし、濡れて光る歩道の湿っぽい薄闇に立っていた。通り過ぎる者たちの驚いた視線から自分の顔に気づかれていると知りながら、この監視があからさますぎてあやういと知りながら、通りに姿をさらして立っていた。このなかにジョン・ゴールトがいれば、誰かが彼女の捜索の性質を察するだろう……このなかにジョン・ゴールトがいなければ……世界にジョン・ゴールトがいなければ、危険は存在しない――そして世界も。

危険もなければ、世界もない――彼の家かどうかもわからない「三六七」号の家に向かってスラムの道を歩きながら、彼女はおもった。死の判決を待つときにはこんなふうに感じるのだろうか。熱のない光や価値のない認識の冷ややかな無関心のほかには恐怖も怒りも憂いもなく。

ブリキの缶がつま先でカランと音をたて、さびれた街の壁に叩きつけるかのように、ひどくやかましく響きわたった。壁の中では人間が眠っているのではなく倒れているかのように、通りは休息しているのではなく疲れ果てて壊滅したかのようだ。今頃あの人も仕事を終えて帰宅しているだろう、と彼女はおもった……あの人が仕事を続けていれば……いまも家があれば……スラムの建物、ぼろぼろの壁、はがれたペンキ、洗っていないウインドーに誰も欲しがらない商品を陳列した潰れかけた店の色あせた看板、登るのも危険な落ちくぼんだ階段、着るには向かない服をつるした物干し網、未完成のもの、なおざりのもの、中途半端なもの、不完全なもの、「時間がない」と「やる気がない」という二つの敵との負け戦のいびつな遺物のすべてを彼女は見た。そして生活の負担を軽減する途方もない力を持っていたあの人が十二年間生きてきたのはここなのだ、と思った。

　ある記憶が甦りかけては薄れ、やがてはっきりとした。スターンズビルだ。彼女はぞくりとした。でもここはニューヨーク・シティーよ！——かつて愛した大いなるものを弁護するように彼女は自分に向かって叫んだ。それからゆるぎない厳格さをもって、頭が下した判決に対峙した。あの人をこんなスラムに十二年間も残しておいた街は呪われてスターンズビルの運命を辿ることになるのだ。

　そのときふっと、それもどうでもよくなった。突然の静寂のような奇妙な衝撃、落ち着きのように思える内側のひっそりとした感覚を彼女はおぼえていた。古びたアパートの扉の上に「三六七」の数字がみえたからだ。

　私は冷静だ、と彼女は思った。急につながりを失くしたのは時間だけであり、自分の感覚がばらばらになったのもそのせいだ。その数字を見た瞬間——かび臭い薄暗がりの表札に、鉛筆で「ジョン・ゴールト、五階奥」と殴り書きされた文字をみた瞬間——階段の下で立ち止まり、上方に消えていく手すりを見上げ、びくりとして壁にもたれ、恐怖に震え、知らないほうがまだましだと思った瞬間——足が動いて階段の一段目にのった瞬間——そして曲がりくねる階段がためらいなき歩みのあとに残されていく切れ目のない流れ。それは抑えきれない上向きの力が、真直ぐな体、ぴんと張った肩、しゃんともちあげた頭、そして究極の決断のときにあって、三十七年かけて登ってきた階段の終わりで、自分が人生に求めるのは災難ではないという厳かで揚々たる確信からきているかのような、苦しみも疑念も恐れもない上昇の軽やかな歩みだった。

天辺には狭い廊下がみえ、壁は明かりの消えた扉へと収束している。あたりはしんと静まりかえっていたが、足下で床板がきしんだ。ドアベルにおいた指の圧力を感じ、向こうの未知の空間で鳴る音がきこえた。彼女は待った。板がかすかにきしる音がきこえたが、それは階下から来ていた。川のほうから引船の滑りこむ音がした。そして一瞬、時間の感覚をなくし、次に気づいたときにおぼえた感覚は、目覚めではなく、誕生の瞬間に似ており、それはまるで二つの音、扉の後ろの足音と鍵のまわる音が彼女を虚無から引っぱりだしたかのようだった――だが我にかえったのは、不意に目の前から扉がなくなり、スラックスとシャツ姿で、光を背に、腰をわずかに斜めにしたくだけた姿勢で玄関の敷居に立っているジョン・ゴールトがあらわれたときだった。

彼の目はこの瞬間をしっかりととらえ、その過去も未来も素早く通り越して、瞬く間の計算がそれを彼の意識の支配下におさめ――呼吸の動きとともにシャツが動くよりも前に彼は集計結果をはじきだしており――その合計は燦然たる歓迎の笑顔だった。

彼女はもはや動くことができなかった。ぐいと腕をつかまれ、部屋に引きこまれ、吸いつくような相手の口の力を、そして急に違和感をおぼえはじめた硬いコートを通じてすらりとした体を彼女は感じた。彼の目は笑っており、彼女は彼の口の感触を幾度となく感じ、彼の腕にすがりつき、まるで息もつかずに五つもの階段を登ってきたかのように喘いでいた。そして顔を相手の首と肩の角に押しつけ、相手を腕と手と頬の膚でとらえた。

「ジョン……生きていたのね……」というのが彼女にはやっとだった。

言葉の意味を説明するまでもなく、彼はうなずいた。

それから彼は床に落ちていた彼女の帽子を拾い上げ、彼女のコートをとって脇にやると、女学生のもろさと戦士の緊張感を彼女の体にまとわせていたぴったりした紺のハイネックのセーターをさすりながら、ぶるぶる震えている細い体を惚れ惚れと眺めた。

「次に会うときは」彼はいった。「白を着なさい。それもよく似合うはずだ」

彼女は自分が表に出るときにはまずしない格好をしており、その夜眠れないあいだずっと着ていた服のままだったことに気づいた。思いがけない最初の言葉に意表をつかれて、笑う力があったことを思い出したように、彼女は笑った。

「次があればの話だが」彼は静かにつけ足した。

「どういう……意味？」

彼は扉に行って鍵をかけた。「座りなさい」彼はいった。

彼女は立ったままだったが、それまで気にしていなかった部屋の中を見渡した。がらんとした長い屋根裏部屋には一方の隅にベッドがあり、もう片方にガスストーブがある。いくつかの木製の家具、床をことさら長くみせる裸の板、机上であかあかと燃えるランプ、灯りの向こうの影にある閉じた扉――広々とした窓の向こうにはニューヨーク市、窓一面に四角い建物と点々と灯った光、そしてはるか遠くにそそりたつタッガート・ビルがみえる。

「よくきくんだ」彼はいった。「私たちには三十分程度の時間はあるだろう。君がなぜ来たかは知っている。耐えがたいし、君には耐えきれないかもしれないと言っただろう。後悔するんじゃない。いいね？――私も後悔できないんだ。だがいま、これからとるべき行動がある。三十分以内に、君の跡をつけていたたかり屋の手先が、私を逮捕しにやってくる」

「まさか！」彼女は息をのんだ。

「ダグニー、あちらに人間の知覚が多少なりとも残っているものがいれば、君がやつらの仲間じゃなく、私への最後のつながりだとわかるから、君を目の届かないところ――あるいは手下のスパイの目の届かないところにはやらないはずだ」

「後をつけられたりはしてないわ！　よく見たし――」

「君には気づきようがない。やつらはこっそり跡をつけることにかけてだけは天才的だからね。つけていたやつが誰かはともかく、いまごろはもう上に報告がいっているはずだ。この地区に、この時間に君がいること、階下の表札の私の名前、私が君の鉄道で働いているという事実――それだけあればやつらでさえピンとくるはずだ」

「だったらここを出ましょう！」

　彼は頭を左右に振った。「いまごろは四方をとり囲まれているだろう。尾行者がこの地区の警官全員が直ちに出動できるように待機させているはずだ。だからやつらがここに来たときに君がやるべきことを言っておく。ダグニー、君が私を救いうる方法は一つしかない。どっちつかずの人間について私がラジオで言ったことを理解していなければ、いまそれがはっきりとわかるだろう。君はどっちつかずでいることはできない。そしてやつらに支配されている限り、君は私の側につくことはできない。当面、君はあちら側につかなければならない」

「何ですって？」

「あちらにつきなさい。君の欺瞞の能力が許すかぎり徹底的に、首尾一貫して、おおっぴらにね。やつらの一員として行動するんだ。私の最悪の敵として。そうすれば、私には生きて脱出する見込みがある。やつらは私を必要としすぎている。殺すにしても、それまでにどんな強硬手段に出るかわからない。何のために脅すにしても、やつらが脅せるのは犠牲者にとって価値のあるものを通じてだけだ――そして私を脅迫するためにちらつかせるような私にとって価値のあるものを、やつらは何ひとつ持ってはいない。だが君と私の仲を少しでも勘ぐられたりすれば、一週間もしないうちに、私の目の前で君を拷問台に――つまり、肉体的な拷問にかけるに違いない。私はそこまで待つつもりはない。君への脅しを一言でも聞こうものなら、すぐそこで自殺してやめさせるだろう」

強調するでもなく、ほかと同じように現実的で計算ずくにきこえる無機質な口調で、彼はそう言った。彼が本気であり、それが的確な言葉であることはわかっていた。敵のあらゆる権力をもってしても及ばないところで、いかなる形で彼女だけが彼を破壊しうる力をもっているのかわかったからだ。彼女の目の静けさ、そして理解と恐怖の表情を見てとると、彼は微笑を浮かべてうなずいた。

「言うまでもないことだが」彼はいった。「私がそうしたところで、それは自己犠牲の行為でもなんでもない。私はやつらのつきつける条件のもとで生きていたいとは思わないし、やつらに従いたいとも思わない。じわじわ殺されていくのに耐えている君も見たくはない。君が殺されたあとに求める甲斐のあるものはないし、甲斐もなく生きていたいとは思わない。むろん銃で私たちを支配するやつらに対して示さねばならない道徳などない。だからありったけの欺瞞の力で、君が私を憎んでいるとやつらに思いこませるんだ。そうすれば私たちには生きて逃げる見込みがある。いつ、どのようにかはわからないが、私は自由に行動できるとわかる。わかったか？」

彼女は無理に頭を上げ、彼を直視してうなずいた。

「やつらが来たら」彼はいった。「やつらのために私を探し出してやろうとしていたところ、社員名簿に名前を見つけて不審に思ったので調べにきたと言いなさい」

彼女はうなずいた。

「私はすぐには自分の正体を認めないつもりだ。声でわかるかもしれないが、私は否定する。そこで君が、私こそ指名手配中のジョン・ゴールトだと教えるんだ」

一呼吸おいてではあったが、彼女はうなずいた。

「そのあと、私を捕らえた者に与えられる五十万ドルの懸賞金を請求して――受けとる」

彼女は目を閉じて、それからうなずいた。

「ダグニー」彼はゆっくりと言った。「やつらの制度の下で君自身の価値観を満足させる方法はない。遅かれ早かれ、君の意志いかんにかかわらず、君が私のためにできるのが私の敵にまわることだけという状態になるまで、君は追いつめられていたはずだ。力を奮いおこしてそれをやりなさい。そうすればこの三十分と、おそらく未来も、私たちのものになる」

「やるわ」彼女はきっぱりと言って、つけ足した。「そうなれば、もしやつらが――」

「そうなるよ。後悔するんじゃない。私はしない。敵の本性を君はまだ見ていない。いまにわかるだろう。人質になった私を見て君が納得するようになるのならそれも厭わないし、これきり、やつらから君を勝ちとるつもりだ。もう待てなかったって？　ああ、ダグニー、ダグニー、私もだ！」

彼の抱きかた、口づけのしかたは彼女を、これまでの自分の歩みのすべて、危険のすべて、疑念のすべて、彼に対する裏切りさえもが、自分にこの瞬間への堂々たる権利を与えているかのような気にさせた。彼女の顔にあらわれた葛藤、おのれを激しく責める張りつめた面持ちを彼は認め――彼の唇に押しつけられた髪の上から彼女は声を聞いた。「いまはやつらのことを考えなくていい。苦痛や危険や敵のことを、戦いに要する以上には一時たりとも長く考えないことだ。君はここにいる。これは私たちの時間だし、私たちの人生であって、やつらのじゃない。幸福にならないでおこうとしないことだ。君は幸福なんだから」

「あなたの命を危険にさらして?」彼女は小声でいった。

「そうはならない。だが――そう、それさえも。これが無関心だとは思わないだろう? 無関心なら、矢も盾もたまらず来てしまったりしないだろう?」

「私は――」真実の激しさが彼女に彼の唇を引き寄せさせ、顔面に言葉をなげつけさせた。「もう一度だけ会うためなら、そのあと生きているかなんてどうでもよかったの!」

「来てくれなければ落胆していただろう」

「どういうことかわかる? 待って、我慢して、一日ずつ耐えて、次の一日も、またその次の――」

彼はくすりと笑った。「私にわかるかって?」そっと彼はいった。

彼女はがっくりと手を落とした。彼の十年のことを思ったからだ。「ラジオであなたの声をきいたとき」彼女はいった。「これまでで最高の声明を……いいえ、あれをどう考えたかなんて言う権利は私にはないわ」

「なぜだね?」

「あなたは私が受け入れなかったと思うでしょう」

「いずれ受け入れる」

「ここから話していたの?」

「いや、谷からだ」

「その後でニューヨークに戻ってきたの?」

「翌朝ね」

「それからずっとここに?」

「ああ」

「毎晩あなたに送られている訴えをきいている？」

「もちろんだ」

窓の外にある街の尖った建物から天井の垂木、ひび割れた漆喰の壁、ベッドの鉄柱へと目を動かしながら、彼女はゆっくりと部屋を見まわした。「あなたはずっとここにいた」彼女はいった。「十二年間ここに住んでいた……ここに……こんなふうに……」

「こんなふうに」と言いながら、彼は部屋のつきあたりの扉を開け放った。

彼女は息をのんだ。敷居の向こうの煌々と明かりのともった窓のない長い空間に、潜水艦の中の小さな舞踏室のように柔らかい光を放つ金属の殻に包まれていたのは、これまで見たこともないほど機能的に作られた最新の研究室だった。

「どうぞ」にんまりとして、彼はいった。「もう君から秘密を守らなくていいからね」

それは境界をこえて別世界へ入るようだった。彼女は明るい光を放つぴかぴかの複雑な器材、輝く網目状のワイヤ、チョークで数式を書いた黒板、目的の厳格な規律に即して形成された長いカウンターに並んだ物体の数々を見てから、屋根裏部屋のたわんだ板とぼろぼろの壁に目を移した。二者択一だ、と彼女は思った。これが、人間の魂をどちらの姿に形作るかという、世界につきつけられた選択なのだ。

「君は一年のうち十一ヶ月、私がどこで研究しているのか知りたがっていた」彼はいった。

「これ全部」と彼女は研究室を指してから、「単純労働者の」——彼女は屋根裏を指さした——「給料で？」とたずねた。

「まさか！　元手はマイダス・マリガンが、発電所や、光線スクリーンや、ラジオの送信機といった仕事に対して支払う特許料だ」

「だったら……なぜ保線作業員として働かなければならなかったの？」

「谷で稼いだ金は外の世界では絶対に使ってはいけないことになっているからね」

「機材はどこで？」

「自分で設計した。作ったのはアンドリュー・ストックトンの鋳造所だ」部屋の片隅にあるラジオの棚ほどの大きさしかない地味な物体を彼は指さした。「君が欲しがっていたモーターがあそこにある」彼女がはっと息をのんで思わず前に飛び出すと、彼はくつくつと笑った。「調べてもしかたないだろう。君もいまさらやつらに持っていきはしないだろうからね」

ぴかぴかの金属の筒と光るワイヤのコイルを見つめていると、タッガート・ターミナルの地下室のガラス棺の中で聖なる遺品のように眠っている錆びついた模型が思い出された。

「それで研究室の電力はまかなえる」彼はいった。「なぜ保線作業員ごときがそんな途方もない量の電気を使っているのかと不審がられずにすんだわけだ」

「だけどここが見つかりでもしたら」

彼は奇妙な笑いかたをした。「見つかりっこない」

「どれくらいの間――」

彼女は口をつぐんだ。こんどは息をのまなかった。彼女の目の前には、しばし心を完全に静めることによってしか迎えられない光景があった。ずらりと並んだ機械の後ろの壁には、新聞から切り抜いた一枚の写真――ジョン・ゴールト線の開通式のとき、スラックスとシャツ姿で機関車の脇に立ち、頭をもたげ、その状況と意味とあの日の陽光を含む微笑をたたえた彼女の写真があった。

彼女は振り向きながら答える代わりに呻いたが、彼は写真と同じ表情を浮かべていた。

「君にとって、私はこの世界から滅ぼしたかったものの象徴だった」彼はいった。「だが私にとって、君は到達したかったものの象徴だった」彼は写真を指した。「人は生涯のうち一度か二度、例外的に、自分の人生についてこんなふうに感じるものだ。だが私は——これを不変であたりまえの姿として選んだ」

彼の表情、目と心の静かな強さが、この街でいま、この瞬間に、この状況とぴったり一致して、彼女にとっての現実にしていた。

口づけと抱擁をかわしながら、二人が腕に抱いているのは互いにとっての最大の勝利であり、これが苦しみや恐れによって侵されない現実、ハーレイの協奏曲第五番の現実であり、これこそ、二人が求め、戦い、勝ちとった報酬だった。

ドアベルが鳴った。

彼女は思わずさっと身をひいたが、彼は——彼女を引寄せていっそうきつく抱きしめた。

頭をあげたとき、彼は微笑を浮かべていた。そして「さあこわがらずに」とだけ言った。

彼のあとについて、彼女は屋根裏部屋に戻った。背後で研究室の扉の鍵がカシャリとかかる音が聞こえた。

彼は無言で彼女のコートを差しだすと、彼女がベルトを締めて帽子をかぶるのを待ち——それから入口まで歩いていって扉を開けた。

四人の来訪者のうち三人は、銃を二挺ずつ腰に下げ、平べったく大きな顔、何を見ても動じない目をした軍服姿のがっしりした男たちだった。リーダーらしき四人目の男は、広報タイプのインテリ風で、高価な外套をまとい、こぎれいに髭を切りそろえ、薄い青色の目をした私服のひ弱な男だった。

ゴールトと部屋を見て目をしばたたくと、男は前に一歩進み、立ち止まり、また一歩踏みだして立ち止まった。

「ご用件は？」ゴールトが言った。

「きみが……きみはジョン・ゴールトかな？」彼はやたらと大きな声でたずねた。

「そうだが」

「きみはあのジョン・ゴールトかな？」

「どの？」

「きみはラジオで話したかな？」

「いつです？」

「だまされてはいけません」鉄のように固く冷たい声はダグニーのものであり、それはリーダーに向けられていた。「この人が、ジョン——ゴールトです。私が当局に証拠を提出しましょう。手続きを進めてけっこうです」

ゴールトは見知らぬ他人に対するように彼女の方に向いた。「やれやれ、こんどこそあなたが誰で、用事は何か教えてもらえますか？」

彼女は兵士のように無表情だった。「名前はダグニー・タッガートです。あなたが国の探している人物かどうか確かめたかったのです」

彼は指導者の方を向いた。「よろしい」彼はいった。「私は確かにジョン・ゴールトだ——だが答えろというなら、そこのタレコミ屋を」——彼はダグニーを指さした——「遠ざけてくれ」

「ゴールトさん！」ひどく陽気な声で指導者は叫んだ。「お目にかかれて光栄です！　じつに名誉なことです！　どうか、ゴールトさん、誤解なさらないでください——我々はあなたのご希望にそう所存です。ええ、もちろん、お嫌でしたらミス・タッガートとお話いただかなくてもかまいません。ミス・タッガートはただ愛国的義務を果たされていただけで――」

「遠ざけてくれと言ったはずだ」

「ゴールトさん、我々は敵ではありません。お約束します」彼はダグニーの方を向いた。「ミス・タッガート、あなたには国民のために非常に重要な任務を果たしていただきました。最高の公的殊勲をたてられたわけです。ここからはどうぞおまかせください」彼の手が滑らかに動き、彼女に後ろへ下がってゴールトの視界から消えるようにうながした。

「で、君たちは何をお望みだね？」ゴールトがたずねた。

「ゴールトさん、国民があなたを待ちのぞんでいます。我々は誤解を晴らす機会をいただきたいだけです。あなたと協力する機会だけ」彼は手袋をはめた手で三人の手下に合図すると、男たちは黙々として引出しや戸棚を開けはじめ、床板がきしんだ。家宅捜索だ。「ゴールトさん、明日の朝、あなたが見つかったときけば、国民の勇気がわきます」

「用事は何かな？」

「ただ国民を代表してご挨拶したいだけです」

「逮捕か？」

「古くさい考えかたをなさいますね。緊急にお越しいただかねばならない国家指導部の最高会議へ無事にお連れしなければならないだけです」彼は間をおいたが、答えはなかった。「国の最高指導者があなたとの協議を――協議して友好的理解に達することを望んでおられます」

兵士たちは衣服と台所道具を見つけただけだった。部屋の住人には字が読めないかのように、そこには手紙も、本も、新聞さえもなかった。

「ゴールトさん、我々の目的は、あなたが社会でふさわしい地位につかれることだけです。ご自分の公的価値をご存じないようですね」

「知っている」

「我々はただあなたをお守りするためにこちらにうかがったのです」

「鍵がかかっている！」研究室の扉を拳でバンバンと叩きながら、一人の兵士が宣言した。

指導者は愛想笑いを浮かべた。「ゴールトさん、あの扉の後ろには何があるのですか？」

「私財だ」

「開けていただけませんか？」

「断る」

指導者は悲痛な無力さを誇示すべく両手を左右に拡げた。「残念ながら、私は両手を縛られております。命令なんですよ。あの部屋に入れていただかねばなりません」

「入りなさい」

「形式だけ、形式にすぎません。ものごとが友好的なされていけないわけはありません。ご協力いただけませんか？」

「断ると言ったはずだ」

「むろんあなたは我々がいかなる……不必要な手段に訴えることもお望みではないことと思いますが」答えはなかった。「我々にはあの扉を突き破る権限があるのですよ――しかし、もちろん、無理矢理そうしたいわけではありません」彼は待ったが、答えはなかった。「鍵をこじあけろ！」彼は兵士を怒鳴りつけた。

ダグニーはゴールトの顔をちらりと見た。彼は頭をあげて平然と立っており、くっきりとした横顔と扉に向けた目が彼女に見えた。鍵は光沢のある四角い小さな銅板で、鍵穴も固定具もなかった。

野獣のごとき三人は咄嗟に黙りこんではたと動くのをやめ、四人目の手にした強盗の道具が扉の木をこするギイギイと重い音がした。

木は難なく崩れ、小さな木っ端が落ち、静寂のためかその落下音がやけに大きく聞こえたかと思うと、遠くでタタタと銃声がはじけた。強盗のかなてこが銅板を襲ったとき、扉の向こうで、疲れた溜息ほども大きくはないかさかさという音が聞こえた。一分後、鍵が外に落ち、扉も一インチばかり手前にせり出した。

兵士は飛びのいた。指導者がしゃっくりのように不規則な足どりで近づき、扉をバタンと開け放った。すると目の前に現れたのは、得体の知れぬ平板な暗闇のつづく黒い穴だった。

男たちは顔を見合わせて、ゴールトを見た。彼は動かずに、じっと暗闇を見ていた。

懐中電灯で前方を照らしてかれらが敷居をまたぐと、ダグニーはあとに続いた。その先の空間は金属の長い殻だったが、床に積もった大量の塵、何世紀も放っておかれた遺跡にありそうな奇妙な白っぽい灰塵があるばかりだ。部屋はからっぽの頭蓋骨のように死んでいるかとおもわれた。

数分前にこの塵がなんであったかを思って悲痛にゆがんだ顔を見せまいと、彼女は背を向けた。その扉をこじ開けようとしないことです、と彼女はアトランティスの発電所の入口で彼に言われたのだった……破壊しようとしても、扉が崩れるより先に中の機械は破壊されて瓦礫と化すでしょう……扉をこじ開けようとしてはならない――その言葉を反芻しながら彼女が目の当たりにしていたのは、精神に強要してはならない、という言葉が現実となった有様だった。

男たちは無言で後ずさりし、出口まで下がりつづけ、やがて引き潮にとり残されたかのように、屋根裏のあちこちにぽつぽつと、おぼつかない様子で立ち止まった。

「では」外套に手を伸ばし、指導者の方を向いてゴールトが言った。「行こう」

＊　＊　＊

ウェイン・フォークランド・ホテルの三階分が空けられて、武装陣営に様変わりしていた。ビロードの絨毯を敷きつめた長い回廊の曲がり角すべてに機関銃を持った警備員がいる。非常階段の踊り場には銃剣を身につけた歩哨が立っていた。五十九階、六十階、六十一階のエレベーターの扉には南京錠がおり、唯一の通路である扉とエレベーターを、完全武装した兵士たちが警備している。奇妙な風采の男たちがロビーやレストラン、地階の店をうろついている。ホテルの常連を下手に真似た衣服は新しすぎ、高価すぎ、がっしりした体には似合っておらず、殺し屋ならともかく実業家であれば不自然な膨らみによってさらにゆがんでいるために偽装になっていない。小型の軽機関銃を持った警備員の一団はホテルの全出入り口はもちろんのこと、道に隣接する戦略上重要な窓にも配置されていた。

ウェイン・フォークランド・ホテルのロイヤルスイートとして知られていた六十階のこの陣営の中心に、絹の緞帳、水晶の燭台、花冠の彫刻に囲まれて、スラックスとシャツ姿のジョン・ゴールトが、片脚を伸ばしてビロードの足台にのせ、頭の後ろで手を組み、天井を見ながら、錦織りのアームチェアに座っていた。

これは午前五時からロイヤルスイートの入口の外に立っていた四人の警備員がトンプソン氏を入れるために午前十一時に扉を開け、ふたたび締め、トンプソン氏が彼を見たときの姿勢だった。

カチリと鍵がかかり退路を断たれ、囚人と二人きりになった瞬間、トンプソン氏は急に不安になった。だが明け方から「ジョン・ゴールト見つかる！――ジョン・ゴールトがニューヨークに！――

―ジョン・ゴールトが人民の運動に参加！――ジョン・ゴールト全問題の迅速な解決に向けて国の指導部と協議中！」と国民に告げる新聞の見出しとラジオの声を思い出し――自分がそれを信じていると思いこもうとした。

「さて、さて、さて！」アームチェアに向かって行進しながら、にこやかに彼はいった。「すると君がすべての問題をひき起こした若いお方だね――やっ」自分を見つめる深緑の目を近くで見て、彼は頓狂な声をあげた。「いや、私は……私はね、ゴールト君、君に会えてぞくぞくしているんだ。ただぞくぞくとね」彼はつけ足した。「私がトンプソンだよ」

「はじめまして」ゴールトが言った。

トンプソン氏はドサッと椅子に腰を下ろしたが、威勢よく動いて陽気なまでに事務的な態度を示そうとしているらしかった。「さあさあ、拘留されてるなんてくだらない考えはもたなくていい」彼は部屋を指した。「見てのとおり、ここは拘置所じゃない。丁重な扱いをうけていることはわかるだろう。君は大人物だ。かなりの大人物なんだ――それは我々にもわかっている。まあくつろいでくれ。欲しいものがあればなんでも頼みなさい。言うことをきかない使用人は首にしてかまわない。それに外にいる軍隊の連中に気に入らないのがいれば一言そう言ってくれさえすればいい――代わりの者を遣わすから」

彼は待つように間をおいた。答えはなかった。

「ここに来てもらったのは、ただ話をしたかったからなんだ。こんなやりかたはしたくなかったが、君は選択の余地をくれなかった。隠れてばかりいた。で我々としては、君が我々を完全に誤解していると言う機会がほしかっただけなんだ」

彼は手のひらを上に両手を左右に広げ、人なつこい笑みを浮かべた。ゴールトは答えずに、彼をじっと見つめていた。

「君の演説ときたらたいしたものだった。やあ、じつに雄弁だった！　国民を動かした。何をどうしてなのかはわからんが、それは確かだ。国民は君がもっている何かを求めているらしい。なのに君は我々が死んでも反対すると思っていたんだね？　そこが間違っている。我々は反対じゃない。私は個人的に、あの演説の中にはもっともな言い分がたくさんあったと思っている。ああ、そうとも。むろん、一言一句に同意するわけじゃないが――ふん、何もかもに賛成するとも思ってないだろう？　意見の相違――それが世の中を動かしつづけるんだ。私――私なら、いつだって意見を変える用意があるよ。どんな議論でも聞いてみる」

　彼は誘うように身を乗り出した。だが何の答えも得られなかった。

「世界はメチャクチャだ。まったく君が言ったとおり。その点については、私も同意見だ。我々には共通点がある。そこから始めればいい。何かがなされなければ。私はただ――おい」彼は唐突に声をはりあげた。「なあ、こっちの話をきいてくれないか？」

「私は聞いている」

「私は……その、つまり……その、言いたいことはわかるだろう」

「完全に」

「そうかね？……では、君の言い分はなんだね？」

「何も」

「へ？」

「何もありません」

「おい、いいかげんにしなさい！」

「私はあなたとの会話を求めたわけじゃない」

「だが……だがいいかね！……我々には議論すべきことがあるんだ！」

「私にはありません」

「いいか」息をついてから、トンプソン氏がいった。「君は行動の男だ。現実的な人間なんだ。やれやれ、じつに現実的だ！　何はともあれ、それだけは確かだ。なあそうだろう？」

「現実的？　ええ」

「さて、私もそうなんだ。だから率直にいこう。手の内を見せ合えばいい。君が何を追いかけているかは知らんが、私は取引を提案しているんだ」

「取引にならいつでも応じますよ」

「ほらみろ！」トンプソン氏は勝ちほこり、拳で膝をうちながら叫んだ。「やつらにもそう言ってやったんだ――ウェスリーみたいな頭の悪いインテリの理論家連中にね！」

「取引にならいつでも応じます――私に価値を提供できる人間となら」

トンプソン氏は何で調子が狂ったのかわからないまま「さあ君、なんでも好きなものを言いなさい！　なんだっていい！」と答えた。

「何を提供できるんです？」

「いや――何でも」

「たとえば？」

「君が言うものなら何でも。短波放送は聞いたかね？」

「ええ」

「君が提示する条件には、どんな条件でも応じるつもりだと言った。我々は本気だ」

「交渉すべき条件はないとラジオで私が言ったのは聞きましたか？　私は本気です」

「おいおい、しかしだね、君は誤解したんだ！　君は我々が対立すると考えていた。だがそうじゃない。我々はそこまで頑固じゃない。どんな考えも喜んで考慮するつもりでいる。なぜ呼びかけに応えて協議しにこなかったのかね？」

「何のために？」

「それは……国を代表して君と話をしたかったからだ」

「あなたたちが国を代表して話す権利を私は認めません」

「やれやれ、いいかね、私はいつもなら……まあ、いい。話をさせてくれないかね？　私の言うことを聞いてくれないかね？」

「聞いています」

「この国は大変なことになっている。国民は飢えていて、自暴自棄で、経済はガタガタで、もう誰も生産に従事していない。どうすればいいのかわからない。君はわかっている。ものごとをうまく機能させる方法を知っている。よろしい、降参しよう。何をすべきか教えてくれ」

「何をすべきかは言いました」

「何を？」

「邪魔しないでください」

「それは不可能だ！　空想的だ！　論外だ！」

「そうでしょう？　やはり議論すべきことはありません」

「おいおい！　待ちなさい！　極端に走らないことだ！　何にでも落としどころってものがある。何もかも手に入れることはできない。我々は……国民もまだその段階まで達していない。国家機関をドブにすてろというのは無茶な話だ。制度は守らなければ。だがそれを改める覚悟はある。君の望みどおりのやりかたで修正しよう。頭の固い理論好きの教条主義者じゃない――我々は融通がきく。君の言うことは何でもやろう。君の思うままだ。協力しよう。妥協もしよう。山分けにしよう。我々が政治の領域を守り、経済の領域については君に完全な権限を与える。この国の生産を君にまかせ、君を全経済の長にする。君はそれを好きなように運営し、命令を下し、政令を発布し――決定したことを施行させるために自分の指令下に国家的に組織された権力をもつことになる。我々はみな、私以下全員、君に従う体制をしく。生産の分野では、君が言うことはなんでもやるつもりだ。君は――君はこの国の経済の独裁者になるんだ！」

ゴールトはいきなり笑いだした。

心底愉快そうな笑いだったので、トンプソン氏はぎょっとした。「どうかしたかね？」

「するとそれがあなたにとっての妥協なんですね？」

「何が……そうにやにやするな！……私のいったことを理解していないようだ。私はウ、ウェ、ウェ、ウェスリー・ムーチの仕事をあげようといっている。君にこれ以上のものを申し出ることのできる人間はいないはずだ！……君は何でも好きなようにできる。規制が気に入らないなら撤廃しなさい。収益を高めて賃金を下げたいなら、そういう法令を布告しなさい。実業界の大物に特権が欲しければ認めればいい。労働組合が気に入らなければ解散させなさい。自由経済が望ましいというのなら、人民に自由になるように命令しなさい！　君の好きにやってくれてればいい。だがものごとを動かしてくれ。国をまとめてくれ。人をまた働かせてくれ。生産させてくれ。君が手なづけた連中――頭脳労働者たちを連れもどしてくれ。我々を平和と科学と工業の時代へ、繁栄へと導いてくれ」

「銃口をつきつけられて？」

「おいおい、私は……おい、まったく何がそんなに可笑しいんだね？」

「一つ教えていただきたい。私がラジオで発言したことをあなたが一言もきいていない振りならできるとしても、何で私までが喜んでそんな芝居をやると思うんです？」

「何の話かわからん！　私は――」

「もういい。いまのは単なる修辞的な質問です。前半が後半の答えだ」

「は？」

「そういう駆け引きはごめんこうむる――翻訳が要るなら」

「つまり私の提案を拒否しているということかね？」

「そうです」

「だがなぜ？」

「理由を説明するのにラジオで三時間かかりました」

「いや、だがあれは理論にすぎない！　私は実際の取引の話をしているんだ。私は君に世界最高の仕事を申し出ている。それのどこが悪いのか教えてくれないかね？」

「私が三時間かけて言ったのは、それではうまくいかないということです」

「君ならうまくいかせることができる」

「どうやって？」

　トンプソン氏は両手を左右に広げてみせた。「わからない。わかってれば、君のところに来たりはしない。それを調べるのは君の仕事だ。君は事業の天才だ。君なら何でも解決できるはずだ」

「無理だと言いました」

「君ならできる」

「どうやって？」

「どうにかして」ゴールトがくすくす笑うのをきいて、彼はつけ足した。「なぜだめなんだね？なぜかだけ教えてくれ」

「よろしい、教えましょう。私に経済の独裁者になってほしいと？」

「そうだ！」

「そして私がくだす命令には何でも従うと？」

「絶対的に！」

「それではまず所得税を撤廃することです」

「まさか！」トンプソン氏は悲鳴を上げて立ち上がった。「とうてい無理だ！　そりゃ……それは生産の分野じゃない。分配の領域だ。どうやって公務員に給料を払えというんだね？」

「公務員を解雇しなさい」

「まさか！　それは政治だ！　経済じゃない！　君は政治に干渉できない！　何もかも手にすることはできない！」

ゴールトは足台の上で脚を組み、錦織りのアームチェアでゆったりと体を伸ばした。「議論を続けますか？　それとももうおわかりかな？」

「私はただ――」彼は口をつぐんだ。

「私がわかっていることについては納得されましたか？」

「いいかね」ふたたび椅子の縁に腰を下ろしながら、トンプソン氏はなだめるように言った。「私は議論したくない。討論は苦手なんだ。私は行動の男だ。残り時間は少ない。私にわかっているのは君が素晴らしい頭脳の持ち主だってことだけだ。まさしく我々に必要な頭脳のね。君には何でもできる。その気になればものごとをうまく進めることができる」

「よろしい、あなたの言葉でいいましょう。私にはその気がありません。人に自由になりなさいと命令を下すだけのあいだでも、経済の独裁者でいたくはない――それにそんな命令は合理的な人間なら誰でもつき返すはずです。合理的な人間ならば、自分の権利はあなたや私の許しによって持ったり、与えられたり、受けとったりするものではないと知っていますから」

「教えてくれ」考えこむように彼を見ながら、トンプソン氏は言った。「君のめあては何だね？」

「ラジオで言いました」

「私にはわからない。君は自分自身の利益を追求していると言っていた――それなら私にもわかる。だがたったいま、我々がそっくりそのまま君に渡せないもので、これから望みうるものといって何があるんだね？　私は君が利己主義者《エゴイスト》――現実的な人間だと思っていた。君が望むものには何でも白地小切手をあげようと言った。にもかかわらず君はそんなもの欲しくないと言って私を煙に巻く。なぜだね？」

「それはあなたの白地小切手の後ろには資金がないからです」

「何だと？」

「あなたには私に提供できる価値のあるものをもっていないからです」

「君が頼むものなら何でもやろう。ちょっと言ってみなさい」

「あなたがおっしゃってください」

「ま、君は富について長々と語っていた。君が欲しいのが金なら――寿命を三倍に延ばしたとしても、私が即金で渡せるだけは稼げないだろう。十億ドル――掛け値なしで、きっちり十億ドル欲しくはないかね？」

「あなたからもらうために私が生み出さなければならない金を？」

「いや、つまり国庫から直接、刷りたての新札で……それとも……望みとあれば金《きん》にもできる」

「それで何か買えますか？」

「なあ、いいかね、この国がまた立ち直ったときに――」

「私が立ち直らせたときに？」

「いやはや、自分のやり方でことを運びたければ、権力が欲しいのなら、この国の老若男女すべてが君の命令に従い、君が望むとおりのことを何でもやると私が保証しよう」

「私がそのやり方を教えてから？」

「自分の味方のために何か欲しければ――姿を消した連中全員に――仕事、役職、権限、税控除、どんな特別措置でも何でも――口にしさえすれば、手に入るようにしよう」

「私がかれらを連れ戻してから？」

「やれやれ、いったいぜんたい何がほしいんだね？」

「いったいぜんたい何で私にあなたが必要なのです？」

「へ？」

「あなたが提供できるもので、私があなたなしに手に入れられないものがありますか？」

追いつめられたかのように身を引きながらも、初めて真直ぐにゴールトを見たトンプソン氏はこれまでとはうって変わった目つきをして、「私がいなければ、君はたったいまこの部屋から出ることができない」とゆっくりと言った。

ゴールトは微笑んだ。「確かに」

「君は何を生産することもできない。ここに残されて飢えるまでだ」

「確かに」

「やれやれ、わかったかね？」暗黙のうちに互いに了解されたことがいまユーモアによって難なくかわされるべきであるかのように、トンプソン氏の声はくつろいだ陽気なにぎやかさをとり戻した。

「私が提供できるのは君の命なんだ」

「トンプソンさん、私の命はあなたにもらうものじゃない」ゴールトは穏やかに言った。

その声の何かにぎくりとしてトンプソン氏ははっと彼の方を見たが、すぐに目を逸らした。ゴールトは温和ともいえるほどの微笑を浮かべた。

「いま」ゴールトは言った。「無は生命を抵当にとれないと私がいった意味がわかりますか？　そういう抵当を認めるとすれば私の方ですが——私は認めません。脅威を取り除くことは支払いではなく、二重の否定は報酬ではなく、あなたの手下の武装した暴漢を退去させることは奨励にはならず、私を殺さないという提案に価値はないのです」

「誰が……いったい誰が君を殺すなどと言ったかね？」

「誰かそれ以外のことについて何か言いましたか？　あなたがここで、銃口をつきつけて、殺すぞと脅して私を捕らえているのでなければ、そもそもあなたには私に話しかけるチャンスはなかったことでしょう。そしてあなたの銃にできるのはそこまでだ。私は脅しをやめることに対して代金を払ったりはしない。自分の命を誰からも買いはしません」

「それは違う」トンプソン氏は明るく言った。「脚を骨折すれば、治療するのに医者に金を払うだろう」

「その医者に骨折させられた場合は別です」黙りこんだトンプソン氏に向かって、彼は微笑した。

「トンプソンさん、私は現実的な人間です。生計をたてる唯一の手段が私を骨折させることである人間の地位を安泰にしておくことが現実的だとは思いません。やくざにみかじめ料を払いつづけることが現実的とは思わないのです」

　トンプソン氏は考えこんだようだったが、やがて頭を横に振った。「君が現実的だとは思えないね」彼はいった。「現実的な人間は現存する事実を無視しないものだ。こうでなければいいのにと思ってみたりものごとを変えようとしたりして時間を無駄にはしない。ものごとをあるがままにとらえる。君は我々に捕まっている。それは事実だ。気に入ろうが気に入るまいが、それは事実なんだ。それに応じて行動すべきだ」

「していますよ」

「私が言いたいのは、君は協力すべきだということだ。現況を認め、受け入れ、それに適応すべきなんだ」

「敗血症が発覚すれば、それに適応しますか？　それとも何とかしようとしますか？」

「ああ、それは別だ！　物理的な問題じゃないか！」

「つまり、物理的な事実には修正の余地があるが、あなたの気まぐれは変えられないと？」

「へ？」

「つまり、物理的な性質は人間の都合にあわせられるが、あなたの気まぐれは自然の摂理を超越しており、人はあなたの都合にあわせなければならないということですか？」

「私が言いたいのは、優位にあるのは私だってことだ！」

「銃があるからですか？」

「おい、銃のことは忘れろ！　私は――」

「トンプソンさん、私には現実を忘れることはできません。非現実的ですから」

「よろしい、では、私には銃があるといおう。君はそれについてどうするつもりだね？」

「それに応じて行動します。従いますよ」

「何だって？」

「あなたが言う通りにしましょう」

「本気かね？」

「本気です。文字通りの意味で」トンプソン氏の顔に浮かんだ意気込みが次第にうすれ、当惑の色に変わっていった。「あなたの命じるどんな動作でもやりましょう。経済の独裁者のオフィスにいけと命じられれば、いきましょう。机に座れと命じられれば、そこに座っていましょう。政令を発布しろと命じられれば、あなたの命じる政令を発布しましょう」

「ああ、だが私にはどんな政令を発布すべきかわからない！」

「私にもわかりません」

長い沈黙があった。

「いかがです？」ゴールトが言った。「あなたの命令は？」

「この国の経済を救済してくれ！」

「救済のしかたがわかりません」

「やりかたを見つけてくれ！」

「見つけかたがわかりません」

「君が考えてくれ！」

「トンプソンさん、どうやって銃で考えさせるというんです？」

トンプソン氏は無言で彼を見た。きっと結んだ唇、突き出た顎、細めた目に、キサマの歯を叩き折ってやる、という一文にあらわされる哲学論を口にしようとしている思春期のいじめっ子の表情が浮かんでいるのをゴールトはみとめた。彼を真直ぐに見返して、あたかも言外の文句を聞き、それを強調するかのように、ゴールトは微笑した。トンプソン氏は目を逸らした。

「いいえ」ゴールトは言った。「考えてほしくはないはずです。他人におのれの選択と判断に反する行動を強いるとき、やめさせたいのは自分で考えることにほかならない。あなたがほしいのはロボットなのです。私は従いましょう」

トンプソン氏は溜息をついた。「私にはわからない」正直いって手のつくしようがないといった調子で彼はいった。「何かがおかしいのに私にはそれがわからない。なぜ君はわざわざものごとを難しくするんだね？　君のような頭脳があれば、誰でも負かすことができる。私など太刀打ちできない、君にもわかっているはずだ。なぜ我々の仲間に加わるふりをして、権力を手にしてから私を出し抜こうと思わないんだね？」

「あなたがそれを提案するのと同じ理由から、つまりあなたが勝つからです」

「は？」

「あなたのような人種が何世紀来そうして何とか逃げおおせたのは、優秀な者たちがあ、な、た、が、た、の、条件で勝とうとしてきたからです。あなたの暴力団員の支配権をめぐって私があなたと競争すれば、どちらが成功しますか？　もちろん、私は自分を偽ることもできる――それであなたがたの経済や制度が救済されることはないでしょうし、いまとなってはいずれにせよ無理でしょう――しかし私は破滅し、あなたがたはこれまでも常に獲得してきたもの、すなわち先送り――あと一年――あるいは一ヶ月の執行猶予を勝ち得るでしょう。私も含めたあなたがたの周囲の人間の残骸の最高のものから絞りだせる限りの希望と労力を代償にして。あなたが欲しいのはそれだけであり、射程距離の長さもその程度です。一ヶ月？　あなたなら一週間のために取引するはずだ。いつでもまた別の犠牲者が見つかるという疑われることのなかった絶対に基づいて。だがあなたが見つけたのは最後の犠牲者――歴史にそった役割を演じることを拒んだ人間です。勝負はついているのです！」

「ああ、たかが理論じゃないか！」やや刺のある声でトンプソン氏が叫んだ。歩きまわる代わりといった様子で、彼はキョロキョロと部屋を見まわした。そして逃げたくてたまらないかのように、出口をさっと見た。「いまの制度を放棄しなければ、我々は終わりというのかね？」彼はたずねた。

「ええ」

「それでは、我々が君を捕らえているのだから、君も一緒に破滅するのかね？」

「ことによると」

「生きたいと思っているのか？」

「情熱的に」トンプソン氏の目のきらめきを見て、彼は微笑した。「もっと言えば、生きたいという気持ちなら、あなたよりずっと強いことも確かです。あなたが頼みにしているのはそのことだということも。実際、あなたは少しも生きていたいとは思っていない。私は生きたい。そして心からそう願っているからこそ、いかなる代用品も受け入れる気にならないのです」

トンプソン氏はとび上がった。「それは違う！」彼は叫んだ。「私が生きていたくないなんて――嘘だ！　口のききかたに気をつけなさい！」急に寒気がしたかのように、手足を少し硬くして、彼は立っていた。「何の話だね？　言っていることがわからんね」彼は少し後ずさりした。「それに私が殺し屋だというのも嘘だ。それは違う。君に危害を加えるつもりはない。誰かを傷つけようと思ったことなどない。私は人から好かれたいんだ。君と仲良くなりたい……友達になりたいんだ！」

彼は宙に向かって叫んでいた。

ゴールトの目は無表情に彼を観察しており、ものを見ていることは確かだが、何を見ているのかはうかがいしれなかった。

トンプソン氏は不意に、急いでいるかのように、せかせかと無駄な動きをはじめた。「そろそろいかなければ」彼はいった。「私は……私にはたくさん約束があるんでね。いずれもっと話そう。よく考えなさい。時間をかけていい。何も君に強制しようとしているわけじゃない。ただ気楽に、無理しないで、ゆっくりしてくれ。欲しいものは何でも頼みなさい――食べ物も、飲み物も、煙草も、何でも最高級のものを」彼はゴールトの服を手でさした。「市内一の仕立屋に注文してまともな服を作らせよう。一流のものに慣れてほしいからね。どうかくつろいで……ああそう」ややさりげなさすぎる調子で彼はたずねた。「家族はいるかね？　会いたい親戚なんかは？」

「いいえ」

「友人は？」

「いません」

「恋人は？」

「いません」

「ただ寂しい思いをしてほしくないだけなんだ。会いたい人間がいれば、名前を教えてくれれば、誰でも訪問させるよ」

「いません」

トンプソン氏は戸口で立ち止まると、振り返ってしばらくゴールトを眺め、頭を振った。「君がわからない」彼はいった。「まったく理解できない」

ゴールトは微笑し、肩をすくめて答えた。「ジョン・ゴールトって誰？」

＊　＊　＊

ウェイン・フォークランド・ホテルの入口に激しいみぞれが吹きつけ、武装警備員たちは光の輪のなかで妙に寂しく力なく見えた。かれらは背中をまるめ、下を向き、少しでも温まろうと銃を抱えこんでいた――嵐に向けて猛烈に弾丸をあびせたとしても、体は温まりはしないかのように。

道の向こうから五十九階での会議に向かう途中の士気調整官のチック・モリスンは――たまにみかける通行人が無気力であり、警備員などには目もくれないことに気づいた。ぼろぼろの売店に積んだ売れ残りの新聞の山の気の抜けた見出しには目もくれないのと同じように。見出しには「ジョン・ゴールトが繁栄を約束」と書かれていた。

チック・モリスンは不安をおぼえて頭を振った。六日にわたる第一面の報道――国の指導者たちとジョン・ゴールトの新政策の立案における連帯努力について――は何の効果ももたらさなかった。人びとは、まるで周囲のものは何一つ見たくないかのように動いているようだ。入口の光に近づいたときも、彼の存在を気にとめたのは黙って彼に手を伸ばすぼろをまとった老女だけだった。彼は急いで通り過ぎ、節くれだった裸の手のひらにみぞれの滴だけが落ちた。

五十九階のトンプソン氏の部屋に集まった面々に囲まれて話すチック・モリスンの声をがくがくとさせたのは路上の記憶だった。まわりの表情も声の響きに似ていた。

「どうもうまくいかないようです」社会検脈員からの報告書の山を指して、彼はいった。「いくらジョン・ゴールトとの協力について記者発表を行っても、効果はないようです。人は気にもしません。一言も信じていないのです。なかにはあの男は絶対に我々と協力したりはしないだろうという者もいます。ほとんどの者は、我々が彼を捕らえたことすら信じていません。人びとに何が起こったのやら。もう何も信じないのです」彼は溜息をついた。「一昨日、クリーブランドでは三つの工場が廃業しました。シカゴでは昨日五つの工場が閉鎖されています。サンフランシスコでは――」

「もういい、わかった」マフラーを喉のまわりにきつく巻きつけながら、トンプソン氏が遮るように言った。ホテルの暖房は故障していた。「選択の余地はない。やつは降参して支配しなければならん。しなければならんのだ！」

ウェスリー・ムーチはさっと天井を見た。「私にまたあの男と話をしろなんて言わないでくださいよ」と言うと、彼は身震いした。「私はやってみました。あれは話のできる男じゃない」

「トンプソンさん、僕は……僕にはできません！」トンプソン氏の視線がさまよい自分のところで止まったのに答えて、チック・モリスンが声を上げた。「やれとおっしゃるなら辞職します！　またあの男と話すなんて。やめてください！」

「誰にもできません」フロイド・フェリス博士がいった。「時間の無駄です。人の言うことをきく人間じゃない」

フレッド・ケナンがくつくつと笑った。「つまり、よく聞きすぎるってことだろう？　しかもそれに答えるからな」

「なら君がもう一度やってみればどうかね？」ムーチがつっけんどんに言った。「やつとの会話を楽しんだようじゃないか。君が説得してみてはどうかね？」

「俺はバカじゃない」ケナンが言った。「あんた、自分をごまかさないことだな。あいつを説得するなんざ誰にもできない。俺は二度はやらん……楽しんだかって？」彼ははっとした顔でつけ足した。「まあな……ま、そうだな」

「どうした？　やつに惚れたとでもいうのか？　手なづけられたのか？」

「俺が？」ケナンはふっと笑った。「俺にとってやつが何の役に立つんだね？　やつが勝てば真っ先にやられるのは俺だ……ただ」――懐かしむように彼は天井を見上げた――「ただやつは率直にものを言うってだけだ」

「やつに勝たせてたまるか！」トンプソン氏が刺々しく言った。「論外だ！」

長い沈黙があった。

「ウェストバージニアで飢饉暴動があった」ウェスリー・ムーチが言った。「それにテキサスの農民が――」

「トンプソンさん！」必死になってチック・モリスンが言った。「おそらく……おそらく……大規模な集会か……あるいはテレビで……あの男の姿を見せれば、それで人は我々が実際にあの男を捕らえたと信じて……しばらく望みをつなぐでしょう……それで少し時間がかせげるでしょう……」

「危険すぎる」険しい声でフェリス博士がいった。「間違ってもあの男を大衆に近づけてはなりません。何をしでかすかしれたものじゃない」

「やつは折れる」トンプソン氏が言いはった。「仲間になるはずだ。君たちのうちの誰かが――」

「いいえ！」ユージン・ローソンが悲鳴をあげた。「僕はいやです！　ちっとも会いたいとは思いません！　一度だってごめんです！　信じたくありません！」

「何？」ジェイムズ・タッガートがたずねた。その声には危険なほど無謀な嘲弄の響きがあった。ローソンは答えなかった。「何を怖がっているんだね？」他人がひどく怯えている光景が彼を自分自身の恐怖に挑む気にさせるかのように、タッガートの声の侮蔑の響きは異常に強まった。「ジーン、君が怖くて信じられないものって何だね？」

「僕は信じない！　絶対にごめんだ！」ローソンの声はうなるようでもあり、泣きべそをかいているようでもあった。「みなさん僕を人類不信にしないでください！　あんな男の存在を許してはならないのです！　冷酷なエゴイストの――」

「まったくご立派なインテリばかりだね」鼻で哂うように、トンプソン氏が言った。「君たちならやつの言葉ででもしゃべれると思ったが――すっかりすくんじまってる。思想？　君たちの思想はどこへいった？　何とかしろ！　やつを仲間に入れろ！　味方につけるんだ！」

「問題は、あの男が何もほしがらないことです」ムーチが言った。「何もほしがらない男に何を提供できますか？」

「つまり」ケナンが言った。「生きていたいと言っている人間に我々が何を提供できるかってことかな？」

「だまれ！」ジェイムズ・タッガートが叫んだ。「何を言う？　何だってそんなことを言うのだ？」

「何だってそんな大声をあげるんだね？」ケナンがきいた。

「だまれ、全員だ！」トンプソン氏が命令した。「君たちは内輪もめじゃ威勢がいいくせに、本物の男が相手となると――」

「ああ、あなたまでとりこになってしまったのですか？」ローソンが悲痛な声をあげた。

「えい、だまれ」ぐったりとしてトンプソン氏が言った。「やつはこれまで出くわしたなかでは誰よりも手ごわい野郎だ。おまえにはわからんだろう。最高に手ごわいやつだ……」彼の声にかすかな賞賛の響きが忍びこんだ。「最高に手ごわい……」

「頭の固い連中を説得する方法はあります」フェリス博士がさりげなく、わざとゆっくりと言った。「これまでにもご説明しましたように」

「だめだ！」トンプソン氏が叫んだ。「いかん！　だまれ！　おまえのいうことはきかん！　耳は貸さんぞ！」まるで明言できない何かを追い散らそうもがくかのごとく、狂ったように彼は手を動かした。「やつに言ったからな……それは違うと……我々はそうじゃないと……私は違うと……」自分の言葉がかつてなく危険のかたちをしているかのように、彼は激しく頭を振った。「いや、いいかね君たち、私が言いたいのは、現実的になるべきだってことだ……そして慎重に。どこまでも慎重に。これは平和的に処理しなければ。やつと敵対したり……やつに危害を加えたりする余裕はない。やつの身に何か……何かが起こるというような危険は冒せない。それは……というのも、やつが終われば我々も終わりだからだ。やつは最後の頼みの綱だ。間違っちゃいけない。やつがいなくなれば、我々は破滅する。君たちも全員それがわかっているはずだ」彼の目は周囲の面々をさっと見まわした。全員にそのことはわかっていた。

翌朝のみぞれが、前日の午後開かれた建設的で友好的なジョン・ゴールトと国家指導部との協議の結果、まもなく公表される「ジョン・ゴールト計画」が誕生したと告げる一面の記事に降りかかった。夕方の雪片は、家の前の壁が崩壊したアパートの家具と——持ち主が行方をくらました工場の閉ざされた出納課の窓口で黙って待つ人の群れの上に落ちた。

「サウスダコタの農民は」翌朝ウェスリー・ムーチがトンプソン氏に報告した「州都に進撃する途中、政府の建物と一万ドル以上の価値のある家屋をことごとく壊していっています」

「カリフォルニアは木っ端微塵です」その夜、彼は報告した。「内戦が——確信はできませんがそれらしきものが起こっています。合衆国からの脱退を宣言しましたが、誰もいま権力の座にいるのが誰なのか知りません。あの州の全域で、マ・チャルマーズとその東洋崇拝の大豆カルト率いる『人民党』と——元油田主たちが率いる『神へ帰れ』とやら呼ばれるもののあいだで武力紛争がおこっています」

「ミス・タッガート！」翌朝、トンプソン氏に呼ばれてやってきた彼女がホテルの部屋に入ると、うめくように彼がいった。「どうすればよいのでしょう？」

かつてこの女性にはどこか人を安心させるエネルギーがあると感じたのはなぜだろう、と彼はおもった。目の前の虚ろな顔は落ち着いているようだが、その落ち着きは、何分たっても表情の変化も感情のしるしもないままであることに気づくと、見る者の心を乱した。口のゆがみが忍耐をおもわせることをのぞけば、ほかのやつらと同じ表情だ、と彼は思った。

「ミス・タッガート、あなたのことを信頼しているんです。うちのやつら全員の頭を合わせてもあなたの頭脳にはかなわない」彼は懇願した。「あなたはやつらの誰よりも国のために尽くした――あの男を見つけてくれたのはあなたですからね。我々はどうすればいいんでしょう？　何もかもが崩壊していくなかで、我々をこの惨状から救出できるのはあの男だけだ。それなのに頑として動かない。拒絶する。指導することを拒否するだけだ。あんなものははじめてです。命令したいという願望がまったくない人間ってのは。我々はあの男に命令するように頼みこんだ――すると彼は、自分は命令に従うまでだと答えるんだ！　ばかばかしいにもほどがある！」

「そのとおりです」

「どのようにお考えかな？　あの男が理解できますかな？」

「あの人は傲慢なエゴイストです」彼女はいった。「野心に燃えた冒険家です。世界一大きな賭けにでている限りなく大胆な男です」

簡単なことだった、と彼女はおもった。言葉は、現実への忠誠と人間への尊敬を誓うかのように常に使われるべき名誉の道具だと考えていたはるか昔には、それは難しかったことだろう。いま言葉は、現実や人間や名誉といった概念とは関係のない無生物に向かって、不明瞭な音を立てるだけのものだ。

最初の日の朝、どうやってジョン・ゴールトの家まで跡をつけたのかをトンプソン氏に報告するのは、簡単なことだった。素っ頓狂に笑い、彼女を信用した自分の判断の正当さが立証されたことで勝ち誇った目を補佐官たちに向け、「いい子だ！」と繰り返し叫ぶトンプソン氏を見ているのはなんでもないことだった。ゴールトへの怒りにみちた憎悪をあらわにし——「あの人の考えにうなずいたこともありましたが、私の鉄道を破壊させてたまるものですか！」——トンプソン氏が「ミス・タッガート、心配は要りません！　我々があなたを守りますから！」と言うのをきくことは、なんでもないことだった。

抜け目のない冷たい表情を浮かべ、請求書の合計を打ち出す計算機の音のように冴えた鋭い声で、五十万ドルの懸賞金をトンプソン氏に催促するのは簡単なことだった。トンプソン氏の顔が一瞬こわばり——やがて期待していたわけではないが、彼女の動機と、それが自分にも理解できる動機だったと知って嬉しいと暗黙のうちに語る明るく大きな笑みが浮かんだ。「もちろんです、ミス・タッガート！　そうですとも！　懸賞金はあなたのもの——そっくりあなたのものです！　全額小切手で送られます！」

それはなんでもないことだった。彼女はどこかおそるべき非世界にいるかのように感じていたからだ。さながら自分の言葉や行動がもはや事実ではなく——現実の反映ではなく、意識として扱われるべきでない意識をもつ存在が知覚したデフォルメを映しだす遊園地の鏡の中のゆがんだ形状にすぎないかのように。内なる焼けつく針金のような、おのれの道を選ぶ針のような、熱く細長く一途なものは、彼の身の安全だけを思う彼女の心だ。そのほかのものは酸と霧の混じったどろどろの溶液だった。

だがこれが――身震いをして彼女はおもった――自分には理解できたことのない人びとが生きてきた状態であり、このぐにゃりとした現実、トンプソン氏のような人物のぼんやりと狼狽した目に馬鹿正直にじっと見つめられることだけを目的と報酬とする偽装と歪曲と欺瞞の稼業が、かれらが求めていたものなのだ。この状態を求めた者たち――はたしてかれらは生きたいと思っていたのだろうか、と彼女はおもった。

「ミス・タッガート、世界一の賭けですと？」トンプソン氏はそわそわとしてたずねた。「それは何ですかな？　あの男は何を欲しがっているのです？」

「現実です。この世界です」

「おっしゃることがよくわかりませんが……あのね、ミス・タッガート、あの男を理解できるなら、あなたが……あなたからもう一度話してみてもらえませんか？」

何光年も離れたところであの人と会うためなら命を投げ出してもいいと叫ぶ自分自身の声を彼女は聞いた気がしたが――この部屋の中で、無機質な他人の声が冷ややかに、「いいえ、トンプソンさん、到底無理です。もう二度と会いたくありません」というのが聞こえた。

「あなたがあの男に我慢できないのは知っていますし、それも無理のない話だ。だがちょっとためしに――」

「あの人を見つけた夜、私は道理を説こうとしました。それでも返ってきたのは侮辱だけです。きっとほかの誰よりも私に腹をたてているのでしょう。罠にはめたのが私だったという事実を許そうとはしないでしょう。私にだけは降参しようとしないはずです」

「まあ……まあね、確かに……あの男がはたして降参することがあると思いますかね？」

彼女の内側の針は少しのあいだ二つの進路のあいだで振れた。降参しないと言って、あの人を見殺しにすべきだろうか？――降参すると言って、世界が破壊されるまでかれらを権力の座に居座らせておくべきだろうか？

「降参するでしょう」彼女はきっぱりと言った。「扱いかたを間違わなければ降参します。野心が大きすぎて権力を拒みきれないはずです。逃がしてはいけませんが、脅したり――危害を加えたりしてもいけません。脅しはきかないでしょう。怖いもの知らずですから」

「だがもし……つまりその、いま事態が深刻になりつつあるが……彼の抵抗が長引きすぎればどうするね？」

「それはないでしょう。現実的な人ですから。ちなみに国の状態についてのニュースは耳に入れていますか？」

「いや……いないが」

「機密報告書の写しを見せてはいかがでしょう。それでもう長くはないとわかるでしょうから」

「それは名案だ！　すばらしい！……いやね、ミス・タッガート」不意に、どうしようもなくべとついた声で彼はいった。「あなたと話すといつもましな気分になる。信用できる。周りのやつらは誰も信用ならん。だがあなた――あなたは違う。信頼にたる人だ」

彼女はひるむまずに彼を真直ぐ見た。「ありがとうございます、トンプソンさん」彼女はいった。なんでもないことだった、と彼女はおもっていた――道に出てコートの下で、ブラウスがじっとりと背中にくっついていると気づくまでは。

感じることができたなら――ターミナルのコンコースを歩きながら、彼女はおもった――自分がいま鉄道に感じている重い無関心が憎悪だと確信しただろう。走らせているのは貨物車にすぎないという感覚を、彼女は捨てきれなかった。彼女にとって乗客は生きてもいなければ人間でもなかった。大事故を防ぎ、無生物しか積んでいない列車の安全を確保するのにこれほど甚大な労力を浪費することは無意味におもわれた。ターミナルにいる人びとの顔を彼女は見た。こういうものが食べ、眠り、旅行しつづけることができるようにあの人が死ぬとすれば、かれらの制度の支配者によって殺されるとすれば——彼女はおもった——かれらに列車を提供するために自分は働きたいと思うだろうか？　自分が助けを求めて叫んだならば、かれらのうちの誰か一人でも立ち上がってあの人を守ろうとするだろうか？　あの人の言葉をきいたかれらは、彼に生きていてほしいとおもっているのだろうか？

　五十万ドルの小切手はその日の午後、彼女のオフィスに届けられた。トンプソン氏からの花束とともに。彼女は小切手を見るとそれがひらひらと机に落ちるにまかせた。それには何の意味もなく、ほんの少しの罪の意識さえも感じさせなかった。それはただの紙切れであり、オフィスのくずかごにあるほかの紙切れと同じだ。それでダイヤモンドのネックレスが買えようが、街じゅうのガラクタ、あるいは最後の食糧が手に入ろうが何の違いもない。絶対に使われることがないからだ。この小切手は価値のしるしではなく、それがあがなうものに価値のあろうはずはない。だがこれが——彼女はおもった——この活気のない無関心が目的も情熱ももたない周囲の人びとの恒常的な状態なのだ。これが価値を認めることを知らない魂の状態なのだ。それを選んだ人びと——彼女はおもった——かれらは生きたいと思っているのだろうか？

　その夜、疲れてきってぼんやりと帰宅すると、アパートの廊下の電灯は切れており——玄関の明かりをつけてはじめて、彼女は足元の封筒に気づいた。宛名書きもなく、封をして扉の下に滑りこませてある。彼女はそれを拾い上げると——すぐに床に膝をついて中腰のまま、そこに釘づけになり、ただ見覚えのある筆跡、街の上空のカレンダーに書かれた最後のメッセージと同じ筆跡のメモを見つめて音をたてずに笑っていた。メモにはこうあった。

ダグニー
油断するな。目を離すな。助けが必要になったら
OR　6―5693まで電話すること
F

翌朝の新聞は、南部の州で問題が起こっているという噂を信じないように読者をいましめていた。トンプソン氏に送られた機密報告書は、ジョージアとアラバマの間で、両者の紛争と原材料の調達路であった線路の爆破によって操業停止に追いこまれた電気器具工場の所有権をめぐって、武力紛争が勃発したと述べていた。

「送っておいた機密報告書を読んだかね？」その夜、もう一度ゴールトに向かい、トンプソン氏は嘆くように言った。彼は捕虜と会うことを初めて買ってでたジェイムズ・タッガートを伴っている。

ゴールトは背の真直ぐな椅子に座り、脚を組んで煙草を吸っていた。しゃんと背筋を伸ばしているようにも、くつろいでいるようにもみえる。顔を見ても危惧のしるしはみえないというほかに、いかなる表現も読み取ることができなかった。

「ええ」彼は答えた。

「もうあまり時間はない」トンプソン氏が言った。

「そうですね」

「君はそんなことを許しておくつもりかね？」

「あなたは？」

「なぜ君は自分が正しいとそこまで確信できるんだね？」ジェイムズ・タッガートが声をはりあげた。うるさくはないが、悲鳴のように激しい声だ。「こんなに悲惨な状況にあるときに、全世界を破壊する危険をおかして自分の考えにしがみつくなんてことに、どうして責任がもてるのか？」

「誰の考えに従えばもっと安全だと思えるんです？」

「どうして自分が正しいと確信できるんだ？　どうしてわかる？　誰も自分の知識に確信をもつことはできん！　誰も！　君はほかの誰よりも優秀なわけじゃない！」

「それならなぜ私が必要だとおっしゃるのです？」

「どうして他人の命を危険にさらすことができるんだね？　人が君を必要としているというのに、何もしないでいるなんて利己的な贅沢を、どうして自分に許せるんだね？」

「つまり、人が私の考えを必要としていると？」

「誰も完全に正しくも間違ってもいない！　白黒つけられない！　君が真実を独占しているわけじゃないんだ！」

　タッガートの素振りにはどこかおかしなところがある――顔をしかめて、トンプソン氏はおもった――あたかも解決しにきたのが政治的問題ではないかのように、不可解で個人的すぎる憤慨が。

「多少なりとも責任感ってものがあれば」タッガートは言っていた。「自分自身の判断だけに賭けるなんて真似はとてもできないはずだ！　君は仲間に加わって、自分以外の人間の考えを少しは考慮して、我々も正しいかもしれないと認めるんだ！　君は我々の計画を手伝うんだ！　君は――」

　タッガートは熱っぽく執拗に話しつづけたが、トンプソン氏にはゴールトが聞いているのかどうかわからなかった。ゴールトは立ち上がり、そわそわとではなく、自分自身の体の動作を楽しむといった風にごく自然な様子で部屋の中を歩いていたからだ。足取りの軽さ、真直ぐな背筋、平らな腹、くつろいだ肩にトンプソン氏は目をとめた。ゴールトは自分の体について意識していないようでありながら、途方もない自負心をもっているかのように歩いていた。トンプソン氏がジェイムズ・タッガートをちらっと見ると、前かがみになって不自然にゆがんだ長身のだらしない姿勢が目に入り、彼がゴールトの動きを見つめつつ抱いている激しい憎悪を感じとると、それが部屋の中に響きわたる気がして、トンプソン氏ははっと背筋を伸ばした。だがゴールトはタッガートを見てはいなかった。

「……君の良心だ！」タッガートは言っていた。「君の良心に訴えるためにここに来たんだ！　どうして君は自分の考えを何千人というほかの人間の命よりも重くみることができるんだね？　人びとは死んでいっているし――おい、たのむから」いらだったように彼はいった。「歩きまわるのをやめないか！」

ゴールトは立ち止まった。「命令ですか？」

「いやいや！」慌ててトンプソン氏がいった。「命令じゃない。命令したいわけじゃない……ジム、落ち着け」

ゴールトはふたたび歩きまわりはじめた。それを目で追うことをやめられないまま、「世界は崩壊しつつある」とタッガートが言った。「人が死んでいっている――そしてその人びとを救えるのは君なんだ！　誰が正しいか、あるいは間違っているかなど問題かね？　たとえ我々が間違っていると思ったとしても、君はこちらにつくべきだ。君の考えを犠牲にして、人を助けるべきなんだ！」

「どんな手段を使って人を助けるんだね？」

「自分が何様だと思っているんだ？」タッガートが叫んだ。

ゴールトは立ち止まった。「知っているはずだ」

「エゴイストめ！」

「そうだ」

「自分がどんなエゴイストかわかっているのか？」

「君は？」ゴールトが彼を真直ぐに見てたずねた。

目はゴールトの目をとらえたまま、タッガートの体がアームチェアにゆっくりと沈みこむと、なぜだかわからないがトンプソン氏は次の瞬間が怖いとおもった。

「おい君」明るく何気ない声でトンプソン氏がさえぎった。「その煙草は何の銘柄だね？」

ゴールトは彼の方を向いて微笑んだ。「知りません」

「どこで手に入れたんだね？」

「警備員のひとりが一箱くれたのです。誰かが贈り物としてことづけたらしい……心配いりません」彼はいった。「あなたの部下はこれをありとあらゆる検査に通しましたから。伝言なんか隠されちゃいない。匿名の崇拝者からです」

ゴールトの指のあいだの煙草にはドルマークが刻んであった。

ジェイムズ・タッガートは説得には向かない、とトンプソン氏は結論づけた。だが翌日同伴したチック・モリスンも似たような結果におわった。

「ゴールトさん、僕は……僕はただお情けにすがるだけです」笑みをうかべてチック・モリスンは言った。「あなたは正しい。あなたが正しいと認めるからには――僕にできることは憐れみに訴えることだけです。あなたが何の憐れみも感じないまったくのエゴイストだと心の底から信じることが僕にはできません」彼はテーブルの上にひろげた書類の山を指した。「これは我々と一緒になって助けてくださいとあなたにお願いする一万人の学童が署名した請願です。こちらは障害者の家からの請願。こちらは二百もの異なる教団の牧師たちから送られてきた請願。こちらは全国の母親たちからの請願です。読んでください」

「命令ですか?」

「いや!」トンプソン氏が叫んだ。「命令じゃない!」

ゴールトは紙に手を伸ばさず、じっとしたままだった。

「ゴールトさん、この人たちはただの普通の人たちなんです」チック・モリスンはかれらの卑屈な謙虚さを映し出そうとする口調で言った。「この人たちはあなたに何をすべきか言うことはできません。わかりはしないでしょう。ただお願いしているだけなのです。かれらは弱くて、どうしようもなくて、盲目的で、無知かもしれません。ですがあなたはすぐれた知性をお持ちで、しかも強い。この人びとに憐れみをもつことはできませんか?　手を差し伸べることはできないのですか?」

「私の知性を捨ててかれらに盲従して?」

「かれらは間違っているかもしれませんが、分別が足りないだけなのです!」

「そして分別がある私は、かれらに従うべきだと?」

「ゴールトさん、僕には議論できません。ただ憐れみを請い求めているだけです。かれらは苦しんでいます。僕は苦しんでいる人びとを憐れんでくださるようお願いしているだけです。僕は……ゴールトさん」ゴールトが目を逸らして窓の外の遠くを見やり、その目が突然頑なになったのに気づいて、彼はたずねた。「どうなさいました?　何をお考えですか?」

「ハンク・リアーデンのことだ」

「は……なぜです？」

「やつらはハンク・リアーデンに少しでも憐れみを感じたかね？」

「あ、しかしそれは別です！　あの人は――」

「黙れ！」ゴールトは冷静に言った。

「僕はただ――」

「黙りなさい！」トンプソン氏が鋭く言った。「ゴールトさん、こいつのことは気にしないでください。もう二晩も眠ってないものでね。怯えて取り乱したようですな」

翌日やってきたフロイド・フェリス博士は、怯えているようにはおもえなかった。だがそれよりも悪い、とトンプソン氏は思った。彼はゴールトが黙ったままであり、フェリスにまったく答えようとしていないことに気づいた。

「ゴールトさん、これはあなたが充分に研究していないかもしれない道徳責任の問題です」フェリス博士は浮つきすぎ、わざとらしすぎるくだけた口調でゆっくりと話した。「ラジオであなたは過ちをおかす罪についてばかり話しておられたようです。だが怠慢の罪も考慮すべきです。命を救わないことは人を殺すことと同じく不道徳だ。結果は同じ――我々は結果をみて行為を判断するだけですから道徳的責任は同じです……たとえば、食物が絶望的に不足しているという見地から、十歳以下の子どもすべてと、六十歳以上の大人のすべての三人に一人を残りの生存を保証するために死刑にすると命ずる政令の発行が必要になるかもしれないといわれています。こんなことが起こってほしくはないでしょう？　あなたにはそれを防ぐことができます。あなたの一言で防げるんだ。あなたが拒否すれば全員が処刑される――あなたの過失で、あなたの道義責任において！」

「キサマは気が狂ったか！」はっと立ち上がったトンプソン氏が悲鳴をあげた。「誰もそんな提案をしたことはないぞ！　考えたこともない！　どうか、ゴールトさん！　こいつの言うことを信じないでください！　本気じゃありません！」

「いいえ、本気ですよ」ゴールトが言った。「この人でなしに、私を見てから自分の姿を鏡で見て、私の徳の高さがやつの行為に左右されると考えると思うのかどうか、自分にたずねてみろと言ってください」

「出て行け！」フェリスを立ち上がらせてトンプソン氏が叫んだ。「出て行け！　おまえの言うことなんかもう絶対にきかないぞ！」彼はバタンと扉をあけると、外にいた仰天顔の警備員にフェリスを押しやった。

ゴールトの方を向くと、彼は両腕を拡げ、腕を落としてぐったりとした仕草をしてみせた。ゴールトの顔は無表情だった。

「なあ」トンプソン氏が媚びるように言った。「君と話のできる人間はいないのかね？」

「話すことは何もありません」

「話さなければならない。君を説得しなければ。君が話したい人間はいないのかね？」

「ええ」

「私がおもったのは……おそらく君のように話をする――していたことがよくあった……タッガート女史をよこして話してもらえば――」

「あいつですか？　ええ、あの女ならむかし私のように話したものです。あれは私の唯一の失敗だ。はじめは同類だと思っていた。だがあの女は鉄道を守るために私を裏切った。自分の鉄道のためなら魂でも売るでしょう。横っ面を張り倒してほしければよこしてください」

「いやいや！　そういう気持ちでいるなら会う必要はない。君の神経を逆なでする人間のためにこれ以上時間を無駄にしたくはない……ただ……ただタッガート女史でなければ、誰を選べばよいのか……もし……もし君が考えてもよいという人間が見つかれば……」

「気が変わりました」ゴールトが言った。「話したい人物がいます」

「誰だね？」トンプソン氏が意気込んで大声をあげた。

「ロバート・スタッドラー博士です」

トンプソン氏は長い口笛をふいて、心配そうに頭を振った。「あれは君の仲間じゃない」真顔で警告するように、彼はいった。

「あの人に会いたいのです」

「よろしい、会いたいなら。君がそう言うのなら。何なりと。明日の朝よこすとしよう」

その夜、スイートでウェスリー・ムーチと夕食をとりながら、トンプソン氏は前に置かれたトマトジュースのグラスを憤然としてにらみつけた。「何だと？　グレープフルーツジュースがない？」不機嫌そうに彼はいった。流感の予防にグレープフルーツジュースを飲むよう医者に指示されていたからだ。

「グレープフルーツジュースはありません」奇妙に強い調子で給仕がいった。

「じつは」ムーチが陰気な顔で言った。「奇襲強盗がミシシッピ川のタッガート橋の列車を襲ったのです。一味は線路を爆破して橋を傷つけました。たいしたことはありません。修復作業も進んでいます。しかし交通がすべて止められているので、アリゾナからの列車も通り抜けられないのです」

「ばかな！　ほかにも橋は――」トンプソン氏は口をつぐんだ。ミシシッピ川を渡る鉄橋はほかにはないことを、彼は知っていた。しばらくして、彼は声をはりあげて口早にいった。

「陸軍分隊に橋を警備させなさい。昼も夜も。えり抜きで固めさせろ。あの橋に何かあれば――」

　彼は最後まで言わなかった。目の前の高級な陶器の皿と上品な前菜をじっと見下ろしながら、彼は背中を丸めて座っていた。グレープフルーツジュースのような一般的な商品の欠乏が、不意に、初めて、もしもタッガート橋に何かあればニューヨークの街に何が起こるかを、現実的に思い知らせたのだ。

「ダグニー」その夜エディー・ウィラーズが言った。「問題はあの橋だけじゃない」仕事に集中せざるをえず暗くなっても彼女がつけ忘れていた卓上ランプを彼はカチリとつけた。「大陸横断便がサンフランシスコを出られなくなった。あちらの武装軍団の一派が――どの派閥かは知らないけれど――うちのターミナルを押さえて列車に『出発税』を課したんだ。つまりやつらは列車を止めて身代金を要求している。ターミナル部長は辞職した。あちらでは誰もやるべきことがわかってない」

「私はニューヨークを出られないわ」彼女は無表情で答えた。

「わかってる」彼は穏やかに言った。「だから僕があちらにいって解決してくる。せめて、業務をまかせられる人間をみつけてくる」

「だめ！　行ってほしくないわ。危険すぎる。それに何のために？　いまとなってはもう同じよ。救うものなんかない」

「それでもタッガート大陸横断鉄道なんだ。僕は守る。ダグニー、きみはどこへ行こうが、いつでも鉄道を建設できるだろう。僕にはできない。一からやり直す気もない。もうたくさんだ。見るものを見てしまったし。きみはやり直すべきだけど、僕には無理だ。だからいまできるだけのことをやらせてくれ」

「エディー！　あなたまさか――」それが無駄と知り、彼女は言葉を切った。「いいわ、エディー。そうしたいのなら」

「僕は今夜カリフォルニアへ飛ぶ。軍用機に席を確保してある……きみはもうすぐ……ニューヨークを出られるようになったらすぐに辞めるだろう。僕が戻るころにはもういないかもしれない。準備ができたらかまわないで行ってくれ。僕のことは心配しないで。僕に言うために待たなくてもいいから。できるだけ早く行ってくれ……いまお別れを言っておく」

彼女は立ち上がった。かれらは向かい合った。オフィスの薄明かりのなか、二人の間の壁にナタニエル・タッガートの肖像画が架かっていた。二人ともはじめて線路沿いに歩いたあの遠い日からの年月を見ていた。彼は頭を傾けると、しばらく頭を低くしたままでいた。

彼女は手を伸ばした。「さようなら、エディー」

彼は自分の指を見もせずに、固く握手した。彼女の顔をじっと見ながら。

彼は歩き始めたが、立ち止まって振り向き、嘆願でも絶望でもなく、長い元帳を締めるように慎重で明快な最後の仕草として、低いがしっかりとした声でたずねた。「ダグニー……きみは……僕がきみのことをどう思っていたか知ってた？」

「ええ」その瞬間、何年も暗黙のうちにそれを知っていたことに気づいて、彼女は穏やかにいった。「知っていたわ」

「さようなら、ダグニー」

地下の列車のかすかな騒音が建物の壁を通り抜け、彼の後ろで扉が閉まる音をのみこんだ。

翌日の朝は雪が降っており、ウェイン・フォークランド・ホテルのロイヤルスイートの扉に向かって長い廊下を歩くロバート・スタッドラー博士のこめかみで溶けていく滴はひどく冷たくて身を切るように痛く感じられた。博士の傍を歩いている体格のよい二人の男は、士気調整局から送られてきていたが、行使の機会を辞さない調整手段が何であるかを隠そうともしなかった。

「とにかくトンプソン氏の命令を忘れるな」一人が蔑むように言った。「ちょっとでも余計な口をきいたら――後悔するのはあんただぜ」

こめかみの雪じゃない――スタッドラー博士はおもった――焼けるような痛みは、あの場面から、昨日の夜、自分はジョン・ゴールトに会うことはできないとトンプソン氏に向かって激しく抗議したときからのものだ。周囲の無気力な顔をした連中にやらせないでくれと頼みこみ、ほかのことなら何でもすると泣きじゃくり、目もくらむような恐怖におののいて彼は大声で叫んだのだった。周りは親切面で納得させようともしなければ脅そうとすることさえなく、ただ命令を下しただけだった。彼は従うものかと自分に言いきかせて悶々としたまま夜も眠れなかったが、いま扉に向かって歩いていた。こめかみの焼けつく痛みと、非現実的でふらふらする軽いむかつきは、自分がロバート・スタッドラー博士であるという感覚を取り戻すことができないという事実からきていた。

入口の警備員が持っている銃剣の金属のきらめきが目に入り、鍵がまわる音が聞こえた。気がつけば彼は前へ歩き出しており、背後で扉に鍵のかかる音が聞こえた。

長い部屋の向こうに、窓枠にもたれ、片足を床に斜めに下ろし、もう一方を曲げ、両手で膝をつかみ、どんよりした空を背景に、髪を日光で梳かれ、頭をもたげたスラックスとシャツ姿のジョン・ゴールトのすらりとした長身が見え――そのとき不意に、スタッドラー博士の目に、パトリック・ヘンリー大学のキャンパスの近くにある彼の家のポーチの手すりにもたれ、夏の青空を背景に、頭を上げ、栗色の髪に日光を浴びた青年の姿が映った。そして二十二年前の自分自身の激しく情熱的な声が「この世で唯一神聖な価値というのはな、ジョン、人間の知性、侵すことのできない人間の知性のことなんだ……」と語るのが聞こえ――部屋を越え、年月を通り越して、青年の姿に向かって彼は大声で叫んだ。

「ジョン、私にはどうしようもなかったんだ！　どうすることもできなかったんだ！」

窓枠にもたれた姿は動いていなかったにもかかわらず、支えを求めて、防御壁として、彼は二人の間にあるテーブルの端をつかんだ。

「君をこんなにしたのは私じゃない！」彼は叫んだ。「そんなつもりじゃなかった！　どうしようもなかったんだ！　意図したわけじゃない！……ジョン！　私のせいじゃない！　私じゃないんだ！　やつらに勝てる見こみはなかった！　やつらが世界を支配しているんだ！　私の居場所は残っていなかった！……やつらにとって理性が何になる？　科学が何になる？　やつらがどれほどおぞましいか君は知らない！　君にはやつらがわかっていない！　やつらときたら考えないんだ！　不合理な感情で――貪欲で、いやしくて、盲目的で、わけのわからない感情で動く愚鈍な動物なんだ！　そして何でも欲しいものにとびつく。やつらが知っているのはそれだけだ。原因も結果も論理もなく、それが欲しいってこと――あのあざといブタどもにわかるのは、欲しいってことだけなんだ！……知性？　あの愚鈍な群れに対して知性がどれほどむなしいものか君は知らないのかね？　我々の武器は救いようがなく、ばかばかしいほど子どもっぽい。真実、知識、道理、価値、権利！　やつらが知っているのは武力だけ、武力と欺瞞と略奪だけだ！……ジョン！　そんなふうに見ないでくれ！　やつらの拳に対して私に何ができたというんだ？　私は生きなければならなかっただろう？　自分のためじゃなかった――科学の未来のためだったんだ！　私は一人になる必要があった。守られている必要があった。折り合いをつけなければならなかった――やつらの条件で生きるしか方法がなかった――実際それしかない！――聞いているかね？――それしかないんだ！……私にどうしてほしかったというんだ？　生涯仕事を求めて頭を下げつづけろというのかね？　自分より頭の悪いものたちに頭を下げて資金と寄付を求めて？　金儲けのうまい悪党の情けに私の研究を依存させてもよかったというのかね？　金や市場やあさましい物質的な娯楽を追い求めてやつらと競争してる時間はなかったんだ！　そんなことが――やつらが酒とヨットと女に金を使い、金にはかえられない私の時間が科学設備の欠乏のために無駄になるということが、正義なるものについての君の考えだったのかね？　説得？　どうしてやつらを説得できただろう？　考えない人間にどんな言葉が通じたろう？……どれほど私が孤独だったか、どれくらい知性の輝きに飢えていたか君にはわかるまい！　どれだけ孤独で疲れて無力だったことか！　なぜ私みたいな知性の持ち主が無知な馬鹿どもと駆け引きをしなければならないんだ？　やつらは科学に一セントたりとも貢献したことがないんだぞ！　そうさせていけない理由がどこにある？　私が力づくで動かしたかったのは君じゃない！　あの銃は知を標的にしていたわけじゃない！　君や私じゃなくて、愚鈍な唯物主義者に向けられていただけだ！……なぜそんな目で見るんだね？　私には選択の余地がなかった！　やつら自身の駆け引きでやつらを負かすほかに選択肢はない！　そうとも、やつらの勝負だし、やつらが規則を決めるんだ！　考えることのできる我々は、ものの数に入らない！　気づかれずに何とかやっていければ――そしてやつらを言いくるめて我々の目的に仕えさせることができればいいほうだ！……それが――科学の未来についての私の展望がどれくらい崇高な目的だったかわかるかね？　物理的束縛から解放された人間の知識！　手段に縛られない無限の理想！　ジョン、私は裏切ったわけじゃない！　そうじゃないんだ！　私は知性のために力を尽くしていたんだ！　私が将来に思い描いたもの、欲しかったもの、感じたことは卑しいドルで評価されるべきものじゃない！　私は研究室が欲しかった！　それが必要だった！　それがどこからどうやってきたかなど気にすることがあるものか！　私にはそれこそ沢山のことができた！　大いなる高みに到達できた！　少しは憐れんでくれないのか？　私はそれが欲しかった！……人に強制して何が悪い？　そもそも、かれらに何が考えられるというんだね？　君はなぜかれらに反抗することを教えたのかね？　君が辞めさせていなければ、問題はなかったかもしれん！　そうとも、うまくいっていたはずだ！　おそらく——こんなことにはならなかった！……私を責めないでくれ！　我々全員……何世紀も……罪を犯しているはずはない……そんなに完全に間違っているはずはない！……我々を責めてはいかん！　選択肢はなかった！　この世界で生きていく道はそれしかない！……なぜ答えてくれないんだ？　何を見ている？　自分の演説のことを考えているのかね？　私は考えたくない！　たかが論理じゃないか！　人は論理では生きられない！　聞いているかね？……見ないでくれ！　君は不可能なことを求めているんだ！　人は君のやりかたで存在することはできない！　人がときには弱くなることもあることを君は許さないし、もろさや感情も認めない！　どうしろというんだね？　抜け穴も休息も逃避もなく、一日二十四時間ずっと合理的でいろというのかね？……このやろう、私を見るな！　もう君を怖がっちゃいない！　聞いてるのか？　君を怖がっちゃいない！　私を責める君は何様だね？　惨めたらしい負け犬め。これが君の成れの果てだ！　ほらみろ、ここで囚われて、無力で、見張られて、いつ何時あの野蛮人どもに殺されるやもしれん——それをよくもまあ私が非現実的だなどと責められたものだ！　そうとも、君は殺されるだろう！　君が勝つことはない！　勝つことを許されない！　葬られなければならない人間は君なんだ！」

　スタッドラー博士の喘ぎは音のない悲鳴だった。さながら窓枠にもたれた不動の姿が沈黙した反射鏡となり、突如としておのれの言葉の完全な意味を博士に理解させたかのように。

「違う！」スタッドラー博士は、首を横に振り、緑色の目の凝視から逃れようとした。「違う！……違う！……違う！」

　ゴールトの声には目と同じく断固とした厳格さがあった。「私が言いたかったことをあなたはすべておっしゃいました」

スタッドラー博士は拳を扉にバンバンと打ちつけ、戸が開くやいなや部屋から逃げ出した。

＊＊＊

三日間食事をはこんできた警備員を除いて、ゴールトのスイートには誰も入らなかった。四日目の夕方、扉が開いて二人の男を連れたチック・モリスンが通された。正装したチック・モリスンは神経質な笑みを浮かべていたが、いつもよりは自信ありげな顔つきだ。連れの一人はボーイだった。もう一人は顔がタキシードと似合っていない筋肉隆々の男で、重い瞼、射るような薄い青色の目とプロボクサーのような壊れた鼻のごつごつした顔をしていた。頭は天辺の色あせた金髪の一部分を残して剃り上げられている。右手はズボンのポケットに入れたままだ。

「ゴールトさん、正装してください」チック・モリスンは寝室の扉を指して説得するように言った。その部屋にはゴールトが着ようとしなかった高級服でいっぱいになったクローゼットがあった。「晩餐用の服を着てください」彼はつけ足した。「これは命令ですよ、ゴールトさん」

ゴールトは無言で寝室へと歩いていった。三人の男があとに従った。チック・モリスンは椅子の端に腰を下ろし、煙草に火をつけては次から次へと捨てた。ボーイはシャツの飾りボタンを渡したり、上着をもったりと、やや丁重すぎる動作でこまごまとゴールトの身支度を助けた。筋肉隆々の男はポケットに手を入れたまま隅に立っていた。誰も口をきかなかった。

「ゴールトさん、ご協力お願いします」ゴールトの支度ができるとチック・モリスンが言い、うやうやしく扉を指し示して前進をうながした。

目にもとまらない速さで筋肉隆々の男の手が動いたかとおもうと、彼はゴールトの腕をつかみ、目に見えない銃をわき腹に押しつけた。「ふざけた真似をするんじゃないぞ」感情のない声で彼はいった。

「したことはない」ゴールトが言った。

チック・モリスンが扉を開けた。ボーイは後に残った。正装した三人の男たちはエレベーターに向かって静かに廊下を歩いていった。

扉の上の数字がチカチカ光って降下をしるすエレベーターの中でも、かれらは無言のままだった。エレベーターは中二階で止まった。二人の武装兵が先導し、もう二人を後に従えて、かれらは長く薄暗い廊下を歩いていった。廊下には、曲がり角に配置された武装哨兵のほかに人影はない。筋肉隆々の男の右腕はゴールトの左腕につながっている。銃はどこからも見えない位置にあった。ゴールトは自分のわき腹に銃口のかすかな圧力を感じた。圧力は邪魔には感じられないように、そして一時も忘れられないように、巧妙な位置に保たれていた。

廊下は幅の広い閉ざされた入口に通じていた。チック・モリスンがドアノブに手を触れると、兵士たちは影の中に散っていったらしかった。扉を開けたのは彼の手だったが、急な光と音の対照のために、まるで扉は爆発の勢いで開いたかのように思われた。光はウェイン・フォークランド・ホテルの大舞踏室の光り輝くシャンデリアの三百個の電球からきており、音は五百人の客の拍手喝さいだった。

チック・モリスンは先に立って会場を埋めるテーブルより高く設置した演壇の主賓用テーブルに向かった。客たちはアナウンスがなくても、後ろに続く二人のうち、自分たちが拍手をしているのは金銅色の髪のすらりとした長身の男だと知っているらしかった。彼の顔にはラジオで聞いた声と同じ性質があった。落ち着いて、自信に満ちており――近寄り難い。

　ゴールトには長いテーブルの真ん中の主賓席が用意されており、右側にはトンプソン氏が待っており、左の席に腕を引っ込めることも銃口の力を弱めることもなく、筋肉隆々の男がするりと滑りこんだ。女性客のあらわな肩の宝石が、遠くの壁を背景に混雑したテーブルの影にシャンデリアの輝きをはこんでいる。男たちの礼服姿の厳格な白と黒は、会場の壮麗で贅沢な様式を、報道用のカメラやマイクや野暮ったいテレビ機材の列のちぐはぐな線から救っていた。客たちは起立して拍手している。トンプソン氏は微笑み、素晴らしく気前のいい贈り物への子どもの反応を待つ大人のように熱心なそわそわした面持ちでゴールトの顔を眺めていた。ゴールトは喝采を無視するでも反応するでもなく、客たちに向かって座った。

「お聞きになっている拍手は」ラジオのアナウンサーが部屋の一隅のマイクに向かって叫んでいる。「いま主賓席についたジョン・ゴールトへの歓迎の拍手です！　そうです、みなさん、ジョン・ゴールトその人――テレビをご覧のみなさんはまもなくご自分の目で確かめることができるでしょう！」

　自分のいる場所を忘れてはならない――脇のテーブルのクロスの下の目立たない場所でこぶしを握りしめて、ダグニーはおもった。十メートル離れてゴールトがいるところで、二重の現実感覚を維持するのは困難だった。彼の顔を見ることができるかぎり、世界には危険も苦痛も存在しえない気がした。それと同時に、彼を支配している者たちを見て、かれらが演出している行事の滅茶苦茶な不合理さに思い至ってぞくりとした。そして幸福の笑みや狂乱した悲鳴でうっかり本心があらわれないように無理に顔をこわばらせた。

　この群集のなかでどうやって彼は私を見つけることができたのだろう、と彼女はおもった。ほかの誰も気づきはしなかったが、彼の目はほんの一瞬とまった。視線は口づけ以上のものであり、承認と支えの握手だった。

彼は二度と彼女の方を見なかった。彼女はどうしても目をそらすことができなかった。彼の正装にもはっとしたが、夜会服をあれほどさりげなく着こなしていることはさらに驚くべきことだった。栄誉の作業服のようだ。その姿は、彼のような人間ならば産業賞を授与されていたであろう古い時代の晩餐をおもわせた。お祝いは——彼女は胸をしめつける切望とともに自分自身の言葉を思い出した——祝うことがある人のためのものだ。

彼女は顔をそむけた。彼を何度も見すぎないように、傍にいる人間の注意をひかないように苦心した。彼女が案内されたのは、一般客から見える程度には目立つがゴールトの視界からは外れるように配慮したテーブルで、同席しているのはフェリス博士やユージン・ローソンら、ゴールトに冷たくあしらわれた者たちだ。

兄のジムが、自分より演壇に近い席についていることに彼女は気づいた。彼は陰気な顔をして、いらいらした様子のティンキー・ハロウェイ、フレッド・ケナン、サイモン・プリチェット博士にまじっている。主賓席に連なっている面々はといえば、試練に耐えているとわからないようにしようという努力もむなしく苦渋に満ちていた。そのなかでゴールトの落ち着いた顔はひときわ輝いてみえた。誰がこの場の捕虜であり、誰が支配者なのだろう、と彼女はおもった。彼のテーブルの顔ぶれをみようと彼女はゆっくりと視線を動かした。トンプソン氏、ウェスリー・ムーチ、チック・モリスン、司令官が数人、議員が数人、そしてばかばかしくも、大企業の象徴として、ゴールトへの貢物として選ばれたモーウェン氏がいた。スタッドラー博士の顔を探して彼女は会場をみまわした。彼はみあたらなかった。

会場に満ちている声は体温表に似ている、と彼女はおもった。それは突拍子もなく高くなったかと思うとはたと止み、とぎれとぎれの沈黙になった。ときおり誰かの笑いが爆発して途中で不意に途切れては、隣のテーブルの客たちが一斉にびくりとして振り向いた。人びとの顔は、ひときわあからさまで威厳のない緊張の形、すなわち作り笑いによって引きつり、ゆがんでいた。この人たちは——彼女はおもった——理性ではなくパニックによって、この晩餐がかれらの世界の究極のクライマックスであり、あきらかにされた本質であることを知っている。かれらには、神も銃もこの祝祭にもたせたように見せようと苦心している意味をもたせることはできないとわかっていたのだ。

彼女は供された食事をのみこむことができなかった。喉がきつく痙攣して閉ざされているようだ。同じテーブルにいるほかの客たちも食べているふりをしているだけらしかった。食欲に変化がないのはフェリス博士だけのようだ。

クリスタルボールのアイスクリームが目の前でどろどろに溶けたころ、会場が急に静まりかえり、撮影のため前方にひきずられていくテレビの機材がきしる音がきこえた。いまだ——と彼女は沈みゆく気持ちで、会場にいる一人一人の頭にも同じ疑問符があることを察知した。客は全員ゴールトを見つめていた。彼の表情はすこしも変わらなかった。

トンプソン氏がアナウンサーに手で合図したときは、会場は呼吸が止まったかとおもうほどしんとしており、静粛を求める必要すらなかった。

「全国の市民、および放送をお聞きの世界各国のみなさん」アナウンサーがマイクに向かって叫んだ。「ニューヨークのウェイン・フォークランド・ホテルの大宴会場から、ジョン・ゴールト計画の発表式典の模様をお伝えいたします！」

張りつめた青っぽい光を放つ長方形が主賓用のテーブルの後ろの壁に現れた。国民がこれから見ることになる映像を招待客のために映しだしたテレビの画面だった。

「平和と繁栄と利益のためのジョン・ゴールト計画です！」舞踏室の震える映像がスクリーンにパッと現れると、アナウンサーが叫んだ。「新しい時代の幕開けです！　我々の指導者の人間的精神とジョン・ゴールトの科学的才能の融合の産物です！　悪意に満ちた噂のために未来への信頼が揺らいでいるとすれば、みなさんはいま指導者たちが団結した幸福な家族であることを自分の目で確かめることになるかもしれません！……諸君」――テレビカメラが主賓用のテーブルに襲いかかり、モーウェン氏のぼんやり顔が画面いっぱいに映し出された――「アメリカの実業家、ホーレス・バスビー・モーウェンさん！」カメラは笑みらしきものを浮かべた老けた顔へと移った。「ウィティントン・S・トルペ陸軍元帥！」カメラは警官の面通しの列を見る目のように、顔から顔へ――恐怖と回避と絶望と不安と自己嫌悪と罪悪感で醜く荒廃した顔へと動いた。「議会院内総務、ルシアン・フェルプスさん！……ウェスリー・ムーチさん！……トンプソンさん！」カメラはトンプソン氏のところにくると、少しとまった。彼は国民にむかって大きく微笑んでみせると、勝ち誇ったような期待にみちた様子で画面の外、左方向に目を移した。「紳士淑女諸君」アナウンサーがものものしく言った。「ジョン・ゴールト！」

あろうことか！――ダグニーはおもった――この人たちは何をやっているのだろう？　画面からは、平穏であるがために容赦なく、自尊心によって不死身である、苦しみも恐れも罪もないジョン・ゴールトの顔が国民を見ていた。この顔を――彼女はおもった――ああいうほかの顔と同列に？　何をもくろんでいようが、これで水の泡だ、と彼女はおもった。これ以上何も言うことはできず、言うに及ばない。そこに一方の規範と他方の規範の産物があり、選択肢があり、人間であれば誰しも、これを見てわからないはずはない。

「ゴールト氏の特別秘書官」とアナウンサーが言うと、カメラは次の顔をさっとかすめて先へ進んだ。「クランス・『チック』・モリスンさん……ホーマー・ドーリー海軍大将……」

周りの面々をみて、彼女はおもった。人はこの対照を見たのだろうか？　それを知っていたのだろうか？　あの人を見たのだろうか？　あの人に現実に存在してほしいと思っているのだろうか？

「この晩餐は」司会を引き継いだチック・モリスンが言った。「現代のもっとも偉大な人物、もっとも有能な生産者、『ノウハウ』の男、経済の新リーダー――ジョン・ゴールトのために開催されます！　その非凡なラジオ演説を聞かれたかたであれば、彼にまかせれば大丈夫とわかるでしょう。いまここに本人がおります。そしてみなさんのために万事うまく進めると言ってくれます。彼が私たちに加わることはなく、彼の生きかたと私たちの流儀はあいいれることがなく、どちらか一方を選ぶしかないと主張する頭の古い過激派に影響されて誤った考えをお持ちなら――今夜の出来事がいかなるものにも和解と協力が可能であると証明することでしょう！」

ひとたびあの人を見てしまえば――ダグニーはおもった――ほかの誰かを見たいと思うだろうか？　いったんあの人の存在が可能と知って、これが人間に可能な姿と知って、いったい人はほかに何を求めることができるというのだろう？　あの人がその魂の中で達成したものを自分自身の魂のなかで達成する以外のことをいまのぞむことなどできるのだろうか？　それとも世の中のムーチやモリスンやトンプソンといった連中がそれを目指さないと決めたという事実によって阻止されることになるのだろうか？　人はムーチのような者たちを人間とみなし、あの人をありえない存在と考えるつもりだろうか？

カメラは舞踏室を動きまわり、テレビ画面と国民に向けて、著名な客たちの顔、張りつめた用心深い指導者たちの顔、そして――ときおり――ジョン・ゴールトの顔を代わる代わる映し出していた。彼はあたかも鋭い目で会場の外にいる人間、国じゅうで自分を見ている者たちを観察しているかにみえた。話を聞いているのかはわからない。彼の顔は冷静なままで、何の反応もなかった。「今夜私は」次の話し手の議会の院内総務がいった。「世にもまれなる経済の運営者、卓越した統治者、ずば抜けて優秀な計画立案者——我々を救う男、ジョン・ゴールトに賛辞をささげることができて光栄におもいます！　国民を代表して私からここで彼に謝意を表したいとおもいます！」

これが——ダグニーはむかむかする驚きをおぼえた——不正直者の誠実さの有様なのだ。この欺瞞の何よりもいんちきな部分は、かれらが本心を語っていることだ。かれらはおのれの存在の観念であらわすことができる最高のものをゴールトに提示しているのであり、自分の人生の究極の夢の成就であるものによって彼の心を動かそうとしていた。この長ったらしく愚鈍なへつらい、途方もない虚偽の非現実——基準のない承認、中身のない賛辞、原因のない名誉、理由のない賞賛、価値規範のない愛によって。

「ジョン・ゴールトの無私の指揮のもとで奉仕するにあたり」ウェスリー・ムーチがいまマイクに向かっていた。「我々は派閥的な意見のすべて、私利や身勝手な見解のすべて、ささいな相違点のすべてを捨てたのです！」

この人たちはなぜ聞いているのだろう？——ダグニーはおもった。あの顔に死のしるしを、そして彼の顔に命のしるしを見てはいないのだろうか？　どちらのありかたを望んでいるのだろう？　人類にどちらのありかたを求めているのだろう？……舞踏室の面々を彼女は見た。表情はびくびくして虚ろだ。そこには無気力さのだれた重さと慢性的な恐怖の生気のなさがあるだけだ。人びとは、まるで二人の間の相違をみとめることも、また相違が存在するかどうかを気にかけることもできないかのように、ゴールトとムーチを見ていた。評価することを知らない空虚で無批判なかれらの凝視は「自分に何がわかるだろう?」と公言していた。彼の文句を思い出して彼女は肩をすくめた。「『自分に何がわかるだろう?』と公言するとき人は、『どうして生きていく資格があるというのだろう?』と公言している」この人たちは生きていたいのだろうか?——彼女はおもった。かれらはその疑問を呈する手間をかけるほどにも生きたいと思っているようにはみえない……そうではない表情をした者たちもいるにはいる。かれらは切実な願いと痛々しいまでに期待のこもった賞賛の目で——手をぐったりと前のテーブルにおいてゴールトを見ていた。こちらは彼本来の姿を見た人たち、彼の世界を切望しながらも失意の日々を生きてきた人たち——だが明日、かりにこの人びとの目の前で彼が殺されたならば、その手は同じようにぐったりと垂れ、その目は逸れて「自分に何ができるだろう?」と言っていることだろう。

「行動と目的の一致が」ムーチが言った。「いっそう幸福な世界をもたらすでしょう……」

トンプソン氏はゴールトの方に傾き、愛想笑いを浮かべてささやいた。「君はあとで、私のあとに、国民に向けて二言三言いわなければならない。いやいや、長い演説じゃない、一文か二文だけ、それ以上はいらない。ただ『みなさんこんにちは』とかなんとか、視聴者が声をきいて君だとわかるようにね」ゴールトの脇につきつけた「秘書官」の銃口の圧力がほんの少し強くなり、言外の文句をつけ加えた。ゴールトは答えなかった。

「ジョン・ゴールト計画は」ウェスリー・ムーチが言っていた。「あらゆる対立を解消するでしょう。それによって富裕層の繁栄は守られ、貧困層への分配は拡大されるでしょう。諸君の税負担は削減され、より充実した公的福祉が提供されることでしょう。価格は下がり、賃金は上昇するでしょう。個人の自由は拡大され、集団的義務の絆は強まるでしょう。自由企業経済の効率性と計画経済の寛容さが組み合わされるのです」

ゴールトを憎悪に満ちた目で見ている者たちがいること――それを完全に信じるのは容易ではなかった――にダグニーは気づいた。ジムはその一人だ。ムーチの姿が画面に映し出されたとき、かれらの顔は退屈な満足感にゆるんだ。それは快楽ではなく、自分には何も求められておらず、確実なものは何もないと知って気を許せる心地よさだった。カメラがゴールトの姿をぱっと映し出したとき、かれらの唇はひき締まり、顔つきも奇妙な警戒の色を帯びて鋭くなった。不意に、彼の端正な顔立ち、妥協のない明快さ、独立した一個の人間の表情、存在を肯定する表情をかれらは恐れているとき彼女は確信した。彼女はぞっとした――彼の生きる能力のためにかれらは彼を憎んでいる――かれらの精神の本質が真に迫ってきて、彼女はぞっとした。彼が彼自身でいることをかれらは憎んでいる。かれらは生きていたいのだろうか？――ばかばかしい疑問だとおもいつつ、彼女は考えた。呆然とした彼女の心の中で、「何者でもありたくはないということは、すなわち存在したくはないということなのだ」と言う彼の声が聞こえた。

いまマイクに向かって勇ましく親しみのある口調で叫んでいるのはトンプソン氏だ。「はっきり言います。不和と恐怖をまきちらしている懐疑論者はみな蹴っ飛ばしてやりましょう！　かれらはジョン・ゴールトが我々に加わることなどありえないと言いましたね？　さてここに、本人が、自ら進んで、このテーブルに、わが国の頂点にいるのです！　人民のために力を尽くす用意と覚悟と能力をもって！　諸君のうち誰も、もう二度と疑ったり逃げたりあきらめたりしないことです！　明日は今日ここにあり、何と素晴らしい明日でしょう！　地上のすべての人びとに一日三食、すべての車庫に一台の車、それにこれまで見たことのないモーターで生み出された無料の電力です！　あと少しの辛抱です！　忍耐、忠誠心、団結――それこそが発展の秘訣なのです！　全員が全員のために尽くす幸せな素晴らしい大家族として結束を固くし、また世界とも団結して立ちあがらなければなりません！　我々はもっとも豊かで繁栄した我々の過去の記録をも超えるための指導者を見つけました！　彼がここにやってきたのは人類への愛のため——諸君に尽くし、諸君を守り、諸君の世話をするためなのです！　彼は諸君の願いをきき、我々人間に共通の義務の要求に応えました！　人はみな弟の番人です！　誰も自分ひとりではありません！　それでは諸君、彼の声をききましょう！　いよいよ本人のメッセージをきくことになるのです！……諸君」重々しく彼はいった。

「人類の家族全体のために——ジョン・ゴールトです！」

カメラがゴールトへと移動した。彼はしばらくじっとしていた。それから動作のあまりの迅速さと巧みさのために秘書官の手が追いつかないうちに、彼は立ちあがり、横向きに体をせり出し、つきつけられた銃を一瞬のあいだ世界の目にさらした。そして真直ぐにたち、カメラに向かい、自分の目には見えない視聴者に向かって言った。

「邪魔するな！」

第九章　発電機

「邪魔するな!」

ロバート・スタッドラー博士は車のラジオでそれを聞いていた。そのあとに聞こえた喘ぎとも悲鳴とも笑いともとれる音は自分がたてたのかラジオから聞こえてきたのか、とにかく両方ともプッンと切れた。ラジオは音がしなくなった。ウェイン・フォークランド・ホテルからはもう何も聞こえてはこなかった。

彼は照光ダイヤルの下のつまみを次々と動かした。説明も、技術的問題についての釈明も、沈黙をごまかす音楽も流れてこない。ラジオ局はどこもかしこも放送をうち切っていた。

彼は肩をすくめてハンドルを握ると、ゴール前の騎手のように前かがみになってアクセルを踏んだ。目の前の短い高速がヘッドライトに照らされてにわかにパッと伸びた。ライトの照る道のほかにはアイオワの空っぽの大平原があるだけだ。

なぜ放送をきいていたのかはわからない。なぜいま震えているのかも。彼は不意にくつくつと笑いだし、それはラジオに、街にいる人間に、あるいは空に対する意地悪なうなりのように響いた。めったにない高速道路の番号標柱を見逃さないように彼は注意していた。地図に頼る必要はない。この四日間というもの、酸で網目をつけたかのように、地図は脳に焼きつけられていたからだ。連中も私からそれをとりあげることはできまい、と彼は思った。やつらに止められるものか。彼はまるで後を追われているかのような気がしていた。だが背後には車のテールライトが二つあるだけだ。アイオワ平原の闇をぬけて逃げる二つの小さな危険信号のように。

四日前にみたものが手足を動かしていた。窓枠にもたれた男の顔、そして部屋から逃げ出したときに前にした者たちの顔だ。自分にはゴールトをどうにもできず、かれらも何もできないのであり、先に殺さない限りゴールトは全員を破滅に追いやるだろう、と彼は大声で訴えた。「教授、理屈はもういい」トンプソン氏は冷ややかに答えた。「あの男が大嫌いだとはよくわかったが、いざ行動となると何の助けにもならん。いったいどちらの味方なのか。やつがおとなしく折れないってことになると、強硬手段をとらざるをえないかもしれん――あの男が傷つくのをみたがらない人質を使うようなやつをね。教授、そのとき真っ先にあがるのはあなたの名前ですよ」「私？」恐怖におののき、苦々しく切実な嘲笑をこめて彼は叫んだ。「私？　ですがあいつは世界中で誰よりも私を軽蔑しているんですよ！」「どうですかね？」トンプソン氏は答えた。「あなたはあの男の教師だったらしいじゃないですか。それに、やつが会いたいと言ったのはあなただけだったことをお忘れなく」

彼の頭は恐怖で朦朧とし、まるで迫りくる二枚の壁に挟まれて潰れそうになっているかのような気がした。ゴールトがどうしても降参しないというなら自分の命はないものと思ったほうがいい――ゴールトが連中の味方についたとしたら見込みはなおのこと薄い。あるおぼろげな幻影が頭の中に浮かんだのはそのときだった。アイオワの平野の真ん中に立つきのこ型の建物のイメージだ。

それから頭のなかですべてのイメージが融合しはじめた。プロジェクトX――自分にふさわしい時代と世界の感覚をおぼえたのがその建物のビジョンのせいなのか、田舎を統治する封建君主の城のビジョンなのかはともかくとして、彼はおもった……私はロバート・スタッドラーだ――彼はおもった――それは私の財産なのだ。私の発見があればこそできたものだ。発明したのは私だとやつらも言っていたじゃないか……目にものを見せてくれよう！——頭にあるのが窓枠にもたれた男のことなのか、誰かほかの者のことか、はたまた人類全体なのかわからないまま、彼はおもった……思考はつながりもなく液体を漂う切屑のようだった。権力を握ること……目にものをみせてくれよう！……権力を握って支配する……ほかにこの世で生きる道はない……

　頭の中で計画を明らかにした言葉はこれだけだ。あとは何もかも明快である気がしていた。その明快さとは、何も明らかにする必要はないと横柄に言い放つ獰猛な感情のかたちをしていた。プロジェクトXの支配権を握り、私的封土としてこの国の一部を支配するのだ。手段は？　感情が答えた。なんとかして。動機は？　頭が執拗に繰り返していた。自分の動機はトンプソン氏一味への恐怖であり、自分はもはやあそこにいても安全ではなく、計画は現実的必然である。朦朧とした頭脳の底で、からみあう言葉の断片に溺れ、彼の感情は別の恐怖にとらえられていた。

　この断片だけが、昼夜四日間にわたって道を示してきた唯一のコンパスだった。人けのない高速道路に車を走らせ、混乱におちいる国を横目に、ガソリンを違法に購入するために偏執狂的な悪知恵を身につけ、偽名で泊まった地味なモーテルで不規則な時間に落ち着かない眠りをむさぼるあいだ……私はロバート・スタッドラーだ——万能の公式として、彼は頭の中で繰り返した……支配権を握ること——さびれた町の無意味な信号を無視して突っ切り——ミシシッピ川に渡したタッガート橋の震動する鋼鉄の上をがんがん飛ばし——アイオワのだだっ広い平野にときおりあらわれる農場の跡の横を突っ走りながら、彼はおもった……目にものをみせてくれよう——追えるものなら追ってみろ、今度ばかりは止められてなるものか……誰に追われていたわけでもなく、いまもテールライトと頭の底に沈めた動機のほかに自分を追ってくるものはなかったが、彼はおもっていた。

　鳴らないラジオをみて、彼はくつくつと笑った。笑いには宙に振りまわす拳の感情的な性質があった。現実的なのはこちらだ――彼はおもった――私には選択の余地がなかった……ほかに道はなかった……私がロバート・スタッドラーであることを忘れるあの生意気なチンピラ全員の目にものをみせてくれよう……やつらはみな破滅するが、私はしないぞ！……生き残ってみせる！……私は勝利する！……目にものを見せてくれよう！

　頭のなかの言葉は、静まりかえった湿地の真ん中にある固い土の塊のようなものだった。言葉をつなぐものは底に沈められていた。つなげられたなら言葉は一文をなしたであろう。この世ではほかに生きる道はないことをあいつに見せてやる！……

　前方遠くのまばらな光はハーモニー・シティーと名づけられたプロジェクトXの敷地に建つバラックだ。近づくにつれ、プロジェクトXの現場で何かただならぬことがおこっている様子が見てとれた。有刺鉄線の柵は破られ、入口に哨兵はいない。だが装甲車と駆けまわる人影と大声の命令と銃剣の輝きがあり、暗闇のあちこちに、ぎらぎら揺らめくスポットライトのなかに尋常ならぬ激しい動きがある。車をとめる者はいなかった。小屋の一角に、地面に大の字になって動かない兵士の体がみえた。酔っぱらいだ――そう考えたいと思いながら、どういうわけか確信はできなかった。

　きのこ型の建物は目の前の小山の上にちょこんと建っていた。窓の細い隙間から光がもれ――不恰好な漏斗がドームの下から突き出ており、田舎の闇に向かっている。入口で車から降りたとき一人の兵士が行く手をふさいだ。兵士はきちんと武装してはいるが無帽であり、制服の着方がいくぶんだらしなすぎた。「おい、どこへいくつもりだ？」彼はたずねた。

「入れなさい！」スタッドラー博士が侮蔑的な口調で命令した。

「何の用だ？」

「私はロバート・スタッドラー博士だ」

「俺はただのジョーだ。何の用だってきいてんだ。あんた新しい方かね？　古い方かね？」

「ばかもの、入れなさい！　私はロバート・スタッドラー博士だ！」

兵士を納得させたのは名前ではなく、口調と話し方らしかった。「新しい方」と言うと、彼は扉を開け、中の誰かに大声でどなった。「おい、マック、このじいさんの用事をきいてやってくれ！」

殺風景な薄暗い鉄筋コンクリートの廊下で次に会ったのは、喉もとで上着が開いており、口に横柄に煙草をくわえてさえいなければかつては士官だったかもしれぬ男だった。

「あんた誰だね？」不自然に素早く腰の拳銃入れに手をやり、ぶっきらぼうに彼はいった。

「私はロバート・スタッドラー博士だ」

名前には何の効きめもなかった。「ここに来る許可を誰にもらった？」

「私に許可など要りはしない」

これは効いたらしく、男は口から煙草をはずした。「誰が迎えに行ったのかな？」やや不安げに彼はたずねた。

「司令官と話をさせてもらえるかね？」いらいらとしてスタッドラー博士が要求した。

「司令官？　遅すぎるぜ」

「ならば技監だ！」

「ぎ――誰だって？　ああ、ウィリーか？　ウィリーは大丈夫、こっちの仲間だが、ちょっといま雑用で出てるんだ」

廊下には不安そうに耳をそばだてている者たちがいた。士官の手がそのうちの一人――古びた外套を肩にかけた髭面の文官を手招きした。「何の用だね？」スタッドラーに向かってつっけんどんに彼はいった。

「科学研究員諸君はどこにいるのか教えていただけるかね？」慇懃で高飛車な命令口調で、スタッドラー博士はたずねた。

場違いな質問をしたかのように、二人の男は目くばせした。「あんた、ワシントンの人間かね？」疑わしげに文官がきいた。

「いや。ワシントンの連中ならもう御免だと君たちによくわからせるつもりだ」

「おや？」男は喜んだらしかった。「それじゃ『人民の友』の一員かね？」

「これまでで最高の人民の友だろう。このすべてをくれてやったのは私なんだ」自分の周りを彼は手で示した。

「あんたが？」感心して男がいった。「あんたボスと取引をしたお人かね？」

「これからは私がここのボスだ」

男たちは後ずさりしながら、顔を見合わせた。士官が「お名前はスタッドラーとおっしゃいましたか？」とたずねた。

「ロバート・スタッドラーだ。その意味もわからんようでは、いまに思い知るぞ！」

「どうぞこちらへ」おどおどと慇懃に、士官がいった。

そのあとにおこったことは、スタッドラー博士には判然としなかった。彼の頭が見ているものを現実と認めようとしなかったからだ。薄明かりの雑然たるオフィスの中にはあちこちに動く人影があり、誰もが何丁もの銃を腰にさげ、苛立ったかとおもうと怯えてびくつく声で無意味な質問が彼に向けられた。相手のうちの誰かが説明しようとしたのかどうかも定かではなかった。彼は耳を貸さなかった。これが真実だと認めることができなかったからだ。封建君主の口調で、彼は言いつづけた。「これからは私がここを指揮する……私が命令する……私は政権を引き継ぎにきた……ここは私の領地だ……私はロバート・スタッドラー博士だ――君たちがここでその名前を知らなければ用はないぞ！　いまいましい野郎め！　それもわからないようじゃいずれぶっ飛ばされるぞ！　高校で物理の授業を受けたことがないのかね？　誰も高校に受かったようにも見えんがな！　何をやっているんだ？　君たちは何者だね？」

状況を把握するまで――頭がそれを阻止しきれなくなるまで、随分と時間がかかった。誰かが先んじて彼の計画を実行にうつしたのだ。誰かが存在について彼と同じ見方をし、同じような未来を思い描いて行動をおこしたのだ。『人民の友』と名乗るこの男たちが、今夜、数時間前に、独自の体制をうちたてようと、プロジェクトXを掌握したのだ。苦々しく愕然とした侮蔑をこめて、相手の面前で彼は笑った。

「君たちのように情けない非行少年は自分のやっていることがわかっとらんのだ！　科学の高度な精密機器が君たちの――君たちの――手におえるとでも思っているのかね？　指導者は誰だ？　指導者と会わせなさい！」

相手をたじろがせ、もしかするとこの男は我々の最高指導者の秘密の仲間なのかもしれないと思わせたのは、彼の威圧的な権力者然とした口調、侮蔑にみちた態度、そしてかれら自身のパニック――安全や危険の基準をもたぬ抑制のない暴力をふるう者たちの盲目的なパニックだった。かれらはいかなる権威に挑戦しようが、あるいは服従しようがおかしくない状態にあった。気のたった司令官たちにたらいまわしにされてから、ようやく彼は「ボス」本人との謁見のために、鉄階段へと導かれ、地下のこだまする鉄筋コンクリートの長い廊下を歩いていた。

ボスは地下の制御室を根城にしていた。音線を生じさせる精巧な科学装置の複雑ならせんのあいだで、シロフォンとして知られている輝くレバーや目盛りや圧力計の壁パネルを背にしたプロジェクトXの新しい支配者とロバート・スタッドラーは対面した。支配者はカフィー・ミーグスだった。彼は軍隊風のぴっちりとした上着と皮のゲートルを身につけていた。襟の縁から首の肉がはみ出し、黒い巻き毛は汗でもつれている。ひっきりなしに部屋に駆けこんでは出ていく者たちに大声で命令しながら、彼はそわそわとシロフォンの前を歩きまわっていた。

「勢力範囲にある全郡の首都に急使を送れ！『人民の友』が勝利したと言うんだ！　もうワシントンからの指示はうけてはならないと言え！　人民共和国の新しい共和国はハーモニー・シティー、今後はミーグスビルと呼ぶ！　明日の朝までに人口五千人につき五十万ドルずつよこすように――さもないとただじゃおかんと言っておけ！」

カフィー・ミーグスの関心とかすんだ茶色い目がスタッドラー博士という人物にひかれ、そこに焦点をあわせたのはしばらくしてからのことだった。「やれやれ、何だ？　何だね？」無愛想に彼はいった。

「私はロバート・スタッドラー博士だ」

「へ？――ああ、そう！　そうそう！　あんた大物の宇宙人だろ？　原子かなにかを捕まえる人だったな。ところで、いったいここに何の用だね？」

「それを訊きたいのは私のほうだ」

「へ？　いいかい、教授。俺は冗談とばす気分じゃないんだ」

「私は支配権を掌握するためにやってきた」

「支配権？　何の？」

「この装置のだ。ここの。運営半径内に位置する領地のだ」

ミーグスはしばし呆然として彼を見つめていたが、やがて穏やかにたずねた。「あんたどうやってここに来たんだね？」

「車だ」

「つまり、誰が一緒だ？」

「誰も」

「どんな武器がある？」

「武器はない。私の名前があれば十分だ」

「あんたここに一人で、名前だけかついで自分の車で来たってのか？」

「そうだ」

カフィー・ミーグスは目の前でいきなり笑いだした。

「君は」スタッドラー博士がたずねた。「自分がこんな装置を操作できるとでも思っているのかね？」

「あっちいってな、教授、あっちいってな！　撃たれる前に、とっとと消えな！　ここじゃインテリに用はない！」

「これについて君は何を知っているんだね？」スタッドラー博士はシロフォンを指さした。

「そんなこたかまうもんか！　いまどき技術屋さんは掃いて捨てるほどいる。とっとと消えな！　ここはワシントンじゃないぜ！　ワシントンの役に立たない夢想家たちにゃもううんざりなんだ！　ラジオのお化けを口説いたり演説をぶったりじゃ埒があくもんか！　行動——必要なのはそれ！　直接的な行動！　先生もとっとと失せな！　あんたらの時代は終わったんだ！」彼は時々シロフォンのレバーをつかんでは、ぐらぐらと前後に揺さぶっていた。ミーグスが酔っていることにスタッドラー博士は気づいた。

「ばかもの、レバーに触るな！」

ミーグスは思わず手を引っこめたが、けんか腰でパネルに向けて手を振りまわした。

「触りたけりゃ触るぜ！　あんたに指図されてたまるか！」

「パネルから離れなさい！　出ていきなさい！　これは私のものだ！　わかったかね？　私の財産なんだ！」

「財産？　へん！」ミーグスが短く吠えたが、笑ったつもりだった。

「私が発明したんだ！　創ったんだ！　それができたのは私のおかげなんだ！」

「あんたの？　いやいや先生、そりゃどうも。ありがたいがもうあんたは要らない。こっちにも機械工はいるからね」

「それができるためにはどんな知識が必要だったか少しはわかっているのかね？　君には管一本とて考えつくことはできないはずだ！　ボルト一つでも！」

ミーグスは肩をすくめた。「たぶんね」

「なのによくもまあ自分のものになるなどと思えるものだ！　よくもまあのこのこ出てこられるもんだ！　君に何の権利があるというんだね？」

ミーグスは腰にさげた拳銃入れをパンパンと叩いた。「これだ」

「いいか、酔っ払い！」スタッドラー博士が声を荒げた。「君は自分が何と戯れているのかわかっているのかね？」

「利いた風な口をきくな、くそじじい！　俺に向かってそんな口をきくあんたこそ何様のつもりだね？　俺はこの手であんたの首の骨をへし折れるんだ！　俺が誰だか知らないのか？」

「君は救いようのない臆病なチンピラだ！」

「へん、そうかい？　俺がボスだぜ！　ボスなら、あんたみたいな老いぼれのかかしに邪魔されるつもりはないからな！　出ていきな！」

シロフォンのパネルの傍で両方が恐怖に襲われ、二人はしばらく見つめあっていた。スタッドラー博士の恐怖の根源には、認めようとはしないものの、見ているのが自分の最終産物であり、これが自分の精神的な息子であるとは認識するまいとする躍起の努力があった。カフィー・ミーグスの恐怖にはより広い根源があり、それは生活のすべてを覆っていた。生涯ずっと慢性的な恐怖心を抱いて生きてきたが、いま自分が恐れていたものが何であるかを認めまいと彼は必死だった。というのも勝利の瞬間に、安全になったと思ったそのとき、あの不可解なオカルト育ちの連中――インテリ――が、彼を恐れようとせず、自分の権力に挑戦しているからだ。

「出ていけ！」カフィー・ミーグスがどなった。「部下を呼ぶぞ！　撃たせるぞ！」

「君こそ出ていきなさい。この愚劣なはったり野郎！」スタッドラー博士がどなった。「私の人生をキサマの食い物にさせるとでも思うのかね？　キサマのために私が……私が売り渡したのが――」彼は最後まで言わなかった。「バカヤロウ、レバーを触るのをやめないか！」

「命令するな！　あんたにつべこべいわれる必要はない！　小難しいわけのわからん言葉で怖がらせようったってそうはいかんぜ！　俺はやりたいようにやる！　やりたいようにやれなきゃ何のために戦ったんだかわからない」彼はくつくつと笑い、レバーに手を伸ばした。

「おい、カフィー、落ち着け！」部屋の後方で誰かが叫び、前に飛び出してきた。

「下がってろ！」カフィー・ミーグスがわめいた。「下がれ、全員だ！　俺がびくついてるだと？誰が一番偉いのか教えてやる！」

スタッドラー博士は彼を制止しようと立ち上がった。だがミーグスは片腕で彼を脇に押しやり、スタッドラーが床に倒れた光景を見てげらげら笑うと、もう一方の腕でシロフォンのレバーをぐいと引っ張った。

けたたましい音――ひき裂かれた金属と相反する回路で衝突する力の耳をつんざく音、自分自身に襲いかかる怪物の声が建物の中でだけ聞こえた。外では何の音もしなかった。外からみると、建物は不意に静かに宙に浮き上がり、いくつかの大きな断片に裂け、しゅっと青い光を空に放ち、落ちて瓦礫の山と化しただけだった。四州にまたがる半径百五十キロの円の内側では、電信柱はマッチ棒のように倒れ、農家は粉々に崩れ、犠牲者のゆがんだ肉体に音の届く間もなく、町の建物はまるで一秒でなぎ倒され切り刻まれたかのように倒壊し――円の縁、ミシシッピ川の中間では、旅客列車の機関車と前方六車両が、真っ二つに切断されたタッガート橋の西側の径間もろとも、川に金属のシャワーとなって飛び散った。

かつてプロジェクトXであった敷地には、廃墟に生き残ったものはなく――ただ、かつて偉人であった裂かれた肉の塊と悲痛な叫び声が果てしなく響いていただけだった。

＊＊＊

周囲の通行人がどこに向かっていようが電話ボックスがもっか唯一絶対の目的地だという気持ちのなかには――ダグニーはおもった――重荷をとかれたような解放感がある。街が遠ざかる感覚ではない。はじめておぼえていたのは、この街が自分のものであり、自分がそれを愛しており、かつてこの瞬間ほど親密で、厳粛で、自信に満ちた所有者意識をもってこの街を愛したことはなかったという感覚だった。静かな晴れた夜だ。彼女は空を見た。陽気というよりは厳粛な心もちでありながら未来の喜びが感じとれる気がするように——空気は暖かいというよりは凪いでいたのだが、遠い春の気配がした。

邪魔するな——憤然とではなく、ほとんど愉快ですらある超然とした解放感とともに、通行人に、急ぐ自分の進行を妨げる人通りに、過去に感じたことのある恐れのすべてに告げながら、彼女はおもった。彼がその文句を口にするのを聞いてから一時間もたっておらず、あの声はいまも通りの空に響き渡り、かすかな笑いに変わっていくようだ。

ウェイン・フォークランドの舞踏室でその言葉を聞いたとき、彼女は歓喜して笑った。口に手を当てていたので、笑いは目の中だけにあらわれており——彼に真直ぐに見られたとき、彼の目の中にも笑いがあり、相手が自分の笑い声をきいたことがわかった。息をのんで悲鳴をあげる群集をよそに——全放送局が即座に放送を中断したにもかかわらず叩き壊されるマイクの凄まじい音を通りこし——扉に客が殺到し、テーブルが倒れてグラスが粉々に砕ける音もきかず、二人はほんの一瞬のあいだ見つめあった。

そのあとトンプソン氏がゴールトを手で指して、「部屋へ連れ戻せ。死んでも逃がすな!」と叫ぶのが聞こえたかとおもうと、三人の男が彼を外へ連れ出し、客は退散しはじめた。トンプソン氏は、額を腕に落としてしばらくぐったりしていたが、気を取り直して立ちあがり、ついてくるように弱く手を振って部下に合図すると、脇の特別出口から飛び出していった。客に話しかけたり指示を与えたりする者はいなかった。逃げようとやみくもに走っている者もいれば、動く気にもなれずに座ったままの者もいた。宴会場は船長のいない船のようだった。彼女は群集をくぐり抜けて一味のあとを追った。誰も止めようとはしなかった。

かれらは目立たない小さな図書室に集まっていた。トンプソン氏はアームチェアに倒れこんで両手で頭を抱えており、ウェスリー・ムーチは呻いており、ユージン・ローソンは不機嫌な子どもが癇癪をおこしたように泣いており、ジムは妙に期待のこもった激しい目でほかの者たちを見つめている。「言った通りだ！」フェリス博士が叫んでいた。「そう言っただろう？　君たちの『平和的説得』の結果がこのざまだ！」

彼女は扉の傍で立ちどまった。かれらは彼女がいることに気づいたらしいが、気にしてはいないようだ。

「僕は辞める！」チック・モリスンが大声で叫んだ。「辞職する！　もうたくさんだ！　国民に何と言えばいいのやら！　もう考えられない！　考えたくもない！　無駄だ！　どうしようもなかった！　僕のせいじゃない！　辞めたんだから！」腕を振って力なく別れの仕草めいたものをしてみせると、彼は部屋から飛び出していった。

「やつはテネシーの隠れ家に貯めこんでいるからな」ティンキー・ハロウェイが考えこむように言った。あたかも自分も同じように用心していたが、そろそろ時がきたのだろうかと考えているかのように。

「長くはもたないだろう。そもそもそこまで辿りつければの話だが」ムーチが言った。「奇襲強盗や交通事情を考えると――」彼は両手を左右に広げ、最後まで言わなかった。

途切れた間を埋めている考えは容易に推測できた。この男たちが保身のためにどんな秘密の隠れ家を用意していたとしても、いまや誰にも逃げ道はないという事実をかれらが理解しつつあることは確かだった。

見れば、かれらの顔には恐怖の色がない。兆候はみえても、無気力な恐怖のようだ。かれらの表情はうつろな無関心と、勝負はこうした結末を迎えるしかなかったと異議を唱えたり悔いたりしようとはしない詐欺師の安堵の表情のあいだ——何も意識しようとはしないローソンのひねくれた盲目さと、ひそやかな笑みをほのめかすジムの奇妙な激しさのあいだにあった。

「さあさあ！」ヒステリックな状況にあってくつろぐ性質の人間らしく威勢よく、フェリス博士はせっかちにたずねた。「こんどはやつをどうするつもりです？　議論しますか？　討論ですか？　演説ですか？」

誰も答えなかった。

「やつは……我々を……救わなければ……」最後の知性を無理矢理空白にし、現実に最後通牒をつきつけるかのように、ムーチはのろのろと言った。「やつが……支配して……体制を救わなければ」

「ラブレターでも書くことですな」フェリスが言った。

「やつに……支配させなければ……やつがいやでも支配するように仕向けなければ」夢遊病者の口調でムーチが言った。

「これで」急に声を落として、フェリスが言った。「国家科学研究所が実際どれほど価値のある施設かがおわかりかな？」

ムーチはそれには答えなかったものの、一座の全員が彼の言わんとしたことを知っているらしいことは彼女にはあきらかだった。

「僕の秘密の研究計画が『非実用的』だとあなたは反対しましたね」フェリスは穏やかに言った。

「そのとき僕は何と言いましたか？」

ムーチは答えずに、指を鳴らしていた。

「気難しく考えている場合じゃない」不意に勢いよくジェイムズ・タッガートが声を上げたが、彼の声も妙に低かった。「女々しくなるべきじゃない」

「どうやら……」ぼんやりとして、ムーチが言った。「どうやら……目的は手段を正当化するようだ……」

「良心や原則の問題をうんぬんするには遅すぎます」フェリスが言った。「いまとなっては効き目があるのは直接的な行動だけです」

誰も答えなかった。あたかも言葉ではなく間《ま》が議論の中身を明らかにしてくれればと願っているかのようにかれらは振舞っていた。

「無理でしょう」ティンキー・ハロウェイが言った。「やつは降参したりはしません」

「君の考えではね！」と言うと、フェリスはくすりと笑った。「君はいま使っている試作機を見たことがない。先月、我々は三件の迷宮入り殺人事件について三人に自供させたんだ」

「もしも……」トンプソン氏が言いはじめ、声が急にうわずってうめき声になった。「あの男が死ねば、我々は全員破滅だ！」

「ご心配なく」フェリスが言った。「死にはしません。『フェリス説得器』はその可能性がないように計算されているので安全です」

トンプソン氏は答えなかった。

「どうやら……選択肢はないようだ……」囁くようにムーチが言った。

みなが黙りこんだ。トンプソン氏は自分が注目を集めていることに気づかないふりをしようとしていた。それから出し抜けに、「えい、好きにしろ！　どうしようもなかったんだ！　好きなようにしなさい！」と叫んだ。

フェリス博士はローソンの方を向いた。「ジーン」硬い声でやはり囁くように、彼はいった。「放送管制室に行きなさい。全放送局に待機命令をだすんだ。三時間以内にゴールト氏の放送を流させると言っておきなさい」

　ローソンは跳ね起きて、突然はしゃいだようににやりと笑うと、部屋を飛び出ていった。

　彼女は知っていた。かれらがやろうとしていることと、かれらのなかの何がそうさせたのかを。かれらはこれがうまくいくと思ってはいない。ゴールトが降参するとも、してほしいとも思っていない。いまも救われる道があるとも、救われたいとも思っていないのだ。名状しがたい感情のパニックに動かされ、かれらは生涯現実と戦いつづけ――いまようやく心休まる瞬間にたどりついた。なぜそう感じたのかを知る必要はなく、感情の中身を追求しないことを常としてきたかれらは――ただ認識の感覚をおぼえただけだった。なんとなればこれこそが求めてきたものであり、これこそあらゆる感情、厚意、願望、選択、夢のすべてに含意されていた現実だったのだから。これが存在への造反と、あいまいな涅槃《ニルヴァーナ》の定めなき追求の本質と方法だった。かれらは生きたいと思っておらず、求めていたのは彼の死なのだ。

　彼女が感じた恐怖は、切り替わる視界のねじれのような、ちくりとした痛みにすぎなかった。人間と考えていたものがそうではなかったとわかったのだ。彼女に残っていたのは、明快さと、決定的な答えと、行動する必要の感覚だった。彼は危険にさらされており、彼女の意識において、人間以下のものの行為に感情を浪費する時間も余裕もなかった。

「絶対に」ウェスリー・ムーチが小声で言っていた。「誰にもこのことを知られてはならない……」

「わかりっこありません」フェリスが言った。陰謀を企てている者らしく慎重で低い声だった。「研究所の敷地内の人目につかないところに隔離した装置ですから……防音してありますし、ほかからも十分な距離をおいてあります……ごく限られた職員以外は立ち入り禁止になっています……」

「飛行機で行けば――」ムーチは言いかけて、フェリスの顔に警告らしきものを読みとったかのように、不意に口をつぐんだ。

フェリスの目が、急に存在を思い出したかのように彼女に動いた。彼女はその視線を捕らえ、自分には関心もなければ理解もしなかったかのように、乱れのない無関心な目を見せた。そして、ただ密談の合図を察知したというように、肩をすくめるような素振りをすると、ゆっくりと背を向けて部屋を出ていった。かれらはいまごろ彼女のことなどすっかり忘れてしまっているはずだ。

彼女は同様に無関心をよそおって慌てることなく歩き、ホテルの廊下と出口を通り抜けた。だが一ブロック離れ、角を曲がると、しゃんと頭を上げ、急激に歩調が早まったためにイブニングドレスが帆のように脚に叩きつけられた。

そしていま電話ボックスを見つけることだけを考えて暗闇を駆けぬけながら、危険や心配という身近な緊張感を通りこして、新たな興奮が内側にいやおうなく沸き起こってくるのを感じていた。それは妨害のない世界の解放感だった。

酒場の窓から歩道に落ちている光のかけらが目に入った。がらんとした店内を横切っても、彼女に目をとめる者はいない。数人ばかりの客が、ジージー音をたてる何も映らないテレビの青い画面の前でいまも待っており、張りつめた様子で囁きかわしていた。

電話ボックスの狭い空間の中に立ち、別の惑星に向けて出発しかけている宇宙船の船室にいるように、彼女はOR　六―五六九三の番号をダイヤルした。

すぐに応答したのはフランシスコの声だった。「もしもし？」

「フランシスコ？」

「やあ、ダグニー。待っていたんだ」

「放送をきいた？」

「ああ」

「連中は力ずくであの人を屈服させる計画を立てているの」彼女は事実を報告する口調を保っていた。「拷問にかけるつもり。国家科学研究所の敷地内の隔離された場所に『フェリス説得器』と呼ばれている装置がある。ニューハンプシャー。飛行機でいくと言ってたわ。三時間以内にラジオに出演させるって」

「わかった。公衆電話か？」

「ええ」

「まだイブニングのままだろう？」

「ええ」

「よく聞くんだ。家に帰って、着替えて、必要なものを荷造りして、あまり重くならないように宝石や貴重品を詰めて、暖かい服を少し持ってきなさい。後でそんな時間はないからね。四十分後、タッガート・ターミナルの中央入口から二ブロック東の北西の角で会おう」

「了解」

「じゃあまた、スラッグ」

「じゃあまた、フリスコ」

五分もしないうちに、彼女はアパートの寝室で、猛烈な勢いでイブニングドレスを脱いでいた。そして務めをおえた軍隊の処分した制服のように、床の真ん中に脱ぎ捨てた。彼女は紺のスーツと――ゴールトの言葉を思い出して――ハイネックの白いセーターを身につけ、スーツケースとショルダーバッグに荷物を詰めた。そしてバッグの隅に宝石類をいれた。そのなかには外の世界で稼いだリアーデン・メタルのブレスレットと、谷で稼いだ五ドルの金塊があった。

　ふたたびこの扉を開けることはおそらくもうないだろうと思いながらアパートを出て鍵をかけるのは簡単だった。オフィスに来たときは、しばらくここを去るのはそれよりも難しいように思えた。彼女が入るのを見た者はいない。オフィスの前はからっぽだった。大タッガート・ビルはいつもより静かにおもわれた。少しのあいだ彼女はじっとオフィスを眺め、そこで過ごした年月のすべてを思いおこした。そして微笑んだ。いや、そんなに難しいことじゃない、と彼女はおもった。彼女は金庫をあけ、めあてのものをとり出した。オフィスから持っていきたかったのは、ナタニエル・タッガートの写真とタッガート大陸横断鉄道の地図だけだ。彼女は二つの額縁を壊し、写真と地図を折りたたむと、スーツケースに滑りこませた。

　スーツケースに鍵をかけていると、急いでこちらへ向かう足音が聞こえた。扉がバタンと開き、技監が駆けこんできた。彼はぶるぶる震えており、顔をゆがめていた。

「ミス・タッガート！」彼は叫んだ。「ああ、よかった、ミス・タッガート、おいででしたか！みなでそこらじゅうあなたのことを探しまわっていたのですよ！」

　彼女は答えずに、不審そうに彼を見た。

「ミス・タッガート、お聞きになりましたか？」

「何を？」

「ではまだなんですね！　ああ、ミス・タッガート、その……信じられません。いまだに信じられないのですが……ああいったい、どうすればよいのでしょう？　タ……タッガート橋がなくなってしまったのです！」

　彼女は身動きもできず、じっと彼を見つめていた。

「なくなったのです！　爆発して！　どうやらあっという間だったようです！　誰も何が起こった

のかはっきりとは知りません――ですがどうも……プロジェクトXで異常がおこったとかで……ミス・タッガート、どうやら例の音線らしいのです！　半径百五十キロ以内のどの地点も通り抜けることができません！　ありえない、ありうるはずはないことですが、まるであの円の内側にあるものすべてが一掃されてしまったようなのです！……応答もありません！　誰も――新聞も、ラジオ局も、警察も回答を得ることができないのです！　いま確認中ですが、円の周辺地域から伝えられる話からすると――」彼は身震いした。「ただ確かなことは、橋がなくなってしまったということです！　ミス・タッガート！　どうすればよいのでしょう！」

とっさに机から立ちあがり、彼女は電話の受話器をつかんだ。手は空中で止まった。そして、ゆっくりと、かつて要したことのない多大な力をふりしぼって身をよじらせるように、受話器をもとに戻そうと、彼女は腕を動かしはじめた。ひどく長い時間がたったように思われた。さながら人体の抗しえない気圧に反して腕を動かさなければならなかったかのように。その瞬間、目もくらむ苦痛の静けさのなかで、十二年前、あの夜に、フランシスコが感じたことを彼女は悟った。そして自分のモーターを最後に眺めた二十六歳の青年が感じたことを。

「ミス・タッガート！」技監が叫んだ。「どうすればよいのかわかりません！」

受話器が受け台に戻るカチリという音がした。「私にもわかりません」彼女は答えた。

やがて、終わりを迎えたことが彼女にはわかった。もう少し調査して後で報告するように男に言う自分の声がきこえ――足音がこだまする廊下の静寂に消えるまで、彼女は待った。

ターミナルのコンコースを、これを最後に横切りながら、ナタニエル・タッガートの像を見て――彼女は約束を思い出した。いまとなっては象徴にすぎない。だがそれはナタニエル・タッガートが受けて然るべき別れの挨拶だった。彼女はほかに筆記用具を持っていなかったので、鞄から口紅をとりだすと、自分を理解してくれたであろう人物の大理石の顔を見上げて微笑み、足元の台座に大きなドルマークを描いた。

ターミナルの入口から二ブロック東の角に着いたのは彼女が先だった。待っていると、まもなく街全体をのみこむパニックの兆候が観察できた。道を走る車のスピードが速すぎ、なかには家財を積んだ車もあった。異常にせわしなくパトカーが通り過ぎ、遠くで次々とサイレンが鳴り出した。橋が崩壊したという報せは街中に広がっているらしく、街の命運が尽きたと知れば、人は先を争って逃げ出そうとするだろう。だがかれらに行く場所はなく、そしてそのことはもはや彼女の関心事ではなかった。

少し離れたところから近づいてくるフランシスコの姿が見えた。軽快な歩き方に見覚えがあり、やがて目深にかぶった帽子の下の顔でそれとわかった。相手が自分を見とめた瞬間を彼女はとらえた。彼は挨拶がわりの笑みを浮かべて手を振った。どこか意識的な独特の手の振りかたは、自分の領地の門で待ちのぞんでいた客の到着を歓迎するダンコニア家の人間の仕草にみえた。

彼がやってくると、彼女は厳粛な面持ちで真直ぐに立ち、彼の顔と世界一の都市の建物を見ながら、求めていた証人に対してのように、堂々と落ち着いた声でおもむろに言った。

「己の人生とその愛によって――私は誓う――私は決して他人のために生きることはなく他人に私のために生きることを求めない」

入場を許可する合図のように、彼は頭を傾けた。浮かべた微笑は歓迎の挨拶だった。

そして彼は片手で彼女のスーツケースを持ちあげ、もう一方の手で彼女の腕をとると、「いこう」といった。

＊＊＊

　創始者のフェリス博士をたたえて「プロジェクトF」として知られた設備は、よく目立つ国家科学研究所のある高台の坂を下りたところの鉄筋コンクリートの小さな建物だった。設備はうっそうとした古い木立に隠れており、研究所の窓からは灰色の屋根の一部が小さく見えるだけだが、それもマンホールの蓋ほどにも見えなかった。

　設備は二階建てで、小さな立方体がひとまわり大きな施設の天辺に非対称に置かれている。一階には窓がなく、扉の所々に鉄釘が打ちこまれてあるだけだ。二階には、日光に嫌々譲歩するかのように、一つ目の顔のごとく、窓が一つしかなかった。研究所の職員たちはその建物について好奇心をいだくでもなく、扉へ続く道を避けていた。誰が示唆したわけでもないが、その建物がきわめて危険な病原菌を扱う実験を行うプロジェクトのための施設だという印象を誰もがうけていたからだ。

　二階はモルモットや犬やネズミのいるかごが無数にある実験室で占められていた。だが建物の中心と意義は地下深くの部屋にあった。不器用に部屋を覆う防音材の多孔性の板は割れ始め、洞窟の岩が露出している。

　設備は常時四名の特別警備員たちに監視されていた。今夜はニューヨークから電話で召還され、十六名の緊急体制をとっていた。警備員たちはほかの「プロジェクトF」の従業員と同じく、慎重に、ある一つの資格にもとづいて選ばれていた。どこまでも服従する能力だ。

　その夜、十六人は建物の外と一階の人気のない実験室に配置され、下で起こっていることには何の疑問も関心ももたずに警備にあたっていた。

　地下室では、フェリス博士、ウェスリー・ムーチ、ジェイムズ・タッガートが壁を背にして並べたアームチェアに座っていた。いびつな形をした小さなキャビネットのような機械が部屋の対角にある。表面には赤い区分のあるガラスの目盛盤が並んでおり、アンプのような四角い網目のスクリーン、数字の列、木製のノブとプラスチックのボタンの列、片側にスイッチを制御するレバー、反対側に赤いガラスのボタンがあった。機械の表面は操縦する機械工の顔よりも表情が豊かにみえた。機械工はがっしりとした青年で、汗だくのシャツの袖を肘の上まで捲りあげている。とてつもなく真面目に任務に集中していたために、青白い目はどんよりとしており、暗記科目を朗唱するかのように、ときおり唇を動かしていた。

短いケーブルが機械から後ろの蓄電池につながっている。タコの足のようにぐねぐねと長いケーブルは、機械から石の床をつたって手前の円錐型をした強い照明の下の革のマットレスまで伸びている。ジョン・ゴールトはマットレスに縛りつけられていた。彼は裸にされ、ケーブルの先端につけた金属の小さな電極盤が、手首、肩、腰、足首に貼りついている。胸には聴診器に似た器具がつけられてアンプにつながっていた。

「はっきりさせておく」フェリス博士が彼に向かってはじめて語りかけた。「おまえはこの国の経済の完全な支配権を握る。独裁者になる。君臨する。いいな？　命令してもらう。命令すべきことを考えてもらう。何が何でも、だ。演説や論理や議論や受身の服従で助かる見込みはないと思え。アイデアをだせ――さもないと後悔するぞ。現体制を救済する具体的な政策を言うまでここから出られないと思え。そのあとラジオで国民にそれを発表してもらう」彼は腕をあげてストップウォッチを示した。「三十秒やるからいますぐしゃべりはじめたいかどうか決めるんだ。しゃべらなければ、我々がはじめる。わかったな？」

ゴールトは何もかも知り尽くしているかのように、無表情なままで、真直ぐに彼らを見た。彼は答えなかった。

沈黙のうちに、ストップウォッチが秒を刻む音と、椅子の肘を握るムーチの息をつめた不規則な呼吸が聞こえた。

フェリスは装置の傍にいる機械工に手で合図した。機械工がスイッチを動かすと、赤いガラスのボタンが点灯し、二種類の音をたてはじめた。一つは発電機のブーンとうなる低い音であり、もう一つは、カチカチ鳴る時計のように規則的だが、妙にくぐもって響く変わった拍子だ。しばらくしてから、音がアンプから来ており、耳にしているのはゴールトの心臓の鼓動だと彼らは気づいた。

「三番」フェリスが指を上げて合図した。

機械工はダイヤルの下のボタンを押した。ゴールトの体を長い震えが走りぬけた。手首と肩の間をめぐった電流に強く揺さぶられ、左腕はがくがく痙攣した。そして頭をのけぞらせ、目を閉じ、唇をきつく閉じた。だが少しも音をたてなかった。

機械工がボタンから指を離すと、ゴールトの腕の震えが止まった。彼は動かなかった。

三人の男たちは一瞬探るようにあたりを見まわした。フェリスは虚ろな目をしており、ムーチの目は恐怖におびえ、タッガートの目には落胆の色が浮かんでいた。ドン、ドンという動悸が沈黙を通りぬけた。

「二番」フェリスが言った。

こんどはゴールトの右足が腰と足首の間をめぐる電流で痙攣してよじれた。手はマットレスの端を握っている。頭は左右に一度がくんと揺れ、それから動かなくなった。心臓の鼓動が少しばかり早くなった。

ムーチはアームチェアに背中を押しつけて身を引いていた。タッガートは身を乗り出し、椅子の端に座っていた。

「一番を小刻みに」

ゴールトの胴体はがくがく揺れ、縛られた手首を圧迫しながら上昇し、ぶるりと震えてねじれた。電流はいま一方の手首から肺を通ってもう一方の手首に走り抜けていた。機械工はゆっくりとノブをひねり、電圧を上げていった。目盛盤の針が危険と記された赤い部分に向かって動いている。ゴールトの呼吸は痙攣する肺からの断続的な動悸となっていた。

「懲りたか?」電流が止まると、フェリスがどなった。

ゴールトは答えなかった。唇がかすかに動き、空中に向かって開いた。聴診器からの脈が猛烈な速さで打っていた。だが彼の呼吸は、リラックスしようとする制御のきいた努力によって平常のリズムをとり戻しつつあった。

「甘すぎるんだ!」マットレスの上の裸体を見つめながら、タッガートが叫んだ。

ゴールトは目を開けて、少しのあいだ彼らを見た。彼らにわかったのは、目が安定しており、完全に正気ということだけだった。やがて彼はふたたび頭を落とし、まるで彼らのことを忘れたかのように、じっと動かなくなった。

この地下室のなかで彼の裸体は異様に場違いにみえた。誰も認めようとはしなかったものの、彼らはみなそのことを知っていた。足首から平らな腰、締まったウエスト、真直ぐな肩まで伸びた彼の体は古代ギリシャの彫像のようにみえた。趣をそのままに、だが彫刻よりもすらりと長く、軽やかで、行動的に形作られ、無駄のない強靭さがあり、尽きない活力を思わせた。四輪馬車の御者ではなく航空機を作る人間の体だ。そして古代ギリシャの像の趣意——神としての人間像——が今世紀の殿堂の精神と相容れないように、彼の肉体は先史時代の活動に向けられた地下室の雰囲気と相容れなかった。彼には電気ケーブル、ステンレス鋼、精密機器、制御盤のレバーなどが似合うために、いっそう違和感があった。おそらく、これが彼を見る者たちが何よりも激しく否定して興奮の奥底に埋め、散漫な憎悪とぼんやりした恐怖としてのみ知っていた思いであり——もしかすると発電機をタコに変身させ、彼の肉体のようなものをその足に吸わせたのは、そうした影像が近代世界に欠如しているという事実かもしれなかった。

「おまえはちょっとした電気通らしいが」フェリスがくすりと笑った。「我々もなんだ——そうだろう?」

静寂の中で二つの音が彼に答えた。発電機の低音とゴールトの心拍音だ。

「混合シリーズ!」フェリスが機械工に指で合図して命じた。

衝撃は、こんどは不規則に、予測不可能な間隔をおいて、次々と、あるいは数分おきにやってきた。ゴールトの脚や腕や胴や全身の痙攣だけが、電流が二つに特定された電極間を流れているのか、またはいっときに全部をかけめぐっているのかを示していた。目盛盤の針は赤い印に近づいては、後退していった。機械は犠牲者の肉体を損なうことなく最大の苦痛を与えるように計算されていた。

心臓の鼓動で埋められた何分もの間ずっと待っていることを耐えがたく思ったのは見ている者たちのほうだった。心臓はいま不規則な動悸を打っていた。間隔は脈を落ち着かせるように、ただし犠牲者は少しも休むことなく、常にショックに備えていなければならないように計算されていた。

ゴールトは苦痛と戦おうとせずに苦痛に身をまかせ、否定しようとせずに耐えるかのように力を抜いてじっとしていた。唇が息を求めてわずかに開き、不意の振動によってまたきつく閉じられたとき、彼は自分の肉体の頑固な震えを抑えようとはせず、電流が去って止むにまかせた。ただ顔の表面だけはきつく緊張し、固く閉じた唇がときおり左右にねじれた。衝撃が胸部をつらぬくと、頭がガクンと揺れ、一陣の風になびくかのように、金銅色の髪が顔を打ち、目にふりかかった。見ている者たちは髪の色が濃くなっていくように見えるのはなぜだろうと思ったが、やがて髪が汗でびっしょり濡れていることに気づいた。

いまにも破裂しそうな心臓が苦しむ音をきく恐怖は、拷問を受ける者が感じるべく意図されていた。だがガタガタ乱れた振動音を聞き、脈が途切れ呼吸が止まるたびに縮み上がっていたのは、拷問をしている側だった。いまそれは苦しみと、どうしようもない怒りのために狂ったように肋骨にぶつかりながら心臓が飛び跳ねているかのように響いていた。心臓は抗議していたが、男はしていなかった。彼は目を閉じ、手の力を抜き、おのれの命のために戦う心臓の音をききながらじっとしていた。

真っ先にこわれたのはウェスリー・ムーチだった。「おい、フロイド！」彼は悲鳴をあげた。「殺すな！　無茶はやめろ！　彼が死ねばこちらも終わりなんだ！」

「こいつは死なない」フェリスが怒鳴った。「いっそ死ねればと思うだろうが、死なないんだ！　機械が死なせない！　数学的に計算ずみだからな！　安全なんだ！」

「ああ、もう十分じゃないか！　もう言うことをきくだろう！　きくはずだ！」

「いや！　十分じゃない！　従わせたくなどない！　信じさせたいんだ！　受け入れさせたいんだ！　受け入れたいと思わせたい！　こいつが自分から我々のために働くように仕向けなければ！」

「どんどんやれ！」タッガートが叫んだ。「何をぐずぐずしている？　電流をもっと強くできないのか？　まだ悲鳴一つあげていないじゃないか！」

「どうした？」電流がゴールトの体をよじらせているときのタッガートの顔をちらっと見て、ムーチが息をのんだ。それを食い入るように見つめるタッガートの目はどんよりと精彩を欠いていたが、顔には卑猥な快楽がありありと表れていた。

「懲りたか?」フェリスはゴールトに向かって叫びつづけた。「我々が欲しいものと同じものを欲しがるか?」

答えはなかった。ゴールトはときおり頭をあげて、彼らを見た。目の下にはくまができていたが、眼は冴えており、正気だった。

高まるパニックのなかで、見ている者たちは文脈と言語の感覚をうしない——三人の声が見境を失くした悲鳴へと変わっていった。「おまえは権力を握る!……支配する!……命令することを命ずる!……おまえが指図するんだ……我々を救うことを命ずる!……考えることを命ずる!……」

答えはなく、ただ彼ら自身の命のかかった心臓の鼓動が聞こえるだけだった。

電流はゴールトの胸を突きぬけ、疾走してはつまづくかのような不規則な動悸が聞こえていた。そのとき突如として彼の体が弛緩しながら垂れ下がり、動かなくなった。鼓動は止まっていた。

沈黙は強烈な一撃のようなものだったが、悲鳴を上げる間もなく、さらなる恐怖が襲いかかってきた。ゴールトが目を開き、頭を上げたという事実によって。

そのときかれらは、モーターの低音もまた止んでおり、赤い光が制御盤から消えていることに気づいた。電流は止まっていた。発電機が故障したのだ。

機械工はボタンに指を突き立てていたが、何にもならなかった。彼はスイッチのレバーをぐいぐい引っ張った。そして機械の側面を蹴っとばした。それでも赤い光はともらず、音はもはや聞こえてはこなかった。

「どうした?」フェリスが声を荒げた。「なんだ? どうした?」

「発電機が故障しています」機械工が力なく言った。

「問題は何だ？」

「わかりません」

「なら調べて修理しろ！」

男は電気技師としての訓練を十分に受けてはいなかった。彼は知識ではなく、ボタンを無批判に押す能力のために選ばれていた。作業を学ぶのに多大な労力を要し、それ以外のことに配慮する余裕などなかった。彼は機械後方のパネルを開け、複雑なコイルを当惑して眺めた。故障している箇所は見つけられなかった。彼はゴム手袋をはめると、ペンチを取り上げ、適当にボルトをいくつか締めて頭を掻いた。

「わかりません」彼はいった。声には無能な従順さの響きがあった「私に何がわかるっていうんです？」

三人の男は立ちあがり、機械の後ろに群がると、強情な機械をじっと見つめた。だが反射的にそうしたにすぎなかった。自分たちにもわからないことはわかっていた。

「だがおまえは修理しなければならない！」フェリスは大声で言った。「動かさなければならない！　電気がなければならないんだ！」

「続けろ！」タッガートが叫んだ。震えていた。「ばかばかしい！　そうはさせるものか！　止めさせるものか！　こいつを逃がすものか！」彼はマットレスの方向を指さした。

「何とかしろ！」フェリスが機械工に向かって叫んでいた。「突っ立ってるんじゃない！　何とかするんだ！　修理しろ！　修理を命ずる！」

「ですがどこがおかしいのか私にはわかりません」目をしばたきながら、男がいった。

「なら調べろ！」

「どうやって調べればいいんですか?」

「修理しろと言っている！　聞こえたのか?　動かせ——さもないと首にして刑務所に放りこむぞ！」

「しかしどこがおかしいのかわからないんです」男はまごついて、溜息をついた。「どうすればよいのか」

「故障しているのはバイブレーターだ」後ろで声がした。みな一斉に振りかえった。ゴールトは呼吸に苦しんでいたが、技師らしく歯切れのよい有能な口調で話していた。「それを取り出してアルミの蓋をこじ開けなさい。そこに融解してくっついた接触子があるだろう。それを引き離して、小さなやすりで穴の開いた表面をきれいにしなさい。それから蓋を取り替えて、元の位置にはめなさい。それで君たちの発電機は動くはずだ」

　一座はしんと静まりかえった。

　機械工はゴールトを凝視していた。彼はゴールトの視線をとらえており——そして彼にさえも、深緑色の目の輝きの性質は認識できた。それは嘲弄の輝きだった。

　彼は後ずさりした。支離滅裂であいまいな意識のなかで、言葉にならない、漠然とした、理解できないかたちで、彼でさえもが、地下室で起こっていることの意味を突如として把握したのだ。

　彼はゴールトを見て——三人の男を見て——装置を見た。彼は身震いし、ペンチをとり落とし、部屋から逃げだした。

　ゴールトは大笑いした。

　三人の男たちはゆっくりと装置から遠ざかった。彼らは機械工が理解したことを理解するまいと闘っていた。

「だめだ！」タッガートが頓狂に叫ぶと、ゴールトをちらりと見て、前に飛びだした。「だめだ！　逃がすもんか！」彼は膝をつき、手探りでバイブレーターのアルミのシリンダーを探した。「私が、修理してみせる！　動かしてみせる！　続けなければ！　思い知らせてやらなければ！」

「ジム、落ち着け」彼を引っ張って立たせようとしながら、フェリスがそわそわと言った。

「もしかすると……今夜はこのへんでやめておいたほうがよくはないか？」頼みこむようにムーチが言った。彼は機械工が逃げていった扉を、羨望と恐れの混じった目で見ていた。

「だめだ！」タッガートが叫んだ。

「ジム、やつはもう十分に痛めつけられたんじゃないか？　忘れるな、我々は慎重にやらなきゃならないんだ」

「だめだ！　十分じゃない！　まだ叫んでもいやしない！」

「ジム！」タッガートの顔つきの何かにぞっとして、ムーチがにわかに叫んだ。「彼を殺す余裕はないんだ！　わかっているだろう！」

「かまうもんか！　思い知らせてやりたいんだ！　悲鳴を聞きたいんだ！　こいつが――」

そのとき悲鳴をあげたのはタッガートだった。それは唐突でつんざくような長い悲鳴だった。宙を見つめて何も眼中になかった目をしておりながら、ある光景を突然見たかのような。彼が前にしている視界は彼自身の内側にあった。生涯かけて築いてきた感情と、回避と、欺瞞と、思考のようなもの、言葉のようなものの防護壁が、一瞬にして崩壊したのだ。おのれの死をまねくことになるとはっきりと知りながらも、自分はゴールトの死を求めていると知った瞬間に。

これまでの人生であらゆる行動を動機づけてきたものが突如見えはじめていた。それは伝わりきらない心、他者への愛、社会的義務、自尊心を保つために語った出まかせのどれでもない。それは何でもいいから生きているものを生きていないもののために破壊したいという欲望だった。それは、自分は現実を無視して存在することができ、何があっても確固たる不変の事実に縛られることはないと自分自身に示すために、生きた価値を壊滅させることで現実に反抗したいという衝動だった。少し前まで、自分は誰にもましてゴールトを憎んでおり、その憎しみは、追及するまでもなく、ゴールトの悪の証拠であり、自分が生き残りたいからゴールトの破滅を望んでいる、と思うことができた。いまや彼は、自分の身の破滅を代償としてもゴールトの破滅を求めていたと知っており、生き続けたいと思ったことなどこれまで一度もなかったと知っており、苦しめて破壊したかったのはゴールトの偉大さだと知っていた。その偉大さは、彼みずからが認めたことで偉大さとして映っていた。人が認めようが認めまいが、存在する唯一の基準による偉大さ、現実を支配する力において卓越した人間の偉大さだ。彼、ジェイムズ・タッガートが、現実を受け入れるか死ぬかという最後通牒をつきつけられていると気づいたとき、感情が選んだのは死であった。ゴールトを輝かしい嫡子とする世界に屈するよりは死を選んだのだ。彼は悟った。ゴールトという人間に、自分が全存在の破壊を求めていたことを。

彼の知識が意識と対峙したのは言葉によってではなかった。感情が知識のすべてであった彼は、ここへ来てどうしても消せない感情と視界に捉えられていた。これまで何があっても見まいとしてきた袋小路の光景を覆うための霧をもはや呼びだすことができず、いま小路のすべての行き止まりに、おのれの存在への憎悪を彼は見ていた。嬉々として生きる意欲に満ちたシェリル・タッガートの顔が目に浮かび、常に敗北させたかったのはこの意欲そのものであったとわかった。価値あるものをその価値ゆえに破壊し、贖いえないおのれの罪悪から目をそらすために殺すという誰もが憎んでしかるべき殺人鬼の顔として、彼は自分の顔を見ていた。

「いや……」その光景を見つめ、それから逃れようと頭を振って、彼はうめいた。「違う……そうじゃない……」

「そうだ」ゴールトが言った。

彼はゴールトの目が真直ぐ自分に向けられているのを見た。あたかも彼の目に浮かんだものをゴールトが見ているかのように。

「ラジオで言っただろう?」ゴールトが言った。

これはジェイムズ・タッガートがおそれていた逃がれられない刻印だった。刻印と客観性の証だった。「違う……」彼はまた一度弱々しく言ったが、もう活発な意識のある者の声ではなかった。

宙をぼんやりと見つめながら、彼はしばらくじっと立っていたが、やがて脚がへなへなと崩れ、自分の行動や状況を意識するでもなく、目を凝らしたまま床にへたりこんだ。

「ジム!」ムーチが叫んだ。答えはなかった。

ムーチとフェリスは自分の胸にたずねることも、タッガートに何が起こったのだろうと思うこともなかった。ただそれを追及しようとしてはならず、さもなくば同じ運命をたどる危険があるとわかっていた。かれらは今夜破滅を迎えたのが誰なのかを知っていた。生身の体が残ろうが残るまいがこれがジェイムズ・タッガートの最期であることはあきらかだった。

「ジムを……ジムをここから出そう」心もとなくフェリスが言った。「医者か……どこかに連れて行こう……」

彼らはタッガートを立ちあがらせた。彼は抵抗せず、無気力に従った。そして押されると足を動かした。ゴールトをおとしめたいと思っていた状態にたどり着いたのは彼の方だった。両側から腕をかかえ、二人の仲間は部屋から彼を連れ出した。

彼はふたりをゴールトの目から自分が逃れたがっていると認めざるをえない状況から救ってくれた。ゴールトはあまりにも厳しく鋭い視線で彼らを見ていた。

「戻ってくる」フェリスは警備員の長に大声で言った。「ここにいて誰も中にいれるな。いいな？誰ひとりだ」

彼らはタッガートを入口の木立の傍にとめてあった車に押しこんだ。「戻ってくる」木々に対してか、空の暗闇に対してか、誰にともなくフェリスは言った。

さしあたって確かなことは、彼らがあの地下室から逃げなければならないということだけだった。生きた発電機が死んだ発電機の傍にしばられたままの地下室から。

第十章　最上のものの名のもとに

ダグニーは「プロジェクトF」の入口に立っている警備員に向かってまっしぐらに歩いていた。断固とした堂々たる足音が、静まりかえった木立のなかの小道に響きわたった。彼女は頭を上げ、警備員によく見えるように顔を月光にさらした。

「入れなさい」彼女はいった。

「立ち入り禁止です」ロボットのような声で、彼は答えた。「フェリス博士の命令ですから」

「私はトンプソン氏の命令で来たのです」

「は？……私は……私は何も聞いていません」

「私が聞いています」

「つまり、フェリス博士からは何も聞いていない……ので」

「私の命令です」

「ですがフェリス博士以外の誰からも命令をきくことにはなっていません」

「トンプソン氏に逆らいたいのですか？」

「とんでもありません！　でも……ですがフェリス博士が誰も入れるなと言えば、それはつまり誰も――」不安げに、請うように彼はつけ足した。「――でしょう？」

「私がダグニー・タッガートで、トンプソン氏はじめ最上層部の指導者たちと新聞に写真が載っていたのは知っているでしょう？」

「はい」

「ではかれらの命令に逆らいたいのかどうか決めなさい」

「とんでもありません！　逆らうなんて！」

「では入れなさい」

「ですがフェリス博士にも逆らえません！」

「なら選びなさい」

「ですが選べません！　私に何が選べるっていうんです？」

「選ばなければなりません」

「あの」ポケットから鍵を引っ張りだし、扉に向きながら、彼は慌てて言った。「監督に訊いてみます。あの人なら――」

「いいえ」彼女はいった。

声の響きの何かが彼を振り向かせた。彼女は銃を持ち、心臓に狙いをつけていた。

「よくきいて」彼女はいった。「入れなければ撃つわよ。あなたは先に撃とうとするかもしれない。その選択肢はありえても――それ以外はないわ。さあ決めなさい」

彼の口がぽっかりと開いて、手から鍵がおちた。

「どきなさい」彼女はいった。

彼は扉に背中を押しつけ、狂ったように頭を振った。「なんてこった！」必死の抗弁の文句を彼はぐっとのみこんだ。「トンプソン氏の遣いとわかれば、あなたを撃つことはできません！　だからといってフェリス博士の言葉に逆らってあなたを入れることもできません！　どうすればよいのでしょう？　私は普通の男ですよ！　ただ命令に従っているだけだ！　私の責任じゃない！」

「あなたの命よ」彼女はいった。

「監督に訊かせてくだされば、彼が私に――」

「誰にも訊かせないわ」

「ですがどうしてあなたが本当にトンプソン氏の命令をうけているとわかるのです？」

「わからないわ。うけてないかもしれない。私が勝手に動いていて――あなたは言うことをきいたら罰されるかもしれない。命令があって――あなたは従わなかったら投獄されるかもしれない。フェリス博士とトンプソン氏が同意しているかもしれない。していないなら――どちらかに逆らうしかない。あなたが見極めることよ。訊く人も呼ぶ人も教えてくれる人もいないわ。そういうことを自分で決めなければならないの」

「でも私には決められません！　なぜ私なのですか？」

「私の道を阻んでいるのはあなたの体だから」

「でも決められません！　決めることになっていません！」

「三つ数えて」彼女はいった。「そのあと撃つわよ」

「ちょっと！　ちょっと！　いいとも悪いとも言ってませんよ！」心身を動かさないことが最高の防御手段であるかのように、扉にぴったりとくっついて彼は叫んだ。

「一――」彼女は数えた。恐怖におののいて自分を見つめる相手の目が彼女に見えた――「二――」提供された選択肢が相手には銃よりも怖いと見てとれた――「三」

動物に銃を撃つことさえ躊躇したであろう彼女は、静かにそして事務的に引き金をひき、意識の責任なく存在しようとした男の心臓に向けて真直ぐ発砲した。

彼女の銃は消音装置を搭載していた。大きな音はせず、足下に体がドサリと倒れただけだった。

彼女は地面から鍵を拾いあげた。そして打ち合わせどおり、しばらく待った。

建物の角の後ろからフランシスコがあらわれ、真っ先に彼女と合流し、そのあとハンク・リアーデン、つぎにラグネル・ダナショールドが加わった。建物の周囲には、木のあいだに間隔をおいて四人の警備員がいた。彼らは始末されたあとだった。一人は死に、三人は縛られ、猿轡をかまされて、茂みの中に残されていた。

彼女は無言でフランシスコに鍵を渡した。彼は鍵をあけ、一インチばかり扉を開けたままにして、ひとりで入っていった。三人は隙間の傍で外に待機していた。

廊下の照明は天井の真ん中にある裸電球一つだ。警備員が一人二階へ続く階段の下に立っていた。「誰だね？」主人然とそこへ入っていくフランシスコを見て彼は叫んだ。「誰も今夜ここに来ることにはなっていない！」

「私が来た」フランシスコが言った。

「なんでまたラスティーはあんたを入れたのかね？」

「彼なりの理由があったのだろう」

「想定外だ！」

「きみの想定を誰かが変えたんだな」フランシスコの目は瞬く間に状況を見てとった。二人目の警備員が階段の踊り場に立ち、かれらを見下ろして耳を傾けている。

「あんたは何をやっているんだね？」

「銅の採掘だ」

「は？　つまり、あんたは誰だね？」

「いま言うには長すぎる名前だ。監督に言おう。監督はどこだね?」

「俺が訊いている!」彼は二、三歩後ずさりした。「お……大物ぶるな。いいかげんにしないと——」

「おい、ピート、そいつは本当に大物だぞ!」フランシスコの振る舞いにおののいて、二人目の警備員が叫んだ。

　一人目はそれをなんとか無視しようとしていた。声は恐怖とともに大きくなり、彼は「何の用事だ?」とフランシスコに怒鳴りつけた。

「監督に言うといったはずだ。監督はどこにいる?」

「俺が質問しているんだ!」

「私は答えていない」

「ああ、そうかね?」と、怒鳴ったピートにとって、疑いをもったときの頼みは一つだけであり、彼の手が腰に下げた銃に動いた。

　フランシスコの手は、二人の男たちの目にもとまらぬほど素早く動き、彼の銃は音ひとつたてなかった。次にかれらの目と耳に入ったのは、ピートの手から叩き落された銃と、くだけた指から飛び散った血、そして苦痛の鈍いうめき声だった。彼はうめき苦しみながら崩れ落ちた。二人目の警備員が状況を把握した瞬間、自分に向けられたフランシスコの銃が見えた。

「撃たないでください、だんな!」彼は叫んだ。

「手を上げて降りて来い」片手で銃を持ち、別の手で扉の隙間に合図しながら、フランシスコは命令した。

　警備員が階段を降りるころには、武器を取り上げるためにリアーデンがおり、手足を縛るためにダナショールドがいた。ダグニーの姿は誰よりも警備員を脅えさせたようだ。理解できなかったからだ。三人の男は帽子をかぶり、ウインドブレーカーを身につけており、所作が違っていれば、追いはぎの一味ともみえる。女性の存在は理解を超えていた。

「さあ」フランシスコが言った。「監督はどこだ?」

警備員は頭を階段の方に動かした。「上です」

「建物の中には何人警備員がいる?」

「九名です」

「どこにいる?」

「一人は地下室への階段です。ほかはみんな上です」

「どこだね?」

「大実験室に。窓のある部屋です」

「全員か?」

「はい」

「そこは何の部屋だ?」彼は廊下の先の扉を指さした。

「そこも実験室です。夜は鍵がかかっています」

「鍵をもっているのは誰だ?」

「あいつです」彼は頭でピートを示した。

リアーデンとダナショールドがピートのポケットから鍵をとり、音を立てずに急いで部屋を確認しにいくあいだ、フランシスコが話しつづけた。「建物の中にはほかに誰かいるか?」

「いいえ」

「捕虜がいるんじゃないのか?」

「ああ……ええ、おそらく。いるはずです。そうでなければ見張りをつけてないでしょう」

「いまもここにいるのか？」

「それはわかりません。教えられていませんから」

「フェリス博士はいるのか？」

「いいえ。十分か十五分前に出て行きました」

「では、二階の実験室だが——階段の踊り場から直接出入りできるか？」

「はい」

「ドアは幾つある？」

「三つです。真ん中のやつです」

「ほかの部屋は何だ？」

「一つが小さな実験室で、もう一つがフェリス博士のオフィスです」

「その間に通り抜けられる扉はあるか？」

「はい」

フランシスコが仲間の方に向こうとすると、警備員が請うように言った。「だんな、おたずねしてもよろしいですか？」

「ああ」

「あなたはどなたです？」

社交場で自己紹介するおごそかな口調で、彼は答えた。「フランシスコ・ドミンゴ・カルロス・アンドレス・セバスチアン・ダンコニアだ」

口をあんぐりあけて自分をみる警備員を残して振りかえると、彼はほんの少しのあいだ仲間とひそひそ相談した。

すぐに階段を登っていったのはリアーデンだった――素早く、音もたてず、ひとりで。ネズミやモルモットを入れた檻は研究室の壁に積まれていた。真ん中の長い実験台でポーカーをしていた警備員がおいたのだ。六人がゲームに興じていた。二人は反対側の隅に立ち、銃を手に入口の扉を監視していた。リアーデンが入ってきたとき、その場で撃たれずにすんだのは、あまりにも有名であり、そこにあるはずのない顔のおかげだった。彼の顔をそれと認めながらも信じることができずに目を丸くした八つの頭が彼の目に入った。

入口でズボンのポケットに手を入れて、事業経営者の堂々たるくだけた姿勢で、彼は立っていた。

「責任者は誰だね？」時間を無駄にしない人間の慇懃でぶっきらぼうな声で、彼はたずねた。

「あんた……あんたまさか……」カードテーブルのむっつりとしたのっぽが、どもりながら言った。

「ハンク・リアーデンだ。君が監督かね？」

「そうとも！　だがいったいぜんたいあんたはどこからやってきたんだね？」

「ニューヨークだ」

「ここで何をしている？」

「ということは、つまり君たちは知らされていないんだな？」

「そんな……その、何についてだ？」すぐさま憤然として、上の者たちが自分の権威をとるに足りないと考えているのだろうかと疑っていることは、監督の声の響きで明らかだった。彼は動作がぎこちなく、麻薬中毒者の青白い顔とそわそわ焦点の定まらない目をした長身のやせた男だ。

「ここでの私の仕事についてだ」

「あんたの……あんたがここに用事なんかあるもんか」はったりではあるまいかという不安と、何か重要な首脳部の決定からとり残されたのではないかという不安の間でとり乱し、彼はかみついた。

「あんたは裏切り者で、職務放棄者で――」

「どうやら遅れているようだな、きみ」

部屋にいたほかの七人の者たちは、おそるおそる、迷信じみた不安をいだいて、リアーデンを見つめていた。銃を持った二人はオートマトンのごとく無機質な態度でいまも狙いをつけたままだ。彼はかれらに気をとめた様子はなかった。

「あんたの言うここでの仕事とやらは何だ？」監督がつっけんどんに言った。

「ここに来たのは、君がこちらに引き渡すことになっている捕虜をあずかるためだ」

「本部の人間なら、どんな捕虜だろうが私は何も知らないことになっているのを知っているはずだ――それに誰も捕虜にふれてはならんことを！」

「私以外は」

監督は跳び上がり、電話に突っ走ると受話器をつかんだ。それを耳まで持ち上げないうちに振り落とし、彼はパニックの震えを部屋じゅうに響き渡らせた。電話がつながっておらず、回線が切られているとわかったのだ。

振り返った彼の非難の目は、侮蔑めいたリアーデンの叱責にぶつかって弱まった。「そんな建物の警備のしかたじゃだめだな――こんなことが起こるようでは。捕虜に何かが起こる前にこちらに渡したがいい――不服従はもちろん、職務怠慢で訴えられたくなければ」

ボスはふたたび椅子にドサリと落ち、テーブルごしに前かがみになり、やつれた顔を檻の中で暴れはじめた動物のようにみせる目でリアーデンを見上げた。

「捕虜は誰なんだ？」彼はたずねた。

「きみ」リアーデンは言った。「直属の上司が君に教えるべきじゃないと思ったとすると、私が教えるもんかね」

「あんたがここに来るのも教えるべきじゃないと思ったってわけか！」どうしようもない怒りをあらわにし、部下に無能さを響き渡らせる声で監督が叫んだ。「あんたが本当のことを言っているとどうして私にわかるね？　電話が故障しているのに、誰が教えてくれるってんだね？　どうすれば何をすべきかわかるってんだね？」

「それは君の問題で、私の問題じゃない」

「信じるもんか！」自信ありげに見せようにも、彼の声は高すぎた。「政府があんたなんかをよこすもんか！　行方をくらました裏切り者でジョン・ゴールトの友人で――」

「だが君はきいていないのかね？」

「何を？」

「ジョン・ゴールトは政府と取引して我々全員を連れて戻ったんだ」

「やった！」最年少の警備員が叫んだ。

「だまれ！　おまえは政治的な意見を持つことにはなっていない！」監督が叱りつけ、リアーデンに向き直った。「なぜラジオの発表がなかったんだ？」

「君はいつ、どのように政府が政策を発表するかについて意見を持つとでもいうのかね？」

　長い沈黙の中で、動物がかごの棒をカリカリひっかく音が聞こえた。

「思い出してもらいたい」リアーデンが言った。「君の仕事は命令に異議を唱えることではなく従うことであり、君は上司の政策を知る必要も理解する必要もなく、判断することにも選択することにも疑問を抱くことにもなっていないってことを」

「だが私はあんたに従うべきかどうかわからないんだ！」

「君が拒否すれば結果は君の責任になる」

テーブルにうずくまり、監督はのろのろと値踏みするように、リアーデンの顔から隅の銃を持った男たちの方へ視線を動かした。銃を持った男たちは、ほとんどわからないくらいの動きではあったが狙いを定めなおした。部屋を神経質なカリカリという音が通り抜けた。檻の中の動物がキーキーと甲高い鳴き声をたてた。

「もうひとつ」やや硬い声でリアーデンは言った。「私は一人じゃない。連れが外で待っていると言っておこう」

「どこで？」

「この部屋の四方だ」

「何人？」

「いずれわかる――どちらにしても」

「あの、監督」警備員の中からぶるぶる震える声で呻くようにいった者がいた。「あ、あの連中との対決は避けたほうが――」

「黙れ！」監督が立ち上がり、発言者に向けて銃を振り回しながらわめいた。「ろくでなしどもめ、俺の前で誰も臆病風をふかせるんじゃない！」部下がすでに及び腰だと認識すまいとして、彼は金切り声をあげていた。何かがどういうわけか自分の部下の戦意を萎えさせたという認識に反して、パニックの瀬戸際で、彼は動揺していた。「怖がることなどあるもんか！」自分の唯一の本領、すなわち暴力の領域の安全性を取り戻そうと、彼は自分に向かって叫んでいた。「何も、誰もだ！見てろ！」彼はぐるりと振りかえり、さっと腕を振り上げ、震える手で、リアーデンに向かって発砲した。

警備員たちのなかには、リアーデンが右手で左の肩をつかんで体をぐらつかせるのを見た者がいた。同じ瞬間、監督が悲鳴をあげ、手首からの血がほとばしるのと同時に手から銃が落ちて床を打つのを見た者もいた。やがて誰もが、左側の入口に立ち、いまも消音銃を監督に向けているフランシスコ・ダンコニアを見た。

全員が立ち上がって銃を抜いたが、きっかけを失くし、思いきって発砲できないでいた。

「私ならやめとくが」

「やや！」警備員の一人がはっと息をのんで、おぼえきれなかった名前の記憶をよびさまそうとした。「あれは……あれは世界中の銅山をぶっとばした男だ！」

「いかにも」リアーデンが言った。

彼らは思わずフランシスコから後ずさりし――いまも入口の扉に立ち、左肩に濃いしみを拡がらせたまま、右手に銃をかまえているリアーデンを見た。

「撃て、ばかやろう！」たじろいでいる部下たちに監督が叫んだ。「何をおたおたしているんだ！こいつらを撃ち殺せ！」彼は片腕でテーブルに寄りかかり、もう一方の腕から血を流していた。

「戦わない者は全員訴えるぞ！　死刑にさせるぞ！」

「銃を落とせ」リアーデンが言った。

七人の警備員たちは縮みあがり、いずれにも従わないでいた。

「ここから出してくれ！」最年少の警備員が叫び、右側の扉に突進した。

彼は扉をバタンと開け、後ろに飛びのいた。ダグニー・タッガートが銃を手に敷居に立っていた。

警備員たちはたじたじと部屋の真ん中に身を引き、朦朧とした頭でわけのわからない葛藤に苦しみながら、ふいに現れた伝説的な人物を前にした非現実感のために戦意を喪失し、まるで幽霊に発砲せよと命じられたかのように感じていた。

「銃を捨てなさい」リアーデンが言った。「君たちは自分がなぜここにいるのか知らない。我々は知っている。君たちは捕虜が誰かを知らない。我々は知っている。君たちは上司が彼を警護させたがる理由を知らない。我々には彼をここから出したいと思う理由がある。君たちは戦いの目的を知らない。我々は知っている。君たちが死んだとしても、何のために死んでいるのかはわからない。我々にはわかる」

「こ……こいつの言うことを聞くんじゃない！」監督がどなった。「撃て！　命令だ！」

警備員の一人が監督を見て、銃をとり落とし、腕をあげると、グループから離れてリアーデンのほうにさがった。

「こんちくしょう！」監督がさけび、左手で銃をつかむと逃亡者に発砲した。

男の体が倒れると同時に、窓が割れてガラスの雨が降り――木の大枝から、カタパルトからのように、すらりとした長身の男が部屋の中に飛びこみ、着地すると、もっとも近いところにいた警備員に向かって発砲した。

「おまえは誰だ！」恐怖にくらんだ声で誰かが叫んだ。

「ラグネル・ダナショールド」

三つの音が彼に答えた。パニックの高まる長い呻き声――四丁の銃が床に落ちる音――警備員の一人が監督の額に発砲した五丁めからの銃声。

守備隊の四人の生存者がばらばらの意識を組み立て直しはじめるまでには、彼らの体は縛られ、猿轡をかまされて床にのされていた。五人目は背中で手を縛られて立ったままだった。

「捕虜はどこだ？」フランシスコが彼にたずねた。

「地下室です……たぶん」

「鍵は？」

「フェリス博士です」

「地下室への階段は？」

「フェリス博士のオフィスの扉の後ろです」

「案内しろ」

歩き始めてから、フランシスコはリアーデンの方を向いた。「ハンク、大丈夫か？」

「もちろん」

「休まなくていいのか？」

「かまうもんか！」

フェリスのオフィスの出口から急な石の階段を見下ろすと、踊り場に警備員が見えた。「手を上げてこっちへこい！」フランシスコが命令した。

警備員は毅然とした見知らぬ人間のシルエットと銃のきらめきを見た。それで十分だった。彼は一も二もなく従った。湿っぽい石の地下室から逃れてほっとするようでもあった。彼は縛られて、案内してきた警備員と一緒にオフィスの床に残された。

それから四人の救出者たちは、階段の下の錠のおりた鉄の扉へと一目散に駆けおりていった。かれらはそれまで制御された規律の正確さをもって行動していた。いまや、まるで内側の抑制が解かれたかのようだった。

ダナショールドは錠を叩き壊す道具を持っていた。フランシスコが真っ先に地下室に入り、彼の腕が一瞬――その光景が耐えうるものかどうかを確かめるあいだ――ダグニーの行く手を遮り、それから彼女を先に走らせた。電線のからまりの向こうに、ゴールトのもたげた頭と挨拶を送る視線を見たのだ。

彼女はマットレスの傍に膝をついた。ゴールトは彼女を見上げた。谷での最初の朝に見下したように。彼の笑みは苦痛など知らない笑い声のようであり、声は穏やかで低かった。

「どれも真にうけなくてよかっただろう？」

涙が彼女の頬をつたっていたが、微笑は完全な、堂々たる、輝かしい確信をあらわしており、彼女は「ええ、そう」と答えた。

リアーデンとダナショールドが革紐を切った。フランシスコがフラスコのブランディーをゴールトの唇につけた。ゴールトはそれを飲み、腕が自由になると肘をついて起き上がった。「煙草をくれ」彼はいった。

フランシスコはドルマーク入りの煙草の箱を取り出した。ライターの火に煙草をかざすとき、ゴールトの手が少し震えた。だがフランシスコの手の震えはそれよりも激しかった。

火の向こうの彼の目を見ると、ゴールトは微笑み、フランシスコが口にしていない問いに答える調子で言った。「ああ、かなりこたえたが、耐えられないほどじゃなかった――それにあの電圧じゃ障害は残らない」

「誰であろうといつか見つけ出してやる……」フランシスコが言った。淡々として、重苦しく、ほとんど聞きとれない声の響きが残りを物語っていた。

「見つけたとしても、やつらのなかには殺すものなど残ってはいないだろう」

ゴールトは自分のまわりの面々を見た。かれらの目には安堵の色がありありとうかがえ、険しい顔つきは激しい怒りをあらわにしていた。いまかれらがいかにして彼の苦しみを想像して、それを味わっているのかが明らかだった。

「終わったことだ」彼はいった。「私が苦しんだ以上に自分を苦しめないでくれ」

フランシスコは顔をそむけた。「ただそれがきみだったたってことが……」彼は小声で言った。「きみだったから……ほかの誰かだったら……」

「だがやつらが最後の賭けにでるとすれば、私でなければならなかったし、かれらは一か八かやってみた」――彼は手をさっと振って部屋と――それを作った者たちの意味を――過去の荒野へと払いのけた――「それだけのことだ」

フランシスコは、顔をそむけたままうなずいた。そして答えの代わりに、ゴールトの手首をぎゅっと握り締めた。

ゴールトは起き上がって座ると、筋肉の感覚を徐々に取り戻した。ダグニーがすっと腕を添えると、彼は彼女の顔を見上げた。そこには泣くまいとする緊張感に反して微笑しようとする葛藤があった。それは彼の裸の姿と彼が生きているという事実ほど価値のあるものはないと認識しながら、その肉体が耐えた試練を思う葛藤だった。彼女の視線をとらえて手を上げると、彼は指先で白いセーターの襟に触れた。これから唯一価値をもつようになる事柄をみとめて心に刻もうとするように。かすかに震える彼女の唇がゆるんで、わかったと告げる微笑に変わった。

ダナショールドが、部屋の隅の床に投げ捨てられてあったゴールトのシャツ、スラックス、残りの服を見つけた。「ジョン、歩けると思うか？」彼はたずねた。

「ああ」

フランシスコとリアーデンがゴールトの身支度を助けるあいだ、ダナショールドは落ち着いて、手際よく、何の感情もあらわさず拷問装置をこっぱみじんに砕いた。

ゴールトは足もとがややふらついたが、フランシスコの肩によりかかって立ちあがることはできた。最初の数歩は苦しげだったが、扉にたどり着いたころには、まともに歩けるようになっていた。片方の腕をフランシスコの肩にまわし、もう片方の腕でダグニーの肩を持ち、両方の肩に支えられ、そして支えを与えていた。

さえない月光と、背後の遠い国家科学研究所の窓のもっと重くるしい光を遮断する林の暗闇に守られて丘を歩いて下りるあいだ、かれらは話をしなかった。

フランシスコの飛行機は、隣の丘の向こうにある野原の縁の茂みに隠されていた。あたりは何マイルもの非居住地域だ。枯れ草の荒地を猛進する飛行機のヘッドライトの流れや、運転席のダナショールドに命をふきこまれたモーターの爆音に気づいたり、疑いをもったりする者はいない。

背後でバタンと扉がしまり、足下で車輪が前進する音がすると、フランシスコは初めて微笑んだ。「これは僕がきみに命令する最初で最後のチャンスだ」ゴールトがリクライニングチェアに手足を伸ばすのを助けながら、彼はいった。「おとなしく横になって楽にしていろ……きみもね」彼はダグニーのほうを向きながら、ゴールトの隣の席を指さしてつけ足した。

車輪の回転が早くなった。地面の轍からの小さな揺れをものともせず、速さと目的と軽さを得ていくかのように。運動が滑らかな長い流れになったとき、暗い木立が素早く通り過ぎて窓の下に落ちていったとき、ゴールトはそっと身を乗り出して、ダグニーの手に唇をつけた。彼は外の世界から勝ち取りたかった唯一価値あるものを手にしてそこを去りつつあった。

フランシスコは救急箱を取り出してリアーデンのシャツを脱がせ、彼の傷口に包帯を巻いていた。リアーデンの肩から胸に細く赤い滴が流れ落ちるのがゴールトの目に入った。

「ありがとう、ハンク」彼はいった。

リアーデンは微笑んだ。「初対面で礼を言った私に君が言ったことを繰り返そう。『私が自分のために行動したのだと君が理解していれば、感謝の必要はないとわかるだろう』」

「君の答えを繰り返そう」ゴールトが言った。「『だから礼を言うんだ』」

まるで声明など必要ない硬い盟約の握手を交わすかのようにふたりが見つめあっていることにダグニーは気づいた。リアーデンは彼女の視線をとらえ――谷から彼女に送った伝言を視線で繰り返すかのように、承認の笑みのように、わずかに目を縮めた。

ダナショールドが急に宙に向かってはりあげた陽気な声がきこえ、彼が飛行機の無線で話しているとわかった。「ああ、全員無事だ……ああ、怪我はない。軽い震蕩だけで、いま休んでいる……いや、後遺症はない……ああ、全員ここにいる。ハンク・リアーデンが軽傷を負ったが」――彼は肩越しに振り向いた――「たったいま僕の方を向いて笑っているところだ……損傷？　現場でちょっと損気を起こしたかもしれないが、いまはもう正気だぜ……ゴールト峡谷に先乗りしようなんて考えるな。こっちが先に着陸する――それから食堂でケイが君たちの朝食を仕度するのを手伝う」

「外の人間に彼の言葉が聞こえるの？」ダグニーがたずねた。

「いや」フランシスコが言った。「やつらには受信能力のない周波数だ」

「誰に話しているんだ？」ゴールトがたずねた。

「谷の男性人口の半分ほどだ」フランシスコが言った。「あるいは使える飛行機全部の座席の数だけ。みな僕らの後ろを飛んでいるよ。じっと家にいてきみをたかり屋の手に残したままにしておくやつがいるとでも思ったのか？　僕らは必要とあらば研究所にでもウェイン・フォークランドにでも正面きって武力攻撃をかけてきみを連れ出す準備をしていた。だがそうなればやつらが敗北を悟ったときにきみを殺す危険があった。だから最初に四人だけでやってみることにしたんだ。もし僕らが失敗していれば、ほかのみんなが正面攻撃をしかけていたはずだ。一キロ先で待機していたからね。丘の林の中には、僕らが出るのを見てそれを全員に伝える役の人間を配置しておいた。エリス・ワイアットが責任者になった。ちなみに、彼はきみの飛行機で来た。ニューハンプシャーに来るのにフェリス博士に遅れをとったのは、僕らの飛行機は遠くの隠れた離着陸場にあったが、やつには公の空港が使えるという強みがあったからなんだ。ま、それもそのうちなくなるだろうが」

「ああ」ゴールトが言った。「そのうち」

「まあ障害はそれだけだった。残りは簡単だった。一部始終はあとで話そう。とにかく、やつらの警備隊をやっつけるには僕ら四人で十分だったってわけ」

「数世紀もしないうちに」ちょっと振り返って、ダナショールドが言った。「自分よりも優秀な人間を武力で制圧できると考えている獣は、個人だろうが公人だろうが、単なる暴力が頭脳と武力を敵にまわしたらどうなるか思い知るはずだ」

「もう思い知っただろう」ゴールトが言った。「それこそ君が十二年間やつらに教えてきたレッスンじゃないのか？」

「僕？　ああ。だが学期は終わった。僕の暴力は今夜が最後だ。あれで十二年間が報われたね。部下のやつらはもう谷で家を建てはじめてるころだろう。船は誰にもみつからないところに隠してある。もっと文明的な用途のために売却できるようになるまでね。船は大西洋間の定期客船になる――大きくはなくとも最高のやつだ。僕自身は、別の科目を教える準備にかかるよ。僕らの先生の最初の教師の研究を掘り下げなければと考えている」

リアーデンがくすくすと笑った。「大学の教室で君の最初の哲学の講義に出てみたいものだ」彼はいった。「生徒たちがどうやって課題に集中できるのか、かれらが聞きたがるに違いない無関係の質問に君がどうやって答えるのか見ものだぜ」

「答えは課題のなかに見つかると教えるよ」

眼下の大地に光はまばらだった。田舎には役所の建物の窓にときおり光がともり、あれた家の窓にろうそくの光が震えているほかは、一面真っ暗でからっぽだ。地方に暮らす人びとのほとんどは、人工照明が途方もない贅沢であり、日没が人間の活動を終わらせた時代の生活にまでとうの昔に落ちぶれていた。町は引き潮に取り残されたところどころの水溜りに似ている。いまもわずかばかりの電気の滴はあるものの、配給と割当と統制と電力節約令の砂漠のなかで乾きつつある。

だがかつての潮流の源——ニューヨーク市——がはるか前方に現れたとき、それはなおも空に光を放っており、なおも原始の暗黒に挑んでいた。まるで瀬戸際のあがきのなかで力の限り救いを求めつつ、空を横切る飛行機に腕をのばしているかのように。いつのまにか誰もが居住まいを正していた。かつての偉人の臨終の床で敬意を抱きつつ見守るように。

見下ろすと、最期の痙攣が目に入った。車の光は迷路にはまりこんだ動物のごとく狂ったように出口を探し、道を突っ走っている。橋は車で溢れかえり、橋の入口はヘッドライトがかたまった静脈となり、すべての動きを止める輝く渋滞のボトルネックとなり、けたたましいサイレンの絶望的な響きが飛行機の高さまでかすかに届いた。大陸の動脈が切れたという報せがはや街を席巻し、人びとは仕事をなげうってパニックのなかでニューヨークを捨てようと逃げ道を探していたが、道という道は断たれて脱出はもはや不可能だった。

飛行機が高層ビル群の上空にきたとき、突如として、急に戦慄が走るように、地面がそれをのみこむために裂けたかのごとく、街が地表から消滅した。一瞬の間をおいて、パニックが発電所にもおよび――ニューヨークの光が消えたのだとかれらは悟った。

ダグニーが息をのんだ。「うつむくな！」ゴールトが厳しく命じた。

彼女は彼の顔を見上げた。そこには彼が事実に対峙するときに常に見せていた厳格さがあった。

フランシスコの話を彼女は思い出した。「あいつは既に二十世紀社を辞めていた。スラム街の屋根裏部屋に住んでいた。あいつは窓まで歩いていって街の摩天楼を指さした。そして世界じゅうの光を消さなければならない、ニューヨークの光が消えるとき、仕事が終わったとわかるだろう、と言ったんだ」

三人の男たち――ジョン・ゴールト、フランシスコ・ダンコニア、ラグネル・ダナショールド――がしばし静かに視線を交わしあったとき、彼女はそのことを思った。

彼女はリアーデンを見た。彼は下ではなく、前方を見ていた。かつて手つかずの荒野を見ていたときのように、行動の可能性を査定する目で。

前方の暗闇を見たとき、彼女の頭のなかでまた別の記憶が甦った。アフトン空港の上空で旋回し、地上の暗闇から不死鳥のように上昇する銀の機体を見ていたときのことだ。いま、この時間に、かれらの飛行機がニューヨーク・シティーに残されたすべてを運びつつあった。

彼女は前方を見た。かれらのプロペラが遮るものもなく航路を突っ切っている空のように、大地はからっぽに――からっぽで自由になるだろう。ナット・タッガートが事業に着手するときに感じたことと、なぜいまはじめて自分が彼に完全に忠実に従っているのかを彼女は知った。虚無に立ち向かい、築くべき大陸があるという自信に満ちた感覚をもって。

過去の苦しい闘いの全体が目の前に現れては消え、この瞬間の高みに自分をおいていくように彼女は感じていた。彼女は微笑んだ。過去を評して封じる心の中の言葉は、勇気、誇り、そして献身という言葉であり、それはたいていの人間が理解したことのないビジネスマンの言語、「代価は問わず」という言葉だった。

地表の暗闇に、長く明るいヘッドライトで行く手の安全を確かめながら虚空を西方向にのろのろ進む小さな光の点の連なりを見たときも、彼女は息をのんだり震えたりはしなかった。それが列車であり、虚無のほかに行きつく場所はないと知っていたにもかかわらず、彼女は何も感じなかった。彼女はゴールトを見た。彼はまるでその思考をたどっていたかのように、彼女の顔を観察していた。その顔には彼女自身の笑顔が映し出されていた。「これが終わりね」彼女はいった。「始まりだ」彼が答えた。

それからふたりは、椅子にもたれてじっと横になり、無言で見つめあっていた。やがて未来の集約と意味として、相手が互いの意識を満たしたが――その意識には一人の人間の存在価値を他の人間が具現化するにいたるまでに勝ち得なければならなかったすべてがふくまれていた。

ニューヨークがはるか後方に過ぎ去ったとき、ダナショールドが無線からの呼び出しに応答するのがきこえた。「ええ、起きていますよ。今夜は眠らないでしょう……ええ、話せるはずです」彼は肩越しに振り返った。「ジョン、アクストン博士が話したいそうだ」

「何だって？　彼が後ろの飛行機にいるのか？」

「もちろん」

ゴールトは身を乗り出してマイクをつかんだ。「こんにちは、アクストン博士」彼はいった。静かな低い口調は、空中を通じて送られた笑顔を音声にしたイメージだった。

「やあ、ジョン」ヒュー・アクストンの声のやけに意識的な確かさは、この二語をふたたび発することがあるかどうかを知るまでどんな思いで待っていたかを物語っていた。「ただきみの声が聞きたかっただけだ……無事を確かめるために」

　ゴールトはくすくす笑い、よく学習したレッスンの証拠として完成した宿題を誇らしげに見せる生徒の口調で答えた。「もちろん無事ですよ、教授。当然です。AはAですから」

＊　＊　＊

　東海岸行きの機関車コメットはアリゾナの砂漠の真ん中で故障した。一見わかる原因もなく、限界を認めようとしなかった男のように、それは突然停止した。どこか負担のかかりすぎた接続部分がこれきりぷっつり切れてしまったのだ。

　エディー・ウィラーズが車掌を呼ぶと、車掌は随分と時間がたってからやってきた。顔に浮かんだ諦めの表情から、質問への答えが察せられた。

「ウィラーズさん、機関士が故障箇所を探しているところです」希望を持たなければと思いながらも年来持ったことがないとわかる口調で、車掌は穏やかに答えた。

「機関士にわからないのか?」

「調べているところです」車掌は慇懃に三十秒ほど待つと、背を向けて出ていこうとしたが、なにかおぼろげな、合理的な習慣によって、説明しようと努力すれば認めていない恐怖が耐えやすくなると考えたかのように、立ち止まって自分から説明した。「ウィラーズさん、あの手のディーゼルはもう運行させられる状態じゃない。ずっと昔から修理する価値もなかったくらいです」

「わかってる」エディー・ウィラーズは穏やかに言った。

　車掌は説明しないほうがましだったことを感じとった。説明がこのごろでは誰も追及しない疑問につながったからだ。彼は頭を振って出ていった。

エディー・ウィラーズは窓の向こうのからっぽの暗闇をじっと見ていた。これはここ何日来はじめてサンフランシスコを出発した東海岸行きのコメットだ。大陸横断交通を復活させようとする苦しい努力の賜物だ。この数日間の負担や、目標の概念なく人が戦っている内戦の大混乱からサンフランシスコのターミナルを救うためにしなければならなかったことはよく覚えていない。移り変わるその時々の状況に応じてした取引は思い出しようがなかった。ただ、三つの異なる敵対勢力の指導者たちからターミナルへの特権を得たこと、ターミナル部長の役職にまだ見切りをつけていない男をみつけたこと、手に入る限りで最高のディーゼル機関車と最高の乗務員であと一便の東海岸行きのタッガート・コメットを出発させたこと、そして自分の成果がどれくらいもちこたえるのかわからないまま、ニューヨークに戻るためにコメットに乗りこんだことだけは確かだった。

これほど夢中で働いたことはない。どんな仕事でも常にそうしてきたように、彼は良心的に仕事をした。だがそれはあたかも真空で働いているかのようであり、自分のエネルギーが送信機を見つけることもなく、砂のような……コメットの窓の向こうにある砂漠のようなものに突入してしまったかのようだった。彼はぞくりとした。動かなくなった機関車に一瞬、親しみを感じたからだ。

しばらくして、彼はもう一度車掌を呼んだ。「どんな具合だ?」彼はたずねた。

車掌は肩をすくめて頭を振った。

「機関助士を線路電話に送るんだ。一番優秀な機械工をよこすよう部門本部に伝えなさい」

「はい」

窓の向こうには何も見えない。明かりを消すと、始まりもなければ終わりもない黒いサボテンが点々とつづく灰色の広がりをエディー・ウィラーズは見ることができた。列車がなかった時代、人はどのようにして、いかなる代価を払ってここを横切ったのだろうか、と彼はおもった。彼は頭を揺さぶって、パチンと明かりをつけた。

差し迫った不安を感じるのはコメットが異郷の地にいるからにすぎない、と彼はおもった。コメットは慣れない線路――アリゾナを通る大西洋南部鉄道から借りた線路、かれらが無料で使用している線路で立ち往生している。ここから出してやらなければ、と彼はおもった。自分の線路に戻ればすぐに、こんな風に感じなくなるだろう。だがそこに連絡するミシシッピ川のタッガート橋の岸は、急にどうしようもなく遠くおもえてきた。

いや、それだけじゃない、と彼はおもった。把握することも追い散らすこともできない不安で自分をさいなむイメージが何かを認めなければならない。明確にするほどの意味はないが、片付けてしまうには不可解すぎるイメージだ。ひとつは二時間以上前に通り過ぎた途中通過駅のイメージだ。プラットホームには人気がなく、小さな駅舎の窓には煌々と明かりがともっていることに彼は気づいた。光はからっぽの部屋から射していた。建物の中にも外の線路にも人っ子一人いなかった。別のイメージは次の通過駅だ。ホームは扇動された暴徒であふれかえっていた。いまはどの駅の光や音からもはるか遠くにいる。

コメットをここから出してやらなければ、と彼はおもった。どういうわけかそれはひどく差し迫ったことのように感じられ、コメットの運転を再開させることは極めて重要に思われた。からっぽの車両でざわついているのはほんの一握りの乗客に過ぎない。人には行き場がなく、到達すべき目標もない。彼が戦っているのは乗客のためではなかったが、誰のためと言うこともできなかった。二つの文句が、祈りの曖昧さと絶対的で強烈な力をともなって彼をつき動かし、頭の中に答えとしてこびりついていた。一つは、「太平洋から大西洋まで、永遠に」――であり、もう一つは、放っておかないで!……だった。

車掌は一時間後に機関助士と一緒に戻ってきたが、ふたりの表情は奇妙に険しかった。

「ウィラーズさん」機関助士がゆっくりといった。「部門本部は応答しません」

エディー・ウィラーズは居住まいを正し、頭では信じることができないものの、どういうわけかこれは予期していたことだと不意に悟った。「ありえない!」低い声で、彼はいった。機関助士は身じろぎもせずに彼を見ていた。「線路電話が故障したに違いない」

「いいえ、ウィラーズさん。故障ではありません。電話線はちゃんとつながっています。部門本部が機能していないのです。つまり誰も電話にでる者がいないか、あるいは電話をとろうとする者がいないかです」

「だがそんなことはありえないってわかるだろう!」

機関助士は肩をすくめた。このごろ人は、どのような災難であろうとも、ありえないとは考えなくなっていた。

エディー・ウィラーズはすっくと立ち上がった。「列車の端から端までいって」彼は車掌に命令した。「全部の——つまり、人のいるところの扉を叩いて、乗客のなかに電気技師がいるかどうか調べるんだ」

「はい」

エディーは、自分と同じく相手も、かれらがみた意気消沈した乗客の中にそんな人間は見つからないだろうと感じていると知っていた。彼は機関士の方を向くと、「来なさい」と命令した。

ふたりは一緒に機関車に乗りこんだ。白髪まじりの機関士は椅子に座り、外のサボテンをじっと眺めていた。機関車のヘッドライトはともったまま、溶けていく枕木ばかりの闇に動かない真直ぐな光を放っていた。

「何が故障しているのか調べよう」コートを脱ぎながら、命令とも懇願ともとれる声で、エディーは言った。「もう少しやってみよう」

「はい」憤慨するでも希望をもつでもなく、機関士はいった。

機関士の乏しい知識の蓄えは尽き果てていた。彼は考えつく限りの問題の原因を確認した。機械装置の天辺から下まで這いまわり、部品のねじをゆるめては締めなおし、取りはずしては置き換え、思いつくままにモーターを分断していた。時計をバラバラにする子どものように、だが知ることができるという確信はなく。

機関助士は運転室の窓から上体を乗り出し、暗黒のしじまに目をやると、冷えつつある夜気にさらされて身震いした。

「心配するな」自信のあるふりをして、エディー・ウィラーズが言った。「最善を尽くさなければならないが、うまくいかなくても、遅かれ早かれ救援が送られてくるだろう。こんなに人里離れたところに列車を見捨てるようなことはするまい」

「昔はしませんでした」機関助士はいった。

ときおり、機関士は油で汚れた顔を上げて、エディー・ウィラーズの油で汚れた顔とシャツを見た。「ウィラーズさん、無駄じゃありませんか?」彼はたずねた。

「放っておくわけにはいかないんだ!」エディーは猛然と答えた。おぼろげながら、彼は自分が意味しているのはコメット以上の……鉄道以上のもののことだと気づいていた。

運転室から出て三つのモーター室を通ってまた運転室に戻ると、手からは血が流れており、シャツは背中にくっついており、エディー・ウィラーズは機関車について知っていたこと、大学で学んだことのすべてを思い出そうとしていた。そしてそれよりも前、ロックデール駅の駅長にガタゴト進む構内機関車の梯子から追い立てられたころ見聞きして覚えたことのすべてを。断片はつながらなかった。頭の中はごちゃごちゃだった。モーターは彼の専門ではなく、彼には知識がなく、その知識を発見することがいまや死活問題なのだ。彼は円筒、羽根、ワイヤ、いまも光の点滅する制御盤を見ていた。そして頭の縁まで押し寄せる考えを押し戻そうと懸命だった。どれほどの可能性があり、どれくらいかかるだろう――数学的な確率の理論に従えば――未開人が指尺で作業して、的確な部品の組み合わせに行き当たり、この機関車のモーターを創り直すには？

「ウィラーズさん、無駄じゃありませんか？」機関士がうめいた。

「放っておくわけにはいかないんだ！」彼は叫んだ。

何時間が経過したのか、機関助士がいきなり、「ウィラーズさん！　見てください！」と叫ぶのがきこえた。

機関助士は窓の外に身を乗り出して、後方の暗闇を指さしていた。

エディー・ウィラーズは見た。はるか遠方で風変わりな弱い光がたよりなく揺れている。動いているかいないかの速さで進んでいるようだ。それは判別できる種類の光には見えなかった。

しばらくすると、ゆっくり前進してくる大きな黒い形を判別できた。それは線路と平行に動いていた。光の点は地面の上に低くぶら下がり揺れている。彼は耳を澄ましたが、何も聞こえなかった。

やがて馬のひづめのように響くかすかなくぐもった音を彼はとらえた。隣にいる二人の男は、まるでなにか超自然の幻影が砂漠の闇から出てきてこちらに向かってくるかのように、恐怖をつのらせて黒い形を見つめている。形が見えはじめて正体を知った二人が突然おかしそうに忍び笑いをした瞬間、エディーの顔がこわばり、彼らの想像したどんな幽霊よりもおそろしい幽霊を見ておののく表情をした。幌馬車の隊列だ。

揺れるランプは機関車の脇でがくんと止まった。「やあ、乗っていくかね？」隊長らしき男が叫んだ。彼はくすくすと笑っていた。「立往生してるんだろ？」

コメットの乗客たちは窓の外に目を凝らしており、ステップを降りて接近しつつある者もいた。幌馬車から、家財道具の山の間から、女たちの顔がのぞいた。赤ん坊がキャラバン後方のどこかで泣きわめいている。

「頭がおかしいのか？」エディー・ウィラーズがたずねた。

「いや、本気だぜ。場所はいくらでもある。ここを出たけりゃ――お代はいただくが――みんな乗っけてってやろう」彼はのっぽの神経質そうな男で、ぞんざいな身振りと人を食った声をしたサーカスの客引きに見えた。

「これはタッガート・コメットだ」息を詰まらせて、エディー・ウィラーズが言った。

「コメットねえ。俺には死んだ毛虫に見えるがな。どうした？　あんたら動いてなさそうだがね――それにどこに行こうにも行けやしないぜ」

「どういう意味だ？」

「ニューヨークに行こうと思ってるわけじゃないだろ？」

「これはニューヨーク行きだ」

「てことは……じゃあ聞いてないのかね？」

「何を？」

「なあ、最後にどっかの駅と連絡をとったのはいつだね？」

「知るか！……何を聞いたっていうんだ？」

「あんたらのタッガート橋が消えちまったって話だ。あとかたもなく。こっぱみじんにぶっとばされてね。音線の爆発かなんからしい。誰も確かなことは知らん。ただミシシッピ川を渡る橋はもうねえな。ニューヨークも終わり——どっちにしろ、俺やあんたはそこまでたどりつけやしねえ」

エディー・ウィラーズにはそのあと起こったことがよくわからなかった。彼は機関士の椅子の脇に倒れこみ、モーター室の開いた扉を見つめていた。どれくらいそうしていたのかわからなかったが、ようやく頭を動かして、自分が一人きりだと気づいた。機関士と機関助士はもう運転室にはいなかった。外からはがやがや騒ぐ人の声や、悲鳴や、すすり泣きや、大声で叫ばれる質問がきこえ、サーカスの客引きの笑い声がした。

エディーは運転室の窓に近寄った。コメットの乗客と乗組員はキャラバンの隊長とぼろをまとったその一行のまわりに群がっていた。隊長は命令の仕草で腕をだらしなく振りまわしている。コメットからのましな身なりの婦人たちは、どうやら夫が真っ先に取引をしたらしく、すすり泣いたり上品な化粧箱を握り締めたりしながら、幌馬車に乗りこんでいた。

「さあ乗った乗った！」客引きが陽気に大声を上げていた。「みんなに場所はあるよ！　ちょっと混んでるが、動いてる——ここにとり残されてコヨーテの餌になるよりまし！　機関車の時代は終わりだよ！　わかりやすい昔ながらの馬があるだけ！　遅いが確実！」

エディー・ウィラーズは人だかりが見え、声が届くように、機関車の脇の梯子の途中までおりた。そして片方の腕で手すりをつかみながら、もう片方の腕を振った。「どこへ行くんです？」乗客に向かって彼は叫んだ。「まさかコメットを見捨てていくわけじゃないでしょうね？」

彼を見たくも彼に答えたくもないかのように、かれらは少し身を引いた。自分の頭ではよく考えることのできない問いを耳にしたくはなかったのだ。彼が見たのは無分別なパニックの表情だった。

「あの修理工はどうしちまったんだ?」エディーを指さして、客引きがたずねた。

「ウィラーズさん」車掌が穏やかにいった。「無駄です……」

「コメットを見捨てるな!」エディー・ウィラーズが叫んだ。「放っていくなんて! ああ、放っていくなんて!」

「あんたは頭がおかしいのかね?」客引きが叫んだ。「てめえの駅や本部で何が起こってるのかちっともわかっちゃいねえ! やつらときたら頭をちょん切られた鶏の群れみたいにうろうろ走り回ってるんだぜ! 明日の朝までに、ミシシッピ川のこちら側で営業を続けてる鉄道は一社もなくなるはずだ!」

「ウィラーズさん、一緒にいらしたほうがよろしいでしょう」車掌がいった。

「だめだ!」自分の手が早くこれになればというかのように金属の手すりを握りしめながら、エディーが叫んだ。

客引きは肩をすくめた。「ま、あんたの葬式だ!」

「どちらに向かっているんです?」エディーを見ずに機関士がたずねた。

「ただ行くだけだよ! ただ止まる場所を……どこかに探すんだ。俺たちカリフォルニアのインペリアル・バレーから来たんだ。『人民党』の軍団が作物やら地下室にあった食べ物やらをひったくってっちまったからね。貯蔵用、とかなんとか言ってよ。だから俺たちは荷物をまとめて出てきたってわけ。ワシントンの連中のおかげで夜行軍だ……住むとこを探してるだけなんだが……一緒に来るのは歓迎だぜ、あんた、家がないってんなら――それかどっかの町に近いところにおろしてやることもできる」

キャラバンの者たちは――エディーは無関心におもった――秘密の自由居住地を開拓するには性

根が悪すぎるようであり、奇襲強盗になるにはあくどさが足りないように見えた。ヘッドライトの動かない光線と同じで、探すあてはない。そして光線のように、からっぽの大地のどこかで散り散りに消えていくことだろう。

彼は光線を見上げ、梯子を動かなかった。タッガート・コメットの最後の乗客が幌馬車に移されていくのを見ようとはしなかった。

車掌が最後に行った。「ウィラーズさん！」彼は必死で叫んだ。「一緒に行きましょう！」

「いやだ」エディーは言った。

サーカスの客引きは、頭上の機関車の脇のエディーにさっと上向きに腕を振った。「自分のやってることがわかってんのかね！」脅すような請うような声で、彼は叫んだ。「たぶん誰かやってきて拾ってくれるよ——来週か来月にでも！　たぶんな！　こんなときに誰がくるだろうね？」

「早く行け」エディー・ウィラーズが言った。

馬車が前に動き、ガタガタと揺れながら闇の中へ消えていくと——彼はふたたび運転室に登った。そして動かない機関車の機関士の椅子に座り、役に立たないスロットルに額を押しつけた。手仕事の優越性をもって自分を冷やかす野蛮人のカヌーに救われるよりはむしろ船と一緒に沈むことを好む遭難した遠洋定期船の船長のような気がした。

するとふいに、くらくらするような、どうしようもない義憤がわいてきた。彼は立ちあがり、スロットルをつかんだ。列車を出発させなければならなかった。名状しがたいあるものの勝利のために、機関車を動かさなければならなかった。

考えたり、計算したり、恐れたりする段階を通り過ぎ、ある正義の反抗心につき動かされ、彼はメチャクチャにレバーを引っ張っていた。そしてスロットルをぐいぐい動かし、動かないデッドマンペダルを踏み、遠くも近くも思えるビジョンを捜し求めていた。必死の戦いがそのビジョンにあおられたものであり、そのための戦いであることだけがわかっていた。

放っておくなんて！　心が泣き叫んでいた——ニューヨークの街路を見ながら——放っておくなんて！——鉄道信号の光を見ながら——放っておくなんて！——工場の煙突から悠々と立ち上る煙を見ながら、煙を突き抜けてそのビジョンのもとのビジョンにたどりつこうとしながら。

　すると不意に陽光の感覚と松の木が頭の片隅をよぎり——彼はいくつものワイヤを引っ張り、つなげては引き離していた。ダグニー！——いつのまにか音もなく彼は泣いていた——ダグニー、僕らのなかで最上のもののために！……彼は効かないレバーや動かすもののないスロットルをぐいぐい動かしていた……ダグニー！——日光のあふれた森の野原の十二歳の少女に向かって彼は叫んでいた——僕らのなかで最上のものの名のもとに、いま僕はこの列車を動かさなきゃならないんだ……ダグニー、これがそうだったんだ……あのとき、きみはそれを知っていたけど、僕は知らなかった……振り返って線路を見たとき、きみはそのことを知っていた……僕は言ったっけ、「仕事をして暮らしていくことじゃなくて」……だけど、ダグニー、仕事をして暮らしていくことと、人間のなかでそれを可能にするもの——それが僕らのなかで最上のもの、それこそ守るべきものだったんだ……それを救うために、ダグニー、いま僕はこの列車を動かさなきゃならない……

　運転室の床に崩れ落ちていることに気づき、ここでできることはもはや何もないと知ったとき、彼は立ちあがり、梯子を降り、機関士が確かめたはずだと知りながら、ぼんやりと機関車の車輪のことを考えていた。地面に落ちたとおもうと、足もとにざくりと砂漠の土を感じた。彼はじっと立ち、とてつもない静寂の中で、コメットが動けなくなって動く自由を与えられた目に見えぬ軍隊の忍び笑いのような暗闇の回転草のざわめきを聞いた。近くでそのざわめきが急に鋭くなり——タッガート・コメットの車両の昇降段のにおいをかごうとして伸び上がった小さな灰色のウサギが見えた。激しい怒りに殺気だち、彼はウサギのいる方向へと突進した。まるで小さな灰色のかたちをした敵の進行を食い止めることができるかのように。ウサギは暗闇のなかへ走って逃げたが――進行が食い止められたわけではないことはわかっていた。

機関車の前まで歩き、彼はＴＴの文字を見上げた。そしてレールに崩れ落ちると機関車のもとでむせび泣いた。すると頭上で動かないヘッドライトが消え、あたりは果てしない闇につつまれた。

＊　＊　＊

リチャード・ハーレイの協奏曲第五番の音楽が窓ガラスを通り抜けて空中に広がり、谷の明かりへと鍵盤から流れていた。勝利の交響曲だ。音は高みへ流れ、上昇を語り、それ自体も上昇している。それは上へ向かう動きの本質と形であり、人間の行動すべてを具現化し、のぼりゆくことこそが目的といわんばかりだ。雲間からの強い日差しのように音は放たれて広がっていく。そこには解放の自由と目的の緊張がある。それは空間を一掃し、さえぎられない努力の喜びだけを残していく。喜びを語るのはかすかな音の余韻だけだが、それは醜さも苦しみもなく、いらなかったという発見の愉快な驚きに満ちていた。それはとてつもない解放の歌だった。

谷の明かりは雪に覆われた地面を輝かせていた。岩棚と太い松の枝にはいまも雪が積もっている。だが樺の木の裸の枝には、春の萌芽を高らかに告げるかのような、上向きの力が働いている気配がうかがわれた。

山腹の四角い光はマリガンの書斎の窓だ。マイダス・マリガンは地図と数字を前に机に座っている。彼は自分の銀行の資産を一覧にし、投資計画に取り組んでいた。そして選定した場所を書き留めていた。「ニューヨーク――クリーブランド――シカゴ……ニューヨーク――フィラデルフィア……ニューヨーク……ニューヨーク……ニューヨーク……」

谷底の四角い光はダナショールドの家の窓だ。ケイ・ラドロウが鏡の前に座り、使い古したケースのなかに広げた映画のメイクの色合いを吟味している。ラグネル・ダナショールドは長椅子に体を伸ばし、アリストテレスの著作を読んでいた。「……なぜなら公理と呼ばれるこれらの真実は、ほかとは別のある特別な部類にでなく、存在するすべてにあてはまるからである。それは存在としてのいかなる存在にもあてはまるものでありすべての人々が用いるものだ……存在する何かを理解する者なら誰でも有すべき原理は仮説ではない……それゆえ明らかにそうした原理が何にもまして確実なのである。これがいかなる原理であるかを次に述べよう。それは、ある属性が同時に、同一側面において同一の基体に属しかつ属さないことはありえないという原理である……」

農地の四角い光はナラガンセット判事の書斎の窓だ。判事はテーブルに座り、ランプは古文書の写しを照らしていた。文中でその破綻の原因となった矛盾箇所にはしるしがつけられ、線で消してあった。彼はいま新しい条項をその頁に追加していた。「国会は生産と貿易の自由を縮小する法律を作ってはならない……」

森の真ん中の四角い光はフランシスコ・ダンコニアの小屋の窓だ。フランシスコはめらめら燃える火の傍に横たわり、紙の上に覆いかぶさり、製錬所の図面を仕上げているところだった。ハンク・リアーデンとエリス・ワイアットが暖炉の傍に座っていた。「ジョンが新しい機関車を設計して」リアーデンが言っていた。「ダグニーがニューヨークとフィラデルフィア間の鉄道を開通させる。彼女は――」次の文句を聞いて、フランシスコが急に頭をあげてからからと笑った。それは歓迎と勝利と解放の笑いだった。いま屋根のはるか上空で流れているハーレイの協奏曲第五番の音楽は届いてはいなかったが、フランシスコの笑い声がその音に匹敵した。その文句に、フランシスコは全国の家々の広々した芝生に降りそそぐ春の陽光を、モーターの輝きを、新しい摩天楼になるべくそびえたつ骨組みの鋼鉄の輝きを、そして不安も恐れもなく未来を見ている若者の目を見ていた。

リアーデンが口にした文句は「彼女は高い貨物料金をふっかけて身ぐるみはがそうとするだろうが——支払えるだろう」というものだった。

登りうるかぎりもっとも高い山棚で、宙をゆったりと縫うかすかな輝きは、ゴールトの髪を照らす星の光だ。彼は眼下の谷ではなく、山壁の向こうの世界の暗闇をじっと見ていた。ダグニーの手は彼の肩におかれ、彼女の髪は風になびいて彼の髪と絡みあっている。なぜ彼が今夜山の中を歩きたがったのか、そして何を考えようと立ち止まっていたのかを彼女は知っていた。彼が語るべき言葉と、真っ先にそれを聞くのは自分だということを。

ふたりには山の向こうの世界は見えず、暗闇の虚空と岩があるだけだったが、闇には大陸の廃墟が隠されていた。屋根のない家々、錆びていくトラクター、明かりの消えた街路、さびれた線路。だがはるか遠い大地の端で、小さな炎が風に揺らめいている。ねじれ、引き裂かれては威力を取り戻し、絶やされることのない反抗的で頑ななワイアットのトーチの炎だ。それはジョン・ゴールトがいま発しようとしている言葉を呼び求め、待っているようだった。

「障害はなくなった」ゴールトが言った。「世界に戻ろう」

彼は枯れた大地の上に手を上げて、宙にドルマークを描いた。

（完）

本書は一九五七年に刊行されたAyn Randの*Atlas Shrugged*を底本として翻訳したものです。

訳者あとがきにかえて

もしアイン・ランドという作家に出会わなければ小説の翻訳なんて考えなかっただろう。そして、私の進んだ道も今とはすっかり違ったものになっていたことも確かだと思う。

大学生の頃、ワシントンDCの本屋で『ファウンテンヘッド』を買った。アメリカの学生にはよくあることらしいが、そのあと『アトラス・シュラグド』へ進み、まもなくアイン・ランドの本をみかけると、自動的に買物カゴに入れるようになった。

当時、英語の本を読むという行為がおもに勉強の一部だったのに対して、ランドの小説を読むという行為はとてもパーソナルな娯楽だった。漠然と感じていたことが次々と言語化され、くっきりとした輪郭をもって認識され、意味を持ち始めた。それはリアルな哲学体験でもあった。

同時に、アイン・ランドを読むことは、アメリカという国のありかたを確認することでもあった。『ファウンテンヘッド』と『アトラス』に登場する独立独歩の主人公たちや、ハワード・ロークが設計したサマーリゾート、本書のゴールト峡谷の描写から、私は渡米して最初に暮らしたカンザスシティー郊外の町と人々を思い出した。その町で、人々はプライバシーを守って静かに堅実に暮らしていた。広い庭の芝生をきっちり刈る律儀なかれらの多くはフレンドリーだったが、かたくなに自分の頭で考えようとし、自分が正しいと考えたこと《ビリーヴホワットユーシンクイズライト》を信じようとしていた。善良で敬虔なクリスチャンのかれらは、ランドのヒーローにはなりえないしなりたくもないだろうが、両者が共有している個人主義——自由と自立についての規範は私の目には同じアメリカの姿として映った。

さらに、『アトラス』の世界観は、一九九〇年代なかばに暮らしていたワシントンの流行意識にも重なった。冷戦の終焉からまもないアメリカの首都では、日々「民営化」「小さな政府」についての議論がなされ、ランドが理想とした究極の資本主義があるべき社会の自明のかたちとして世界を覆っていくかにみえていた。

だが『アトラス』を読み終えたときにおぼえたのはやはりとても個人的な感情だった。それはそこで表現されていたような自由で野心あふれる精神が達成したすべてへの尊敬と感謝の気持ちだった。その気持には——とても若かったので——自分ももしかするとこれからそうした営みの一部になれるかもしれないという興奮と期待も含まれていた。そしてそこには、自分はまだまともな仕事すらはじめてはいないが、すべての仕事に意味があり、自分の職業が何になろうとも、ちゃんと働こうという決意も含まれていた。それはかつてなく厳粛な気持ちだった。要するに、そのとき私は大学院にいたのだが、すぐにもそこをとびだして偉大な企業の末端にとびこみ、がむしゃらに働きたいという衝動を覚えていた。

まもなくそれは実現し、以後、たまたまめぐりあったいくつかの仕事にわりとのめりこみ、『アトラス』を邦訳したり、今回のようにそれに手を入れたりということもあったけれど、長いあいだ、普通の会社員としての人生を送ってきた——振り返ってみると、『アトラス』を読んだからといって作中のヒーローたちのように画期的な発明もしていないし、偉大な経営者にもなってはいない。これからもそんなことはないだろう。だけどいまも仕事や日々の暮らしに疲れて倒れそうな夜、製鉄所の事務所の机に突っ伏し、やがてひとり起き上がるハンク・リアーデンを思いだす。

もしアイン・ランドという作家に出会わなければ、私の進む道の風景が今とはすっかり違ったものになっていたことは確かだと思う。

二〇一五年三月　訳者

Atlantis

肩をすくめるアトラス

第三部

AはAである

肩をすくめるアトラス
第三部 AはAである
二〇一五年三月十六日 第一刷発行
二〇一六年七月二十六日 第二刷発行
（定価はカバーに表示してあります）

著者 アイン・ランド
訳者 脇坂 あゆみ
発行所 アトランティス
〒一〇四－〇〇四五
東京都中央区築地七－十四－十二
info@atlantis.jp.net

デザイン 中三川 基

印刷 協友印刷株式会社

Printed in Japan

ISBN 978-4-908222-03-0